KB109972

다시 한번
결혼할까요?

다시 한 번

결혼할까요?

초판 1쇄 인쇄일 2018년 04월 02일
초판 1쇄 발행일 2018년 04월 10일

지은이 | 리틀빈
펴낸이 | 김기선

편집장 | 김은지
편집부 | 박지은, 김지현, 김아름, 박신혜
디자인 | 한주희

펴낸곳 | 와이엠북스(YMBOOKS)
출판등록 | 2012년 7월 17일 (제382-2012-000021호)
주소 | 서울시 도봉구 노해로 379, 802호(창동, 대성빌딩)
전화 | 02)906-7768 / **팩스** | 02)906-7769
E-mail | ymbooks@nate.com

ISBN 979-11-322-4514-8 03810

값 10,000원

다시 한번 결혼할까요?

리틀빈 장편소설

YMBOOKS
ROMANCE STORY

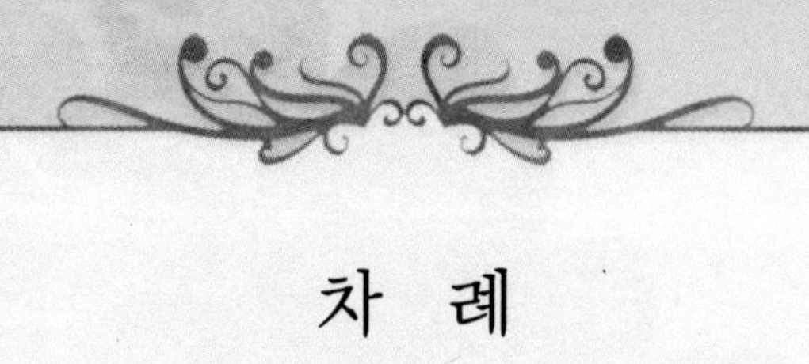

차 례

1. 오해로 시작된 인연

쏴아아-

모래사장에 쉬지 않고 밀려오는 파도가 하얀 거품이 되어 사라졌다. 열려진 커다란 창문을 통해 불어오는 바람에 가는 시폰 커튼이 나풀거리며 날리고 있었다. 커튼 너머 하얗게 부서지는 파도와 그 사이 비치는 햇살이 눈부시다.

연신 울려대는 전화벨 소리만 아니면 고급스런 방 한편에 걸어놓은 화폭 같은 최고급 호텔 스위트룸. 침대 위 이불 속에서 긴 손가락이 시끄럽게 울려대는 휴대폰을 잡으려고 협탁 위를 더듬거렸다. 속이 매스꺼웠다. 어제 너무 과음을 한 탓이다. 중국 바이어와 대작을 하며 독한 고량주를 주는 대로 마셨다. 나른한 눈꺼풀을 뜨고 잠에서 깬 동준은 휴대폰에서 호들갑스럽게 떠드는 나 비서의 목소리에 번쩍 눈이 뜨였다.

보드라운 감촉의 고급 이불을 거칠게 젖히자 그의 탄탄한 상반신이 드러났다. 오랜 운동으로 단련된 유려한 그의 몸은 군더더기 없이 날렵했다. 물결처럼 흘러내리는 머리카락 아래 날카로운 콧날은 그의 자신만만함을 대신하는 듯했다.

-부사장님, 드디어 JK쪽에서 접촉을 해왔습니다. 오늘 미팅을 갖고 싶다는 연락을 방금 받았습니다.

"예상보다 빨리 연락이 왔군."

동준이 침대에서 나와 천천히 커튼을 열자 기다렸다는 듯 앞다투며 빛이 쏟아졌다. 어둠에 익숙했던 동준은 잠시 눈살을 찌푸렸지만 바로 적응하며 한쪽 팔로 창문에 비스듬히 기대 비릿한 웃음을 지어 보였다. 마치 맹수가 먹잇감을 발견하고 수풀 속에서 숨죽이며 기다리는 순간처럼 그의 눈빛은 날카롭게 빛나고 있었다.

그래, 그래야지. 어떻게 여기까지 왔는데…….

아버지의 눈 밖에 나지 않기 위해 곁눈 한번 주지 않고 여기까지 내달려왔다. 그 결과 태영그룹을 재계순위 10위권으로 올려놓았다. 늙은 암너구리 민 여사만 아니면 더 빨리 그 자리를 차지했을지도 모른다.

이 소식을 들은 민 여사의 얼굴이 새하얗게 변할 모습을 생각하니 절로 한쪽 입꼬리가 올라갔다.

"서두르지 말고 저쪽이 더 아쉽게 여기도록 타이밍 잘 잡아."

-네, 알겠습니다.

"엄마, 긴장 풀어."

"하나야, 이런 비싼 데 와도 돼?"

상쾌한 바닷바람을 타고 비린 향이 코끝을 스쳤다. K호텔의 회전문 안으로 들어간 두 사람은 클래식한 조명 아래 아름다운 피아노 선율을 들으며 부산의 최고급 호텔 로비로 발걸음을 옮겼다. 옆에 꼭 붙어 어색해하는 엄마의 얼굴이 꼭 시골에서 서울 처음 올라온 촌사람처럼 살짝 긴장돼 보였다. 그리고 그런 엄마의 모습이 귀여워서 쿡 하고 웃음이 새어 나왔다.

"나 이번 회사에서 베스트사원으로 선정되어 공짜 숙식권 얻었으니 걱정하지 마."

가방 안에서 봉투를 꺼내 흔들어 보이며 환한 미소를 짓는 하나. 그런 딸이 대견한지 엄마 영애도 활짝 웃었다.

"우리 딸 때문에 호강해보네."

그 말이 끝나기 무섭게 어디선가 짙은 향수 냄새를 코를 찔렀다. 하나는 고개를 돌려 뒤를 보았다. 가슴을 훤히 드러낸 야한 옷을 입은 여자가 어느 노신사와 함께 걸어오고 있었다. 하나와 영애가 두리번거리며 가는 길을 막고 있자 그녀는 고의적으로 하나의 팔을 치면서 앞으로 나가는 것이다. 하나는 눈살을 찌푸렸지만 이내 개의치 않고 영애와 다정히 엘리베이터를 향했다.

엘리베이터 안에 올라타니 아까의 야한 여자는 노신사에게 보기에도 민망한 스킨십을 하며 코맹맹이 소리로 애교를 떨고 있었다. 빨간 네일아트로 다듬어진 손가락이 15층 스위트룸을 누르고, 하나도 얼른 7층 버튼을 눌렀다. 그때 노신사가 슬쩍 곁눈질로 하나를 훑어보았다. 유난히 뽀얀 피부에 커다란 눈동자와 오똑한 코, 붉은 입술. 너무 예뻐서 절로 눈이 갔다.

노신사가 하나를 훔쳐보는 것을 알아차린 야한 여자가 미간을 찌푸렸다. 그러곤 노신사의 가슴에, 어깨에 얼굴을 비비며 비웃듯 말했다.

"어머, 자기. 여기 육성급 호텔 아니야?"

"당연한 소릴……."

여자는 하나와 그녀의 엄마를 힐끗 보면서 말했다.

"아니…… 옷차림이 하도 구질구질해서 이 호텔이 격 떨어지는 곳인 줄 알았지."

말끝을 흘리며 도도하게 서 있는 여자를 보며 하나는 갑자기 화가 치밀었다. 노골적으로 자신들을 비하하는 저 여자를 가만 두고 볼 수 없었다. 7층에 엘리베이터가 도착하자 하나는 급하게 서두르며 여자의 구두 앞을 세게 밟고 지나갔다.

"악~!"

비명소리와 함께 여자의 얼굴이 사정없이 일그러졌다.

"어머, 죄송합니다."

하나는 황급히 사과를 연거푸 했다. 엘리베이터 문이 미끄러지며 닫혔다. 마악 닫히는 문 사이로 하나는 혀를 쏙 내밀었다. 화가 난 그 야한 여자가 엘리베이터 버튼을 누르는 모습이 보였지만 한 템포 빠르게 문은 닫혀버렸다. 그런 짓궂은 하나의 모습을 보며 엄마는 한심한 듯이 혀를 차며 말했다.

"어구, 또 도졌다, 도졌어. 꼭 초딩 같아."

살짝 고개를 들며 빙긋이 웃는 하나.

"넘 티 났어?"

"어, 완전."

"여자가 너무 까불잖아. 그래도 좀 봐준 거야. 옆에 애인이 약골 같아서."

하나가 어깨를 으쓱하며 장난스럽게 말했다. 영애는 그런 하나의 등짝을 가볍게 때리며 웃었다.

보글보글. 하나는 두 손으로 거품을 모아 후 불었다.

"아……. 좋다."

호텔방에 들어온 하나는 고단했던 여정을 풀 겸 욕실에 들어가 거품 목욕을 하고 있었다.

엄마 영애와 처음으로 일상을 떠나 둘만의 여행을 왔다. 그녀는 디자인학과를 전공하며 제출했던 졸업작품이 전시회에서 대상을 차지하면서 굴지의 'db패션회사'에서 인턴십을 제안 받아 지금 1년째 인턴으로 근무하고 있다. 'db패션회사'는 여성의류를 타깃으로 하는 태성그룹 계열사이다. 그녀는 모든 일에 열심이었고 친화력도 좋았다. 무엇보다 팀장 이하 모든 직원과 함께 일하는 것을 행복으로 여기며 무엇보다 지금까지 고생한 엄마의 짐을 덜 수 있어 기뻐했다.

그런 마음가짐 덕분인지 올해의 베스트 사원으로 뽑혀 부상으로 부산 패키지 여행을 할 수 있게 된 것이다. 이제 조금만 더 노력하면 정식직원이 될 기회가 가까워진 것이기도 했다. 정식직원만 되면 경제적으로 더 안정되고 지금까지 하나를 짓눌러온 학자금 대출도 갚을 수 있을 것이다. 하나는 핑크빛 미래를 꿈꾸면서 욕조에 온몸을 푹 담그고 거품 속으로 사라졌다.

그때, 욕실 밖에서 희미한 신음소리가 들려왔다.

"하나야……. 음……."

영애의 신음소리였다. 화들짝 놀란 하나는 목욕가운만 걸친 채 화장실 문을 열었다. 영애가 침대 위에서 괴로운 표정을 지으며 배를 두 손으로 끌어안고 끙끙 앓고 있었다.

온몸에 흐르는 식은땀. 입술 사이 흘러나오는 고통스러운 신음. 하나는 겁을 먹고 온몸이 떨렸지만 죽을 힘을 다해 겨우 엄마에게 한 발짝씩 옮겼다.

"하나야……. 하나야……."

"엄마, 왜 그래? 어디가 아파?"

하나는 후들거리는 다리로 안간힘을 다해 객실 문을 열었다.

"여기 좀…… 누구 없어요?"

아무것도 보이지 않았다. 캄캄한 어둠속에 혼자 있는 것 같았다. 복도를 뛰어다니며 무작정 소리쳤다.

"도와주세요, 제발……. 흐흐흑."

엄마 없인 아무것도 할 수 없었다. 엄마가 잘못되면 자신이 열심히 살아가는 이유도 부질없어질 것이다. 그래선 안 된다. 엄만……. 내게 엄만…… 전부다.

눈물이 그녀의 볼을 따라 흐르고 있었다. 부르짖는 하나의 목소리가 호텔 복도에 흩어졌다.

들것에 실린 창백한 영애의 모습을 보며 하나는 허둥지둥 엘리베이터를 탔다.

"엄마, 좀만 참아……. 엄마……."

공포로 목소리가 떨리는 하나를 희미하게 바라보는 영애의 모습엔 쓸쓸함이 묻어 있었다. 영애 자신보다 더 사랑했던 딸, 자신으로 인해 불안해하는 하나의 모습 때문에 가슴이 아렸다. 앰뷸런스에 영애가 누운 들것이 실리자 하나도 함께 타려 한 순간.

"저기, 이봐요, 여기 비켜봐요. 자기야, 자기 괜찮아? 그러게 무리하지 말랬잖아?"

낯익은 코맹맹이 소리에 고개를 돌리는 하나. 아까 엘리베이터에서 만난 그 야한 여자였다.

"안 비켜요? 지금 우리 자기 타야 하거든요?"

하나는 패닉 상태로 제정신이 아니었다. 엉겁결에 조금 뒤로 물러서자 노신사가 누운 들것이 앰블란스에 먼저 실렸다. 사색이 된 하나는 여자의 팔을 잡아 날카롭게 말을 던졌다.

“저희가 먼저 왔어요. 이런 경우가 어디 있어요?”

여자는 하나의 손을 세게 뿌리치며 비웃듯 소리쳤다.

“지금 그 몰골로 어딜 타려는 거예요? 옷이나 제대로 입고 와요.”

하나는 그제서야 자신이 속옷도 입지 않은 채 목욕가운만 입고 있다는 사실을 알게 되었다. 너무 놀라고 당황해 고개를 숙이고 말았다.

“진짜 재수 없어.”

쾅. 쌀쌀한 목소리를 뒤로하고 앰뷸런스 문이 닫혔다. 하나는 이 상황을 어찌해야 할지 몰라 발을 동동 굴렀다. 그 모습이 안쓰러웠는지 응급 구조요원 중 한 사람이 하나에게 친절한 목소리로 다독였다.

“어머니 응급처치는 한 상태니까 걱정 마세요. 금방 다른 앰뷸런스 도착할 테니까 빨리 옷 갈아입고 오세요.”

하나의 커다란 눈망울에 눈물이 고였다.

“네, 감사합니다.”

목욕가운을 입은 채 호텔 회전문을 열고 로비로 들어섰다. 지나가는 사람들이 힐끗힐끗 쳐다본다. 너무 창피했다. 하지만 창피함을 뒤로하고 빨리 병원에 도착해야 한다는 일념으로 엘리베이터로 뛰어갔다. 엘리베이터 문이 닫히려는 순간 하나는 다급하게 열림 버튼을 눌렀다. 엘리베이터 문이 천천히 열리면서 나타난 장신의 남자의 모습에 하나는 그만 한 발자국 뒷걸음 쳤다.

반듯하게 넘긴 포마드 머리, 날카로운 눈매에 차가운 인상, 몸에 딱 맞는 슈트 차림의 남자에게서 느껴지는 위압감에 저도 모르게 숨이 막히고 다리에 힘이 풀릴 지경이었다. 상쾌한 스킨 향기가 엘리베이터 안에 가득했다.

동상처럼 서 있는 하나에게 건조한 중저음의 목소리가 들렸다.

"안 타실 거면 문 닫겠습니다."

"아니, 탈게요! ……죄송합니다."

그제서야 정신을 차린 하나는 화들짝 놀라며, 엘리베이터 안으로 발을 옮겼다.

동준은 JK와 미팅을 한 후 서울로 올라갈 예정이었다. 그런데 일이 꼬여버렸다. 아침에 전화를 받을 때만 하더라도 긍정적으로 미팅을 잡던 JK가 오후가 되자 돌변했다. 무언가 개입이 있었던 것 같은데, 비밀리에 추진되던 계획이라 나 비서 이외엔 아무도 모르는 사안이었다.

그런데 왜……? 동준은 갑자기 평창동 집에서 나 비서와 통화했던 기억이 번뜩 떠올랐다. 그는 호텔 로비에 들어서면서 나 비서에게 전화를 걸었다.

"응, 난데."

-네, 부사장님. 말씀하십시오.

"도청이나 몰래카메라 탐지기 오늘 내로 구해줘."

-네?

"정보가 샌 거 같아."

-아……. 네, 바로 준비하겠습니다.

동준은 얼굴이 일그러졌다. 조금 더 조심했어야 했다. 민 여사를 너무 만만히 본 자신의 불찰일 것이다. 호텔 로비 분위기가 오늘따라 왠지 산만하게 느껴졌다. 마침 동준의 뒤에 메이드 두 사람의 대화가 자연스럽게 들려왔다.

"그거 알아? 지금 구급차 온 거, 그게 스위트룸에서 웬 할아버지가 젊은 여자랑 놀아나다 복상사한 거래."

"복상사가 아니라던데? 그냥 심장마비로 병원 간 거래."

"어쨌든, 어머, 저기 가운만 입고 오는 저 여자가 그 불륜녀인가 봐."

"아주 꽃뱀처럼 생겼다. 어휴, 저런 이쁜 얼굴로 꼬리치면 안 넘어갈 놈이 어디 있겠어."

"한몫 뜯으려다 말짱 도루묵 된 거야."

"고소하다, 고소해. 저런 것들은 그냥 찢어 죽이고 말려 죽여야 돼."

"다 들리겠다, 좀 조용히 해."

직원교육을 어떻게 하길래 로비에서 손님에 대해 저런 말들이 오고 가는지, 동준의 얼굴이 서늘해졌다. 동준은 꼬인 하루의 매듭을 풀기 위해 서둘러 엘리베이터를 탔다. 그러나 문이 닫히려는 순간 다시 천천히 엘리베이터 문이 다시 열렸다. 동준의 두 눈 앞에 서 있는 여자는 목욕가운만 입고 있었다. 순간, 아까 메이드들이 말하던 불륜녀임이 틀림없다는 생각이 들었다.

불륜녀…….

'불륜녀' 하니 그의 옛 기억 속 한 여자가 떠올랐다. 지독히도 동준의 마음 한 구석을 짓누르며 지금까지 자신을 괴롭히던 존재. 매일 밤 악몽처럼 찾아오는 기억의 잔상들. 그곳에 마주친 짙은 까만 눈동자.

닮았다. 그는 경멸하듯 그녀를 바라보았다.

그런 그의 기에 눌렸는지 그녀는 엘리베이터 앞에서 망부석처럼 타기를 망설이는 듯 보였다. 젖은 머리카락 사이로 그녀의 크고 검은 눈이 겁먹은 듯이 그를 바라보고 있었다. 먹물을 갈아놓은 듯 검고 깊은 눈은 금방이라도 눈물이 떨어질 듯 물기를 머금고 있었다. 곧게 뻗은 작은 콧날, 살짝 벌어진 그녀의 도톰하고 붉은 입술이 유난히 색스러워 보였다. 미세하게 흔들리는 속눈썹, 목욕가운 위로 하얗고 여린 목이 더욱 도드라져 보였다.

동준은 순진한 얼굴과 색기가 서로 섞여 있는 그녀의 모습이 무척 맘에 들지 않았다. 그녀를 피하고 싶어서 서둘러 입을 열었다.

"안 타실 거면 문 닫겠습니다."

안 타길 바라는 마음으로…….

"아니, 탈게요! ……죄송합니다."

그녀는 엘리베이터 안으로 들어와 한쪽 구석에서 비에 젖은 강아지처럼 바들바들 떨며 서 있었다. 자신이 누른 15층 외에 어떤 층도 누르지 않는 걸 보니 정말 15층 스위트룸에 머무른다는 그 꽃뱀이 분명했다.

그런데 15층에 도달할 즈음 순조롭게 올라가던 엘리베이터가 심한 굉음을 내며 흔들렸다. 며칠 전 지진 때문에 지반이 심하게 흔들리고 이어 몇 차례 여진으로 부산에선 이런 일이 종종 있었다.

"악!"

소리를 지르며 하나가 동준의 팔을 꽉 잡고 몸을 밀착해왔다.

"정말 죄송해요. 제가 다리에 힘이 없어서……."

이런 상황에도 작업에 들어가는 상대 못할 여자라는 생각에 동준은 하나의 팔을 거칠게 잡아 빼었다. 그러나 잘못해서 하나의 목욕가운도 함께 따라 올라가 끈이 스르르 풀리고 말았다. 하나가 가운 안에 아무것도 입지 않은 사실을 안 동준은 미간을 더욱 좁히며 경멸하듯 싸늘하게 비웃으며 말했다.

"당신, 남자한테 작업 거는 게 습관입니까?"

다짜고짜 이게 뭔 소리지. 하나는 어이가 없었다. 그저 넘어질까 봐 자신도 모르게 반사신경으로 다급하게 그의 팔을 잡았을 뿐인데, 이런 소리를 듣게 되다니…….

따져야 하는데……. 그의 얼음장처럼 차가운 눈과 마주치자 본드를 바른 것처럼 착 달라붙어 아무 말도 못했다.

하나는 멍하니 그를 올려다보았다. 차갑게 가라앉은 서늘한 얼굴로 마치 더러운 오물이라도 묻은 것처럼 하나의 팔을 거칠게 털어냈다. 그리고 상대방의 머리부터 발끝까지 훑어보는 아주 기분 나쁜 눈초리. 온몸에 뱀이 스물스물 기어가는 것만 같아 하나는 얼어붙은 듯 한기를 느꼈다. 그때 엘리베이터 문이 열리고, 그는 뒤도 돌아보지 않고 복도로 성큼성큼 사라져버렸다.

그가 떠나고 나서야 정신을 차린 하나는 자신이 내릴 층도 누르지 않았고 목욕가운까지 살며시 풀어져 있는 걸 발견하곤 화들짝 놀라고 말았다. 하얀 맨살이 다 보일 정도로 앞부분이 거의 벌어져 있었다. 급하게 가운을 여미고 하나는 닫힘 버튼을 연속해서 눌렀다.

아, 소름 끼쳐.

그가 자신을 훑어보던 모습이 떠올랐다. 무언가 심상치 않은 눈빛이었다. 순간 짧은 불꽃을 보이다가 얼음처럼 싸늘한 눈빛. 그의 눈빛을 떠올리는 것만으로 감당이 되지 않아서 전신에 소름이 돋고 등골이 쭈뼛 섰다.

혹시, 아까 부딪쳤을 때 은근슬쩍 풀어낸 거 아냐? 얼굴은 멀쩡하게 생겨가지고 인물이 아깝다, 변태새끼!

하나는 고개를 좌우로 세게 흔들었다.

쓸데없는 생각을 할 시간이 없었다. 엄마 생각에 다리를 가눌 수 없을 정도로 힘이 들어서 떨고 있었다. 정신을 차려야 했다. 서둘러 체크아웃을 하고 택시를 탔다.

부산여행은 취소되었다. 모든 것이 아쉬웠지만 엄마의 건강이 먼저였다. 하나는 집에 돌아와 곤하게 잠들어 있는 엄마의 뺨에 살며시 손을 대어보았다. 맞닿은 손으로 온기가 번져왔다. 따듯하다. 하지만 하나의 얼굴엔 점점 그늘이 드리워졌다.

'그동안 고통이 심했을 것 같은데 왜 이제야 오셨습니까? 빨리 수술 날짜를 잡으셔야겠습니다. 심근경색입니다.'

만약 엄마에게 죽을병이라도 생긴 거라면 하나는 자신을 용서하지 못할 것 같았다. 불행 중 다행이라 생각했다. 엄마를 살릴 수 있다면 하나는 무엇이라도 할 생각이었다.

너무 불쌍한 나의 엄마…….

영애는 연고가 없는 고아였다. 하나를 키우기 위해 혼자 식당 일, 청소, 잡부 등 궂은일도 마다하지 않고 해온 미혼모이기도 했다. 하나는 엄마를 위해 무엇이든지 열심히 했다. 젊은 나이에 미혼모라는 주홍글씨를 새긴 채 고생한 엄마를 생각하면 눈물이 나왔다.

대학을 결정할 시기, 하나는 고민이 많았다. 하나가 좋아하는 디자인 공부는 돈이 많이 드는 직업이었다. 그래서 망설였지만 그 사실을 안 엄마에게 꾸지람을 한참 들은 적이 있었다.

'너 아직 어려. 돈 걱정은 내가 해. 넌 하고 싶은 것 해.'

그런 엄마의 선택이, 공든 탑이 무너지지 않도록 시험 때면 밤을 새워가며 공부했다. 그렇게 고생 끝에 이제 겨우 숨을 돌릴 형편이 되었는데…….

하나는 잠든 엄마를 물끄러미 바라보며 씁쓸한 표정을 지었다.

바깥에서 문을 두드리는 소리가 들렸다. 하나는 조용히 불을 끄고 거실로 나왔다. 현관문을 열자 주인 아주머니가 서 있었다.

"하나야, 엄마 계시니?"

"엄마가 좀 아프셔서요. 급한 일이면 저한테 이야기하세요."

"어구, 너한테는 비밀로 하라고 신신당부를 했는데……."

"무슨 일인데요?"

"이 집, 보증금 다 된 거. 너 등록금 댄다고 엄마가 월세도 못 내고 보증금에서 다달이 깎아 내다 이제 월세 낼 보증금도 없어."

"아……."

"나도 참을 만큼 참았어. 이제 방 좀 빼줬으면 좋겠어."

주인 아주머니는 하나의 말은 들을 필요도 없다는 듯 자기 할 말만 하고 떠났다. 문이 닫히는 소리와 함께 하나는 다리에 힘이 풀려 현관 앞에 주저앉고 말았다. 심장이 쿵 내려앉는 느낌이었다. 보증금이 없어지도록 자신은 알지 못했다니. 어떻게 엄마는 이런 말을 자신에게 하지 않았을까? 자신은 여전히 의논 대상이 아니고 엄마에게 도움을 주지 못하는 존재라는 생각에 가슴이 아팠다.

이내 정신을 차린 하나는 해결책을 찾기 위해 고민해보았지만 지금으로선 엄마의 수술비조차 한 푼도 없었다. 하나는 너무 막막했다. 누구든 도움을 요청할 사람이, 이 세상 많은 사람들 중 한 명도 없다는 것이 서글펴졌다.

하나는 우선 영애를 설득해서 제일병원에 데려갔다. 영애는 수술을 완강히 거부했지만 하나의 간곡한 부탁에 마음을 돌렸다. 더 이상 수술을 미룬다면 엄마의 건강은 회복할 수 없을지도 몰랐다. 수술비를 마련하는 방법은 정식직원이 되는 수밖에 없었다. 그것만이 살길이라고 생각했다. 결과는 알 수 없지만 하나는 위험한 모험을 할 수밖에 없었다.

월차까지 내서 입원수속을 마치고 집에서 필요한 옷가지들을 챙겨왔다. 간병인을 둘 형편이 되지 않아 당분간 퇴근 후 엄마를 간호하다 병원에서 출근을 해야만 했다.

오늘은 빨리 출근해서 회사 화장실에서 용무를 봐야겠다는 생각에 서둘러 병원을 나왔다. 환자가 많은 병원 화장실보다 아무도 없는 회사 화장실이 편할 것이라 생각한 것이다. 하나는 편의점에 들러 타월, 스타킹과 휴대용 세면도구도 사서 사무실에 들어갔다. 이른 시간이라 아무도 없어서 다행이었다.

화장실에서 세수하고 머리를 감고 말리면서 사무실로 향하려던 하나는 화장실을 나서자마자 쿵 하고 누군가와 부딪쳤다. 이렇게 이른 시간에 출근하는 사람이 있을 리가……. 하나는 찰나에 오만가지 생각이 떠올랐다. 경비 아저씨인가? 고개를 들어 바라보니 낯익은 얼굴이 하나를 내려다보고 있었다.

하나는 너무 놀라서 저도 모르게 말이 튀어나왔다.

"저번의 그…… 변태?"

"당신이 왜 여기 있는 거지?"

남자는 눈꼬리를 치켜 올리고 미간을 찡그리며 물었다.

"그건 제가 할 말인데요?"

하나는 이번엔 지지 않겠다는 기세로 눈을 동그랗게 뜨며 노려보았다. 그리고 그때 엘리베이터 안에서 따지지 못했던 말들을 쏟아놓기 시작했다.

"잘 만났네요. 알지도 못하면서 막무가내로 절 모독하고, 또…… 어쨌든 당신, 그때 일, 이번엔 그냥 넘어가지 않을 테니 각오하세요."

하나는 지금이라도 자신이 당한 일을 따지려고 했지만 정작 말로 하려니 무안해서 말까지 더듬거렸다.

"뭘 각오하라는 거지?"

"당신이 엘리베이터에서 한 변태짓."

"변태짓이라니?"

그가 미간을 구겼다.

"목욕가운 끈을 고의로 풀고 훔쳐봤잖아요?"

민망한 듯 하나가 얼굴을 붉히며 바락 소리를 높여 대들었다.

동준은 어이가 없다는 듯 입매를 살짝 비틀었다.

"지금 잘잘못을 가려보자는 거라면…… 속옷도 입지 않고 목욕가운만 걸친 행색은, 갑자기 쓰러지듯 내 팔에 기대고 매달린 일은 어떻게 설명하지? 난 그때 날 붙잡고 있던 당신 손만 떼려고 했을 뿐이야."

그는 하나를 위아래로 훑으며 본다. 하나의 손에 세면도구와 수건이 쥐어져 있었다. 젖은 머리카락까지 보자 동준은 기가 차서 그녀를 노려보았다.

"그건 그렇고 당신은 회사 화장실을 개인 용도로 이용하고 있나 보지? 당신 어디 소속이야. 여기 회사 직원은 맞아?"

"제, 제가 왜 얼굴도 생판 모르는 당신에게 대답해야 하죠? 내가 회사에서 머리를 감든 목욕을 하든…… 이 회사가 당신 거예요? 비키세요, 저 많이 바쁘거든요."

남자가 조목조목 따지자 할 말이 없었다. 불리할 때는 자리를 피하는 게 상책이었다. 근데 왜 반말이야? 지가 날 얼마나 봤다고…….
“그리고 반말하지 마요.”
뒤돌아서 그 남자 뒤통수에 소리를 냅다 지르고 줄행랑을 쳤다. 변태가 무슨 짓을 할지도 몰라 뒤도 돌아보지 않았다. 도망치듯 자리를 빠져나와 사무실 안에 들어와 가쁜 숨을 골랐다.
아, 오늘 일진이 정말 좋지 않나 보다. 모든 일에 조심해야지.
그러곤 구석에 있는 자신의 자리로 돌아가 책상 서랍에서 초콜릿 하나를 입속으로 밀어 넣었다. 달콤하고 쌉싸름한 맛이 입속에 퍼졌다. 조금 마음이 진정되는 것 같았다. 하나가 기분이 다운될 때마다 하는 행동이었다.

하나는 탕비실에서 모닝커피를 타고 있었다. 인턴인 하나는 아침에 간단한 정리와 함께 사무실 팀장을 비롯해 경력직원들에게 커피를 나르는 일로 하루를 시작한다. 소식통인 회장 비서 영진이 오늘도 회사에 일어난 크고 작은 일들을 물고 와 호들갑을 떨며 고 대리 앞에서 나발을 불고 있었다.
“고 대리님, 새로 오신 부사장님 완전 잘생겼다니까요.”
“대박. 구체적으로 신상 좀 말해봐.”
고 대리는 한 술 더 들떠서 맞장구를 쳤다.
“처음 얼굴 봤을 때 숨이 멎는 줄 알았어요. 완전 제 이상형이에요. 그리고 요즘 대세 뇌섹남이라구요. 하버드 MBA 수석에다 저번 부산에 백화점 최고 매출까지……. 이론과 실재를 겸비했다고나 할까요.”
“근데 왜 백화점 본사로 안 가고 이쪽 db패션 부사장으로 온 거야?”

"그야 저도 모르죠. 뭐, 윗분들 사정이야 어떻게 다 알겠어요."
자신도 모든 내용을 알 수 없는 게 당연하다는 듯이 영진이 뾰로통한 표정으로 입술을 삐죽이 내밀었다. 하나는 얼른 영진에게 커피를 건넸다.
"하나 씨는 그날 월차 내서 모르겠구나. 어제 부사장님이 새로 부임하셨거든."
"하나 씨는 인턴인데 부사장님이랑 말 섞을 일이 있겠어?"
하나는 배시시 웃으며 고 대리에게는 녹차를 건넸다.
"그렇죠. 저야 대리님한테 잘 보이면 되는 거죠, 뭐."
고 대리는 까르르 웃으며 하나의 볼을 꼬집었다.
"하여튼 우리 귀여운 하나 씨 아부에 내가 또 넘어갔어."
달깍. 닫혔던 탕비실 문을 열고 세 사람이 시간 간격을 두고 천천히 차를 마시며 나왔다. 사무실 안은 벽 쪽에 빙 둘러 자리가 배치되어 있고 가운데 회의를 할 수 있는 커다란 테이블과 의자가 놓여 있었다. 한쪽 벽엔 서류와 패션잡지를 보관하는 책장과 원단 및 부자재를 넣어놓을 수 있는 장이 놓여 있었다. 다른 한쪽엔 작업 중인 옷을 입혀볼 수 있도록 핀을 잔뜩 꽂아둔 마네킹이 보였다.
그 마네킹 사이로 두 사람이 사무실로 들어오는 모습이 보였다. 웃으며 들어오는 팀장의 뒤로 한 남자가 들어오고 있었다. 항상 활발한 팀장이 여느 때처럼 가벼운 목소리로 직원들에게 부사장을 소개하는 소리를 들을 수 있었다. 팀장은 이번엔 고 대리와 하나를 불렀다.
"저기 키 큰 사람이 부사장인가 봐. 어쩜 기대된다, 기대돼."
고 대리는 풍선에 바람이 들어간 듯, 하나에게 귓속말하는 목소리에 들뜸이 느껴졌다. 하나도 쫄래쫄래 고 대리 뒤를 따라갔다.

팀장에게 인사를 하고, 옆에 있던 남자의 짙은 갈색 눈동자와 시선이 마주친 순간, 너무 놀라서 마른침을 목구멍으로 집어삼켰다. 그리고 저도 모르게 고개를 돌려버렸다.

'그 변태가 부사장?'

그를 발견한 순간 너무 놀라 땅을 딛고 선 발목에 일순간 힘이 풀렸다. 하나의 가녀린 몸이 작게 휘청거렸다.

그가 성큼성큼 하나 앞으로 다가오는 발자국 소리가 들렸다.

오지 마, 제발. 오지 마, 제발, 제발…….

낮은 중저음의 목소리가 고막에 내리꽂혔다.

"또 보는군요. 정하나 씨."

하나의 목에 걸려진 사원증을 뚫어져라 보며 우뚝 서 있는 이 남자, 아니 부사장. 왜 화장실 앞에서 그런 말을 했을까? 그냥 지나칠 걸, 욱해서 대드는 이 성격이 문제이다. 지고는 못 사는 성격은 아빠 없이 엄마가 미혼모라고 놀리는 짓궂은 아이들을 상대하느라 단련되어 저도 모르게 튀어나오곤 한다. 그렇지만 지금 이 상대는 자신의 목을 쥐고 흔들 수 있는 높디높은 부사장. 머리를 쥐어뜯고 싶었다. 바보, 멍청이, 말미잘, 꼴뚜기, 등신…….

"정하나 씨, 부사장님이랑 아는 사이였어요?"

앞뒤 사정을 모르는 팀장은 놀랍다는 듯이 하이톤의 목소리로 두 사람을 번갈아 바라보았다. 하나는 두 손을 가지런히 모으고 최대한 예의 바르게 90도로 다소곳이 인사를 했다.

"안녕하십니까? 인턴사원 정하나입니다."

웃는 얼굴에 침 뱉으랴. 살아남기 위해 노력하는 거다.

하나는 굳은 결심을 하고 반달눈을 지으며 억지로 입꼬리를 올렸다.

"웃지 마십시오. 지금 웃을 상황이 아닌 것 같은데요."
싸늘한 그의 대답에 사무실의 분위기가 찬물을 끼얹은 것처럼 가라앉았다. 그리고 모든 직원들의 눈이 하나에게 꽂혔다. 부사장의 잡아먹을 듯 압도적인 분위기에 하나는 마른침도 삼켜지지 않았다. 그의 내리뜬 표정이 한없이 냉정해 보이고 살 떨릴 만큼 위압적이었다.
"함부로 회사 시설을 개인용도로 사용하고 아무런 죄의식도 갖지 않는 사람을 직원으로 뽑고 회사 일을 맡길 수 있겠습니까?"
부사장은 표정 하나 변하지 않고 짓씹는 발음으로 말을 이었다. 너무하다 싶으면서도 반박할 말이 없었다.
"정하나 씨. 벙어리예요? 물었으면 대답을 해야지."
날 선 힐난에 하나는 차마 눈을 마주하지 못하고 시선을 내리깔았다. 하나의 마음은 끝도 없이 가라앉았다.
"죄, 죄송합니다."
말까지 더듬어버렸다. 얼굴이 화끈거렸다.
"집에서 할 일과 회사에서 할 일을 구분하십시오."
그냥 이 자리에서 자신이 사라져버릴 수 있다면 얼마나 좋을까 마음속으로 되뇌고 또 되뇌였다. 하나는 더 책 잡힐까 봐 노심초사했지만 부사장은 더 이상 별다른 말을 하지 않았다. 그 이후 부사장은 마치 하나가 투명인간이라도 된 것처럼 행동했다.
팀장과 앞으로 있을 서울 패션위크 기획안에 대한 이야기를 잠시 나누고 디자인실 사무실을 훑어보면서 어려운 점은 없는지 운영 전반에 대한 의견을 물었다. 하나는 부사장의 눈에 띄지 않게 구석진 자신의 자리로 돌아갔다.
마지막으로 부사장이 사무실을 둘러보면서 나갔다. 그가 사무실을 둘러본 뒤 나갈 때도 눈을 마주치지 않으려고 책상 앞의 서류를 정리하는 척 딴짓을 했다. 부사장과 팀장이 나가자마자 고 대리가 하나 옆으로 다가와 살며시 어깨를 감싸주었다.

"괜찮아?"

고 대리의 따뜻한 말 한마디에 하나는 꾹꾹 눌렀던 마음이 요동쳤다. 조금 심하게 아팠다. 또 조금 많이 억울했다. 눈물이 떨어질까 눈을 깜빡일 수 없었다.

이 회사 인턴이 되고 얼마나 기뻤는지, 궂은일도 마다하지 않고 최선을 다했다. 정직원이 되기 위해서, 아니 이 디자인실의 진짜 식구가 되기 위해 계속되는 야근도 기쁜 마음으로 해왔었다. 그런데 오늘 한순간에 그의 말 한마디에 하나는 형편없는 사람이 되고 만 것이다. 집안의 일과 밖에 일도 구분 못하는 형편없는 사람……. 그에게 눈을 똑바로 뜨고 대들고 싶었다. 저는 당신이 생각하듯 그런 사람이 아니라고.

초콜릿을 먹어야겠다는 생각이 들었다. 서랍 안에 초콜릿을 찾는 하나의 손이 떨렸다. 책상의 서랍 안을 손으로 더듬었지만, 더 이상의 초콜릿을 찾을 수 없었다. 왈칵 눈물이 쏟아졌다. 눈물이 책상 위로 또르르 떨어지며 하나는 현실을 인정했다. 그는 상사이고 난 한낱 형편없는 직원이라고…….

2. 위험한 남자

태영그룹 계열사 K백화점 부사장이 김동준의 직함이다.

그는 부산에 세계에서 가장 큰 백화점을 오픈하였다. 사상 최대의 매출을 이끌어내면서 그의 능력에 지금까지 부정적이던 이사들의 지지를 확보할 수 있었다. 한발 더 나아가 동준은 세계적인 패션 명품브랜드 JK와 접촉을 하며 처음으로 K백화점에 입점할 수 있도록 물밑 작업을 하고 있었다.

그런데 최근 그것이 수포로 돌아갔다. 동준의 입장에서 여간 신경 쓰이는 상황이 아니었다. 그는 사무실 의자에 몸을 푹 기대 관자놀이를 한 손으로 지그시 누르며 나 비서의 설명을 듣고 있었다. 굳게 다문 입술에서 그 사안이 무척 마음에 들지 않는다는 것을 알 수 있었다.

"부사장님 인사가 곧 db패션으로 옮겨 갈 것이라는 정보가 JK 쪽으로 흘러 들어간 것 같습니다. 경영진이 바뀌는 마당에 섣불리

계약을 맺지 않을 겁니다."

긴 침묵이 흘렀다. 그저 동준의 오른쪽 검지 손가락이 책상 위를 톡톡 치는 소리만 조용한 사무실에 크게 울렸다.

"나도 모르는 정보를 누가 흘렸다는 거지."

"거기까지는 아직……."

"사무실도 도청이나 카메라 있는지 철저하게 확인하고, 휴."

동준이 목을 죄여 오던 넥타이를 거칠게 비틀어 풀면서 의자에서 일어났다. 그리고 통유리창 너머 고층 빌딩들의 불빛으로 빛나는 서울의 야경을 팔짱을 낀 채 서서 한참 바라보았다.

나 비서는 동준이 중요한 일처리가 있을 때마다 긴 침묵을 유지한다는 사실을 알기 때문에 이런 상황을 종종 겪어왔다. 신중한 그의 성격과 날카로운 판단, 한 치의 오차도 허용하지 않는 세밀함 때문에 비서로서의 역할이 벅찰 때도 있었다. 그러나 사업가의 면모를 갖춘 그를 존경하고 있었다. 그는 온실 속에서 자란 다른 재벌 2세와는 달랐다. 거친 야생에서 목숨을 지키기 위해 본능적으로 위험을 감지하고 있다는 것을 알 수 있었다.

"아무래도 평창동 집에서 나와야겠어."

"그렇지만 회장님께서 반대하시지 않습니까?"

"이유를 만들어야지."

"차 대기시켜. 지금 평창동으로 가야겠어."

"네 알겠습니다."

높은 담이 둘러싸인 평창동 집 앞, 고급세단이 멈췄다. 동준은 평창동 집을 바라보며 굳은 표정을 감출 수 없었다. 한때는 이곳에서 행복한 적도 있었지만 대부분의 시간은 어둡고 끝이 보이지 않는 터널을 지나는 듯한 괴로움으로 점철된 암흑의 시간이었다.

이곳이 싫어서 어린 나이에 미국유학을 감행하였다. 한국에 돌아와 부산의 백화점이 완공될 때까지 동준은 필사적으로 일에 매달렸다. 부산과 서울을 왕복하며 평창동 집에는 잠시 머무를 뿐이었다. 대부분의 시간을 일 핑계로 호텔에서 머물렀다. 그렇지만 이젠 숨이 턱까지 찰 정도로 한계가 온 것 같았다.

……정말 집이 필요했다. 따뜻하진 않더라도 지쳐 무거워진 몸을 잠시라도 쉴 수 있는 곳이.

"도련님. 오셨습니까?"

정원을 들어서자 안 집사의 간드러진 목소리가 들렸다.

"회장님과 사모님께서 기다리고 계십니다."

갤러리를 연상시키는 시원스럽게 뻗은 복도를 지나자 높은 천장에 타원형 유리조각을 하나씩 매달아 고급스러움을 더한 샹들리에가 매달린 확 트인 거실에 도달했다. 김 회장과 민 여사가 다과를 먹으며 이야기를 나누고 있었다.

"어머, 왔니? 안 그래도 네 이야기 하고 있었는데."

살갑게 구는 민 여사의 거짓웃음에 동준은 치가 떨렸다. 그러나 그런 자신의 속마음을 겉으로 표현할 정도로 어린 예전의 동준이 아니었다.

"백화점 일처리를 아주 깔끔하게 했더구나."

김 회장이 엷은 미소를 지으며 말하자 민 여사는 곧 과장된 목소리로 맞장구를 쳤다.

"동준이는 원래 이사진에게도 인정받고 있었잖아요. 호호호. 어쩜 이렇게 듬직한지."

동준은 김 회장을 마주 보고 앉았다.

"이번 인사발령은 들었니?"

"네. 좀 전에 듣고 왔습니다."

"이제 태영그룹을 맡으려면 꽃길만 걷지 말고 실력을 맘껏 보이라고 이번 네 인사를 db패션 쪽으로 발령 내렸다."

"전 어디든 괜찮습니다."

"db패션이 조금 약하잖니? 태영계열사 중에서…… 니가 욕심이 워낙 많아서 실망할까 봐 걱정했는데, 한시름 놓겠네요."

늘 이런 식이었다. 민 여사는 김 회장 앞에서 동준을 칭찬하는 척하다가 툭툭 내뱉는 말 한마디로 끼어들어 동준을 깎아내리려는 속마음을 여실히 드러냈다.

"욕심이 아니라 태영을 지키려는 거겠죠. 어머니."

동준은 민 여사를 보며 싸늘하게 웃으며 냉정하게 말했다.

생전 하지 않던 말. 그녀를 어머니라 부르며 자신의 분노를 감추는 그의 모습에서 민 여사는 등 뒤로 섬뜩한 한기를 느낄 수 있었다.

'많이 컸구나, 김동준. 아직 어린 줄 알았는데…….'

동준은 안 집사가 가져다놓은 차가운 물을 천천히 들이켜다 김 회장을 바라보며 차분하게 말했다.

"저 이번에 분가하려 합니다."

동준의 갑작스런 요구에 김 회장은 음미하던 국화차를 내려놓고 단호한 목소리로 말했다.

"결혼 외엔 분가는 안 된다."

"그럼 여보, 동준이 혼기도 차고 했으니 좋은 혼처 자리 제가 알아볼게요. 동준아, 그래도 되겠지?"

영악한 민 여사는 동준의 처도 자기 사람으로 꽂아둘 수 있는 기회를 놓치지 않았다. 동준은 들뜬 민 여사를 보며 저도 모르게 묘하게 날 선 목소리로 말했다.

"저 결혼할 여자 있습니다."

김 회장과 민 여사는 동준의 말에 잠시 할 말을 잊었다. 동준이 허튼 소리는 하지 않는단 것을 알지만 너무나 갑작스런 결혼 소식을 어떻게 받아들여야 할지 몰랐다. 그러나 김 회장은 아들의 여자가 어떤 사람인지 내심 궁금해 빨리 속내를 털어놓길 기다리고 있었다.

가장 놀란 건 민 여사였다. 그녀는 항상 자신의 사람들로 동준의 일거수일투족을 감시하고 있었다. 동준이 여자를 곁에 둔다는 말은 들어보지도 못했다.

그러나 동준은 그 말만 할 뿐 일언반구도 하지 않고 쉬고 싶다며 자신의 방으로 올라갔다.

"동준이 결혼할 여자가 누굴까요? 짐작 가는 사람 있어요?"

"워낙 말수가 없는 아이라……. 그래도 예린이와 혼사가 틀어지고 결혼이라고는 생각도 안 하는 것 같더니, 저런 무뚝뚝한 녀석을 사로잡은 사람이 누군지 궁금하구만. 허허허."

민 여사에겐 태영그룹을 장악해버릴 듯한 동준이 자신의 눈앞에서 벗어난다는 건 있을 수 없는 일이다. 속이 탔다. 자신의 아들 성혁은 경영에 관심도 없이 철없이 자기 하고 싶은 대로만 사는데, 동준은 계속해서 성장하고 있는 것이다. 말이 나온 김에 성혁의 이야기를 김 회장에게 넌지시 했다.

"동준이 결혼해서 자리 잡으면 성혁이 차례인데, 이번 기회에 성혁이도 회사 자리 하나 주셔요. 전 은근히 기대했어요. db패션에 성혁이 보낼 줄 알고."

신문을 펼치며 무심한 듯 김 회장은 말했다.

"하고 싶지 않다는 사람 억지로 시킬 맘 없어요."

마음이 초조해진 민 여사는 당장 경영에 참여 안 하면 있는 카드도 다 정지시켜버리겠다고 성혁이를 불러 단단히 으름장을 놓아야겠다고 생각했다.

한편 동준은 자신의 방에 오자마자 도청기나 카메라가 없는지 샅샅이 살펴보았다. 역시나, 책장 사이에서 도청기를 발견할 수 있었다.

적이 강하면 고민하지 말고 피해야 한다. 내가 약하면 숨고 피하는 것이 다치지 않기 위한 최선책이었다. 하지만 그건 동준이 어릴 때 이야기다. 지금은 다르다. 민 여사가 싸움을 걸어온다면 이제 피하지 않을 것이다. 지독한 상대라면 더 지독해질 것이고 비열한 상대라며 더 비열해져 더 이상 기어오르지 못하도록 머리통을 짓밟고 숨통을 끊어놓을 것이다.

동준은 도청기를 우악스럽게 한 손으로 짓눌렀다.

이 집을 나가기 위해 수단과 방법을 가리지 않을 것이다.

그깟 결혼 상대, 만들면 그만이니까…….

db패션은 태영계열사 중 아직 신생기업이라 기반이 약했다.

이런 곳으로 보내진 건 민 여사의 입김도 무시하지 못했다. 은연중에 민 여사는 동준의 업무적인 능력이 과대평가 되었다는 듯 김 회장에게 흘려 말했다. 우량계열사에선 세 살 먹은 아이를 세워놓아도 흑자를 낼 수 있다며 비꼬았다. 늘 김 회장 옆에서 한마디씩 던지는 모함도 자꾸 듣다 보면 사실처럼 여겨지니까. 그런 모함을 불식시키는 것은 능력을 보여주는 방법밖엔 없었다.

동준은 워커홀릭처럼 일하며 사업 이익을 정상궤도에 올려놓는 짜릿함을 나름 즐겼다. db패션의 사업 전반에 대해 알기 위해 이틀 동안 서류에 묻혀 살았다. 나 비서를 통해 JK쪽과 접촉하며 요번 서울 패션위크에 콜라보레이션을 할 수 있도록 힘을 쏟고 있었다. 그런데 오늘, 잠시 직원들이 출근하기 전 시간에 회사를 찾아 사무실을 돌아보다 부산에서의 꽃뱀과 마주치게 되었다.

그런 꽃뱀이 우리 회사 안에 있다니, 아마도 제대로 된 직원일 리가 없다. 회사를 나오는 것도 남들에게 내보일 만한 그럴듯한 명함 하나 가지려는 것일 거다. 자신을 더 돋보이게 할 수단으로, 그래서 돈 많은 남자 하나 후려서 편하게 살아보자는 수작이겠지……. 영리하다 못해 영악하기 그지없다.

여전히 젖은 머리카락 사이 크고 검은 눈은 빤히 쳐다보는 것만으로 상대를 홀리는 것 같았다. 도톰하고 색스러운 붉은 입술로 자신을 변태 운운하며 엮는 기술도 보통이 넘는 듯하고 반말하지 말라며 톡 쏘는 청량한 음성도 매혹적이었다.

그런데 이후 임원회의를 마치고 각 부서를 돌아보기 위해 온 디자인실에서 그 여자를 다시 만났다. 탕비실에서 나온 세 명의 여자 중 마지막으로 나온 단정한 차림의 여자가 그 꽃뱀이라고 상상할 수도 없었다. 검은색 정장 치마와 블라우스, 차분한 머리 모양이 딴 사람처럼 보였다.

동준이 다가가자 도둑이 제 발 저린다고, 어쩔 줄 몰라 하는 그녀의 모습이 연기라 생각하면서도 조금 귀여웠다. 앙큼하게도 자신의 웃는 모습이 예쁘다는 걸 아는지 아침 햇살보다 더 밝은 미소로 웃으며 인사하는 모습에 동준도 홀딱 넘어갈 뻔했다. 살랑거리며 마음을 뒤흔들게 해서 혼을 쏙 빼놓는 꽃뱀의 기술에…….

그래서 웃지 말라 했다. 더 이상 그 눈웃음에 흔들리고 싶지 않아서. 정신을 똑바로 차리고 괜한 트집을 잡았다. 집안일 회사일 구분하라며 별것도 아닌 일로 기강을 잡으려 했다. 파르르 떨리는 그녀의 속눈썹 사이 금방이라도 눈물이 떨어질 것 같았지만 피가 날 정도로 입술을 질근 깨물며 참는 것 같았다. 자신이 보아도 유치하기 짝이 없었다. 사무실을 돌아보다 보니 그녀가 구석진 곳에서 울음을 참는 것 같았는데. 미치겠다. 무시해야 하는데 왜 자꾸 그 여자가 신경 쓰이지.

웃음과 눈물로 남자의 마음을 쏙 빼놓는 그녀의 연기 중 하나일 텐데. 알면서도 벌써 자신조차 그 여자에게 넘어갈 정도라니. 그 여자는 꽃뱀이다, 돈을 위해 무슨 일이든 서슴지 않는……. 그렇지, 돈을 위해 무슨 일이든 할 여자지.

순간 그런 생각이 든 동준은 의자에서 천천히 일어났다. 창밖을 보며 잠시 생각에 잠겼다. 차디찬 창문의 차가운 기운이 이마를 타고 온몸에 번지는 것 같았다.

"멀리 찾을 필요도 없겠네."

부사장이 온 후 회사는 바쁘게 돌아갔다. 팀장도 임원회의에 시도 때도 없이 불려 다니면서 점심도 거른 채 계속되는 회의에 녹초가 되어 돌아와 디자인실 직원들을 쪼아댔다. 팀장은 디자인실에 독창성과 판매성을 두루 갖추도록 잘 팔리는 베이직 디자인과 브랜드의 이미지를 대표하는 디자인을 위해 각자의 아이덴티티가 있는 디자인을 내놓으라고 독촉했다. 경력사원들은 사원들대로 새로운 보고서와 결재판을 들고 진땀을 빼며 이리 뛰고 저리 뛰느라 정신이 없어 보였다. 안이한 태도로 임하던 임원들도 부사장의 날 선 질책과 무시무시한 눈초리, 새로운 디자인을 종용하는 회의 분위기로 바짝 긴장되어 보였다.

인턴인 하나도 덩달아 바빠졌다. 손이 모자란 디자인실에서 온갖 잔심부름들이 쏟아져 나왔다. 프린터기 앞에서 온종일 보고서와 결재서류를 복사하기도 했고 샘플링으로 원단을 자르고 서류를 연도별, 월별, 일자별로 끝도 없이 정리하기도 했다. 패턴실과 샘플실을 쫓아다니며 수량이 부족한 지퍼나 단추를 갖다 주고 끊임없이 울리는 전화도 받았다.

그렇게 바쁘게 돌아가던 디자인실의 점심시간이 되자 직원들은 삼삼오오 지하 직원식당으로 내려갔다.

"하나야, 밥 먹으러 가자. 이게 다 먹고살려고 하는 짓 아니냐?"

눈 밑에 다크서클이 턱까지 내려온 고 대리가 금방이라도 폭발할 듯한 목소리로 하나를 불렀다.

"네, 대리님."

고 대리는 입사 때부터 사근사근하고 자신을 잘 따르는 하나를 유독 예뻐했다. 인턴이 되고, 다들 바쁜 와중 아무것도 몰라서 멀뚱히 서 있는 하나에게 지시사항을 툭툭 던지듯 말하면서도 은근히 챙기는 고 대리를 하나는 의지했다.

지하 직원식당은 한 번에 천 명은 먹을 수 있는 좌석과 지하이지만 큰 창을 이용해 햇빛이 최대한 깊숙이 들어올 수 있도록 설계되었다. 유리 바깥으로 잔디를 깔아서 따뜻한 인상을 주었다. 오늘 메뉴는 차수수밥에 아욱된장국, 콩나물돼지불고기, 계란간장조림, 삼색나물무침, 배추김치였다.

창가 쪽 식탁에 자리 잡으니 회장실에서 내려온 영진이 고 대리와 하나를 발견하고 합석했다. 고 대리가 하나에게 계란노른자를 골라주며 말했다.

"나 노른자 알러지 있는 거 알지?"

"대리님이랑 저랑 넘 잘 맞나 봐요. 전 노른자가 제일 좋은데……."

하나가 눈웃음을 짓고 계란 노른자를 한 입에 삼키려 하는 찰나, 부사장과 임원들이 식판을 들고 하나가 앉은 식탁 옆을 지나는 게 아닌가? 부사장과 눈이 마주치면서 욕지거리가 나올 뻔했다. 놀라서, 너무 놀라서 급하게 먹은 노른자 때문에 목이 탁탁 막혔다.

부사장은 하나가 목이 막혀 가슴을 치는 모습을 보더니 미간을 좁혔다. 하나는 그 모습을 힐끗 보다가 고개를 팍 숙여버렸다. 이제 밥도 편하게 못 먹게 하는 저 변태, 독사, 싸가지. 먹다가 확 체해버려라.

영진은 하나의 속마음도 모르고 멀어져가는 부사장을 바라보며 눈에서 하트를 뿅뿅 날렸다. 그러곤 흥분한 목소리로 말했다.

"부사장 지나가는 거 봤어? 봤어? 오늘 살인적인 회의한다고 두어 번 접은 셔츠 소매 밖으로 팔뚝 봤지?"

"웬 팔뚝?"

고 대리는 호기심 어린 눈빛으로 연신 젓가락질을 하며 물었다.

"그 핏줄이 불끈 솟은 팔근육 봤냐? 완전 내 스타일."

"야, 니가 하도 떠드니까 부사장이 우리 쪽 자꾸 본다. 좀 조용히 해라."

고 대리는 숟가락으로 영진의 식판을 탕탕 치면서 그녀를 진정시켰다. 하나는 밥을 먹는 둥 마는 둥 서둘러 식사를 마쳤다.

"저 먼저 일어날게요."

"뭐? 너 다이어트하냐?"

영진이 하나를 쳐다보며 말했다.

"다이어트는 네가 해야지. 하나가 빠질 살이 어디 있니?"

"고 대리님, 저도 빠질 살 없거든요."

고 대리는 콧방귀를 뀌며 영진의 허릿살을 집게손가락으로 꽉 쥐며 말했다.

"이건 살이 아니고? 몸에 튜브를 끼고 사냐?"

"대리님 너무해. 나 이거 뺏어 먹을 거야."

영진이 콩나물 돼지불고기를 숟가락으로 훅 퍼서 자신의 밥 위에 올렸다.

"그냥 다 먹어라."

"성은이 망극합니다."

하나는 웃음이 났다.

"급한 일이 있어서요. 먼저 가볼게요."

두 사람을 남겨두고 하나는 직원식당을 나왔다. 식당을 빠져나가면서도 뒤통수가 따가웠다. 꼭 부사장이 자신을 노려보는 것만 같았다. 하나는 디자인실에서 야단맞고 난 후 되도록 그를 피하려 하고 있었다. 그의 머릿속에 자신의 얼굴과 이름이 사라져버렸으면 좋겠다고 생각했다. 요 며칠 사이 복도나 회사 로비에서 부사장을 몇 번 마주칠 뻔했지만 용케 피해왔다. 그런데 이렇게 직원식당에서 그와 마주칠 줄이야.

하루에 숙박료가 몇 백만 원씩 하는 스위트룸에서 잘 정도로 돈도 많으면서 꽁생원처럼 직원식당이 뭐야……. 부사장 보고 체하라고 악담을 했더니 벌 받나 보다. 오히려 하나의 속이 꽉 막힌 게, 아무래도 바람이라도 쐬고 와야겠다.

빌딩숲 사이 조그만 녹색공원을 하나는 산책했다. 아직은 더운 기운을 온전하게 못 몰아낸 찬바람이 한 번쯤 심술궂게 할퀴고 지나가기도 하였다.

Rrrrrrr. 그새를 참지 못하고 하나의 휴대폰이 울렸다.

-하나야, 혼자 어디 있어?

"고 대리님. 속이 안 좋아서 공원 쪽에 나왔어요"

-그래? 그럼 나 뜨거운 커피 좀 사와줘. 일회용 커피에 질렸어.

"대리님은 모카라테, 영진 씬 아이스 아메리카노 사가면 되죠?"

-빨리 와. 영진 씨 입에다 뭐라도 물려놔야지 그 부사장 이야기 안 하게 생겼어.

"크크크. 알겠어요."

하나는 회사 근처 카페에 들려 커피를 사서 엘리베이터를 탔다. 10층 사무실에 내려 복도를 지나 돌아가는데 몇 발자국 떨어진 곳에 부사장이 다가오고 있었다. 그만 놀라서 뒷걸음치다 발을 접질러 바닥에 넘어지고 말았다. 손에 꽉 쥔 트레이에 있던 뜨거운 커피가 하나의 왼쪽 손등에 쏟아졌다. 손등이 빨갛게 변했지만 이 상황을 모른 척하고 싶은 마음이 더 커서 쪼그려 앉은 채 쏟아진 커피를 여기저기 흩어진 냅킨으로 황급히 닦았다.

그때 갑자기 저벅저벅, 발자국 소리가 크게 들리더니 하나의 눈앞에 반짝반짝 광이 나는 구두가 보였다. 연이어 부사장이 한쪽 무릎을 꿇고 앉아 바닥을 닦고 있던 그녀의 왼쪽 손목을 세게 틀어쥐었다. 하나는 저도 모르게 입에서 비명이 터졌다.

"아악!"

너무 놀라고 당황해 눈을 굴리던 하나는 슬쩍 고개를 들어 그를 보았다. 흔들림 없는 눈동자와 마주치자 심장이 터져 나갈 듯 마른

침이 넘어갔다. 그는 덤덤하게 하나를 바라보며 말했다.

"내가 무서워?"

"……예. ……아니오."

하나는 저도 모르게 본심을 이야기했다가 고개를 다시 저으며 진심을 부정했다. 그는 고개를 삐딱하게 기울이며 차갑고 냉정한 목소리로 물었다.

"근데 왜 요리조리 피해 다니지?"

하나는 대답하고 싶지 않았다. 대답하면 떨리는 목소리가, 심장 소리가 부사장의 귀에 들릴 것만 같았다. 틀어쥔 손목을 떼어내려 다른 손까지 합세해서 힘을 주자 부사장은 더 바짝 손목을 자신 쪽으로 끌어당겼다.

"아파요. 놔줘요."

그는 눈꺼풀이 반쯤 들린 눈으로 무심한 듯 하나를 쳐다보고 있었다. 그때 그가 기다란 손가락으로 옆에 놓여 있던 아이스 아메리카노를 그녀의 불거진 왼손에 쏟아부었다.

"이대로 두면 흉터 남아."

그녀의 눈에 넥타이 없이 단추가 하나 풀린 하얀 셔츠가 보였고 그 아래 두어 번 접은 소매 밖으론 핏줄이 도드라진 듬직한 팔뚝이 보였다. 하나는 못 볼 것을 본 사람처럼 서둘러 시선을 돌렸다. 주인 말을 안 듣고 나대는 심장을 멈출 수 없었다.

동준은 하나의 빨개진 손을 보다 안 되겠는지 일어나 그녀의 손목을 잡아 일으켜 세웠다. 동준의 손아귀 힘이 너무 강해 하나는 손목이 아팠다.

"이거 놔주세요. 이거 정리해야 해요."

동준은 들은 척도 하지 않고 그녀를 끌고 가다시피 임원 전용 엘리베이터에 그녀를 밀어 넣고 닫힘 버튼을 눌렀다.

임원 전용 엘리베이터는 처음이었다. 하나는 약간 두려웠다. 이 남자의 행동이 이해가 가지 않았다. 여전히 동준은 그녀의 손목을 놓아주지 않았고 말도 없었다. 숨 막힐 것 같은 침묵에 하나는 고개를 숙인 채 발가락만 꼼지락거렸다.

부회장실에 도착하자 나 비서는 옆에 있는 하나를 의아한 듯 쳐다보았다. 안경을 올리며 이 상황이 뭔가 예의 주시하며 미동도 하지 않고 서 있었다.

하나는 부사장 비서가 남자라는 사실을 처음 알았다. 나 비서는 큰 키에 안경을 쓴 샤프한 인상으로, 빈틈이 없어 보였다. 짙은 그레이 슈트에 어울리는 톤 다운된 넥타이를 깔끔하게 맨 노멀한 의상을 입고 있었다. 부사장은 나 비서를 지나 부사장실로 들어가며 흘리듯이 말했다.

"나 비서, 상비 약상자 가져오고 디자인 사무실에 커피 돌려. 그리고 인턴 정하나 씨 외근하고 바로 퇴근한다고 팀장한테 전해."

"저, 저……."

쭉 뻗은 동준의 걸음걸이를 따라가려니 아담한 하나는 아기처럼 종종걸음으로 뒤를 쫓을 수밖에 없었다. 사무실 안은 가운데 모던한 소파가 놓여 있고 통유리로 된 창문 앞에 책상이 있었다. 책상 위 깔끔하고 질서정연하게 정리된 서류들이 그의 성격을 알려주었다.

"앉아요."

하나는 눈만 동그랗게 뜨며 서 있다 부사장 지시에 소파에 앉았다. 곧이어 들어온 나 비서는 상비약을 전해주며 가볍게 묵례를 하고 하나를 힐끗 쳐다본 뒤 돌아섰다. 동준은 상비 약상자에서 소독약을 꺼내 커피에 데인 하나의 왼손을 소독해주고 약을 발라주었다. 그의 기다란 손은 느릿하지만 움직임은 군더더기 없었다. 꼼꼼하게 약을 발라주는 동안 턱밑까지 다가온 갸름한 얼굴과 위에서 뿜어대는 가는 숨소리가 하나를 긴장시켰다.

"감사합니다."

차가운 인상과 달리 사실은 말단 직원까지 챙기는 자상한 사람인가 하는 생각에 하나는 콩닥콩닥 심장이 뛰면서 간지러운 설렘이 몽글몽글 피어올랐다.

"하나 씨?"

"네?"

"내가 반말해서 기분 나쁜가?"

"아, 아뇨."

하나는 당황하며 손사래를 치며 말했다.

"당연히 반말하셔도 됩니다. 아니 욕을 하셔도 됩니다. 부사장님 맘 편하신 대로 막 굴리셔도 됩니다."

허리를 꼿꼿이 세우며 하나는 군기가 바짝 든 군인처럼 말했다. 동준은 재미있다는 듯 피식 웃으며 소파에 나른하게 등을 푹 파묻었다. 그리고 쭉 뻗은 다리를 꼬고 비스듬히 기댄 채 팔짱을 끼고 그녀를 지그시 바라보았다.

"재밌네요, 하나 씬."

느긋하게 파고드는 동준의 눈빛에 하나는 심장이 제멋대로 발작을 했다. 부사장은 아무렇지도 않은데 자기 혼자 롤러코스터를 타듯 하는 이 상황이 마음에 들지 않았다.

"궁금해요? 하나 씨를 사무실까지 데려온 이유?"

갑작스런 그의 질문에 하나는 눈을 크게 떴다.

"네. 무슨 시키실 일이 있으신 거면 말씀하세요."

"그런 일 없어요."

"그럼……."

하나는 또 복도에서 조심성 없이 커피나 쏟는다고 책망하려나 바짝 긴장을 하고 있는데 부사장의 입에서 의외의 대답이 나왔다.

"하나 씨가 궁금했거든."

"네?"

"나와 같은 부류의 사람인지."

"부사장님과 같은 부류…… 그건 무슨 의미죠?"

대답 대신 동준은 소파에서 일어나 탁자 위 주전자에서 물을 컵에 따라 천천히 마셨다. 목울대가 움직일 때마다 섹시해 보였다. 그는 탁자에 걸터앉아 잔을 가만히 내려놓고 하나를 똑바로 응시하였다. 긴 속눈썹이 감겼다 들리는 그의 눈빛은 차갑지만 복잡한 감정이 섞여 있었다. 그의 모습은 범접하기 어려운 아우라를 뿜어내며 가만히 서 있는 것조차 저절로 주눅 들게 만드는 묘한 재주가 있었다. 하나는 그가 무슨 말을 할지 침을 꼴깍 삼켰다.

"난 가벼운 사랑을 좋아해."

동준은 무거운 침묵 후 입을 떼었다. 하나는 동준의 말이 무엇을 의미하는지 곱씹었다. 가벼운 사랑의 정의를 알지 못해 토끼 눈을 뜨고 얼어서 그를 똑바로 쳐다보았다.

"긴장 풀어, 하나 씨. 잡아먹지 않을 테니까."

동준은 피식 웃으며 갸름한 턱을 한 손으로 가볍게 감쌌다.

"난 뼛속까지 사업가야. 이익이 없는 곳에 에너지를 낭비하는 어리석은 행동은 하지 않지. 사람의 마음을 간파하고 설득해서 잘

활용하는 게 사업가의 자질이거든."

그는 쭉 뻗은 긴 다리로 천천히 걸어서 사무실 의자에 몸을 기댄 채 비스듬히 앉아 하나를 응시하며 말했다.

"사랑도 마찬가지야. 영원한 사랑은 없다고 믿어. 남녀끼리 서로 이익을 계산하며 머리로 주판을 튕기고……."

하나는 그의 말을 들으며 미간이 찡그러졌다. 조각 같은 외모이지만 그의 마음은 심장 없이 잘 빚어진 얼음조각 같다는 생각을 했다. 하나는 이 사람이 위험하다는 생각에 미쳤다. 자신도 그의 차가움으로 꽁꽁 얼리고 난 뒤 산산이 부서뜨릴 것만 같았다.

"하나 씨가 이런 관계를 허락한다면 무얼 원하든 원하는 만큼 줄 수 있고, 지금 나 또한 내 요구를 들어줄 상대가 필요해. 그 어느 때보다 아주 절실히."

무얼 원하든……. 이건 뭐지? 드라마에서 많이 보던 상사의 유혹인가? 속이 상했다. 하나는 욕을 먹더라도 이젠 당당하게 물어야겠다는 생각이 들었다.

"지금 저한테 섹스파트너를 원하시는 건가요?"

동준은 자신의 의도와 다른 하나의 당돌한 돌발 질문에 잠시 당황했다. 역시 이런 제안을 많이 받아서 그런지 뭔가 시원시원한 구석이 있었다. 빙빙 돌려 말하지 말고 직접적이고 노골적으로 편하게 말하라는 소리일 것이다.

그녀가 어디까지 자신의 제안을 받아들일지 궁금했다. 그런 그녀의 도발적인 행동이 재미있어 흥미로운 얼굴로 물었다.

"그렇다면?"

제법 말이 통하는 여자다. 역시 그의 예상을 빗나가지 않았다. 육체적인 관계를 원한다면 그 또한 들어줄 용의는 있다. 달콤한 미끼를 던지며 그녀는 이 협상테이블에서 더 우위에 서겠지만. 그 정도쯤은 애교로 넘어갈 용의는 충분했다.

동준은 그녀가 자신의 제안을 쉽게 허락할 거란 확신으로 느긋하게 기다렸다. 긴 속눈썹 아래 커다란 하나의 눈동자는 그를 똑바로 바라보며 서늘할 정도로 단호하게 대답하였다.

"전 노입니다."

의외의 대답에 순간 동준은 당황스런 표정을 비쳤다.

한번 비틀겠다는 건가? 그는 눈을 가늘게 뜨고 사무실 책상에 오른손으로 턱을 괴고 비스듬히 고개를 기울인 채 하나를 지그시 응시했다.

"왜지?"

"사랑하지 않는 사람과는 싫습니다."

동준의 눈빛이 하나를 향해 집요하게 꽂으며 입꼬리를 살짝 올리고는 낮은 저음으로 유혹하듯이 물었다.

"나한테 관심이 하나도 없나?"

짙은 눈동자. 그의 말 한마디는 하나의 마음을 아무렇지도 않게 찌르고 들어와 그녀의 머릿속을 갈가리 헤집어놓았다. 온몸에 흐르는 혈관의 피를 뜨겁게 달구어 그녀의 심장을 펌프질하게 하였다. 하나는 그의 치명적인 매력에 빠지지 않기 위해 입술을 질끈 깨물었다.

"부사장님은 훌륭하십니다. 그렇지만 저와는 어울리지 않습니다."

"왜 어울리지 않지? 난 하나 씨가 나와 같은 부류라고 생각했는데……."

그는 빙그레 웃으며 물었다.

그놈의 돼먹지 않은 같은 부류란 게 도대체 뭐야? 하나는 손에 땀이 났다. 팔짱을 끼고 내리깐 그의 시선을 하나는 똑바로 바라보며 야무지게 말했다.

"저는…… 계산하지 않고, 후회하지 않는 사랑을 하고 싶습니다. 사랑을 돈으로 살 수 없다고 생각합니다. 돈으로 사는 사랑은 진실이 아니고 거짓이니까. 계산이 따르는 사랑은 이미 가짜이니까요."

그때 노크 소리와 함께 나 비서가 들어왔다.

"부사장님, 대성 대표와 약속이 잡혀 있습니다."

그는 방해받은 것이 마음에 들지 않는지 가지런한 눈썹을 아주 살짝 찌푸렸다.

"취소해. 지금 일 안 끝났으니까."

그가 일정을 취소시키는 일은 드물었기에 나 비서는 의아한 표정을 지으며 조용히 문을 닫고 나갔다.

하나는 이 자리가 너무 불편했다. 그는 무슨 의도로 중요한 일정까지 취소하며 자신을 묶어두려는 걸까. 그가 사무실 책상 앞의 의자에서 일어나 하나가 앉아 있는 소파로 천천히 걸어왔다. 하나는 그가 다가오자 저도 모르게 온몸이 긴장되어 등을 곧게 펴고 꼿꼿이 앉았다.

동준은 하나와 대각선으로 마주한 자리에 앉아 지갑에서 명함을 꺼내 소파 탁자에 살며시 놓았다.

오랜만에 흥미로운 상대를 만난 것 같았다. 정하나, 이 여자. 사업파트너로 사람 마음을 뒤흔들 줄 아는 그런 여자. 미끼를 쉽게 덥석 물지 않고 흥정할 줄 아는군. 그렇다면 나도 내 속내를 다 보일 순 없겠지? 차근차근 주위를 맴돌며 조금씩 숨통을 조여야겠지. 고고한 사랑타령, 끝까지 들어줄게. 나에게 넘어올 때까지 요조숙녀처럼 정중하게 대하지. 너의 천박함, 내숭들을 스스로 네가 보일 때까지…… 속아주지.

그는 반말 대신 정중한 태도로 말을 이어나갔다.

"넣어둬요. 나 비서를 거치지 않고 전화할 수 있는 내 직속 휴대폰 번호입니다."

그녀는 잠시 망설였지만 상사의 말을 따르지 않는 것도 예의가 아니라고 생각해 명함을 손에 꼭 쥐었다.

"오해하지 마세요. 제가 의미한 것은 섹스파트너가 아닙니다."

"네?"

하나는 당황해서 입이 다물어지지 않았다. 자기 혼자 오해하고 설레발까지 떨며 자기 멋대로 상상의 나래를 펼쳤다는 생각에 하나의 얼굴이 붉게 물들었다. 귀밑까지 빨개지면서 열이 확 달아올랐다. 하나는 너무 부끄러워 고개를 들지 못하고 있었다. 표정관리가 힘들어 쥐구멍에라도 들어가고 싶었다.

그 모습이 동준에겐 너무 순진해 보였다. 그의 눈썹이 휘어졌다.

"죄, 죄송합니다."

참 알 수 없는 여자다. 카멜레온처럼. 어떤 모습이 정말 그녀의 모습인지 헷갈렸다. 모두 연기일지도 모르지만…… 어쩜 자기 예상과 빗나간 대답에 당황했을지도 모르지. 어쨌든 꽃뱀치곤 나름 귀여운 아가씨이군.

그의 반듯한 얼굴에 옅은 웃음이 번지며 다정한 목소리로 말했다.

"당신이 말한 그 가짜 사랑이 궁금할 때 연락 줘요."

"가짜 사랑이라뇨?"

"돈과 연관된 남녀관계라면 알아듣기 쉬운가? 내 제안이 끌릴 때 언제든지 연락해요."

그가 부드럽게 웃고 있었다.

또 유혹한다. 이 남자.

하나는 그의 부드러운 웃음에 현혹되지 말자고 다시금 다짐하며 입술 사이 가느다란 한숨을 내쉬며 얼굴을 굳혔다.

동준이 바(bar) 가까이에서 바텐더가 따라주는 위스키 온더락을 주문하여 마시고 있었다. 미국에서 같은 고등학교를 나온, 동준이 친구라고 부를 수 있는 카이가 운영하는 애반 바였다. 밖에서는 입구를 찾기 힘들지만 안으로 넓은 홀과 암막커튼이 쳐져 있는 어둡지만 고급스럽고 프라이빗한 느낌이 드는 아늑한 내부로 인테리어 되어 있었다. 한쪽 벽면에는 위스키와 와인이 천장에서부터 일렬로 정렬되어 있었다.

글래스 안에 동그란 모양의 투명한 얼음이 담긴 위스키를 한 모금 마시며 동준은 오늘 사무실의 하나가 떠올라 저도 모르게 피식 입꼬리가 올라갔다.

정하나……. 처음 호텔에서 만난 정하나의 첫인상과 회사에서 만난 그녀의 모습은 너무 이질감이 컸다. 젖은 머리칼과 유혹하듯 풀린 눈동자로 자신을 쳐다보는 그녀의 눈빛을 보며 당연히 꽃뱀이라 생각했다. 홀리듯 바라보는 모습, 키스를 부르는 듯 벌어진 도톰한 빨간 입술, 하얀 목덜미, 떨리는 가녀린 어깨…….

그랬던 하나가 자신을 노골적으로 피하는 게 신경 쓰여 무작정 손목을 끌고 자신의 사무실에 밀어 넣었다. 앙다문 입술에 그녀의 자존심이 보였다. 흐트러짐이 없이 자신을 똑바로 쳐다보며 계산이 따르는 사랑은 가짜라는, 초등학교 도덕교과서에나 나올 법한 말을 할 때 그의 입술 사이로 웃음이 피식피식 새어 나왔다. 순진한 건지, 아님 한 단계 위인 고단수인 건지 잠시 헷갈렸다.

그녀가 어린 것 같다는 그의 생각은 오판이었다는 것을 잠시 후 알게 되었다. 그의 명함을 손에 꼭 쥐고는 눈을 치켜뜨며 말했다.

'주시는 거니까 예의로 가지고 있겠습니다. 그렇지만 연락할 일은 없을 겁니다.'

초롱초롱한 눈으로 강단 있고 야무지게 제 할 말 다하는 그녀를 보면서 말이다.

'제가 부사장님보다 한참 어리지만 이유 없이 호의 베풀지 않는다는 거 알 만큼 알아요. 부사장님 말 한마디에 그날 부로 직장을 잃을 수도 있는 힘없는 인턴인 제 현실도 절실히 알고 있어요.'

치떠진 눈썹 아래 파닥거리는 속눈썹과 조금만 더 힘주면 터질 것처럼 꽉 쥔 부르르 떨리는 조그만 주먹을 그는 응시했다. 그녀가 지금 화를 참고 있다는 것이 그의 눈에 보였다.

'제가 쉬워 보이셨다면 착각이세요. 만약 제가 그 제안을 받아들인다며 각오하셔야 할 거예요. 제가 어떤 제안을 할지……. 아쉬운 쪽은 부사장님이시니까요.'

'왜 내가 아쉽다고 생각하지?.'

'먼저 제안하는 쪽이니까요.'

상대의 약점을 알고 자신에게 유리하게 이용하는 앙큼함도 있었다. 정하나, 그 여자가…….

'제가 거절한다고 해도 부당하게 자르실 그런 치사한 분은 아니실 거라 믿어요.'

치사한…… 이란 남자의 위신을 떨어뜨릴 일은 하지 말라고 비웃기라도 하듯…… 동준의 입꼬리가 휘어 올라갔다.

하나는 그런 그의 모습을 보지 못하고 소파에서 일어나 예의 바르게 인사를 하곤 조심스럽게 문을 열고 사무실을 나갔다.

동준은 그런 하나의 모습이 재미있다고 생각하며 푹신한 쿠션에 등을 묻었다. 단조로웠던 일상에 또 다른 재미가 생겼다 생각하며 동준의 얼굴에 웃음기가 배었다.

게임 상대로 그만인 여자다. 속마음을 숨긴 채 남을 떠보며 상대방 우위에 서려 한다. 예측했던 대로 흘러가지 않고 상대의 허를 찌르는 솜씨가 그만이다. 동준은 희열을 느꼈다.

쨍그랑, 얼음이 부딪치는 소리와 함께 동준의 기억의 잔상들이 흩어졌다. 무슨 생각에 잠겨 있는지 미소를 짓고 있는 동준을 카이가 흥미롭게 바라보았다. 아이스 버킷을 가져와 그의 글래스에 집게로 얼음을 넣어주며 말을 걸었다.

"오늘 기분 좋은 일 있어?"

"왜?"

"최근 너 웃는 모습, 오랜만에 보는 것 같은데."

카이는 동준의 평소와 다른 행동이 궁금했다. 팔꿈치를 바 테이블에 얹고 깍지를 낀 손등에 턱을 올리고 동준을 빤히 쳐다보았다. 동준은 그런 카이의 모습에 긴 손가락으로 잡고 있던 위스키 온더락을 천천히 빙빙 돌리며 한 모금을 마시고는 저음으로 내뱉듯 말했다.

"얼굴 치워. 나 술 마시러 왔지, 네 얼굴 보러 온 거 아냐."

"짜식 까칠하긴……."

카이는 몸을 뒤로 빼어 바로 세우고 여전히 동준을 빤히 보며 호기심에 찬 표정을 지었다.

"너 오늘 분위기가 묘한데……. 예린이랑 사귈 때 모습 같아."

동준은 예린이라는 이름이 언급되자 미간을 찌푸리며 눈빛이 예리한 칼처럼 번뜩였다. 정말 싫은지 입가마저 비틀려 올라갔다.

"그 여자 이야기 내 앞에서 꺼내지 마."

카이는 그런 모습에 입술을 실룩거리며 장난기 있는 목소리로 받아쳤다.

"이거 원, 무서워서……. 알겠어, 알겠어. 내가 잘못했어."

그는 동준에게 홀 안의 테이블 앞의 한 여자를 보며 말을 이어갔다.

"너, 연애나 해라. 아까부터 저기 테이블에 앉은 여자가 너한테 자꾸 추파를 던지는데……."

동준은 몸을 비틀어 고개를 돌려서 카이가 주시하는 그 여자를 무심한 눈으로 보았다. 은근한 눈길로 동준을 응시하는 늘씬한 미인이 보였다. 그녀는 도발적인 눈으로 동준을 바라보며 망설임 없이 또각또각 하이힐 소리를 내며 동준의 옆자리에 앉았다.

"저 마티니 한잔 사주실래요?"

요염한 자태로 그에게 기대며 나긋한 목소리로 말한 그녀는 은근슬쩍 그의 허벅지를 쓰다듬었다. 동준은 가녀린 손목을 낚아채듯이 잡고 몸을 기울여 그녀의 얼굴 가까이 다가갔다. 여자는 기대에 찬 얼굴로 그를 응시하다 귓속말로 속삭이는 그의 말에 입이 놀라서 저절로 벌어졌다.

"많이 취한 거 같으니까 그만 마셔."

냉소적인 비웃음을 지으며 동준은 바에서 일어났다.

비틀린 여자의 얼굴에서 마음에 드는 남자의 매몰찬 거절에 부끄러움과 아쉬움이 공존해 보였다. 저런 미인을 바람맞히다니. 동준을 이해할 수 없는 카이는 무안해서 그 자리를 피했다.

동준은 조금 취기가 돌았다. 차가운 바람을 맞고 싶었다. 복잡했던 자신의 마음을 정리할 필요가 있었다. 바에서 나온 그는 주차되어 있는 차까지 걸어 나오면서 생각했다.

쉬운 여자는 싫었다. 자존심이 없는 여자는 더 싫었다. 질척대며 헤어지자는 소리에 울며 매달릴 게 분명하기 때문이다.

정하나……. 그래서 널 택한 거야. 미끼를 던지고 널 기다리지.

정하나, 너의 잘못은……. 내 눈에 띈 것. 그게 잘못인 거야.

제대로 상대해주지. 지금까지 만난 늙은 놈팡이들과는 전혀 다른 즐거움을 느끼게 해줄게.

언제든지 오렴. 열렬히 환영해줄게.

집에 도착한 시간은 저녁 8시. 하나는 세수를 하고 편한 옷으로 갈아입었다. 화장대에 앉아 로션을 바르는 자신의 얼굴이 해쓱해 보였다. 며칠 동안 너무 많은 일들이 한꺼번에 터져버린 것만 같았다. 보증금을 올려달라는 주인아주머니를 설득할 수 있을까? 어머니 수술비까지. 오늘따라 빗소리가 요란하다.

작지만 두 모녀에겐 편안하고 아담한 집이었다. 비가 오는 날이면 엄마가 부침개를 해주시던 기억이 떠올랐다. 고소한 냄새가 온 집안에 퍼지면 자연스레 침이 고이고 다 되기도 전에 엄마 옆에서 맛을 보며 감탄사를 흘리곤 했는데…….

따뜻했던 기억들이 고스란히 담겨 있던 곳. 이곳을 떠나면 어디로 가야 할까? 이 어렵고 힘든 일들을 혼자서 이겨낼 수 있을까? 하나는 많은 감정들이 뒤섞여 묘한 느낌이 들었다. 다가가 빗방울이 창문을 두드리는 모습을 물끄러미 쳐다보았다.

김동준 부사장……. 사무실에서 부사장의 노골적인 유혹이 문득 떠올라 기분이 나빠졌다. 그의 유혹이 섹스파트너는 아닐지 몰라도 자신에게 유리할 리 없다는 것을 너무나 잘 알고 있었다. 부사장과 인턴이라는 사회적 신분의 갭 차이는 사람과 사람 사이에 이루어지는 수평적인 관계로도 성립될 수 없을 것이다. 갑과 을 관계……. 그저 부사장의 말에 토 하나 달지 못하고 하라는 대로 하는, 리모콘으로 조종되는 그런 장난감 정도 될까…….

씁쓸했다. 부사장은 정말 매력적이었다. 하나 자신도 한눈에 반할 정도의 외모와 샤프한 일처리, 그리고 묘한 분위기마저 그를 만날 때마다 떨리는 마음을 진정할 수 없을 정도로 끌렸다.

하지만 그게 다였다. 자신과는 다른 부류의 다가갈 수 없는 사람……. 그런 그가 제안을 한다. 구체적인 것까진 알 수 없지만 그 달콤한 유혹은 끝내 자신을 옭아매고 마침내 자신의 숨통을 죄여올 거란 건 불 보듯 뻔한 일일 것이다. 하지만 그라면 지금 당장 하나의 문제를 해결해줄지도 모른다.

그에게 그 정도 돈은 껌값이겠지? 그러나 하나는 이내 고개를 좌우로 세게 흔들었다. 유혹에 넘어가지 않도록, 마음을 다잡았다. 지금까지 그래왔듯이 꿋꿋해져야 한다고.

물끄러미 창밖을 보던 하나는 뒤를 돌아섰다. 미뤄두었던 집 청소를 하고 엄마가 입을 속옷이며 옷가지 몇 벌을 준비하여 병원으로 갈 준비를 서둘렀다. 그러다 책장 한구석에 놓여 있던 엄마의 일기장을 발견하였다.

엄마의 젊은 시절을 어떠했을까 궁금한 마음에 일기장을 살펴보았다. 그곳엔 얼굴도 알지 못하는 엄마의 사랑하는 사람, 하나의 아빠에 대한 구절이 있었다. 두 사람의 사랑이 얼마나 절절한지 일기장을 읽는 하나조차 빙그레 웃음이 나왔다.

'사랑했구나…….'

그것이 하나에겐 위로가 되었다. 엄마가 아파할까 봐 한 번도 엄마에게 물어본 적이 없었는데, 진정한 사랑 사이에서 자신이 태어났다는 사실만으로 하나는 행복했다. 그런데 일기장 사이, 종이 하나가 접혀져 있었다. 어쩐지 떨리는 마음으로 종이를 펴보자 그곳에 아빠의 이름, 주소, 전화번호가 적혀져 있었다. 하나는 엄마의 성을 따 정하나였지만 쪽지 안에 있는 이름은 최경훈이었다.

"아빠……."

저도 모르게 아빠라는 소리가 입밖으로 흘러나왔다. 얼마나 불러보고 싶은 이름이었나.

학창 시절, 하나는 어린이날과 어버이날이 제일 싫었다. 모두가 아빠의 손을 잡고 놀이공원에 가는 모습이 하나에게는 제일 부러운 장면 중의 하나였다. 아빠라는 든든한 울타리가 있다는 것은 얼마나 행복한 일인가. 그런 영향인지 하나는 평범한 사람을 만나 행복한 가정을 이루고 사는 게 가장 큰 소원이었다. 물론 엄마에게 함부로 이런 이야기를 할 수 없었다. 엄마는 자신보다 더 힘들었을 테니까.

하나는 조심스럽게 그 쪽지에 적힌 주소와 전화번호를 휴대폰에 옮겼다. 아빠는 어떤 분일까. 그렇게 사랑했으면서도 왜 이렇게 엄마를 홀로 내버려두었을까. 꼬리에 꼬리를 무는 의문이 점점 커져만 갔다. 그러나 하나는 이후 병원에 가서도 엄마에겐 내색하지 않았다. 수술비도 보증금도 없는 껍질만 남은 집 이야기도, 정말 보고 싶은 아빠 이야기도……. 그 모든 게 수술을 앞둔 엄마에겐 아픔이니까. 병원에서 곤히 잠들어 있는 엄마를 바라보는 하나의 얼굴에 그늘이 드리웠다.

아침부터 디자인실은 정신없이 바쁘게 돌아갔다.

팀장은 부사장의 명령으로 디자인 모든 직원에게 새로운 디자인을 내라고 재촉했다.

"지금 이게 패션쇼에 보일 수 있는 디자인이야? 머리는 왜 달고 다녀. 진짜 구려……. 구리다고."

디자인한 스케치가 팀장의 손에서 벗어나 사무실 여기저기 흩어졌다. 회의실에 들어간 사람 좋던 팀장은 매일 반복되는 질타에 극도로 예민해져 있었다. 덩달아 디자인실 모두 초비상이었다.

"오늘부터 매일, 부사장님이 직접 디자인 점검하러 오실 거야. 그때도 이런 구리고 상식 이하의 결과물 내오면 알아서 사표 쓸 생각해."

팀장은 결재서류 들고 바로 나가버렸다.

"하나 씨, 일루 와서 내 스케치 다 주워. 왜 이렇게 인턴이 꾸물꾸물 게을러. 꼭 말을 해야 해?"

한 대리는 유학파 출신으로, 강남에서 곱게 자라서 그런지 자기 밑의 사람을 하대하며 개인 심부름까지 아무렇지 않게 시키는 회사 내 갑질의 여왕이었다. 자신의 디자인이 퇴짜를 맞고 구리다는 소리를 듣자 속이 부글부글 끓는 모양이었다.

부사장이 온다 해서인지 급하게 화장을 고치면서 신경질적인 목소리로 잔소리를 하며 화풀이 상대로 하나를 갈궜다.

"게을러 터지고, 눈치도 없고, 할 줄 아는 게 뭐야? 내 말 한마디면 너 바로 아웃이야. 알아? 그래서 정식직원 되겠어?"

하나는 한 대리를 상대해봤자 자신만 피곤하다는 것을 알고 묵묵히 종이를 주웠다. 한 대리는 자신의 잔소리에도 쩔쩔매지 않고 침묵으로 일관하는 하나가 더 미웠다. 그래서 더욱 심술을 부리며 하나가 주워온 종이를 다시 뿌렸다.

"똑바로 다시 주워."

하나는 입술을 깨물며 한 대리를 노려봤다. 그것이 한 대리를 더 자극했는지 그녀는 검지 손가락으로 하나의 이마를 꾹꾹 누르며 히스테릭하게 분노했다. 하나는 손가락 압력에 뒤로 밀리며 휘청거렸다.

또 시작이다. 이 시간만 견디면 된다. 정식직원만 될 수 있다면 이런 일이 천 번쯤 일어난다 해도 웃으면서 받아낼 수 있다. 주먹을 쥔 손이 파르르 떨리고 커다란 눈이 붉어질 정도로 힘이 들어갔다.

"인턴 주제에 어딜 노려봐? 너, ……악!"

그때 한 대리의 말과 동시에 갑자기 그녀의 손목이 우악스럽게 뒤로 젖혀지며 외마디 비명을 질렀다.

"그만하지."

언제 왔는지 부사장이 눈을 내리뜨고 한 대리를 보면서 싸늘하게 말했다. 차갑게 가라앉아 번뜩이는 그의 눈빛에 한 대리는 온몸이 얼어붙어 꼼짝하지 못하고 멍하니 바라보았다. 잡아먹을 듯 쏘아대던 얼굴이 180도로 달라지더니 어색한 미소를 지으며 홍조를 띠었다.

"부, 부사장님."

동준은 한 대리의 책상 위에 놓인 화장품 케이스와 그녀의 손에 들린 파운데이션 스펀지를 보면서 시니컬한 표정으로 말했다.

"얼굴에 공들이지 말고 디자인에 정성을 좀 더 들였으면 좋겠군요."

한 대리는 디자이너로서 모욕적인 언사를 듣고 얼굴이 붉으락 푸르락 변했다.

'이게 모두 저 인턴 하나 때문에…… 두고 봐.'

한 대리는 속으로 하나에게 앙심을 품고 분을 삼켰다. 동준은 고개를 돌려 하나의 얼굴을 보았다. 얼굴이 하얗게 질린 하나는 고개를 숙인 채 어깨를 파르르 떨고 있었다. 울음이 나올 때마다 참는 그녀의 모습이 애처로워 보였다. 동준은 나지막이 한숨을 내쉬었다.

하나는 톡 쏘며 자기 이야기를 할 때도 있지만 대체로 자신의 감정을 드러내지 않는다는 것을 지켜보면서 알게 되었다. 사회생활을 하면서 약자의 입장에서 살아남기 위해 안간힘을 쓰고 있는 듯 보였다. 우선은 불편한 이 자리를 피하게 해주는 게 급선무라는 생각이 들었다.

"하나 씨는 탕비실 가서 차 준비하세요. 지금 당장 회의 들어갈 거니까."

하나는 그의 의도를 눈치채고 처음으로 고마움을 느꼈다. 탕비실에 들어간 하나는 커피를 준비하면서 마음을 가라앉힐 수 있었다.

이후 시작된 회의에서 부사장은 팀장을 비롯해 디자이너 모두에게 이번 디자인에 대해 신랄한 비판을 가했다. 서울 패션위크에 세계 명품브랜드 JK와의 콜라보레이션. 이번 기회로 db패션에 JK의 고급 이미지를 끌어올려 패션기업의 선두자리를 꾀하려는 것으로 부사장이 공을 많이 들이고 있었다. 부사장의 인맥으로 유명 연예인을 비롯해 각 기업의 바이어, 세계적인 디자이너까지 총출

동한 리셉션파티까지 열 계획이었다.

탕비실에서 나온 하나가 가운데 회의실 탁자를 돌아가며 트레이 위의 커피를 돌리고 있었다.

"하나 씨도 아이디어 한 가지 내보지."

대각선으로 보이는 부사장의 노골적인 시선이 부담스러울 정도로 하나를 뚫어지게 보면서 이야기하였다.

"저, 저는 인턴이라서……."

"인턴은 우리 회사 사람 아닌가?"

그의 눈매가 더 깊어지며 손깍지를 낀 채 턱을 괴고 부드러운 표정을 지으며 말했다. 까칠하게 질책하던 부사장의 한 톤 낮아진 부드러운 음성으로 하나에게 물어보자 모두의 시선이 한꺼번에 하나에게 집중되었다. 작은 목소리로 수군거리는 소리도 들렸다. 자신에게 집중되는 시선과 이상한 눈초리의 한 대리까지, 하나는 낯선 환경에서 벗어나고 싶었다.

에라, 모르겠다. 내가 하고 싶은 말이나 내질러버리자. 평소 인턴이라 잔심부름이나 했지, 학교 때 배웠던 디자인은 손도 못 대었으니 이번 기회에 말이라도 하자는 생각에 지금까지 맘속에 있던 생각을 쏟아냈다.

"저는 20대, 30대 사이의 직장 여성을 타겟으로 하는 베이직한 아이템에 패브릭 변화를 주거나 반복적인 패턴을 상용해서 도시 여성에게 어울리는 매니쉬한 여성복을 컨셉으로 잡는 것은 어떨까 생각해봤습니다."

부사장은 언제 준비라도 한 것처럼 한마디 쉬지도 않고 쏟아내는 하나를 보며 표정 변화 없이 주시했다. 미동도 없이 똑바로 응시하는 그의 눈빛에 그녀는 자신의 눈, 코, 입이 없어질지도 모른다는 생각을 했다. 덩달아 사무실 직원들은 그의 침묵에 숨이 막히는지 마른침을 삼키는 소리만 공중에 분산되어 흩어졌다.

"좋네요. 그 컨셉으로 하나 씨도 디자인에 참여하지."

"네? 그건 말도 안 돼요. 정식직원도 아닌 초짜를 이렇게 참가시키다니, 회사의 기강이 엉망이 되지 않겠어요?"

시위라도 하듯이 한 대리는 톤을 높여 말했다.

"지금 억대에 가까운 연봉을 받으면서 인턴보다 못한 아이디어나 내는 당신이 할 말인가?"

그는 냉랭한 얼굴로 한 대리를 쳐다보면서 말했다. 그런 대접을 처음 받은 한 대리는 등골이 오싹할 정도로 섬뜩했다.

하나가 인턴으로 들어올 때부터 한 대리에게는 눈엣가시였다. 잘난 것도 없는데 살랑거리며 다른 직원에게 아부 떠는 모습이, 딱 자기가 싫어하는 스타일이었다. 모든 직원이 하나를 칭찬할 때마다 배알이 꼴렸다. 지금까지는 참아줬는데, 자신이 잘 보이려고 갖은 애를 쓰던 부사장까지 하나를 특별히 대하는 태도를 보이자 한 대리는 이성을 잃기 일보 직전이었다.

부사장이 나가고, 사무실은 부사장의 지시에 웅성거렸다. 고 대리가 하나에게 다가와 궁금한 듯 물었다.

"하나야, 너 부사장이랑 무슨 일 있었니? 저번이랑 사뭇 분위기가 다른데?"

"아, 아니요. 아무 일 없었어요."

손사래를 치며 하나는 곤혹스런 표정을 지었다.

"지그시 널 바라보는 그 눈빛은 뭐냐? 너~ 무 뜨거워 불타버릴 것 같던데."

"인턴 주제에 부사장한테 꼬리나 쳤나 보지. 실력이 안 되니까

몸이라도 던져보려는 심보인가? 너 그렇게 살지 마라, 정하나."

한 대리는 입꼬리를 올리며 비웃듯이 말했다. 고 대리는 한 대리를 얼굴에서 발끝까지 쳐다보며 코웃음을 쳤다.

"한 대리. 넌 몸이라도 던지고 싶은데 받아주질 않잖아. 실력도 없지, 몸매도 안 되지, 얼굴은 더 형편없으니 어쩌니?"

"뭐?"

"그 놀부 심보 좀 고쳐라. 되먹지 않은 꼬장 그만 부려."

한 대리는 고 대리를 향해 눈을 흘기더니 아니나 다를까 하나에게 불똥이 튀었다.

"정하나! 너 오늘 동대문 가서 이 단추 가져와. 부자재실에도 없는 거니까 내일까지 꼭 내 책상에 갖다놔라."

한 대리는 자신 책상 서랍 안쪽에 있던 러블리한 단추 하나를 꺼내더니 툭하고 하나에게 던지며 말했다.

동대문 시장에 가기 위해 낮은 플랫슈즈에 오렌지 백팩을 매고 머리를 질끈 묶은 하나는 회사 로비를 벗어나 버스정류장으로 향했다. 회사 로비 회전문 앞에서 빵빵 울리는 클랙슨 소리에 놀라서 뒤를 돌아보니 운전석에서 문을 열고 나오는 부사장이었다. 그는 쭉 뻗은 한쪽 다리를 차 밖으로 내놓고 한 손은 클랙슨을 누르고 있었다.

하나는 감출 생각도 없이 노골적으로 아는 척하는 동준 때문에 맘이 편치 못했다. 동준은 차에서 내려 그녀를 보며 어서 오라고 손짓을 보내고 있었다. 얼른 검지 손가락을 입에 가져가 조용히 하라고 손짓하며 좌우로 회사 사람이 없는지 살핀 뒤 동준에게 총총거리며 다가갔다.

"부사장님, 정말 왜 그러세요? 저 심장마비로 죽을지도 몰라요."

하나는 입술을 질끈 깨물며 눈을 동그랗게 뜨고 누가 들을까 조용히 말했다.

"제가 그렇게 만만하세요?"

동준은 한쪽 눈썹을 치켜들고 재미있다는 듯이 그의 얼굴에 옅은 웃음이 번졌다.

"잘 안 들리는데……."

플랫슈즈를 신은 하나는 동준의 어깨에 겨우 머리가 닿는 정도라, 까치발을 들고 잘 들으라는 듯 한 손을 입에 대고 작은 소리지만 단호하게 말했다.

"제가 만만하냐구요?"

"아니, 만만한 줄 알았는데 그게 아니라서……."

동준은 얼굴을 기울여 하나의 눈높이에 맞추고 닿을 듯 얼굴을 들이밀며 그녀를 지그시 응시했다.

"작업 거는 중이야."

"네?"

집어삼킬 듯 블랙홀 같은 깊은 눈매로 쳐다보는 동준의 시선이 그녀의 얼굴에 닿자 하나는 갈비뼈 밖으로 심장이 터져 나올 것 같았다.

"그만 고집 부리고 나한테 넘어오라고 작업 걸고 있잖아."

하나는 부사장의 입에서 나오는 말도 안 되는 소리에 당황하며 더 이상 버티지 못하고 뒤로 물러났다. 동준은 자동차 옆에 서서 한쪽 손은 주머니에 꽂은 채 그녈 바라보고 있었다.

"타지?"

"지하철 타야 해요."

"여기서 더 큰 소리 나길 원하나 보지?"

뒤로만 물러나는 하나가 마음에 안 드는지 동준의 말투가 조금 비틀렸다. 하나는 싫다는 사람을 이렇게 집요하게 몰아세우는 그의 막무가내 행동이 마음에 들지 않았다. 마지못해 차에 탄 그녀는 차창에 팔을 괸 채 아무 말도 하지 않고 자신의 옆 창문 풍경만 응시하고 있었다. 동준은 말없이 운전만 하고, 결국 어색한 침묵을 그녀가 먼저 깼다.

"제안이 구체적으로 뭔가요?"

그는 조금의 망설임 없이 고개도 돌리지 않고 앞만 쳐다보며 가볍게 툭 던지듯이 말했다.

"나와의 결혼."

차 안에 충격적인 그의 말이 공중을 떠돌았다. 그런 말을 아무런 고민 없이 말하는 동준을 보며 하나는 놀라서 입이 다물어지지 않았다. 결혼은 사랑하는 사람과 해도 헤어지는 경우가 다반사인데…… 일생일대의 중요한 일을 저렇게 아무렇지 않게 말하다니. 그의 가벼운 사랑은 이런 건가? 동준이 너무 경솔하고 무례하게 느껴졌다. 속을 알 수 없는 그 남자의 머릿속이 궁금했다.

"딱 3년이야. 그 기간 동안 내가 시키는 대로 충실한 아내 역할을 해줄 여자가 필요해."

"왜 저인가요?"

"그러게……. 왜 너였을까……?"

동준은 그녀의 물음에 자신도 정확히 답을 할 수 없었다.

처음에는 하나가 꽃뱀이니 당연히 자신의 제안을 쉽게 허락할 줄 알았다. 그렇지만 그녀의 말에 자존심이 묻어 있어 더 마음에 들었다. 그녀의 거절이, 어떤 방법을 써서라도 자신이 원하는 바를 가지는 그의 승부욕을 자극했는지도 모른다. 처음으로 자신을 거부한 여자에 대한 이상한 오기라고 해야 할까?

사실 그런 것은 아무래도 좋다. 그가 정하나를 택한 이상 더 이상 물러서지 않을 것이다. 비즈니스이든 사랑 놀음이든 그에게 후퇴란 단어는 없으니까. 게임이 시작된 이상 이기는 것 이외엔 머릿속에 없었다. 그는 그녀의 승낙을 받기 위해 유혹이 먹히지 않는다면 그녀를 더 궁지에 모는 비열한 방법까지 서슴없이 사용할 것이다.

"나이 25세. 한국여대 패션디자인과 졸업. 가족은 어머니가 한 분 계시더군. 지금은 병원에 입원해 있고……. 어머니 성을 따라 정하나. 애초부터 아버지는 없었지. 어머니가 미혼모더군."

하나는 벌거벗은 것 같은 모욕감을 느꼈다. 이 남자 정말, 못됐다. 약점을 잡고 흔들며 자신의 발아래 밀어 넣고 자신이 원하는 대답이 나올 때까지 집요하게 몰아붙이고 있다. 무릎 위에 가지런히 놓여 있던 하나의 손이 가늘게 떨렸다.

"불쾌하군요. 제 뒷조사까지……."

"아직 끝나지 않았는데……. 지금 하나 씨에게 내가 할 제안이 불리하지 않다는 걸 말해주는 거야. 그리고 내 제안을 거절할 만큼 하나 씨 재정 상태가 좋지 않을 텐데. 세상이 만만하지 않다는 걸 지금 몸으로 경험하는 사회 초년생이더군. 어머니 수술비도 결제가 되지 않아 미루고 있던데."

"제 고민 걱정까지 해주시고, 어떻게 감사를 해야 할지 모르겠군요."

그녀도 알고 있었다. 자신이 지금 밑바닥을 치고 있다는 것을……. 그래도 희망이라는 끈을 놓지 않고 스스로 해결하고 싶어 발버둥 쳤지만 현실은 계속 수렁으로만 빠져들고 있었다. 주인아주머니가 다음 주까지 집을 비워달라고 했고 강제로라도 비울 수밖에 없다는 통보를 받았다. 원무과에선 결제되지 않은 입원비 청구와 수술을 하지 않을 거면 병실을 비워달라는 소식까지. 지금 하나는 혼자 감당하기엔 너무 벅찬 하루하루를 버티고 있었다.

그런 그녀의 속사정을 까뒤집어 낱낱이 자신에게 적나라하게 보이는 그의 무례함이 치가 떨리게 싫었다. 하나는 자신의 감정을 주체하기 힘들어 입술을 꾹 깨물었다.

"여기 당장 내려주세요."

그는 당장 차 문을 열 기세인 그녀의 단호한 행동에 옅은 미소를 지었다. 그녀는 늘 그의 예상을 조금씩 빗나갔다. 그의 뜻대로 움켜쥐려 하면 이상하게 조금씩 핀트가 맞지 않고 어그러졌다. 그게 굉장히 그의 승부욕을 자극하는 것 같았다.

그는 핸들을 돌려 도로에 차를 세웠다. 갑작스럽게 차가 정지하자 하나의 몸이 앞으로 쏠려 부딪칠 뻔했다. 그러자 그가 반사적으로 손을 뻗어 그녀가 다치지 않게 막아주었다. 그녀의 눈앞에 아무렇게나 걷어 올린 셔츠 아래의 맨 팔뚝이 보였다. 하나가 앉아 있는 시트에 손을 올리고 사방을 확인하기 위해 동준은 뒤쪽을 향해 몸을 틀었다. 하나는 그가 덮치는 게 아니가 싶어 어깨를 움츠렸다.

"내린다며…… 후진하려는데 뭘 그렇게 놀라?"

그의 뒤틀린 목덜미가 보이고 당겨진 와이셔츠 밑에 밀착된 근육이 꿈틀거리는 모습이 보이자 저도 모르게 얼굴이 벌게진 하나는 고개를 돌리며 급한 자신의 성격을 원망했다. 도망치듯 후다닥 차에서 내려 뒤도 돌아보지 않고 지하철역을 향해 내달렸다. 사이드미러로 그녀의 모습을 확인하는 그의 눈가에 웃음이 스쳤다. 그리고 속으로 읊조리듯 말했다.

어차피 넌 내가 던진 미끼를 물어야 할 거야. 그렇지 않으면 네 목에 깊은 상처를 내서라도 내 것으로 만들지도 몰라. 그렇게 독한 사람으로 날 만들지 마라. 정하나…….

그녀가 사라진 방향을 바라보며 그는 비릿한 웃음을 짓고 핸들을 돌려 가을에 물든 도로로 향했다.

3. 끌리는 마음

동준과 헤어져 동대문으로 향하는 지하철을 타고 나서야 하나의 마음은 한결 편안해졌다. 그와 만나면 항상 불편하고 목을 죄이는 듯한 느낌을 받았다. 숨을 쉴 수 없도록 자신을 조여오는 그의 행동에 두려운 느낌마저 들었다. 그리고 그의 작은 몸짓 하나에도 일일이 반응하는 자기 자신이 너무 한심했다.

쓸데없는 생각은 하지 말고 자신의 일만 생각하자고 다짐하며 옆에 있던 가방을 무릎에 올려놓았다. 하나는 직원들이 부탁한 원단창고에도 없는 천들을 사기 위해 오렌지색 가방 안에 있는 원단 스와치를 살펴보았다. 그리고 한 대리가 요구한 단추를 보며 한숨을 쉬었다.

인터넷에 찾아도 없는 단종 단추를 꼭 가져오라고 길길이 날뛰던 협박조의 말투에 머리가 지끈거렸다. 하지만 찾아내고 말리라.

마음을 다잡고 동대문에 들어서자 없던 기운이 솟아나기 시작했다. 하나는 인턴으로 일하기 이전에도, 본래 동대문에서 시간 보내는 것을 좋아해 종종 시간을 보내기도 했다. 이렇게 손으로 직접 원단을 만져보며 새로운 트랜드와 잘 팔리는 제품을 직접 눈으로 볼 수 있는 경험은 하나에게 많은 도움을 주었다.

하나는 원단가게에서 직수입한 새로운 원단 스와치를 집어넣고 단추상점들이 즐비한 동대문 1층에 도착했다. 복잡한 상가의 가게마다 들러 한 대리의 단추가 있는지 꼼꼼하게 둘러보았다.

그때 '단추세상'이라는 이름을 단 상점에 한 남자가 주인을 찾는지 두리번거리고 있었다. 큰 키에 카키브라운색의 부드러운 웨이브 머리카락을 한 그는 청바지에 라이더 재킷으로 멋을 내고 워커까지 신은 모습이 제법 잘 어울렸다. 꼭 당장이라도 바이크를 타고 어디로든 떠날 수 있을 만큼 자유로운 영혼 같았다. 해사한 얼굴을 한 그는 부드럽고 상냥한 성격의 낙천주의자 같은 인상을 주었다. 가게 사장이 들어와 그 남자를 아는 척했다.

"이게 누구야. 한참 안 보인다 했더니 잊을 만하면 얼굴 비추는 거야? 또 외국 돌아다니다 왔구만, 새까맣게 얼굴 탄 거 보니까."

"돗자리라도 깔아야 되겠어요, 사장님."

"낄낄. 업종 바꿀까?"

그는 단추를 고르며 장난스럽게 맞받아쳤다.

"내가 말을 못한다, 못해. 이거 담아주세요."

좁은 복도를 지나던 하나는 뚱뚱한 아줌마 두 사람 사이를 빠져나가다가 그만 앞으로 튀어나왔다. 그 바람에 단추를 고르던 카키머리색의 남자와 하나가 부딪치고, 그의 손에 있던 단추들이 바닥으로 후두둑 떨어졌다.

"어머, 죄송합니다. 제가…… 제가 주워드릴게요."

하나는 너무 미안해 연신 고개를 숙이며 말했다. 남자는 말없이 단추를 주웠다. 단추를 줍던 하나는, 자세히 보니 자신이 그토록 찾던 그 단추인 것을 발견했다. 단추를 살 수 있다는 기쁨에 고개를 들다가 단추를 줍고 있던 카키머리의 남자의 코를 머리로 세게 박았다. 그는 코가 아픈지 고개를 돌리고 팔딱팔딱 뛰었다. 그러나 하나의 눈에는 단추밖에 보이지 않아 가게사장에게 단추를 들이대며 다급하게 말했다.

"사장님, 사장님, 이 단추 제가 다 살게요! 몇 개나 돼요?"

그때 뒤에서 누군가 하나의 어깨를 손가락으로 톡톡 치며 남자 목소리가 들렸다.

"예쁜 아가씨, 이거 그쪽보다 제가 먼저 골랐거든요."

천천히 고개를 돌린 하나는 그 남자를 보고 숨이 넘어갈 정도로 놀랐다. 카키머리 남자는 하나의 놀란 모습을 보고 어리둥절하며 뒷머리를 긁적였다.

"아니 제가 먼저 고른 게 그렇게 놀란 일인가?"

"그게 아니라 피…… 쌍코피……."

하나는 그의 코를 손가락을 가리키며 미간을 찌푸렸다. 그의 코 아래 두 줄기 선명한 핏자국이 고속도로처럼 나 있었다. 그가 손으로 코를 닦다가 붉은 피를 보자 소스라치게 놀라며 괴성을 질렀다. 하나는 급한 마음에 손수건을 꺼내 코피를 닦으려다 잘못해서 그의 코를 틀어막았다. 사고를 치고 말았지만 하나는 어린아이처럼 피를 보며 호들갑 떠는 그가 웃기면서도 귀여웠다.

잠시 후 성혁이 아픈지 코를 연신 만지면서 화장실을 나왔다.

그가 나오기만을 기다리던 하나가 성혁의 뒤를 졸졸 따라가며 조심스럽게 말을 걸었다.

"저, 저기요."

자신을 부르는 소리에 뒤를 돌아보니 아까 그 여자였다.

"아직 안 갔어요?"

"그게 아니라, 너무 미안해서…… 죄송하고 고마워서……."

약간 주눅이 들어서인지 말을 더듬으며 이야기하는 그녀를 성혁은 찬찬히 살펴보았다. 아까는 정신이 없어서 자세히 보지 못했는데 가까이서 마주 보니 상당히 미인이었다. 꾸미지 않고 질끈 묶은 머리 아래로 갸름한 턱선이 도드라져 보였다. 화장기 없는 얼굴이었지만 투명하고 하얀 피부에 커다랗고 깊은 갈색 눈동자로 그녀가 그를 쳐다보자 성혁은 가슴이 두근거렸다. 성혁은 마음속으로 그녀를 그냥 보내버린다면 평생 후회할 거라고 생각했다.

"코 다치게 한 거 미안하고, 다친 코 틀어막은 거 죄송하고, 내가 먼저 찜한 단추 그쪽한테 줘서 고맙고…… 그런 건가요?"

하나는 미안함이 가득 배인 눈으로 고개를 주억거렸다. 성혁은 그녀의 모습이 너무 사랑스러웠다.

"어쩐다……. 그럼 한 턱 내요. 저 엄청 비싼 거 얻어먹어야겠어요."

성혁은 능청스럽게 한 손으로 턱을 만지작거리면서 장난스럽게 말했다. 하나는 그가 생전 들어도 보지 못한 감당이 되지 않는 걸 말하면 어쩌나 걱정하며 그의 뒤를 따라갔다. 그런데 그는 포장마차로 그녀를 데리고 가서 떡볶이, 순대, 어묵을 시켰다.

"각오하세요. 저 여기 있는 거 다 먹을지도 몰라요."

배려가 몸에 밴 그의 행동에 하나는 미소를 지으며 말했다.

"네, 각오할게요."

성혁은 해맑게 웃으며 오물오물 어묵을 넘기는 하나의 모습이 사랑스러워서 물끄러미 바라보았다. 궁금했다. 그녀가 누군지, 어떻게 다가가야 어색하지 않을지, 하지만 그랬다가 그저 아무 여자한테나 직접거리는 괜한 바람둥이처럼 보이진 않을지 조심스러웠다.

"뭐 묻었어요? 왜 그렇게 빤히 보세요?"

"진짜 배고팠나 봐요."

그의 손이 그녀 입술 가까이 다가가 조심스럽게 머리카락을 떼어냈다.

"머리카락이 단백질이긴 하죠."

하나는 유쾌한 목소리로 장난스럽게 구는 부드러운 그의 첫인상이 편안했다. 참 누구와 비교된다는 생각을 했다가 이런 상황에서도 부사장을 떠올리다니, 하나는 스스로가 어이없어서 콧잔등을 찡그렸다.

하나가 어묵을 먹고 어묵국물에 혀를 데어 파르르 얼굴을 떨었다. 성혁은 하나의 파르르 떠는 모습을 흉내 내며 그녀를 놀렸다. 하나는 그런 성혁이 얄미워 눈을 흘기며 톡 쏘는 소리로 물었다.

"제가 혀 덴 게 웃겨요?"

"네, 솔직히 그쪽도 내 쌍코피 보고 뒤에서 웃었죠?

하나는 잠시 머뭇거리다가 그의 멀쩡한 모습 뒤로 쌍코피를 흘리는 망가진 얼굴이 떠올라 저도 모르게 입술 사이로 웃음이 삐져나오며 솔직히 말해버렸다.

"네."

하나와 성혁은 서로 눈이 마주치자 함께 큰 소리로 웃었다. 컵에 든 어묵국물의 김이 모락모락 차가운 공기 속으로 사라졌다. 제법 차가운 가을 밤공기에 그들의 청아한 웃음소리와 몽글몽글 따뜻한 입김이 섞여 둘 사이의 어색함이 사라지고 조금씩 가까워져 갔다.

그때 하나의 가방 안에서 휴대폰이 울렸다. 가방의 지퍼를 열어 휴대폰을 꺼내니 액정에 고 대리의 이름이 찍혀 있었다. 하나가 성혁에게 양해를 구하는 몸짓으로 고개를 까딱하고 통화버튼을 눌렀다

"네, 고 대리님. 네……. 지금 들어가려고요. 샘플링이랑 새로운 스와치 받아 왔구요."

-민폐 대마왕 한 대리 단추는 구했어?

"아, 그 단추……."

하나는 성혁에게 한쪽 눈을 찡긋하며 밝은 목소리로 말했다. 성혁은 손에 들고 있는 일회용 컵의 국물을 한 모금 마시며 그녀를 향해 싱긋 웃어 보였다.

"네……. 좋으신 분 만나 바로 구했어요."

'좋으신 분'이란 말에 성혁의 입꼬리가 빙그레 올라갔다.

성혁은 외국을 돌아다니며 많은 여자를 만나봤지만 이렇게 마음속에 놓치고 싶지 않은 여자가 생길 줄은 몰랐다. 3초 만에 사랑에 빠질 수 있다는 말은 거짓말인 줄 알았는데, 이렇게 첫눈에 반한 상대를 만나다니. 그것도 지긋지긋한 한국에서. 성혁은 풋 하고 웃음이 났다. 힐끗 그녀의 가방 안 서류봉투에 db패션인 로고가 보였다. 휴대폰을 끊은 하나는 가방 안에 휴대폰을 넣고 지퍼를 야무지게 채웠다.

"db패션 다니나 봐요?"

"아……. 네, 정식직원은 아니고 아직 인턴이에요."

"저랑 비슷하네요."

"그쪽도 인턴이에요? 전 디자인실에서 일해요. 반갑네요. 그럼 이 단추 필요하신 거 아니에요? 윗사람이 못 구하면 야단치고 못되게 구는 거 아니죠?"

"제가 일하는 곳은 그런 못된 상사 없는데…… 회사에 불만이 많나 봐요?"

성혁은 짓궂은 표정을 지으며 놀리듯 말했다.

"본의 아니게 상사 욕을 했네요. 비밀이에요."

하나는 엄한 표정으로 입에 지퍼를 달아야 한다는 듯 엄지와 검지를 사용해 타원을 그렸다. 성혁도 하나를 똑같이 따라하며 진지한 표정으로 그녀를 바라보았다. 둘은 꼭 중대한 암살 계획을 세우는 사람 같은 엄숙한 표정에 서로를 보며 푸하하 웃어버렸다.

지하철역에 가까이 오자 하나는 성혁에게 고맙다는 마음을 전하고 헤어지며 인사를 했다.

"정말 고마웠어요."

"저도 그만 가볼게요. 인연이 되면 또 보겠죠."

그는 뒤돌아서서 계단을 총총히 내려가는 하나의 모습을 보며 웃음을 지었다.

"db패션이라……."

그는 동대문 근처 주차장에 세워둔 검은색의 잘 빠진 할리데이비슨 리미티드 바이크를 타고 헬맷을 썼다. 그는 서울 한복판에 정차된 차량들 사이사이를 지그재그로 속도를 내며 빠져나갔다. 맞바람이 제법 차가웠다. 은행잎이 불빛을 받아 더 샛노랗게 물들어 보였다. 도로에 떨어진 은행잎들이 그가 속도를 내고 지나갈 때마다 나풀나풀 춤을 추며 바닥에 떨어졌다.

"간만에 회사에 들어가 일 좀 해볼까?"
그의 마음도 묘하게 춤추는 은행잎처럼 흔들렸다.

성혁의 바이크는 평창동 김 회장의 집을 향했다.
오늘도 어김없이 민 여사의 잔소리를 들어야 한다니 다시 한국을 떠나고 싶지만, 카드를 다 막아버린다는 경고에 그녀의 비위라도 맞추어야 했다. 청담동에 차린 패션 갤러리가 연예계와 재계 사모님들 사이에 입소문이 조금씩 나면서 매출이 올라가고 있지만 아직 자리를 잡고 있지 못해 큰소릴 칠 입장이 못 되었다.
어릴 때부터 옷에 관심이 많았던 성혁은 경영수업을 받으라는 민 여사를 겨우 설득해서 프랑스에 유학을 갔다 왔다. 그리고 갤러리를 차려 자신만의 입지를 굳혀가고 있었다. 경영에 뛰어난 형 동준이 있으니 성혁은 딱히 태영그룹 후계구도에 관심이 없었다.
벌컥. 자신의 방에 노크도 없이 불쑥 들어온 민 여사는 그가 좋아하는 레몬에이드를 가져와 마시라고 내밀었다.
"아들, 위험하니까 바이크 그만 타라 했잖아."
성혁은 레몬에이드를 조금 마시고 신맛에 미간을 조금 찡그리며 능글맞은 목소리로 말했다.
"민 여사, 조만간 바이크로 드라이브 한번 시켜드릴게. 그 생각이 확 바뀔걸."
"엄마 보고 민 여사가 뭐니?"
"형도 그러잖아."
"넌 엄마 자식이잖아."
또 그 핏줄 타령이다. 저 바뀌지 않는 민 여사의 무모한 욕심이 동준과 성혁의 사이를 멀어지게 하는 원인임을 안다. 그래서 성혁은 더 바깥으로 돌며 경영에서 멀어져갔다. 민 여사의 끝없는 욕망이 사그라질 때까지……. 근데 오늘만은 그러고 싶지 않았다. 처음으로 그가 가진 회사 일에 관심이 갔고 남들이 가지지 못한 그의 특권이 마음에 들었다. 그녀와 자연스럽게 가까워질 기회를 자신의 위치를 이용해 조금은 욕심내보고 싶었다.

"요번에 db패션에서 서울 패션위크 참여한다지?"

민 여사는 아들의 질문에 눈이 반짝였다.

"왜? 아버지더러 db패션에 넣어달라고 할까?"

"아니, 한번 보러 가려구. 엄마 제발 오버하지 마."

민 여사는 눈을 흘기며 새초롬하게 있었지만 아들의 자그마한 변화에 마음속으로 기쁨을 감추지 못했다.

하나가 사무실에 돌아오니 모두 퇴근하고 없었다. 가방을 책상에 던지듯 내려놓고 의자에 쓰러지듯 앉았다. 고된 하루였다. 하루 종일 돌아다니느라 다리가 퉁퉁 부어서 아픈 다리를 손가락으로 꾹꾹 눌렀다. 하루 종일 매만지지 못한 머리를 손가락으로 쓸어 질끈 다시 묶었다. 부자재 시장에서 사온 샘플링 스와치와 패션 스케치를 꺼냈다. 엄마 병원에 가기 전 요번 패션 콜렉션에 내야 할 일을 마무리하고 싶었다. 이제야 겨우 온전한 자신만의 시간과, 비록 회사지만 몰두할 수 있는 공간이 있음을 감사했다.

하나는 디자이너로서 인정받고 싶었다. 자신이 심혈을 기울여 디자인한 옷이 무대에서 모델들에 의해 빛이 날 수 있는 기회는 디자이너라면 누구나 한 번쯤 상상하는 꿈이기도 하니까. 시간 가는 줄 모르고 집중하다 잠시 쉰다는 것이 책상에 엎드려 잠이 들었다. 얼핏 잠에서 깨어난 하나는 몽롱한 가운데 누군가의 따가운 시선을 느꼈다.

누굴까, 이 밤에……. 덜 깬 눈으로 반쯤 감은 속눈썹을 치켜떠 올려다보았다. 옆 책상에 비스듬히 걸터앉아 그녀의 스케치 디자인을 들고 유심히 쳐다보는 부사장이 보였다. 하나는 너무 놀라서 벌떡 일어났다.

"깼어?"

언제부터 여기 있었던 거야. 하나는 정신을 차릴 수 없었다. 잠자다 흐트러진 자신의 모습 때문에 그가 보지 못하도록 고개만 처박은 꿩이라도 되고 싶었다. 그걸 아는지 모르는지 동준은 지긋한 눈길로 나른하게 말했다.

"참 말 안 듣는 아가씨야. 그렇게 경고했는데, 집에서 하는 일을 회사에서 계속하네."

"죄송합니다. 저도 모르게 잠깐…… 잠이 들었습니다."

그녀가 자신의 디자인 스케치를 챙기려 하자 동준은 의자 쪽으로 그녀의 어깨를 살며시 밀었다. 하나는 그의 돌발적인 행동에 당황하며 중심을 잃고 의자에 풀썩 쓰러지듯 앉았다. 그는 느긋하지만 민첩하게 또 다른 의자를 끌고 와 하나와 마주 보고 앉았다. 하나는 반사적으로 그와 멀어지려고 의자를 뒤로 뺐다.

"날 보면 자꾸 도망가고 싶어?"

그는 마음에 안 드는지 한쪽 눈썹을 꿈틀하며 눈을 낮게 내리떴다. 그리고 그녀가 앉은 의자의 손잡이를 끌고 와 도망가지 못하도록 의자의 바퀴를 자신의 구두로 걸어 움직이지 못하게 했다.

하나는 처음으로 그의 눈을 똑바로 바라볼 수 있었다. 긴 속눈썹 아래 차갑지만 깊은 눈동자, 높은 콧대, 속을 알 수 없는 굳게 다문 입술, 말쑥한 슈트 차림의 그는 방금 잡지책에서 튀어나온 모델 같았다. 심장이 너무 세게 뛰어 심장의 판막이 부서지는 게 아닐까 하나는 걱정되었다. 말리면 안 된다. 그의 능수능란한 꼬임에 넘어가면 안 된다고 하나는 마음속으로 되뇌고 또 되뇌었다. 그에게 상처받고 부서지는 건 자신뿐일 테니까…….

"자꾸 도망가니까 정하나 씨 얼굴 보기가 참 어렵더군. 까먹지 않게 얼굴 보고 가려고."

그의 목소리는 지나치리만큼 다정하고 부드러웠다. 한 뼘 거리에서의 그의 눈빛은 부드럽지만 두려울 만큼 뜨거운 무언가가 퍼져 나와 하나의 심장을 찡 하고 찌르는 것 같았다. 그 순간 그녀의 견고한 마음에 가늘게 금이 생기며 조금씩 그가 놓은 덫에 빠져들고 있었다.

하나는 자신의 마음을 부정하고 싶었지만 그녀의 온몸에서 점점 그에게 빠져들고 있다고 신호를 보내고 있었다. 터져버릴 것 같은 심장이, 온몸에 오소소 소름이 돋는 그녀의 예민한 피부가, 그의 따가운 시선을 피하며 헤매는 길 잃은 그녀의 눈동자가. 몸 구석구석이 자기 멋대로 반응하며 오롯이 그를 향하고 있었다. 제어가 되지 않았다. 팔딱팔딱 뛰는 심한 펌프질로 한번 평정심이 깨져버린 심장이 위험신호를 보내고 있었다. 그런 자신의 마음을 외면하고 싶어서 고개를 돌려버렸다.

"비켜주세요. 저 가야 해요."

매몰차게 말해야 했다. 있던 정도 떨어질 정도로 단호하게.

"말할 땐 상대방을 보면서 해야 예의 아닌가?"

외면하는 그녀의 시선이 싫은지 미간을 찌푸린 동준의 눈꼬리가 얇아지며 입술이 가늘어지게 꾹 맞물려졌다.

"부사장님은 저에게 예의 있게 대하셨나요? 항상 자기 멋대로, 본인 하고 싶은 대로 하셨잖아요…….”

잘한다, 정하나. 그렇게 하는 거야.

동준에게 대드는 자신이 제법 마음에 들었다.

“난 나름 배려했는데……. 언제 내가 그렇게 제멋대로였지?”

15센티 앞에 있는 그가 너무 신경 쓰여 목소리가 떨리면 어떡하나 조바심이 나는데 그는 아무런 동요 없이 태연하고 자연스럽다. 하나는 뭔가 말리는 기분이 들었다.

“지금요. 저…… 가야 하는데 길 막고…….”

하나의 말이 끝나기도 전에 그의 한 손이 그녀의 턱을 잡고 들어 올렸다. 그와 시선이 부딪쳤다.

“이렇게 보면서 이야기해.”

화난 듯한 그의 목소리가 위험해 보였다. 탁하게 잠긴 눈으로 그녀를 응시하며 하나의 도톰한 입술을 그의 엄지로 꾸욱 누르며 매만졌다. 동준에게 하나는 항상 자신을 이렇게 안달나게 만드는 재주가 있는 여자였다. 그렇지만 그녀는 마음의 문을 꽁꽁 닫은 채 밀당을 한다. 그리고 그녀가 조종하는 대로 놀아나는 자신의 마음이 마음에 들지 않았다.

갑작스런 그의 행동에 놀란 하나는 의자를 뒤로 빼기 위해 다리에 힘을 주어 밀었다. 그러나 그가 더 재빨랐다. 그녀가 앉은 의자를 바짝 당겨 그의 긴 다리 사이에 가두었다. 그의 힘이 너무 강해 의자에 앉은 채 꼼짝도 할 수 없었다. 아무 생각도 할 수 없었다. 텅 비어버린 머리가 하얗게 된 채로 그를 쳐다보았다.

중저음의 속삭이는 그의 목소리가 들렸다.

“하나야……. 이렇게 하는 게 내 멋대로인 거야.”

갑자기 동준은 얼굴을 내려 그녀의 입술을 삼켰다.

그의 입술이 맞물리자 하나의 눈이 커졌다.

"읍!"

놀란 그녀의 비명이 그의 입속으로 빨려 들어갔다. 하나는 모든 시간이 일순간 정지된 것 같아 눈만 크게 뜬 채로 움직일 수 없었다. 젖은 그의 입술 감촉은 부드럽고 따뜻했다. 달콤한 꿀물처럼 그녀의 입술을 삼키고 아기 다루듯 다독이며 감쌌다. 그녀는 너무 놀라 입을 다물고 처음으로 느끼는 생경한 감촉에 놀라서 머리를 흔들었다. 벗어나고 싶어서 고개를 뒤로 젖혔지만 동준의 커다란 손이 그녀의 뒷목을 잡아 고정시켰다.

동준이 그녀의 허리를 낚아채듯 두르자 놀란 그녀의 입이 벌어졌다. 그 사이로 그의 혀가 하나의 입술을 가르고 유유히 입안을 맴돌며 농밀하게 움직였다. 하나는 쿵쾅거리는 자신의 심장소리에 정신을 차릴 수도 없었고 가까이 있는 그의 달뜬 숨소리가 그녀의 귀를 간지럽혀 어지러웠다. 집요하게 계속되는 그의 입맞춤에서 벗어나기 위해 하나는 몸을 비틀며 필사적으로 저항했다.

동준이 그런 하나를 살며시 놓아주었다.

"당신…… 미쳤어요?"

하나는 달달달 떨리는 손으로 그를 밀었다. 그는 순순히 떨어져 나갔다. 그녀는 그의 뺨을 있는 힘껏 갈겼다.

찰싹. 돌아간 그의 얼굴. 손자국이 그의 뺨에 선명하게 남았다. 하나는 화가 나서 붉어진 얼굴로 그를 노려보았다.

"제법 아프네."

동준은 화끈거리는 뺨을 어루만지며 그녀를 쳐다보았다.

"정말 제멋대로군요."

"이제야 이해했어? 제멋대로 하는 게 어떤 건지……."

어이가 없었다. 하나는 입술이 바들바들 떨렸다. 자신과 상반되게 의자에 나른하게 기대어 비릿한 미소를 지으며 쳐다보는 동준이 너무 미웠다.

"이렇게 하는 것이 내 방식이야. 지금 난, 널 많이 참고 있어. ……그러니까 내가 얼마나 당신을 배려했는지 말해주고 싶었을 뿐이야."

그게 배려라고……. 미친놈. 제멋대로에다 못돼 처먹고, 막돼먹은 변태 새끼. 하나는 책상에 어지럽게 놓여 있던 스케치를 손에 잡히는 대로 가방에 구겨 넣고 후다닥 사무실을 빠져나갔다.

동준은 하나가 나가버린 텅 빈 사무실에 잠시 앉아 있었다.

고요하다. 그녀가 때린 뺨이 후끈거렸다. 자신도 모르게 돌발적인 행동을 해버렸다. 그는 회전의자에 앉아 삐걱삐걱 소리와 함께 천천히 돌리며 쓴웃음을 짓고 있었다.

갑자기 잡힌 일주일간의 미국 출장으로 인해 동준은 하루 종일 사무실에서 서류를 처리하고 나 비서도 미리 퇴근하라고 한 상태였다. 서류에 사인을 다 하고 잠시 쉬는 시간이 되자 낮에 보았던 하나가 생각이 났다. 회사를 나가는 순간 오렌지 가방에 산뜻한 캐쥬얼 차림인 그녀는 대학생처럼 상큼해 보였다. 이런 와중에 그녀를 생각하는 자신의 모습이 우스웠다.

꽃뱀에게 단단히 홀린 건가…….

그녀가 순수하게 보이다니. 쓴웃음이 절로 났다. 통유리로 되어 있는 창가에 비스듬히 기대어 팔짱을 끼고 창밖을 내다보았다. 어둑어둑해진 도시의 밤거리는 빌딩의 불빛으로 불야성을 이루어 대낮처럼 환했다.

동준은 내일 JK에 줄 디자인 원본을 다시 점검할 일이 있어 디자인실로 향했다. 모두가 퇴근했을 디자인실에 불빛이 희미하게 새어 나왔다. 왜 그런 맘이 생긴 건지 몰라도 불현듯 하나가 있었으면 좋겠다고 생각했다. 동준은 자신도 모르게 발걸음이 빨라졌다.

디자인실엔 그의 바람대로 하나가 있었다. 책상에 엎드린 채 자고 있는 그녀를 보자 일주일 동안 이런 우연으로조차 못 본다는 생각에 그의 마음이 뜨거워졌다. 새하얀 피부, 긴 속눈썹, 빨간 입술을 오물거리며 그녀는 아기처럼 새근새근 자고 있었다.

그녀를 자세히 보기 위해 살며시 다가가 책상에 걸터앉았다. 불그스름한 볼에 아무렇게 흘러내린 머리카락을 귀 뒤로 넘겨주었다. 하얀 피부에 그녀의 붉은 입술이 예뻐 보였다.

갑자기 입 맞추면 놀라겠지? 저도 모르게 그녀의 입술에 손이 갔다. 그녀의 작은 숨소리가 그의 손가락을 간지럽혔다. 그의 심장에까지 간지러움이 전해지는 듯했다. 한참을 바라보다 옆에 놓인 그녀의 디자인 스케치를 살펴보던 중 그녀가 잠에서 깨어났다. 기다란 속눈썹에 커다란 눈망울로 허둥대는 그녀의 모습이 사랑스러웠다. 가까이 보고 싶어 짓궂게 살며시 밀고 의자에 그녀를 가두었다. 자꾸 도망만 가려는 그녀의 입에서 나온 말이 그의 마음에 불을 질렀다.

"언제 부사장님이 저에게 예의 있게 대하셨나요? 항상 자기 멋대로 본인 하고 싶은 대로 하셨잖아요."

기가 막히네. 자기 멋대로라니? 순진한 척하는 너의 내숭에 속도를 맞추는 나에게 그런 말을 해? 지금까지 만나온 여자에게 이 정도의 인내심으로 참은 적이 없다는 걸 잘 모르는 것 같군. 내가 얼마나 죽을 힘을 다해 참고 있는지. 지금 당장 달려들어 너의 눈두덩이에, 새빨간 입술에, 가느다란 목덜미에 키스하고 싶은 욕망을 억누르는지.

그런데 그 빌어먹을 예의를 운운하며……. 아무것도 모르는 순진한 얼굴을 하고 제멋대로란다. 하. 헛웃음이 나오는군. 제멋대로인 게 어떤 건지 보여달라는 거지. 정하나…….

오목조목 앙증맞은 이목구비를 훑어보다가 그녀의 도톰한 입술에 시선이 꽂혔다.

이건 너의 잘못이야. 먼저 도발한 건 너야…….

그녀의 말랑한 입술을 삼켰다. 놀라서 꾹 다문 입술을 벌리려 그녀의 가느다란 허리를 한 손으로 힘껏 움켜쥐고 몸을 바짝 밀착시켰다. 그녀의 입속을 못살게 굴고 벌 주듯 빨고 비비며 열망하고 참고 있던 욕망을 모두 쏟아놓았다. 거칠어진 숨이 뜨겁게 달궈지며 척추를 타고 아래의 뻐근함이 밀려왔다.

그녀의 필사적인 몸부림이 아니었으면 어디까지 갔을지 모른다. 붉게 물든 얼굴을 하고 달뜬 숨을 참으며 노려보는 그녀가 귀여웠다. 파르르 입술을 떨며 책상에 놓인 스케치를 가방에 넣는 모습이 안쓰러워 살며시 안아주고 싶었다. 허락 없는 키스에 대한 대가로 맞은 뺨도 그렇게 아프지 않았다. 다른 게 문제였다. 그녀가 떠난 텅 빈 사무실 안에서 그는 삐걱거리는 회전의자에 앉아 생각에 잠겼다.

지금까지 살면서 한 번도 자제력을 잃어본 적 없었다. 그랬다면 살얼음판 같은 사업의 세계에서 살아남지 못했을 테니까……. 가져야겠다고 마음먹은 것을 놓친 적도 없었다. 그런데, 지금은 모든 것이 뒤죽박죽이다. 그녀를 보면 자꾸 멈출 수 없는 그 자신이, 그의 손에 쥐여지지 않고 튕겨져 나가려고만 하는 그녀를…….

답답한 평창동 집에서 나오기 위해 저지른 일이다. 고스란히 말 잘 듣고, 헤어질 때 질척대며 매달리지 않는 여자가 필요했다. 아무 여자여도 상관없었다. 그래서 마침 눈에 들어오는 먹잇감이라 생각하고 사냥하듯 미끼를 던졌다. 그런 그녀에게 지금은 자신이 홀린 듯했다. 그녀 주위를 맴돌며 도망가려는 하나를 붙잡기 위해 애가 타는 그의 마음을 숨길 수 없었다. 갑자기 관자놀이 쪽이 욱신거렸다. 한 손으로 관자놀이를 꾹꾹 눌렀다.

이 빌어먹을 더러운 기분은 뭐지…….

동준은 평창동 집에서 미국에 갈 준비를 마치고 자신의 방에서 마무리 서류를 점검하고 있었다. 노크 소리와 함께 문이 열리고 성혁이 조심스럽게 그의 방으로 들어왔다.

"형, 오랜만이다."

동준이 서류에서 눈을 돌려 보니 문에 기대서 노크를 하며 서 있는 성혁이 보였다.

"이탈리아에서 언제 왔어?"

"어제, 형이 늦게 들어와서 아는 척을 못했어."

"그래. 밀리노 패션쇼는 잘 끝났나?"

의자에 깊숙이 몸을 기댄 동준은 건조한 음성으로 물었다.

"그렇지, 뭐. db패션에서 이번 서울 패션위크 참여한다며?"

"누가 그래?"

동준의 말에는 날카로움이 묻어 있었다.

"그 정도도 모를까? 우리 갤러리도 여기서 제법 핫한 곳이야."

"그런 걸 일일이 보고하려고 온 건 아닐 거고……. 빙빙 돌리지 말고 본론부터 말해."

"역시 형이야. 나 좀 살려달라고 부탁하러 온 거야."

동준은 살갑게 구는 성혁이 싫지는 않았다. 무뚝뚝하고 냉정하게 밀어내는 그에게 어린 시절부터 뒤를 졸졸 따라다니며 귀찮을 정도로 다정하게 굴던 아이였다. 경영에 관심이 없는 동생이었지만 자신이 좋아하는 패션에서만큼은 동준도 인정하는 탁월한 감각을 가지고 있었다.

"말해."

"패션위크 초대한 연예인들, 우리 갤러리에서 풀 세팅하게 좀 해줘. 우리 갤러리 옷들도 홍보하고, 나도 재미 좀 보고, 화려한 태영그룹 리셉션파티 참여해서 인지도라도 얻을까 해서……. 민 여사가 카드 막아버린다고 막 협박해서 내 재정상태가 꿀꿀하거든."

동준은 성혁이 태영그룹에 관계된 일은 극도로 멀리한다는 걸 알고 있었다. 그런 성혁의 마음을 꿰뚫고 있는 동준은 평소와 다른 그의 행동에 눈썹을 치켜들고 눈을 날카롭게 떴다.

"너 db패션에 관심 있어?"

성혁의 얼굴에 잠시 짜증스런 표정이 머무르다 이내 해맑은 미소로 능청스럽게 대꾸했다.

"형, 나 역마살 끼어 있는 거 형도 잘 알잖아. 경영 같은 거 죽어도 못해."

"나무는 가만히 있으려 하지만 바람이 내버려두지 않는 법이지. 네 뒤에 누가 있는지 알잖아. 어차피 니가 조금만 관심을 가지면 너를 둘러싼 사람들이 움직인다는 건 알고 있지?"

"형……."

성혁은 항상 그렇게 동준과 자신의 사이에 가까워질 수 없는 거리가 있음을 피부로 느꼈다. 남들이 생각하는 가족과 다르게 자신의 존재 자체가 형에게 목에 걸린 가시와 같은 느낌이라는 것에 마음이 아팠다.

동준은 의자에서 천천히 일어나 책상 위 서류를 챙겨 가방에 넣었다. 그렇지만 성혁은 말해야 했다. 욕심나는 여자가 있으니까.

"형이 그렇게 신경 쓰니 이런 말 하기도 껄끄럽네……. 사실 db패션 디자인 직원들도 같이 꾸며주고 싶었거든. 리셉션파티에 어울리게 말이지."

성혁이 얼굴을 굳히며 부드럽지만 단호하게 말했다. 동준이 가방에 서류를 넣다가 잠시 동작을 멈칫했다. 분명 예전과 다른 성혁의 태도에 동준의 미간이 찌푸려졌다. 그러나 이내 천천히 일어나 책상에 걸터앉아 팔짱을 끼고 성혁을 무표정하게 바라보며 대꾸했다.

"뭐…… 그래도 상관없어."

"형이 허락해주니 고맙네."

성혁은 어색한 미소를 지으며 말했다.

"리셉션파티에 사용된 비용은 db패션에 청구해. 결제해줄 테니까."

"고마워."

성혁이 냉랭한 이 자리를 빠져나가기 위해서 몸을 돌리는데 등 뒤로 꽂히는 말을 들었다.

"성혁아!"

그를 부르는 소리에 성혁은 잠시 발걸음을 멈췄다. 연이어 동준은 고저가 없는 톤으로 경고하듯 서늘한 목소리로 말했다.

"무언가 결정할 때 신중히 해. 그게 네 위치고 우리 관계야. 명심해!"

성혁은 입술을 짓씹으며 얼굴이 점점 굳어진 채 대답도 없이 동준의 방을 나왔다. 동준은 동생의 뒷모습을 보며 씁쓸한 미소를 지었다.

성혁과는 민 여사로 인해 가까워질 수 없는 동생이었다. 그가 미국에서 학업을 마치고 돌아왔을 때 태영그룹은 민 여사의 사람들로 둘러싸여 있었다. 동준이 백화점에 있을 때도 방해 세력이 너무나 많았다. 그가 하는 일에 태클을 걸면서 비방하는 사람들을 자기 편으로 만들기 위해 명분을 만들었다. 그래서 부산에 세계 최대의 백화점을 기획하며 제일 앞에서 총대를 매고 앞서서 나갔다. 그의 추진력과 민첩하고 빠른 판단력으로 인해 태영백화점 안에서 그의 입지는 단단해졌고, 이사진의 신뢰를 얻을 수 있었다.

동생 뒤엔 민 여사가 떡 버티고 있다. 아직도 태영그룹 안 속속들이 그들의 세력은 무시할 수 없다. 성혁이 제아무리 경영에 관심이 없다고 할지라도 조금만 태영그룹에 발을 디딘다면 민 여사를 지지하는 세력들이 결집될 것은 틀림없다. 성혁을 위해서가 아니라 그들의 이익을 위해 움직이는 세력들이 말이다.

동준은 비릿한 웃음을 지었다. 모든 것이 제자리로 돌아가야 했다. 한껏 굶주린 사자처럼 자신을 물고 뜯으려는 적이 앞에 있는데 하찮은 여자 한 명 때문에 일이 어그러지면 안 된다. 그럴 순 없다. 마음을 흔드는 어떤 것이라도 제거해야 한다. 아주 능숙한 솜씨로 자신의 마음을 쥐고 흔드는 하찮은 꽃뱀 하나쯤, 자신의 마음속에서 지워버리면 그만인 것이다.

출장에 가면 마음을 정리할 것이다. 자꾸만 그런 꽃뱀에게 신경 쓰이는 불편한 감정은 도마뱀이 꼬리를 자르듯 단번에 정리할 것이다. 그런 것쯤은 식은 죽 먹기니까.

지금까지 동준은 그를 흔드는 모든 장애물들을 잘 넘겨왔다. 그런 여자 하나쯤, 가볍게 그의 마음에서 흔적도 없이 사라지게 할 수 있을 것이다. 그녀와의 관계도 짧은 지나침에 불과하다. 어떤 것도 자신의 발목을 잡을 순 없다. 그리고 이렇게 중요한 때, 그래서도 안 된다. 그저 가지지 못한 것에 대한 욕심, 집착일 뿐이다. 복을 찬 건 그 여자다. 꽃뱀 주제에 나를 뒤흔들며 손 안에 가지려 하다니. 순진한 연기는 끝내주더군.

혀 끝에 남은 그녀의 향이 지워지지 않자 동준은 거칠게 창문을 열었다. 찬바람이 불었다. 시원했다. 이 향을 바람이 가져가길 바랐다. 거머리처럼 들러붙어 그를 신경 쓰이게 하는 이 마음도 함께.

어두운 밤이다. 꼬마 남자아이가 달려가 엄마 품에 안겼다. 엄마를 부르자 따뜻하고 부드러운 미소를 지으며 말했다.

"금방 올게."

금방……. 사내아이는 고개를 끄덕인다. 기다리고 기다렸다. 그리고 곧 엄마가 왔다는 소리에 숨이 차도록 달려갔다. 그러나 엄마의 얼굴에 피가 흐르고 있었다. 목이 터지도록 소리를 질렀다. 차문을 열고 사늘한 주검이 된 시신을 흔들었다. 찌그러진 자동차……. 사내아이의 손이 피범벅이 되었다.

낯선 사내 얼굴. 행복한 엄마의 미소.

산산이 부서진 유리 파편이 그의 손에 박혀 따끔거렸다.

"엄마……. 빨리 일어나, 빨리……."

악을 질렀다.

"거짓말쟁이……."

목이 터질 것 같았다. 하도 소리를 질러 이마에 실핏줄이 보였다. 숨이 막힌다, 죽을 것 같다. 토해내듯 숨을 쉰다.

발악하듯 온몸을 뒤틀며 동준은 눈을 번쩍 떴다.

정면에 걸려 있는 벽시계가 보였다. 새벽 4시. 숨 막힐 듯한 정적 속에 째깍이는 초침소리. 어둠 속에 번쩍이는 눈동자. 등줄기를 타고 흐르는 식은땀. 또 악몽이다.

요즘 이렇게 매일 악몽을 꾼다. 침대에서 일어난 동준은 씁쓸하게 웃었다. 주위가 온통 무거운 그림자뿐이다. 축축하고 음습하며 흘린 땀으로 비릿한 냄새까지. 역하다. 온몸이 깊은 늪으로 빠져들어가는 것 같았다.

꿈속에서 자그만 사내아이의 다급한 외침도 소용없었다. 주위엔 아무도 없다. 깜깜한 어둠 속. 외로운 사내아이는 그렇게 혼자였다.

하나는 서울 패션위크의 콜렉션 때문에 정신없이 바쁜 생활이 계속되었다. 회사와 병원을 오가는 다람쥐 쳇바퀴 도는 생활의 반복이었다. 회사가 끝나면 엄마가 계신 병원으로 병간호를 하러 갔다. 다행히 엄마의 수술 날짜는 패션쇼가 있는 다음 주로 잡혔다.

이제 남은 인턴기간, 최선을 다해 보내기로 했다. 수술비는 어찌어찌 마련했지만, 아직 입원비 청구와 월세를 마련하기 위해선 정식직원이 되는 길만이 하나가 살길이었다. 안개 속을 걷는 기분이라 한 치 앞도 알 수 없는 상황이라도 하나는 희망을 버리지 않았다. 최악의 상황에서도 최선을 다하고 싶었다.

서울 패션위크 준비로 바쁜 다른 디자이너들의 잡다한 심부름을 끝낸 후에야 하나는 자신의 디자인 작업을 할 수 있었다. 하루

24시간이 모자랐다. 야근을 밥 먹듯 했지만 자신의 디자인을 무대에 올릴 수 있다는 기쁨에 힘든 줄 몰랐다. 집중할 때는 두세 시간이 훌쩍 지나기도 했다.

그런데 요즘은 통 집중이 잘 되지 않았다. 당이 필요하단 생각에 서랍에 넣어두었던 초콜릿을 꺼내 먹었다. 온몸이 뻐근하다. 눈도 침침하고 뻑뻑하고 머리도 지끈지끈 아파왔다. 잠시 쉬는 동안 눈물액을 넣어주는 건 필수이다. 전신이 찌뿌듯해서 두 팔을 쭉 뻗어 기지개를 폈다.

벽시계를 보니 11시 50분. 아, 진짜 망했다. 오늘 안에 다 끝낼 수 있을까? 머릿속에 딴생각이 꽉 차 일이 진도가 나가지 않았다. 아무리 생각해도 일상을 망치는 건 다 그놈 때문이다. 나쁜 놈!

부사장의 말도 안 되는 키스가 문득문득 떠올랐다. 맞물렸던 그의 입술 감촉이 생생하게 뇌리에 박혀 그대로 재생되었다. 그럴 때마다 얼굴이 화끈거려 일에 집중이 되지 않았다. 새로운 디자인을 떠올려야 하는데, 뇌가 정지된 것만 같았다. 하나는 머리카락을 마구 잡아 사정없이 헝클었다. 그래도 자꾸 그때 그 상황이 떠올라 머리를 세게 도리질했다. 그런데 그래도 또 생각나. 이런 자신이 너무 싫어 이마를 책상에 콩콩 찧었다.

아무리 생각해도 정말 못됐어. 직장상사 성추행으로 확 신고나 해버릴까? 남의 허락도 없이 키스를 도둑질해놓고 미안하다는 말조차 없는 남자. 사무실에서 키스를 해놓고 동준은 요즘 코빼기도 보이지 않았다. 벌써 일주일이 지났다.

아, 어쩜 이런 일이 하나에게는 일상을 뒤흔들 정도이지만 그에겐 아주 사소한 것일지도 모른다. 여자를 만나고 헤어지는 일이 다반사인 부사장에게 키스 정도는 흔해빠진 일이라 금방 잊었을 거야. 모델 같은 외모에 능력까지 갖춘 그를 어떤 여자가 마다할까? 그 생각이 미치자 그녀는 자신이 만든 상상속의 여자들이 미워지기 시작했다.

하나 혼자 초가집을 지었다 기와집을 지었다 그가 없는 동안 혼란스럽기만 했다. 처음 며칠 동안은 그가 꼴도 보기 싫었다. 그런데 하루 이틀, 사흘이 지날수록 하나는 시무룩해졌다. 그가 보이지 않으니 그녀의 모든 세포가 자신도 모르게 그를 애타게 찾고 있다는 사실에 화들짝 놀랐다. 하지만 일개 인턴인 하나가 임원의 스케줄을 알 리도 없고, 팀장에게 부사장의 일정을 물어볼 수도 없었다. 소식통인 영진은 요즘 통 디자인실을 오지 못했다. 사장실에 비서 한 명이 결혼으로 공석이 되는 바람에 영진이 두 사람 몫을 담당하고 있어 매일 야근이었다.

하나는 사람 마음은 참 알 수 없다는 생각이 들었다. 입술을 강제로 빼앗겼는데 분노보다는 온통 머릿속에 부사장 생각으로 꽉 들어찬 기분이었다. 오늘은 복도를 지나면서 마주치지는 않을까 괜히 복도와 엘리베이터 앞을 서성이기도 했다. 디자인실로 들어오는 낯선 사람을 보아도 그가 아닐까 고개를 들어 일일이 확인하곤 했다. 그런 어이없는 자신을 보며 하나는 괜한 헛웃음이 나왔다. 부사장이 주었던 명함을 지갑에서 꺼내 만지작거리기도 하였다. 아니 전화번호를 다 외웠다고 할까.

연락이라도 해볼까? 그를 이대로 볼 수 없다고 생각하면 마음이 아파 심장이 찌릿 저려오는 느낌이었다. 억울했다. 당한 것은 자신인데 혼자 애가 달아서 미웠다가 화가 났다가, 그 다음은…… 그리워졌다. 그래……. 그리움이 제일 컸다. 볼 때마다 떨리지만, 다가갈 수 없을 만큼 먼 사람이지만, 그래도…….

"하나야 무슨 생각 하냐? 몇 번을 불러도 대답이 없어요."

고 대리가 하나의 어깨를 가볍게 치며 말했다.

"내일 디자인 식구들 리셉션파티 하기 세 시간 전에 오라고."

"그렇게 일찍이요?"

"이번 콜렉션 준비 수고했다고 우리 디자인 식구 모두 부른다잖아. 유명 연예인들처럼 Dean갤러리에서 디자인 식구들도 풀세팅 해준다는데……. 이게 웬 호강이니?"

하나는 들뜬 고 대리의 목소리를 들으며 그렇잖아도 유명인사가 오는 파티에 싸구려 옷을 입고 갈 수는 없어 고민스러웠는데 인턴까지 챙겨주는 회사가 고맙긴 했다.

"너 Dean갤러리 알지? 요즘 젊은 디자이너 다니엘 킴인가 뭔가…… 떴다 하는 연예인은 거의 거기서 협찬 받는다던데."

"아, 저도 들어봤어요."

"진짜 부사장 독종은 독종이야. 어쩜 이번 파티 때 내로라하는 유명인사를 다 초대하고 JK와 콜라보레이션 성사했지, 말 들으니까 JK가 K백화점에 입점 사인까지 했다던데. 우리나라 최초래. 아주 능력자는 능력자야."

그 말을 듣자 그와 더 멀어지는 느낌이 들었다. 그런 대단한 사람과 서울에 방 하나 구할 수 없어 쫓겨날 처지의 자신이 비교되었다. 책상 구석에 놓인 머그잔을 살며시 가져와 그 안에 든 새까만 아메리카노 커피를 마셨다.

쓰다. 맘이 시리도록.

태영그룹이 운영하는 K호텔에서 패션쇼 스폰서를 자처하며 VVIP라운지에서 리셉션파티를 준비하였다. db패션에서 지금까지 패션 콜렉션 준비로 혹사당한 직원들의 노고와 마음을 풀어주기 위해 회사 차원에서 디자인에 참여한 부서 모두를 초대한 것이다. 호텔 한편에 직원들의 풀메이크업과 파티용 옷을 대여할 수 있는 공간이 마련되었다. 물론 그것은 성혁이 부사장인 형을 졸라서 한 일이지만 민 여사는 측근에 의한 보고를 받고 자신의 아들이 회사에 관심을 가진다는 이유로 이번 리셉션파티에 막대한 지원을 아끼지 않았다. 그래서인지 이번 파티는 엄숙한 분위기의 종전 파티와는 다르게 신나는 음악과 함께 즐길 수 있는 분위기였다.

직원들은 일찍 가야 마음에 드는 옷을 고를 수 있다며 약속 시간보다 이른 시간에 모여들었다. 하나는 엄마 수술 전 병원에서 사전 검사를 하느라 조금 늦게 도착했다. 그녀의 마음은 지금 파티나 즐길 여유가 없어서 그런지 조금 지쳐 있었다. 밀려 있는 병원비와 하루가 멀다 하고 전화로 독촉하는 주인 아주머니 때문에 기분이 우울해 있었다. 그저 하나는 이번 패션쇼에서 자신이 디자인한 옷이 관심을 받아 인턴 기간 만료 후 정식직원이 되는 것만이 유일한 희망이었다.

일찍 와서 먼저 메이크업을 하고 세심하게 옷을 고르는 한 대리와 마주쳤다.

"인제 오는 거야? 넌 대책이 없다. 이럴 때도 늦니?"

"죄송합니다. 일이 좀 있어서……."

"하긴, 너야 일찍 오면 뭐하니? 인턴이니까 먼저 옷 고를 군번은 아니지."

입술을 비틀며 말하는 한 대리의 어깨를 일부러 부딪치며 고 대리가 하나 앞으로 다가왔다.

"아, 빡쳐. 너 눈도 안 달렸어? 사람을 치고 난리야."

중심을 잃은 한 대리가 휘청거리고는 말했다.

"야, 사람 지나가는 길을 막고 서 있던 게 누군데 그래."

팔짱을 끼고 째려보며 한 대리는 비꼬는 말투로 내뱉었다.

"아, 진짜, 수준 떨어지는 애들하고는 내가 상대를 말아야지."

"누가 할 소리야. 사춘기 호르몬도 안 가신 풋내기 같은 계집애가. 아직도 부모 등골에 빨대 꽂아서 사는 주제에."

"뭐야?"

"어쩔래, 여기서 한판 할래? 왜 자꾸 가만히 있는 하나한테 시비야."

당장이라도 한 대리에게 덤빌 듯 전투 자세를 취하는 고 대리를 하나가 팔을 잡으며 말렸다.

"어휴, 교양 있는 내가 참아야지."

한 대리는 잠시 눈을 흘기다 휙 돌아서 자신이 고른 옷을 잡아채듯 가지고 피팅룸으로 사라졌다. 씩씩거리는 고 대리를 보며 하나는 웃음이 났다.

"고 대리님. 다른 사람이 보면 제 애인인 줄 착각하겠어요."

"그래? 어쩌냐, 난 남자만 좋아하는데……. 내가 그렇게 멋있었어?"

하나는 두 손으로 엄지 척을 하고 빙긋 웃으며 말했다.

"완전 짱이었어요."

"야, 그건 그렇고 너 진짜 왜 이렇게 늦었어? 다른 사람들이 좋은 거 다 골라 가고 이렇게 후진 것만 남았어."

스탠드 행거 옷걸이에 걸려 있는 옷을 휙휙 넘겨보며 고 대리가 말하던 그때였다.

"이를 어쩐다……. 미인 두 분을 위해 특별히 남겨둔 게 있긴 한데."

밝은 톤의 남자 목소리에 놀란 고 대리와 하나가 동시에 뒤를 돌아보았다. 그곳엔 행거에 손을 걸치고 기대어 서서 해맑게 웃는 키 큰 남자가 있었다. 하나는 낯익은 얼굴을 유심히 보다가 일전에 자신이 쌍코피를 흘리게 한 남자라는 것을 알아보고 반가움에 미소를 지으며 말했다.

"여긴 어쩐 일이에요?"

"저 dean에서 일해요."

"정말? 너무 반가워요."

하나가 먼저 악수를 청했다. 남자는 잠시 그녀의 손을 물끄러미 보다가 덥석 하나의 손을 잡았다. 손에 따뜻함이 밀려왔다. 이 남자, 마음처럼 손도 참 몽실몽실 솜처럼 따뜻하고 실크처럼 부드럽다는 생각을 했다. 하나는 고 대리를 보며 말했다.

"대리님. 일전에 동대문에서 단추 구해주셨던 분이에요."

"반갑습니다."

"네, 반갑습니다."

카키색 머리, 심플한 티셔츠에 베이직한 재킷을 멋스럽게 매치해서 세련된 느낌이 들었다.

"이쪽으로 오시죠. 제가 두 분을 위해서 코디도 준비해뒀어요."

눈을 동그랗게 뜬 하나는 성혁의 팔을 붙잡고 걱정스런 얼굴로 물었다.

"이렇게 맘대로 해도 돼요?"

성혁은 놀란 토끼눈을 뜨고 껌뻑이는 하나가 귀여워 싱긋 웃으며 고개를 기울여 하나에게 바짝 다가가 귓속말로 말했다.

"걱정 마요. 우린 저런 진상 상사가 없어서 괜찮아요."

그의 목소리는 달콤하고 부드러웠다.

"그래도 피해 주긴 싫어요. 유명한 다니엘 킴이라는 분에게 밉

보이면 안 되잖아요."

"그럴 염려 없어요."

성혁은 그녀의 손목을 잡고 복도를 지나갔다. 고 대리는 그런 두 사람의 모습을 흐뭇하게 보면서 조금 떨어져 걸어갔다.

성혁은 하나와 고 대리를 다른 VVIP대기실로 데리고 갔다. 그곳은 호텔에서 결혼식을 올리는 유명인을 위해 최고급 살롱처럼 꾸며진 곳이었다. 한쪽 벽면에 각종 드레스와 럭셔리한 의상들이 두 줄씩 걸려 있었다. 그리고 메이크업과 헤어를 동시에 할 수 있게 세팅되어 있었다. 성혁은 행거에서 그녀들에게 어울리는 의상 두 벌을 가져와 코디에게 부탁한다는 말을 전했다.

"천천히 준비하고 나오세요. 저는 마무리 좀 하러 갈게요."

"이렇게까지 안 해주셔도 돼요."

하나는 성혁이 걱정스럽고 또 이런 특별대우가 부담스럽기도 했다. 그러나 그는 하나의 어깨를 잡고 다소 억지다 싶을 정도로 떠밀어 거울 앞 의자에 앉혔다. 그리고 거울 속에 비치는 하나를 바라보면서 상냥하게 말했다.

"아는 사람 있다는 게 이럴 때 좋으라는 거죠. 어차피 한 번 입고 반납하는 거, 어울리는 거 입어요."

고 대리는 웬 떡이냐 싶어서 옆 의자에 털썩 소리를 내고 앉으며 신이 나 말했다.

"하나야, 호의를 자꾸 거절하는 것도 예의가 아닌 거야. 그죠? 근데 이름도 안 물어봤네요?"

성혁은 싱그럽게 미소를 지으며 대답했다.

"김성혁입니다. 잘 부탁드릴게요."

"전 고상미, 그리고 하나하고는 통성명 한 거죠?"

하나는 아직까지 그의 이름조차 묻지 않은 것이 떠올라 문득 미안해졌다.

"저도 못 했어요. 전 정하나예요. 이렇게 신경 써주셔서 정말 감사드려요. 저번 단추도 그렇고 지금 이런 대우도……. 태어나서 이렇게 남이 해주는 화장 하는 거 처음이에요."

"뭐, 그럼 다음번에 밥 한 끼 사세요."

고 대리는 성혁이 하나에게 호감 가득한 시선을 보내는 것을 보고 팔꿈치를 치며 말했다.

"그래, 너 꼭 성혁 씨한테 밥 한 끼는 사야겠다."

"네, 그럴게요. 요번 주는 바쁘고, 다음 주 중에 약속 한번 잡을까요?"

성혁 바로 주머니에서 휴대폰을 꺼내 하나에게 내밀었다.

"이런 땐 스피드가 생명이죠. 번호 찍어주세요. 저장하게요."

하나가 휴대폰을 받아 자신의 번호를 저장했다. 그때, 급한 일이 생겼는지 직원이 찾아와 그를 다급하게 불렀다.

"다니엘 선생님. 지금 빨리 가보셔야겠어요."

그를 부르는 직원의 모습이 마치 상사를 대하는 것 같았다.

어머, 그는 여기 직원이 아니었나 봐. 다니엘이라고……. 다니엘? 설마 그 유명한 디자이너?

그를 보는 하나의 눈이 쟁반처럼 커졌다.

"다니엘 킴이세요?"

"이크. 들켜버렸네요. 인턴 아니라고 미워하면 안 돼요."

"그런 말이 어디 있어요. 정말 만나보고 싶었는데……."

너무 놀란 하나는 말이 나오지 않아 말끝을 흘렸다.

"더 있고 싶지만 일이 급해서 그만 가봐야겠어요."

"저희 신경 쓰지 마시고 가세요."

성혁이 환한 미소를 지으며 잘하고 나오라는 인사와 함께 그 자리를 떠났다. 성혁이 나가고 고 대리는 '꺄악' 소리를 질렀다.

"하나야. 이거 사실이니? 정말 다니엘 킴, 내가 만난 거 맞아?"

"고 대리님. 저도 믿기지가 않아요."

"오늘은 아무래도 로또를 사야겠어."

하나는 그런 고 대리를 보며 생각에 잠겼다. 이렇게 한 번쯤은 멋진 일도 있구나. 만나고 싶었던 디자이너를 가까이서 볼 수 있다니. 하나는 웃음이 났다. 이래서 세상은 살 만한 거겠지. 성혁의 따뜻한 미소를 떠올리며 하나는 전문가의 손에 몸을 맡겼다.

카이가 오랜만에 리셉션파티에 오자 성혁은 그를 맞으러 라운지에 들렀다. 벌써 음악이 깔리고 흥겨운 파티의 분위기가 점점 고조되고 있었다. 와인과 맥주가 서빙되고 있었고 많은 사람들이 가벼운 다과를 즐기며 음악에 취해 있었다.

"형이 여긴 어쩐 일이야?"

카이는 이런 파티에 얼굴을 잘 비추지 않았다. 그런 그가 오늘은 쫙 빼입고 나타난 것 자체가 의아했다.

"……TV에서만 보던 전세린 보러 왔다. 실물도 이쁠까 싶어서."

헛기침을 하며 잠시 머뭇거리더니 속마음을 이야기하는 카이를 보며 성혁은 웃음이 나왔다.

카이도 남자는 남자구나. 쿡쿡 터진 웃음이 자꾸 새어 나와 몸이 움츠러들었지만 쉽게 웃음이 가라앉지 않아 멈추느라 힘이 들었다.

"웃지 마, 짜식아. 근데 여기 신인 연예인들도 초대 받았냐? 저 여자 진짜 묘하게 이쁘게 생겼어."

카이가 향하는 시선을 따라 뒤를 돌아보니 하나가 다가오고 있었다. 여성스럽게 볼륨업한 헤어에 블링블링 메이크업으로 큰 눈이 더 또렷해 보였다. 갓 피어난 장미를 금방 머금은 듯한 붉은색의 입술이 그녀가 입은 검은 드레스로 인해 선명해 보였다. 허리라인을 강조한 아워글라스 실루엣은 타이트하게 감싸서 그녀의 몸매를 더욱 돋보이게 했다. 앞은 단아하고 우아한 터틀넥으로 디자인되었지만 등이 깊게 파인 오픈백 드레스로 고혹적이고 농염해 보였다.

청바지에 머리만 질끈 묶은 하나도 상큼했지만, 성혁은 입이 저절로 벌어질 만큼 변한 하나의 모습에 놀라고 말았다. 갈비뼈 밑에 심장이 폭주하는 기관차처럼 울리기 시작했다. 마침 샴페인과 맥주를 실은 트레이가 다가와 성혁은 샴페인 두 잔을 가지고 두 여성에게 다가가 건넸다.

고 대리는 성혁의 눈에 하나만 가득 담겨 있는 모습을 보고 눈치 없이 하나에게 다가가려는 카이의 멱살을 잡고 눈을 부릅뜨며 한쪽으로 따라오라고 눈짓을 주었다. 카이는 영문도 모르고 끌려가는 어린아이처럼 고 대리에 제압당해 한쪽 구석으로 밀려 나갔다. 하나가 샴페인 잔을 들고 붉은 입술을 달싹이며 말했다.

"저 어색하죠? 이런 옷이 처음이라……."

이렇게 꾸민 자기 자신이 어색해서 그녀는 눈꺼풀을 살포시 내렸다. 성혁은 웃음기를 빼고 하나를 진지하게 바라보았다.

"아뇨, 예뻐요. 정말."

시끄러운 음악도 그의 귀에 들리지 않았다. 그녀만 보였다. 그녀의 작은 손짓 하나, 나지막히 들리는 청아한 음성이 마법을 부리듯 그를 마비시키는 것 같았다.

하나는 고마움을 표하며 환하게 웃다가 성혁의 어깨 너머 저 멀리서 집요하게 따라붙는 시선과 눈이 마주쳤다. 북적이는 많은 사람들 사이를 뚫고 날카롭게 꽂히는 그의 시선에 얼굴이 따끔거렸다. 치켜든 눈썹 아래 검고 깊은 눈동자……. 흔들림 없이 단단히 부딪쳐오는 눈빛……. 반듯한 얼굴에 조금도 흐트러짐 없는 포마드 머리……. 차가운 샴페인 잔을 꼭 쥔 그녀의 손바닥에서부터 맥박이 급하게 뛰기 시작했다.

온 사방에 그리웠던 그의 체취가 느껴지는 것 같았다. 달콤했던 입술의 감촉도……. 하나는 저도 모르게 숨을 깊게 들이마셨다. 동준은 무심한 듯 그녀에게서 시선을 돌려 말을 걸어오는 몇몇 바이어들과 자연스럽게 대화를 이어나가는 것 같았다. 그를 향한 시선이 주인을 잃고 공중에서 헤매자 하나의 마음 한편이 무너지는 것 같았다. 그를 보지 못한 일주일 동안 혼자서 끙끙 앓고 마음 졸였던 시간이 억울했다.

나만 아쉽고 허전하고 아련했구나.

"누굴 그렇게 봐요. 하나 씨 아는 사람 있어요?"

허공을 맴도는 하나의 시선을 따라 성혁이 뒤를 돌아보았다.

"아……. 아니에요."

그녀는 스스로가 초라해져서 피식 웃으며 손에 든 샴페인을 한 잔 마셨다. 샴페인이 몸을 타고 흐르며 취기가 오르는 것 같았다. 잠깐이나마 가까이서 그를 볼 수 있다는 것에 설레었던 자신을 비웃으며 채찍질했다.

바보같이. 너만 상처받는 거야.

그녀의 마음속에 불을 질러놓고 아무렇지도 않은 척 시선을 돌리는 그의 모습에 살며시 입술을 깨물었다. 서운한 감정이 가슴속 깊이 요동쳤다.

"안색이 안 좋아 보여요."

"요번 패션쇼 작품 때문에 제가 지금 많이 긴장했나 봐요."

"그 심정 이해해요. 제 작품 처음 런웨이 올릴 때도 하나 씨처럼 똑같았거든요."

"선배님! 많이 가르쳐주세요."

하나는 장난스럽게 웃으며 칵테일을 탁자에 놓았다. 그녀는 지금 이렇게 성혁이 옆에 있어서 다행이라고 생각했다.

"처음 작품 내놓을 때 보통 아는 사람 총동원하던데, 하나 씬 많이 불렀어요?"

잠시 성혁이 머뭇거리다가 하나를 지그시 보며 다시 물었다.

"뭐 친인척, 친구, 또…… 남자친구라든가."

남자친구란 말에 은근히 힘이 들어갔다. 그녀에게 남자친구가 있는지 넌지시 물어보고 싶던 것이다.

"저 부를 사람이 없어요. 성혁 씨가 있어서 그나마 좋은데요. 런웨이 선배님."

"아, 놀리면서 이야기하지 말아요."

성혁은 하나의 대답이 마음에 들었다. 조금씩 그녀에게 다가가서 자신의 마음을 내보이고 싶어졌다. 설레는 그의 감정이 하나에게 고스란히 전해졌으면 하는 바람이었다. 화사하게 웃는 그녀의 미소가 오로지 자신만을 향했으면 했다.

그때 라운지에서 웅성거리는 소리와 함께 여기저기서 탄성이 들렸다.

"전세린이다."

"완전 예뻐. 몸매 봐. 옆에 있는 사람 다 오징어 되겠다."

"어머, 실물이 훨씬 예쁘다."

"연예인은 확실히 다른가 봐."

전세린은 지금 K백화점 전속모델로, 요즘 최고 시청률을 경신하는 미니시리즈에 출연하며 화제의 중심에 있는 핫한 연기자였다. 작은 얼굴형에 또렷한 이목구비와 길쭉한 팔다리로 서구적 몸매를 자랑하였다. 오늘은 거기에 걸맞게 가슴골을 살짝 노출한 깊은 네크라인으로 섹시미를 강조하고 드레스에 옆트임을 살짝 주어 걸을 때마다 쭉 뻗은 다리 선을 내보여 육감적인 몸매를 자랑하는 듯했다.

그녀는 사람들의 주목을 받는 것에 익숙한지 얼굴에 미소를 머금은 채 부사장과 관계인사들이 모인 곳으로 합석했다. 눈인사를 하며 담소를 나누다가 비밀스러운 이야기가 있는지 동준의 귀에 대고 속삭이듯 무언가 말하자 그들은 같이 그 자리를 떴다. 두 사람이 같이 걸어가는 모습은 화보에나 나올 법하게 어울렸다. 그녀는 동준과 함께 있으니 반짝반짝 빛나 보였고, 원래부터 그곳이 그녀의 자리처럼 보였다.

하나는 자신이 먹던 막대사탕을 빼앗긴 어린아이처럼 마음이 아쉽고 착잡했다. 어린아이가 아니니 자신의 것이 아닌 것에 미련 두는 어리석은 일은 하지 말아야겠다고 다짐하지만 몸은 힘이 풀려 주저앉고 싶었다.

"성혁 씨, 저…… 화장실 좀 갔다 올게요."

"아, 그래요. 너무 늦지 마세요."

"네."

하나는 지끈지끈 밀려드는 어지러움 속에서 치미는 알 수 없는 거북함으로 울렁거리는 가슴속을 빨리 해결하기 위해 그 자리를 벗어나고 싶었다. 숨을 쉴 수 있는 맑고 상쾌한 공기가 필요했다. 그러나 복도를 지나 빠른 걸음으로 코너를 돌다가 놀라운 광경을 목격하고 말았다. 세린이 동준의 목에 매달리듯 두 팔을 걸고 온몸을 밀착시키며 키스하고 있는 것이다. 놀란 나머지 저도 모르게 작은 비명이 새어 나왔다.

"앗."

하나는 화들짝 놀라며 두 손으로 자신의 입을 막았다. 그녀의 기척에 동준이 서서히 눈을 치켜떴다. 그리고 무엇이 못마땅한지 미간을 찌푸렸다. 하나는 하얗게 질린 얼굴로 뒤를 돌아 복도를 뛰어갔다. 무언가에 쫓기는 사람처럼 숨을 가쁘게 내쉬며 내달렸다. 구석진 아무 곳이나 들어가 몸을 벽에 기댔다. 목이 타는 듯하고 턱 끝까지 숨이 차올라 쓰러질 것 같았다. 심장이 너무 빨리 뛰어서 따끔거렸다.

아니……. 마음이 따끔거렸다. 바늘로 콕콕 찌르는 것 같았다. 아파서…… 너무 아파서……. 눈물이 났다. 다리에 힘이 없어 털썩 쪼그려 앉았다. 맥이 풀려서 서 있을 수가 없었다. 한동안 그렇게 있었다. 의미 없이 아무렇게나 한 부사장의 장난질에, 저 혼자 그를 미워했다가 좋아하고 그리워하다 혼자만 애타했다.

하나의 시야가 흐릿해졌다. 감정이 벅차올라 입술 사이로 터져 나오는 울먹임에 어깨가 파르르 떨리며 들썩였다. 그때 중저음의 건조한 목소리가 그녀의 고막을 때렸다.

"여기서 뭐 하는 거지?"

익숙한 목소리에 고개를 든 하나는 너무 놀라 숨을 목구멍으로 집어삼켰다. 하나는 뒤돌아선 채로 천천히 일어나 눈물을 닦았다. 그는 서서히 다가와 그녀의 어깨에 손을 얹고 마주 볼 수 있게 뒤로 돌렸다. 하나는 고개를 툭 떨어뜨리고 입술을 질끈 깨물었다. 울었던 모습을 들키고 싶지 않았다. 그것도 그 원인이 당신 때문이라는 건 더더욱 들키지 않을 것이다.

"뭐 하고 있었냐고 물었는데, 대답이 없네?"

그는 고개만 숙이고 있는 하나에게 한 발짝 바짝 다가왔다.

하나는 그와 점점 가까워지는 게 싫어서 뒷걸음질 쳤다.

"속이 안 좋아서 그래요. 부사장님과 상관없잖아요?"

하나는 톡 쏘듯 대답했다. 그녀는 고개를 빳빳이 들고 그의 눈을 피하지 않았다. 그는 미간을 찌푸리며 잠시 동안 말없이 그녀의 눈을 응시했다.

"눈물을 흘릴 만큼 속이 안 좋은가?"

"인턴인 저한테까지 관심 가질 만큼 한가하시지 않으실 텐데요. 지금 이렇게 나와 계셔도 되나요? 부사장님이 초대하신 분들이 많은데……. 저 같은 인턴은 있어봤자 티가 안 나지만 귀하신 부사장님은 다르시잖아요?"

하나는 차갑게 가라앉은 목소리로 매몰차게 몰아붙이며 따박따박 말했다. 그리고 해서는 안 될 말까지 튀어나와버렸다.

"전세린 씨도 기다리실 텐데 하시던 일 마저 하세요."

아차 했지만 머릿속에 꽉 차 있던 생각이 입 밖으로 나와버렸다. 정말 접시물에 코라도 박고 죽고 싶을 만큼 어리석은 자신을 힐난했다. 그녀의 말이 떨어지자 동준의 얼굴에 옅은 미소가 번졌다.

"지금 질투하는 거야?"

속에서 꿈틀대는 전세린을 향한 질투심을 들키고 싶지 않았다. 누구보다 그가 더 미웠기 때문이다.

"질투는…… 무슨 부사장님처럼 아무 여자한테나 애정공세 하는 분한테 누가 질투를 해요?"

"아무 여자?"

그는 눈썹을 꿈틀 하며 날이 선 목소리로 물었다.

"아니, 아무 여자가 아니죠? 저처럼 처지가 어려워서 어떻게든 돈줄이나 물어보려는 여자만 고르겠죠? 다 넘어오던가요? 부사장님 빵빵한 뒷배경이나 보면서 어디 신분상승이나 해보려는 허파에 바람난 여자들. 조그마한 관심에 무너지죠."

하나의 입가에 잠시 자조 섞인 비웃음이 드리우고 그녀의 눈에 눈물이 어리었다.

"바보같이."

눈물이 나오지 못하게 그녀는 입술을 피가 나올 정도로 꽉 깨물었다.

"……아, 부사장님 가벼운 사랑 좋아하시죠. 그걸 잊었었네요."

그녀의 말이 동준의 심기를 건드렸는지 그가 점점 하나 곁으로 다가왔다. 망설임 없이 다가오는 덩치 큰 그의 모습에 위협을 느꼈는지 하나는 뒤로 자꾸 밀려났다.

"다가오지 말아요."

"싫은데."

그는 굳은 얼굴로 싸늘하게 말하며 한 발짝 밀어붙였다.

"소리 지를 거예요."

"쫓아올 사람 아무도 없어."

두려움에 하나의 큰 눈이 흔들렸다. 뒤로 밀려나던 하나의 등이 벽에 부딪쳤다. 시멘트 벽의 차가운 기운이 훤히 드러난 등 뒤로 스며 하나는 그 한기에 온몸이 떨려왔다.

동준은 하나를 그의 두 팔에 가두고 몸을 밀착시킨 채 큰 키를 굽어 하나를 내려다보았다. 하나는 가슴이 쿵쿵거리고 숨도 제대로 쉬어지지 않는 것을 내색하고 싶지 않았지만 그럴수록 더 긴장되어 식은땀이 다 났다. 하나는 필사적으로 눈을 동그랗게 뜨고 그를 올려다보았다. 지기 싫어서, 밀리고 싶지 않아서 그의 눈을 빤히 쳐다보았다. 두 사람의 눈빛이 팽팽하게 맞섰다.

"더 가까이 오면……."

숨을 깊게 들이쉬고 하나는 앙칼지게 소리쳤다.

"물어버릴 거예요."

그녀의 입에서 나온 말이 뜬금없어서 동준은 피식 웃음이 났다.

"도발인가?"

"진심이에요."

그가 비스듬히 고개를 기울여 그녀를 물끄러미 쳐다보았다.

그러곤 고개를 숙이고 구둣발로 툭툭 차며 무심한 듯 물었다.

"그동안 내 제안, 생각해봤나?"

"말 한마디 없이 사라져버리고선 이제 와서 제안이라구요. 지금 절 놀리는 거예요?"

하나는 입술을 깨물었다.

"놀린 적 없어. 너에게 제안한 건, 내가 정말 필요해서야."

그는 답답한지 한숨을 잠깐 쉬고 말했다.

"휴……. 그래 물론 네 약점을 이용하려 했어. 그건 인정해."

그의 말에 하나는 참담해지는 기분을 이기지 못하고 고개를 숙인 채 울컥하는 목소리를 억누르며 말을 이어갔다.

"상대방 아픈 약점을 물고 늘어지는 거, 얼마나 비겁한 행동인지 알아요? 저…… 힘들어요. 죽을 만큼, 아니 죽지 못해 살 만큼 그냥 견디고 있어요. 그렇지만 부사장님 장난에 휘둘리는 제 자신이 싫어요. 얼마나 사람을 비참하게 만드는지 알아요? 그래서 싫어요. 안 할 거예요."

동준은 하나의 말에 얼굴이 일그러졌다. 자신의 속내를 드러내며 울음을 참고 있는 그녀의 모습에 마음이 시큰거리고 아파왔다.

"그럼 내가 부탁하면, 아니 사정하면 들어줄래?"

하나는 그의 말에 고개를 들었다.

"조건 없이 어머니도 잘 돌봐드릴게."

그의 표정은 거짓 없는 진지한 표정이었다. 그러나 하나는 어디까지가 그의 진심인지 알 수 없었다.

"전세린한테 부탁하세요."

그녀는 뾰로통한 표정을 지으며 말했다.

"단단히 삐졌네."

"누가요?"

"키스한 거, 전세린이 먼저 덤빈 거야. 넌 마침 그때 잠깐을 본 거고 너 외엔 이런 제안 한 적 없어."

"누가 관심 있대요? 아니 사과하세요."

"어떤 거?"

"제 허락 없이 키스한 거요."

"누가 허락받고 키스해. 무드 없이."

"전 그래요. 이제 함부로 제 몸에 손대지 마세요."

"누가 손댄다고 했어? 은근 기대하는 거야?"

그의 말에 잠시 하나는 눈을 흘겼다.

"아뇨."

단호하게 말했지만 그녀의 귀는 빨개지며 부끄러움을 감추듯 눈을 내리깔고 있었다. 그런 모습이 귀여워 물끄러미 바라보던 동준이 장난스런 말투로 짓궂게 말했다.

"싫다는 사람한테 강제로 할 생각 없어. 덤비는 여자도 많은데, 뭐하러 그래?"

하나는 그가 길을 터주자 재빨리 앞으로 걸어 나갔다.

"정하나."

나지막이 그녀를 부르는 그의 소리에 천천히 뒤돌아보았다.

"보고 싶었다……. 일주일 동안."

미국에 출장 간 지난 일주일 동안 동준은 정신없는 스케줄을 소화해야 했다. JK와 접촉하면서 지지부진했던 백화점 입점을 따내는 소기의 성과도 이뤄냈다. 백화점 명품관에 입점과 동시에 db패션의 콜렉션 콜라보레이션과 함께 따로 JK의 론칭쇼 진행 서류에 사인함으로 확실하게 결론 내렸다.

모든 일을 끝낸 그가 서울 한 호텔의 스위트룸에서 여독을 풀고 있을 때였다. 호텔에서 바라본 도시 속 빌딩 숲의 밤은 각각 다른 빛을 내뿜고 있었다. 무수히 모여 빛의 바다를 이루는 광경이 어쩐지 그의 마음을 먹먹하게 했다.

그동안 옆도 보지 않고 앞만 보면서 내달려왔다. 집요하게 물고 늘어지는 장애물들을 하나씩 쓰러뜨리며 이 자리까지 오면서 후회하거나 뒤를 돌아본 적이 없었다.

근데 요즘 들어 이상했다. 그의 마음이 요동치고 있었다. 고삐 풀린 망아지처럼 통제하기가 힘들었다. 하루에도 열두 번씩 휴대폰을 만지작거렸다. 하나의 목소리가 듣고 싶었다. 그녀의 뽀얀 얼굴이 어른거렸다. 그녀의 부드럽고 달콤했던 입술을 다시 한 번 탐하고 싶었다. 그렇게 하나는 출장 기간 내내 그의 머릿속을 마구 헤집고 들어와 아예 또아리를 틀고 때와 장소를 가리지 않고 그를 세차게 흔들고 있었다.

자신만 보면 도망가려 하고 손 안에 모래처럼 세게 쥐려 하면 손가락 사이사이로 빠져나가려 하는 그녀. 우스웠다. 서른둘, 적지 않은 나이가 되도록 여자가 없었다면 거짓말이다. 손만 뻗으면 그의 재력과 외모에 한 번도 거절이라는 단어는 없었다. 때론 질척대며 매달리는 여자도 있었지만 냉정하고 매몰차게 떼어내기도 하였다. 사랑? 그딴 건 없었다. 그런 게 있었을 리가. 그런데 뭐가 아쉬워서 자기에게 멀어지려고만 하는 하나에게 집착하게 되는지. 동준은 이런 생각조차 하지 않으려 독한 술로 하나의 존재를 밀어내려 했다.

그렇게 일주일을 어떻게 견뎠는지 모르겠다. 그는 자신의 마음속에 그녀가 사라졌다고 믿었다. 아니 부정했다. 그녀를 몰아냈다고. 모든 것이 순조로웠고, 자신의 마음도 예전처럼 고요했다.

그랬었다. 파티에서 그녀가 나타나기 전까진 제 마음을 통제할 수 있다고 자신만만했다. 긴 눈썹 아래 커다란 눈망울로 사람들 사이에서 웃고 있는 그녀가 보였다. 지금까지 자신을 보고 저렇게 환히 웃은 적이 있었던가? 사무실에서의 모습과 몰라보게 달라진 그녀를 주위에 있는 남자들이 힐끗힐끗 쳐다보며 추파를 던질 기회만 엿보고 있었다. 자신도 모르게 눈을 부릅뜨게 되고 그 모습이 못마땅해서 얼굴이 일그러졌다.

계속 그녀의 모습만 좇던 눈동자 안으로 웃음 짓던 그녀의 모습이 눈에 들어왔다. 그 순간 그의 뇌가 폭발해버렸다. 꼭꼭 접어서 감추어두었던 그녀를 향한 마음의 빗장이 풀어지고 그녀를 소유하고자 하는 열망이 쏟아져 나왔다. 감당이 되지 않았다. 당장 주위의 사람들을 밀치고 달려가 그녀를 끌고 이 자리를 박차고 나가 버리고 싶은 마음이 치밀어 올랐다.

그때 전세린이 백화점 전속모델 재계약 건으로 말할 건이 있다며 나가자는 말은 차라리 다행이었다. 계속 하나와 눈을 마주하다 간 사고라도 칠 것 같았다. 그런데 밖으로 나오자 그녀가 끈적끈적한 눈빛으로 기습적인 육탄전으로 입술을 들이밀었다.

그런데 왜 하필 그때 놀라서 바라보는 하나와 마주쳤는지……. 진짜. 되는 일이 없다. 이 순간 그녀를 그냥 보내면 놓쳐버릴 것 같았다. 두려움이 엄습했다.

그녀를 쫓아 미친 듯이 호텔 복도를 달렸다. 숨이 막히도록 찾다 보니 한쪽 구석에 쪼그려 앉은 그녀가 보였다. 가녀린 어깨가 파르르 떨리고 있었다. 그녀는 울고 있었다. 무슨 일이 있는 건가 했지만 알고 보니 전세린과의 일을 오해하고 질투하고 있는 듯했다. 그녀의 마음에 자신이 있다는 사실만으로 미칠 듯이 좋았다. 저절로 입꼬리가 올라갔다.

처음으로 그녀가 그에게 진심으로 들어왔다. 그녀가 보였다. 달려들어 입 맞추고 싶은 걸 억지로 참았다. 서두르지 않고 그녀의 속도에 맞추기로 했다.

그는 그녀가 사라진 곳에서 한참 동안 몸을 식혀야 했다.

속에서 들끓는 불덩이를 가까스로 참고 있었다.

이틀 동안의 패션콜렉션은 성공리에 마무리되었다.

JK과의 콜라보레이션과 K백화점 명품관에 JK의 입점은 연일 신문과 방송매체를 통해 이슈화되었다. 그리고 회사 안에서 동준의 입지는 더 탄탄해졌다. 가는 곳마다 화제가 되었고 태영그룹의 차기 사장이라는 말까지 돌았다.

db패션의 주가는 고공행진을 했고 더불어 K백화점의 인지도까지 크게 부상되었다. 하나는 사람들 사이에서 오가는 대화를 들으면서 그들의 평가에 저도 모르게 귀 기울이고 있었다. 자신과 상관없는 일인데 말이다. 그 생각이 들자 자신의 머리를 콩 하고 한 대 때렸다.

"정신 차려. 정하나."

모니터로 서류를 정리하면서 부사장 생각을 떨쳐버리려 하고 있는데, 고 대리의 흥분한 목소리가 들렸다.

"하나야, 하나야."

얼마나 숨가쁘게 뛰어왔는지 지켜보는 하나가 더 힘들었다.

"고 대리님, 숨 좀 쉬고 이야기하세요."

"그게…… 그게……."

무릎 위에 두 손을 대고 숨을 헉헉거리다가 하나 책상에 손을 짚고 그녀의 얼굴을 쳐다보며 환한 미소를 지었다.

"축하한다. 너 정식사원 됐더라."

"네?"

하나는 가슴이 두근거렸다.

얼마나 바라왔던 말인가. 칠흑같이 깜깜한 동굴을 거닐다 저 멀리 희미하게 비추는 가느다란 빛을 본 느낌이라고 할까……. 그 조그만 빛은 하나의 마음속에 마지막 희망으로 끝까지 부여잡았던 것이었다. 그런데 바로 현실이 되었다.

"정말이에요?"

"너 진짜 내가 축하주 한잔 사줄게."

"아뇨. 제가 사야죠. 대리님, 저…… 근데 꿈은 아니죠? 여기 뺨 한번 꼬집어보세요."

고 대리는 장난꾸러기 같은 얼굴을 하고 하나의 얼굴을 힘껏 꼬집었다.

"앗! 대리님, 넘 세게 꼬집었어요."

하나는 고 대리를 힐끗 째려보다가 금방 환한 미소를 머금고 활짝 웃었다.

"꼬집혀도 이렇게 기분 좋은 건 처음이에요."

"아주 놀고들 있네. 정하나, 니가 잘해서 된 게 아니라 디자인팀이 워낙 잘해서 넌 그냥 반사이익을 받은 거뿐이야. 한마디로 운이 좋았던 거라고. 그러니까 기고만장하지 마!"

둘이 좋아서 난리를 치는 모습이 꼴사나워 보였는지 한 대리가 굳이 와서 내뱉듯이 톡 쏘며 지나갔다.

"아휴, 저건 우리 싫다면서 왜 꼭 가까이 다가와서 염장을 지르지."

"고 대리님, 은근 한 대리님이 저희 좋아하나 봐요."

하나와 고 대리는 마주 보며 까르르 웃었다. 하나는 먼저 회사를 마치고 주인집 아주머니를 만나러 갔다. 이제 정식직원이 되었으니 은행에서 대출 받을 때까지 월세보증금을 조금만 더 기다려 달라고 부탁하기 위해서였다.

"어구, 걱정하지 마. 이웃끼리 당연히 그래야 하지 않겠니?"

항상 매몰찼던 주인 아주머니의 상냥한 어투에 하나는 사정해야 하는 입장이었지만 뭔가 이상한 느낌을 받았다.

"감사드려요. 저, 이거 요즘 홍시가 잘 익었길래 좀 사왔어요."

과일 상자에 빨갛게 익은 홍시를 바라보는 주인 아주머니는 욕심이 덕지덕지 붙은 볼살을 꿈틀거리며 눈을 동그랗게 떴다.

"그래, 고맙다. 요즘 전세 구하기도 힘들 텐데 쭉 머물러. 이보다 더 싼 집 구하는 것도 어려운 거 알지?"

"네……. 감사드려요."

한 가지 일이 풀리면서 그나마 막혔던 모든 일이 해결되는 것 같아 안도감이 들었다. 이제 엄마의 수술만 잘 마무리되면 예전처럼 평화로운 일상이 찾아올 것 같았다.

버스를 타고 엄마가 계신 병원에 가는 발걸음이 가벼웠다. 원무과에 가서 그동안의 사정을 이야기하고 빨리 수술을 진행해달라고 부탁하러 갔다.

"환자분 성함이 어떻게 되신다구요?"

"네, 정영애입니다."

"……네. 근데 지금 환자분 수납 다 완료되셨는데요. 그리고 오늘 추가 검사까지 다 받으셨네요."

"저, 그럴 리가……. 정영애 씨가 맞나요? 305호실이요."

"네, 맞아요. 어제 다 처리되셨습니다."

하나는 얼굴이 굳어졌다.

머릿속에 한 사람이 스쳐 지나갔다.

'조건 없이 어머니도 돌봐드릴게.'

그렇게 그가 말했었지. 그땐 정신이 없어서 기억조차 희미했다. 하지만 분명히 부사장이 틀림없다. 자신의 집안 사정을 알고 있는 사람이 그 사람밖에 없기 때문이다. 하나는 가방에 있던 부사장의 명함을 찾아 지갑을 열었다. 떨리는 손을 진정시키며 번호를 꾹꾹 눌렀다. 신호가 한참 울리다 수화기 너머로 그의 담담한 목소리가 들렸다.

-전화 올 줄 알았어.

"저, 지금 만나고 싶은데요."

-어디야?

"어머니 입원한 병원이에요."

-여기서 멀지 않은데, 내가 갈까?

"아뇨……. 장소 찍어주시면 제가 찾아갈게요. 여기선 이야기할 장소도 마땅치 않아서요."

-좋아.

통화가 끝난 후 하나는 한숨이 절로 나왔다. 다시 숨이 막히는 것 같았다. 부사장이 쳐놓은 촘촘한 그물에 갇혀 몸부림칠수록 더 얽혀 빠져나올 수 없을 것 같다는 느낌이 들었다. 그렇게 싫다고 했는데. 어떻게 이렇게 사람을 무시할 수 있을까?

다시 한 번 분명하게 말할 것이다. 일상을 흔드는 그에게서 완전히 빠져나오고 싶었다. 흔들리는 자신의 마음을 다잡으며 하나는 발걸음을 재촉했다.

4. 그 계약 결혼, 해요

카이는 오늘 한참 동안이나 초조한 모습으로 누군가를 기다리는 동준의 모습을 보았다. 복잡한 일이 있을 때 머리를 식힐 겸 바에서 술이나 한잔하던 녀석이 웬일로 VVIP들만 이용하는 방을 잡아달라고 할 때부터 이상했다. 손님이 주문한 칵테일을 타던 카이는 하나가 들어서는 것을 보고 입이 절로 벌어졌다.

성혁이가 찜해둔 여자가 여긴 웬일인가 싶어서 호기심에 가까이 다가갔다. 그녀는 이런 곳이 생전 처음인지 주춤거리며 어색하게 주위를 살폈다.

"무엇을 도와드릴까요?"

"저…… 여기 김동준 씨 계신가요?"

그녀는 리셉션파티에서 만난 카이를 못 알아보는 것 같았다.

한눈에 들어올 정도로 예쁜 아가씨라 말을 걸려 하자마자 고상미라는 황당한 여자에게 끌려가 된통 욕을 얻어먹었다. 그렇게 눈치가 없냐고. 그제서야 성혁의 얼굴이 눈에 들어왔다. 그녀와 이야기하는 성혁은 평소와 다르게 들떠 보였다. 너무 좋은 티를 내서 카이조차 알아챌 정도였다.

그런데 동준이 그토록 초조하게 기다리던 인물이 이 여자라니. 카이의 눈은 호기심으로 가늘게 길어지며 이 상황이 흥미롭다는 표정으로 하나를 쳐다보았다. 카이는 동준이 있는 VVIP실로 안내했다. 문을 열자 어두운 조명이 룸 안을 흐리게 비추고 있었다. 고급 가죽 소파가 빙 둘러져 있고 그 탁자 위에 과일 안주와 고급술들이 놓여 있었다.

동준은 그녀를 기다리며 가벼운 와인을 마시고 있었다. 긴 손가락으로 와인잔을 빙그르르 돌리자 붉은 와인이 자국을 내며 유리잔을 물들였다. 주황색 조명 아래 문이 열리고 하나가 들어오자 그는 눈을 떼지 않고 그녀를 응시하였다.

그 모습을 지켜보던 카이는 동준의 눈동자 안에 번뜩이는 소유욕을 느꼈다. 처음으로 보는 낯선 동준의 모습이었다. 웬만한 여자가 와도 눈도 꿈쩍 않던 녀석이, 하나를 바라보는 표정은 장난이 아니다. 감정의 변화를 잘 나타내지 않는 동준이었다. 그런데 오늘은 뭔가 달라 보였다.

"필요하신 거 있으면 벨 눌러주십시오."

카이가 나가고 하나는 동준을 바라보았다. 동준은 사무실에서처럼 반듯한 모습이 아니었다. 두세 개 단추가 풀어진 셔츠가 넓은 어깨로 인해 팽팽하게 당겨지며 보기 좋게 잘 만들어진 잔근육이 모양을 드러냈다. 약간 흐트러진 포마드 머리가 반듯한 이마에 몇 가닥 내려오며 날렵하게 뻗은 코 주위에서 흔들거렸다. 아무렇게나 접힌 소매 아래 드러난 힘줄은 조명을 받아 섹시하게 보였다.

그는 와인잔을 탁자에 놓고 느긋하게 다리를 꼰 채로 한쪽 팔을 소파에 걸친 채 그녀를 바라보았다. 하나는 사람을 빨아들이는 마력을 뿜어내는 것 같은 그의 시선이 너무 따가웠다. 정말 대하기 어려운 사람이라는 생각이 들었다.

"앉아."

하나는 되도록 멀리 자리를 잡고 싶어서 최대한 떨어진 곳에 앉았다. 그는 하나의 행동이 묘하게 거슬리는지 눈썹을 꿈틀거렸다.

"와인 한잔할래?"

"아뇨. 술은 됐습니다."

"그래도 받아. 마시지 않더라도 그게 예의니까."

"네."

"가까이 와야지 줄 수 있지. 그렇게 멀리 앉으니까 내가 전염병이라도 걸린 사람 같잖아."

하나는 그의 말에 민망해져 주춤거리며 그 가까이 앉았다. 그가 건네는 와인을 받다가 그와 손가락이 스치자 등에서 목덜미로 짜릿한 전율이 타고 올라왔다.

정하나. 너 지금 미친 거다. 미친 거다…….

정신 바짝 차리고 할 말을 해야겠다는 생각에 입술을 질끈 깨물고 그를 바라보았다.

"수술비, 부사장님이 내셨습니까?"

"그런데."

"그럼 저희집 보증금도 해결하셨나요?"

하나는 태연하게 말하는 동준의 모습이 거슬려서 톤이 올라갔다.

"맞아."

하나는 맥이 빠졌다.
"그럼 제가 정사원이 된 것도 부사장님이 하신 건가요?"
"아……. 일찍 발표하라고 지시했어."
그녀는 그의 말에 낙담하고 말았다.
"너무 티가 나게 하시는군요."
"티 나라고 한 거야. 하나 네가 알기를 바랐어."
"……."
비참한 기분이 들었다. 꼭 집어서 그렇게 말해야 하는 걸까. 그는 하나의 마음을 꿰뚫는 듯한 묘한 표정을 지으며 말을 이어나갔다.
"원래는…… 그걸 이용해서 널 꼼짝 못하게 하려 했거든. 근데……."
동준은 하나가 울면서 말하던 모습이 자꾸 아려오는 걸 이야기하지 않고 입술을 꾹 다물었다.
"……계획이 달라졌어. 그건 내가 싫더라고. 동등한 입장에서 진짜 제안을 하고 싶었어."
정하나 니가 그렇게 만든 거야. 계획에도 없이 니가 내 맘에 훅 들어와서 이렇게 되어버렸어.
"그게 헤어질 때도 더 쿨하다는 생각이 들었거든."
이렇게 해서 조금이라도 네 마음이 변하길 간절하게 바라면서 말이지.
"이게 어떻게 동등해요. 벌써 제게 부담을 주셨잖아요."
"그럼 갚아. 기한은 언제든지……. 니가 능력 될 때 말이지."
하나는 물끄러미 그를 바라보았다.
"난 이번 주 안에 네가 아니더라도 결혼해야만 해. 너 또한 그렇게 느긋할 상황이 아니야. ……네 엄마가 지금 위험해."

하나는 그 소리에 몸을 움직일 수가 없었다. 불안감이 엄습했다. 천천히 고개를 돌리고 하나가 그를 보며 물었다.

"그, 그게 무슨 말이에요?"

동준은 천천히 하나에게 걸어왔다. 그리고 그녀를 말없이 바라보았다. 하나는 다급한 목소리로 그를 보며 거듭 물었다.

"그게…… 무슨 말이냐구요?"

불안한 그녀의 눈동자는 거친 바람에 떨어지는 나뭇잎처럼 흔들렸다.

"정밀 검사에서 뇌간교종이라더군."

"그게…… 뭐예요? 고칠 순 있다고 그러죠? 그쵸?"

하나는 말하면서도 입술이 바짝 말랐다.

"수술은 불가능하다고……."

"말도 안 돼……. 그냥…… 심근경색이라 수술만 하면 사신다고 그랬단 말이에요."

하나의 목소리는 사시나무처럼 떨렸다. 번개가 그녀의 머리를 내리쳐 사고가 중단된 것 같았다. 갑자기 눈물이 핑 돌았다. 그녀의 눈에서 눈물이 후두둑 떨어졌다.

미쳤어. 아니야, 그럴 리가 없어. 이건 사실이 아니야.

"정밀검사 하기 전이었고, 어제 검사 중 발견된 거야."

"근데 왜 지금 말해……. 나 데리고…… 그따위 제안 같은 거 하고 싶었어? 놀리고 싶었냐구."

하나는 옆에 있던 동준에게 악다구니를 쓰면서 그의 팔을 잡고 늘어졌다. 그는 하나의 팔을 억세게 잡았다.

"이거 놔……. 싫다고!"

그녀는 우는 소리인지 외침인지 알 수 없는 소리로 울부짖으며 주먹으로 그의 가슴팍을 마구 때리기 시작했다. 그는 그녀가 때리는 대로 맞고 있었다.

한참을 때리던 그녀의 팔에 힘이 없어지고 하나는 눈물을 흘리며 정신을 놓았다. 동준은 하나를 꼭 감싸 안았다. 그녀는 그에게서 떨어지기 위해 몸을 비틀었지만 그의 악력이 너무 강해서 벗어날 수 없었다. 하나는 그가 너무 미웠지만 쓰러지지 않기 위해 기댈 수밖에 없었다. 그의 셔츠가 흥건하게 젖을 때까지, 하나는 흐느껴 울었다.

차가운 이 남자……. 이 상황에서 어떻게 그런 제안을 할 수 있을까? 이해할 수 없는 그의 태도가 그와 그녀 사이에 더 큰 벽으로 다가왔다.

"이제 다 울었어?"

"너란 사람……. 도대체…… 뇌 속이 궁금해……."

하나는 통통 부은 눈으로 그를 노려보며 쌀쌀맞게 비웃듯 말했다. 표정의 변화가 없는 동준은 천천히 긴 손가락으로 하나의 뺨에 있는 눈물을 닦아주었다.

"이제 그만 고집 부려. 이 상황은 너 혼자 감당할 수 있는 게 아냐."

그의 담담한 목소리가 소름이 끼쳤다.

"그래도 당신한테는 안 가."

그녀는 신경질적인 목소리로 쏘아붙였다.

"강요는 안 해. 하지만 네 엄마만 생각해. 넌 착한 딸이잖아."

그의 목소리는 악마의 속삭임 같았다. 숨이 턱 막혀왔다. 그가 너무 무서웠다. 하나는 뒤도 돌아보지 않고 그 룸을 빠져나와 도망치듯 밖으로 나왔다.

카이는 쫓기듯 서둘러 나가는 하나를 바라보았다.

"뭐야. 이 녀석, 또 여자 울린 거야? 하여튼……."

카이는 고개를 절레절레 흔들었다.

동준은 자신의 뜻대로 되지 않는 하나 때문에 신경이 날카로워졌다. 원래는 하나 어머니의 일로 그녀의 마음을 흔들고 싶지 않았다. 자신의 제안과 별개로 하나와 함께 어머니를 돕고 싶었다.

그녀의 어머니는 길어야 6개월로 시한부 판정을 받았다. 그 소식을 들었을 때 동준은 입술을 깨물었다. 좀 더 빨리 자신이 개입했더라면 이 상황이 나아질 수 있었을까?

그녀에게 이 이야기를 어떻게 해야 할지 막막했다. 그러나 단칼에 거절하는 그녀를 잡기 위해 결국 비겁한 행동을 했다. 자신에게 멀어지려고만 하는 그녀를 주저앉히려 그녀의 약점으로 쥐고 흔든 것이다. 그녀에게 전부일지도 모르는 시한부 어머니조차 미끼로 사용했다. 아주 비열했다.

독한 위스키를 얼음도 넣지 않은 채 연거푸 따라 마셨다.

독하디독하게 쓰다. 그녀는 그에게서 한 발짝 더 멀어져 갔다.

하나는 엄마의 손을 물수건으로 닦아주고 있었다. 요 며칠 사이 병원에서 검사를 받느라 그녀는 점점 더 살이 빠져 앙상했다. 하나는 엄마 손바닥에 자신의 손바닥을 대고 크기를 재어보며 싱긋 웃었다.

"엄마, 이제 내 손이 쪼끔 더 크네."

"그럼, 넌 뭐든지 엄마보다 더 나아야지."

하나는 엄마의 말에 코끝이 찌릿해왔다. 그녀의 엄마는 하나에게 언제나 좋은 것만 주고 싶어 했다. 가녀리고 연약한 엄마였지만 하나에게만은 이 세상에서 유일하게, 무조건적인 그녀 편이었다. 물론 엄마에게도 하나는 그런 존재였다. 그런데 지금, 엄마의 생명이 얼마 남지 않은 촛불처럼 꺼져가고 있다고 한다.

"엄마는 뭐 하고 싶어? 우리 다 나으면 뭐 할까?"

영애는 하나를 사랑스러운 눈으로 쳐다보며 머리를 쓰다듬었다.

"우리 하나 좋은 사람 만나서 결혼하는 거 보는 게 소원이지. 그거 하나면 엄만 만족해."

"그런 게 어딨어? 엄마 하고 싶은 거 말하라니까."

본인보다 딸을 먼저 생각하는 엄마 때문에 속이 상해서 불퉁거렸다. 영애는 그런 딸을 보며 빙긋 웃었다.

"하나야."

"응."

"우리 하나……. 너무 애쓰지 마……."

엄마는 스스로 죽음을 느끼고 있었다. 말하지 않아도 그녀는 알고 있었다. 엄마를 위로해줘야 하는데…… 되려 자신이 위로 받고 있었다. 하나의 눈에 눈물이 고였다. 울지 말아야 하는데 이상하게 따뜻한 엄마 목소리를 들으면 마음이 간질간질해져서 엄마 품에 얼굴을 묻고 어리광 부리고 싶었다. 가지 말라고, 나 혼자 세상에 두고 가지 말라고 떼를 쓰고 싶었다. 철퍼덕 땅에 주저앉아 소리 내 울고 싶었다.

눈물을 참기 위해 눈을 깜박거렸다. 입술을 질끈 깨물었다. 생명이 꺼져가는 엄마가 소원하는 일이라면 어떤 일이라도 해드리고 싶었다. 엄마가 조금이라도 기뻐할 수 있다면…… 그렇게 할 것이다. 위험한 그 사람과의 결혼이라도 괜찮아.

하나는 잠시 병원 밖으로 나왔다. 차가운 바람이 그녀의 뺨을 때렸다. 동준에게 전화를 걸었다. 그는 한달음에 달려왔다.

동준과 하나는 마주 보았다. 제법 쌀쌀한 날씨였다.

"그 계약 결혼, 해요."

하나는 흔들림 없는 눈동자로 그를 바라보며 망설임 없이 나지막하게 말했다. 그녀의 말들이 바람을 타고 허공중에 부유했다.

계약 결혼을 허락한 지 며칠이 지난 후 동준과 하나는 카페에 마주 보고 앉아 있었다. 하나가 머그잔 속 자몽이 우러나도록 숟가락을 달그락달그락 휘젓자 점점 잔 안에 물이 주홍빛으로 붉게 물들고 있었다. 동준 앞에 있는 커피는 주인을 잃은 듯 그의 손길을 못 받고 덩그러니 놓여 있었다.

한참을 숟가락으로 머그잔을 저어대던 하나는 천천히 숟가락을 내려놓고 두 손을 가지런히 무릎에 올려놓았다. 동준은 소파 팔걸이에 한쪽 팔을 괴고 물끄러미 그녀가 하는 동작을 바라보고 있었다. 하나는 그의 따가운 시선이 느껴져 천천히 눈을 들어 그를 바라보았다. 눈이 마주쳤다.

"그 계약 결혼에 대해 궁금한 것이 있어서 전화드렸어요."

"난 언제든지 환영이야. 뭐든지. 말해, 네 의견 충분히 고려할 테니까."

그녀는 고개를 끄덕거렸다. 다시 침묵이 흘렀다.

"그때 말하던 요구라는 게 정확히 뭐예요?"

"대외적인 아내 역할이지. 내가 말하는 대로 따라주면 돼. 그렇게 복잡할 것 없어."

"3년이라고 했나요?"

"아마도……."

"……너무 길군요. 사랑 없는 결혼 생활이란 거……. 고역일 수 있잖아요."

"난 상관없어. 태영그룹 안에 내 입지만 안정되면 3년이 안 걸릴 수도 있어."

그녀는 씁쓸한 미소를 지었다. 자신이 하는 일이란 고작 인형처럼 그의 곁에 서 있어주면 되는 것이다. 쓸모없어지면 그 인형은 비참하게 버려질 것이다. 마음만은 다치고 싶지 않았다. 낡아빠져 버려지더라도 그에게 정을 주지 않는다면 다시 일어나는 것도 쉬울 테니까. 하나는 입술을 꾹 다물고 머그잔을 내려다보았다.

"필요한 건 없어?"

"전……."

그가 이런 자신의 제안을 들어줄까 하나의 마음이 조마조마했다. 그녀의 내려진 주먹에 지그시 힘이 들어갔다.

망설이는 하나의 모습에 동준은 느긋하게 바라보며 말했다.

"망설이지 말고 이야기해. 어차피 결심한 결혼, 필요한 걸 말해."

"……좋은 사위가 되어주세요. 저희 엄마에게요."

예상했던 답변이었다. 동준은 말없이 커피 잔을 들어 올려 한 모금 마셨다. 천천히 잔을 내려놓은 동준은 고개를 들어 하나를 보았다.

"당연히 그럴게. 그것 말고 하나 너한테 필요한 건 없어?"

"그게……. 뭐든지 들어주실 거예요?"

동준의 눈에 하나가 동그랗게 눈을 뜨고 기대와 희망이 가득 찬 눈빛으로 말하는 모습이 왠지 어린아이처럼 천진난만해서 웃음이 났다. 가끔씩 하나의 그런 모습에 동준의 마음이 헷갈렸다. 처음 키스할 때도 바르르 떠는 모습이 꽃뱀이라 말하지 못할 정도로 서툴렀다.

요즘 들어 동준은 그녀를 보며 이런 생각을 자주 한다.

순수하고 티 없는 지금 모습이 진짜는 아닐까? 하고……. 그럴 때면 동준은 그녀를 짓궂게 놀리고 싶어졌다.

"내가 능력이 좀 돼."

핏, 잘난 척은. 하나는 아랫입술을 살짝 내어밀며 투정하는 어린이처럼 못마땅하다는 표정을 지었다. 그리고 이내 현실을 직시했다. 잘나긴 잘났다. 흠잡을 데 없는 완벽 비주얼에 훤칠한 키며 능력까지. 가장 중요한 성격만 뺀다면 말이다.

"거절하시면 안 돼요."

"들어보고."

"아니 무리한 요구는 아니니까요."

"좋아, 맘 변하기 전에 빨리 말해."

"저…… 가짜 결혼이니까 각방 쓰는 거죠. 그냥 밖에서만 결혼한 척하면 되는 거죠?"

"뭐?"

동준은 전혀 예상하지 못한 하나의 요구에 저절로 미간이 모아졌다. 날카로운 동준의 눈빛이 하나를 향하고 있었다.

"지금 유치원 소꿉놀이 하자는 거야?"

그녀는 입술을 지그시 깨물었다.

"그럼 전…… 이 결혼 안 할래요. 제안은 부사장님이 먼저 하셨잖아요. 제 의견 들어주시지 않으면 계약은 파기죠."

발끈해서 주장하는 하나를 보며 동준은 코웃음을 쳤다.

하나는 그를 보며 이젠 끝이겠구나, 속으로 생각하며 조마조마해져 손등에 푸른 혈관이 도드라질 정도로 주먹을 꼭 쥐었다.

“그건 안 돼. 왜 사람들이 결혼을 하는지 알아? 바로 합법적으로 섹스하려고 하는 거야. 그걸 나보고 하지 말라는 거야?”

그는 딱 잘라 거절한다. 참 직선적이기도 하다. 이 남자. 그렇지만 이건 확실히 못 박아두어야만 할 상황이라 하나는 물러설 생각이 조금도 없었다.

“그건 진짜 결혼이고요. 저희는 그저 계약 결혼이니까……. 제가 허락하지 않으면 안 되는 거잖아요.”

동준은 그녀의 말에 언뜻 희미한 미소가 얼굴에 번졌다.

“좋아, 네 허락 없인 터치하지 않을게. 그 조건이면 된 거지? 그렇지만 공식 석상에선 보는 눈이 많으니까 적당한 스킨십은 당연히 해야 해. 더 이상 양보는 없어.”

삐딱한 동준의 말에 하나는 한숨이 조그맣게 새어 나왔다. 이 남자와 한집에서 산다는 생각만 해도 앞길이 구만 리 같았다.

동준은 하나의 어이없는 요구를 들어주는 척했다. 그때까지만 해도 동준은 자신 있었다. 조만간 그의 유혹에 분명 하나가 먼저 주인에게 안아달라고 꼬리를 살랑살랑 흔드는 강아지처럼 애교를 부릴 거라고…….

동준은 무엇이 마음에 안 드는지 귀엽게 콧잔등을 찌푸리고 입술을 오므려 자몽차를 마시는 하나의 잔망스런 모습이 사랑스러워 저절로 입꼬리가 올라갔다.

동준은 그녀와의 약속을 지켰다. 하나가 생각한 이상으로 영애에게 좋은 사위가 되어주었다. 밀린 병원비가 청산된 것은 물론이고 영애를 특실에서 국내 최고의 담당 전문의로 관리하게끔 조치를 취했다. 그리고 오늘, 영애를 만나기에 앞서 꽃바구니와 과일바구니를 나 비서를 통해 특실로 먼저 보냈다.

처음에 영애는 누가 이런 일을 하고 있는지 어리둥절했다. 하나는 사실 좋아하는 사람이 생겨 결혼까지 생각하고 있으며 이 모든 일은 그 사람이 준비한 것이라 했다. 그는 그만한 능력이 있는 사람이라 엄마가 신경 쓰지 않아도 괜찮다고. 영애는 어마어마한 병원비를 감당해야 하는 하나의 걱정을 덜어 좋으면서도 다른 한편으론 불안했다.

도대체 어떤 남자랑 사귀는지, 자신이 일전에 한 말 때문에 이상한 사람과 결혼을 서둘러 하는 것은 아닌가 염려가 되었다.

하나에 대한 막연한 걱정으로 불안해하던 어느 날, 노크소리가 들리고 큰 키에 차가운 인상이지만 잘생긴 남자가 조심스럽게 들어왔다.

"안녕하세요, 어머니. 저 김동준입니다."

"아……."

하나에게 들었던 익숙한 이름에 영애는 세심하게 그를 살폈다. 그의 중저음의 낮은 목소리도 영애에게 안정감을 주었다. 가볍지 않고 묵직한 몸짓도 맘에 들었다.

"인사드리러 왔습니다."

"이를 어쩌지. 지금 내 꼴이 말이 아닌데……."

그때 문이 열리고 하나가 밝은 목소리로 들어왔다.

"엄마, 저 왔어요."

"하나야……. 동준 씨가 왔어."

갑작스런 그의 방문에 하나는 희미하게 눈살을 찌푸렸다. 냉큼 얼굴을 바꿔 웃으며 표정 관리에 들어갔지만 어색한 티가 났다. 영애는 그런 하나의 얼굴을 의심스럽게 바라보았다. 동준은 천천히 하나에게 다가가 그녀의 손을 꼭 잡고 살며시 자신에게 밀착시켰다.

"어머니, 제가 하나를 더 좋아하나 봐요. 결혼 허락 받느라 얼마나 공을 들였는지 몰라요."

그리고 그녀를 보고 은밀한 시선으로 느긋이 미소를 지으며 속삭이듯 말했다.

"그렇지, 하나야."

부드럽게 호선을 그리며 올라간 입언저리가 섹시해 보였다. 지그시 내리뜬 눈매가 하나를 사랑스럽다는 듯 바라보고 있었다. 또 저렇게 유혹하듯 바라보는 모습에 하나의 가슴이 덜컹거렸다. 그의 진심이 드러나는 고백에 영애는 미소를 지으며 말했다.

"여자는 자기를 더 좋아해주는 사람과 결혼하는 게 행복하지."

영애는 흐뭇하게 그들을 바라보았다.

"정말 잘 어울린다. 하나야, 이제 엄마 걱정 안 해도 되겠어."

그녀의 눈에 이슬이 맺혔다.

"엄마, 나 잘 살게. 엄마도 금방 건강해져야 해."

하나는 엄마가 기뻐서 눈물을 흘리는 모습에 가슴이 찌릿했다.

동준을 배웅하러 하나가 따라 나왔다. 그는 무엇이 못마땅한지 얼굴이 굳어져 있었다. 하나는 그의 큰 보폭을 따라가느라 종종걸음으로 뛰다시피 걸어가며 말했다.

"부사장님, 천천히 좀 가요."

부사장? 그는 갑자기 서서 뒤를 돌아보았다. 하나는 너무 빨리 뛰다가 갑자기 멈춘 그의 가슴에 쿵 부딪쳤다.

"아…… 아."

하나는 아픈 이마를 만지며 얼굴을 찡그렸다. 뜻밖의 행동에 비틀거리는 하나의 허리를 동준이 얼른 부여잡았다. 그가 고개를 숙여 하나를 내려다보았다. 얼굴과 얼굴이 부딪칠 정도로 가까웠다. 그는 얼음장보다 차가운 표정을 지으며 날카로운 눈으로 눈앞의 하나를 향해 냉정한 어조로 말했다.

"똑바로 안 하지?"

"……뭘요?"

까만 하나의 눈동자가 놀란 듯 동준을 주시하고 있었다.

"그렇게 어설프게 연기하면 누가 결혼할 사이라고 보겠어?"

"아직 적응이 안 돼서 그래요."

하나는 그의 눈빛에 겁이 나 몸이 굳어지며 몸을 바로 했다.

"그리고 언제까지 호칭이 부사장님이야?"

"그럼…… 뭐라 불러요?"

"오빠라든가 자기……. 뭐 많잖아."

하나는 한숨을 쉬면서 절레절레 고개를 흔들었다.

"한 번만 더 부사장님이라고 하면 내 맘대로 할 거야."

"조심할게요."

하나는 애써 미소 지으며 천사처럼 맑은 얼굴로 그를 바라보았다.

그렇게 바라보면 화를 낼 수 없잖아. 정하나.

눈을 내리깔고 바라본 하나의 얼굴에서 빨간 입술만 보였다. 아니, 입술뿐 아니라 그녀를 완벽하게 소유하고 싶었다. 그것이 단순히 소유욕인지 사랑인지 알 수 없지만 지금 동준은 하나를 갖고 싶어 안달이 났다. 그걸 참는 자신의 마음은 모른 채 저런 해맑은 미소나 보내는 하나를 보니 화가 치밀어 올랐다.

"오늘 고마웠어요. 엄마가 저렇게 좋아하시는 거 오랜만이에요."

그의 마음도 모르고 그녀는 천진난만한 눈을 반짝반짝 빛내며 그를 향해 도톰한 입술을 움직이며 말한다.

"그럼 보상해야지."

그가 미간을 꿈틀거리며 시선은 그녀의 입술에 고정한 채 나직하게 중얼거렸다.

"네?"

"키스해도 돼?"

그의 말에 하나의 눈동자가 더 커졌다.

하나의 머릿속에서 그와 했던 첫키스의 감촉이 되살아나고 달콤했었던 그의 체취가 코끝을 간지럽히던 것이 떠올랐다. 그는 탁한 눈으로 그녀를 훑어 내려다보며 매력적인 살인미소를 보내고 있었다. 동준이 많이 참고 있다는 것을 하나도 느끼고 있었다. 허락받고 터치하라는 그녀의 말을 따르려고 애쓰는 그의 모습에, 카리스마 있는 얼굴로 그녀에게 허락을 받으려고 묻고 있는 그를 보며 하나는 웃음이 나왔다. 자신의 엄마에게도 안심시키려고 노력하는 모습에 살짝 감동도 받았다. 엄마 이외엔 의지할 곳도 기댈 곳도 없던 세상에 자신의 편이 생긴 것처럼 든든했다.

비록 가짜로 남편이 될 사람이지만……. 지금 이 순간만큼은 그가 어느 누구보다 믿음직스러웠다. 하나는 대답 대신 까치발을 들어 그의 뺨에 '쪽' 하고 입술을 꾹 눌러 뽀뽀를 했다.

동준은 갑작스런 그녀의 행동에 멈칫, 움직일 수 없었다.

그의 눈빛이 흔들렸다. 처음으로 그에게 보낸 그녀의 돌발행동이 그의 마음에 작은 파문을 일으켰다. 그녀는 봄바람처럼 화사하게 웃고 있었다.

"많이 감사하고 고마웠어요. 부사장…… 아니 동준 씨."

그녀가 귀엽게 눈웃음을 치며 따뜻한 미소와 함께 말하는 폼이 진심으로 고마움이 뚝뚝 묻어 나왔다.

살랑살랑 봄바람이 부는 것 같았다. 따뜻하게 부는 바람이 동준의 얼굴을 간지럽힌다. 그 순간 그의 딱딱한 마음에 풍덩 돌이 던져지며 단단한 얼음조각이 깨지는 것 같았다. 기분이 이상했다. 한 번도 느껴보지 못한 감정에 당황스러운 동준이 죄 없는 머리카락을 무심하게 쓱 쓸어 올렸다. 그리고 얼굴을 굳히며 정색을 하고 경고하듯 말했다.

"키스하라니까 뽀뽀야. 다음엔 이자 쳐서 받을 거야."

그는 휙 하고 몸을 돌려 성큼성큼 복도를 걸어갔다. 그러나 돌아선 그의 얼굴에 쉬이 감출 수 없는 미소가 저절로 번졌다.

그가 화가 난 듯 뒤도 돌아보지 않고 가버리는 모습을 보고 하나는 조금 걱정이 되었다. 굳은 얼굴로 경고하듯 말하는 그의 모습에 자신이 많이 잘못한 것 같았다. 계약하고서 자신이 원하는 대로만 해서 그의 심기를 건드렸는지도 몰랐다.

"키스할 걸 그랬나?"

그와 키스하는 생각만 해도 가슴이 콩콩 뛰고 얼굴이 발그스름하게 붉어졌다.

"안 돼……. 못 해……"

그녀는 후다닥 그 자리를 피해 열이 오른 얼굴을 식히려 찬바람을 쐬러 나가야만 했다.

전세린이 협찬을 받기 위해 매니저를 대동하고 디자인실로 들어섰다. 이번 새로운 미니시리즈에 캐스팅되면서 db패션 옷을 입기로 약속이 잡혀 있었다. 전세린은 디자인실 복사기 앞에서 복사를 하던 하나를 보고 눈살을 찌푸렸다.

리셉션파티 때 저 여자 때문에 자신의 계획이 어그러졌기 때문이다. 저 여자만 나타나지 않았어도 그녀의 의도대로 부사장을 손아귀에 넣을 수 있었는데, 속에서 부글부글 화가 치밀어 올랐다. 지금까지 잘나가는 가장 핫한 그녀의 대쉬를 거절하는 상대는 없었다. 방해꾼만 나타나지 않았다면 당연히 이번도 성사되었을 것이다.

김동준 부사장은 매력적인 상대였다. 까다롭고 까칠한 면도 있었지만 배우 뺨치는 비주얼에 재력, 능력까지 모든 것을 갖춘 남자는 드물었다. 이번 기회에 그녀의 필살 애교로 그의 마음을 녹여서 연예계 바닥을 떠나고 싶었다. 가장 금값일 때 결혼을 해야지 최고의 남자를 잡을 수 있기 때문이다. 자신이 지금까지 만나본 남자 중에 김동준만큼 완벽한 남자는 없었다.

오늘 매니저보고 협찬한 옷을 가져오라고 해도 되지만 굳이 db패션에 온 것도 부사장을 만나고 싶은 마음에서였다. 마침 한 대리와도 개인적 친분이 있어서 그녀를 피팅룸이 딸려 있는 방에 데리고 갔다.

"이번 미니시리즈 홍보민이랑 한다면서……. 너무 부럽다. 사인 받을 수 있어?"

"너 그 애가 얼마나 더티하게 노는지 모르는구나. 뭐 그래도 좋다면 한번 만나게 해줄게."

"어머……. 소문이 사실인 거야?"

"됐고, 빨리 옷이나 가져오라고 해. 나 시간 많이 없어. 아. 아까 그 복사기 앞에 있던 직원 이름이 뭐지?"

"정하나. 이번에 정직원 된 햇병아리지."

한 대리는 하나 이야기에 못마땅해서 입을 삐죽거리며 말했다.

"그 애보고 좀 가져오라고 해."

전세린은 긴 다리를 꼬고 앉아 아침에 새로 블랙과 골드로 네일아트한 손톱을 지그시 내려다보며 무심한 듯 말했다.

"알겠어. 기다려봐."

한 대리는 전세린과 오래 만나서, 그녀의 표정만 보아도 알 수 있었다. 전세린은 코디와 매니저가 1년도 못 버틸 정도로 평소 아랫직원을 막 굴린다는 것을 한 대리는 알고 있었다.

'정하나 오늘 좀 고생하겠네.'

안 그래도 요즘 정직원이 된 하나가 고 대리랑 쿵짝이 되어서 노는 꼴을 보니 배알이 꼴려서 못 볼 지경이었다. 자신이 한마디만 하면 정의의 사도처럼 고 대리가 더 난리를 피워 말 한마디 제대로 못 하는 형편이었다.

하나는 한 대리와 함께 협찬한 옷들을 챙겨 문을 열고 들어왔다. 전세린을 보자 부사장과 함께 있던 모습이 떠올라 하나는 기분이 좋지 않았다. 그러나 회사 직원으로 전세린이라는 연예인을 만나는 자리에 자신의 감정만으로 그녀를 대할 순 없었다. 제일 핫한 연예인이니까 회사에 손해를 끼칠 수는 없었기 때문이다.

그녀는 공손하게 인사를 했다. 전세린은 인사를 받지 않고 그녀를 쳐다보았다.

"너 이쪽으로 와서 내 신발부터 벗겨."

하나를 거만하게 바라보면서 세린은 앙칼진 목소리로 명령하였다. 그녀는 삐딱하게 앉아서 자신의 발을 까딱거렸다. 하나는 전세린 가까이 가서 그녀의 신발을 벗겨주었다.

"저희 이번에 신상품들로만 준비해드렸습니다. 마음에 드셨으면 좋겠네요."

하나가 불쾌한 기색이라도 보인다면 뺨이라도 때릴 작정이었는데 의외로 고분고분 그녀의 지시를 잘 따르니 딱히 꼬투리를 잡지 못했다. 하나는 신상품 중에서 전세린과 제일 잘 어울리는 옷을 골라서 보여주었다.

"이름이 뭐라고 그랬지?"

"네, 정하나입니다."

"디자이너실에 있으면서 그렇게 싸구려 옷을 입고 다니니? 어디 브랜드 옷이야?"

전세린은 하나의 옷 목 부근을 까뒤집어 라벨을 보았다. 한 대리는 옅은 미소를 지으며 심술궂게 말했다.

"옷도 별로 없나 봐. 항상 비슷하게 옷을 입고 와서 나도 민망할 때가 많았어. 디자이너들은 감각이 생명이잖아. 자신도 못 꾸미면서 어떻게 좋은 옷을 디자인할 수 있겠어."

전세린은 눈을 내리깔고 고압적인 태도로 하나의 주위를 천천히 돌면서 비웃듯 말했다.

"실력이 없으면 눈치라도 있든가. 아무 장소에나 불쑥 나타나서 방해꾼이나 되고……."

하나는 지나친 그녀들의 횡포에 얼굴이 굳어졌다.

"제가 마음에 안 드시면 다른 사람으로 불러드리겠습니다."

차분한 목소리로 전세린을 바라보며 말했다. 세린은 초롱초롱한 눈망울과 단아한 얼굴로 조금도 주눅 들어 보이지 않는 하나가 몹시 거슬렸다. 오늘 처참하게 하나의 기를 꺾어주고 싶은 마음이 불 일 듯 일어났다.

"아니, 오늘 하루 종일 내 시다바리 해야겠어. 그따위 말대꾸는 하지 마. 너의 위치에 맞게 이야기해. 내가 하라는 대로 하는 게 너의 지금 위치야. 알겠어?"

그녀는 하나를 째려보며 비웃듯 말했다. 문밖에 날카로운 하이톤의 목소리가 복도까지 울렸다. 그 목소리는 마침 하나를 만나기 위해 디자인실로 찾아오던 동준에게까지 들렸다. 그는 하나가 휴대폰을 받지 않자 디자인실로 전화해 전세린이 찾아와 협찬 옷을 갖다 주러 갔다는 말을 듣고 급하게 하나를 찾으러 온 참이었다.

벌컥. 동준이 그들이 있는 곳의 문을 열고 들어섰다.

하나를 갈구는 전세린과 그 옆에서 고소하다는 듯 웃음기를 머금은 한 대리가 눈에 들어왔다. 고개를 숙이고 있는 하나의 모습을 보니 동준의 미간이 절로 모아졌다.

"한참 찾고 있었어."

부사장의 목소리에 한 대리가 뒤를 돌아보았다.

"어머……. 부사장님, 전세린 씨 보려고 친히 오셨네요. 얼마나 보고 싶으셨으면. 많이 찾으셨나 봐요? 호호호……."

한 대리는 전세린을 부러운 듯 바라보면서 다음 생엔 세린과 같은 얼굴과 몸매로 태어나 부사장 같은 멋진 남자와 사귀어봤으면, 하고 달콤한 상상을 해보았다. 전세린은 부사장을 보자 순식간에 포악스런 태도를 카멜레온처럼 바꿔서 순진한 얼굴로 요염하게 웃었다.

"동준 씨……. 이렇게 오실 줄 몰랐네요."

하나는 그를 보며 방긋 웃는 전세린과 동준을 힐끗 쳐다보고 힘이 쭉 빠지는 것 같았다. 혼자 있을 땐 안하무인의 태도를 보이는 전세린을 상대하는 것쯤 아무것도 아니었다. 어릴 때부터 사소한 잘못에도 아빠 없는 자식이 그렇다는 둥 야단치는 어른들, 너희 엄마 미혼모냐며 노골적으로 말하던 선생님 등, 많이 상대해보았다. 그래서 하나의 마음속엔 굳은살이 박혀 있었다. 웬만한 일에는 자존심을 죽이고 고개도 숙일 줄 알았고 독한 말들은 한 귀로 흘려들을 수 있게 되었다.

그런데 이상하게 동준의 미묘한 말과 행동엔 가슴이 시리도록 아파왔다. 계약 결혼이기에 그의 애정관계를 지적할 수 없었다.

'전세린을 찾고 있었구나.'

전세린이 동준을 대하는 태도를 보면서 화려한 그녀에 비해 자신의 모습은 너무 초라해 보였다.

"이제 가봐도 돼, 정하나 씨."

"네, 알겠습니다."

하나가 그의 옆을 지나 밖을 나가려고 하는 순간이었다. 동준이 지나가는 하나의 팔을 끌어당겨 빙그르르 돌려서 뒤에서 안았다. 짧은 비명이 하나의 입에서 터져 나왔다. 하나를 뒤에서 감싸 안은 동준은 그녀의 허리에 팔을 두른 채 달콤하게 속삭였다.

"어딜 가? 한참 찾았다고 방금 말했잖아."

뒤에서 느껴지는 그의 숨소리가 간들간들 들리고, 넓고 단단한 그의 가슴이 따뜻했다. 이 상황이 어색해 하나는 눈을 동그랗게 뜨고 어쩔 줄 몰라 속눈썹이 파르르 떨려왔다.

그보다 전세린과 한 대리가 더 놀랐다. 그저 무슨 일이 터졌는지 영문을 모르고 정지한 채 그들을 쳐다보았다.

동준은 하나의 정수리에 그의 날렵한 턱을 지그시 갖다 대고 달콤하고 말랑한 마시멜로 같은 목소리로 물었다.

"하나야, 아직도 말 안 했어?"

하나를 함부로 대하던 두 여자를 보자 동준은 화가 누그러지지 않아 두 눈에 힘을 싣고, 차갑게 말했다.

"정하나 씨, 내가 결혼할 여자입니다."

"네?"

동시에 전세린과 한 대리가 소리 질렀다.

"앞으로 이런 자리에 정하나 씨 부르지 말고 직접 하세요. 한 대리. 정하나 씨가 당신과 같은 레벨이 아니라는 거, 잘 아시겠습니까?"

한 대리는 얼굴이 발개져서 어쩔 줄을 모르고 고개만 숙이고 있었다. 그는 뒤이어 충격으로 사색이 된 전세린을 바라보며 심히 빡빡하고 사무적인 어조로 입을 열었다.

"전세린 씨. 오늘부터 태영그룹에 한 발자국도 그 발 들여놓지 마십시오. 지금부터 당신 전속모델 해지니까."

동준은 하나와 잡은 손을 훅 잡아당겨 아무 말도 없이 멍하니 있는 전세린과 한 대리를 남겨두고 거칠게 문을 쾅 닫고 나와버렸다. 이후에도 그는 지나가던 회사 직원들의 시선을 아랑곳하지 않고 그녀의 손목을 놓지 않았다. 하나는 돌아보며 수군거리는 동료들의 따가운 시선이 느껴져 고개를 숙였다. 와중에도 성큼성큼 걷는 동준의 큰 보폭을 빠른 걸음으로 쫓아가느라 숨이 차고 얼굴이 빨개졌다.

"부사장님. 어디로 가시는 거예요? 이 손 좀 놔주세요. 네?"

그는 비상구 쪽 문을 열고 하나를 한쪽 구석으로 밀어붙였다. 하나는 너무 숨이 차서 얼굴이 귀밑까지 발갛게 되었다.

동준은 하나가 무시받는 것에 화가 나고 짜증이 솟구쳐 올랐다. 아무 말도 안 하고 무례한 그들이 하라는 대로 하는 하나조차 무척 마음에 안 들었다.

"정하나, 왜 그런 사람한테 당하고 있어? 이 회사 부사장과 곧 결혼할 거라고 말을 하든지."

"아직 하지도 않은 일을 어떻게 말해요? 그리고 전 아직 신입사원인데 상사 말을 따라야 하는 건 당연하잖아요."

"그런다고 불합리한 일까지 할 필요는 없어."

"……부사장님은 한 번도 아쉬운 적 없으셨죠? 전…… 이런 일 많이 당해봐서 아무렇지도 않아요. 남과 다르다는 이유로, 약자라는 이유로 차별받는 세상이잖아요? 많이 당하다 보면 견디는 법도 생기기 마련인 걸요."

하나는 차분한 눈으로 동준을 바라보며 담담하게 이야기했다.

"그리고 전세린 씨는 db패션 전속모델인데 이런 하찮은 일로 소란 피워서 회사에 피해라도 간다면…… 안 되잖아요. 부사장님께 안 좋은 이미지가 될 수 있고……."

동준의 마음속에 또다시 동요가 일어났다.

어린 시절부터 넌 어떤 삶을 살아온 것인지. 어두웠던 내 과거만큼 너 또한 마음속 깊이 상처받고 찢겨진 채 살아가는 것인지. 어린 시절부터 부당한 일을 당해도 아쉬운 소리 하면서 남의 비위를 맞추었을 하나를 생각하니 가슴 한편이 아려왔다.

동준은 두 눈을 번뜩이며 단호하게 말했다.

"이제부터 그런 아쉬운 소리 하지 마. 널 무시하는 건 날 무시하는 것과도 같아. 내 자존심이 허락 못해."
하나는 그의 말이 달콤하게 들려왔다. 코끝이 찡해왔다.
이런 기분이었구나. 한 번도 느껴보지 못한 든든함에 하나는 뭉클해졌다. 괜히 눈물이 날 것 같아서 고개를 숙이고 눈을 또르르 굴렸다. 바보같이 울면 안 된다.
"내 말에 감동 먹은 거야. 울보 아가씨?"
도둑이 제 발 저린다고, 하나는 자신의 마음을 들켜 괜한 억지를 부렸다.
"말도 안 돼. 누가 부사장님 말에 감동 먹어요. 눈에 뭐가 들어가서 그런 거예요."
눈물이 떨어지지 않도록 일부러 소매 끝으로 쓱 닦고 눈을 비비며 부산하게 움직였다. 작은 손등으로 이리저리 꼬물거리며 얼굴을 비비고 헝클어진 머리카락을 귀 뒤로 넘겼다. 그런 그녀의 모습을 동준이 팔짱을 끼고 벽에 비스듬히 기대어 웃음 띤 얼굴로 내려다보고 있었다.
너무 조용해서 하나는 빨갛게 충혈된 눈으로 휙 고개를 들고 그를 바라보았다. 동준의 어둑한 눈동자와 하나의 흔들리는 눈동자가 공중에서 서로 얽혔다. 그가 더욱 짙은 눈동자로 그녀를 응시하자 하나는 눈을 어디다 둘지 몰라서 고개를 돌렸다.
동준은 팔짱을 풀고 한 발 그녀에게로 다가가며 속삭였다.
"기억력이 나쁜가 봐?"
"뭐가요?"
그가 다가오자 하나는 눈을 둥그렇게 뜨고 긴장감에 숨을 삼켰다. 그녀와 반대로 그는 여유로운 미소를 띤 채 한 발자국 더 가까이 다가오며 심드렁하게 중얼거렸다.

"경고했지?"

"무슨 경고요?"

"한 번만 더 부사장이라고 하면 내 맘대로 한다고 했잖아."

그는 순식간에 성큼성큼 그녀의 앞으로 직행했다. 그리고 그녀의 얼굴을 두 손으로 부드럽게 감싸 쥐고 고개를 천천히 내려서 베이비키스를 했다. 상큼한 그의 스킨 향기가 코끝을 찔렀다. 그의 체취에 온몸이 취하는 것 같았다. 그녀의 떨리는 붉은 입술 위로 그의 뜨거운 입술이 내려앉는 순간, 하나는 눈을 꼭 감았다. 오늘 자신을 향한 그의 배려를 뿌리치고 싶지 않았다. 거부해야 된다고 말하는 마음보다 그를 향하는 그녀의 진짜 속마음이 이기고 있었다.

그 순간 하나의 허리가 격하게 꺾이고 그의 체중이 실리며 뜨거운 입술이 거칠게 덮쳐왔다. 그의 입술은 처음과는 달리 거칠고 맹렬하게 그녀를 요구하고 있었다. 하나는 그의 거친 숨소리에 볼이 활활 타오르고 온몸이 간질거렸다. 그녀의 입술 사이를 비집고 들어온 혀가 그녀를 샅샅이 탐하고 있었다.

그의 혀는 집요할 정도로 그녀의 혀를 잡고 놓아주지 않았다. 그녀의 혀를 강하게 휘감아 뿌리가 뽑힐 정도로 빠는가 싶으면 어느새 부드럽게 달래고 다독거렸다. 혀끝을 녹이고 입안의 치열을 부드럽게 훑으며 어루만지듯 다정하게 엉켜 들어왔다.

하나는 정신을 차릴 수가 없었다. 온몸의 열기가 얼굴로 올라오고 심장이 마구 뛰었다. 하나의 목에서 낮은 신음이 새어 나오고 숨쉬기가 곤란할 정도로 힘이 들었다. 제어가 되지 않는 자신의 감각에 겁이 난 하나가 몸을 뒤로 빼려 하였다.

그러나 동준은 그런 하나의 뒷목과 허리를 손으로 감싸서 도망가려는 그녀의 몸을 그에게 바짝 밀착시켰다. 너무나 능수능란한 그의 행동에 그녀의 방어는 와르르 무너져버리고 통제하고 있던 이성도 아득해져 그가 하는 대로 몸을 맡기고 있었다. 그는 점점 탐욕스러워졌고 멈출 생각이 없어 보였다. 추운 겨울 사냥감을 놓쳐 며칠을 굶주린 늑대처럼 그의 욕망을 온전히 쏟아놓고 있었다.

"하……. 하……. 하아……."

잠시 입술이 떨어진 하나는 가쁜 숨을 쉬며 달뜬 눈으로 그를 올려다보았다. 뜨거운 열기로 두 볼이 발그름해져 숨을 거칠게 몰아쉬는 그녀를 언제 키스했냐는 듯이 차분하게 바라보는 동준을 보며 하나는 민망해졌다.

"너무 느끼는 거 아냐? 엄청 하고 싶었나 보네"

그는 눈을 가늘게 뜨고 하나를 놀리고 싶어 짓궂은 표정을 지었다. 하나는 그의 말에 창피하고 당황스러워 눈을 굴리고 긴 속눈썹을 연신 깜빡깜빡 나풀거렸다.

"아니에요. 말도 안 되는 소리 그만해요."

기어 들어가는 목소리로 중얼거리는 하나를 그는 가자미눈을 하며 다 안다는 듯 느물느물한 미소를 지었다.

"너무 참으면 병 된다. 하나야, 참지 말고 말해. 키스 그 이상도 만족시켜줄게."

이 남자가 정말. 조금의 틈만 주면 능글맞게 훅 들어온다.

정신 차리자, 정하나. 넘어가면 안 된다.

"그만 장난치세요. 저 진짜 화낼 거예요."

하나는 그의 농담에 사색이 되어 발끈했다.

"장난 아닌데……."

그의 기다란 입술 한쪽이 섹시하게 올라가며 매력적인 눈매가 슬쩍 휘어졌다.

"오늘은 할 일이 많으니까 진도는 여기까지만."

그는 아무렇지 않게 말하고 비상구 문을 휙 열고 나갔다. 하나는 잠시 멍 때리다가 자신이 저지른 행동을 후회하며 머리를 잡아 뜯었다. 그의 완벽한 키스에 홀라당 넘어가 흠뻑 젖어 있던 자신이 원망스러웠다. 맘을 주면 안 된다고 그렇게 다짐했는데, 자신이 보호받고 있다는 착각의 늪에 빠져 키스도 허락해버렸다.

그런데 뭔 키스를 이렇게 잘해. 완전 선수, 바람둥이임에 틀림없다. 갑자기 비상문이 다시 열리고 그가 시크하게 중얼거렸다.

"시간 없어. 문 닫기 전에 혼인신고 하러 가야 해."

그의 말에 하나의 눈이 휘둥그레졌다.

성혁은 오랜만에 카이가 운영하는 바에 앉아 있었다. 일주일이 다 돼가도록 하나에게 연락이 없자 우울한 마음을 달래고 싶기도 했다. 물론 연락을 먼저 할 수도 있었지만 하나의 맘에 자신이 조금이라도 자리 잡고 있는지 확인하고 싶은 맘이 더 컸다.

카이는 잔을 마른 수건으로 닦으며 성혁을 관찰했다. 항상 명랑하고 밝은 녀석이 센치해져서, 안 마시던 술까지 연거푸 마시는 모습이 낯설었다.

"요즘 형제지간에 안 하던 짓 많이 보여주는구만……."

카이는 성혁에게 다가가 마티니 한 잔을 더 만들어주었다.

"짜식, 청승 떨지 말고 이 형한테 고민이고 뭐고 다 말해라."

"형, 첫눈에 반한 적 있어?"

카이는 머릿속에 하나가 스쳐 지나갔다.

"너…… 그 파티 때 만난 아가씨 말하는 거야?"

"티 났어?"

"내가 자연스럽게 자리 한번 만들까? 고상미가 뭐시긴가……. 아, 그때 내가 상남자 같은 그 계집애한테 끌려가서 엄청난 일장연설을 듣고 왔는데……. 여자를 외모로 판단해서 망한 케이스를 늘어놓지를 않나 정말, 내가 이가 갈린다. 그 고상미 땜에 전세린 코빼기도 못 봤잖아."

카이는 흥분해서 자신이 성혁에게 타준 마티니를 원샷으로 들이켰다. 성혁은 이게 뭔 일인가 몰라서 눈만 굴렸다. 누가 누구의 상담을 들어주는지 주객이 전도된 느낌이었다. 카이는 한참 이야기를 하다 뻘쭘해져서 성혁을 보고 씩 웃었다.

"고상미 씨 전화번호 있으니까 같이 나오라고 하면 되겠네. 그치?"

"그래줄래? 내가 전화하기도 껄끄러워서 형이 그렇게 해주면 난 뭐, 좋지."

"자연스런 만남이 제일이지. 아, 근데 며칠 전에 그 아가씨 여기 들렀었는데……."

"뭐? 하나 씨가?"

"어. 이 말 해도 될는지 몰라도 네 형이 그 여자랑 룸에서 만났거든."

성혁은 미간이 찌푸려졌다. 형이 왜? 하나 씨를 무슨 일로……. 어떻게 아는 사이일까……. 괜한 걱정일지도 모른다. 그냥 회사 일이겠지. 하지만 사무적인 일로 여기서 만날 일은 없을 텐데……. 의심이 꼬리에 꼬리를 물고 이어지자 성혁의 마음이 혼란스러워졌다.

"근데 그 아가씨, 동준이랑 있다가 한참 뒤에 울면서 뛰쳐나갔거든."

성혁의 한쪽 눈썹이 꿈틀거렸다.

"동준이 그 자식이 참 냉정하잖니? 여자를 또 울렸겠지 했다."

말하고 나서 카이는 곧바로 후회했다. 붉은 조명 아래 그렇게 부드럽던 성혁의 눈이 무섭도록 날카롭게 번뜩이고 있었다.

혼인신고를 마치고 동준은 하나를 차에 태웠다. 하나는 이제 법적으로 동준이 남편이라는 사실에 실감이 나지 않았다. 기분이 이상했다. 어린 시절부터 평범한 가정을 꾸미고 싶었던 조그만 소망은 이제 물 건너갔다는 생각이 들자 씁쓸한 생각이 들었다. 하지만 스스로 결정한 일이니 우울한 생각은 접어두기로 했다. 슬프고 아픈 기억들은 빨리 잊고 앞으로 다가올 일들에 대해서만 생각하기로 했다.

자신의 결혼 소식에 환한 엄마의 얼굴이 보기 좋았다. 하나에겐 엄마의 남은 시간을 돈 걱정 안 하고 편안하게 보내드릴 수 있다는 것만으로도 고마운 일이었다.

그래, 그것만 생각하자. 아자, 힘내자, 하나야!

스스로 다독거리며 말없이 운전하는 동준을 흘끗 쳐다보았다.

이제 저 사람이 내 남편이구나. 옆에서 보니 고급스럽고 세련된 이미지에 빈틈 하나 없이 잘생긴 그의 얼굴을 보다가 꾹 다문 입술에 시선이 머물렀다. 갑자기 폭풍 같은 그와의 키스가 떠올랐다. 쿵쾅거리는 자신의 심장이 남아나질 않을 것 같았다. 시도 때도 없이 두근거리는 심장이 말썽이다.

"앞으로 실컷 볼 텐데 뭘 그렇게 훔쳐보지?"

남의 약을 바짝바짝 올리는 성격만 아니면 참 완벽할 텐데…….

"훔쳐본 거 아니에요. 일정도 말해주지 않고 막무가내로 끌고 가시니까 쳐다본 것뿐이라고요. 그리고…… 갑자기 혼인신고 먼저 해서 당황스러웠어요.”

“오늘 일정은 백화점 가서 그 낡은 옷부터 싹 바꿔야겠어. 아, 속옷까지 풀세트로 준비하면 좋겠네. 신혼여행 준비도 해야 하니까.”

“속옷…… 이라니요.”

“결혼 첫날밤인데 당연히 준비해야지.”

“지금 뭐라는 거예요? 키스 한번 허락했다고 맘대로 하면 곤란해요. 이건 계약하고 다르잖아요.”

“이제야 알았어.”

“뭘요?”

“넌 지금 날 좋아하고 있어. 오늘 키스할 때 엄청 느끼던데.”

“지금 뭐라는 거예요. 그냥…… 오늘은 고마운 맘에 저도 모르게 허락한 것뿐이라구요. 그 이상도 그 이하도 아니라니까요.”

발끈하며 화가 머리끝까지 나서 씩씩거리는 하나를 보면서 동준은 재미있어 죽겠다는 표정으로 백화점 주차장에 주차를 하였다.

“그럼 한 번 더 확인해보면 되겠네.”

안전벨트를 푼 동준이 운전석에서 몸을 기울여 하나에게로 서서히 다가왔다. 아주 가까운 거리에 그의 얼굴이 다가오고, 그가 내쉬는 숨소리와 알싸한 향기에 놀라서 하나는 두 눈을 질끈 감고 두 손으로 자신의 입을 급하게 틀어막았다.

탁. 고요한 가운데 하나의 귀를 때리는 쇳소리만 들렸다.

하나의 안전벨트만 푼 동준은 웃음 띤 표정으로 그녀를 바라보았다. 하나는 가만히 실눈을 떠 눈알을 도르르 굴려 옆자리를 살며시 보았다.

“엄마야!”

하나는 너무 놀란 나머지 소리를 질렀다. 여전히 가까이에 그가 있었다. 하나의 좌석에 한쪽 팔꿈치를 기대어 턱을 괴고 그녀를 물끄러미 내려다보고 있었다. 나른하게 쳐다보는 눈길이 그녀의 까만 눈동자와 마주쳤다.

"또 기대한 거야?"

지그시 내리뜬 시선으로 그녀를 가만히 훑으며 입꼬리를 살며시 올렸다.

"……뭔 소리예요?"

하나는 너무 뻔뻔스러운 그를 째려보며 입술을 질끈 깨물었다. 귀여운 그녀의 표정에 그는 피식 웃고 말았다. 차 밖으로 나간 동준은 하나의 좌석 문도 열어주었다.

"평창동 갈 거야. 부모님 만나는 자리니까 신경 써줄래?"

그렇구나. 결혼이 현실로 다가오는 순간이었다. 아무리 가짜 결혼이지만 그의 부모님을 뵌다는 생각에 바짝 긴장이 되었다. 완벽한 외모에 최고의 학벌과 재력까지, 부족한 것 하나 없는 그가 왜 저처럼 보잘것없는 사람을 택했는지 알 수 없었다. 하나는 너무나 다급한 나머지 그의 손을 잡았을 뿐이고 결혼을 허락했지만 그의 사정까지 알 수는 없었던 것이다.

하지만 그런 사정, 알 필요도 없었다. 그가 원하는 대로 아내 연기만 완벽하게 해주면 그만인 거다. 조심해야 할 것은 치명적인 매력이 있는 그에게 빠지지만 않는다면 하나도 손해 볼 것은 없다는 것이다. 돌발적인 그의 행동이 하나의 마음을 사정없이 흔들어놓지만 그건 단지 고양이가 움직이는 장난감에 잠시 한눈파는 것일 뿐이라는 걸 잘 알고 있었다. 상처받고 눈물 흘리는 짓을 하지 않을 것이다.

하나는 앞에서 걸어가고 있는 동준을 바라보았다. 훤칠한 키에 딱 떨어지는 슈트에 감싸인 그의 모습은 많은 사람들 중 가장 돋보였다. 바지 주머니에 손을 찔러 넣고 절제된 동작으로 걷는 뒤태조차 근사해 보였다. 백화점 안에서 지나가는 여자들이 힐끗힐끗 그의 모습을 바라보았다. 뒤따라오는 하나를 향해 그는 고개를 돌려 잠시 기다리더니 그녀의 허리에 부드럽게 팔을 둘렀다. 하나는 움찔 놀랐다. 긴장감이 역력한 얼굴로 그를 올려다보느라 고개를 한껏 든 그녀에게 그는 고개를 숙여 귓속말로 속삭였다.

"평창동에서도 이런 뻣뻣한 행동은 안 통해. 이제부터 연기 연습 제대로 하기야."

그의 달콤한 목소리에 하나는 머릿속이 하얘졌다. 가까이 있는 그의 향기와 숨소리에 주저앉고 싶은 충동을 가까스로 버티고 있었다.

이건 일이야. 연기일 뿐이야. 하나는 온 힘을 다해 봄바람처럼 살랑거리는 미소를 지었다. 그녀의 상큼한 미소를 보고 매장의 남직원들이 수시로 쳐다보는 것을 긴장한 하나는 느끼지 못했다. 반면 따가운 남자들의 시선이 그녀를 향할 때마다 동준은 눈살을 찌푸리며 서늘하게 쳐다보았다. 그러다 더 이상 못 참겠는지 하나의 허리를 더 바짝 자신에게 당기며 나지막이 말했다.

"그렇게 웃지 마. 사람 많은 곳에서."

뭐야, 이 남자. 똑바로 연기하랄 때는 언제고 갑자기 웃지 말라 그래. 하여튼 종잡을 수가 없다. 생글거리던 하나의 표정이 어색하게 굳어버렸다.

동준은 VVIP 전용 라운지에서 편안하게 앉아 신상품들을 가져오게 했다. 그녀에게 맞는 옷들을 수십 벌 구매하고 포장하게 지시

하였다. 뿐만 아니라 그는 하나가 따로 결혼 준비를 할 필요 없이 꼼꼼하게 필요한 모든 것들을 챙겨주었다. 벌써 나 비서를 통해서 한남동에 집을 계약하고 가구며 생활용품이며 필요한 모든 것을 마련해둔 상태였다.

까칠하다고 생각했던 것과 달리 그는 그녀를 배려하고 있었다. 지금 그녀를 부른 것도 그녀 자신이 사용할 것들을 직접 고를 수 있게 하기 위함이었다. 하나는 그의 친절이 고마웠다. 또 계약 결혼이라고 해도 자신이 이렇게 무임승차처럼 아무 준비도 하지 않은 것이 미안하기도 했다. 그러나 지금 그녀로서는 그를 위해 할 수 있는 일이 없었다. 정말 이런 결혼을 해도 되는지, 하나는 마음속에 죄책감이 들었다. 하나가 할 수 있는 것은 그가 부탁하는 일을 이제 열심히 해야 되겠다는 다짐뿐이었다.

소파에 앉아서 할 일 없이 손가락만 꼼지락거리는 그녀를 동준이 힐끗 쳐다보았다.

"지루하지? 조금만 참아."

자신을 위해주는 그의 부드러운 음성에 하나의 마음이 말랑말랑해졌다. 그의 말에 고개를 주억거렸다. 그는 그녀의 모습에 피식 웃고서 필요한 세부사항을 백화점 직원에게 지시하였다. 그사이 하나는 직원의 안내에 따라 피팅룸에 들어가 옷을 갈아입었다.

연한 핑크톤의 원피스가 하나의 하얀 피부와 잘 어울렸다. 그의 부모님을 만나는 데 딱 어울리는 옷차림이었다. 동준도 그 옷이 마음에 들었는지 반듯한 얼굴에 부드러운 미소가 번졌다. 그녀를 바라보며 느긋하게 파고드는 그의 눈빛이 따가웠다.

그때 하루 종일 그와 함께 일정을 소화하느라 식사도 제때 못한 하나의 배 속에서 사정없이 꼬르륵 소리가 났다. 그가 들었을까 창피해서 그녀는 얼굴이 붉어졌다.

그녀의 속사정을 알았는지 그는 하나를 고급레스토랑으로 데려갔다. 앤티크한 가구들로 고풍스럽게 꾸며져 서울의 야경이 한눈에 들어오는 로맨틱한 장소였다. 웨이터를 통한 그의 알 수 없는 긴 주문으로 식사가 준비되었다.

처음엔 부드러운 스프가 나왔다. 배가 고팠던 하나는 스프가 입안으로 들어가자 살 것 같았다. 샐러드와 까르보나라 스파게티가 연이어 나오자 하나는 고소한 스파게티를 돌돌 말아서 호르륵, 붉은 입술로 빨아들였다. 그런 그녀의 모습을 동준은 잠시 물끄러미 바라보았다.

"안 드세요? 저 혼자 다 먹을지도 몰라요."

"훗……. 아직 메인 메뉴도 다 안 나왔어."

"……아, 그래요? 정말 맛있네요. 전 이게 메인인 줄 알았어요."

그녀는 어색한 나머지 옆에 놓여 있는 물컵을 집어 들고 찬물을 들이켰다. 곧 메인 메뉴인 치즈퐁듀 스테이크와 크림가리비가 나왔다. 하나는 그 음식을 보자 저도 모르게 탄성이 나왔다. 동준은 가르쳐준 대로 같이 나온 부드러운 빵을 가리비 관자 크림에 찍어 먹자 그 맛이 환상적이었다.

"그러고 보니 사람은 밥 먹으면서 친해진다잖아요. 친구들이랑도 이런 곳에서 자주 드시나요?"

"난 비즈니스 이외에 다른 사람이랑 밥 잘 안 먹어."

동준은 냅킨으로 입을 꾹꾹 누르며 대답했다.

"그럼 그 외엔 혼자서 드세요?"

하나는 육즙이 꽉 찬 스테이크 한 조각을 오물거리며 놀란 듯이 물었다.

"대부분."

"혼자 밥 먹기 쓸쓸하잖아요……"

"그래?"

하나는 어깨를 으쓱했다.

"전 그랬어요. 엄마가 늦게 와서 밥 먹을 때 항상 옆에 있어주셨거든요. 그래서 저도 혼자 밥 먹는 사람 곁에서 말상대 많이 해줬거든요. 거기에 길들어지면 혼자서 식사하기 어려워지거든요."

"난 어릴 때부터 미국 유학 가 있어서 혼자 있는 시간이 대부분이었어."

"그럼 지금은 다행이네요. 한국엔 가족이 다 모여 있어서……."

"지금 계신 분은 내 친어머니가 아니야. 동생도 배다른 동생이고. 5살 때 어머니가 돌아가셨거든."

그는 포크를 내려놓고 담담한 어조로 말했다.

"아……. 죄송해요."

그녀는 당황하며 말을 더듬거렸다.

"죄송할 필요까지야……. 그게 너랑 결혼한 이유니까."

"네?"

"결혼해서 그 집에서 나오는 게 나의 목표였거든."

"몰랐어요."

"이야기한 적이 없었으니까……. 아마 집에서 좋은 소리는 듣지 못할 거야. 그래서 먼저 혼인신고부터 한 거고."

"그랬군요."

한동안 침묵이 흘렀다. 그녀는 잠시 그를 묵묵히 응시하다가 나직이 부드럽게 말했다.

"……말해줘서 고마워요."

고맙다는 그녀의 말에 모양 좋은 동준의 입술이 살짝 미소 지었다. 그러나 내리뜬 그의 눈동자는 어딘지 쓸쓸해 보였다.

그녀는 그의 이야기에 귀를 기울였다. 감정이 실리지 않은 덤덤한 그의 가족사가 더 쓸쓸하게 들려왔다. 혼자인 것이 더 편해져버린 외로운 아이였을 동준의 어린 시절이 그녀의 맘속에 아프게 다가왔다. 사랑하는 사람, 필요한 사람의 부재가 그와 그녀의 교집합을 이뤘다. 원래부터 없었던 사람보다 소중한 누군가를 잃어버렸을 사람…… 그 부재가 얼마나 힘들었을까……. 그 나이에 간절히 바랐을 엄마를 잃어버린 울먹이는 5살의 꼬마 동준이 보였다. 하나의 가슴이 자꾸 아려왔다.

검은 하늘 아래 보석처럼 반짝이는 불빛으로 뿌려진 서울의 야경이 화려하면서도 쓸쓸해 보였다. 창밖의 어두움만을 삼켜버린 그의 잿빛 눈동자만큼.

5. 결혼식

하나는 어제 동준이 사준 분홍 원피스를 입고 재킷을 걸쳤다. 오늘 고 대리가 아침부터 전화를 해서 저녁식사 한번 하자는 약속을 뒤로 미뤘다. 약속을 조정하면서, 성혁도 부르자는 말에 그에게 밥 한 끼 사기로 한 약속이 떠올라 미안한 마음도 들었다. 동준과의 결혼 준비로 깜빡 잊었던 것이다.

파티 이후 동준과의 일이 마음에 쓰여 우울한 마음에 성혁에게 인사도 제대로 전달하지 못했었다. 거울을 보며 앙증맞은 귀걸이를 귀에 건 하나는 화장대 위의 휴대폰을 손에 들었다.

성혁에게 전화하려다 잠시 고민하던 하나는 문자를 보냈다.

[성혁 씨, 기억할지 모르는데 저 정하나예요. 내일 저녁 시간 되나요? 밥 한 끼 같이할래요?]

문자를 보내자마자 그녀의 액정화면에 문자 메시지가 떴다.

[저 하나 씨 연락 기다리느라 목 빠지는 줄 알았어요.]

그의 문자를 보고 하나가 싱긋 웃었다. 그는 항상 이렇게 사람을 기분 좋게 하는 재주가 있는 듯했다.

[죄송해요. 제가 일이 너무 많아서 깜빡했어요. 그 대신 제가 거하게 쏠게요.]

[그렇다면 용서해드릴게요.]

[고맙습니다. 그때 고 대리님도 같이 가려고 합니다.]

[아, 그럼 파티 때 같이 있었던 카이 형도 같이 가도 될까요?]

[네, 당연하죠. 그럼 장소는 내일 문자로 보내드릴게요.]

문자를 보낸 하나는 동준을 만나러 현관문을 나섰다.

성혁은 아침 댓바람부터 열지도 않은 애반 바에 쳐들어와 잠도 덜 깬 머리로 부스스한 카이를 불러 닦달했다. 카이가 운영하는 바의 건물은 카이 본인의 소유로, 건물 맨 꼭대기가 그가 머무는 집이었다.

학창 시절, 최고 사립 고등학교로 유학을 갔던 카이는 한국인 동준을 만나게 되었고 동준의 냉랭함에 오기가 생겨 끈덕진 질척거림으로 우정을 쌓게 되었다고 했다. 그리고 친구가 된 두 사람이 한국에 왔을 때, 우연히 같이 있던 동생 성혁이 하도 살갑게 굴어서 카이는 성혁을 제법 예뻐라 했었다. 그런데 그랬던 녀석이 지금 막무가내로 아침부터 찾아와 고 대리에게 연락해서 약속을 잡으라고 온갖 협박을 하고 있었다.

"미친놈. 이게 형한테 할 짓이냐?"

성혁은 어제 카이의 말이 신경 쓰여서 한숨도 제대로 자지 못하고 애가 닳아 아침에 깨자마자 이곳으로 달려온 것이다.

"형이 자연스럽게 한다고 했잖아. 빨리 해."

머리를 박박 긁던 카이가 고 대리에게 전화를 걸었다.

"고상미. 나야."

-지금 몇 신데 전화질이야. 너 아주 간댕이가 부었구나. 그것도 쉬는 날에.

괄괄한 고 대리의 목소리는 금방 카이를 잡아먹을 듯 쏘아붙이고 있었다. 웬만큼 친한 사이가 아니라면 가능하지 않은 대화였다. 짧은 시간에 언제 이렇게 친해졌지. 성혁은 카이의 친화력에 감탄이 절로 나왔다.

"너 언어순화 좀 해라. 오늘 저녁 약속 좀 잡아. 파티 때 왔던 정하나 씨랑 같이."

-너 내가 그렇게 일러줬지? 예쁜 여자만 보면 껄떡대지 말라고.

"씨……. 성혁이도 온다잖아."

-……아. ……알겠어. 기다려. 내가 하나한테 연락해볼게.

고 대리의 목소리 톤이 급변하자 카이는 기분이 나쁜지 통화를 종료하고 탁자 위에 탁 던지듯 휴대폰을 놓았다.

"잘생긴 놈만 보면 지가 더 껄떡대면서……. 나보고 지랄이야."

갑자기 나긋나긋해진 고 대리의 목소리를 흉내내면서 홀에 있는 의자에 털썩 앉은 그는 어느새 탁자에 엎드려 눈을 붙이고 있었다. 성혁은 하나의 연락을 기다리는데 바짝바짝 목이 탔다.

잠시 후 성혁의 휴대폰에 그녀의 메시지가 오자마자 그의 가슴은 두근거렸다. 토요일은 바쁜지 그 다음 날 만나자는 내용이었지만 저절로 환호성이 튀어나왔다. 죽은 듯 탁자에 누워 있던 카이에게 다가가 얼굴에 뽀뽀를 하고 격하게 안았다.

"짜식. 그렇게 좋냐?"

"응."

카이도 성혁을 보며 빙그레 미소를 지었다.

성혁은 잠시 갤러리에 들러 클라이언트가 주문한 옷을 챙겼다. 하나에게 줄 선물을 사고 싶어 직원들에게 지시 사항을 말해주고 일찍 갤러리를 나왔다. 빨간 스포츠카를 백화점 주차장에 파킹시키고 가벼운 발걸음을 옮겼다. 그는 고심 끝에 로즈골드 색상의 팔찌를 골랐다. 그녀의 하얗고 가느다란 손목에 딱 어울릴 하트 모양이었다. 그녀를 향해 피어나는 그의 마음과도 닮아 있었다.

선물을 사서 잠시 평창동 집에 도착해 들러보니 손님이 왔는지 메이드들이 분주하게 움직이고 있었다. 안 집사가 나와서 정중하게 그를 맞았다.

"누구 왔어요?"

"네. 큰도련님이 결혼할 분을 모시고 오셨습니다."

"네? 그래요?"

형이 이렇게 갑자기 결혼할 사람을 데리고 올 줄은 몰랐다. 어떤 사람일까 호기심이 생긴 성혁이 발걸음을 재촉했다.

긴 복도를 지나 거실로 가는 길에 분홍 옷을 입은 아담한 여자가 보였다. 화장실을 찾는지 기웃거리는 그녀를 보자 성혁은 너무 놀라서 얼음이 된 채로 멍하니 바라보았다. 인기척을 느낀 그녀가 천천히 고개를 들어 긴 속눈썹 아래 큰 눈동자로 그를 보았다.

"성혁 씨……."

"……하나 씨가 여긴 어떻게……."

두 사람은 서로 놀라서 말을 잃고 마주 보고만 있었다. 동준은 하나를 발견하고 천천히 그들에게 다가왔다. 그리고 당황하는 성혁의 얼굴을 동준은 놓치지 않고 바라보았다. 하나를 바라보는 성혁의 모습이 뭔가 께름칙했던 것이다. 어둑해진 그의 얼굴 아래 뭔가 화가 난 것도 같고 어딘지 아슬아슬한 표정은 한 번도 보지 못한 모습이었다.

"왔어?"

"어, 형……."

"성혁 씨가 동준이 동생이었어요?"

하나는 이런 인연이 있을까 싶어서 놀라움에 동준과 성혁을 번갈아 바라보았다.

"아는 사이인 거야?"

동준은 하나의 어깨에 한 손을 올리고 물었다. 하나는 금세 환해진 얼굴로 성혁을 바라보았다.

"네. 성혁 씨, 정말 반가워요. 성혁 씨가 동생이라니까 너무 반갑고 안심이 되네요."

성혁은 하나의 환한 미소를 보며 어색하게 입꼬리를 올렸다. 그리고 한편, 얼마나 친하길래 저렇게 꽃이 만개한 듯한 웃음을 보이며 편안하게 대하는 건지, 동준의 미간이 모아졌다. 입술을 꾹 다물고 어색한 미소만 짓고 있는 성혁의 모습을 동준은 서늘한 눈빛으로 바라보았다.

"하나 씨, 내가 결혼할 사람이야."

성혁은 씁쓸한 표정을 지었다. 왜 하필 형이 결혼할 사람이 하나인 걸까? 그녀와 가까워지기 위해 약속을 잡고 마음 졸였던 자신의 모습이 생각나 쓴웃음이 났다.

한순간 일렁이는 성혁의 눈빛을 동준은 놓치지 않았다. 수컷만 아는 미묘한 영역 침범은 애초에 싹을 잘라버려야만 한다.

그는 하나의 얼굴을 쳐다보며 다정한 미소로 말했다.

"한참 있어도 안 오길래…… 따라 나왔어."

"긴장했나 봐요. 손에 땀이 많이 나서 씻으려고 화장실 찾으러 왔어요."

"화장실은 건너편 복도 왼쪽 끝에 있어."

"아……. 집이 너무 커서 한참 헤맸네요. 다녀올게요."

하나는 둘을 남겨두고 총총히 복도를 지나 사라졌다. 동준 또한 뒤를 돌아서려는데 가시처럼 뾰족한 성혁의 목소리가 들렸다.

"형은 참 재주가 좋은 것 같아."

천천히 고개를 돌린 동준이 뜬금없는 동생의 말에 싸늘하게 쳐다보았다.

"그게 무슨 뜻이지? 내가 어떻게 해석해야 할지 도와주면 좋겠는데."

"어떻게 며칠 만에 남친조차 없던 여자를 결혼까지 결심하게 만들었는지 놀라워서 그래."

그의 비아냥에 동준은 눈을 치켜들고 바라보았다.

"너…… 하나 씨한테 관심이 많은 것 같은데 오늘 이후부터 그 관심 껐으면 좋겠어."

"대답 피하지 마."

제법 단호한 목소리의 성혁을 보며 동준은 입술을 비틀고 냉정하게 말했다.

"내가 너보다 더 간절했나 보지."

공중에 뒤엉키는 두 사람의 눈빛이 아슬아슬 긴장감으로 번졌다.

거실에 앉아 있던 김 회장의 목소리가 커졌다.

"뭐? 혼인신고를 벌써 했다고……."

"네. 결혼식은 간단하게 하기로 했습니다."

동준의 차분한 목소리에 김 회장은 못마땅한 얼굴로 그를 노려보았다.

"넌 애비 애미도 없는 사람처럼 행동하는구나."

하나는 김 회장의 날 선 목소리에 긴장이 되어 몸이 움츠러들었다. 동준은 조금도 흔들림 없이 딱 잘라 말했다.

"결혼은 제가 원하는 대로 허락해주셨으면 좋겠습니다."

"이게 통보지, 허락이냐?"

"아버지 원하는 대로의 혼처 자리, 한 번으로 족합니다. 모르는 사람들 입방아에 오르고 싶지도 않고 그냥 조용히 마무리 짓고 싶습니다."

김 회장은 말썽 한번 부리지 않고 지금까지 잘해준 동준을 믿음직스럽게 생각하고 있었다. 창업주인 자신보다 더한 사업수완으로 태영그룹이 점점 뻗어나가고 있다는 사실에 마음이 든든했었다. 어릴 때 엄마와 헤어져 외롭게 보낸 그의 마음 또한 알고 있었다. 그래서 결혼만큼은 본인이 원하는 대로 해주고 싶었다. 하지만 아무리 그래도 이 결혼은 너무나 기울어진 혼처 자리였다. 게다가 아버지도 모르는 미혼모의 딸이라니…….

김 회장은 눈을 돌려 하나를 천천히 살펴보았다. 단아한 얼굴에 오목조목한 이목구비가 예뻐 보였다. 그리고 차분해 보이는 성격에 동준에게 바짝 붙어서 그를 의지하는 모습이 좋아 보이기도 했다. 살며시 뜬 하나의 눈을 보자 김 회장은 입술을 꾹 다물었다. 검은 눈동자 안에 빨려들 것같이 깊은 하나의 눈매를 보자 김 회장의 입술 사이에 가느다란 한숨이 새어 나왔다.

낯익은 그녀의 깊은 눈매는 동준이 어릴 때 죽은 엄마와 많이 닮아 있었기 때문이었다. 김 회장은 동준에게 조용히 할 말이 있으니 따라오라고 하였다.

민 여사는 메이드를 물리고 직접 차를 가지고 왔다. 그녀는 우아한 손동작으로 천천히 탁자 위에 찻잔을 내려놓았다.

"하나 씨. 모링가잎차예요. 회장님이 워낙 차 종류를 좋아하셔서 저희는 자주 마신답니다."

"감사합니다."

하나는 처음 듣는 생경한 차를 살며시 들어서 입으로 가져가니 향긋하고 구수한 맛이 입안에 번졌다.

"맛이 어때요?"

"좋습니다."

민 여사는 차를 마시는 하나의 모습을 살펴보며 물었다.

"어머니가 아프시다고?"

"네."

"그럼 결혼 준비는 나랑 같이 하면 되겠네?"

"동준 씨와 함께 다 준비했습니다."

"그렇게나 빨리?"

그의 치밀함에 혀를 내둘렀다. 반대하지 못하도록 혼인신고까지 해오다니, 이 집을 무척 나가고 싶었겠지……. 도청장치가 무용지물이 된 때부터 민 여사는 동준을 감시하는 일이 어려웠었다. 집에서 식사도 하지 않았기 때문에 그의 의중을 짐작하기가 쉽지 않았다. 회사에서 그의 입지가 탄탄해질수록 민 여사의 마음은 조급해졌다.

결혼할 하나를 제 손아귀에 넣고 이용하면 동준을 함정에 빠뜨릴 수 있을지도 모른다. 요즘처럼 성공 가도를 달리는 동준을 바라보는 회장의 지긋한 눈빛을 볼 때마다 그녀는 속에 치미는 화를 주체할 수 없었다. 성혁이 회사로 들어오면 좋겠지만 일단은 승승장구하는 동준을 이대로 놓아둘 수는 없었다.

"결혼하면 자주 평창동 집에 놀러 와서 나랑 친하게 지내자."

사교적인 미소를 짓는 민 여사를 보며 하나는 성혁과 전혀 닮지 않은 외모에 놀랐다. 부드러운 인상의 성혁과 달리 민 여사는 상당한 미인이었지만 날카롭고 깐깐하게 보였다.

"……네. 동준 씨랑 상의하고 같이 오겠습니다."

동준이 이 집을 나오고 싶어 하는 이유가 가족이었기에 하나는 말 한마디조차 조심스러웠다. 이유야 알 수 없지만 무슨 일이든 동준에게 물어보고 행동에 옮겨야 할 것 같았다. 쉽게 입 밖으로 내뱉은 말이 올무가 될 수 있어서 예의에 벗어나지 않게 거절하는 게 맞다는 생각이 불현듯 들었다.

차를 마시던 민 여사는 순간 멈칫했다. 얌전하게 생긴 외모와 달리 당돌한 아가씨라는 생각을 했다.

"호호호……. 그런 일조차 상의하는 거야? 하나야, 벌써 잡히면 안 돼. 남편 다루는 법을 나한테 코치 좀 많이 받아야겠다."

"……전 ……결혼하면 부부 사이에 이해타산 같은 것은 따지며 살지 않기로 했습니다. 서로를 좀 더 사랑하고, 이해하고, 상의하면서 살고 싶습니다."

언제 왔는지 동준이 그녀의 이야기를 듣고 있었다.

"하나야. 그만 일어나."

민 여사와 하나는 동시에 동준을 쳐다보았다.

"아버지가 허락했으니까 그만 가야겠어."

자신을 무시한 동준의 행동에 민 여사의 얼굴이 굳어졌다.

"김동준. 난 허락한 적 없는데……."

그가 서늘한 눈으로 민 여사를 쳐다보았다.

"제 일에 너무 신경 안 쓰셔도 됩니다."

"네 엄만데 어떻게 신경을 안 쓸 수 있니?"

그는 비릿한 미소를 지으며 말했다.

"방을 도청할 정도의 관심은 지나친 것 같은데요."

민 여사의 도도한 얼굴에 균열이 생겼다.

"또 그런 일이 발생한다면 저도 지금처럼 가만히 넘어가진 않을 작정입니다. 상당한 대가를 치르게 될 테니 조심해주십시오. 아……. 그리고 제 아내가 이곳에 올 일은 저와 함께하는 집안 행사 외엔 없을 겁니다."

경고를 한 동준은 하나의 손목을 잡아당겨 일으켜 세웠다. 당황한 하나는 그가 이끄는 대로 일어나 그의 뒤를 바짝 붙어 따라갔다.

"크크크크……. 아주 잘들 놀고 있구나. 그렇게 고른 여자가 미혼모 딸이야. 제법……. 네 말은 잘 듣겠더라."

싸한 그녀의 웃음에 하나는 온몸에 한기를 느꼈다. 그녀는 일어나 그녀 앞을 지나쳐 가려는 동준을 가로막고 얼굴을 쳐들었다. 민 여사는 입가에 머금었던 웃음기도 완벽하게 지우고 독기를 내뿜고 있었다.

"미혼모 딸에 불륜녀 아들이라……. 참 잘 어울리는 조합이야."

동준은 그녀의 말에 인상이 확 구겨졌다. 잡고 있는 손에 힘이 들어가는 것을 하나는 느꼈다. 그가 몹시 화를 참고 있다는 것을 알 수 있었다.

"너…… 건방 떨지 마. 내가 우스워 보여?"

민 여사의 서늘한 어조에 동준은 냉담한 얼굴로 그녀를 쳐다보았다.

"그럴 리가요. 일개 여비서에서 회장 사모님 타이틀까지 딸 수 있는 분을 어떻게 우습게 볼 수 있겠습니까. 그저 회장님 잘 모십시오. 다른 곳에 한눈팔지 마시구요. 지나친 욕심이 화를 부릅니다."

하나를 데리고 나가려던 동준은 2층에서 내려온 성혁과 눈이 마주쳤다. 자신의 엄마를 무시하는 동준의 발언에 성혁의 눈이 매섭게 빛이 났다. 그리고 성혁의 눈에 동준의 커다란 등 뒤에서 걱정 어린 눈으로 상황을 살피는 하나가 들어왔다. 지금 심상치 않은 분위기에 불편하고 힘들어할 그녀의 모습이 안쓰러워 보였다. 성혁은 입술을 질끈 깨물었다.

동준은 그런 성혁을 힐끗 쳐다보고 입을 꾹 다문 채 하나를 데리고 평창동 집을 나왔다. 동준은 그녀를 차에 태운 채 한동안 말없이 운전만 했다. 민 여사를 생각하자 마음에 이는 분노를 멈출 수가 없었다. 그의 눈빛이 날카롭게 번뜩이고 입가는 잔인하게 비틀려 올라갔다. 운전대를 잡으며 분을 참느라 어금니를 꽉 물었다. 하나는 굳은 얼굴로 운전하는 그를 보다가 즉흥적으로 말했다.

"우리…… 바다 보러 갈래요?"

그녀의 돌발적인 질문에 동준은 놀란 눈으로 쳐다보았다.

"갈매기 보고 싶지 않아요? 겨울바다 보고 싶지 않아요?"

왼쪽 팔꿈치를 창문에 기대고 한 손으로 운전하던 그는 옆에서 자신의 기분을 풀어주려는 듯 쫑알거리는 하나를 보았다. 그녀가 이렇게 말이 많은 적은 처음이었다. 항상 자신만 보면 피하려 했는데, 지금은 운전석에 바싹 기대어 시키지도 않는 말들을 쏟아놓고 있었다.

"바다에서 해 지는 모습 보고 싶어요. 엄마랑 부산에 갔을 때 꼭 보려고 했는데……. 푸른 바다 위에 붉게 물든 하늘이 멋져 보일 거라 기대했었거든요. 아……. 또 감천 문화마을 상징인 어린왕자 아세요? 그곳에서 해질녘에 사진 찍으려 했어요. 어린왕자가 사는 소행성에 간 기분이 들 것 같았거든요. 어린왕자가 사는 소행성에선 노을을 보기 위해 의자만 잠깐 옮기면 된다잖아요. 정말 멋지지 않아요? 우린 그걸 보기 위해 하루를 견뎌야 하는데……."

그녀의 청아한 목소리가 듣기 좋았다. 평창동에서 있었던 일도 잊을 만큼……. 그는 자신도 모르게 바다를 향하고 있었다. 바다에 도착하기까지는 오랜 시간이 걸렸다. 가는 동안 동준은 지루하지 않았다. 쉴 새 없이 재잘대는 그녀의 목소리를 들을 수 있었다.

11월의 바닷바람은 차가웠다. 짭짤한 바다 내음이 났다.

하나는 어린아이처럼 바닷가의 젖은 모래 위에 크게 발자국을 남겨놓으며 이리저리 모래사장을 돌아다녔다. 세차게 불어대는 바람에 금세 귀와 머리가 얼얼해졌다. 그녀는 옷을 여미며 소리쳤다.

"……추워!"

동준은 하나의 빨개진 코를 보면서 자신이 입고 있던 코트를 벗어주려고 다가갔다. 하나는 그러지 말라고 공중에 손을 휘휘 저었다.

"동준 씨……."

고개를 숙여 그녀와 시선이 마주치자 동준은 미소로 대답을 대신했다. 하나가 동준의 허리를 와락 끌어안으며 가슴에 얼굴을 묻었다. 갑작스런 그녀의 행동에 동준의 눈빛이 흔들렸다. 그의 가슴 안쪽이 쿵 하고 내려앉는 것 같았다.

"오늘 이렇게 안아주고 싶었는데 꾹 참았어요."

하나는 평창동 집을 나올 때부터 동준을 꼭 안아주고 싶었다. 오늘 많이 아팠을 그에게 아주 작더라도 위로를 주고 싶었다. 조금씩 용기를 내어 다가온 그녀의 위로에 마음 한편이 따뜻해진 동준은 그녀의 정수리에 입술을 가만히 갖다 대었다. 그녀의 머리카락에서 향긋한 냄새가 났다. 바람에 이리저리 흩날리는 그녀의 머리카락을 커다란 손으로 쓸어 넘겨주었다. 그리고 그는 코트를 넓게 벌려서 하나를 옷으로 포근하게 감싸 안았다. 그녀를 놓칠까 두려워 안고 있는 팔에 더욱 힘을 주었다.

쏴아- 바닷바람은 손이 시리도록 차가웠지만 맞닿은 두 사람의 가슴은 따뜻했다. 그들 뒤로 바닷가에 핑크빛 노을이 짙게 물들고 있었다.

집으로 돌아가는 길에 한참을 재잘거리던 하나의 목소리가 잦아들었다. 반대편 차창에 머리를 기대어 잠이 든 것이다. 동준은 그런 그녀를 보며 피식 웃음이 났다. 오늘 하루 그녀는 지금까지 보아온 전혀 다른 모습을 그에게 보여주었다. 결혼 허락을 받기 위해 아버지와 실랑이를 벌이다 나오면서 민 여사와 하나가 나누는 대화를 우연히 듣게 되었다.

'……전 ……결혼하면 부부 사이에 이해타산 같은 것은 따지며 살지 않기로 했습니다. 제가 좀 더 사랑하고, 이해하고, 상의하면서 살고 싶습니다.'

그녀의 말 하나하나가 그를 조금씩 녹이고 있는 것 같았다. 뭔가 이 세상에 내 편이 한 명 생긴 것 같은 느낌이 들었다.

그의 마음속엔 지금도 어린 시절 우울했던 감정들이 고스란히 남아 있었다. 평창동 집에서 어머니가 돌아가신 후 민 여사가 들어왔다. 처음엔 자신을 적대시하는 민 여사에게 잘 보이기 위해 어린 동준은 끊임없이 노력했다. 어떻게 하면 그녀를 기쁘게 할까 눈치만 살폈다. 그런 그에게 다가와 그녀는 잔인하게 웃으며 말했다.

'너희 엄마가 왜 이 집을 나갔는지 아니? 딴 남자랑 바람이 나서 널 버린 거야. 네가 아무리 잘하려고 해도 넌 사랑받을 수 없는 존재야. 왜? 바로 불륜녀 아들이니까. 엄마조차도 널 버렸는데 누가 사랑할 수 있겠니? 그러니 잘 보이려고 노력하지 마. 그건 소용없는 짓이야. 알아듣겠어?'

처음 그 이야기를 들은 날, 그는 방문을 잠그고 울고 또 울었다. 어린 나이에 감당하기 힘든 말이었다. 민 여사는 김 회장이 있을 땐 한없이 자상하고 친절하게 대했지만 그가 자리를 비울 땐 전혀 다른 사람이 되었다. 아버지에게 자신의 마음을 표현하기엔 그는 너무 어렸다. 그렇게 민 여사의 농간에 끊임없이 희롱당했고, 자신만 이유 없이 반항하는 아들로 낙인 찍혔다. 그나마 다행인 것은 어린 시절부터 보모처럼 돌보아준 윤 집사가 동준을 보호해준 것이었는데, 민 여사는 그런 윤 집사마저 그가 10살이 되기 전 사사건건 트집을 잡아 평창동 집에서 쫓아내었다.

민 여사가 낳은 성혁은 어릴 때부터 순하고 착했다. 자신을 형이라고 따르던 성혁이었는데, 어느 날 그네를 태우다 잘못해서 떨어뜨린 적이 있었다. 민 여사는 이유도 묻지도 않고 동준을 사정없이 때렸다. 그리고 김 회장에게 동준이 고의적으로 해코지를 했다며 울며불며 악다구니를 썼다. 김 회장은 그런 사정을 듣고 동준을 바로 미국으로 유학을 보내버렸다.

그는 살아남기 위해서 악착같이 공부했다. 뒤도 돌아보지 않았다. 외롭지 않기 위해, 잡생각이 나지 않기 위해, 뛰고 또 뛰었다. 이 세상은 혼자라고 생각했다. 과한 친절도 그 속엔 이해타산이 숨어 있다고 생각했다. 그런데……. 하나를 만나면 꽁꽁 얼은 마음이 자꾸 무장해제 되는 느낌이 들었다. 그녀의 따뜻한 마음이 진짜이길 믿고 싶었다. 그의 상처를 어루만지며 파고드는 그녀를 놓치고 싶지 않았다.

동준의 차가 골목을 비집고 그녀의 집 앞에 멈추었다.

새근새근 그녀의 숨소리가 들린다. 숨을 쉴 때마다 깊은 밤 가로등 불빛이 그녀의 하얀 얼굴에 음영을 드리웠다. 동준은 그녀에게 살며시 다가가 그의 코트를 덮어주었다. 제자리로 돌아온 그는 그녀와 함께 있는 이 시간이 조금만 더 지속되길 바라며 눈을 감았다.

시간이 얼마나 지나갔을까……. 하나가 눈을 떴을 땐 어두운 거리에 가로등 불빛 아래 커다란 은행나무가 그늘을 만들고 있었다. 은행나무 아래 보기 좋게 물든 하트형 은행잎들이 하나둘 바람에 흔들려 떨어지고 있었다. 그녀의 차 시트는 눕기 좋게 편안하게 내려와 있었고 동준의 코트가 이불처럼 자신을 감싸고 있었다. 고개를 돌려보니 동준도 자신처럼 잠이 들어 있었다.

그를 더 자세히 보기 위해 하나는 모로 누웠다. 숨 쉴 때마다 규칙적으로 오르내리는 그의 단단한 가슴이 보였다. 밀폐된 작은 공간인 차 안에 단둘이 있다는 생각에 기분이 생소했다. 그의 숨소리에 귀를 기울이자 가슴이 두근거렸다. 어둑한 차 안, 나뭇가지로 드리워진 그늘이 그의 얼굴 굴곡을 더 선명하게 보여주었다.

이 남자, 참 잘생겼다. 반듯한 이마에 긴 속눈썹, 그 아래 곧게 뻗은 높은 콧대. 꾹 다문 입술이 멋져 보였다. 그렇게 한참을 보고 있는데 그의 감겨진 긴 속눈썹이 천천히 들려 올려졌다. 잠에서 깬 그가 고개를 돌려 하나를 바라보았다.

"언제 일어났어?"

"조금 전이요."

그가 잠든 사이 몰래 훔쳐본 자신이 부끄러워 그녀의 눈동자가 수줍게 반짝였다. 그가 옆으로 누워 하나를 지긋한 눈으로 응시했다.

"깨우지 그랬어."

"동준 씬 왜 저 안 깨웠어요?"

"너무 곤하게 자서……."

그는 부드럽게 속삭이는 말투와 아늑하고 달콤한 눈빛으로 하나를 쳐다보았다.

"저두요."

맑고 커다란 눈으로 그녀가 미소를 지으며 말했다. 둘은 서로 얼굴을 마주 보며 웃었다.

"오늘 바다 보니 좋았죠?"

"응……."

"동준 씬 기분 안 좋을 때 뭐 해요?"

"……일해."

"아, 재미없다……. 전 음악 들으면서 초콜릿 먹어요. 달달한 초콜릿이 입안에서 사르르 녹으면 기분도 좋아져요. 아, 맞다."

그녀는 좋은 생각이 떠올랐는지 모로 누워 있다가 벌떡 일어나 자신의 가방에서 무언가를 찾아 부스럭거렸다. 그리고 조그만 손바닥 위에 네모난 초콜릿 두 개를 올려놓았다.

"어떤 맛 드실래요? 바닐라, 아님 딸기맛?"

"바닐라."

그녀는 껍질을 까서 속살이 드러난 초콜릿을 그의 입 가까이 가져갔다.

"제가 아끼는 건데 주는 거예요. 아 해요."

그는 달짝지근한 것을 좋아하지 않았다. 그러나 지금 그녀가 주는 것은 꿀과 설탕으로 덮인 사탕이라도 먹을 작정이었다. 그녀가 주는 초콜릿을 가만히 받아먹었다.

"음악 틀어볼래요? 두 눈을 감고 가만히 있으면 기분이 금방 좋아진다니까요."

하나의 재촉에 동준은 주파수를 맞추어 잔잔한 음악을 틀었다. 언제부턴지 모르게 창밖에 가늘게 내리던 가을비가 차 창문을 때렸다. 금방 물웅덩이를 이룬 수면 위에 빗줄기가 더 강해지며 파문을 일으켰다. 차 창문에 무거워진 물방울들이 굵은 빗물이 되어 흘러내린다. 히터를 틀어놓은 차 안의 창문은 뿌옇게 흐려져 있었다. 그녀는 손을 꼼지락거리며 딸기맛 초콜릿을 매만지고 있었다.

"원래 저는 딸기맛 제일 좋아해요. 딸기맛 고를까 봐 조마조마했어요."

초콜릿이 그녀의 앙증맞은 입속으로 쏙 들어갔다. 그때 갑자기 동준이 하나의 얼굴 가까이 다가와 장난스런 미소를 지으며 그녀의 턱을 살며시 잡았다. 그리고 재빠르게 혀를 집어넣어 그녀의 초콜릿을 빼앗아 갔다.

하나는 그의 행동에 너무 놀라 눈이 휘둥그레지며 굳어버렸다.

"……과연. 딸기맛이 더 맛있네."

그의 눈길이 그녀를 깊숙이 눌러보았다.

"진짜……. 뭐 하는 거예요."

그녀는 눈을 가늘게 뜨고 흘겨보며 볼멘소리로 말했다.

"하나밖에 없는 거라구요."

그는 짓궂은 표정을 지으며 어깨를 으쓱했다.

"그래? ……그럼 같이 먹을래?"

동준의 입술이 살며시 다가와 하나의 입술을 조심스럽게 감싸왔다. 달콤한 초콜릿 맛이 입 안 가득 번졌다. 말랑말랑한 그녀의 도톰한 아랫입술을 살짝살짝 그가 깨물고 혀를 세워 잇새로 비집고 들어가 초콜릿을 입안으로 밀어 넣었다. 달달한 키스가 이어졌다. 맞물린 얼굴 방향을 바꾸며 그의 혀가 그녀의 입안을 샅샅이 침범해서 뒤엉키며 초콜릿을 부드럽게 녹였다.

하나는 창가를 두드리는 빗소리와 감미롭게 온몸을 감싸는 음악소리에 몸이 나른해졌다. 그리고 입안에서 사르르 녹는 초콜릿의 달콤함 때문에 아무 저항도 할 수 없었다.

아니 그의 입안에 딸기 향기와 달콤함이 좋았다.

하나는 두 눈을 감았다.

동준은 영애에게 24시간 간병인과 병원에서 VIP만 특별히 관리할 수 있도록 전담의사까지 붙여주었다. 그래서 하나는 한결 수월하게 회사를 다닐 수 있게 되었다. 거의 병원에서만 생활하던 하나는 격일로 집에 와서 필요한 집안일을 할 수 있었다.

동준과 헤어지고 거의 자정이 되어서야 집에 도착한 하나는 밀린 집안일을 정리하고 엄마 옷을 챙겼다. 샤워 후 뽀송뽀송한 잠옷을 입고 이불 속으로 폭 들어갔다. 따뜻했다. 포근한 이불 속에서 오늘 동준과 있었던 기억을 몽실몽실 떠올렸다. 달콤했던 그와의 키스를 생각하며 아직도 따뜻한 자신의 입술에 살며시 손을 가져갔다. 그리고 저도 모르게 얼굴 가득 환한 미소를 지었다.

하나는 동준의 모습이 하나하나 자꾸 눈에 밟혔다. 평창동 집에서 항상 아쉬울 것 하나 없을 것 같았던 그의 얼굴이 굳어져 있었다. 그 넓은 집에 마음 둘 곳이 없어 보였다. 민 여사, 그리고 친아버지마저도 사이가 좋아 보이지 않았다. 그의 마음엔 온통 미움과 분노가 쌓여 있어 언제 폭발할지 불안해 보였다. 그런 따뜻함이라곤 전혀 없는 냉랭한 집, 얼마나 벗어나고 싶었으면 하찮은 인턴사원인 저한테 손을 내밀며 결혼하자고 말할 정도로 절박했을까? 그녀의 대답을 기다리던 그의 애타는 표정이 떠올랐다. 마음 깊은 곳에 심한 통증이 느껴졌다.

그의 아픈 마음을 위로하고 싶었다. 완벽하게만 보이던 남자의 눈동자가 쓸쓸하고 외로워 보였다. 괜찮다고, 당신 잘못이 아니라고, 따뜻하게 안아주고 싶었다.

동준은 하나 자신이 생각했던 그런 남자가 아니었다. 처음 그는 위험한 외줄타기를 하듯 항상 아슬아슬해 보였고 그와 있으면 편안하기보단 숨이 막힐 듯 압박감이 느껴졌다. 연애경험조차 없는 숙맥 같은 그녀를 자신의 손바닥에 올려놓고 이리저리 마음을 흔들어놓았다. 능숙하게 다가오는 그의 스킨십에 매번 당하며 그녀도 점점 빠져들고 있었다.

그의 한마디 말에. 그의 사소한 행동에. 그의 미묘한 표정에. 그녀의 마음은 천국과 지옥을 오간다. 그 생각이 들자 이불 안에 있던 하나는 갑자기 두려웠다. 하나는 이불을 살며시 젖히고 걸어가 창문을 열었다. 가을비가 세차게 내리고 있었다. 집 앞 큰 은행나무에 그나마 대롱대롱 매달려 있던 잎들이 거친 빗줄기에 거침없이 떨어져 나가고 있었다. 무성한 잎에 가려져 있던 은행나무의 맨몸뚱이가 적나라하게 드러났다.

하나는 갑자기 한기가 들었다. 오들오들 떨려와 자신의 온몸을 두 팔로 감싸 안았다. 그녀의 눈동자가 흔들렸다. 무성했던 잎들로 가려진, 애써 외면하며 밀어내었던, 마음속 깊은 곳에 숨겨왔던 날것 그대로의 진심과 맞닥뜨렸다.

……그를, ……그를 좋아하고 있다.

오랫동안 숨겨둔 감정이 쏟아져 나왔다. 찬바람이 휙 불어 하나의 온몸을 꿰뚫고 지나갔다. 시렸다. 그녀는 그를 향한 자신의 마음이 점점 두려웠다. 그렇지만 하나는 알고 있었다. 그를 사랑하다 상처받고 찢겨지더라도 이젠 멈출 수 없다는 것을.

"뭐? 이게 무슨 개소리니?"

고 대리는 마시고 있던 커피를 뿜어대며 토끼같이 놀란 눈으로 앞에 앉아 있는 하나를 바라보았다. 갑작스런 그녀의 결혼 소식에 고 대리는 어리둥절해졌다.

"그것도 부사장이랑?"

"네……. 미리 말씀드리려 했는데 갑작스럽게 진행되어서요."

"한 대리 말이 사실이었네. 난 저것이 너 해코지하려고 입 함부로 놀린다고 구박했더니……."

"죄송해요. 그래도 고 대리님한테 제일 먼저 알리는 거예요."

고 대리는 하나의 결혼 소식을 대놓고 축하할 수 없었다. 갑작스럽기도 했고 부사장의 차가운 성격이 마음에 들지 않았다. 따뜻한 성품의 성혁과 하나가 엮이기를 은근히 기대하며 오늘 같은 식사 자리를 만들어보았다. 그런데 부사장과 결혼이라니, 마음 여린 하나가 마음고생이라도 할까 봐 고 대리는 마음이 편치 않았다. 갑작스럽게 결혼을 한다는 것도 이상했다.

"너, 진짜 부사장 좋아해?"

하나는 고 대리를 보며 자신의 속마음을 다 이야기하고 싶었다. 아픈 엄마에게 이런 이야기를 털어놓을 순 없었다. 그녀가 결혼하는 가장 큰 이유가 엄마를 돌보기 위해서이니까. 그렇지만 결혼 전 불안한 마음과 자신이 잘하고 있는지 누구에게라도 묻고 싶었다. 하지만 자신을 걱정하는 고 대리의 진심 어린 눈동자와 마주치자 괜스레 눈물이 핑 돌았다.

"네. 전 정말 그 사람을 좋아해요."

"근데 바보같이 왜 울어?"

하나는 손등으로 눈물을 훔치며 씁쓸한 웃음을 지었다.

"그러게요. 너무 좋아서 그런가."

하나는 앞에 놓여 있는 따뜻한 커피를 한 모금 마시며 고개를 떨구었다. 그리고 차마 말하고 싶은 속마음을 털어놓지 못했다.

그 사람은 가벼운 사랑을 원해요. 지금은 불타오르지만 헤어질 때면 그는 뒤도 돌아보질 않을 거예요. 언젠가 그의 마음이 자신에게서 멀어질 때쯤, 그에게 아무것도 아닌 사람이 된다면. 나는 심장이 욱신거리고 눈이 쑤셔 가슴이 아파와도 그를 떠나보내야겠죠. 그래서 눈물이 나요. 그를 좋아하고 있다는 내 마음을 알아버렸어요. 그에 대한 저의 진짜 마음을 알고 싶지 않아 피하고만 있었어요. 이렇게 힘들 것을 알고 그를 미워하고 애써 외면했는데. 이런 감정이 사라지길 바랐어요. 시작하지 말았어야 했는데. 그런데, 전 이젠 멈출 수가 없어요. 멈춰지지가 않아요.

고 대리는 하나를 데리고 연탄 돼지갈비집에 도착해 카이에게 위치를 가르쳐주며 오라고 전화했다.

"고 대리님. 이런 곳 말고 좋은 데 가요."

"아냐! 이렇게 좋은 날, 나 오늘 여기서 술 한잔해야겠어."

자리에 앉자마자 고 대리는 서빙하는 아르바이트생을 큰 소리로 불렀다.

"돼지갈비 4인분하고 소주 한 병 주세요."

밑반찬이 깔리고 연탄 불판 위에 살짝 초벌된 양념 돼지갈비가 나왔다. 하나는 앞치마를 두르고 고기가 잘 익도록 뒤집고 있었다.

"카아! 역시 술 하면 소주야."

눈을 질끈 감으며 고 대리가 추임새를 넣자 하나가 웃었다.

불판 위의 고기가 치이익 소리를 내며 갈색으로 변해갔다. 벌써 소주 반병을 혼자 다 마신 고 대리가 빈 술잔을 흔들며 하나에게 술을 권했다.

"하나야, 지금부터 고 대리라 하지 말고 언니라고 그래. 알겠지?"

"네. 언니."

그녀는 고 대리를 보며 미소 지었다. 건네받은 술잔을 고 대리의 재촉에 하나는 사양할 수 없어서 마셨다. 독한 술이 넘어가자 하나는 콧잔등을 찡그렸다. 원래 술을 잘 못 마시는 하나였기에 마시자마자 얼굴이 빨개졌다.

한 번쯤 정신줄을 놓을 정도로 취하다 보면 술에 취해 분위기에 취해 방어벽이 무너져 서로를 더 잘 이해할 수 있을 거라고 고 대리는 생각했다. 하나와 진솔한 이야기를 나누고 결혼 전 불안한 하나의 마음을 달래주고 싶었다.

술이 무르익어갈 때 카이와 성혁이 가게로 들어왔다.

"어허, 카이 너 잘 왔다. 혼자 취하니까 진짜 재미없었는데……. 어머, 잘생긴 성혁 씨도 오셨네요."

성혁을 바라보며 고 대리는 절로 미소가 지어졌다. 그리고 카이는 그런 고 대리를 못마땅한 듯 바라보았다. 카이와 성혁은 옆에 있는 하나에게 가벼운 묵례를 하였다. 취기가 오른 하나는 카이를 보며 어디서 본 듯한데 기억이 잘 떠오르지 않는지 고개를 갸우뚱했다. 성혁은 옆에서 얼굴이 빨개져 엉거주춤 일어나 인사하는 하나를 보았다.

"자, 내 잔 받어."

고 대리는 눈을 부릅뜨며 술잔을 카이에게 들이밀었다.

"진짜 가지가지 한다, 고상미. 술 못 먹는 사람한테 제발 권하지 마, 좀. 너랑 있으면 내가 얼마나 고역인 줄 알아. 그리고 난 소주 안 좋아한단 말이야."

카이는 혀를 끌끌 차며 그녀의 손에 있는 술잔을 빼앗았다.

"미친놈. 우리나라 사람이 소주를 사랑해야지. 알지도 못하는 꼬부랑 술이나 처마시면서 폼 좀 그만 재라. 아주 너 허세에 내가 질린다. 아……. 나 넘 어지럽다. 부축 좀 해줘. 화장실 가야겠어."

카이는 미간을 찌푸리며 관자놀이를 꾹 눌렀다.

"정말 성가신 여자야."

티격태격하면서도 카이는 그녀가 걱정되는지 비틀거리는 고 대리를 화장실로 데려갔다.

양쪽 볼이 발갛게 물든 하나가 옆에 앉아 있는 성혁을 바라보았다. 성혁은 불 위에 있는 고기를 뒤집으며 하나의 그릇에 계속 놓아주고 있었다.

"성혁 씨 드세요. 저 많이 먹었어요."

"더 드셔야겠어요. 하나 씨 너무 말랐어요."

그는 무심하게 이야기하며 다시 고기 굽기에 열중했다. 하나는 게슴츠레한 눈으로 성혁을 뚫어지게 바라보며 말했다.

"놀랐죠?"

그는 멈칫하며 하나를 쳐다보았다.

"뭘요?"

"형이랑 결혼한다고 해서."

"언제부터 사귄 거예요? 파티 땐 남자친구도 없다고 했으면서. 저 속은 거예요?"

그는 속이 상해 뚱한 표정을 지으며 건조하게 말했다. 취기가 올랐는지 하나는 턱을 괴고 입꼬리를 올리며 말했다.

"거짓말 아닌데. 그땐 저……. 부사장, 아, 이렇게 부르면 자기 멋대로 한다 그랬는데……. 안 돼, 안 돼."

하나는 자신의 입을 톡톡 때리며 고개를 절레절레 흔들었다.

"그땐, 동준 씨랑 사귀지 않았어요. 정말이에요. 이렇게 될 줄은 정말 몰랐다니까요. 저 거짓말 아니에요."

흐트러진 모습으로 얼굴이 빨개진 하나가 그를 올려다보며 씽긋 웃었다.

처음으로 욕심내어 다가간 그녀가 이렇게 손만 닿으면 만질 수 있는 곳에 있는데, 이젠 만질 수가 없다. 유리같이 맑은 눈동자로 그를 의심 없이 쳐다보고 있었다. 성혁은 곧게 뻗은 눈썹 아래 일렁이는 눈빛으로 그녀를 바라보다 허공으로 눈길을 돌렸다. 더 이상 바라보다 이성을 잃고 무슨 위험한 행동을 할지 몰랐다. 그녀가 자신을 보며 그렇게 웃지 않았으면 좋겠다고 생각했다. 아니 일찍 만났으면 저 웃음이 자신의 것이 되었겠지. 성혁은 조금 더 일찍 그녀에게 다가가지 못한 자기 자신을 질책했다.

"그래요? ……근데 그게 더 화가 나네요."

형의 말대로 더 간절하지 못했기 때문일까?

"아, 성혁 씨 화내면 안 되는데……. 저요, 결혼생활 잘해야 되거든요. 근데 무서워요. 성혁 씨가 도와주면 좋겠는데."

그녀는 취기가 올랐는지 횡설수설, 자신이 무슨 말을 하는지도 알지 못했다. 성혁은 커다란 손으로 그녀의 팔을 잡아 테이블 위에 올려놓았다.

"걱정 마요. 언제나 옆에 있을게요."

그리고 오른쪽 주머니에서 팔찌를 꺼냈다. 백화점에서 설레는 마음으로 그녀를 위해 골랐던 하트 모양의 장식이 있는 팔찌였다.

"이건 하나 씨 지켜준다는 약속이니까. 빼지 말아요."

하나는 자신의 팔에 낀 팔찌를 내려다보며 빙그레 웃었다.

"정말 예쁘네요."

말갛게 웃고 있는 그녀와 같이 웃을 수 없는 성혁은 늦어버린 자신의 고백에 가슴이 아파왔다.

식사를 마치고 10시가 훌쩍 지나 다들 거나하게 취한 상태로 돌아가려고 하자 고 대리가 카이와 성혁을 붙잡았다.

"이대로 헤어지는 거 아쉽지 않아?"

혀 꼬인 소리로 고 대리가 카이의 팔을 두 손으로 꽉 잡고 그를 말똥말똥 쳐다보았다.

"너 그 눈빛 너무 무섭다."

고 대리는 코웃음을 치고 고개를 돌려 성혁을 보며 어설픈 발음으로 말했다.

"성혁 씨, 우리 노래방 가요. 네?"

성혁은 잠시라도 하나와 함께 있기를 바라며 고개를 끄덕였다. 하나는 난처한 눈빛이었지만 분위기를 깰 수 없어서 가만히 있었다. 술만 입으로 들어가면 잠이 와서 주체를 할 수 없었다. 머리를 기댈 곳만 있으면 지금 당장 눈이라도 붙이고 싶었다.

노래방에 도착하자마자 고 대리는 급하게 리모콘을 쟁취했다. 그리고 쿵짝거리는 반주에 맞추어 트로트로 시작해서 마이크를 놓지 않았다.

"찰랑찰랑~ 찰랑대네. 잔이 담긴 위스키처럼……."

노래에 맞추어 카이는 앞으로 나가 탬버린으로 몸 구석구석을 열심히 두드리며 박자를 맞추었다. 하나와 성혁은 둘의 모습을 보면서 재미난 구경거리라도 되는 듯 박수를 치면서 지켜보았다. 이후 카이는 남자들이 노래방에서 한 번은 부른다는 임재범의 고해를 목이 떠나갈 듯이 불렀다. 이에 질세라 고 대리는 여자의 고정곡 'tears'를 부르며 소리가 아닌 괴성을 지르며 방방 뛰었다.

노래를 너무 신나게 했는지 목이 말라 맥주를 많이 마신 카이가 화장실을 가려는데 휴대폰이 울렸다. 액정을 보니 동준이었다.

"어…… 어쩐 일이야?"

-너랑 술 한잔하려고.

"어떡하지, 나 성혁이랑 노래방에 와 있는데. 너도 올래?"

-성혁이만 있어?

"아니, 아, 맞아. 너 하나 씨 알지. 우리 같이 왔어."

-뭐? ……거기 어디야. 문자로 주소 찍어.

동준의 목소리가 다급하게 재촉하며 물었다.

"어……. 알았어."

카이는 동준의 행동이 이상해 고개를 갸우뚱했다.

오늘 동준은 KG패션을 인수한다고 휴일도 반납하고 임원 회의를 주도했다. KG패션은 한국의 중견 패션기업으로 인수 금액만 해도 5천 억에 육박하였다. 저돌적인 인수로 인해 태영그룹이 패션업계 2위 자리로 도약하는 발판을 마련하였다. 또한 db패션은 JK과의 합작을 통해 국내뿐 아니라 유럽에까지 진출할 수 있었다. 이번 신혼여행도 유럽에 진출할 브랜드로 프레젠테이션을 열고 유명 백화점의 바이어와 미팅을 잡아놓은 상태였다. 이로써 태영 계열사로서 db패션은 실적이 두드러지게 성장되어 임직원들의 회의 분위기는 크게 고무적이었다.

장시간 계속된 회의로 동준은 피곤한지 얼굴을 거칠게 쓸어내리다 꽉 조인 넥타이를 느슨하게 풀었다. 소매를 아무렇게나 걷어 올린 채 연신 볼펜으로 책상을 두드리다 하루 만에 수염이 까칠하게 돋기 시작했만 그의 눈빛은 여전히 살아 있었다.

"K드라마 K뷰티 덕분에 한국 여성이 세련됐다는 인식이 확산되면서 긍정적으로 작용하고 있습니다. 이번 기회에 미니멀한 디자인과 고품질로 해외 주요시장과 잘 맞는 여성복 브랜드를 키워야 한다는 컨센서스가 있습니다. 10분 패션쇼보다 옷을 더 자세히 보여줄 수 있는 프레젠테이션을 준비해서 이번 유럽 출장에 만전을 기하길 바랍니다. 오늘 회의는 여기까지입니다."

회의를 끝내자 지친 임원들이 앞다투어 회의실을 빠져나갔다.

긴장이 풀어지자 동준은 하나가 보고 싶었다. 사무실로 돌아와 하나에게 전화를 했지만 계속 받지 않자 미간이 절로 찌푸려졌다.

"전화도 안 받고 어디서 뭐 하는 거야."

요즘 들어 하루라도, 아니 잠시라도 그녀의 얼굴을 보지 못하면 이렇게 조바심이 나니 무슨 중병에라도 걸린 사람처럼 가슴이 답답하다. 그렇다고 주머니에 넣어 다닐 수도 없고, 빨리 결혼을 해서 집에 가둬놓고 두고두고 보아야겠다는 생각뿐이다.

동준은 벗어놓은 긴 코트를 집어 들고 회사를 빠져나갔다. 결혼 소식도 알릴 겸 술 한잔 하고 싶어 카이의 바에 들렀지만 카이는 하필 자리에 없었다. 그리고 전화를 받은 카이의 입에서 하나와 같이 있다는 소리를 듣게 되면서 동준은 알 수 없는 불안감에 휩싸였다. 남자들 틈에 하나가 있다는 소리에 사방에 육식동물 틈에 뭣도 모르고 끼어 있는 순진한 아기 토끼가 연상되었다. 급하게 신호도 무시하면서 카이가 가르쳐준 노래방에 도착해 차를 주차하고 뛰다시피 지하로 내려갔다.

분위기가 한참 무르익은 가운데 노래방 책을 들고 책장을 넘기던 성혁이 예약 버튼을 눌렀다. 잔잔한 음악이 깔리자 성혁은 노래를 부르기 위해 앞에 나가 있었다. 성혁은 한쪽 손을 주머니에 찔러 넣고 하나를 바라보며 마이크를 잡고 노래를 시작했다. 그의 노래는 짝사랑하는 괴로움을 노래하고 있었다. 멋이 잔뜩 들어간 음이 방 안에 은은하게 울렸다. 성혁의 표정도 사랑에 대한 애잔함에 젖어 있었다.

"안 되나요. 나를 사랑하면 조금 내 마음을 알아주면 안 돼요."

하나는 성혁의 노래를 들으면서 눈가가 촉촉이 젖어왔다. 성혁의 부드러운 목소리가 그녀의 마음속을 잔잔하게 울렸다. 휘성의 '안 되나요'가 애잔하게 들려올 때쯤 눈을 감고 그의 목소리에 스며들었다. 자지 않기 위해 안간힘을 쓰던 하나는 취기가 올라오면서 저도 모르게 스르르 눈이 감겼다. 정신이 몽롱해지고 나른한 기분에 등받이에 머리를 기대자 잠이 절로 밀려왔다.

하나가 까무룩 잠이 들어 고개가 숙여지고 의자에 고꾸라질 때쯤 동준이 문을 열고 들어와 그녀가 넘어지지 않도록 붙잡았다. 동준의 등장에 고 대리와 성혁이 놀란 눈으로 바라보았다. 카이는 동준이 하나를 조심스럽게 다루며 옆에 앉아 그녀의 머리를 자신의 어깨에 기대게 하는 자상한 모습을 보고 입이 떡 벌어졌다. 이게 실화야? 동준에게 저런 모습이 있다는 사실이 카이는 믿기지가 않았다.

반주가 2절로 넘어가면서 성혁이 다시 노래를 시작했다. 동준과 성혁의 눈이 마주쳤다. 성혁은 동준의 눈을 피하지 않고 빤히 쳐다보았다. 눈빛이 잠깐 싸늘하게 변한 성혁은 고개를 돌려 하나를 바라보았다. 성혁은 그의 어깨에 기대어 잠이 든 하나를 향해 노골적인 시선을 보내며 노래를 계속했다.

그 사람과 이별하게 되길 기도하며 내 곁에 있어달라는 가사가 들려왔다. 동준은 못마땅함에 삐딱하게 한쪽 눈썹을 들어 올렸다. 성혁을 바라보는 시선이 너무 살벌하게 느껴져 지켜보던 고 대리와 카이는 숨을 죽이며 그들을 바라보았다.

동준은 팔짱을 끼고 의자에 깊숙이 몸을 기대어 성혁을 말끄러미 바라보며 입술을 굳게 다물었다. 어둑한 조명 아래 살갗을 후벼 팔 듯 쏘아보는 눈빛이 칼에 베일 듯 날카로웠다. 오랫동안 알아왔는데도 카이는 지금 그의 모습이 너무 낯설었고, 낯선 만큼 섬뜩하다고 생각했다.

카이는 이 상황을 부드럽게 무마시키기 위해 가볍게 웃으며 말했다.

"재가 왜 오늘따라 사랑타령이래?"

"그러게요."

어색하게 웃으며 고 대리도 맞장구를 쳤다. 자신이 보아도 성혁의 눈빛은 분명 동준에게 싸움을 거는 것처럼 보였다. 부사장이 신경 쓰여 고 대리는 가시방석에 앉은 기분이었다. 그는 후렴 부분이 남아 있는 성혁의 노래 부분을 잘라버리듯 리모컨을 잡고 정지 버튼을 눌러버렸다.

"안 되겠네."

성혁의 노래에 대한 화답이라도 하듯 노래방의 음악이 그치고 난 조용한 공기를 가르며 낮지만 단호하고 서늘한 동준의 목소리가 들려왔다. 마치 먹잇감을 나눠 먹으려고 달려드는 육식동물을 한 번에 제압하듯 그는 성혁을 날카로운 눈매로 노려보고 있었다.

"분위기 깨서 미안한데 말야. 결혼할 사람이 잠이 들어서 지금 데려다주러 이만 가봐야겠는데, 괜찮겠지?"

그는 성혁에게 눈을 떼지 않고 뚫어지게 바라보며 말을 이었다 동의를 구하는 말투가 아니었다. 완전한 통보처럼 들렸다.

"결혼할 사람이라니?"

카이는 동준이 분위기를 망친 것보다 그의 말에 더 놀랐다.

"하나 씨 나랑 결혼할 사이야."

그는 그 사실을 단단히 알아두라는 듯 카이의 어깨 너머 성혁을 바라보며 보며 건조하게 말했다.

"뭐? 언제…… 이게 무슨 일이야."

카이는 눈앞에 벌어진 일이 황당하고 기가 막혔다. 며칠 전까지도 여자의 '여'라고는 쳐다도 안 보던 동준이 결혼이라니. 자기도 모르게 티도 안 내고 서둘러 결혼을 준비를 했다는 사실이 믿기지 않았다. 한순간 친구로서 배신감이 들어 서운했다.

하나를 조심스럽게 소파에 뉘이고 천천히 일어나 눈꺼풀만 들어 올린 동준은 입술을 비틀고 쓴웃음을 지으며 말했다.

"성혁아, 말 안 했어? 너 형수 될 사람이라고 그러지 그랬어?"

타박이라도 하듯 그의 입가에 가늘게 매달려 있던 웃음기는 어느덧 사라지고 차갑게 변했다. 내 여자한테 관심 끄라는 듯이.

성혁은 무표정한 얼굴로 고개를 돌렸다.

"뭐야. 나만 모르고 있었던 거야? 야……. 진짜……."

말이 채 끝나기도 전에 동준은 의자에 축 늘어진 하나를 안아 일으켰다. 그리고 놀란 그들을 뒤로하고 성큼성큼 밖으로 나갔다. 그의 너른 가슴에 폭 안겨 있는 하나는 좀처럼 일어날 기미를 보이지 않았다. 한숨이 절로 나온다. 술만 먹으면 이런 상태라니 진짜 걱정된다, 이 여자. 이렇게 조심성이 없다니. 낯선 남자, 낯선 곳에 이렇게 아무렇지도 않게 잠이 들면 무슨 위험한 일을 당할지 모르는데 그저 천진난만한 얼굴을 하고 자고 있으니, 화가 나 미칠 지경이다.

차에 태워 그녀의 집 앞에 도착할 때까지 동준은 오늘 본 성혁의 모습이 떠올리며 신경이 곤두서고 감정이 변덕스럽게 움직여 폭발하기 일보 직전이었다. 자신을 바라보는 성혁의 눈빛은 적대감에 칠흑처럼 어두웠다. 노래를 부르는 동안 하나만 바라보는 그의 눈빛은 복잡해 보였다. 하나 곁에 동준이 있음을 알고 있으면서, 성혁은 자신의 감정을 숨김없이 드러내고 있었다. 그렇게 얌전하던 녀석이 자신의 영역을 침범하고 있었다.

빌어먹을! 완전 기분이 엿 같다. 다시 한 번 그딴 식의 눈빛을 보이면 용납하지 않을 것이다. 그 누구도, 피가 섞인 동생일지라도, 어느 누구도 예외는 없다.

동준은 하나를 내려다보았다. 달빛에 환히 드러난 하나의 얼굴이 더 뽀얗게 보였다. 짙은 눈썹 아래 고요하게 잠든 평온한 모습에 피식 웃음이 났다. 너 때문에 오늘 내가 얼마나 열 받았는지도 모르고 천진한 아이처럼 자고 있다니. 하루 종일 전화도 안 받고, 피가 거꾸로 솟구치는 것 같았는데 말이야.

아름다운 그녀의 눈동자를 마주하고 사랑스러운 빨간 입술에 입 맞추고 싶었다. 그는 운전석에서 상체를 기울여 그녀의 입술에 부드럽게 자신의 입술을 지그시 눌렀다. 그때 하나가 추웠는지 그의 가슴으로 파고들었다. 그녀는 얼굴을 그의 가슴에 파묻다시피 기대어 가만히 잠이 들었다. 규칙적인 숨소리가 그의 코끝을 간질였다. 하나가 조수석에서 편하게 누울 수 있도록 등받이를 뒤로 넘겨주었다. 동준이 허리를 틀어 그녀를 자신에게 기대게 했다. 두 팔을 뻗어 그녀의 허리를 꼭 껴안고 몸을 자신 쪽으로 밀착시켰다. 잠시라도 그녀의 포근한 체온을 느끼고 이대로 있고 싶었다.

놓치지 않을 거다. 정하나. 네가 싫다고 해도 넌 이젠 돌이킬 수 없다. 이제 내 곁에서 달아나지도 못할 거다.

이 여자를, 혼자 가질 것이다. 그의 밑바닥에서부터 끊임없이 끓어오르는 감당할 수 없는 소유욕에 입술을 질끈 깨물었다.

정말……. 이 낯선 감정이 뭔지 모르겠다. 자신을 밀어내려고만 하는 여자를 어떻게 해서라도 가지려는 승부욕일지도 모른다. 그의 이런 마음을 몰라주는 그녀가 야속하도록 싫다. 여기저기 감정을 흘리고 다니는 그녀가 미치도록 미웠다. 태어나서 처음으로 느껴지는 열병처럼 맹렬하게 온몸을 지배하는 뜨거운 감정이, 감당이 되지 않았다.

어디서 맡아본 체취가 느껴졌다. 어디서 맡아본…….

왜 이렇게 답답한지, 숨이 안 쉬어질 만큼 누군가가 자신을 옭아매고 있는 것만 같았다. 몸을 제대로 움직일 수 없었다. 머리도 아프고…….

잠에서 깬 하나가 눈을 살며시 떴다. 자신이 누군가의 넓은 가슴팍에 얼굴을 묻고 있었다. 너무 놀라서 소리를 지를 뻔했다. 고개를 올려 위를 보니 동준의 얼굴이 보였다. 운전석도 아니고, 좁은 조수석에 틈새 없이 그와 몸이 밀착된 채 안겨 있었다. 자신은 분명 노래방에 있었는데, 성혁 씨 노래를 참 잘 부른다며 듣다가 눈이 저절로 감겼었는데 기억은 그때까지뿐이었다. 왜 지금 동준 씨 품에 있는지 어리둥절했다.

숨이 막혔다. 그리고 가슴이 두근거렸다. 몸을 꼼지락거리며 잠든 그에게서 떨어지려 몸을 뒤척였다. 갑자기 그의 팔이 그녀의 허리를 진득하게 감아왔다. 큰 눈망울을 굴리며 그녀가 몸을 버둥거렸다.

"그만 꼼지락거려."

나른한 그의 목소리가 들려왔다.

"그만 떨어져요. 답답하단 말이에요."

그녀가 그에게 벗어나기 위해 손으로 가슴을 밀고 일어나려 했지만 그가 긴 팔로 허리와 어깨를 힘을 주고 꼭 감싸 안아 꼼짝 못하게 했다.

"이러면 날 더 자극할지도 몰라."

그가 가녀린 그녀의 팔목을 잡고 누르며 덮치듯 위로 올라갔다. 화장기 없는 그녀의 뽀얀 피부가 아기처럼 뽀송뽀송해 보였다. 헐렁한 분홍 니트가 흘러내려 그녀의 한쪽 어깨를 드러내고 있었다. 뺨을 희미하게 붉힌 채 놀라서 커다란 눈망울을 깜박이는 모습이 그의 눈에 무척 야해 보였다. 욕망에 들끓는 그의 일렁이는 눈빛이 그녀의 얼굴을 훑고 목덜미를 지나 가슴까지 더듬고 있었다.

그의 열기가 예전과 다르게 낯설고 두려워 하나는 몸이 파르르 떨렸다. 그를 사랑해버린 순간 그녀의 마음속에 욕심이 자라고 있었다. 그저 한 번 스쳐 지나가는 수많은 여자 중 한 사람이고 싶지 않았다. 그의 성적 욕망을 충족시키는 그저 그런 사람이고 싶지 않았다. 진짜 사랑을 하고 싶었다. 그리고 그도 자신의 마음과 같기를 간절히 바랐다. 그가 자신을 소중히 다뤄주길 바랐다.

"저를 함부로 대하지 마세요."

동준은 그녀의 대답에 꼭지가 돌 뻔했다.

오늘 내가 너 때문에 얼마나 심장이 쪼그라들 뻔했는데…….

"함부로 행동한 건 내가 아니라 너야."

그가 못마땅한지 눈을 가늘게 뜨고 입술을 살짝 비틀었다. 그는 그녀를 사늘하게 내려다보았다.

"무슨 소리예요?"

"술 먹고 아무 곳에서나 잠들고……. 어쩌자는 거지? 계약했으면 제대로 행동해."

그렇지. 결국 계약이다. 이 남자는 날 그냥 계약 관계로 생각하는 거다. 그의 말에 하나는 가슴이 찢겨 나가듯 아팠다. 조금씩 그에게 다가가고 싶었다. 그의 아픈 상처를 공감하며 동준도 자신의 마음과 같아지길 간절히 빌었는지 모른다. 그러나 역시 제자리이다.

"아무 남자들한테 질척대지 말고."

연이어 나오는 그의 말에 그녀는 경악할 뻔했다. 그녀는 경멸하듯 그를 노려보며 입술을 질끈 깨물었다.

"질척대다니요? 말 함부로 하지 마세요. 성혁 씨는 당신 동생이기 이전에 친했던 사이니까 아무 남자가 아니에요.”

“그래?”

그녀석이 어떤 눈으로 널 쳐다봤는데……. 진짜 그 녀석 마음을 모르는 거니 아니면 알면서도 그런 거니? 동준은 질투에 눈이 멀어 우악스럽게 그녀의 손목을 쥐었다. 옥죄어오는 그의 손아귀 힘이 그녀를 짓눌러댔다.

“화 돋구지 마.”

그녀는 두려운 마음으로 그를 보다가 눈시울이 붉어졌다. 손목이 아픈지 마음이 더 아픈지 알지 못했다. 있는 힘껏 그를 밀쳐내려 했지만 그의 힘에 꼼짝도 할 수 없었다.

“동준 씨, 그만요. 너무 아프단 말이에요.”

그녀는 애원하듯이 말했다. 자존심에 금이 가고 비참했다.

나쁘다. 정말 나쁘다. 어쩜 저렇게 사람을 무시할까? 그에게 이런 취급을 받는 하찮은 존재인 것이 너무 서글펐다.

“놓아주세요. 집에 갈래요.”

그는 상체를 올린 채 그녀를 고압적으로 쳐다보며 말했다.

“그리고 계약한 이상 지킬 건 지켜. 술 마시고 정신줄 놓는 건 이번 한 번으로 족해.”

그녀의 커다란 눈망울에 눈물이 맺혀 있다 뺨을 타고 흘렀다. 그가 한 손으로 얼굴을 감싸 엄지손가락으로 눈물을 어루만지듯 닦았다.

“눈물이 참 많아.”

그는 나지막이 말하며 복잡한 눈으로 그녀를 쳐다보았다.

아직도 눈물이 그렁그렁 매달려 있는 기다란 속눈썹과 자신을 외면하는 그녀의 모습을 보자 쓴물이 목구멍으로 치밀어 오르고 가슴속 깊이 후회가 밀려왔다.

이제 그녀 때문에 미쳐가는구나, 김동준…….

하나는 자신의 얼굴을 만지는 그의 손을 밀쳐냈다. 그를 보지 않고 자리에서 일어났다. 좁은 차 안이었지만 그와 그녀의 마음은 무척 멀어 보였다. 그녀는 흐트러진 머리를 매만지고 뺨에 흐르는 물기를 손등으로 훔쳤다.

그녀가 고개를 돌린 채 냉랭한 목소리로 말했다.

"당신과 계약대로 잘 지킬게요. 앞으로 그렇게 취하는 일 절대로 없을 거예요. 그리고 당신에게 피해 가지 않게 행동할게요."

하나는 그의 눈을 볼 수 없었다. 눈을 보면 목소리가 떨릴 것 같았다. 그와 자신은 애초부터 가치관이 달랐다. 그걸 알면서도 그를 알면 알수록 빠져드는 자신의 마음을 추스를 수 없었다. 어쩌면, 하는 희망도 가졌다. 그가 속마음을 조금씩 열면 자신의 마음도 받아줄 수 있을 거라 믿고 싶었다. 그를 사랑하고, 마음을 주고, 그에게 손을 내밀어 잡아주고 싶었었다. 그의 아픔을 나누고 이야기하고 싶었다.

그러나 그 생각이 잘못된 거였다. 그녀 혼자 사랑하고 말았어야 했었다. 괜한 욕심을 부린 것이다. 그는 처음부터 변한 게 없는데 혼자서 유치한 상상을 한 거다.

바보 정하나……. 달콤한 키스를 나누고 그의 다정한 눈빛에 그도 자신과 같을 거라 생각하다니, 정말 바보 같았다.

"이제부터 제 몸에 손대지 마세요."

달깍 소리와 함께 하나는 차에서 내렸다. 동준은 멀어져가는 하나의 모습을 멍하니 바라보았다.

"휴……."

한숨이 절로 나온다. 이건 또 무슨 말도 안 되는 상황인지…….

지금까지 진도는 다 나가고 고지가 코앞인데 손도 대지 말라니. 이건 또 무슨 새로운 고문인가 싶다. 그녀를 최대한 생각해 욕구불만을 참고 또 참고 배려해줬건만 오늘은 다른 남자들이랑 노래방에서 희희낙락 놀지를 않나, 아무데서나 픽 쓰러져놓고 본인이 더 화를 내다니. 그녀의 마음은 알다가도 모를 일이다.

화가 나도 그녀보다 자신이 천배는 더 화가 나야 옳은데……. 도대체 얼마나 더 기다려야 하는지, 이 기다림의 끝은 있긴 한 건지……. 살며시 한발 다가가면 뒤로 멀찍이 물러나다가 갑자기 예상치도 못하게 훅 들어오는 종잡을 수 없는 잡힐 듯 잡히지 않는 그녀가 요물이라는 생각이 들었다.

그녀를 만난 날부터 밤마다 그녀를 품에 안는 꿈을 꾸었다. 그녀를 본 날은 욕망에 사로잡혀 스스로 몸을 주체하지 못하고 차가운 물에 샤워를 하며 뜨거운 몸을 식힌 것이 한두 번이 아니었다. 꿈이 현실에서 이루지 못한 욕구의 분출이라는 말이 맞긴 맞다는 생각이 들었다.

내가 이렇게 참은 만큼 너를 가지는 날에는 하루 종일 못 살게 괴롭혀줄 것이다……. 집에 온종일 가둬놓고 울며 애원하며 놓아달라고 몸부림쳐도 어림없을 것이다.

……미친놈. 완전 홀린 거지……. 그것도 아주 단단히……

"빌어먹을……."

동준의 입에서 욕이 절로 튀어나왔다.

하나는 동준이 하라는 대로 말없이 결혼 준비를 했다.

예복도 입어보고 결혼사진도 찍고 예물도 맞추었다. 이윽고 작은 결혼식을 올렸다. 대기업 후계자의 소박한 결혼식은 연일 화제가 되었다. 그리고 하나의 신데렐라 스토리는 뭇 여성들의 마음을 설레게 만들기 충분했다. 이 모든 것들이 태영그룹의 이미지에 상승효과를 가져왔다. 철저한 통제하에 그들의 결혼식은 양가 부모님과 가까운 친분을 가진 사람들만 모시고 치러졌다. 하나는 아는 친척이 없었지만 동준은 그것을 배려해 자리 배석을 일일이 신경 써주었다.

하나는 언론에 오르내리는 자신의 이야기를 보면서 초라한 제 위치를 다시 한 번 확인해야 했다.

"그래, 그냥 연기일 뿐이야."

그를 사랑하는 마음을 가슴속 깊은 곳에 숨기기로 했다. 이런 자신의 마음을 영원히 그가 모르길 바랐다. 만약에 그를 향한 자신의 마음을 알게 된다면 하나는 더 비참하고 처량해질 것이다. 철저하게 그가 바라는 대로 대외적인 인형처럼 그의 아내로 살 것이다. 그가 웃으라고 하면 웃으면서 행복한 척 연기하면 그만이다. 그러면 덜 아플 것이다.

그래서 짝사랑은 참 좋다. 이 사랑을 끝내고 싶을 때 언제든지 끝낼 수 있다. 내가 그를 사랑하는 걸 들켜서 쪽팔릴 일도 없고……. 픽, 하나는 웃음이 났다. 안 들켜서 다행이다. 혼자 아프다가 혼자 설레다가 혼자 그만둘 거다. 이 연기가 끝나면, 내 맘에 묻어둘 거다. 아무도 모르게……. 아쉬울 것도 아파할 것도 없다.

'하나, 둘, 셋.'

찰칵. 사진 속의 그녀는 하얀 웨딩드레스처럼 화사하게 웃었다. 그녀의 옆에 동준도 모양 좋은 웃음을 지었다.

하나는 주위를 둘러보다 엄마의 따스한 시선과 마주쳤다. 영애는 아픈 몸을 이끌고 의자에 앉아 있었다. 핏기가 사라진 하얀 얼굴……. 그렇지만 희미한 웃음을 띤 엄마가 보였다. 하나는 눈물이 고였다. 나 정말 눈물이 많은가 보다. 그래도 사랑하는 딸이 행복하길 바라는 엄마에게 마지막으로 기쁜 선물을 줄 수 있어서 다행이라고 생각했다.

엄마의 웃는 모습에 하나는 마음이 아려왔다.

그래, 욕심내지 말자……. 이걸로 충분하다…….

사랑해요. 엄마.

6. 가지 마! 제발

전용기를 타고 동준과 하나는 신혼여행지 파리로 향하고 있었다.

동준은 이번 기회에 db패션을 유럽 유명 백화점에 입점시키기 위해 만반의 준비를 하고 있었다. 이번 여행에 나 비서가 비즈니스 차원에서 따라왔다. 그는 동준의 수족이 되어 파리에 있는 동안의 스케줄을 빈틈없이 체크하였다. 하나는 동준에게 필요한 말만 할 뿐 눈길 한번 제대로 주지 않았다. 그런데 그런 그녀가 건너편에 앉아 있는 나 비서에게 이런저런 것을 조곤조곤 물어보며 환한 미소를 보내자 동준은 부쩍 신경이 쓰였다.

"파리에 가면 제일 가보고 싶은 곳 있으세요?"

나 비서는 하나를 보며 예의 바르게 물었다.

"아……. 전……."

잠시 생각하던 하나는 처음 해외여행이라 마음이 들떠 목소리가 조금 올라간 것도 모르고 핑크빛 입술을 꼼지락거리며 말했다.

"몽마르뜨 언덕엔 꼭 가보고 싶어요. 그곳에 물랭루주랑 고흐의 동생 테오의 파란 대문집도 있다던데요. 또…… 화가들한테 초상화도 그려달라고 하고 싶어요."

하나가 예쁘고 까만 눈동자를 초롱초롱 빛내며 봄볕보다 더 따스한 미소로 이야기했다.

"에펠탑에서 보는 것보다 몽마르뜨 언덕에서 파리 시내가 한눈에 다 들어온다고 하더라구요. 거기 밤에 파리 야경이 정말 예쁠 것 같아요. 생각만 해도 근사해요."

나 비서는 저도 모르게 덩달아 미소를 짓다가 동준의 날카로운 눈과 마주치고 말았다. 나 비서는 순간 움찔 놀라고 말았다. 그는 잔뜩 굳어진 미간으로 서류를 거칠게 넘기는 동준을 보며 헛기침을 하다가 사레가 들고 말았다.

"나 비서님, 괜찮아요? 물 가져다드릴까요?"

"아뇨, 괜찮습니다. 제가 가서…… 마시고 오겠습니다."

그는 급하게 그 자리를 피하고 말았다. 하나는 걱정스러운 얼굴로 나 비서가 사라질 때까지 지켜보다 고개를 돌리는데, 그녀의 시야에 동준이 들어왔다. 빳빳하게 각이 선 와이셔츠를 입고 반듯한 포마드 머리에 조금도 흐트러지지 않은 자세로 서류를 검토하는 그의 모습이 들어오자 고장 난 자신의 심장이 덜컹거렸다.

"휴……. 바보……."

흔들리는 자신의 마음을 부여잡고 하나는 비행기 창문으로 고개를 돌려버렸다.

파리에 예약해놓은 호텔에 들어서자 방 키 두 개를 들고 왔다. 하나는 조심스럽게 동준을 따라가면서 나 비서가 들을까 낮은 목소리로 조용히 물었다.

"저…… 침대가 더블인 거죠?"

그는 하나의 어이없는 질문에 피식 웃음이 났다.

"스위트룸에 방이 하나만 있겠어?"

그는 그녀가 있는 쪽은 보지 않고 앞만 보고 걸으면서 대답할 가치도 없다는 듯이 시큰둥하게 말했다. 동준은 지금 화가 머리끝까지 나 있었다. 그녀의 행동 하나하나가 다 신경이 쓰였다.

그녀는 청순한 외모와 달리 말하는 투나 행동에 분명 남자들을 홀리는 재주가 있는 것이 분명했다. 성혁이나 나 비서까지 그녀에게 맥을 못 추고 넋이 나가 바라보는 눈길이 신경 쓰였다. 그러니까 꽃뱀이지. 매 순간 그녀와 있으면 그 사실을 잊어먹는다. 동준은 그녀를 처음 만날 날 부산 호텔에서의 장면을 떠올렸다. 아직도 순진한 척 연기를 하고 있는 그녀가 가증스러웠다.

정하나. 넌 참 독하구나. 벌써 결혼도 했는데, 너의 그 내숭 연기를 받아주기엔 나의 인내가 한계치에 다다랐어. 오늘만큼은 밀당은 없어. 애간장을 태우며 나를 쥐락펴락하는 것도 딱 이 시간까지야……. 룸에 들어서면 너의 그 거짓 가면을 하나하나 벗겨줄게. 기대하는 게 좋을 거야.

그는 비릿한 미소를 지었다.

"아……."

하나는 그런 것도 모르냐는 듯이 건조하게 말하는 그를 보며 심통 난 아이처럼 아랫입술을 쑥 내밀고 총총 그의 큰 걸음 보폭을 따라갔다.

스위트룸에 묵어봤어야지 알지. 친절하게 설명 좀 해주면 어디가 덧나나? 그리고 하나는 스위트룸에 들어서자 그만 입이 떡 벌어지고 말았다. 족히 백 평이 넘어 보이는 공간에 유러피안 클래식 디자인으로 고급스럽게 꾸며진 공간이 보였다. 객실은 라운지를 중심으로 방사형으로 뻗어 있었는데, 라운지 좌측에는 개인 집무실과 욕실이 있고 우측에는 메인 응접실과 다이닝룸 침실과 파우더룸이 있었다.

이런 방은 도대체 얼마일까? 하루 머물기 위해 이런 큰 공간을 사용하는 건 너무 낭비처럼 보였다. 엄청 비싸겠지? 그녀는 스위트룸에 압도되어 멍하니 그 자리에 서 있었다. '달깍' 문 닫히는 소리에 정신이 든 하나는 천천히 뒤를 돌아보았다.

닫힌 문에 등을 기대고 나른한 시선으로 그녀를 바라보는 그의 일렁이는 눈동자가 위험해 보였다. 단정한 포마드 머리에 코트는 벌써 어디쯤 벗어놓았는지 와이셔츠 차림이었다. 두 개쯤 풀린 셔츠 깃 사이로 그의 단단한 가슴이 드러났다.

분위기가 너무 이상했다. 무슨 말을 해야 할지 몰라서, 시선을 어디에 두어야 할지 몰라서 커다란 눈동자만 굴리고 있었다. 그의 손이 어느새 그녀의 어깨를 잡고 저항할 틈도 없이 고개를 숙여 그녀의 얼굴에 바짝 머리를 디밀었다. 그의 상큼한 스킨 향기가 풍겨왔다. 자신의 어깨를 감싸는 그의 손아귀에 힘이 들어갔다. 그리고 가까이 느껴지는 그의 숨결. 무언가 이상했다. 야릇한 분위기에 하나는 도망치고 싶었다. 그러나 바짝 다가온 그의 힘에 의해 단숨에 그녀의 허리가 붙잡혔다.

"먼저 씻을래?"

그가 은밀한 목소리로 속삭이듯 말했다.

"……아님 같이 씻을까?"

하나는 한순간 자신이 위험에 처해 있다는 사실을 깨닫고 두려운 마음에 흔들리는 눈동자로 그를 쳐다보았다.

"계약했잖아요? 제 허락 없인……."

그녀의 말이 끝나기도 전에 그의 눈동자는 비웃듯 바라보며 입매를 틀어 말했다.

"계약서라도 쓴 거야?"

아……. 계약서……. 하나는 잠깐 정신줄을 놓은 것 같았다.

뭘 믿고 그에게 모든 것을 맡긴 걸까? 왜 자신은 이렇게 순진하고 바보같이 그냥 그의 말만 믿고 여기까지 온 걸까?

정신을 차리자. 하나야……. 제발……

"전 그럼 더 좋죠. 이혼할 때 당신에게 더 많은 걸 요구할 거예요. 당신이 곤란할 정도로…… 집요하게……. 모든 방법을 동원해서 당신에게 소송할 거예요. 그러니 지금이라도 이 손 치우고 계약서 쓰는 게 더 유리할걸요."

절박한 마음에 그럴듯한 말들이 입 밖으로 튀어나왔다. 가슴은 미친 듯이 뛰고 입술이 잘게 떨렸지만 그의 눈을 피하지 않고 부릅뜨며 최대한 겁먹지 않은 척 안간힘을 쓰며 대답했다. 그는 눈을 가늘게 뜨면서 그녀의 허리를 감고 있던 손을 풀었다.

하나는 겨우 안심이 되었다. 고개를 숙이자 저도 모르게 가느다란 한숨이 새어 나갔다. 그러나 연이어 다가온 그의 손이 그녀의 코트를 벗기자 그녀의 입에서 비명이 터져 나왔다. 그녀의 코트가 호텔 대리석 바닥에 떨어졌다. 그녀의 놀란 눈이 더 동그랗게 되었다.

"풋……. 이제야 진짜 정하나답군."

그의 손길이 하늘거리는 블라우스 위로 드러난 그녀의 가녀린 목덜미를 쓰다듬었다. 그의 손길이 닿자 하나의 온몸엔 오소소 소름이 돋았다.

"지금 뭐 하는 거예요?"

새까맣게 타버린 듯 일렁이는 그의 눈동자가 너무 위험해 보여 하나는 겁을 잔뜩 먹은 채 뒷걸음질 쳤다. 그리고 순간적으로 몸을 돌려 그를 피해 달아나려 했다. 그러나 동준은 그런 그녀를 우악스럽게 허리를 잡아 채서 그녀를 들어 올렸다. 그녀를 한쪽 어깨에 둘러메고 성큼성큼 욕실로 걸어갔다. 욕실 안에는 대형 월풀 욕조에 장미꽃잎이 뿌려져 있었다.

첨벙. 그녀가 욕조에 내려지자 물이 솟구치며 넘쳐흘렀다. 물을 따라 흘러간 장미 꽃잎이 욕실 바닥 사방에 흩어졌다. 갑자기 물속에 몸이 내려진 하나는 중심을 잡지 못하고 물속에서 허우적거렸다. 그녀의 옷이 물에 젖어 몸매가 여실히 드러났다. 볼록한 가슴, 잘록한 허리…… 그의 시선이 그녀의 전신을 훑었다.

간신히 균형을 잡은 그녀가 물 때문에 눈이 매워 손등으로 눈을 비볐다. 물기에 젖은 머리카락이 그녀의 얼굴에 찰싹 붙어 묘하게 섹시함을 더했다. 머리카락에서 떨어진 물줄기가 그녀의 갸름한 얼굴을 지나 뚝뚝 흘러져 내리고 있었다. 겁먹은 커다란 눈동자가 그를 올려다보았다.

"처음부터 속마음을 숨기지 말고 말했으면 이렇게 뜸들이지 않고 좋았잖아. 난 네가 생각한 이상으로 돈이 넘쳐나. 소송까지 안 가도 충분히 네가 만족할 만큼……."

그는 차갑게 식은 표정으로 그녀를 응시하며 와이셔츠 단추를 하나씩 풀기 시작했다. 단단한 그의 가슴이 드러나고, 꾸준한 운동으로 만들어진 복근이 쭉 뻗어 있었다. 그가 바지의 버클을 풀자 하나는 기겁을 하고 물속에서 빠져나가려 몸을 일으켰다.

드로즈만 입은 동준은 재빨리 하나의 어깨를 짓눌러 그녀의 온몸을 물 안으로 깊숙이 집어넣고 욕조 안으로 들어와 느긋하게 앉았다. 물속에 가라앉은 하나는 버둥거리다 물을 조금 먹는 바람에 연신 기침을 해댔다. 겨우 정신을 차린 하나가 욕조의 난간을 잡고 빠져나가려 하자 그의 손이 거칠게 그녀의 허리를 잡아 누르고 팔을 두르며 밀착시켜왔다. 긴장감에 속눈썹이 파르르 떨리는 그녀의 커다란 눈에 그가 들어왔다.

"너를 처음 만날 때부터…… 난 네가 위험하다고 느꼈어. 지금처럼 이렇게 젖어 있는 새까만 눈동자를 볼 때부터…… 내가 얼마나 간절히 바랐는지 알아? 엘리베이터에 네가 타지 않길……. 너랑 얽히지 않길……."

하나는 그가 부담스러워 고개를 이리저리 돌렸다. 그는 집요하게 그녀가 얼굴을 돌리는 대로 따라다녔다. 코와 코가 부딪치고 그의 거친 숨소리를 피하려다 입술이 살짝살짝 부딪쳐왔다.

"널 만나면 내 마음이 이렇게 제어가 안 돼……. 널 볼 때마다 줄곧 이러고 싶었어."

그가 그녀의 머리카락 사이에 손을 넣고 도망가려는 그녀의 머리를 고정시키고 고개를 살짝 기울여 그녀의 입술을 탐욕스럽게 삼켰다.

그의 키스는 처음부터 작정한 듯 거칠었다. 그녀의 입술을 혀로 밀고 입안으로 들어와 분탕질을 쳐대기 시작했다. 뒤엉킨 혀가 강하게 빨리는 순간 하나는 등골까지 찌릿하게 감전이 된 것 같았다. 바위 같은 그의 힘에 꿈쩍도 할 수 없었다. 몸이 서로 맞닿아 있어 심장이 터질 듯 쿵쾅거리는 소리가 들렸다. 그의 심장인지, 그녀의 심장인지 알 수 없었다. 그는 그녀의 저항에 입술을 떼고 짙은 속눈썹을 내리깔며 속삭였다.

"내숭은 내 앞에서 안 통해. 부산호텔에서 널 처음 봤던 날, 메이드가 하는 소리 다 들었어. 네가 꽃뱀이든 불륜녀든 상관없어. 내가 그런 늙은이보단 더 만족시켜줄게. 돈이든…… 아님 섹스든……."

그리고 이내 더 거칠게 그녀의 입술을 덮쳤다. 허리를 감았던 그의 손이 그녀의 블라우스 안으로 파고 들어와 볼록한 그녀의 가슴을 움켜잡았다. 그때 하나는 그의 입술에 막혀 비명을 지를 수 없는 대신 그의 입술을 세게 깨물었다.

"윽."

외마디 비명과 함께 그의 입술이 떨어져 나갔다. 연이어 하나는 그의 뺨을 거칠게 때렸다.

찰싹. 그녀는 온몸을 달달 떨면서 얼음처럼 차갑게 노려보고 있었다. 젖은 머리카락에 맺힌 물방울들이 그녀의 잘 빠진 턱선을 따라 뚝뚝 떨어지고 있었다. 버둥거리다 풀어헤쳐진 블라우스 단추 사이로 그녀의 깊은 가슴골이 수면 위에 드러나면서 마치 물에 빠져 성이 바짝 난 암고양이처럼 그의 눈에 비쳤다.

그런 그녀를 바라보며 비릿한 피 내음이 나는 입술을 쓱 문지른 그는 선이 분명하고 육감적인 입술에 희미한 미소를 지었다.

"적당한 앙탈은 애교로 봐주지."

그녀의 손이 다시 한 번 올라가자 그의 억센 손이 가녀린 그녀의 손목을 잡았다. 그를 밀어내던 그녀의 다른 손목도 잡아 그의 곁으로 그녀를 바짝 끌어당겼다. 그녀의 한 줌도 안 되는 손목에 우악스럽게 그의 힘이 들어가자 하나의 얼굴이 저절로 찡그려졌다. 그가 움켜잡은 손목이 하나는 너무 아팠다. 정말 많이 아팠다.

그러나 그 통증보다 더한 아픔이 하나에게 찾아왔다. 마음속에 느껴지는 통증. 마음이 아파서 부서질 것 같았다. 오랜 가뭄으로 해갈이 필요한 바짝 마른 잎처럼 가볍게 부는 바람에도 산산조각이 나 흩어질 만큼, 이런 취급을 받는 초라한 자신의 존재가 가치 없어 보였다.

"정말 나빠. 당신은……."

그녀의 커다란 눈동자가 원망스럽게 바라보며 독하게 쏘아붙이던 말에 울음이 섞여 나왔다.

아, 안 돼. 있는 대로 악을 쓰며 화를 내야 하는데……. 화를 내다가 눈물이 나면…… 눈물 흘리는 꼴사나운 모습 보이기 싫은데……. 그런 마음을 배신이라도 하듯 울음이 섞인 자신의 목소리에 눈물이 왈칵 솟아올랐다. 후두둑 눈물이 흘러내렸다. 커다란 눈물방울이 작정한 듯 눈물로 쏟아졌다.

"난 창녀가 아니야……. 난…… 당신과 계약한 거라구……."

그는 조소하듯 느릿하게 말꼬리를 늘리며 그녀를 바라보았다.

"연기는 그만해. 그 늙은이보다 내가 못하다는 거야?"

"그 사람이 누구예요. 그 늙은이가 누구냐구?"

도대체 무슨 말을 하는지 하나는 알 수 없었다. 그래서 악다구니를 쓰며 소리를 질렀다. 악을 쓰며 울고 있는 그녀를 보며 동준은 뭔가 잘못되어 있다는 생각이 들었다.

"너, 부산에 우리가 처음 본 날 누구랑 있었던 거야?"

"무슨 말이에요? 엄마랑 처음 여행하다…… 엄마가 쓰러져서…… 정신이 없었는데……."

"엄마?"

뭔가 잘못되었다. 그의 표정이 순간 일그러졌다. 그녀를 쥐고 있던 손목의 힘이 풀렸다. 일이 이상하게 돌아가고 있다. 그는 다급하게 얼굴을 바짝 붙이고 그녀의 팔을 잡고 흔들며 다그치듯 물었다.

"부산 호텔에 누구랑 갔었냐고."

후두둑, 눈물이 그녀의 눈에서 떨어졌다.

"엄마랑요. 엄마랑 처음으로 여행 갔었다구요."

파르르 떨리는 그녀의 목소리에 그의 미간이 사정없이 찡그려졌다. 메이드들의 말만 듣고 물에 젖은 그녀가 엘리베이터에 타던 때부터…… 그녀가 자신을 유혹한다고 생각했다. 능수능란한 꽃뱀처럼 자연스럽게 연기를 잘한다고 생각했다. 서툴렀던 키스도, 당돌하게 가짜 사랑은 안 하겠다는 야무진 말들도, 자신의 제안을 뿌리치던 제스처들도, 모두 다 자신을 애태우기 위한 꽃뱀의 기술이라 생각했다. 은근 알면서도 속아주는 기분도 그럴듯했다. 그녀의 그런 행동이 다른 여자들과 달리 신선해서 동준은 즐기기도 했다. 그런데…… 지금 그의 앞에서 슬픔이 북받쳐 어깨를 들썩이며 울고 있는 그녀가 보였다. 우는 모습을 안 보이려고 고개를 숙인 채.

동준은 고개 숙인 그녀의 턱을 살며시 들어 올렸다.

서늘한 눈매로 원망스럽게 바라보는 아픈 눈동자……. 물기에 일렁이는 젖은 눈동자를 보자 그의 가슴이 저릿해왔다. 그녀가 아니라…… 자신이 그녀를 유혹하고 이런 일에 끌어들인 것이었다. 아무런 의심 없이 순진한 그녀를 몰아세웠다.

어쩌면 무시했는지도 모른다. 자신의 욕심에 눈이 멀어 진짜 그녀를 외면했는지도 모른다. 그의 제안이 꽃뱀인 그녀에게 유리할 거라고 양심에 화인 맞은 사람처럼 자신의 일을 정당화시켰다.

그녀의 눈 속엔 슬픔이 가득 차 있었다. 상처받은 영혼이 비참하게 버림받은 것처럼. 찢기고 상한 그녀의 마음이 고스란히 느껴졌다. 하얗게 질린 채 덜덜 떨고 있는 그녀의 붉은 뺨에 하염없이 눈물이 흐르고 있었다. 그의 심장이 땅바닥으로 쿵 내동댕이쳐지는 것 같았다.

'내가…… 너에게 무슨 짓을 한 거니?'

하나는 자신의 뺨에 흐르는 눈물을 지그시 엄지손가락으로 닦아주는 그를 바라보았다. 그는 곤혹스러운 듯, 혼란스러운 듯, 괴로운 듯, 그녀를 바라보는 눈이 복잡해 보였다. 그녀는 좀 전의 상황에 손이, 온몸이 다시 부들부들 떨려왔다. 자신의 뺨에 닿은 그의 손을 밀치고 후들거리는 다리에 억지로 힘을 주어 욕조를 빠져나왔다. 온몸에 물이 뚝뚝 떨어졌지만 상관하지 않았다.

욕실을 빠져나와 거실에 다다르자 다리에 힘이 풀려 그 자리에 풀썩 주저앉았다. 하나는 자신을 원망했다. 모두가 자신 탓이다. 이런 결혼은 하지 말았어야 했다.

처음 그를 만났을 때부터 마음과 따로 노는 자신의 심장을 제어하느라 힘이 들었다. 그를 만나고 사랑하고, 사랑받고 싶었다. 어쩌면 그가 자신의 아픈 어린 시절을 담담히 말할 때부터 사람과 사람으로서 만나 진심으로 다가갈 수 있다는 희망을 가졌었다. 그러나 이제 알 수 있었다. 그녀만의 착각이었다는 걸…….

돈으로 미래를 담보 잡힌 새장에 잡힌 새처럼……. 비웃음, 노골적이고 천박한 시선이 그녀를 대하는 그의 진짜 마음이었다.

"싫어……."

바보 같은 나는 어떤 희망을 가졌나……. 그가 자신을 사랑하길 바랐나……. 그런 머저리 같은 자신을 스스로 비아냥거리며 신랄하게 비웃어주었다. 하나는 머리가 어지럽고 속에서 헛구역질이 치밀어 올랐다. 가야 한다……. 이곳을 빠져나가야 한다……. 다시는 이런 바보 같은 선택은 하지 않을 거라고……. 그녀는 다리에 힘을 주어 걸었다.

후들후들 다리가 제멋대로 떨렸다. 바닥에 아무렇게나 놓여 있는 자신의 코트를 집으려 할 때 베스가운을 입고 다가온 동준이 먼저 그녀의 코트를 뺏어 들었다.

"어딜 가려구?"

"……이거 줘. 갈 거야……."

하나는 동준이 움켜쥐고 있는 코트를 잡으며 빼앗으려 했다. 그러나 그녀의 손에 힘이 없어 코트는 꿈쩍도 하지 않았다. 그녀의 눈은 울어서 빨갛게 부어 있었고 얼굴은 두려움에 하얗고 질려 있었다. 그렇게 빨갛던 그녀의 입술엔 생기가 없었다. 그런 그녀의 모습을 바라보는 동준은 자신의 행동을 자책하며 입술을 지그시 깨물었다.

"어디로? 갈 곳은 있어?"

"……이곳만 아니면 어디든 괜찮아. 날 함부로 대하는 당신만 없으면 돼. 내가 그렇게 만만한 여자처럼 보여? 쉬워 보였어? 내가 당신한테 어쨌는데……. 무슨 권리로……."

그녀는 악다구니를 쓰며 눈을 부릅뜨고 매몰차게 말하려 했지만 점점 울음소리가 되어갔다. 힘이 풀린 다리 때문에 제대로 서 있지도 못하고 주저앉았다. 분하고 속이 상하고 억울해서 쉴 새 없이 눈물이 흘러내렸다. 급기야 아이처럼 엉엉 소리 내어 울었다. 뿌옇게 흐려진 눈을 연신 손등으로 훔쳤다.

그가 무릎을 굽히고 그녀와 마주 보며 쭈그리고 앉았다. 그렇게 그녀가 울음을 멈출 때까지 한참을 그렇게 동준은 쭈그리고 앉아 있었다.

"……가지 마."

그의 목소리는 망설이며 애원하듯 말했다.

"내가…… 잘못했어……. 다시는 안 그럴게. 함부로 대하지 않을게. 그러니까…… 가지 마."

항상 차갑고 냉정한 그가 이런 생소한 목소리로 용서를 빌자 퉁퉁 부은 눈으로 하나가 놀라서 쳐다보았다.

"뭐가? ……뭐가 미안한데. 전에도 그랬잖아……. 어떻게 내가 당신을 믿어? 그리고 날 속였잖아."

그가 그녀를 보며 괴로운지 얼굴을 찡그렸다. 오해였다고 소리치고 싶었지만 커다란 눈동자에 슬픔이 가득 찬 그녀의 눈을 보자 입술을 꾹 다물 수밖에 없었다.

"당신이…… 당신이 다 망쳐버렸단 말야. 당신을 만날 때부터…… 아니, ……회사에서 제멋대로, 당신 맘대로…… 내 입술도 빼앗았잖아. 그게 내 첫키스였단 말이야. 내가 꿈꾸던 연애도 결혼도 다 망쳤어……."

동준은 철퍼덕 주저앉아 하소연처럼 울먹이며 읊조리는 하나의 이야기를 들으며 한숨이 나왔다. 스물다섯 살에 자신과 한 키스가 첫키스였다는 이런 고지식한 숙맥을, 자신은 그렇게 연애 선수처럼 생각하고 행동했으니…….

물기 어린 검은 눈동자 아래 눈물이 뚝뚝 흘렀다. 속눈썹이 파르르 떨리며 입술을 앙다문 그녀의 모습이 아이처럼 보여서 그는 순간 피식 웃음이 나오고 말았다.

"제가 우스워요?"

"아……. 미안. 스물다섯에 첫키스가…… 좀 웃겼어……."

자신은 심각한데 이런 상황에서 웃는 그의 웃음이 너무 분해서 커다란 눈에 더 굵은 눈물 줄기가 흘렀다.

"다 당신 같은 줄 알아요? 정말 당신 같은 사람 최악이야."

그녀는 재빨리 코트를 빼어 들고 도망치듯 라운지를 가로질러 달려가기 시작했다. 그는 진짜 그녀가 사라질까 봐 도망가는 그녀를 뒤쫓아 뛰어갔다. 몇 걸음 안 가서 그녀는 그에게 팔을 붙잡히고 말았다. 그녀를 자신 쪽으로 돌려 꽉 끌어안았다. 그의 품 속에서 하나는 버둥거렸다.

"놔요! 갈 거야……. 갈 거라구……."

동준은 자신에게 오는 여자를 막은 적도 없지만 이렇게 자신이 싫다고 가는 여자를 잡은 적도 없었다. 자신을 싫다며 도망가는 여자를 붙잡고 애원하며 가지 말라고 한 적도 없었다. 이별통보는 항상 자신의 몫이었고 그는 항상 질척대는 여자들을 매몰차게 돌아섰다. 그런데 이상했다. 지금 하나를 놓치면 그녀를 다시는 볼 수 없을 것 같았다. 그녀가 사라진다면…… 뭔지는 몰라도 두려움이 엄습했다.

그의 사전에 있을 수 없는 일들이 하나를 만나고부터 일어나고 있었다. 모양 빠지게 자신이 이렇게 질척대며 그녀에게 매달리고 있다. 어찌 되었던…… 상관없다. 이보다 더한 일도 할 수 있을 것 같았다. 그녀가 자신의 곁만 떠나지 않는다면 어떤 일이든 할 수 있었다.

그녀의 정수리 위에 턱을 괴고 숨을 들이켰다. 그녀가 사라지지 않도록, 도망가지 못하도록……. 하나를 있는 힘을 꽉 주며 안았다.

"이제부터 네가 싫어하면 안 할게. 네가 해달라는 대로 다 할게. 따로 자자고 하면 그대로 하고……. 맘대로 행동 안 할 테니까……. 그러니까……. 가지 마……. 하나야……. 응?"

마치 어린아이가 자신을 떼놓고 멀리 가는 엄마를 붙들듯이 간절한 말투로 사정하고 있었다. 그녀는 그의 목소리를 들으며 왠지 울컥하고 가슴이 먹먹해졌다. 그의 말이 웅웅 귓가를 울렸다.머리가 멍해지고 사야가 흐릿해졌다.

하나는 온몸이 달달 떨렸다. 흐물흐물 자꾸만 다리에 힘이 풀리고 한기가 들어 제자리에 서 있기조차 힘이 들었다. 그의 품에 있었지만 온몸이 무거워 무너질 것만 같았다. 동준은 하나가 자꾸만 밑으로 주저앉으려 하자 그녀를 안은 팔에 힘을 주었다. 이 팔을 놓으면 꼭 그녀가 자신 곁에서 사라질 것만 같았다. 동준은 그녀의 목덜미에 얼굴을 묻고 그녀가 떠나지 않기를 간절히 바라며 속삭였다.

"미안해……. 미안해……."

그녀의 목덜미에 그의 더운 숨이 토해졌다. 그의 먹먹한 목소리를 듣자 그녀의 깊은 곳에서 솟아오른 울컥함 때문에 가슴이 저릿해졌다. 하나는 살며시 눈을 감았다.

그때 그녀의 다리가 완전 풀려 맥없이 늘어져버렸다. 놀란 동준은 그녀의 허벅지와 엉덩이를 받쳐 들고 그녀를 가슴까지 번쩍 안아 올렸다. 하나는 눈을 감고 안긴 채 마치 어린아이처럼 몸을 웅크렸다. 동준은 성큼 걸어가 한쪽 팔로 그녀를 안고 침실 문을 열고 들어갔다. 조심스럽게 그녀를 침대에 눕혔다. 그녀는 기운이 다 떨어져 쏘아붙일 힘도 없는 듯 몸을 동그랗게 웅크렸다.

"……혼자 있고 싶어요."

그녀는 그를 바라보지 않고 창백한 입술을 열어 힘없이 말했다. 그녀의 얼굴에 반짝이는 눈물이 보였다. 그녀의 마음이, 심장이 지쳐버린 것 같았다. 그런 그녀의 모습을 보자 불안한 예감에 그의 심장이 뒤흔들렸다. 그의 얼굴이 굳어졌다.

그녀가 자신을 보며 햇살처럼 환하게 웃던 모습이 떠올랐다. 궁금한 것이 있으면 커다란 눈을 동그랗게 뜨며 호기심이 가득한 얼굴을 하고 앙증맞은 입술을 끊임없이 재잘거리던 모습도……. 바닷가에서 살며시 안아주던 모습도……. 초콜릿을 주며 따뜻하게 위로하던 모습도…….

돌이켜보니 모든 것이…… 그녀의 진심이었다.

자신이 그녀를 저렇게 만든 것이다. 참 지독하게 말주변이 없다. 미안하다는 말 외엔 딱히 떠오르는 말이 없다니. 다른 사람 앞에서 이런 낯간지러운 말을 해본 적도 없었다. 그렇지만 자신을 외면하는 그녀를 보며 갑자기 섬뜩한 것이 심장까지 차고 올라왔다. 이렇게 그녀가 자신에게 마음의 문을 꽁꽁 닫고 흔적도 없이 사라질 것만 같았다.

두렵다. 그런 불길한 생각이 들자 가슴이 저릿하고 입술이 바짝 말랐다. 미안하다고, 잘못했다고, 가지 말라고, 이런 말들로 그녀를 붙잡고 싶었다.

"……하나야."

동준이 그녀의 이름을 불렀지만 그녀는 웅크린 채 미동도 하지 않았고 아무 말도 없었다. 초점을 잃은 그녀의 눈동자가 공허해 보였다. 모든 것을 내려놓은 사람처럼 보였다. 동준은 그런 그녀를 보며 심장이 찢겨나갈 것 같아 입을 굳게 다물고 방문을 살며시 닫고 나갔다.

그 이후로 그녀는 방에서 한 번도 나오지 않았다. 그녀가 다시 한 번 차가운 모습으로 그를 대할지 두려워 방문도 함부로 열지 못하고 마음 졸이며 시간만 흘려보냈다. 동준은 집무실의 책상에 앉아 있었지만 도통 일에 집중할 수 없었다. 이번에 파리에 온 목적도 신혼여행보단 일이 우선이었다. 지금 생각하니 지금까지도 그렇고 이번 여행에서도 자신이 그녀를 배려해서 한 일이 없었다.

'당신이, 당신이 다 망쳐버렸단 말이에요. 당신을 만날 때부터 아니, 회사에서 제멋대로 당신 맘대로…… 내 입술도 빼앗았잖아요. 그게 내 첫키스였단 말이에요. 내가 꿈꾸던 연애도 결혼도 다 망쳤어.'

그녀가 했던 말들이 머릿속에서 사라지지 않았다. 어쩜 처음부터 그가 그녀를 유혹했는지 모른다. 그녀는 항상 자신이 그와 다르다고 말해왔었다. 그래, 평범한 삶을 꿈꾸던 그녀를 유혹한 건 자신이었다. 이제는 그것을 인정해야만 했다.

지독한 소유욕……. 그녀를 처음 만났을 때부터 그랬다. 그녀를 갖고 싶었다. 흑요석처럼 까만, 짙은 바다보다 더 깊은 그녀의 커다란 눈을 본 순간부터 감당할 수 없는 욕심이 났다. 그래서 그녀가 꽃뱀이길 바란 것일지도 모른다. 서로에게 필요한 걸 주고받고 헤어질 때 미련 없이 떠나보내고 싶었다.

그녀를 만날 때마다 조금씩 미묘하게 그의 마음이 달라졌다. 해맑게 웃던 미소에, 따뜻하게 다가오던 몸짓에, 그녀를 놓치고 싶지 않았다. 동준은 책상에 있던 휴대폰을 집어 나 비서에게 전화를 걸었다.

"나 비서, 난데. 일정들 앞당겨서 내일 하루 만에 마무리 짓게 조정해봐. 그리고 파리 여행할 수 있도록 차량 준비 좀 해줘."

-네 알겠습니다. 부사장님. 저…….

"다른 할 말이라도 있어?"

-사모님이 몽마르뜨 언덕에 꼭 가보고 싶다고 말씀하셨습니다.

"그래?"

-외람되지만 사모님이 참 마음이 따뜻하신 분인 것 같습니다. 제가 기침하는 것 보고 신경이 쓰이셨는지 따뜻한 물이랑 목캔디까지 직접 챙겨주시더라구요. 즐거운 신혼여행 되셨으면 좋겠습니다.

"음……."

-아……. 죄송합니다. 제가 쓸데없이…….

동준은 씁쓸한 미소를 지으며 말했다.

"아니…… 괜찮아."

-그럼 일정에 차질 없이 준비하겠습니다.

동준은 통화를 끝낸 후 입안에 모래를 씹은 것처럼 까슬까슬하고 가슴이 답답해졌다. 그는 얼굴을 거칠게 쓸어 올리며 마른세수를 하였다. 무거운 숨을 뱉으며 사인을 기다리는 서류로 향하던 펜을 던져버렸다. 회전의자에 몸을 깊숙이 묻었다. 그의 머릿속이 흙탕물처럼 뿌옇게 흐려졌다. 시름은 더 깊어지고 턱밑에 까칠하게 자란 수염을 매만지며 가늘게 한숨을 쉬며 중얼거렸다.

"나만 모르고 있었군……."

동준은 룸서비스로 부드러운 버섯크림스프와 쇠고기에 포도주를 넣어 만든 뵈프부르기뇽을 시켰다. 살이 야들야들 부드러워 지친 하나가 먹기에 알맞을 것 같았다.

그러나 룸서비스가 와도 하나는 라운지에 모습을 전혀 드러내지 않았다. 식탁에 앉아 있던 동준은 도저히 참을 수가 없었다. 성큼성큼 걸어가 하나가 머무는 방문 앞에 섰다. 노크를 하려다 잠시 머뭇거렸다. 침실을 나서면서 마지막으로 보았던 하나의 모습이 생각나 걱정이 된 동준은 똑똑 노크를 하였다. 아무런 대답이 없었다.

"하나야, 문 열어봐. 응?"

인기척이 전혀 없어 불안한 마음에 방문을 거칠게 열어젖혔다. 침대에 누운 하나는 조금의 미동이 없었다. 그녀는 얼굴에 핏기가 전혀 없고 쩍쩍 갈라진 파리한 입술 사이로 호흡이 거칠었다. 그녀의 몸을 만지니 온몸이 불덩이였다. 동준은 너무나 놀라서 그녀를 깨웠지만 의식이 전혀 없자 두 눈을 번득이며 욕지거리를 내뱉었다.

"미련퉁이……. 진짜 대책이 없어……"

이런 몸을 하고 그대로 침대에 누워 있다니. 모두가 자신의 탓인 것만 같아 미간이 절로 찌푸려졌다. 동준은 그녀가 어떻게 될까봐 덜컹 겁이 났다. 호텔 인터폰을 눌러 다급한 목소리로 말했다.

「Ici facilement s'il vous plaît appelez le médecin.(여기 빨리 의사 좀 불러주세요.)」"

욕실로 뛰어가 수건에 물을 적셔 열을 내리기 위해 그녀의 얼굴과 몸을 필사적으로 문질렀다. 다행히 의사가 빨리 와서 해열제와 진통소염제 주사를 놓아주었다. 과로에 감기몸살이 겹쳐서 약한 몸이 견디지 못하고 정신을 잃은 것이라 했다.

동준은 의사가 간 뒤에도 한참 동안 그녀의 곁을 떠나지 못했다. 손으로 그녀의 이마를 만지니 다행히 열은 내렸다. 그렇지만 그녀는 깨어나고 싶지 않은 사람처럼 잠에 푹 빠져 있었다. 새근새근 규칙적으로 들리는 그녀의 안정적인 숨소리에 동준은 지금까지 긴장했던 온몸에 힘이 쫙 빠지는 것 같았다. 열이 내린 그녀의 모습을 보며 동준은 깊은 안도의 한숨을 내쉬었다.

가는 팔목에 주삿바늘을 찌르고 방울방울 수액이 떨어지는 모습을 보고 동준은 고개를 돌려 괴로운 표정으로 하나를 바라보았다. 밤이 새도록 그녀의 머리맡에 앉아서 참 여러 말들을 혼자서 중얼거렸다.

"하나야……. 미안해……. 내가 정말 잘못했어……"

"다시는 이렇게 너를 아프게 안 할게."

"미련퉁이……."

"가지 마……."

열이 내려 얼굴에 땀이 송글송글 맺힌 그녀의 얼굴을 마른 수건으로 닦아주었다. 그리고 가만히 그녀의 갸름한 얼굴을 만져보았다. 동준은 차갑게 자신을 바라보던 하나의 모습이 떠올랐다. 그는 자신을 자책하듯 꽉 다문 입술을 비틀었다. 서글픔에 너덜너덜해진 텅 빈 그녀의 눈동자가 떠오르자 그의 마음이 끝을 모르는 절벽으로 굴러 떨어지는 것 같았다. 동준은 괴로움에 그녀가 누워 있는 침대에 얼굴을 묻고 잠시 눈을 감았다.

하나는 온몸이 뜨거웠다. 정신이 아득해지고 깊은 물속에 끝없이 잠긴 듯 몸이 가라앉아 움직일 수 없었다. 숨이 빠르게 할딱거리며 모든 것이 점점 희미해져갔다. 숨이 제대로 쉬어지지 않았다. 그리고 까무룩 정신을 놓아버렸다.

그렇게 한참이 지난 것 같았다. 열에 들떠 감당할 수 없을 때, 차가움이 온몸을 적시는 것 같았다. 시원했다. 정신이 몽롱한 가운데

나지막이 속삭이는 남자의 목소리가 들렸다. 뭐라고 하는지 잘 알아들을 수 없었다. 깨어나고 싶지 않았다. 모든 것이 너무 힘이 들었다. 모든 걸 놓아버리고 싶었다. 그리고 그렇게 잠에 빠져들었다. 하나가 눈을 떴을 땐 호텔 직원이 옆에 있었다. 시간은 벌써 정오를 한참 지나 있었다.

「You are a lot of pain. so I'm taking care of you.(당신은 많이 아팠어요. 그래서 저희가 돌보고 있었어요.)」

호텔 직원은 미소를 지으며 친절하게 말했지만 하나는 직원이 있는 것이 조금 불편했다. 프랑스 말을 몰라서 간단한 영어로 어색하게 웃으며 직원을 향해 말했다.

「I'm okay now. you may go now.(전 괜찮아요. 이제 가셔도 괜찮아요.)」

직원도 알아들었는지 환하게 웃으며 그 자리를 피해주었다. 하나는 온몸이 땀으로 끈적거려서 당장 씻고 싶었다. 욕조엔 따뜻한 물이 담겨져 있었다. 거품목욕을 하며 잠시 휴식을 취했다. 긴장했던 온몸이 풀리는 것 같았다. 머리가 약간 어지러웠지만 참을 만했다. 마지막으로 샤워를 하자 기분이 너무 상쾌했다.

하나는 젖은 머리를 타월로 감싸고 베스가운을 입었다. 욕실 문을 열고 나오는데 하나는 그만 소스라치게 놀라고 말았다. 동준이 침대 맞은편 창가의 러브 체어에 앉아 통화를 하다가 눈을 동그랗게 뜨고 놀라는 하나를 바라보고 있었다. 그는 대놓고 노골적으로 그녀를 바라보며 자연스럽게 통화하고 있었다.

하나는 입술을 지그시 깨물었다. 속옷은 침실 화장대 옆에 있어서 그를 지나 방을 가로질러 가야만 했다. 그대로 욕실로 들어가는 것도 어색했다. 하나는 숨을 깊게 들이마시고 입술을 꾹 다물었다.

이젠 밀리지 말아야 한다. 최대한 자연스럽게 고개를 빳빳이 들고 당당해져야지. 흥. 어제처럼 하면 이제 신고할 거야. 감옥에서 원없이 콩밥을 먹게 해줄 거야…….

오만 가지 생각을 하며 두 눈은 부릅뜨고 입을 앙다문 채 온몸에 힘을 주며 앞으로 걸어갔다. 동준은 중요한 전화인지 통화를 길게 하고 있었다. 하나는 소리가 나지 않도록 총총거리며 발뒤꿈치를 들고 조심스럽게 걸어갔다.

옷만 가지고 나가서 입어야지. 그녀의 머릿속에는 오직 그 생각만 가득했다. 하나가 그의 곁을 숨죽여 지나가려 할 때, 갑자기 그녀의 가녀린 팔목이 굵은 남자의 손아귀에 붙들렸다. 그리고 그의 무릎 위에 그대로 앉혀졌다. 순식간에 일어난 일이었다. 그의 무릎 위가 높아서 그녀의 발이 대롱대롱 들렸다. 입에서 비명이 나오려 했지만 그가 중요한 통화 중인 것 같아 입속으로 나오는 비명을 삼켰다.

눈이 휘둥그레진 하나는 그의 얼굴을 가까이서 자세히 볼 수 있었다. 항상 반듯하게 빈틈없던 외모가 하룻밤 사이에 지치고 조금 야위어 있었다. 피부도 까칠해져 있었고 뺨도 턱도 푸르른 수염이 촘촘하게 돋아나 있었다. 눈은 한숨도 자지 못했는지 붉은 실핏줄이 터져 있었다. 그런 그의 모습을 보자 하나는 기분이 좋지 않았다.

그는 통화를 끝내고 그윽한 눈으로 그녀를 바라보았다. 오로지 그녀에 대한 걱정만 고스란히 담은 채 깊은 눈매로 무겁게 쳐다보자 하나는 시선을 피해버렸다. 곧바로 그의 뜨거운 입김이 그녀의 발그레한 뺨에 흩어지는 것을 느꼈다.

하나는 온몸에 털이 곤두서며 등줄기를 따라 소름이 오소소 돋왔다. 그의 얼굴이 점점 하나에게로 다가왔다. 그의 코끝이 그녀의 뺨을 스쳤다. 하나는 동준의 얼굴이 점점 다가오자 자꾸 고개를 뒤로 젖혔다. 동준은 그녀의 얼굴을 두 손으로 살며시 감싸 이마와 이마를 가만히 마주 대었다.

"……열은 내렸네."

그리고 그녀를 힘을 주어 꼭 안고 그녀의 어깨에 머리를 묻고 속삭이듯 부드럽게 말했다.

"미안해."

용서를 비는 그를 보니 하나는 뭔지 모르는 울컥함이 밀려와 쉽게 뿌리칠 수 없었다. 그렇지만 다시는 이런 일이 일어나지 않기 위해 확실히 선을 그어야 한다는 생각이 들었다. 그의 가슴을 손으로 밀어내며 단호하게 말했다.

"다음에 또 그러면 콩밥 먹일 거예요."

"콩밥?"

"고소한다고요."

하나는 주먹에 힘을 주어 불끈 쥐며 말했다.

"아시죠? 어제 한 행동, 미안하단 말론 용서 안 되는 거."

"어젠 신혼 첫날밤이야. 우린 부부잖아. 잊었어?"

동준은 이런 일로 점점 사이가 멀어질까 두려운 마음에 괜한 떼를 쓰며 억지를 부렸다.

"부부 사이라니요?"

정말 이 남자, 계약해놓고 뻔뻔스럽게 부부라니……. 계약 끝나면 바로 돌아설 거면서.

"부부 사이에도 강제로 하는 건 법적으로도 안 되는 거 아시잖아요? 더더군다나 우린 가짜 부부인데 그러면 더 안 되구요. 어제 그랬잖아요. 제가 원하는 대로 해주신다고. 매달린 건 동준 씨예요."

하나는 입술에 힘을 주고 또박또박 말했다. 이 여자가 이렇게 말을 잘했나 싶을 정도로 그녀는 막힘없이 자기주장을 폈다. 스피치 학원에서 강의라도 받았는지 딱히 반박할 수 없을 정도로……. 꽃뱀이라 생각하고 섣부르게 짐작했던 정하나에 대한 정보를 다시 리셋해서 되돌려야만 했다.

그녀에게서 향긋한 체리향이 코끝을 스쳤다. 목욕을 하고 나서인지 뽀얀 피부가 투명하기까지 했다. 당장 가운을 벗겨 침대에 눕혀버리고 싶은 욕구가 치밀어 올랐다. 그러나 거기까지……. 꽃뱀이라고 오해한 순간까지만의 그의 생각이다. 지금 자기 앞에서 눈에 힘을 주며 미안하단 말만으론 용서하지 못하겠다는 그녀가 진짜 정하나다. 아직도 입술에 그녀가 깨문 상처가 남아 있었다.

휴……. 졌다, 그래.

"좋아. 그러지."

그가 항복하며 나오자 하나의 눈빛이 한결 부드러워졌다. 동준도 그 모습을 보자 안도가 되기는 했지만 조금 억울한 마음도 들었다. 이런 스킨십에 코흘리개 어린아이 같은 그녀를 데리고 언제 진도를 나갈지 막막하기만 했다.

"이것도 고소감이면 고소해."

쪽. 순식간에 그녀의 입술 위로 뭉클하게 밀착되며 누르던 그의 입술이 떨어져 나갔다. 그와 시선이 마주치자 하나의 뺨이 빨갛게 달아올랐다. 그는 모양 좋은 미소를 지으며 그녀를 가볍게 들어 바닥에 내려주었다. 무엇이 그를 변하게 했는지 몰라도 자신을 대하는 그의 행동이 무척 조심스러웠다. 그래서 그런지 가벼운 입맞춤일 뿐인데 하나는 어느 때보다 가슴이 더욱 두근거렸다. 그때 하나의 배 속에서 꼬르르 소리가 크게 울렸다. 일시정지 화면처럼 하나는 꼼짝도 못하고 제자리에 서 있었다. 얼굴을 찡그리며 부끄러움에 눈을 어디다 둘지 몰라 하는 그녀가 귀여워 그는 그만 피식 웃고 말았다.

아! 쪽팔려. 하나는 부끄러워 화끈거리는 얼굴이 귀까지 빨갛게 변했다. 왜 하필 이럴 때 생리현상은 참지 못하고 불쑥 일을 저지르는지.

"밥 먹자. 하루 종일 못 먹었지? 라운지에 룸서비스 시켜놓을게."

그가 문을 열고 나가려 했지만 그녀는 가만히 서 있었다.

"안 가?"

"옷 갈아입고 나갈게요. 이렇게 갈 순 없어서 ……."

"뭐 나야 그게 더 좋지만……."

그의 눈빛이 은근히 그녀의 몸을 스캔하며 바라보자 그녀가 도끼눈을 뜨고 흘겨보았다.

"아, 알았어."

그녀의 앙칼진 표정에 어깨를 으쓱한 동준이 침실을 나서자 그제야 긴장이 풀린 하나는 가장 가까이 있는 의자에 털썩 주저앉았다. 앞으로 이런 일들을 얼마나 더 견뎌야 할까……. 그의 가까이만 가도 숨이 제대로 쉬어지지 않는데…….

그의 부드럽고 아득한 미소 한 번에 이렇게 흔들리는 자신이 정말 미웠다.

하나가 방에서 나오자 동준도 옷을 갈아입고 소파에 앉아 서류를 보고 있었다. 그도 샤워를 했는지 단정한 포마드 머리가 아닌 앞머리가 자연스럽게 헝클어져 이마를 덮고 있었다. 자주색 라운드 니트 안에 셔츠가 살짝 보여 깔끔하면서 스타일리시해 보였다. 낯설어 보였지만 훨씬 어려 보였다.

그가 고개를 들었다. 하나와 눈이 마주쳤다. 많이 아팠던 그녀가 건강을 회복한 것만으로도 동준은 마음이 진정되었다. 화장기 하나 없는 그녀의 얼굴이 더 청초해 보였다. 그의 눈에 그녀는 참 예뻤다. 동준은 일어나 식탁으로 그녀를 데리고 갔다.

"어제 룸서비스로 시켰는데 네가 아파서 못 먹은 거 다시 주문했어."

그녀는 양파스프를 입안으로 떠 먹었다. 고소함이 입안에 퍼져나가며 절로 미소가 지어졌다. 아우성을 치던 속도 편안해졌다.

"어제 제가 많이 아팠나요?"

"열이 오르고 심각했지. 의사가 오기 전까지 열 내리느라고 잠도 못 자고 차가운 수건으로 닦느라 나 엄청 고생했어."

아픈 그녀 때문에 어제 얼마나 속을 끓였는데, 저렇게 담담한 얼굴로 말하니 동준은 괜히 약이 올랐다. 그래서 자신이 고생한 것을 알아달라고 어린아이가 엄마에게 말하듯 강조하며 말했다.

칭찬이 목마른 어린아이처럼 안달하는 저런 표정도 그에게 있었나 싶어 하나는 신기하면서도 엄마미소가 지어졌다. 하지만 곧 얼굴을 무표정하게 바꾸며 무뚝뚝하게 말했다.

"아……. 네."

하지만 사실은 열이 올라 정신이 몽롱한 가운데 시원하게 느낀 게 동준이 밤새 간호한 덕분이라는 것을 알고 마음이 따뜻해졌다. 그래서 그의 얼굴이 그렇게 까칠했구나 싶었다.

"그렇게 아팠던 거 동준 씨 때문인 것도 아시죠?"

그러나 진심도 아니면서 자신이 감당할 수 없을 만큼 선을 넘으려 하는 동준을 제어하고 싶었다.

"이렇게 당신을 다 용서하는 건 아니에요. 그리고 우리 사이, 분명하게 계약서를 작성해주세요."

그녀는 냅킨으로 입술을 닦고 한쪽에 있는 물잔의 물로 목을 축이며 똑 부러진 목소리로 말했다.

"당신 좋을 대로……. 더 원하는 것이라도 있나?"

그녀는 조금 망설이다 조심스럽게 말했다.

"……계약기간을 1년으로 줄여주세요."

"뭐?"

지금 당장이라도 3년이 아니라 5년, 아니 10년 더 연장해서 그녀를 묶어두고 싶은데 1년이라니. 말 같지도 않은 발상이 아닐 수 없었다.

"이런 거짓 결혼을 오랫동안 연기하고 싶지 않아요."

잘못 본 건지 잠시 쓸쓸한 표정이 그녀의 얼굴에 스쳐 지나가는 것 같았다.

"거짓 결혼?"

그는 한쪽 눈썹을 치켜들며 말했다

"그럼 어떤 것이 진짜 결혼이지? 우린 결혼식도 했고 너랑 이렇게 같이 있는 거, 다른 결혼도 별반 다를 바 없을 거라 생각하는데."

"우린…… 결혼할 때 벌써 헤어짐을 예정한 걸요……. 진짜 사랑해서 하는 결혼은 그런 말 하지 않아요."

"사랑을 믿어?"

“네.”

그녀는 조금의 망설임도 없이 곧바로 대답했다. 올곧게 그를 바라보는 맑은 눈동자는 그녀의 대답이 거짓이 아니라는 듯 반짝이고 있었다. 동준은 고기를 썰던 나이프를 내려놓고 물끄러미 쳐다보았다. 청아한 그녀의 목소리가 그의 고막에 꽂혔다.

“진짜 결혼은 서로 사랑하는 사람을 만나서 할 거예요. 일방적으로 혼자…… 좋아하는 거 말고요.”

종착역을 미리 알고 시작하는 시한부와 같은 거짓 결혼은 싫다. 사랑 없는 결혼 생활. 모두가 그녀가 꿈꾸던 것과는 거리가 멀었다. 하나는 가슴이 저릿해왔다.

욕구를 채워주기만을 바라는 그를 하나는 온전히 받아줄 수 없었다. 그런데 그의 조그만 친절에, 달콤한 목소리에 바보처럼 빠져든다. 사랑은 이렇게 맘대로 안 되나 보다. 그게 너무 힘들다. 3년 동안 그를 보며 이런 감정을 되풀이하긴 싫었다. 시간이 지날수록 더 숨이 막혀올 것이다. 그렇게 긴 시간을 그를 보며 기대하고 사랑해주기를 바라다 처참하게 버려지겠지……. 이렇게 며칠 안 지났는데도 그와 마주 앉아 있는 것조차 그녀는 죽을 것 같았다.

“난 하나 네가 그런 사랑의 가장 큰 피해자라 생각하는데……. 사랑이라는 이름으로 책임지지도 못하면서 아기를 가진…… 아, 기분 나쁘게 받아들이진 않았으면 좋겠어.”

동준은 나이프를 다시 잡고 스테이크를 거칠게 썰어 한 입 베어 물며 말했다. 동준은 사랑을 믿는다는 그녀의 말이 우스웠다. 어쩌면 자신을 향한 말이기도 했다.

5살 난 어린 자식보다 다른 남자가 좋다고 떠난 바람난 여자. 사랑에 미쳐, 가정도 자식도 매정하게 버린 불륜녀. 엄마. 죽을 만큼 미워하면서도 엄마가 돌아오길 밤마다 얼마나 간절히 바랐던가……. 어렸을 때는, 그렇게 생각했던 적도 있었다. 이것은 악몽이고, 조금만 지나면 예전처럼 엄마가 살며시 다가와 꼭 안아주겠지……. 기다리고 기다렸다. 그러나 물론 그런 일은 없었다.

사랑, 우습다. 사랑이란 감정은 얼마나 가벼운 말인가? 그 말에 진실이란 것이 있을 수 있을까? 매일 밤 잠들 때마다 그의 옆에서 사랑한다던 엄마의 말은 다른 남자와 바람이 난 후 흔적도 없이 사라져버렸다. 그렇게 변하기 쉬운 것이 사랑이다. 그래서 영원한 사랑은 애당초 꿈꿔보지도 않았다.

첫사랑이었던 예린과도 마찬가지였다. 그렇게 시시각각 자신의 상황에 맞게 변하는 것이 사랑인 것이다. 하나에게도 괜한 희망은 버리라고 반박하며 각인시켜주고 싶었다.

그녀가 무슨 말을 할까 무척 궁금해 호기심에 찬 눈으로 그녀를 바라보았다. 그러나 그녀는 그를 보며 어깨를 으쓱하며 아무렇지도 않게 말했다.

"괜찮아요. 저도 알고 있어요. 무슨 말을 하시는지. 전 아버지 얼굴도 몰라요. 아니 태어날 때부터 아버지란 존재가 없었죠. 왜 그렇게 저희 엄마와 저를 버리셨는지 ……."

그녀의 표정은 조금 슬퍼 보였다. 그것도 잠시, 그녀는 스프를 숟가락으로 떠먹으며 말을 이어나갔다.

"그렇다고 사랑의 희생자처럼 날 버린 아버지를 용서하지 못하고 미워하며 시간을 보내고 싶지 않아요."

그녀는 동준을 보며 미소를 지으며 이야기를 했다.

"한 가진 확실해요. 아버지와 똑같은 사람이 되고 싶진 않다는 거. 그래서 정말 사랑하는 사람을 만나고 싶어요. 누구보다 행복하게 서로 사랑해주고 아끼면서 살 거예요. 그게 이기는 거잖아요."

그녀의 말에 동준은 뒤통수를 한 대 맞은 것 같았다. 그는 지금까지 자신을 배신한 엄마를 얼마나 원망하고 저주하며 죽일 만큼 미워하며 살아왔는가. 사랑 같은 건 없다고……. 그런데…… 그녀는 자신을 버린 아버지를 미워하며 시간을 보내고 싶지 않다고 했다. 그리고 사랑을 믿는다고 한다. 그게 이기는 거란다.

다르다. 참 다르다. 그는 순간 그녀의 따뜻한 사랑에 다가가고 싶었다. 어쩜 마음 속 깊은 곳에 그런 사랑을 동준도 꿈꾸었는지도 모른다. 마음 편히 쉴 곳 없는 평창동 집을 나오면서 그가 잠시라도 머무를 안식처를 찾고 있었던 것이다. 계산 없는 사랑을 하고 싶다는 그 말이 그에게 위로가 되었었다. 그래서 호기심이 생겼고 그렇게 점점 자신도 모르게 그녀에게로 빠져들었을 것이다.

조곤조곤 말하는 그녀의 말소리가 참 듣기 좋았다. 그를 따뜻하게 바라보는 눈빛이 예뻐 보였다. 순간 평안해 보이는 그녀의 얼굴이 너무 환해서 눈이 부셨다. 갑자기 그녀가 미래에 사랑할 사람에게 질투가 났다. 그녀를 놓치기 싫었다. 자신 외엔 어느 누구도 그녀를 소유할 수 없다. 그녀를 놓치지 않을 것이다. 그는 괜한 형체도 없는 남자에 질투심을 느끼며 언짢은 듯 말했다.

"그럼 네가 꿈꾸던 모든 것을 내가 망친 거네."

하나는 그의 불만 섞인 말투가 신경 쓰여 손사래를 치며 말했다.

"아니……. 그건 동준 씨 잘못이 아니에요. 그건 화도 나고 그래서 나오는 대로 말한 것뿐이에요."

참 순진하다. 이런 불만 섞인 말투에 주도권을 빼앗기고 저렇게 안절부절못하고 미안해하다니. 피식 웃음이 났다. 동준은 식탁 위에 턱을 괴고 얼굴을 비스듬히 기울인 채 그녀를 지그시 바라보았다.

"많이 신경이 쓰이는데…… 강제로 너를 망친 것 같아서."
하나는 걱정스런 얼굴로 말했다.
"정말 신경 쓰지 마세요. 제가 먼저 선택한 걸요. 뭐…… 1년 정도는 견딜 만해요. 더 길어지면…… 힘들겠죠. 저도."
그녀는 시무룩해져 있었다.
동준은 그런 그녀의 모습을 보며 기분이 좋지 않았다.
"내가 망쳤다는 그 연애 기간에 뭘 하고 싶었는데?"
"망친 거 아니라니까요."
"그래, 어쨌든……. 말해봐. 듣고 싶어."
그는 그녀를 재촉했다. 하나는 동준을 만나며 그와 하고 싶었던 것들을 곰곰이 생각하며 입을 열었다.
"음……. 전 사랑하는 사람이 생기면 같이 손잡고 산책하며 이야기하고 싶었어요. 영화도 보고 같이 사진 찍어서 지갑에 넣고 다니면서 보고 싶을 때 꺼내 보고……. 아, 또 땀 뻘뻘 흘리면서 매운 떡볶이 먹으면서 땀도 서로 닦아주고……. 한강에서 자전거도 같이 타보고요. 커플자전거 있잖아요. 또 첫눈 올 때 만나서 같이 첫눈 맞으며 돌아다니기…… 음……. 여행도 하고 싶구요."
행복해하며 말하는 그녀의 표정이 더없이 사랑스러웠다.
"그리고 먼저 헤어지자는 말 안 하기. 영원히…… 사랑하기……."
그 말을 하는 하나는 눈을 내리깔고 쓸쓸하게 미소를 지었다.
"풋. 할 게 너무 많네요."
자꾸 눈물이 찔금 나려 해서 아무렇지도 않은 척 입술에 힘을 주며 말했다. 묵묵히 그녀를 바라보던 동준이 황급히 자리에서 일어났다.
"다 먹었으면 일어나지,"

"네?"

그녀가 앉아 있는 자리에 다가온 동준이 하나의 손목을 잡아채 그녀를 일으켜 세웠다. 갑작스런 그의 행동에 하나가 놀란 듯 눈을 깜빡거리자 그녀의 표정이 귀여운지 그는 웃음이 터졌다. 동준이 봄볕보다 따스한 미소로 그녀를 내려다보며 그녀의 머리를 아무렇게나 헝클어트렸다. 그의 따스함에 하나는 가슴이 두근거렸다.

"내가 망친 그 연애……. 지금부터 한번 시작해보려구."

연이어 속삭여오는 그의 부드러운 목소리를 하나는 믿을 수 없어 그저 장난처럼 느껴졌다.

밤새 내린 비로 파리 시내는 촉촉이 젖어 있었다. 그래서 그런지 더욱 쌀쌀한 가을 날씨였다. 가을 끝자락이라 하얀 입김이 공중에 분산된다. 그래도 우중충한 날씨가 아닌 햇빛이 드문드문 비치는 날씨라 하나는 기분이 좋았다.

그와 프랑스 곳곳을 구경하기 위해 하나는 옷을 갈아입고 나왔다. 검은 목폴라, 빨간 체크무늬 미니스커트와 스웨이드 롱부츠를 신고 걸어 나오는 그녀의 모습에서 동준은 눈을 뗄 수가 없었다. 발랄한 20대에 싱그러운 느낌에 동준은 자신도 모르게 입가에 웃음이 고였다.

몽마르뜨 언덕의 시크레 쾨르 성당에서 파리 시내를 한눈에 볼 수 있었다. 계단 중간중간 악기 연주자들의 소리를 들으며 하나는 미소를 지었다. 아름답게 울리는 음악소리와 함께 평화로운 파리 시내를 바라보니 꿈을 꾸는 듯 영화 속 주인공이 된 것 같은 착각이 들었다.

연주자들을 둘러싼 많은 사람들 사이에서 서 있는 동준의 얼굴을 곁눈질해 보았다. 동준보다 약간 뒤에 있어 그를 신경 쓰지 않고 볼 수 있어 좋았다. 그는 자연스럽게 음악에 맞추어 리듬을 타며 차분한 시선으로 모양 좋은 입술엔 나직한 웃음을 짓고 있었다. 하나는 습관처럼 되어버린 혼자만의 두근거림이 가슴에 열병처럼 퍼져나갔다. 인기척을 느끼고 고개를 돌린 그의 시선에 하나는 들키지 않으려 허겁지겁 눈을 피해 뒤로 돌아 성큼성큼 걸어가며 그가 들으라는 듯이 조금 큰 소리로 말했다.

"그림 보러 갈래요."

동준의 긴 다리가 그녀보다 앞서 나갔다.

"성당 뒤편에 테르트르 광장으로 가자. 거기서 네 초상화도 그리고……. 내 것도 하나 그려달라고 해야겠어."

그는 뒤를 돌아 하나를 보며 장난스런 개구쟁이 눈빛을 지으며 말했다.

"몰래 도둑놈처럼 훔쳐보지 말고…… 천천히 자세히 내 얼굴 감상해. 오빠가 선물할게."

이 사람 뭐라는 거야. 아, 몰래 보는 거 들킨 거야? 아, 진짜!

그에게 놀림 당한 것 같아서 얼굴이 시뻘게졌다.

"어림짐작하지 마세요."

"넌 너무 어설퍼. 거짓말하면 티가 너무 나잖아. 봐, 얼굴이 홍당무야."

안절부절못하며 대답조차 못하는 하나를 동준은 놀리듯 옅은 미소를 지으며 내려다보았다. 그녀의 치켜든 긴 눈썹 아래 동준의 미소가 보였다. 부드럽고 따스한 눈웃음이 파리의 풍경보다 예쁘다. 제법 찬바람에 코끝이 차가운데 하나의 마음엔 열꽃이 피어난다. 주책없이 방망이질하는 가슴을 한 손으로 꾹 누르고 동준의 등 뒤를 따라서 아무 말 없이 총총거리며 걸어갔다.

하나와 동준이 사이좋게 초상화를 그리고 몽마르뜨 언덕 아래를 내려오며 거리를 구경했다. 찬바람 때문에 하나는 추워서 손을 비볐다. 갑자기 동준이 끌고 나오는 바람에 두꺼운 옷도 입지 못하고 짧은 재킷만 걸치고 나왔다.

"기다려. 따뜻한 음료라도 사올게. 여기 초콜릿 상점에 들어가서 구경하고 너 먹고 싶은 대로 사와."

동준은 하나에게 카드를 주며 말했다. 하나는 아랫입술을 내밀며 불만스럽게 그의 손에 쥐어진 카드를 노려보았다.

"저도 돈 있어요."

매몰차게 말하고 냉큼 초콜릿 가게로 쏙 들어가버렸다. 무안한 손에 쥐어진 카드를 도로 지갑에 넣은 동준은 기막힌 듯 헛웃음이 나왔다.

"하여튼 고집쟁이 아가씨라니까……."

몽마르뜨 언덕 아래 가게에 들러 빨간 목도리를 두 개 샀다. 코까지 빨개져 추위에 오들오들 떠는 하나에게 주고 싶었다. 빨간 캔버스 차양이 있는 카페에 들러 아메리카노와 핫초코를 주문해 나왔다.

건너편에 하나의 모습이 보였다. 금방 가게에서 나왔는지 한 손에 초콜릿을 담은 종이가방이 들려 있었다. 바람에 펄럭이는 그녀의 빨간 체크무늬 미니스커트를 보며 동준은 마음에 안 드는지 눈살을 찌푸렸다.

지나가는 프랑스 남자들이 하나를 힐끗힐끗 쳐다보았다. 처음엔 바람에 날리는 치마를 보다가 시선을 흘려 조그마한 동양 인형처럼 생긴 이국적인 하나의 미모에 여러 번 고개를 돌리는 남자들을 보니 동준은 기분이 나빠졌다.
"쓸데없이 예뻐가지고……."
동준은 혼잣말을 내뱉듯 말하고 빠른 걸음으로 하나에게로 걸어갔다. 그러곤 테이크아웃 커피 두 개를 불쑥 그녀 앞으로 내밀었다.
"이거 받아. 팔 아퍼 죽겠어."
무슨 심통이람……. 하나는 그의 어린아이 같은 투정에 고개를 들어 말갛게 쳐다보며 두 손으로 커피를 받았다. 손안에 커피의 온도로 하나는 조금 따뜻해졌다. 그리고 하나의 목에 빨간 목도리가 둘러졌다. 놀라서 동그랗게 커진 눈동자로 그를 올려다보니 동준은 그녀를 내려다보며 자연스런 손놀림으로 목도리를 야무지게 매어주었다. 그의 목에도 빨간 목도리가 둘러져 있었다.
"커플 목도리야."
한없이 부드럽고 따뜻한 그의 미소가 추운 날씨에 얼은 하나의 온몸을 녹이는 것 같았다. 하나의 얼굴에도 배시시 미소가 번졌다.
호텔로 돌아가는 길, 하나가 파리의 거리가 너무 예뻐서 차창문에 고개를 박고 있자 동준이 물끄러미 바라보다 입을 열었다.
"여기서 호텔까지 걸어가자."
차 안에서도 바쁜지 전화 통화를 하며 나 비서에게 지시하던 동준을 떠올린 하나는 그의 시간을 빼앗는 것 같아 미안한 마음이 들었다.
"아……. 아니에요."
"내가 답답해서 그래."
파리 주위의 불빛이 은은했다. 여러 색깔의 조명들 사이로 한참 앞선 동준이 하나를 기다리고 있었다. 처음 파리에 온 하나는 고개를 이러저리 돌려 처음 세상 구경을 나온 아이처럼 얼굴이 상기되어 있었다. 그에게 가까이 다가온 하나의 두 눈에 파리의 조명이 반짝이고 있었다. 하나는 동준과 파리 시내를 걸을 수 있다는 사실만으로 마음이 들떴다.

"그렇게 풋내기처럼 굴면 바로 잡혀가겠어."

"저 풋내기 아니거든요. 산전수전 공중전도 겪었는걸요."

자신을 어린아이 취급하는 동준이 싫어서 야물딱진 표정을 지으며 눈에 힘을 주고 말했다.

그녀의 투덜거리는 소리에 피식 그가 웃었다.

"그래. 나도 처음엔 너한테 속았지."

"뭘요?"

"니가 꽃뱀인 줄 알았잖아. 메이드들이 노인과 바람난 여자가 너라고 말하는 소리를 듣고 꽃뱀이라 오해했어."

"네?"

하나는 그를 처음 만났을 때를 떠올리다 노인과 함께 있던 화려한 여자를 기억해냈다.

"이런 풋내기라는 걸 알았으면 너랑 엮이지도 않았을 걸……."

하나는 그제서야 지금까지 자신을 대하던 그의 행동을 조금 더 이해할 수 있었다. 그렇지만 자신이 풋내기라 싫다는 그의 말엔 약이 바짝 올랐다.

"저도 마찬가지예요. 그쪽처럼 여자만 밝히는 남자는 제 이상형과 거리가 멀거든요."

"그쪽?"

"네. 그쪽요."

그는 어이가 없다는 듯 헛웃음이 나왔다.

"그래, 그럼 고상한 하나 씨 이상형은 어떤 사람인지요?"

놀리듯 짓궂게 하나를 쳐다보며 말했다.

"자상하고 따뜻하고, 음……. 저만 좋아하고, 뭐 그런 거죠. 그쪽과 완전 반대라면 맘에 쏙 들어오겠네요."

하나도 지지 않고 입술을 달싹이며 쏘아붙였다.

"이제야 하는 말인데, 너처럼 스킨십에 서툴면 웬만한 남자들은 다 도망갈걸. 넌 남자를 몰라도 너무 몰라. 조선시대도 아니고 지금 같은 세상에 네가 바라는 그런 플라토닉 사랑 같은 건 수도승한테 가서나 통할걸."

"그런 순수한 남자도 많거든요."

하나는 입술을 깨물며 우겼다. 그리고 방금 생각난 듯 주머니에 손을 찔러 넣은 그가 능청스럽게 말했다.

"맞아. 넌 키스도 엄청 서툴러. 그래서 결혼한 남자가 바람이라도 나면 어쩔 거야."

동준은 그의 말에 씩씩거리며 일일이 반응하는 그녀가 귀여워 점점 더 놀리고 싶어졌다. 그러나 하나는 저런 말을 어떻게 어떻게 아무렇지도 않게 할 수 있지 놀라며 고개를 들어 그를 빤히 쳐다보았다. 재미있어 죽겠다는 듯이 그녀를 쳐다보는 그의 눈동자와 마주치자 너무 얄미워서 얼굴을 한 대 때려주고 싶었다.

퍽 퍽 퍽. 그의 등짝을 세게 치고 빠른 걸음으로 걸어가다 계단에 발을 헛디뎌 그만 넘어지고 말았다.

"앗!"

놀란 동준이 뛰어왔다. 붉으락푸르락 화도 났지만 꽈당한 자신의 모습이 우스워 창피함이 더 앞섰다. 발목이 접질려 콕콕 찌르는 통증에 눈물도 찔끔 나왔다. 동준이 다가와 한쪽 무릎을 꿇고 조심스럽게 발목의 아픈 부위를 만지자 비명이 절로 나왔다.

"안 되겠다. 빨리 업혀."

"싫어요."

하나는 뽀로통해서 그를 노려보았다.

"너 그럼 계약서 안 써준다. 어서 업혀."

그녀의 부상이 걱정되었는지 단호한 그의 목소리에 하나는 움찔했다.

"저 치마 입어서 업히면 불편해요."

하나는 짧은 치마 때문에 신경이 쓰였다. 동준은 그녀를 빤히 쳐다보며 인상을 찡그렸다.

"그러게 누가 그런 짧은 치마 입고 다니래?"

그는 불만이 가득한 얼굴로 그녀를 책망하듯 말했다. 좀 전에 남자들이 바람에 나부끼는 그녀의 치마만 보던 장면이 떠올라 그 짧은 치마가 몹시 못마땅했다.

"왜요? 제가 입고 싶은 옷도 못 입어요? 예쁘……."

하나는 흠칫 놀라며 말을 하다 말았다. 그에게 예쁘게 보이고 싶었다는 본심이 입 밖으로 튀어나올 뻔했다.

"예쁘…… 뭐? 누구한테 잘 보이고 싶었어?"

그의 얼굴이 화가 나 굳어졌다. 초장에 원천봉쇄를 해야겠다는 생각이 확 들었다.

"아뇨. 자기만족이죠."

"그럼 집에서만 이런 짧은 치마 입어. 자기만족은 거울 보면서만 하고. 한 번만 더 무릎 위로 올라간 치마 입으면 계약이고 뭐고 내 맘대로 할 테니까."

"옷도 내 맘대로 못 입어요?"

동준은 자신이 생각해도 억지가 이런 억지가 없다. 평소 그는 여자의 옷차림에 비교적 관대했다. 지금까지 사귀었던 여자들도 모두 화려하고 농익은 여자뿐이었다. 그들이 어떻게 입고 다니든 그의 관심 밖의 일이었다. 그런데 하나를 쳐다보는 남자들의 시선을 보는 순간 참을 수 없었다.

하나의 말도 무척 거슬렸다.

'자상하고 따뜻하고, 음……. 저만 좋아하고 뭐 그런 거죠. 그쪽과 완전 반대라면 맘에 쏙 들어오겠네요.'

자신과 정반대가 이상형이라니……. 확실히 그는 그녀가 생각하는 그런 종류의 남자가 되지는 못한다. 어쩌면 영원히 그럴 수 없을지도 모른다. 그것이 동준의 마음을 따끔하게 바늘로 찔러오는 것 같았다. 괜한 말로 그녀를 기대하게 만들어놓고 자신의 본래 모습이 튀어나와 순진한 그녀에게 상처만 남기게 될까 봐 그것조차 두려웠다. 아니 어쩌면 곁에 머물러달라는 자신의 말을 한마디로 거절할 그녀의 본심이 더 두려울지도 몰랐다. 하나와의 관계를 이 지경까지 만든 건 자신이었기에 그는 그녀가 원하는 종류의 남자일 수가 없었다.

그녀의 이상형과 반대인 자신이지만 그녀를 보내기는 죽기보다 싫다. 이 생소한 감정이 무엇인지 동준도 혼란스러웠다. 사랑이라는 감정이 무엇인지……. 지금껏 자신이 가졌던 가벼운 사랑에서 그녀가 느끼는 사랑을 할 수 있을지…….

두렵다. 그렇지만 그녀가 떠나게 할 수는 없었다. 억지로라도 좋다……. 계약으로라도 너를 내 곁에 머물게 할 것이다. 그 시간이 되도록 오래 지속되길 바라며 그는 자신만의 욕심을 따라 잔인하게 말한다.

"그래도 할 수 없어. 넌…… 내 아내니까."

그는 자신이 입고 있던 롱코트를 그녀에게 걸쳐주었다.

하나는 뭔지는 몰라도 동준이 아내라고 부르자 가슴이 간질거렸다. 그녀는 살포시 그에게 업혔다. 그의 등이 넓어서 좋았다. 포근히 등 뒤에서 감싸는 코트에 그의 체취가 느껴졌다. 앞뒤로 그의 체취에 둘러싸여 그의 품에 안겨 있는 것 같았다.

아……. 시간이 멈췄으면 좋겠다.

하나는 따뜻함에 눈이 감겼다.

호텔에 들어서자 나 비서와 마주쳤다. 나 비서는 안경을 올리며 자신이 본 사람이 진짜 부사장인지 다시 한 번 쳐다보았다. 동준은 그의 등에 얼굴을 묻고 잠들어 있는 하나를 깨우지 않으려고 조심스럽게 걷고 있었다. 지금까지 동준이 여자에게 저렇게 신경 쓰는 모습을 본 적이 없어 낯설어 보였다.

나 비서가 놀란 얼굴로 하나를 대신 안으려 했지만 그의 나직이 울리는 단호한 목소리에 뒤로 한 발짝 물러섰다.

"잠들었으니까 내버려둬."

나 비서는 호텔 키로 동준이 머무르는 방문을 열어주었다.

평안하게 침대에 눕히고 그녀의 겉옷을 벗겨주었다. 신발을 벗긴 그는 나 비서에게 압박붕대를 부탁해 그녀의 발목을 단단히 감아주었다. 한참을 물끄러미 그녀의 얼굴을 쳐다보던 그는 이불을 덮어주곤 침실을 조용히 빠져나왔다.

동준은 하루 동안 미뤄두었던 일을 하기 위해 나 비서를 집무실로 불러 서류를 검토하며 새벽까지 잠들지 못했다.

잠에서 깨어보니 침대에 누워 있었다. 하루 종일 돌아다녔는데 씻지도 못하고 자서 몸이 찝찝했다. 발목이 당겨서 보니 압박붕대가 감겨 있었다. 그가 감아주었나 보다. 하나는 그의 자상함에 기분이 좋아져 히힛, 하고 슬쩍 웃음이 나왔다.

욕실에 가서 압박붕대를 푸니 발목이 시큰거렸다. 목욕을 다하고 옷을 갈아입자 목이 말라서 조용히 방문을 열고 라운지로 나와 보니 스탠드의 불빛만 은은하게 켜져 있었다. 그런데 소파에 누군가 누워 있었다. 천천히 다가가 보니 이불도 덮지 않고 동준이 자고 있었다.

순간 미안한 마음이 들었다. 신혼여행을 오고 나서 그는 일이 많아 무척 바빠 보였다. 그런데 자신이 아픈 바람에 밤을 새고, 일을 하고……. 오늘은 파리도 구경시켜주었다.

자신이 깨물었던 입술의 상처가 고스란히 보였다. 하나는 여행할 때 챙겨 온 비상 약상자가 생각나 침실에서 상처에 바르는 연고를 가져왔다. 깊게 잠들었는지 확인하려고 그의 얼굴 앞에서 손을 휘휘 내저어보았다. 그는 미동도 하지 않았다. 안심한 하나는 연고를 손끝에 짜내어 조심스레 그의 입술에 가져가 약을 펴 발랐다.

손가락이 그의 입술을 스쳤다. 그가 잠에서 깨어나지 않길 바라며 두근거리는 가슴을 꾹 누르고 손가락이 다시 한 번 그의 입술에 닿았을 때, 그의 서늘한 눈동자와 마주쳤다.

맙소사. 왜 이렇게 말도 안 되는 행동을 했을까 후회가 순간 밀려들었다. 당황한 하나는 어떻게 할 줄 몰라 그만 소파 아래로 고개를 처박았다. 그런데 너무 고요했다. 궁금해진 하나가 살짝 고개를 들었다 그만 나오려는 비명을 겨우 삼켰다. 그가 모로 누워 한쪽 손으로 머리를 괴고 소파 아래 바짝 엎드려서 고개만 빼끔히 들고 눈을 치켜뜬 하나를 내려다보고 있었다.

"뭐 하고 있었어?"

"저…… 그게……."

그녀는 대답을 찾아 머리를 굴렸다. 그 짧은 순간 머릿속에 오만 가지 생각이 스쳐갔다. 뭐라고 하지……. 어떻게 빠져나가지……. 넘어졌다고 할까……. 아프다고 할까…….

"이렇게 소파에서 자니까 제가 미안해져서……. 아, 맞다. 그러니까 이불! 이불 가져오려고 했어요."

그녀가 벌떡 일어나는 것을 본 동준이 자세를 바로 잡고 소파에 앉는 모습이 보였다. 그리고 재빨리 그녀의 팔목을 잡아 소파에 앉혔다.

"앗……."

중심을 잃은 하나는 소파에 앉아 그와 정면으로 시선이 마주쳤다.

"저…… 제가 여기서 자도 돼요."

"같이 자고 싶어?"

하나는 눈을 동그랗게 뜨고 손사래를 치며 말했다.

"아……. 그, 그게 아니고 동준 씨가 침대에서 편히 주무시라고……. 제가 여기서 잔다는 거예요."

하나가 당황해 말을 더듬으며 놀란 눈동자를 굴리며 그를 보니 그의 눈매가 부드럽게 웃고 있는 것 같았다. 어둠이 내려앉은 거실은 스탠드의 조명만이 은은하게 비추고 있었다. 옅은 노란색에 가까운 빛에 비춰진 그의 얼굴이 보였다. 반듯한 이마와 빨려 들어갈 것 같은 묘한 눈을 지나 날렵하게 쭉 뻗은 콧날 아래 입술에 그만 시선이 고정되었다.

가슴이 두근거렸다. 긴장이 되어 마른 입술을 혀끝으로 축이고 살짝 입술을 깨물었다. 그때 그가 무언가 마음에 안 드는지 눈살을 잠깐 찌푸리는 것 같았다. 하나는 온몸이 떨려왔다. 그래서 고개를 돌렸다. 동준이 손을 뻗어 고개를 돌리는 그녀의 턱을 부드럽게 감싸 올려 그와 눈이 마주치게 했다. 그의 시선이 아래로 내려가다 하나의 도톰한 입술에 한참을 머물렀다. 하나는 숨을 쉴 수가 없었다.

다시 시선이 마주쳤다. 그의 얼굴엔 웃음기가 사라져 있었다. 조용한 침묵을 그가 먼저 깨뜨렸다.

"키스. 가르쳐줄까?"

좀 전에 놀리던 그의 말이 억울해서 하나는 입술에 힘을 주며 말했다.

"배우면 저도 잘해요."

그녀의 도발적인 대답에 그의 입술에서 나직한 웃음이 터져 나왔다. 예상치 못한 대답에 동준이 웃고 있자 하나의 볼이 빨갛게 달아올랐다. 잠시 침묵이 흘렀다. 동준이 천천히 그녀의 얼굴에 손을 올렸다. 그가 사랑스럽게 그녀를 바라보며 그녀의 뺨을 엄지손가락으로 지그시 문질렀다. 하나는 얼굴의 느껴지는 그의 따뜻한 감촉에 가슴이 묘하게 두근거렸다.

그의 손가락이 뺨을 지나 코를, 그리고 입술을 스쳤다. 파르르 하나의 속눈썹이 떨려왔다. 동준이 가까이 다가와 고개를 숙이자 헝클어진 그의 앞머리가 하나의 얼굴을 건드려 간지럽혔다. 샤워를 했는지 그의 머리칼에서 향긋한 향이 하나의 코끝을 스쳤다. 그녀는 그가 더 가까이 다가오기를 바라며 얼굴을 내밀고 눈을 꼭 감았다.

동준은 눈을 꼭 감고 그의 키스를 바라는 그녀의 표정이 너무 귀여웠다. 그런 그녀를 보며 꾹 참으려는 웃음이 입술 사이로 삐져 나왔다. 기다려도 아무 일이 없자 하나는 눈을 동그랗게 떴다.

"먼저 해봐."

금방이라도 입술이 닿을 듯 말 듯 가까운 거리에서 미소를 지으며 짓궂게 말했다. 그의 뜨거운 숨결이 그녀의 입술에 닿았다. 자기를 놀린다는 생각에 당황하고 창피해 얼굴이 새빨갛게 익어버렸다. 하지만 문득 억울한 생각이 들었다. 분함과 오기가 발동해 눈을 질끈 감고 그의 입술에 입술을 꾹 눌렀다. 고개를 비스듬히 돌리지 않아 코와 코가 부딪치고 말았다.

어설픈 그녀의 행동에 갑자기 터져 나오려는 웃음을 참느라 그의 입술이 꿈틀거리고 한쪽 눈썹이 휘었다. 그의 긴 속눈썹 아래 하나는 눈을 감고 키스에 열심이다. 긴장이 되는지 그의 옷을 꽉 붙잡고 매달리다시피 힘을 주고 있었다. 동준의 아랫입술과 윗입술을 두서없고 어설프게 물고 빨았다. 그것도 질끈 감은 눈 때문에 그의 입술을 찾기에만 급급했다.

동그랗게 오므린 그녀의 입술이 그의 입술 사이 작은 틈새로 재빨리 작은 숨을 빨아들여 쪽 하는 소리를 내었다. 그런 하나의 모습이 너무 사랑스러워 그는 더 이상 참지 못하고 그녀의 입술을 담뿍 삼켰다. 그녀는 그의 갑작스런 행동에 놀라서 커다란 눈을 동그랗게 뜨고 깜박거렸다. 그러나 그녀는 무안해서 눈을 다시 감았다.

하나는 이대로 계속 있으면 심장이 터져버릴지도 모르겠다는 생각을 했다. 온몸이 달아오르는 것 같았다. 언제 숨을 쉬어야 할지도 몰라 정신이 몽롱해졌다. 볼에 닿았던 그의 한 손이 조심스럽고 부드럽게 그녀의 뒤통수를 그러쥐었다. 그리고 다른 한 손으로 그녀의 허리를 감싸 그녀를 더욱 밀착시켰다. 저절로 벌어진 하나의 입술 사이를 그의 말랑한 혀가 헤집고 들어갔다. 입속에 느껴지는 말캉한 촉감에 하나의 온몸이 전기가 오른 것처럼 찌릿거렸다. 그녀의 입속으로 침투한 혀가 새로운 곳을 탐색하듯 이곳저곳을 건드렸다. 키스가 진해지고 혀가 얽히며 서로의 숨결이 점점 깊어졌다.

동준이 멈출 줄 모르자 그녀가 그의 가슴팍을 조금 밀어냈다. 그런 하나의 행동이 그를 더욱 자극시켰다. 그녀의 뒤통수를 거머쥔 손에 힘이 들어가 하나의 고개가 꺾이고 그의 혀가 은밀한 안쪽을 헤매기 시작한 것이다. 그의 혀가 그녀의 입천장을 혀의 아래를 잇몸 안쪽을 유영하듯 돌아다니다 안쪽의 예민한 성감대를 집요하게 건드렸다. 빈틈없이 딱 맞게 입술을 겹치고 그녀의 혀를 강하게 휘감아 거침없이 빨아 당겼다. 달큰한 숨을 토해내며 하나는 저도 모르는 신음이 새어 나왔다.

"하아……."

허리를 감던 손가락이 키스 중간중간 끊임없이 그녀의 머리카락과 귓가, 목덜미를 부드럽게 쓰다듬고 있자 사랑받는 느낌이 들었다. 하나의 머릿속에는 한 번도 느껴보지 못한 그가 주는 자극에 몸이 녹아내리는 것만 같았다. 그리고 그의 능숙한 혀놀림에 그녀의 머릿속은 새하얘졌다.

그가 갑자기 동작을 멈칫했다.

하나의 흐릿한 눈에 그는 무엇을 참는지 얼굴이 구겨지는 것 같았다. 그것도 잠시……. 부드럽게 그녀를 머리를 쓰다듬었다. 그리고 그녀의 얼굴에 자잘한 키스를 해주었다. 열기를 식히듯……. 그녀를 배려하듯……. 그리고 마지막으로 그녀의 입술에 쪽 하고 입을 맞추었다. 그녀에게 떨어진 동준이 싱긋 웃고는 기특하다는 듯 머리를 쓰다듬으며 말했다.

"잘했어. 풋내기는 여기까지야."

그가 얄미울 정도로 끝까지 놀리자 하나는 그만 풀이 죽었다.

'정말 형편없었나 봐.'

하나는 아랫입술이 삐죽하고 나와서 기죽은 아이같이 앉아 있었다. 그런 모습을 보자 동준이 낮게 웃으며 타박하듯 말했다.

"그러게 이제 어떡하냐? 키스도 못하지……. 얼굴도 못생겼지……. 몸매는 착하지."

그가 완전 놀린다. 부끄러움에 하나의 얼굴이 빨갛게 달아올랐다. 자기 혼자만 그의 키스에 열이 올랐나 보다. 아직도 온몸에 열기가 가득했다. 그는 아무 일 없었던 것처럼 평소와 똑같아 보였다. 조바심에 눈을 내리깔고 입술을 깨물던 하나의 얼굴을 두 손으로 감싸 쥐고 바라보던 그의 눈가에 웃음이 찼다. 가볍게 이마에 키스하며 속삭였다.

"할 수 없지, 뭐. 내가 데리고 살아야지."

따뜻한 입술, 나직한 웃음……. 그의 마지막 말에…… 하나의 마음이 간질거렸다.

동준은 집무실에서 오늘 마무리할 서류를 최종 점검했다. 파리 유명 백화점으로부터 db패션의 론칭쇼와 입점할 수 있는 조건을 수락한 상태였다. 어제 낮에 차 안에서 전화를 통해 나 비서가 영국뿐 아니라 다른 유럽의 명품 백화점에 장안 투자금융이 db패션에 힘을 보태주었다는 정보가 나돈다는 연락을 받았다. 그것뿐 아니라 db패션에 적극적인 투자를 위해 미팅을 잡고 싶다고 전화 접촉이 왔다는 것이다.

"장안 투자금융……."

마호가니로 책상 앞에 앉은 동준의 얼굴에 검은 그림자가 드리웠다.

"……최예린 ……너니?"

회전의자에 기대어 앉아 있는 동준의 눈빛이 싸늘하고 얼음장처럼 차가워 보였다.

똑똑똑. 노크소리와 함께 하나가 문 안으로 고개를 삐죽이 내밀었다.

"들어가도 돼요?"

"응."

문을 열고 들어온 하나는 바쁘게 일하는 동준을 보며 자신이 방해를 한 것 같아 머뭇거리며 집무실 소파에 앉았다.

"무슨 일이야?"

그는 하나가 아침부터 집무실로 온 이유가 궁금했지만 갈무리해야 할 일들이 있어 하나를 보다 다시 서류에 눈길을 돌렸다.

"계약서 쓰려구요."

하나가 용기를 내어 조심스럽게 말하자 미간이 찌푸려졌다. 침묵이 꽤 길었다. 고개를 든 동준이 낮고 차분한 목소리로 입을 떼었다.

"꼭 써야 해?"

"네."

하나는 야무지게 고개를 끄덕였다. 다시 침묵이 흘렀다. 하나는 잘 알고 있었다. 계약관계로 시작된 그들의 관계는 그 이상도 그 이하도 아닌 것이다. 사람은 쉽게 변하지 않는다는 걸…… 잠깐 보인 그녀에 대한 그의 호감이 영원할 거라고 믿는 것처럼 어리석은 일은 없을 것이다. 그는 경험이 많고, 그녀는 그저 스쳐 지나가는 여자 중 하나일 뿐이다. 그것도 그를 만족시킬 줄도 모르는 풋내기다. 어젯밤에 충동적으로 한 키스도 하나 혼자서만 들떠 있는 것 같았다.

조만간 서툰 그녀가 싫증이 나서 그가 먼저 헤어지자고 하겠지……. 그래……. 그를 보는 욕심은 1년으로 족하다. 그래도 아내로 있었으니까……. 시간이 한참 지난 후 한 번쯤은 그가…… 기억해줄까…….

생각에 잠겨 있던 하나를 향해 동준이 무심하게 말했다.

"그럼 이거 다 끝날 때까지 기다려."

계속 노트북 모니터만 응시하고 하나 쪽을 쳐다보지도 않았다. 그리고 바쁜 손놀림으로 서류를 정리하고 있었다.

한동안 시간이 지나도 그가 미동도 않고 일에 집중하고 있자 하나는 심심해졌다. 소파에서 일어나 집무실을 걸어 다녔다. 그녀가 입은 자잘한 꽃무늬의 네이비 원피스가 하늘거렸다. 그녀가 그에게 방해될까 봐 까치발을 들고 조심스럽게 걸어 다녔다. 벽에 걸려 있는 그림을 감상하다 창가 쪽에 놓인 조각상도 한번 만져보았다.

하지만 하나가 돌아다니자 동준은 오히려 자꾸 신경이 쓰였다. 사실 그녀가 집무실에 온 때부터 제대로 일을 할 수 없었다. 오늘은 그가 말한 대로 무릎 아래 치마를 입었는데도 그녀가 야해 보였다. 잘록한 허리, 차분하게 내려진 머리카락, 크고 깊은 눈동자, 뽀얀 피부, 그리고 저 붉은 입술…….

저…… 입술……. 그게 말썽이다.

지금까지 잘못한 일이 많아 그녀에게 다가가지 못하고 주위만 맴돌 뿐이었지만 어제저녁, 먼저 다가온 그녀를 보며 자신을 싫어하지 않으니 다행이라고 생각했다. 이제는 보기만 해도 키스하고 싶고, 안고 싶고, 그녀와 자고 싶었다. 그러나 앞서 나가면 그녀가 놀라서 도망갈 것 같아 예전처럼 함부로 할 수는 없었다.

그래도 조금은 가까워졌는가 싶었는데 오늘은 계약서를 써달라고……. 두 발자국 그녀의 마음이 그에게서 멀어져간 느낌이다. 왜, 무엇 때문에 계약을 운운했을까. 그럼 계약 없이는 자신과 있고 싶지도 않다는 건가? 몹시 기분이 나빠졌다.

어느새 하나가 그의 뒤로 와 노트북 모니터를 보고 있었다.

"어……. 이거 내 작품이다."

이 순진한 아가씨는 경계심도 없이 자신 앞에 불쑥 얼굴을 내밀며 소리쳤다. 그것도 환하게 웃으며 말이다.

"맞아. 네가 디자인한 것이 요즘 트랜드에 적중했어."

"와……. 저, 정말이네."

그녀의 뽀얀 뺨에 열이 올라 발그레해졌다.

자신이 디자인한 옷이 유럽에서 팔리다니, 가슴이 두근거렸다.

그 쿡 웃는 소리가 들리는 것 같았다. 또 놀리는 것 같았다. 하나는 고개를 돌리다 깜짝 놀라고 말았다. 너무 가까이 그가 있었기 때문이다. 모니터에 익숙한 옷이 있어 가까이 갔다가 얼굴이 스치기만 해도 닿을 것 같은 곳에 그가 있다는 사실까지 잊었었나 보다.

"이것도 부사장님이 하신 거예요?"

하나는 금방 실망스런 표정을 지으며 떨리는 목소리로 물었다.

"정하나……. 너 재능 있어. 정식직원이 된 것도 순전히 네 실력이야."

그의 말에 하나는 구름을 걷는 기분이 들었다. 능력 있는 상사에게 재능을 칭찬받고 있다니…….

"공부를 좀 더 해보는 건 어때?"

"네?"

"회사에 복직하는 건 다음으로 미뤄."

"어……."

그녀는 갑작스런 그의 제안에 무슨 말을 해야 할지 몰랐다.

"병원에서 어머니도 매일 봐야 할 거고……. 시간 날 때 대학원도 다니도록 해."

그는 대학원 공부면 그녀를 최소한 2년은 묶어둘 수 있다는 생각이 들었다.

"그렇지만…… 그건."

"부사장 아내인데 평사원으론 지낼 수 없잖아."

"좀…… 생각해볼게요."

"오늘은 일 때문에 시간을 내줄 수가 없어."

그가 일어나면서 하나와 마주 보며 서 있다가 고개를 숙이고 이마에 가볍게 키스를 하며 말했다.

"미안해. 다음 여행 때는 이렇게 바쁜 스케줄은 안 잡을게."

그가 휴대폰으로 나 비서에게 전화해 미팅을 위해 차를 대기시키라고 전하며 서둘러 나가려 했다.

"계약서는…… 계약서는요."

오늘은 무슨 일이 있어도 계약서를 받아야 한다고 하나는 생각했다. 다급한 목소리로 종종거리며 그의 뒤를 쫓아가 써달라고 되풀이하며 중얼거렸다.

"꼭 써야 하는 이유라도 있어?"

뒤돌아선 동준이 하나를 바라보았다. 그녀의 당황스런 표정에도 동준은 화가 난 것 같았다.

"써주신다고 하셨잖아요."

그녀를 잠시 뚫어지게 응시하던 그가 인내심이 바닥을 드러내었는지 짜증스런 한숨을 쉬었다.

"휴……."

그가 뒤돌아서서 하나의 어깨를 꽉 잡으며 한동안 말이 없었다.

"어떤 걸 원하는지 네가 직접 만들어. 그럼 사인할 테니까."

차갑고 냉랭한 그의 목소리에 하나의 명치 끝이 시큰거렸다.

하나는 자신과의 계약을 하찮게 생각하는 그가 미웠다.

그녀를 뒤에 남기고 나가며 그의 가벼운 한숨 소리와 함께 문이 닫혔다.

7. 아내와의 연애

신혼여행을 다녀온 후 평창동 시부모님과 하나의 어머니께 인사를 드리고 신혼집인 한남동에 도착했다. 평창동 집보다는 아담한 집이었다. 그렇지만 하나의 눈에는 어마어마한 궁궐처럼 느껴졌다.

"구경해도 돼요?"

"맘대로……."

신난 어린아이처럼 이 방 저 방을 일일이 돌아다니며 방문을 열고 보는 하나가 귀여워 쿡 웃음이 나왔다.

"아, 좋다……. 두 사람만 살기엔 정말 크네요."

그리고 1층에 있는 부엌 근처 방문을 열고 하나는 소리쳤다.

"저 이 방 쓸래요."

신혼여행 중 쓴 하나의 계약서엔 결혼 1년 계약과 각방 쓰기가 포함되어 있었다. 여행 마지막 날 하나가 쓴 계약서를 받고 한동안 동준은 말이 없었다.

"윤 집사님이 내일부터 오실 거야. 도우미랑 정원 관리하시는 분은 따로 오시니까 집안일엔 그다지 신경 쓰지 않아도 될 거야."

"아…… 네."

동준이 욕실에 가서 씻을 동안 하나는 저녁을 준비했다.

엄마가 없을 때 하나가 항상 음식을 만들었기 때문에 손놀림이 빨랐다. 냉장고 안 재료들은 최상급이었다. 보글보글 된장국과 그릴에 노랗게 구운 갈치와 나물 몇 가지, 아삭아삭 김치까지……. 그저 평범한 밥상이었다. 그래도 결혼하면 꼭 하루에 한 끼 정도는 손수 차려주고 싶었다. 다정하고 따뜻한 집을 만들고 싶었다.

일상의 당연한 것들에 대해 행복감을 느끼며 콧노래가 나왔다. 고소한 된장국 냄새가 집안 가득 퍼지기 시작하자 하나는 웃음을 지었다.

이 정도면 그가 좋아할까……. 괜히 마음이 들떴다. 하나는 그를 찾으러 거실로 쪼르르 달려갔다. 아직 2층에서 그가 내려오지 않았는지 아무도 없었다.

'이상하다……. 엄청 시간이 지났는데…….'

하나는 2층으로 이어진 계단을 지나 오른쪽에 있는 그의 방에 가서 노크를 했다. 아무 소리도 들리지 않아 망설이다가 문을 살며시 열었다. 따뜻한 아이보리색으로 꾸며진 방에는 커다란 킹사이즈 침대가 놓여져 있었다. 방 한쪽에 있는 장식장에 놓여 있는 그의 어릴 적 사진을 구경하였다. 꼬꼬마 때부터 MBA학위를 받았을 때 사진도 놓여 있었다. 테니스하는 사진과 미식축구 유니폼을 입은 사진을 보니 스포츠도 좋아하는 것 같았다.

"와……. 어릴 때 귀엽다."

동준의 어릴 적 사진이 귀여워 한참을 바라보았다.

그의 아기를 낳으면 이렇게 귀여울라나……. 하나는 저도 모르게 음흉한 생각이 머리에 가득 차자 고개를 살래살래 흔들었다.

아, 진짜……. 음란마귀는 물러나라.

그때 안방과 연결된 드레스룸에서 그가 누군가와 통화하는 소리가 들렸다. 조금 기다렸다가 나오면 식사하라고 말해야겠다고 생각하며 하나는 뒷짐을 지고 걷다가 인기척에 뒤를 돌아보았다. 그가 수건으로 젖은 머리를 말리며 나오고 있었다.

하나는 옅은 미소를 지으며 그의 얼굴을 보다가 몸 쪽으로 시선을 내렸다. 그녀의 얼굴이 하얗게 사색이 되어버렸다. 그는 바지만 입고 상체엔 아무것도 걸치지 않는 상태였다. 짧은 순간이었지만 그의 단단한 근육이 한눈에 보였다. 신혼여행 때 강제로 그의 품에 안겼던 생각이 갑자기 떠올랐다.

도망가야겠다는 생각만 들어 방문을 향해 후다닥 뛰었다.

하나는 저도 모르게 입에서 괴성을 지르고 말았다.

"어, 엄마야!"

문고리를 쥐고 문을 열려고 했는데 꼼짝도 하지 않았다. 그가 어느새 문에 몸을 비스듬히 기대고 서서 그의 체중을 실었기 때문이었다.

"뭐, 뭐예요?"

하나가 정색을 하며 말하자 그는 어이없다는 듯한 얼굴로 눈을 내리깔고 시니컬하게 대답했다.

"그건 내가 할 소리인데? 여기 몰래 들어온 건 그쪽이거든. 같은 방 쓰려고 들어온 거야?"

자꾸 벗은 그의 몸이 신경 쓰여 시선을 어디에 둘지 몰라 당황하며 말했다.

"아니라구요."

"그럼 온 이유를 말해야지. 안 그러면 신부가 신랑 방에 올 딴 이유가 없잖아?"

"저……."

눈을 동그랗게 뜨고 그를 올려다보다 다시 미끄러지듯 시선을 내렸다. 하나는 머릿속이 새하얗게 변해버린 것 같았다.

여기가 어디고…… 뭘 하러 왔지.

멍청한 자신을 한없이 탓하며 멍하니 고개만 숙이고 있었다. 그가 너무 가까이 있어 숨이 잘 쉬어지지 않았다. 가슴이 주책없이 뛰기만 했다.

"저…… 좀 떨어지면 안 돼요?"

"아니. 난 이게 딱 좋은데."

그는 안절부절 당황하는 그녀를 미소 지으며 내려다보았다.

"아, 진짜……."

하나는 할 수 없이 그를 보지 않기 위해 얼굴을 돌려 문에 코를 박고 가만히 있었다. 그제서야 식사하라고 말하러 온 게 생각이 났다. 기어 들어가는 목소리로 말했다.

"식사하러 내려오세요."

그렇게 겨우 말하고 나서 그 자리에서 풀려날 수 있었다.

총총거리며 서둘러 계단을 내려가는 그녀의 모습을 보며 동준은 나직이 웃음을 터트렸다. 부엌으로 내려온 하나는 자꾸 그의 벗은 상체가 생각이 나서 가슴이 두근거렸다.

미쳤나 봐. 미쳤어……. 고개를 열심히 흔들며 그 생각을 쫓으려고 행주로 싱크대를 빡빡 열심히 닦았다. 그가 집에서 입는 편안한 추리닝을 입고 2층에서 내려왔다. 그리고 식탁에 차려진 밥상을 보곤 잠시 멈칫했다.

"반찬이 너무 없죠?"

아마 그는 항상 산해진미만 먹어서 이런 조촐한 밥상은 처음이겠지. 그는 아무런 대꾸 없이 의자에 앉아서 식사를 했다.

"된장국이 정말 맛있어."

그가 뱉은 첫마디에 하나는 눈을 커다랗게 떴다.

"정말요?"

하나가 배시시 웃었다.

아, 또 칭찬 받았다. 그가 칭찬하니 기분이 날아갈 것 같았다.

"제가 가시 발라드릴게요. 엄마가 항상 가시 발라줘서 가시 없애는 데 저도 선수예요."

하나는 꼼지락거리며 가시 바르는 데 열중이었다. 입술을 오므리며 미간을 모아 집중하는 태도가 큰일을 앞둔 사람처럼 비장했다. 동준은 그 모습을 보면서 웃음이 나왔다.

그의 밥 위에 덩치가 큰 갈치 살점이 올라와 있었다. 그가 먹는 걸 하나가 지켜보고 있었다.

"너도 먹어."

그의 말을 듣자 하나도 밥을 소복하게 떠서 입에 넣어 오물거리며 맛있게 먹었다. 같은 공간 같은 시간에 그와 그녀가 마주 앉아 있다. 그녀는 시시껄렁한 중요하지도 않은 이야기를 쉴 새 없이 재잘거리며 말했다. 그는 무엇이 재미난지 그녀의 이야기에 귀 기울이고 있었다. 간간이 그들의 웃음소리가 들렸다.

동준은 간만에 숨이 쉬어지는 것 같았다. 쉼 없이 앞만 보고 내달렸던 지난 시간 동안 벅찰 정도로 무거웠던 업무량을 잠시 내려놓고, 그녀의 청량한 음성과 그녀가 차린 소박하고 따뜻한 저녁을 함께 나누고 있다.

그래, 사람들이 말하는 행복이…… 이런 것일지도 모른다는 생각이 잠깐 동안 그의 머릿속에 스쳤다.

유럽에 진출한 db패션은 좋은 실적을 거두었다. 출발이 좋았다. 태영그룹에서 계열사 중 만년 꼴찌였던 db패션은 중국과 동남아를 넘어 유럽에까지 자리를 잡으면서 그룹 안에서도 입지가 탄탄해졌다. 매출뿐만 아니라 브랜드도 고급화되어 작년 대비 크게 성장하였고 앞으로 전망도 밝았다. 회사 내 소문으로는 부사장의 태영그룹 백화점 사장 승진이 확실하다는 말들이 오고 갔다.

곧 있을 업무 보고 때문에 동준은 며칠 동안 눈코 뜰 새 없이 바빴다. 분기 총 매출, 지역별 순익뿐 아니라 최근 트렌드 방향, 본사 지시 사항까지 조금의 실수도 없어야 했다. 숫자 하나 오타 하나까지 일일이 챙기는 까다로운 부사장 때문에 밑에서 일하는 직원들은 항상 바늘방석이었다.

며칠째 제대로 자지 못한 동준은 손을 들어 피곤한 눈을 쓰다듬다 지끈거리는 관자놀이를 지그시 만졌다. 좀 쉬다가 나머지 서류들을 들여다볼 참이었다.

커피를 비서에게 주문하기 위해 키폰을 눌렀다.

"커피 한잔 가져다줘."

나 비서가 커피를 가지고 들어왔다. 커피에 손을 뻗어 천천히 마시다 다른 생각이 떠올랐는지 다시 나 비서에게 확인차 물었다.

"낮에 지시한 것 준비는 다 됐어?"

"네. 다시 한 번 체크해두었습니다."

"알았어. 나가봐."

나 비서가 얼굴에 희미한 미소를 지으며 말했다.

"사모님이 좋아하실 것 같습니다."

"그래?"

동준이 커피에 손을 뻗어 마시다 커피 잔을 내려놓았다. 의자에 몸을 묻은 채 그는 잠시 눈을 감았다. 하나를 떠올리자 그의 얼굴에 슬그머니 미소가 머금어졌다.

벌써 결혼한 지 두 달 정도 지난 지금, 하나도 결혼생활에 어느 정도 적응한 상태였다. 특히 윤 집사와는 무슨 할 이야기가 그렇게 많은지 자기들끼리 쿵짝이 잘 맞아 하루 종일 재잘거리는 통에 쉬는 날에 제가 자리를 피해줄 정도였다. 거실에 앉아 신문을 읽으며 가만히 들어보면 거의 대부분 자신의 어린 시절 이야기를 하면서 그를 씹고 흉보는 내용이 대부분이었다. 그가 미간을 찌푸리며 헛기침을 하면 두 사람은 눈치를 살며시 보다가 속닥거리며 부엌으로 들어가곤 했다.

그런가 하면 아침에 쪼르르 안방에 있는 침대에 올라와 잠이 부족한 그를 사정없이 흔들어 깨우는 것도 하나였다. 이제는 그가 무섭지도 않은지 두 눈을 부릅뜨고 안 일어나면 간질이기까지 했다. 아침을 먹지 않고 가는 날엔 현관 앞까지 나와 바나나와 사과를 간 주스를 억지로 먹게 했다. 일이 많아 점심도 거르는 날이 많다는 사실을 알고 언젠가부턴 매일 문자로 메시지를 보냈다.

[점심 먹었어요? 인증샷, 인증샷.]

인증샷까지 꼭 찍어 보내야 겨우 그녀의 문자에서 해방되었다.

윤 집사까지 모두 퇴근하고 조용한 집에 혼자 있을 하나를 생각하며 동준도 되도록 일을 빨리 마무리하려고 애를 썼다. 너무 일이 많을 경우엔 결재서류를 싸들고 집으로 갈 때가 많았다. 벨 소리에 귀를 쫑긋거리며 쪼르르 현관 앞으로 달려와 해사하게 웃는 그녀를 보면 하루 피로가 사라져버리는 것 같았다.

뭐, 아쉬운 것이 있다면…… 스킨십 진도는 최하점이라는 것.

휴……. 가벼운 한숨을 들이켜며 천천히 감겨진 눈꺼풀을 들어 올렸다. 동준은 책상에 놓인 커피를 마시며 벽에 걸린 시계를 응시했다. 약속된 시간까지 끝내려면 서둘러야만 했다.

오랜만에 한국에 오니 낯선 기분이 들었다.

인터넷을 검색하다가 그의 결혼 소식을 접하고 한동안 넋이 나간 채 멍하니 있었다. 차창에 지나가는 풍경들을 보며 예린은 붉은 입술을 질끈 깨물었다.

그땐 그를 떠나는 것이 최선이라고 생각했고, 그는 기다려줄 줄 알았다. 자신이 여기, 한국에 돌아올 때까지…….

갑자기 온몸에 열기가 솟구치는 것 같아 창문을 스르르 내렸다. 찬바람을 맞으며 예린은 씁쓸한 미소를 지었다. 그리고 바람에 나부끼는 부드러운 검은색 긴 머리를 한 손으로 쓸어 올렸다. 가슴까지 파인 흰색 실크블라우스에 호피무늬 치마를 입고 어깨엔 붉은 재킷을 걸치고 있었다. 그녀의 외모는 다른 사람의 시선을 한 번에 사로잡을 정도로 화려했지만 가늘게 올라간 눈매가 예리하고 이지적으로 보였다.

db패션에 도착한 검은색 세단이 회사 입구에 들어섰다. 검은 양복을 입은 경호원들이 차 주위에 서 있었다. 차에서 천천히 내린 예린이 건물 출입구를 향해 걸어 들어갔다. 회전문에 몸을 맡기고 천천히 들어가면서 숨을 크게 들이쉬었다.

그를 잃을지도 모른다는 조바심을 떨쳐버리기라도 하듯 그녀는 고개를 쳐들고 허리를 꼿꼿이 세워 당당하게 걸으며 입가에 기분 좋은 웃음을 흘렸다.

'아직 늦지 않았어.'

"내가 보낸 옷 입고 7시까지 집 앞에 나와 있어."

-중요한 모임인가요?

"뭐…… 중요하다면 중요하지."

-알겠어요.

하나와의 통화를 끝내고 동준이 고개를 들자 문 입구에 느긋하게 기대서서 그의 모습을 바라보는 키 큰 여자가 보였다.

검은 두 눈동자…… 무척 낯익은…….

"하나도 안 변했네?"

약간 긴장한 듯한 그녀의 목소리가 조용한 사무실에 울렸다. 이 남자는 참 슈트가 잘 어울린다고 예린은 생각했다. 눈보다 더 하얀 셔츠에 남색 넥타이가 눈에 띄었다. 잘빠진 턱선과 목 아래 셔츠 깃이 무척 빳빳해 보였다. 책상에 놓인 그의 손목에 있는 커프스 단추가 햇빛에 반짝였다. 무심한 그의 눈동자와 마주치자 예린은 심하게 아파오는 가슴을 짓누르며 속으로 혼잣말을 되풀이했다.

아직 늦지 않았을 거라고……

"어쩐 일이지?"

차갑게 가라앉은 두 눈과 마주치자 예린은 흔들리는 마음을 다잡고 그가 앉은 책상으로 천천히 걸어가며 담담히 입을 열었다.

"우리 사이가 꼭 일이 있어야 만나는 사이야?"

다시 사무실 안에 정적이 흘렀다. 무심한 눈동자로 그녀를 한

번 쳐다본 그가 서류에 눈을 떼지 않고 말했다.

"개인적인 거야? 아님 사업상 만남인 거야?"

"겸사겸사."

"개인적인 거라면 난 너한테 볼일 없는데."

고개조차 들지 않고 감정이 실리지 않은 그의 차갑게 가라앉은 목소리에 예린은 얼굴을 일그러트리며 애꿎은 치맛자락을 만지작거렸다. 차갑고 서늘한 눈매. 처음 그를 보았을 때도 그랬었다. 그녀가 대학을 졸업하고 잠시 한국에 머물렀던 시기였다. 재벌 자녀들의 모임에 카이와 함께 왔었을 때. 예린은 차갑고 이지적인 그를 보고 첫눈에 반했었다.

조심스럽게 다가간 그는 의외로 다정했다. 이후 예린은 집안끼리의 혼사가 오갈 수 있도록 엄마를 조르기도 했다.

"서운하네. 난 동준 씨가 이렇게 빨리 결혼할 줄 몰랐어. 적어도 내가 영국에서 올 때까진 기다릴 줄 알았는데."

"5년 전에 벌써 끝난 일이야. 너랑 나 사이. 시작도 네가 먼저, 끝낸 것도 네가 먼저였어."

"그땐 나도 너무 어렸어."

그럴 수밖에 없었다. 어디서부터 시작된 소문인진 몰라도 그의 어머니가 불륜녀였다는……. 그조차 김 회장의 핏줄이 맞는지 의심된다는 억측들에 휩싸였다. 예린의 어머니는 동준과 만나는 것에 어머니는 분노했고 집에 찾아온 그의 면전에 대고 싸늘하게 일갈하던 장면이 떠올랐다.

그녀 또한 그런 소문이 싫었다. 당시 모든 사람의 부러움의 대상이었던 자신의 위치가 꼭 나락으로 떨어지는 것 같았다. 그래서 영국으로 도망치듯 그를 떠났다.

"우리 사이, 인연이 거기까지였나 보지."

무표정으로 아무렇지 않게 그녀와의 인연을 끝내는 그의 담담한 목소리에 예린은 가슴이 아프게 저려왔다.

"저녁이나 먹으면서 얘기하자. 사업 이야기도 좀 하고."

그래도 이대로 끝나서는 안 된다.

"나 오늘 저녁 약속 있어. 사업 미팅이라면 비서 통해 일정 잡어. 절차를 무시하는 행동, 너답지 않아."

자존심을 내려놓고 어떡하든 그와의 만남을 이어나가고 싶었다.

"중요한 저녁 약속 아니면 취소하지그래. 오랜만에 용기 가지고 찾아온 사람 무안하게."

"중요한 약속이야. 나 지금 많이 바빠. 미안하지만 그만 나가줬으면 좋겠는데……."

그의 손가락이 키폰을 누르는 모습을 보고 예린은 당황스러웠다. 완전히 자신을 무시하고 있었다.

"나 비서. 최예린 씨 지금 가시니까 안내해드려."

예린은 입술을 질끈 깨물었다.

"또 보게 될 거야. 동준 씨."

동준의 눈동자가 예린을 똑바로 응시했다. 그녀의 속마음을 꿰뚫는 듯한 날카로운 눈동자. 뭔지는 모르지만 그가 변한 것 같았다. 알 수 없는 불안감에 예린의 눈동자가 흔들렸다.

이대론 끝낼 수 없어. 난 아직 당신에게 미련이 남아.

그와 헤어지고 수많은 남자를 만났지만 결국 그를 잊을 수가 없었다. 한참 헤매다가 돌아온 제자리, 이젠 그를 절대 놓치지 않을 거라는 생각.

기회가 올 거야……. 사무적인 만남이라도 지속되길 바라는 마음에 그녀는 희미한 미소를 지으며 사무실을 나왔다.

피아노 연주소리가 고급 레스토랑에 울려 퍼지고 있었다. 예약으로만 손님을 받는 2층은 차별화된 인테리어 감각으로 고급스러웠다. 레스토랑 가운데 놓인 그랜드피아노를 연주하는 피아니스트의 환상적인 손놀림에 따라 은은하게 들리는 음악은 듣는 사람의 귀를 즐겁게 하였다.

통유리창 너머 한강을 바라보면서 예린이 스테이크를 썰고 있었다. 동준과 만나고 싶은 마음에 예약한 자리였지만 지금 그녀 앞엔 그녀의 이종사촌 한 대리가 앉아있었다.

"언니 나 만나려고 이렇게 좋은 레스토랑 예약한 거야? 역시 언니밖에 없어."

예린은 한 대리를 향해 어색한 미소를 지으며 냅킨으로 입가를 닦았다. 그러자 한 대리가 놀란 눈을 하며 입속에 있던 와인을 꿀꺽 삼켰다.

"저, 저기, 우리 부사장인데?"

예린이 고개를 잠시 돌리자 한참 떨어진 테이블에 식사에 집중하는 동준이 보였다. 중요한 약속이란 게 이곳이었는지, 대체 어떤 중요한 약속이기에……. 예린이 그의 옆에 있는 상대를 보기 위해 고개를 쭉 뺐다. 그의 옆에 넥라인까지 레이스가 올라와 있는 슬림한 시스루 드레스를 입은 여자가 보였다. 입은 옷 때문에 그런가 고혹적이고 은근히 섹시한 분위기를 풍기는 여자였다. 여자가 그를 보고 웃으며 말하고 있었다.

그런데 그가 웃고 있었다. 그가 환하게 웃고 있다…….

저런 모습은 예린도 처음이었다. 그녀가 말할 때마다 그의 시선이 오롯이 그녀를 좇고 있었다.

"같이 있는 사람…… 누구야?"

"우리 직원. 와이프야. 신데렐라지, 뭐."

"그래……? 부사장이랑 결혼한 사람이 회사 직원이었어?"

"응."

예린은 그 여자의 신상에 관한 이야기가 나오자 하나도 놓치지 않으려는 듯 귀를 쫑긋 세우고 듣게 되었다. 냅킨으로 입을 닦던 한 대리가 기가 막히다는 듯한 표정을 지으며 말을 이었다.

"참…… 부사장, 완전 저 여자한테 빠져서 제정신이 아니야."

한 대리의 말에 예린은 목구멍에 무언가 꽉 막히는 것만 같았다. 동준이 다른 여자에게 빠져 있다는 말이 너무 듣기 싫었다. 자신이 없는 사이 자신을 향하던 그의 웃음도 빼앗겨버렸다. 다른 여자를 좇고 있는 그의 시선에 가슴이 미어질 듯 아파왔다.

"어떤 여자야?"

"언니랑 비교하면 완전 평범하지."

"그래?"

"그러고 보면 부사장도 참 이상해. 예쁜 거로 치면 지금 제일 핫한 연예인인 전세린이 훨씬 예쁘고…… 재력으로 쳐도 상당한 집안들도 많은데 하필 말단 직원인 정하나인지. 알다가도 모를 일이야."

예린은 갑자기 속에서 알 수 없는 화가 솟구쳐 올랐다. 잠시라도 더 이곳에 머물다간 분노로 심장이 터져버릴 것 같았다. 손에 쥐고 있던 나이프와 포크를 거칠게 내려놓고 자리에서 벌떡 일어났다. 한 대리는 의아한 눈으로 올려다보았다.

"나 먼저 갈게. 일이 있던 걸 깜빡 잊고 있었나 봐."

너무 놀라서 눈만 깜빡거리는 한 대리를 무시하고 예린은 그곳을 빠져나갔다. 한 대리는 기가 막혔다. 자기가 불러놓고는 무슨 이런 시답잖은 경우가 있는지 미간이 절로 찡그려졌다.

한참 후 음식을 다 먹은 한 대리는 카운터에 계산서를 내밀며 이를 박박 갈고 말았다.

"젠장, 우라질. 제대로 망했다."

한 대리는 영수증에 찍힌 금액을 보며 발만 동동 굴렀다.

"돈은 내고 가야지. 그냥 가면 나보고 어쩌라는 거야."

극장 안에 들어선 동준과 하나는 영화표의 좌석을 확인하고 앉았다. 스위트관이라 그들만을 위해 마련된 조그만 탁자가 앞에 있어, 그 위에 콜라와 팝콘을 올려놓았다. 고개를 이리저리 돌리며 주위를 돌아보던 하나는 동준에게 다가가 귓속말로 소곤거렸다.

"이 영화 재미없나 봐요? 영화 보는 사람이 우리밖에 없어요."

하나가 약간 실망한 표정을 지으며 긴 속눈썹을 깜박거리며 말했다.

"그래?"

나 비서에게 영화관을 잡으라 했더니 통째로 빌린 모양이다. 그는 그녀가 부담스러워 할까 봐 모른 척했다. 뾰루퉁하게 아랫입술을 쏙 내밀고 있는 하나가 귀여워 슬쩍 웃음이 나왔다.

"처음 영화관에 왔는데 재미없으면 속상하잖아요."

"그런가……. 그럼 영화 보다 자도 불평하기 없기다."

하나는 건조한 그의 목소리에 속이 상했다.

볼멘소리로 그를 보며 투덜거렸다.

“그러면 안 돼요. 영화 보고 이야기 못 나누잖아요? 영화 배경에 나왔던 장소가 좋았다, OST도 같이 듣고 주인공이 멋있다, 저 캐릭터 맘에 안 든다……. 뭐 그런 거 얘기해야 하는데 자면 못 하잖아요. 친구랑은 2시간 영화 보고 이틀씩도 이야기하는데, 안 그럼 뭐하러 같이 봐요.”

의자에 느른하게 등을 기대며 동준이 다리를 꼬았다. 그리고 고개를 돌려 하나를 향해 싱긋 입꼬리를 올리며 말했다.

“알았어요. 고집쟁이 아가씨. 그래도 이틀은 너무 심한 거 아니야?”

“아뇨. 꼭 난 이틀 동안 이야기할 거예요!”

자신의 말에 타박한다고 생각하고 오기가 발동했는지 앞으로 튀어나올 것 같은 전투적인 자세를 취하는 하나를 보며 동준이 웃고 만다. 하나는 팝콘을 입에 넣고 빨대로 콜라를 마시다 어두운 극장 안을 다시 둘러보았다.

“어, 여기 설마…… 촌스럽게 통째로 빌리고 그런 거 아니죠?”

통째로 빌리는 게 촌스러운 건가.

당황한 동준은 헛기침을 하며 어깨를 으쓱이고 얼버무렸다.

“아니, 그럴 리가.”

“어…… 이상하다……. 그럼 영화가 정말 재미없나 봐…….”

고개를 갸우뚱하던 하나는 금세 영화가 시작되자 영화를 보느라 말이 없어졌다.

영화는 스릴러 영화였다. 한참 범인이 누구인지 집중하던 하나는 한 장면도 놓치지 않으려 초집중 모드였다. 빠져들 듯 재미있던 영화의 여주와 남주가 얽히고설키다 서로 좋아하게 되면서 스릴러 영화가 남녀 간의 19금 애정씬으로 변해갔다. 하나는 옆에 동준이 신경 쓰여 침도 꼴깍 삼키지 못하고 커다란 눈만 껌뻑거렸다. 고개도 돌리지 못하고 뻣뻣이 몸이 굳은 채 앞만 주시하고 있었다.

어색하게 이런 민망한 장면을 같이 보다니……. 화면이 온통 살색으로 가득했다. 거친 숨소리가 극장에 가득 찼다. 더 이상 참을 수 없어 고인 침을 삼키자 하나의 귀에 그 소리가 천둥처럼 크게 들렸다.

꼴깍. 툭. 하나는 어깨에 무언가 툭 떨어지자 소스라치게 놀랐다. 언제 잠이 들었는지 그의 머리가 툭 하고 그녀의 어깨 위로 떨어진 것이다. 가까이 있는 그의 숨소리가 크게 들리기 시작했다. 그의 뜨거운 입김이 그녀의 뺨에 흩어졌다. 이건 완전 4D 영화 같았다. 쌕쌕 들려오는 그의 숨소리가 영화 속 장면보다 더 야하다는 생각이 들었다.

아……. 어쩜 좋아……. 하나의 얼굴이 빨개졌다. 그가 깰까 봐 꼼짝도 할 수 없었다. 영화의 주인공이 된 듯 하나의 머릿속에 음란마귀가 비집고 들어왔다. 야한 장면이 보기 싫어서 눈을 감으면 상체를 벗은 동준의 모습이 떠올라 더 괴로웠다. 자신의 입속을 헤집고 다니던 그와의 키스도 떠올랐다. 가슴이 콩콩콩 뛰고 식은땀이 삐질삐질 흘러내렸다. 그녀는 축축하게 땀이 밴 손바닥을 치마에 문질렀다. 꼭 1분이 1년 같고 고문이라도 받는 느낌이었다. 야한 고문…….

하나는 엔딩 컷이 올라가고도 한참 동안 꼼짝도 하지 않고 그대로 있었다. 나무토막이라 해도 믿을 만큼 온몸이 뻣뻣했다. 동준이 설핏 잠에서 깨어나 하나를 보고 조금 미안한 표정을 지었다.

"아, 미안. 잠이 들었나 봐."

하나를 보며 멋쩍은 듯 그녀의 머리칼을 부드럽게 쓰다듬던 동준의 손이 멈췄다.

"어디 아파?"

하나가 아픈 사람처럼 눈이 퀭해져 있었기 때문이다.

"아, 아니요."

야한 생각에 뜨끔한 하나는 자신의 생각을 들킬까 얼른 도리질을 쳤다.

극장에서 나온 동준과 하나는 거리를 걸었다. 여러 불빛으로 빛나는 밤거리. 예쁜 야경 속 분주하게 움직이는 사람들 사이에 끼어 보통 연인처럼 나란히 발을 맞춰 걷고 있다. 그와 이렇게 걸어보는 건 파리 신혼여행 후 처음이었다. 찬바람이 부는 겨울 날씨에 말할 때마다 하얀 입김이 모락모락 피어올랐다. 가게 스피커에서 울리는 감미로운 음악소리는 영화 속 배경음악 같다고 하나는 생각했다.

동준은 코끝까지 빨개진 하나의 얼굴을 보자 잠시 걸음을 멈춰 그녀의 코트 깃을 세우고 단추도 단단히 잠가주었다. 하나를 지그시 내려다보던 동준이 커다란 두 손으로 그녀의 하얗고 부드러운 뺨을 꼭 감싸 쥐었다. 하나가 흠칫 긴장해 눈을 동그랗게 떴다.

"추워?"

하나는 그의 얼굴을 한참 바라보다 이내 고개를 끄떡였다. 그의 얼굴에 얼핏 웃음이 피어올랐다. 그리고 커다란 그의 손으로 가느다란 그녀 손을 꽉 잡아서 끌어다 그의 주머니에 쏙 넣었다. 그의 손이 따뜻했다. 하나는 가슴이 콩닥콩닥 뛰었다.

"야경 보러 가자."

"어디로요? 63빌딩? 아님 남산타워요?"

"아니 우리 회사 옥상. 거기서도 잘 보여."
"그래요? 이 시간에 문 열려 있을까요?"
"그렇겠지. 부사장 명령이니까."
핏! 잘난 척은……. 하나가 삐죽 입술을 내밀고 커다랗게 뜬 눈으로 그를 올려다보다 인정하기로 했다. 좀 잘나긴 했다. 하나는 몰래 어깨를 으쓱하고 그의 발걸음에 맞춰 나란히 걸었다.
회사에 도착한 하나와 동준은 회사 엘리베이터에 올랐다. 제일 꼭대기 층 버튼을 누른 동준이 느긋하게 한쪽 벽에 기대어 섰다. 그러다 무슨 생각이 떠올랐는지 옆에 있는 하나를 반쯤 내리뜬 시선으로 내려다보며 물었다.
"영화 재미있었어?"
"네, 무지요. 못 보고 잠이라도 들었다면 두고두고 후회할 정도로요."
하나는 영화를 보다 잠든 동준이 얄미워 뚱한 목소리를 만들며 말했다. 어쩜 잠든 게 다행일지도 모르지만……. 그런 영화를 그와 같이 보는 상상만으로도 하나는 얼굴이 빨갛게 달아올랐다.
"무슨 내용이었어?"
갑작스런 그의 질문에 하나는 어떻게 말해야 할지 몰라 눈을 또르르 굴렸다.
"그게, 저…… 스릴러 영화예요."
말똥한 눈으로 쳐다보는 그녀와 눈이 마주쳤다. 동준은 말을 더듬는 그녀의 어색한 행동을 보더니 턱을 만지던 긴 손가락을 잠시 멈추고 한쪽 눈썹을 치켜 올렸다.
"내용이 왜 이렇게 짧아? 이틀씩 이야기한다며?"
그가 팔짱을 끼고 호기심에 찬 눈으로 그녀를 차근차근 살피며 가볍게 물었다.

"네?"

화들짝 놀라는 그녀의 얼굴이 붉어졌다. 하나는 쩔쩔매면서 그의 눈길도 피하고 말았다. 그녀의 코트 한쪽에 꽂혀 있는 영화 홍보 팸플릿을 그가 턱짓 하며 손을 뻗었다.

"팸플릿 한번 보자."

"안 돼요."

그녀가 옆으로 한 발짝 그와 거리를 두었다.

"너 수상해. 그러니까 더 궁금한데."

점점 다가오는 그를 피해 하나는 더듬더듬 뒷걸음치다가 엘리베이터 구석에 몸이 갇혀버렸다. 주머니에 꽂혀 있던 팸플릿을 안 빼앗기려고 꽉 움켜쥐고 두 손을 등 뒤로 가져갔다. 더 이상 도망갈 곳이 없는 그녀를 그가 양손으로 벽을 짚어 가둬버렸다.

숨소리가 닿을 만큼 그의 얼굴이 가까워졌다. 그녀의 발그레한 뺨에 그의 숨결이 흩어졌다. 하나는 동준이 가까이 다가오는 순간부터 숨을 쉴 수가 없었다. 극장에서부터 들었던 그의 숨소리와 영화의 장면이 겹쳐져서 그녀의 머릿속에서 떠날 줄을 몰랐다.

엘리베이터 안이 왜 이렇게 덥지……. 겨울인데 꼭 사우나에 온 기분이 들었다. 고개를 기울여 그가 더욱 가까이 다가오면서 점점 하나의 얼굴이 아래로 아래로 숨어들었다. 닿을 듯 말 듯 가까워진 그의 얼굴에 온 신경을 쓰던 하나는 뒤에 숨겨놓았던 팸플릿을 순식간에 빼앗겨버렸다.

동준은 잡아채듯 가져간 팸플릿을 이리저리 돌려가며 살펴보았다. 바짝 약이 오른 하나는 다시 빼앗으려 동준에게 몸을 부딪쳐가며 시도했지만, 동준은 찡찡거리며 덤벼드는 하나를 너무 쉽게 피해버렸다. 하나는 분해서 얼굴에 화끈 열이 올랐다.

"줘요, 그거."

헉헉거리며 노려보는 하나를 동준이 야릇하게 한쪽 입꼬리를 올리며 그녀를 놀리듯 말했다.

"이런 내용, 풋내기가 봐도 되는 영화야?"

동준은 팸플릿을 보다 그만 속으로 웃고 말았다.

나 비서에게 부탁했더니 떡하니 극장을 통째로 빌려놓지 않나, 신혼부부를 위해 이런 야한 영화를 예약하다니……. 그가 말하기도 전에 준비하고 한발 앞서 나가는 평소의 나 비서답다는 생각이 들었다.

"저 이런 거 다 알아요."

또랑또랑한 하나의 말에 그가 재미있다는 듯 입술 끝을 늘이다 푸훗 웃음을 터트렸다. 그리고 그녀의 머리카락을 헝클어트리며 말했다.

"그럼 뭐해. 실전은 초짜인데."

띵. 꼭대기 층에 도착한 엘리베이터 문이 열렸다. 동준이 약 올리듯 하나의 볼을 손가락으로 튕기고 그녀의 손을 꽉 잡아끌며 엘리베이터를 빠져나갔다.

아씨, 약올라……. 직접 고른 영화도 아닌데 왜 부끄러운 건 내 몫이지……. 데이트한다면서 영화 보다 자놓고는, 자신은 아무 일도 없었다는 듯 태연하고 여유로운 그가 얄미워 죽겠다. 억울해……. 풋내기라 놀리는 동준의 말이 얄미워 찔끔 눈물까지 나오려 했다.

옥상에 가까이 다가가자 프로펠러 소음이 들려왔다. 하나가 옥상에 다다르자 헬기의 프로펠러가 바람을 일으켜 그녀의 머리카락이 헝클어졌다. 옥상에 헬기가 있자 하나는 놀란 눈을 커다랗게 뜨고 잠시 멍하게 있었다. 그런 그녀를 쳐다보던 동준이 피식 웃더니 손목을 끌다시피 헬기 쪽으로 다가가며 말했다.

"서울 야경 보여준다고 했잖아."

"네?"

옥상에서 서울 야경을 본다는 그의 말에 따라오긴 했지만 이렇게 헬기까지 준비할 줄 몰랐었다. 요란한 프로펠러 소리를 들으며 헬기에 두 사람이 올라탔다.

하늘에서 바라본 서울의 야경은 캄캄한 밤하늘에 은하수처럼 반짝거렸다. 아래로 보이는 수많은 네온사인과 차량의 불빛이 보석처럼 빛나고, 그녀와 함께, 그는 이곳에 있다. 찬란한 야경에 넋을 잃고 천진한 얼굴로 창문에 코를 박고 있는 그녀를 바라본다. 뒤돌아 그를 바라본 새하얀 얼굴을 한 하나의 눈빛과 시선이 마주쳤다. 환하게 웃고 있는 그녀의 웃음이 온전히 자신을 향하고 있었다. 시리도록 차가운 겨울에 봄바람같이 따스한 그녀가 있어 춥지 않다고 그는 생각했다.

풍경만 바라보며 아이처럼 연신 탄성을 지르는 그녀에게 살며시 다가갔다. 그녀의 머리카락을 쓰다듬으며 체리향이 나는 정수리에 쪽 입을 맞추었다. 깜짝 놀란 하나가 뒤를 돌아보았다.

동준은 주머니에서 조그만 상자를 꺼내 열고 목걸이를 하나의 목에 천천히 걸어주었다. 반짝이는 별 모양 안에 촘촘히 다이아몬드가 박혀 있었다. 그와 시선이 다시 마주쳤다. 반듯한 이마, 맑고 커다란 눈, 곧게 뻗은 코를 지나 마지막으로 부드러운 그녀의 입술에 시선이 한참을 머물렀다. 하나는 심장이 두근거렸다.

동준이 천천히 고개를 숙인 순간 가볍게 그의 입술이 그녀의 입술에 닿았다. 딸기 아이스크림처럼 부드럽고 달콤한 입맞춤. 당황한 하나의 뺨이 봉숭아 꽃물처럼 발그레하게 물이 들었다.

그의 입술이 떨어지고 다정하고 나지막한 목소리가 들렸다.

"생일 축하해."

하나가 잠시 내리떴던 눈을 번쩍 들어 그를 올려다보았다. 생일 축하한다는 그의 말에 하나는 순간 멍해졌다. 오늘 하루 종일 그의 다정한 손길이 떠오르자 갑자기 하나의 코끝이 아릿해졌다.

하나는 침대에 누워 오늘 있었던 일을 떠올려 보았다. 이불 속에서 뒤척거리다 얼굴만 빼죽 내밀었다. 입가에 저도 모르게 웃음이 찼다. 그러다 야한 영화를 봤다고 그가 놀리던 순간이 떠오르자 이불에 얼굴을 파묻고 낯부끄러움에 새어 나오는 비명을 삼켰다. 캄캄한 이불 속에서 바쁜 일상 중 짬을 내 그녀에게 시간을 할애한 그를 떠올려보았다. 자신조차 잊고 있었던 그날……. 엄마가 아프지 않았다면 기억해주었겠지?

엄마……. 시리도록 차가운 겨울만큼 지독하게 외로웠던 엄마. 그런 엄마 외엔 모두가 외면해 환영받지 못한 그녀가 태어난 날. 그치만 오늘만큼은, 오늘만큼은…….

전생에 나라를 구한 날인가 보다. 사랑하는 사람과 함께 있었고 그 사람이 자신의 기념일을 기억했다. 손가락이 아프도록 깍지를 꽉 끼고 나란히 거리를 걸었다. 영화를 보았고, 하늘 위 수많은 별처럼 빛나던 불빛이 이룬 바다 위를 날았다.

달콤했던 시간들……. 부드럽고 달달한 그의 입맞춤과 따뜻하고 다정했던 그의 미소. 잊을 수 없겠지……. 근데 왜 눈물이 나지. 욕심내면 안 되는데. 안 되는데…… 자꾸 욕심이 난다. 이대로 그의 곁에 머무르고 싶다……. 그래, 조금만…… 조금만 이렇게 행복해도 되겠지. 나 정말 울보인가 봐.

뿌옇게 시야가 흐려지자 하나는 손등으로 눈물을 닦고 베개에 얼굴을 묻었다.

다음 날 아침, 바보같이 알람을 끄고 말았다.

6시 47분. 늦었다, 늦었어. 언제부터인가 매일 아침마다 그를 깨우는 건 그녀의 일과가 되어버렸다. 그래도 그의 얼굴을 가까이서 볼 수 있는 기회를 놓치면 안 되니까, 하나는 그가 일어나는 시간 7시보다 30분 일찍 일어난다. 아직도 잠에서 덜 깬 눈을 비비며 세수도 허둥지둥하고 청바지에 면티를 갈아입었다.

방문을 열고 머리를 질끈 묶으며 이층 계단을 사뿐히 걸어 올라갔다. 아직 겨울이라 창밖에는 어스름한 어둠이 깔려 있었다. 하나는 동준이 누워 있는 침대 옆 바닥에 주저앉아서 자고 있는 그의 얼굴에 바싹 고개를 들이밀었다.

이 시간이 하나는 제일 좋았다. 가까이서 그를 마음껏 볼 수 있으니까. 웃음이 가득한 얼굴로 하나가 잠시 잠든 그를 물끄러미 바라보았다. 그리고 살며시 그의 어깨에 손을 올려 그를 흔들어 깨웠다.

"일어나요. 얼른……."

동준의 이마가 살짝 찌푸려졌다. 그것도 잠시 고개를 돌리고 몸을 반대로 누워버렸다.

"늦는단 말이에요."

일어날 기미가 없자 하나는 침대 위로 폴짝 뛰어 올라가 무릎을 꿇고 본격적으로 그를 흔들어 깨웠다.

그가 빨리 일어나야지 커피도 내리고 빵도 굽는데……. 마음이 급해진 하나는 간지럼을 태웠다. 그를 깨울 땐 이게 직빵이었다. 간지러워서 몸을 버둥거리던 동준이 신음소리를 내다가 거칠게 하나의 팔을 잡아끌었다.

"어…… 어……."

하나는 균형을 잃고 침대에 풀썩 누워버렸다. 순식간에 동준이 하나의 몸을 타고 올라와 그녀의 양 손목을 잡아 침대에 짓눌렀다. 속눈썹을 내리깔고 나른하게 쳐다보는 그의 시선이 야해 보였다. 갑작스런 그의 행동에 겁먹은 듯 하나는 두 눈을 커다랗게 뜨고 마른침을 꿀꺽 삼켰다. 동준의 일렁이는 눈동자가 침대에 누워 있는 하나를 미동도 없이 바라보고 있었다.

그의 따가운 시선이 부담스러운 하나는 고개를 돌리며 몸을 일으켜 세우려고 버둥거렸다. 그럴수록 그에게 잡힌 그녀의 손목을 바스러뜨릴 듯 억센 힘이 가해져 하나는 꼼짝을 할 수 없었다.

"……느, 늦었어요."

긴장한 그녀의 속눈썹이 파르르 떨리고 있었다. 침대 위에 아무렇게나 흐트러진 머리카락과 검고 맑은 눈동자, 반쯤 열린 젖은 붉은 입술을 한 그녀를 보자 동준은 그녀를 갖고 싶은 욕망에 마음이 까맣게 타들어 갈 것만 같았다.

"오늘은 늦어도 돼. 보고받을 서류 다 검토했거든."

활화산처럼 터져 나오려는 본능을 억누르며 동준은 속삭이듯 말했다. 그의 속마음도 모르는 그녀가 함박꽃같이 웃으며 말했다.

"어…… 그래요? 그럼 더 자요."

그렇게 웃지 마. 그러면 널 갖고 싶잖아. 네가 나와 같은 마음이면 얼마나 좋을까. 말캉하고 부드러운 그녀의 입술을 한입 베어 물면 그의 몸이 이성을 잃고 무너져 내릴 것만 같아 그는 마음을 숨기고 짓궂은 표정을 지으며 장난스럽게 말했다.

"같이?"

여지없이 긴장해서 잔뜩 웅크린 채 커다란 눈을 뜨고 그를 올려다보는 하나의 모습에 동준은 짙은 갈증을 느꼈다. 그녀의 붉은 입술이 유혹하고 있었다.

널 맛보고 싶다. 머리부터 발끝까지 너의 모든 것을 샅샅이 맛보고 싶다. 참을 수 없는 유혹에 동준은 질끈 입술을 깨물었다. 스르르 눈을 감아 호흡을 가다듬고 깊은 한숨을 길게 내뿜었다. 동준이 풀썩 하나의 곁에 누운 후 부드러운 손으로 하나의 허리를 감더니 그녀를 그의 품으로 바짝 끌어당겨 안았다.

하나의 등이 그의 가슴에 닿자 하나의 가슴이 콩닥거렸다.

그녀의 귓가에 그의 한숨 어린 목소리가 들렸다.

"이러고 조금만 같이 있자."

그가 자신의 얼굴을 그녀의 목덜미에 깊숙이 묻었다.

목덜미에 뜨겁게 느껴지는 그의 숨결에 하나는 질식할 것 같았다. 그의 뜨거워진 입술이 그녀의 예민한 목덜미에 닿자 오소소 소름이 돋았다. 하나는 등 뒤에 느껴지는 그의 열기가 부담스러워 몸을 바르작거리며 조심스럽게 숨을 들이켰다.

"어제 본 영화 이야기 해줘."

"어…… 그게…… 잊어먹었어요."

동준은 쿡 하며 터져 나오려는 웃음을 참으며 타박하듯 말했다.

"안 돼. 이틀 동안 이야기해줘야 해. 빨리. 고집 부리면서 말했잖아. 안 그러면 실전으로 들어간다."

하나가 실전이라는 말에 당황하며 움칫거리는 것이 귀여워 자제하지 못하고 동준은 그녀의 목덜미를 깊게 빨아들였다. 화들짝 놀란 하나가 등을 돌려 그를 마주 보며 입술을 달싹거렸다.

“잘, 잘못했어요. 이제 고집부리지 않을게요.”

모로 마주 누운 채 서로를 한동안 말없이 응시했다. 하나는 떨리는 눈동자로 그를 바라보고 있었다.

“내가 싫어?”

고개를 강하게 도리질하는 하나를 보며 동준은 속으로 안도의 한숨을 쉬었다. 싫지는 않다고 하는 말에 동준은 조금의 희망을 부여잡았다.

“하나야. 난…… 널 보면 키스하고 싶고 안고 싶고…… 너랑 자고 싶어.”

동준이 까맣게 타들어가는 눈동자를 한 채 한 손으로 하나의 입술을 지그시 누르며 애가 탄 목소리로 말했다.

하나는 그의 말에 눈물이 흘렀다.

그와의 만남이 계약관계가 아니었다면…… 그냥 자연스럽게 만났더라면 얼마나 좋았을까. 평범하게 스치듯 그를 보며 다정하게 이야기하고 웃고 다시 만나 사랑하게 되었다면…… 그래서 만나고 헤어지는 일이 자연스러웠다면…….

하나는 동준을 사랑하는 일이 너무 힘이 들었다. 끝을 알고 시작하는 사랑이 얼마나 끔찍한지 하루하루 불안한 마음을 감당해야만 했다. 차라리 자신을 속이고 시작한 사랑이었더라면 헤어질 때 죽도록 미워하며 그를 미련 없이 떠나보낼 수 있을 텐데……. 모든 것을 알고 선택한 건 온전히 그녀의 몫이다.

그녀도 그와 사랑을 나누고 달콤한 시간을 보내고 싶었다. 그렇지만 그 이후 모든 것을 감당할 자신이 없었다. 그와 헤어지고 나서 혼자 남겨졌을 때 애틋했던 추억 때문에 더 가슴 아플 것만 같았다. 파티에 참여한 신데렐라는 12시 종이 치고, 초라한 자신의 모습으로 돌아갔을 때 더 허무했을지도 모른다는 생각에 하나는 더욱 그를 받아들일 수가 없었다. 너무 무섭고 두려워 선뜻 시작이 되지 않았다.

그녀의 눈물에 동준은 가슴이 미어졌다. 지금 몇 번째 그녀를 울리는 건지, 자신이 한심하기까지 했다.

나의 이기심이 너를 아프게 한다면, 너를 미치도록 갖고 싶은 나의 소유욕이 너를 힘들게 한다면……. 기다릴게, 하나야. 네가 마음 문을 열 때까지. 그러니까 제발 나 때문에 울지 마……. 내가 잘못했어.

"……하나야."

동준은 울고 있는 하나의 눈물을 엄지손가락으로 닦아주고 그녀를 끌어당겨 꼭 안아주었다. 하나는 그의 가슴에 얼굴을 파묻고 흐느껴 울었다. 한없이 파고드는 하나를 동준은 말없이 더욱더 꼭 안고 한참을 그렇게 등을 다독거려주었다.

성혁은 한동안 동준의 결혼식 이후 하나를 마음속에서 떠나보내지 못해 힘이 들었다. 심란해진 마음을 추스를 수 없어서 한동안 갤러리에 붙박이장처럼 꼼짝 않고 디자인에만 몰두했었다.

간만에 거리에 나온 성혁은 동대문을 향하고 있었다. 새로 나온 수입 천들도 살펴볼 겸 원단스와치 몇 개를 가져왔다.

그때 신호등 앞에 낯익은 얼굴이 보였다. 하나였다.

뽀얀 피부에 까만 눈동자, 도드라진 붉은 입술 사이 새어 나오는 하얀 입김이 사방에 번져가고 있었다. 성혁은 일부러 외면하려고 애쓰던 그 얼굴이 보이자 속절없이 몸이 먼저 반응했다.

미친놈……. 성혁은 자신을 비웃으며 못 본 척 지나치려고 애썼지만 그의 발은 벌써 신호등 한쪽 끝에 서 있는 그녀에게로 바이크를 천천히 몰고 가고 있었다.

"어딜 그렇게 서둘러 가세요?"

헬멧을 벗고 자신의 감정을 감춘 채 성혁이 하나를 보며 싱긋 웃으며 말했다. 그를 발견한 하나는 크리스마스에 선물이라도 받은 꼬마아이처럼 너무 반가워하며 환하게 웃었다.

"도련님……."

도련님! 그 호칭이 거슬렸다. 평행선처럼 그녀와의 거리가 좁혀질 수 없게 만드는 진짜 없애버리고 싶은 호칭이다.

"엄마한테 왔다가 동대문 잠깐 돌아보고 왔어요. 집에만 있으니까 머리가 딱딱하게 굳어버린 것 같아서요."

"아, 그래요. 근데…… 저랑 둘이 있을 땐 이름 불러주면 안 돼요?"

"왜요? 예스럽고 귀엽지 않아요? 도련님, 도련님……."

하나는 성혁을 놀리듯 도련님을 연이어 불러보며 장난스럽게 말했다. 성혁과 있으면 따스하고 넉넉한 그의 성격 때문인지 마음이 편해져 자신도 모르게 허물없이 대하게 됐다. 성혁은 인상을 구기다 하나의 천진한 미소에 그만 피식 웃고 말았다.

"바쁘지 않으면 갤러리 가는 길인데 구경하고 가실래요?"

"정말요? 저 솔직히 가보고 싶은데 언제 초대해주려나 내심 기다렸어요."

성혁은 바이크에서 내려 연료탱크 부분에 있던 여분의 헬멧을 꺼내 하나에게 씌워주었다. 그가 하나의 턱에 버클을 채워주며 따스한 목소리로 말했다.

"진작 말하시지. 타요."

하나는 그의 바이크에 올라탔지만 손을 어떻게 해야 할지 몰라 우물쭈물하다가 허리 쪽 가죽 재킷을 살며시 잡았다. 그녀의 조심스런 행동에 성혁은 살짝 미소를 지었다. 바이크는 부앙- 요란한 소리와 함께 질주하며 차들 사이를 이러저리 피하며 빠져나갔다.

하나는 처음 타는 바이크의 속력에 겁이 난 눈동자로 그를 보며 기어 들어가는 목소리로 말했다.

"도련님…… 조금 천천히 가면 안 돼요?"

"제 허릴 꽉 잡아요. 그렇게 옷만 살짝 잡으면 위험하니까요."

하나는 주저하며 쉽게 성혁의 허리를 잡지 못하다가 안전 방지턱을 지나며 덜컹거리는 바이크 때문에 몸이 뜨자 무서워 성혁의 허리를 두 팔로 꽉 잡고 말았다.

"엄마야!"

성혁은 빙긋 웃으며 속도를 더 내기 시작했다. 그리고 살며시 그의 등에 머리를 기대오는 하나의 체온을 느꼈다. 성혁은 기분이 좋아서 원래 가던 길로 가지 않고 먼 거리로 한참을 돌아갔다. 도로를 따라 나목들이 일렬로 쭉 늘어선 거리를 신나게 달리는 바이크소리가 울려 퍼졌다.

갤러리를 돌아보던 하나는 그의 독창적이고 천재적인 패션 센스에 감탄하며 옷들을 살펴보았다. 그가 만든 옷들은 상반되는 색깔을 믹스하여 묘한 아름다움을 갖고 있었다. 성혁은 한쪽에 놓여 있는 테이블에서 물을 끓이고 있었다.

"뭐 마실래요?"

그의 옷들을 구경하며 하나는 마음이 들떠 그가 무슨 소리를 했는지 듣지 못했다. 하나가 뒤를 돌아보며 멋쩍게 웃으며 말했다.

"아…… 못 들었어요."

"커피, 홍차, 국화차. 골라보세요. 마실 거요."

"전 커피 주세요."

"블랙?"

"네. 물 많이 넣어주세요."

그가 고개를 숙이며 쿡 웃으며 머그잔에 물을 가득히 따랐다.

"저랑 똑같네요. 하나 씨 취향이요."

성혁은 두 손엔 머그잔을 들고 테이블에 놓여 있는 의자를 턱짓으로 가리키며 말했다.

"그만 구경하고 여기 좀 앉아요. 차 마시게요."

성혁은 예쁜 바구니에 커피랑 같이 먹을 수 있는 스낵도 함께 놓았다.

"옷들이 너무 예뻐요. 간결하면서도 무심한 것 같은데 정말 아름다워요."

하나는 테이블이 있는 의자에 앉으며 말했다.

"극찬인데요."

"정말이에요."

"하나 씨가 db패션에 디자인한 거, 저 봤어요. 요즘 트렌드에 적중했던데요. 다른 디자인 있어요? 저…… 무지 탐나거든요."

"말이라도 고맙네요. 요즘 집에만 있다 보니 정말 경단녀가 다 됐어요."

"언제 한번 디자인한 거 있으면 보러 가도 되죠?"

"네."

"요즘 저도 미술관을 하루가 멀다 하고 다녀요. 옷을 만들다 보면 저마다 한계가 느껴지잖아요. 그럴 때 다른 나라를 여행하거나 미술관에서 예술품을 보면서 영감을 얻어요."

"생각난다. 예술품 하니까 충격적 디자인이 생각났어요. 이브 생 로랑 작품도 예술작품에서 영감을 얻었잖아요."

"몬드리안."

"몬드리안."

동시에 같은 화가의 이름을 말한 두 사람은 함께 웃었다. 공통적 관심사가 있어 하나는 성혁과의 이야기에 기분이 좋아졌다.

"이브 생 로랑을 좋아하세요?"

"그럼요. 천재적인 디자이너잖아요. 멋진 사업 파트너가 있었죠. 동시에 애인이기도 한…… 피에르 베르제."

"프랑스엔 동성애자들이 워낙 많으니까요. 어떤 사랑이든 고백할 땐 용기가 필요한 것 같아요."

성혁이 담담하고 흔들림 없는 목소리로 연이어 말하자 이상하게 하나의 심장 한편이 아파왔다.

"용기를 내지 못할 때 사랑을 놓쳐버리죠."

"놓쳐버린 사랑이 있어요?"

"……네."

잠시 성혁은 커피 잔을 내려놓고 물끄러미 그녀를 바라보았다. 하나는 테이블에 놓여 있던 스낵을 한 입 베어 물다가 성혁과 눈이 마주쳤다. 하나는 자신을 바라보는 알 수 없는 시선에 당황했다.

"그 사람이 기다려주지 않는다는 걸 몰랐으니까…… 다시 그때로 돌아간다면 누구보다 먼저 용기내서 말할 거예요. 당신을 사랑하다고."

그의 차분한 음성이 낮게 가라앉았다.

하나는 성혁의 눈빛에서 씁쓸함이 묻어나서 마음이 짠해졌다.

"……도련님을 놓친 여자, 지금쯤 후회할걸요. 이렇게 멋지고 자상한 사람인 걸 모르고."

커피 잔을 꽉 움켜쥔 그의 손등에 핏줄이 불거져 나왔다.

하나는 성혁의 아픈 과거를 눈치 없이 괜히 건드렸다는 생각이 들자 미안한 마음이 들었다. 분위기를 망쳐버렸다는 생각에 하나는 어색한 침묵을 어떻게 깰까 머리를 굴리며 마른침을 삼켰다. 그녀는 자신을 자책하며 무안한 손을 꼼지락거리다 머그잔을 할 일 없이 만지작거렸다.

성혁은 그런 하나를 보며 아무런 대화가 없어도 어색하지 않고 그저 바라만 보아도 좋은 그런 사이가 되지 못하는 자신이 싫었다.

"이젠 다 잊었어요."

성혁은 하나를 바라보며 기분 좋은 미소를 머금었다. 하나는 다소 안심이 된 얼굴로 어색하게 웃었다. 그때 출입문에 달린 종소리가 들리며 키 큰 여자가 들어왔다. 예린이었다.

"성혁아."

성혁은 소리가 나는 쪽으로 고개를 돌리다 벌떡 일어나 반갑게 예린과 격하게 포옹했다. 정말 친한 사이인가 보다 생각하며 자리를 피해줘야겠다는 마음이 들어 하나는 의자에서 조용히 일어났다.

"누나, 정말 반갑다. 언제 한국에 온 거야?"

"뭐, 며칠 됐어. 손님?"

예린은 고개를 기울여 하나를 보았다.

"아니……."

성혁은 동준의 옛 애인이었던 예린을 그녀에게 어떻게 소개해 주어야 할지 막막했다. 차라리 아무것도 모르는 것이 최선이라는 생각이 들어 그 자리를 피하게 해주고 싶었다.

"도련님. 저…… 이만 가봐야 될 것 같아요."

"도련님이라면…… 동준 씨 와이프 되세요?"

한쪽 눈썹을 휘며 놀란 듯 바라보는 그녀의 표정을 보자 하나는 불안한 마음이 들었다.

"네."

"반갑네요. 전 최예린이에요. 한번 꼭 만나 뵙고 싶었어요. 그 까다로운 동준 씨가 택한 여자는 어떤 분인지 무척 궁금했거든요."

자신보다 한 뼘이나 더 크고 도시적이고 세련된 여자의 입에서 동준의 이야기가 나오자 하나는 평온했던 마음이 요동치는 걸 느낄 수 있었다.

"네. 정하나입니다. 만나서 반갑습니다."

최대한 불안한 마음을 숨긴 채 그녀가 내민 손을 잡아 악수를 하며 차분하게 말했다. 예린이 내리뜬 눈으로 그녀를 아래위로 훑으며 보는 시선은 다소 위압적이고 도도해 보였다.

"성혁아, 오랜만에 카이네 바에 가려고 하는데 같이 갈래?"

"어…… 하나 씨 데려다줘야 하는데 어쩌지?"

"아니에요. 저 신경 쓰지 마세요. 저도 빨리 들어가려고 했어요."

하나는 다급하게 그를 말리며 예린에게 고개를 숙여 인사했다.

"만나서 반가웠어요. 도련님, 저 먼저 갈게요. 나오지 마세요."

"하나 씨……."

성혁이 잡기도 전에 서둘러 갤러리를 빠져나왔다. 조금 더 있다가는 숨도 제대로 쉴 수 없을 정도로 갑갑했기 때문이었다. 하나가

횡단보도를 뛰어가는 모습을 바라보며 성혁은 긴 한숨을 쉬었다. 예린은 그런 성혁을 유심히 보다가 미심쩍은 눈으로 쳐다보며 말했다.

"너 형수 보고 하나 씨가 뭐니? ……서운하다. 오랜만에 왔는데 뭐야. 있던 약속도 취소하고 나랑 만나야 하는 거 아니니?"

"내가 누나를 왜 만나? 내가 애인이라도 돼? 형이라면 모를까."

성혁은 뒤를 돌아 예린을 보며 웃으며 말했다.

"아, 형도 유부남이니까 그것도 안 되지."

"간만에 한국에 왔는데 형제가 쌍으로 안면몰수네. 매상 올려주려고 왔는데…… 카이한테 가서 술이라도 마셔야겠다."

예린은 서운한 듯 예쁜 얼굴을 살짝 찌푸리며 투정 부리듯 말했다. 예린은 한국에 온 이후 가장 기분이 최악이었다. 줄곧 무심한 성혁의 태도 때문만은 아니었다.

동준의 아내, 정하나라고 했지. 그날 레스토랑에서 보았을 때와는 정반대로 다른 모습이었다. 화장기 없는 얼굴이 더 순수하고 곱다고 해야 하나? 청순한 모습에 예린은 잠시 놀랐다. 목소리도 차분하고 청량했다. 동준 씨 취향이 저랬나? 그녀가 알기로 지금까지 만난 여자들은 자신처럼 키가 크고 도시적이며 세련된 여자들이었던 것 같았다.

갤러리를 돌아보던 예린은 머릿속이 점점 더 복잡해졌다. 잠시 그의 곁을 떠나 있던 사이 자신이 서 있을 자리에 엉뚱한 사람이 앉아 있다는 사실에 가슴이 자꾸 울렁거리고 짜증이 치밀어 올랐다. 거친 손길로 갤러리 행거에 있는 옷을 잔뜩 골랐다. 이렇게 해서라도 속상한 마음을 보상받고 싶었다.

하나는 집에 돌아오는 길에 천천히 걸으며 생각했다. 그리고 성혁의 말들을 떠올렸다. 사랑엔 용기가 필요하단 말을…….

요즘 들어 동준은 하나에게 더 조심스럽게 대했다.

'하나야……. 난 널 보면 키스하고 싶고 안고 싶고…… 너랑 자고 싶어.'

용기 내어 말하는 그의 말에 그녀가 눈물을 흘리며 거절 아닌 거절을 한 이후 서먹해져버렸다. 곰곰이 생각해보면 그를 사랑하면서 자신을 속이고 있을 때가 너무 많았다. 그녀의 솔직한 마음을 그대로 말해본 적이 없었다. 비겁했는지도 모른다. 어쩌면 자신이 더 계산하며 그를 대하는지도 모른다. 상처받지 않으려 그를 상처주고 있는지도…….

그녀 자신도 그와의 키스가 좋았다. 그가 포근하게 자신을 감쌀 때 따뜻한 그의 온기가 좋았다. 사랑스럽게 바라보는 그의 눈빛이 좋았다. 조금만 가까이 다가와도 격렬하게 뛰는 심장. 자신도 모르게 빨갛게 달아오르는 뺨. 자꾸만 그를 갖고 싶어 커져가는 욕심. 타박타박 발걸음을 옮기며 주위를 돌아보았다. 늦기 전에 그에게 고백해야겠다고 생각했다. 사랑한다고…….

하나는 설렘과 두려움이 동시에 가슴속에 가득 찼다. 그렇지만 용기를 내야겠다는 생각에 발걸음이 빨라졌다. 눈이 날리고 있었다. 바람결에 날리는 눈송이를 보면서 하나는 저도 모르게 싱긋 미소가 지어졌다.

"카이야, 동준이 좀 불러줘. 정말 보고 싶다."

술이 들어가자 예린은 자신의 처지가 서글퍼졌다. 아니 쌀쌀맞게 자신을 대하는 동준에게 머리끝까지 화가 났다. 그런 대우에도 미련을 버리지 못하는 자신에게 더 화가 났는지도 모른다. 성혁의 갤러리에서 만난 하나가 미웠다. 어떤 수단과 방법을 써서라도 그를 빼앗고 싶었다.

"너 취했다. 오늘은 이만 들어가라."

"너도 나 짐짝 취급하니?"

"솔직히 너 동준이에게 할 말 없지 않니? 처음엔 네가 좋다고 그렇게 죽자고 매달려놓고 제일 힘들 때 나 몰라라 떠나버렸잖아.

"그땐 나도 어렸어! 내 감정 추스르기에도 벅찼단 말야."

"동준이 상처 많은 녀석인 거 알지? 그 상처 후벼 파며 덧나게 한 건 너야."

"그래, 인정해……. 그치만 용서를 빌 기회는 줘야 하는 거 아냐? 내 전환 씹고 받지도 않아."

카이는 망가져가는 그녀를 보자 한숨을 쉬면서 동준에게 전화를 걸었다.

"너, 이번이 마지막이야."

하나는 몇 시간째 전신 거울 앞에서 옷을 갈아입었다. 침대 위엔 갈아입었던 옷이 겹겹이 쌓여 있었다. 하늘하늘 시폰 원피스를 마지막으로 선택했다. 하나로 묶었던 머리도 풀고 정성스럽게 화장도 했다. 그에게 최대한 예쁘게 보이고 싶었다. 거실 한쪽에 와인과 은은한 아로마 향초도 준비했다. 물론 이런 분위기를 낸다는 거 닭살이 돋았지만 용기를 내기로 했다.

사랑고백까지 해야 하는데 이게 뭐 대수람…….

민망해지는 맘을 밀어내고 손을 바쁘게 움직였다.

카이가 전화를 건 지 얼마 되지 않아 동준이 바에 들어왔다.

동준은 요즘 무척 답답했다. 일적으로는 그의 뜻대로 풀려가는 것 같았지만 마음을 좀처럼 열지 않는 하나 때문에 힘이 들었다. 마침 술이 한잔 먹고 싶기도 했는데 카이 전화를 받자 발길을 돌려 이곳으로 왔다.

늘 앉던 곳에 앉아 카이에게 마티니 한잔을 주문했다. 그런데 오늘따라 카이의 행동이 어색해 보였다. 카이의 흔들리는 눈빛이 향하는 곳을 따라 고개를 돌리자 예린이 다가오고 있었다.

동준은 서늘한 눈빛으로 그녀를 바라보았다.

"동준 씨, 반가워. 또 보네."

교태가 가득한 미소를 지으며 동준의 옆에 앉으며 말했다.

"카이. 나도 마티니 한잔 줘."

동준은 열심히 컵을 마른행주로 닦는 카이를 보며 못마땅한 표정을 지어 보였다. 정적이 흘렀다. 그의 차가운 침묵에 숨소리까지 들릴 정도로 주위가 고요했다. 냉정한 그의 모습을 보자 예린은 울음이 튀어나올 것 같아 입술을 꼭 깨물었다.

동준은 마티니 한잔을 곧장 들이켜고 자리에서 일어났다. 카이는 한동안 눈치를 보다가 자리를 뜨는 동준을 따라 나갔다.

그때 동준이 두고 간 휴대폰에 울리기 시작했다.

액정에 쓰여 있는 이름, 정하나……. 예린은 무심코 전화기를 들고 망설이다 버튼을 눌렀다.

하나는 휴대폰을 들고 조몰락대었다. 그가 전화를 얼른 받기를 바라며 신호가 울리자 크게 심호흡을 했다.

-여보세요?

낯선 여자 목소리에 하나는 심장이 쿵 내려앉는 것 같았다.

"저…… 동준 씨 휴대폰 아닌가요?"

-맞아요. 저 최예린이에요. 좀 전에 뵈었죠.

"그런데…… 동준 씨 없나요?"

-오랜만에 동준 씨 보는데…… 오늘 하루만 빌릴게요. 괜찮죠?

"……."

하나는 아무 말도 할 수 없었다. 자신은 진짜 아내가 아니니까……. 당당한 그녀의 목소리가 부러웠다. 그와 계약 결혼을 하며 마음속 한구석에 자리 잡고 있던 불안감. 애써 외면했던 자신과 비교도 안 될 만큼 높은 그의 위치. 주판으로 튕겨도 답이 나오지 않을 만큼 기우는 자신의 초라함…….

지금까지 버티고 있던 마음이 와르르 무너져 내리고 있었다.

예린은 아무런 반응도 보이지 않는 하나의 행동에 희미한 미소를 지으며 전화를 끊었다. 죄의식 같은 것은 없다. 필요에 의해서 사귀고 시들해지면 헤어지는 만남을 지속하다 보면 자신의 감정에 충실하게 된다. 그가 애인이 있건 부인이 있건 그건 중요하지 않다. 나 자신이 그를 원하는지 그것에 초점을 맞추다 보면 답이 쉽게 보이는 법이다. 원하는 것을 손에 넣기 위해 약점을 공략하면 철옹성 같은 남자라도 쉽게 손에 넣을 수 있다.

예린은 미소를 지으며 휴대폰을 동준에게 전해주기 위해 바를 천천히 걸어 나갔다.

지금까지 본 동준은 자신과 같은 이해타산에 밝은 사람이었다.

그런데…… 그런 아무것도 가진 것 없는 여자를 아내로 맞이한 것부터 자신이 알고 있는 동준과는 어긋나 있었다. 아무래도 상관없다. 자신의 도발적인 멘트에 말이 없는 것을 보면 아마도 동준에게 자신이 없는 여자인 것이 분명하다. 줄기차게 흔들다 보면 제풀에 꺾여 스스로 물러나기 딱 좋은 먹잇감이 분명하다. 무리에서 벗어나기만 하면 조그만 공격에도 여지없이 무너져 내리는 초식동물…….

눈에서 멀어지면 마음에서도 멀어지니까, 그때 동준 씨 옆에 자신이 있다면 승산이 있는 게임이라는 생각이 들었다.

복도에서 카이가 가려는 그를 어설프게 붙잡고 있었다.

"동준 씨. 휴대폰 가져가야지."

휴대폰을 흔들어 보이며 예린은 그에게로 걸어갔다. 복도에 그녀의 또각또각 하이힐 소리가 울려 퍼졌다.

"카이……. 자리 좀 비켜줄래. 동준 씨랑 할 이야기가 있어서 말야."

"넌 또 무슨 말을 하려고……."

카이가 짜증이 나서 예린을 보다가 그녀의 싸늘한 얼굴에 주눅이 들었다.

"그래……. 맘대로 해라. 난 너희들 사이에 끼고 싶지도 않다."

카이는 투덜거리며 다시 바에 들어가버렸다. 예린은 환한 미소로 그에게 휴대폰을 전해주며 말했다.

"이렇게 동준 씨가 티 내며 싫어하는 것 보면 어쩜 나 반갑기도 해. 강한 부정은 또 다른 긍정의 표시이니까 조금은 안심이 돼."

그녀의 말에 동준은 차갑게 입술을 일그러뜨리며 비웃고 있었다.

"니 맘대로 생각해. 내가 네 마음까지 관심 가질 만큼 한가하지가 않아서 말이지."

동준이 싸늘하게 내뱉으며 휴대폰을 빼앗듯이 가져가 성큼성큼 복도를 걸어갔다.

"나 동준 씨 포기 못 해. 안 할 거야."

그녀의 애타는 목소리를 무시하듯 동준은 걸음을 멈추지 않았다.

동준은 예린에게 미련이 없었다. 그렇지만 예린을 만난 후 또 다른 불안감이 밀려들어 왔다. 상처만 남긴 그녀의 집착 같은 사랑이 어쩜 자신이 하나를 대하는 사랑에서도 드러나고 있지 않을까 하는 불안감이 들었다. 갖지 못한 하나의 마음 때문에 그녀와 함께 있는 시간이 조금씩 버거워져 가고 있었다.

앞뒤 안 가리고 자신의 감정에만 충실한 사랑…….

하나를 바라볼 때마다 초조하고 조급해지는 자신이 무척 낯설다. 언제까지 그녀를 보며 참아낼 자신이 없었다. 그녀의 마음보다 항상 자신이 먼저였다. 예린을 보며 그것이 얼마나 상대를 힘들게 하는지 알아버린 지금, 동준은 비참했다.

현관 비밀번호를 누르며 동준이 씁쓸한 마음을 다잡고 집에 들어선 순간 자신의 눈에 믿을 수 없는 광경이 눈앞에 펼쳐져 있었다. 와인 병이 여기저기 뒹굴고 거실바닥에 하나가 널브러져 자고 있었다. 머리는 헝클어지고 술을 마시다 더웠는지 시폰 원피스 앞 단추를 몇 개 풀다 말아 한쪽 어깨가 드러나 있었다. 동준은 경악을 하며 달려와 하나의 상체를 일으켜 세우고 흔들어 깨웠다.

"도대체 얼마나 마신 거야? 이기지도 못하는 술을 왜 마셔?"

붉어진 볼과 해롱거리는 눈빛으로 동준을 보며 하나가 배시시 웃었다.

"아……. 동준 씨 왔떠……."

하나는 혀가 완전히 꼬인 채 반말을 하고 있었다. 발그레한 뺨에 눈은 반달 모양으로 휘어진 채 얼굴을 그에게 내밀며 아이처럼 해맑게 웃고 있었다. 그러다 금세 눈물이 그렁그렁 맺히더니 어눌한 발음으로 중얼거렸다.

"너…… 나쁘으은 놈이야."

동준은 대꾸하지 않고 바닥에 주저앉아 소파에 등을 기대고 한 쪽 팔을 소파에 걸치고 물끄러미 그녀를 바라보고 있었다.

"바람둥이…… 정말…… 미워."

하나는 그의 다리 사이로 요염한 암고양이처럼 기어가 그녀의 입술만 달싹이면 그의 입술에 닿을 만큼 가까이 가서 긴 한숨을 쉬며 혀가 꼬부라진 소리로 말했다.

"나…… 너무 늦어버렸어……."

동준은 지그시 하나를 바라보다 그녀의 머리카락을 쓰다듬어주며 속삭였다.

"뭐가?"

"미워해야 하는데…… 당신이 너무 좋아져서…… 멈춰지지가 않아."

그녀의 취중고백에 동준의 자제력이 바닥을 드러냈다. 목울대가 꿈틀거리며 가슴이 뜨거워지기 시작하자 그의 눈동자가 탁하게 흔들렸다. 동준은 하나의 고백에 모든 시간이 멈춘 것처럼 느꼈다. 지금까지 혼자만의 사랑이라 애태웠던 지난 시간이 한순간에 보상받는 것처럼 구름 위를 걷고 있는 기분이 들었다.

"다시 말해봐."

"좋아……. 당신이 좋아."

어스름의 복사꽃처럼 요요한 미소를 지으며 하나는 그의 품 속으로 파고들었다. 얇은 옷 사이로 그녀의 온기가 그의 온몸에 전달되자 몸이 녹아내릴 것만 같았다. 하나의 몸에서 체리 향기와 와인 향이 섞여 그의 코끝을 스쳤다. 단추가 풀어져 한쪽 어깨를 훤히 드러낸 하나의 모습이 현기증이 날만큼 아찔해졌다.

"……하나야. 그…… 만해……."

덮치듯 계속 다가와 품 속으로 파고드는 하나 때문에 이성을 잃을 지경이었다. 가까스로 희미해져 가는 이성의 끝자락을 움켜쥐고 동준이 두 손으로 가는 그녀의 손목을 잡고 그의 가슴에서 떼어냈다. 아무리 사랑하는 여자라도 의식이 없는 술 취한 상태로 안을 수는 없었다.

"왜? 이제 옛 약혼자 만나고 보니…… 내가 싫어졌죠?"

하나가 어눌한 발음을 하며 금방이라도 눈물이 떨어질 것 같은 표정으로 웅얼거렸다. 동준은 그녀의 이야기를 듣다가 방금 전 예린이 휴대폰을 전해준 것이 의심스러워 번호를 확인해 보았다. 자신의 휴대폰에 찍힌 하나의 번호를 보고 그녀가 지금 예린과 자신의 관계를 의심하고 있다는 사실을 알게 되었다. 오늘 예린과 동준이 함께 있었던 사실을 하나가 알게 된 것이다. 그래서 이렇게 몸을 가누지도 못할 정도로 술을 마신 것이다.

하나는 새초롬한 얼굴로 동준을 한참 노려보다가 그만 울음을 왈칵 터뜨렸다. 질투하는 그녀의 모습이 너무 사랑스러웠다. 질투에 눈이 멀어 이기지도 못한 술을 먹고 본심을 털어놓는 그녀가 귀여우면서도 안쓰러워 보였다. 울음에 북받쳐 어깨를 들썩이며 바르르 떨고 있는 그녀를 꼭 안았다. 그리고 양 뺨을 손으로 잡고 그녀의 눈을 응시하며 그윽하게 바라보았다. 천천히 고개를 숙여 작고 앙증맞은 그녀의 입술에 살짝 입을 맞췄다.

하나야. 내가 널 얼마나 사랑하는지 아니? 너의 마음을 얻기 위해 내가 얼마나 많이 참고 또 참았는지 넌 모를 거야……. 너를 사랑하기 전의 난 사랑을 한 적이 없었는지도 몰라. 소리 없이 내린 눈이 쌓여 어마어마한 무게로 누르듯, 언제인진 잘 모르겠지만…… 너의 존재가 이렇게까지 나에게 큰 의미로 다가온 줄 이제야 깨닫는구나. 네가 좋아한다는 그 한마디가 얼마나 날 숨 쉬게 하고 내가 이렇게 살아있다고 느끼게 해주는지.

겉으로 밝은 표정을 지으며 빙긋이 웃어도 속은 상처투성이라 조그만 자극에도 눈물 흘리는 네 모습을 볼 때마다 마음이 아파왔다. 이제는 내가 생각하던 사랑한다는 말로 상처주지 않을게. 하나야……. 계산하지 않고, 요령 부리지 않고 네가 꿈꾸는 사랑으로 널 사랑한다. 아주 많이…….

동준은 달콤하고 말캉한 하나의 입술을 성급하게 빨아들였다. 하나의 입안에 알싸한 고급 양주의 향이 그의 입안을 가득 채웠다. 그녀의 도톰한 입술을 탐하기 전에 가지고 있었던 그의 이성이 자취도 없이 날아가버렸다. 벌어진 그녀의 입술 사이를 헤집고 들어간 그의 혀가 미친 듯이 휘젓고 옭아맸다. 그녀의 고개가 뒤로 젖혀지면서 그의 혀를 집요하게 목 안 깊숙이 집어넣었다.

너무나 달고 향기롭고 부드러운 그녀와의 키스에 숨이 막혀왔다. 맛보면 맛볼수록 더욱 갈증이 날 만큼……. 그의 열정적이고 격렬한 키스에 하나의 달뜬 신음소리가 들렸다.

“하아…….”

가슴팍에 무너져 내리듯 하나가 파고들며 두 팔로 그의 목을 감싸 안았다. 적극적으로 파고드는 하나 때문에 동준은 인두에 지진 것처럼 온몸이 뜨거워졌다. 용광로에 들어간 것처럼 화염에 휩싸였다. 욕망이 부풀어 오르는 풍선처럼 터져버리기 일보 직전이 되었다. 더 이상 참지 못하고 동준은 하나의 등과 다리를 받치고 번쩍 안아 들었다.

거실을 가로질러 2층 계단을 성큼성큼 올라갔다. 하나는 떨어지지 않으려 그의 몸에 어린아이처럼 바짝 매달렸다. 매달리는 그녀의 얼굴에 자잘한 입맞춤을 하였다. 도망가지 못하게, 주머니에 넣어 다니고 싶을 정도로 사랑스러운 그녀를 온전히 자신의 것으로 만들고 싶었다.

살포시 그녀를 침대 시트에 내려놓고 훤히 드러난 그녀의 어깨에 키스를 퍼부었다. 목선을 따라 그녀의 온몸에 키스하려는 찰나 그는 황망한 얼굴로 그녀를 내려다보았다. 새근새근 그녀의 고른 숨소리가 들려왔다. 그녀가 아기처럼 천진한 얼굴로 자고 있었다.

"진짜…… 미치겠다."

동준은 침대 끝자락에 앉아 허탈한 미소를 지었다. 그녀의 머리에 베개를 베어주고 시트를 덮어주고 잠시 한동안 그렇게 넋을 잃고 우두커니 앉아 있었다. 그러다 슬며시 웃음이 나왔다. 그래도 이제 그녀의 마음을 알았으니 지금처럼 참을 필요도 없었다. 내일은 내일의 태양이 떠오르니 조급해하지 말자……. 하고 자신을 다독여보았다. 한참을 부드러운 미소로 바라보다 그는 뜨거워진 몸을 식히려 욕실로 향했다.

8. 깊어가는 사랑

하나는 깨질 듯 머리가 아팠다. 어마어마한 통증에 한 손으로 이마를 짚으며 눈을 떴다. 아침 햇살이 창문을 뚫고 들어와 그녀의 얼굴을 따뜻하게 감쌌다. 시야에 들어온 천장이 낯설어 보였다. 너무 놀란 하나는 벌떡 몸을 일으켰다. 낯설지만 익숙한 곳. 바로 동준의 침실이었다.

그때 동준이 운동을 하고 샤워를 했는지 젖은 머리카락을 타월로 닦으며 들어왔다.

"일어났어?"

"동, 동준 씨가…… 왜 여기, 아니 제가 왜…… 여기 있어요?"

"그야 여기서 잤으니까."

"같이요?"

"응."

무심한 그의 말에 하나는 마른침을 꿀꺽 삼켰다.

동준이 그녀가 누워 있는 침대 옆 러브 체어를 한 손으로 가지고 와 거꾸로 돌려 다리를 벌리고 앉았다. 그리고 의자 등받이에 두 팔을 포개 얹고 턱을 괴었다.

그녀가 살며시 고개를 들었다. 풍성한 속눈썹을 치켜뜨고 그는 동요 없이 잠자코 하나를 바라보았다. 하나는 무언가 갈구하는 듯한 그의 두 눈을 보며 속절없이 가슴이 뛰기 시작했다. 속마음을 훤히 꿰뚫어 볼 것 같은 눈동자로 동준이 그녀를 천천히 훑고 있었다.

저 눈빛은 뭐지? 어젯밤 무슨 일이 있었던 게 분명했다.

하나는 깨질 것 같은 머리를 한 손으로 누르며 헝클어진 기억을 더듬었지만 거실에서 술을 마시던 잔상만이 그녀의 머릿속에 남아있을 뿐이었다.

그의 옛 애인이 전화를 받은 후 하나는 그에게 고백하려던 마음을 접었었다. 그녀는 자신과 비교도 안 될 만큼 멋지고 예뻤고 그가 원하던 모든 조건을 가진 여자였다. 인터넷 기사로 그녀의 금융회사가 막대한 자본으로 태영그룹에 투자한다는 기사들이 쏟아지고 있었다. 그와 예린의 염문설도 기사도 함께였다.

하나 자신도 도마 위에 올라와 있었다. 다시 한 번 자신의 초라한 위치를 확인할 수 있었다. 그저 그녀는 재투성이 신데렐라일 뿐이었다. 질투가 났다. 피가 거꾸로 솟았다. 자신의 마음만 흔들어 놓았던 그가 미웠다.

차라리 만나지나 말았으면……. 그를 사랑하지 않았다면……. 이렇게 심장이 칼로 도려내듯 아프지는 않을 텐데…….

그녀와 함께 있는 그를 떠올리며 밤새 괴로워할 바에는 술에 취해 잠이 들고 싶었다. ……그리고 꿈을 꾼 것 같다.

잠든 내내 맘먹고 하지 못했던 일들을 하며 꿈속을 헤매고 있었다. 현실의 욕구불만을 꿈으로 해결하려고 했나 보다. 꿈속에선 그에게 다가가 키스했다. 좋아한다고 고백도 했다. 처음의 달콤하고 부드럽던 키스가 뜨겁고 불같은 키스로 변했다. 입술이 부을 정도로……. 손가락으로 자신의 입술을 만지작거리던 하나는 순간 얼굴이 하얗게 변했다.

"악!"

입술이 정말 아팠다.

미쳤어. 미쳤나 봐, 정하나. 꿈이 아니라 정말로 일을 저질러버렸나 보다. 하나의 눈꺼풀이 가늘게 떨렸다. 제 입술을 만지며 놀라는 그녀를 보며 동준은 피식 웃었다. 연이어 야한 말로 그녀를 달콤하게 유혹하는 그의 목소리.

"하나야, 이제 우리 침실 같이 쓸까?"

의자 등받이에 한 손으로 턱을 괴고 한쪽 고개를 삐딱하게 기울인 채 바라보는 그의 나른한 모습에 하나는 숨이 턱 막혔다.

어젯밤에 어디까지 간 걸까? 저렇게 아무렇지도 않게 야한 말을 하는 걸 보면 끝까지 간 걸까? 술 취한 자신에게 무슨 짓을 한 거냐고 지청구를 퍼부을 수도 없고 딱히 그에게 원망이나 시비를 걸 수도 없었다. 자신이 유혹하고 키스하고 고백까지 했으니 말이다. 온몸에 열이 빠져나가는 느낌이 들었다. 서늘하게 식어가던 온몸이 갑자기 떨리고 한기가 들었다.

"딸꾹…… 딸꾹……."

멈추지 않는 딸꾹질 때문에 그녀는 가슴을 쾅쾅 치다가 침을 꿀꺽 삼켰다. 긴 다리를 한쪽으로 옮기며 의자에서 일어나 침대 위의 하나에게로 다가오는 동준을 보자 하나가 후다닥 침대에서 일어나 방문을 향해 달려갔다.

"저…… 물 좀 먹을게요. 그리고 찝찝해서 씻어야겠어요."

그런 그녀를 못마땅하다는 듯 쳐다보며 동준이 일갈했다.

"정하나, 피하지 마."

하나는 그 말에 그만 가슴 한구석이 서걱거렸다.

"오늘은 꼭 너에게 할 말이 있어."

할 말……. 이제 그와 헤어져야 할 시간이 가까워졌는지도 모른다. 애인이 돌아온 이상 그에게 자신은 필요 없는 아니 거추장스러운 아내일 뿐일 것이다. 영원할 수 없는 관계, 그저 필요에 의해 맺어진 인연, 그것이 그와 그녀의 관계임을 곱씹어 본다.

그렇지만…… 조금만…… 조금만 더 머무를 순 없을까…….

그와의 이별이 다가오려 하자 하나는 눈이 시큰거리고 가슴이 따끔거렸다.

"네……. 저 피하지 않아요. 금방…… 금방 올게요."

문고리를 잡은 손에 힘을 꽉 주며 하나는 울컥 올라오는 목소리를 누르며 최대한 차분하게 말했다.

"식탁으로 와. 해장해야지."

그의 담담한 목소리를 뒤로하고 하나는 울지 않으려 눈에 힘을 주었지만 눈물이 핑 돌았다.

목욕을 하고 나니 하나는 한결 기분이 나아졌다. 그의 아내가 아닌 정말 평범한 자기 자신으로 돌아가기 위해 가벼운 청바지와 흰 셔츠를 입었다. 거울을 보며 하나는 빙긋 웃으며 말했다.

"이제 진짜 정하나네. 제자리로 돌아가자, 하나야."

식탁으로 천천히 발길을 돌리며 집안을 살펴보는데 너무 조용했다. 윤 집사도 도우미도 없었다. 대신 동준이 인덕션 위에 놓여 있는 냄비에 있던 콩나물국을 푸고 있었다.

"윤 집사님 어디 계셔요?"

"아침에 다 돌려보냈어."

"왜요?"

"너랑 단둘이 할 중요한 일이 있어서……."

그의 마지막 배려가 고마웠다. 이제 헤어지자고 그녀가 먼저 말해도 잡지 않을 줄 안다. 아무도 모르게 이곳을 떠날 수 있다는 사실이 좋았다. 그저 잠시 꿈을 꾸었다 생각하고 싶었다. 그와의 마지막 식사를 하는 동안 모든 것을 갈무리할 수 있겠다고 생각했다.

최대한 웃으며 아무 일도 없었던 것처럼 헤어져야지.

정말 모든 것이 괜찮았다. 그가 떠준 콩나물국을 먹으려고 숟가락을 입으로 가져가는 순간 목구멍으로 넘어가지가 않았다. 꽉 막힌 것 같았다.

……전혀 괜찮지가 않았다. 조금도…… 괜찮지 않았다.

최악이었다. 유리컵에 물을 가지고 식탁으로 걸어오는 동준이 멈칫 그 자리에 섰다. 하나는 고집스럽게 고개를 숙이고 콩나물국을 숟가락으로 휘저었다. 숟가락을 잡은 그녀의 가녀린 손이 파르르 떨렸다. 눈물이 솟아오를 것 같아 하나는 입술을 질끈 깨물었다.

"고개 들어."

그가 천천히 식탁에 앉은 하나 옆으로 다가가며 고저 없이 말했다. 하나는 꿈쩍도 하지 않았다. 고개를 들 수 없었다. 그에게 우는 모습을 들키고 싶지 않았다.

정말 웃으며 그를 보내고 싶었는데……

"정하나, 날 봐."

부드러운 그의 목소리가 더 하나의 가슴을 후벼 팠다.

"……싫어요."

우는 모습을 들키고 싶지 않은 그녀의 마음을 무시라도 하듯이 그는 잔인하게 그녀의 곁으로 다가왔다. 그가 손을 길게 뻗어 그녀의 턱을 움켜잡았다. 엄지손가락으로 그녀의 턱을 부드럽게 쓸어내리다 손가락 끝으로 그녀의 턱을 끌어올리며 두 눈을 마주쳤다. 커다란 눈동자에 눈물이 하염없이 볼을 따라 흘러내리고 있었다.

온통 젖은 얼굴로 바르르 떨리는 입술 사이 낮은 울음을 삼키는 하나를 보며 동준은 질끈 이를 악물었다.

"정하나, 너 오늘 내 꺼 하자."

그의 말에 하나는 움찔 긴장하여 경직되었다.

뿌옇게 흐린 시선에 그의 모습이 보였다. 그를 사랑하는 자신의 속마음을 다 들켜버려 부끄럽고 어제 예린과 같이 있었던 그를 미워하는 감정이 뒤엉켜 마음이 혼란스러웠다. 이런 자신의 마음을 알고 집요하게 밀고 들어오는 그를 내치고 싶었지만 깊은 마음속엔 그를 차지하고 싶은 욕구가 꿈틀거리고 있었다. 자신의 마음을 감당하지 못하자 하나는 도망가고 싶었다. 몸을 일으켜 자리를 피하려 하자 그녀가 꼼짝 못하게 어깨를 지그시 눌렀다.

"동준 씨, 가게 해주세요. 제발."

그녀는 눈가에 눈물이 맺힌 채 애원하듯 그에게 말했다. 괴로워하는 그녀를 보자 동준은 미간을 찌푸리며 아기를 들 듯 그녀의 허리를 두 손으로 번쩍 들어 올렸다. 그리고 식탁 옆에 있는 아일랜드 식탁 위에 그녀를 사뿐히 올려놓았다. 두 손으로 아일랜드 식탁 위를 짚어 그녀를 가두고 상체를 기울이며 그녀에게 천천히 얼굴을 들이밀었다.

"오늘은 도망 못 가. 대답하기 전에는……."

그가 뜨거운 눈빛으로 그녀를 바라보자 하나는 떨리는 입술을 지그시 깨물었다.

"날 좋아한다며?"

그의 직선적인 발언에 하나는 얼굴이 붉어지며 눈을 커다랗게 떴다.

"당신…… 너무 잔인해요."

하나는 뺨으로 흐르는 눈물을 손등으로 닦으며 그를 노려보았다. 동준은 새침하게 노려보는 그녀의 모습이 너무 귀엽게 느껴졌다.

"어떤 것이?"

하나는 그의 말이 맘에 안 들어 입술을 삐죽였다.

"알잖아요. 제가 어떤 대답을 할지……."

어젯밤 주정처럼 그에게 고백한 장면이 떠오르자 하나는 차오르는 부끄러움을 이기지 못하고 시선을 아래로 떨어뜨렸다.

"네 입으로 직접 듣고 싶어…… 지금."

유치하고 잔인하게 굴어서라도 하나의 입을 통해 자신을 좋아한다는 말을 듣고 싶어 동준은 천연덕스럽고 짓궂게 하나를 몰아붙였다. 그의 얼굴이 점점 다가오자 고개를 돌리는 그녀를 놀리듯 싱긋 웃으며 그가 말했다.

"절 그렇게 놀리고 싶으세요? 제가 가난하다고 해서 자존심도 감정도 없다고 생각하나요?"

말을 하고 보니 더 억울하고 속상한 마음에 다시 눈물이 차올랐다. 하나는 다시 흘러내리는 눈물을 주먹으로 닦아내며 입술을 달싹거리다 떨리는 목소리로 말했다.

"전 당신처럼 사랑을 계산할 줄 몰라요. 그냥 내 마음이 가는 대로 사랑할 뿐이에요."

그의 눈빛이 진지하게 변하며 그녀의 눈과 마주했다. 그렇지만 하나는 그런 그의 변화를 뿌옇게 흐려진 시야 때문에 볼 수 없었다.

"맞아요. 그래요……. 당신을 아주 많이 사랑해요. 그게 짝사랑이라고 해도 어쩔 수 없어요. 그렇지만……."

순수한 열정이 담긴 그녀의 솔직한 고백에 동준은 온몸이 뜨거워지고 있었다.

"지금처럼 다른 사람과 저울질해서 비교하지 마세요."

단호하게 힘이 들어간 그녀의 목소리가 그의 가슴을 아프게 했다. 내가 사랑하는 사람은 너뿐이라고 당장 말하고 싶었지만 조금 더 그녀의 마음을 알고 싶었다.

"누구랑 내가 비교했다는 거지?"

담담한 그의 목소리가 들렸다.

"예린이란 그 여자…… 만났잖아요. 이런 제가 너무 싫지만 질투 났어요. 너무 힘이 들었어요……. 당신이 어제 만난 전 애인과 비교가 되지 못할 만큼 저 자신이 모자란 걸 알아요. 그렇지만 제가 하는 사랑만큼은 저울질하지 마세요."

이런 말까진 하고 싶지 않았다. 그렇지만 말문이 터지자 마음속에 품고 있었던 그에 대한 원망이 쏟아져 나왔다. 그를 노려보는 하나는 잔뜩 두려운 얼굴을 하고 있었다.

"유혹하듯…… 마음을 떠보듯…… 절 더 이상 놀리지 마세요. 놀림을 당할 만큼 비참해지고 싶지 않아요. 그냥…… 절 보내주세요."

그저 장난감처럼 가지고 노는 상대로 자신을 대하고 있다고 오해하고 있었다. 그녀의 목소리는 절박하다 못해 처절했다. 그가 하는 모든 행동을 사랑 없는 계약과 계산으로 단정하고 있었다. 그녀의 속마음은 파랗게 멍들어 있었다.

시작부터 잘못 끼워진 첫 단추처럼……

"그렇게…… 진심 없이 저를 갖겠다고 하지 마세요……."

그녀의 눈에 눈물이 마구 터져 나왔다. 서러웠다. 이제 그에겐 필요 없는 그녀이기에 더 이상 그를 보지 못할 것이다. 하나는 흐르는 눈물을 닦다가 그의 커다란 손이 그녀의 얼굴을 감싸 쥐자 가슴이 덜컹거렸다. 천천히 얼굴을 들어 올리자 그의 흔들림 없는 눈빛과 부딪혔다.

"단 한 번도 진심이 아닌 적이 없었어. 너를 본 이후부터…… 쭉……."

동준은 깊은 눈길로 어루만지듯 오랫동안 하나를 바라보며 속삭였다.

"사랑이란 거…… 그게 참 사람을 한순간 바보로 만들더군. 난 많이 교만했나 봐. 사랑이 계산으로 된다고 생각했으니까……."

그가 사랑스럽게 그녀를 바라보며 말을 이어갔다.

"언제부터인가 네가 아니면 안 된다는 생각밖에 없어."

하나는 그의 애끓는 목소리에 설렘으로 가슴이 두근거렸다.

"미친놈처럼, 열병에 걸린 것처럼…… 그렇게 난 널 사랑하고 있어."

동준은 하나의 목덜미에 얼굴을 묻고 그녀의 가느다란 허리를 꼭 껴안았다.

"지금까지…… 난 네가 날 사랑하지 않는다고 생각했어. 그래서 미치도록 괴롭더라. 날 좋아하지도 않는 널 욕망만으로 안고 싶지 않았어. 네 마음을 갖고 싶었어…….”

그의 숨소리가 거칠었다. 목에서 내뿜는 그의 숨결에 하나는 가슴이 터질 것만 같았다.

“미안해…… 널 많이 힘들게 해서. 이제 상처 주지 않을게. 널 사랑해.”

그의 간절한 고백에 하나의 눈에 눈물이 핑 돌았다. 고개를 들어 하나를 바라보는 그의 눈동자엔 거짓이 없었다. 그렇게 한동안 그를 바라보던 하나가 떨리는 목소리로 말했다.

“저도…… 동준 씨를 사랑해요.”

순간 그녀의 눈동자에 그가 꽉 차게 들어왔다. 그가 고개를 숙여 그녀의 입술에 입을 가볍게 맞추다가 아랫입술을 살짝살짝 깨물었다.

“사랑해, 하나야. 널 진심으로 원해.”

달콤한 그의 말에 하나는 수줍게 내리깔았던 속눈썹을 들어 그를 올려다보았다. 까맣게 타는 눈길로 삼킬 듯 강렬하게 그녀를 내려다보고 있었다. 뜨거운 호흡이 그녀의 입술을 덮치듯 내려왔다. 동준의 입술이 급하게 그녀의 입술을 삼키자 하나의 가슴은 몽글몽글해지고 저절로 입술이 벌어졌다. 그녀의 입속을 헤집고 들어온 혀가 미끄러져 그녀의 혀와 뒤엉켰다.

한참 동안 갈증을 해소하듯 서로가 서로를 탐닉했다. 깊고 격렬한 입맞춤이 계속되자 하나는 온몸이 뜨거워졌다.

“하나야, 하나야……. 오늘 널…… 가질 거야…….”

동준을 자제력을 잃은 듯 하나를 안아 올리며 침실로 향했다. 그녀는 그의 목을 끌어안고 아기처럼 매달렸다. 침실에 다다른 그는 하나를 침대에 살며시 내려놓았다. 그의 손길이 다가와 그녀의 셔츠 단추를 하나씩 풀어내었다. 다급한 손길 때문인지 단추가 잘 벗겨지지 않자 나지막하게 욕설을 내뱉던 동준이 셔츠를 찢어버렸다. 단추가 사방으로 튕겨져 나가며 브래지어만 걸친 그녀의 하얀 속살이 드러났다. 하나는 부끄러운 마음에 두 팔을 가슴에 겹치고 몸을 움츠리며 그와 눈이 마주칠까 고개를 돌렸다.

볼이 빨갛게 달아오른 그녀의 모습을 동준이 사랑스럽게 내려다보며 가녀린 그녀의 손목을 그의 큼지막한 손으로 잡아 벌려 침대 위에 지그시 눌렀다.

하나는 부끄러움을 참으려 아랫입술을 살짝 깨물었다.

풍성한 그녀의 속눈썹을 들어 그를 살짝 보다가 시선을 마주치지 못하고 이내 눈길을 돌렸다.

"부끄러워하지 마……."

한 번도 느껴보지 못한 손길에 그녀의 몸은 예민하게 반응했다. 그의 손길이 닿는 곳마다 미세하게 떨리며 붉어진 얼굴로 입술을 깨무는 그녀의 행동이 사랑스러워 몸을 숙여 입술을 삼켰다. 부드럽게 그녀의 입술을 물고 빨더니 점점 그녀 안으로 탐색하며 들어갔다. 입안을 헤매던 혀가 그녀의 혀를 밀고 누르고 비비며 자극하였다.

그의 거침없는 자극에 하나의 머릿속이 새하얘지고 눈앞이 아득해졌다. 하나가 숨을 할딱거리기 직전에 입술을 떼고 호흡하게 하고 얼굴 방향을 바꾸어 다시 격한 입맞춤을 반복하며 긴 키스를 이어나갔다.

온몸이 뜨거워졌다. 심장이 타들어갔다. 피가 끓어오르듯 뜨거워지고 열기가 온몸을 감싸고 화끈거렸다. 물고 빨던 그녀의 입술을 놓아주었을 때 그녀는 거칠게 숨을 헐떡였다. 그도 연신 거친 숨을 내쉬며 그녀의 머리카락을 손가락으로 부드럽게 매만지며 나른한 눈으로 그녀를 응시했다.

그녀의 머리카락이 그의 손등을 스치고 그의 손가락이 그녀의 뺨을 지나 그림을 그리듯 오똑한 콧날을 넘어 이슬을 머금은 붉은 꽃잎 같은 입술을 지그시 누르며 지나갔다. 어깨를 감싸던 손이 그녀의 등 뒤로 미끄러져 내려가 브래지어 후크를 풀었다. 그녀의 봉긋하고 새하얀 가슴이 그의 눈앞에 드러나자 하나는 어깨를 움츠리며 팔을 교차해 가리기에 급급했다.

하나는 설레면서도 부끄러워 탄성이 입에서 새어 나왔다.

"하아……."

동준의 눈에는 그녀의 몸짓이 그를 유혹하는 교태처럼 느껴졌다. 다급한 손길로 그녀의 청바지의 버클을 풀고 아무렇게나 벗겨내자 속옷이 함께 딸려 내려가 그녀의 하얀 나신이 그대로 드러났다. 그녀의 나신을 내려다보는 그의 눈매가 가늘어졌다. 하나를 바라보며 동준도 다급하게 옷을 벗어 던졌다.

환한 아침 햇살 아래 드러난 그의 단단한 가슴과 군살 없는 몸매가 그녀의 눈에 들어오자 심장이 미친 듯이 뛰기 시작했다. 하나는 더 이상 그의 모습을 볼 수 없어 옆에 있는 시트를 끌어오려다 금방 빼앗기고 말았다.

"꺄악……."

그녀의 나신이 그의 시야에 적나라하게 드러났다. 비명소리와 함께 우악스럽게 붙들린 그녀는 속절없이 그의 거센 힘에 끌려 내려져 그의 두 팔 아래 가두어졌다. 그녀를 가둔 허벅지만 한 그의 두 팔은 근육으로 불끈거리며 힘이 들어가 팔뚝의 힘줄이 도드라져 보였다.

밑에 깔린 하나는 거친 짐승에게 잡혀 꼼짝없이 갇혀버린 가냘픈 어린 양처럼 보였다. 위에서 그녀를 바라보는 그의 눈빛이 타버릴 듯 뜨거웠다.

"쉬……. 괜찮아……."

"너무 환해서…… 부끄러워요."

하나는 겁먹은 얼굴로 커다란 눈을 깜박이며 거친 짐승에게 먹잇감으로 갇힌 토끼처럼 파르르 떨고 있었다.

"예뻐. 아주 많이……."

꿀 떨어지는 목소리로 속삭이듯 말하며 그의 얼굴이 점점 내려왔다. 두려움에 하나는 눈을 꼭 감았다. 따뜻한 숨결이 느껴졌다. 매끄러운 피부가 닿자 그녀의 맨살에 비벼지는 그의 살갗의 감촉이 생경했다. 생각보다 더 부드러웠다. 짙고 깊은 뜨거운 숨이 그녀의 가녀린 목에 흩뿌려지며 그 위를 촉촉한 입술이 한껏 베어 물었다.

"흐읏……. 간지러워요."

하나는 간지러움에 그만 눈을 뜨고 어깨를 움츠리고 발가락을 꼬물거렸다. 어색하게 웃으며 그를 힐끔 바라보았지만 그는 웃지 않고 있었다. 그의 일렁이는 눈빛을 보자 하나는 떨렸다. 그의 따뜻한 체온이 그녀의 온몸을 누르면서 빈틈없이 밀착되어 왔다. 곧이어 그녀의 한쪽 가슴이 그의 입안으로 빨려 들어가자 숨죽인 비명이 터져 나왔다.

"흡……."

"맛있어……. 너에게서 체리맛이 나……."

그의 은밀한 속삭임에 하나는 붉어진 얼굴을 감추기 위해 두 손으로 감싸 쥐었다. 부끄러워하는 그녀를 괴롭히기라도 하듯 몸 구석구석에 있는 과즙을 맛보듯 물고 빨아들였다.

그녀의 등이 낭창하게 휘어지고 허리가 잘게 흔들렸다. 연이은 탄성이 터져 나왔다. 그의 입술이 그녀 자신도 몰랐던 신경들을 일일이 다 깨우고 있었다. 그의 숨결도, 닿는 손길도 지독히 뜨거웠다. 그럴수록 세포 하나하나가 살아서 환희의 비명을 질러댔다.

열에 들뜬 동준은 그녀의 몸의 굴곡을 따라 내려가던 손으로 부드러운 허벅지 안쪽을 집요하게 파고들었다. 계속되는 그의 은밀한 손놀림에 하나는 정신이 아득해지며 이대로 죽을 수도 있겠다는 열락의 신음이 흘러나왔다.

활처럼 휘어진 그녀의 몸을 내리누르며 올라탄 그의 몸이 항해를 시작했다. 그의 허리는 그녀 위에서 부드러운 물결을 탔다. 쉼없이 그녀 안으로 밀고 들어온 배는 정착하지 못하고 방황하기 시작했다. 그녀는 밀고 들어오는 그의 몸짓에 고통으로 입술을 질끈 깨물었다.

"동준 씨……. 무서워요……."

두려움에 떠는 그녀의 목소리를 달래듯 열락에 취한 그는 정신이 혼미한 가운데 그녀의 입술을 삼키며 속삭였다.

"조금만…… 조금만 참아……."

더운 숨과 함께 귓가에 파고드는 달콤한 목소리와 달리 그의 숨결이 빨라지고 있었다. 하나는 고통을 참으며 그의 팔뚝을 꼭 붙잡았다. 가쁜 숨을 몰아쉬며 동준은 집요하게 그녀 안으로 밀고 들어와 그의 몸을 채웠다. 현란한 그의 움직임이 계속되며 동준은 극한으로 자신을 몰아붙였다.

더 이상 견디지 못한 그의 몸에서 터져 나오고 있었다. 욕망덩어리가 분출되고 있었다. 억눌린 신음이 침실 안 가득 터져 나오며 땀으로 범벅이 된 동준은 하나를 향해 무너져 내렸다. 하나는 안도감에 그를 따스하고 포근하게 꼭 감싸 안고 속삭였다.

"……사랑해요. 제가 더…… 많이요……."

동준은 예상치 못한 그녀의 고백에 고개를 들어 그녀를 내려다보았다. 많이 아팠을 그녀를 배려하기엔 그의 욕구가 한계치에 다다라 있었다. 그런데 자신은 생각지 않고 그를 다독이며 사랑한다며 아니 더 사랑한다는 말로 다가오는 그녀가 있어 가슴이 저려온다. 열기에 빨갛게 익은 순진한 얼굴로 자신을 보고 있었다.

하나야. 네가 사랑스러워서 어떡하니.

동준은 하나를 지그시 보며 그녀의 얼굴을 보듬듯 쓰다듬었다.

"하나야……."

달콤한 그의 목소리가 듣기 좋았다.

"내가 널…… 어쩜 좋겠니?"

그가 열띤 탄식을 뱉으며 입술을 내려 그녀의 입술을 달콤한 아이스크림을 삼키듯 빨아들였다.

하나는 같이 씻자는 동준을 겨우 말리고 혼자 샤워를 했다. 드라이로 젖은 머리를 말리고 수건으로 몸을 닦다가 놀라서 눈이 커졌다. 온몸엔 울긋불긋한 자국이 여기저기 보였다. 그에게 시달린 자국인 것을 알고는 하나의 얼굴이 붉게 달아올랐다. 빨리 옷을 입어 다 가리고 싶었다. 하지만 입을 옷을 챙기지 못하고 샤워를 한 사실을 깨닫곤 자신의 머리를 콩 때리며 고개를 절레절레 흔들었다.

"바보……."

매일 이런 건망증이 심하긴 했지만 오늘은 좀 달랐다. 욕실에 같이 따라 들어오려는 동준을 필사적으로 밀어내느라 옷을 챙길 여유가 없었던 것이다. 할 수 없이 침실에 연결된 동준의 드레스룸으로 갔다. 그의 박스형 티셔츠를 찾았지만 겨울이라 모두 다른 곳에 보관되어 있는지 보이지 않았다. 일단 눈에 띄는 대로 그의 옷걸이에 걸려 있는 흰 셔츠를 걸치고 긴 소매를 둥둥 걷었다. 하나에 비해 그의 덩치가 커서 하얀 원피스처럼 보였다.

그가 보지 않을 때 1층인 자신의 방으로 내려가 속옷을 입고 옷을 갈아입으면 딱 좋을 것 같았다. 침실로 살금살금 뒤꿈치를 들고 도둑고양이처럼 소리를 죽이며 걸어갔다.

아침 반나절 동안 하나는 그에게 괴롭힘을 당하며 침대에 같이 있었지만 여전히 그를 보면 부끄러워 피하고 싶었다. 걸을 때마다 그에게 시달린 자리가 쓰라리고 온몸이 욱신거렸다. 하나 자신이 보아도 어기적어기적 걷는 모습이 너무 웃겼다.

아, 창피해. 들키면 너무 창피할 것 같다는 생각만 들었다. 그에겐 예쁘고 사랑스러운 모습만 보이고 싶은데, 이건 하나 자신이 생각해도 너무 우스꽝스러웠다. 침실에 그가 있는지 고개를 빼꼼히 내밀고는 그가 없다는 사실에 '휴……' 하고 안도의 한숨을 쉬었다.

그때 딸깍하는 소리가 들렸다. 하나는 흠칫 놀라 드레스룸과 연결된 복도로 뒷걸음치다가 묵직한 것을 밟은 느낌이 들었다. 화들짝 놀라 뒤를 돌다가 콕 하고 무언가에 부딪혔다.

단단하고 묵직한 무언가…… 따뜻한 숨결까지……. 한참 고개를 젖혀 쳐다보니 그가 아래를 내려다보며 있었다.

"나 찾고 있었어?"

그의 얼굴에 장난기 가득한 미소가 번졌다.

하나는 너무 놀라 두 손으로 그를 밀어내며 한 발짝 뒤로 물러섰다. 바닥에 물기가 있었는지 미끄러져 넘어지려는 그녀의 허리를 그가 조심스럽게 잡았다.

동준은 한참 전부터 벽에 기대어 그녀가 나오기를 기다리고 있었다. 자신의 셔츠만 입고 나타난 하나의 뒷모습이 아찔했다. 또다시 그의 욕구가 고개를 쳐들었다. 완전 그녀에게 중독되어 제정신이 아니다. 그동안 너무 참은 것이 문제이기도 했다. 이러다간 하나를 방에다 며칠 동안 가둬놓고 못살게 괴롭힐지도 모른다. 전화로 예정에도 없던 휴가까지 내자 나 비서가 놀라는 눈치였다. 물론 지금까지 너무 일에 매달린 것도 있지만 이렇게 하루 종일 연락하지 말라는 통보를 내린 적은 없었다.

자신이 생각해도 어이없지만 눈앞에 하나의 유혹은 너무 달콤했다. 넘어지려는 그녀를 일으켜 세우고 한 손으로 번쩍 들었다. 잠시 내려가려고 버둥거리던 그녀가 금방 포기해버렸다. 그 대신 하나는 떨어질까 두려워 팔로 그의 목을 감고 바짝 매달려왔다. 그는 아무렇지도 않게 성큼성큼 아기를 안고 가듯이 침실로 향하며 하나를 쳐다보고 다정하게 말했다.

"배고프지? 뭐 좀 먹자. 아침도 제대로 못 먹었잖아."

맨 살갗에 닿는 그의 팔뚝 감촉이 차가웠다. 눈을 동그랗게 뜨고 그를 보던 그녀가 조금 민망한지 시선을 아래로 떨구고 웅얼거리며 말했다.

"혼자 걸어도 돼요."

"펭귄인 줄 알았어."

하나는 얼굴이 확 달아올랐다. 입을 새치름하게 내밀다가 다시 꾹 앙다물었다.

동준은 그런 그녀를 내려다보다가 하도 물고 빨아 부풀어 오른 도톰한 그녀의 붉은 입술이 보이자 다시 피가 저절로 끓어올랐다. 죽어 있던 온몸의 감각들이 깨어나 꿈틀거렸다. 하지만 완전 초짜 풋내기를 데리고 제 욕심 차리기에 바쁜 자신이 한심하기도 했고 그런 하나에게 마음을 온통 빼앗겨 정신을 못 차리는 자신도 어른스럽지 못하다는 생각에 부끄럽기도 했다.

"오늘은 침대에만 있어. 처음이라 많이 아팠을 테니까."

동준은 하나의 어깨를 다독이며 침대에 내려놓았다. 그리고 입술에 가볍게 입맞춤을 하고 머리를 쓰다듬자 하나는 뭐가 좋은지 열꽃이 피고 입이 헤벌쭉 벌어졌다. 그런 그녀를 다정한 눈빛으로 바라보다 빨갛게 홍조를 띈 하나의 뺨을 톡톡 손가락으로 장난치듯 쳤다.

"아, 맞다. 윤 집사님도 안 계신데…… 밥 먹어야죠."

하나가 침대에서 내려오려 하자 동준이 손으로 막으며 다소 위압적으로 말했다.

"움직이지 마. 내가 할게. 오늘 침대 밖으로 한 발짝이라도 내려오면 혼낼지도 몰라?"

아이를 다루듯 겁주는 동준이 이제는 무섭지도 않았다.

"피……. 하나도 안 무서워요."

그의 진심을 알고 이젠 제대로 콩깍지가 씌었는지 눈에 하트를 내뿜으며 하나는 배실배실 눈웃음을 흘린다.

"겁도 없어."

일부러 서늘하게 일갈하며 동준이 커다란 손으로 그녀의 머리를 흩뜨리자 하나는 까르르 웃음을 터뜨렸다.

어김없이 아침 햇살이 창문을 비집고 들어왔다.

동준은 잠에서 덜 깬 몽롱한 상태로 몸을 뒤척이다 누군가 옆에 있다는 사실에 눈을 번쩍 떴다. 침대 위에 아기처럼 웅크리고 자고 있는 하나의 모습이 보였다. 동준은 베게에 머리를 댄 채 모로 누워 잠든 그녀를 사랑스럽게 바라보았다.

쌔근거리는 숨소리가 규칙적으로 들리는 걸 보면 아직 단잠에 빠져 있나 보다. 뽀얀 피부에 아직까지 보송한 솜털을 보면 어린 티도 벗지 못한 것 같았다. 그런 그녀를 하루 종일 침실에 가두어 놓고 제 욕심을 차리느라 여념이 없었다니 죄책감이 들었다.

침대에서 까무룩 정신을 잃은 그녀를 기어이 욕실로 끌고 가 몸을 씻긴다는 핑계를 대다가 참지 못하고 다시 그녀를 안고 말았다. 나중에는 살려달라고 애원하다시피 하는 그녀를 겨우 놓아주었다. 그런 그녀가 소중한 보물이라도 되는 듯 놓칠세라 자신의 엄지 손가락을 꼭 잡고 곤히 자고 있었다.

온전히 자신에게 기대는 그녀의 마음이 사랑스러웠다. 그냥 그녀가 있는 것만으로 좋았다. 그녀가 자신과 같은 마음이라 더 좋았다. 일방통행이 아니라 감사했다. 그녀의 입에서 사랑고백이 터져 나오는 그 순간 너무 행복해서 두렵기까지 했다.

태어나 처음 느껴보는 감정이었다. 너무 소중해서 그것을 잃을까 두려운 마음…… 동준은 자유로운 다른 손으로 그런 그녀의 뺨에 흘러내리고 있는 머리카락을 귀 뒤로 넘겨주었다.

인기척에 하나는 스르르 눈을 떴다. 낯선 광경에 하나는 눈을 비비며 일어났다. 그러나 아무것도 입지 않은 사실을 알고 하나의 얼굴이 빨갛게 달아오르며 시트를 끌어 당겨 몸을 가리기에 급급했다. 어제 밤새도록 탐닉했던 몸인데 뭐가 그리 부끄러운지 발개진 얼굴로 하나는 눈을 어디다 둘지 몰라 허둥거리고 있었다.

심지어 시트를 온몸을 둘둘 말아 올리다 중심을 못 잡고 침대에 픽 쓰러져버렸다. 그러곤 부끄러운지 옆에 있던 베개에 그녀의 얼굴을 폭 파묻어버렸다. 그의 얼굴에 웃음이 찼다.

"이리 와."

그의 말에 살짝 고개를 들던 하나가 꼼지락거리며 그의 품 속으로 파고들었다.

"사랑해. 하나야."

그의 달콤한 말에 하나 얼굴에 미소가 번졌다.

마트에서 저녁 찬거리를 들고 현관으로 막 들어 하나는 다급하게 울리는 전화벨 소리를 들었다. 얼른 봉지를 바닥에 내려놓고 수화기를 들었다. 엄마의 상태가 좋지 않다는 비보에 허겁지겁 담당의사를 만났다. 그리고 침대에 누운 야윈 엄마의 얼굴에 보자 마음이 울컥했다.

엄만 세상에 하나가 전부였다. 그녀 삶의 중심엔 딸인 하나가 있어서 모든 것들을 견딜 수 있었다고 했다. 하나는 병간호를 하면서 매일 엄마와 함께 있을 수 있었다. 주기만 했던 엄마의 사랑이 버겁기만 했는데 조금이라도 마음의 부담을 덜 수 있었다.

같이 있던 많은 시간 동안 궁금했던 하나의 아버지 이야기도 들을 수 있었다. 엄마가 꽃가게를 하던 시절 하나의 아빠를 만났다고 했었다. 첫사랑이라 순수하게 사랑하던 영애는 그가 유부남인 걸 알게 된 것은 꽃가게로 쳐들어와 난장판을 만들어놓고 간 그의 아내로부터 심한 모욕을 듣고 나서였다. 영애는 죽고 싶었지만 하나를 임신한 사실을 알고는 악착같이 살기로 결심했다고 했다.

영애는 창피하고 부끄러운 엄마는 되지 말자고 결심했다고 했다. 같이 도망가자던 남자를 뿌리치고 가게를 몰래 정리한 후 하나를 혼자 낳아 자신의 호적에 올렸다고 했다. 남의 가정을 깨뜨리면서까지 사랑의 도피를 하고 싶지는 않았다고.

그런 엄마의 죽음을 생각한다는 것 자체가 하나에겐 너무 버거웠다. 엄마가 얼마나 힘들었을까 눈시울이 젖었다. 마지막까지 희망을 가져보려 했지만 담당의사에게선 마음의 준비를 하라는 담담한 대답이 돌아왔다. 심근경색이라 수술만 하면 된다고 생각했는데 정밀검사를 하다가 발견한 뇌간교종은 불치병이었다. 어쩜 그것이 하나와 동준을 이어준 것만은 확실했다. 마지막으로 사위가 보고 싶다던 엄마의 소원을 무시할 만큼 하나는 강심장이 아니었으니까…….

엄마를 간호하던 중 언젠가, 의식이 희미한 엄마의 입에서 아버지의 이름이 흘러나왔다.

최경훈.

많이 보고 싶었나 보다. 그때 하나는 결심했다. 조금이라도 엄마에게 의식이 있을 때 만나게 해드리고 싶었다. 떨리는 마음을 진정하고 예전 엄마 일기장에 있던 아버지 폰번호를 눌렀다. 신호가 갔지만 전화를 받지 않았다. 잠시 망설이던 하나는 문자를 보냈다.

[안녕하세요. 저는 정영애 씨 딸 정하나입니다. 저희 어머니 일로 만나 뵙고 싶습니다. 연락 부탁드립니다.]

잠시 후 문자가 왔다.

[내일 오후 3시 K호텔 커피숍으로 나오세요.]

짤막한 회신이 오자 하나의 가슴이 걷잡을 수 없이 벌떡벌떡 뛰었다. 처음 자신의 아버지를 만나다는 생각에 반가움보다 두려움이 앞섰다. 휴대폰을 조몰락거리며 몇 번이나 문자를 확인하고 확인했다.

하나는 아버지를 만나기로 한 시간 15분 전부터 커피숍에 앉아 있었다. 걸어오는 중년남자를 보면 그의 아버지인가 눈길이 머물렀다. 약속 시간이 가까워졌지만 하나의 아버지는 보이지 않았다. 대신 멀리서 족히 1억은 될 만큼 휘황찬란한 명품 옷으로 휘감은 중년여성이 다가오고 있었다.

"정하나 씨?"

"네, 제가 정하나입니다. 무슨 일로……."

"최경훈 씨 기다리시나요?"

"네. 그런데 누구신지……."

"저 최경훈 씨 부인 되는 사람이에요."

"아……."

직원이 주문한 커피를 놓고 갈 동안 두 사람 사이엔 침묵이 흘렀다. 중년의 여자는 앞에 얌전히 앉아 있는 하나를 탐색이라도 하듯 찬찬히 훑어보고 있었다.

여자가 싸늘한 어조로 어색한 침묵을 깨었다.

"한참 아래니까 말 놓아도 되지?"

"네. 편하실 대로 하세요."

그리고 앞에 놓인 커피를 천천히 한 모금 마시며 하나를 노려보며 차갑게 힐난하듯 말했다.

"구구절절 여러 말 필요 없고 단도직입적으로 말하지. 평온한 가정을 풍비박산 내려는 목적인가?"

하나는 숨통이 꽉 막히는 것 같았다. 최경훈 대신 그녀가 나왔다는 사실이 하나의 마음을 무겁게 하고 있었다. 무심코 한 행동이 다른 사람의 마음의 비수를 꽂을 수 있다는 생각이 들었다.

그녀는 하나의 행동이 무척 거슬렸을 것이다. 본의 아니게 그녀에게 큰 상처를 주고 있다는 생각을 떨칠 수 없었다.

"그건…… 아닙니다. 정영애, 아십니까?"

"내가 안다고 해도 그런 이름 기억하고 싶지가 않아. 정말 몹쓸 년이군. 순진한 척 착한 척 물러나는 것처럼 하면서 뒤로 내 남편 이렇게 불러내었나 보지?"

여자의 무례한 태도에 화가 났지만 그보다 더 중요한 말을 전해야만 했다. 조금은 무시당한다 해도 좋았다. 엄마에겐 자신이 줄 수 있는 마지막 선물이기 때문이다.

"오해하진 마세요. 이렇게 전화 건 적은 처음입니다."

순간 눈빛이 날카롭게 변하더니 그녀의 음성이 고음으로 치달아 올라갔다.

"그걸 나보고 믿으라는 거야?"

하나는 심장이 불규칙적으로 뛰었지만 억누르며 차분하게 말을 이어갔다.

"믿건 안 믿건 그건 상관없어요. 그게 진실이니까요."

"흥. 보기보단 당돌하군."

하나의 말에 여자의 눈꼬리가 사납게 올라붙었다. 하나는 심호흡을 한번 하고 조심스럽게 말했다.

"정영애 씨 저희 엄마, 많이 아프세요. 돌아가시기 전 최경훈 씨를 마지막으로 만나게 해드리고 싶어서…… 전적으로 그건 제 의견입니다. 그래서 이렇게 염치 불구하고 전화드린 겁니다."

불쌍히 여겨주길 바랐다. 엄마의 마지막 숨이 붙어 있을 동안 그녀가 자비를 베풀어주길 바랐다. 바람에 흔들려 꺼져가는 촛불을 꺼버리지 않기를, 간절한 마음으로 그녀를 바라보았다.

"지금 만나서 어쩌잔 거야? 죽든 말든 그건 그년 몫이야. 이딴 전화 다신 하지 말아. 한 사람만 힘들면 되는 거지, 착한 척하면서 사람 뒤흔들어놓는 건 그 애미에 그 딸년이나 똑같군. 이 전화번호 지워. 만약 한 번만 더 이런 식의 연락이 온다면 나도 가만있지 않을 거야.”

여자는 하나의 말을 듣기 싫다는 듯이 그녀가 하고 싶은 말만 하고 악담을 퍼붓고 나서 자리를 떠났다. 혼자 덩그러니 남겨진 하나는 카페 안의 사람들의 수군거리는 소리와 주위의 따가운 시선을 느낄 수 있었다. 큰 잘못을 저지른 사람처럼, 그렇게 당해도 싼 여자처럼, 하나는 아무 말도 할 수 없었다.

오늘은 유난스럽게 햇살이 따뜻했다. 카페로 쏟아지는 햇살을 비웃기라도 하듯 하나의 마음에 부는 찬바람이 손끝이 아릴 정도로 쌩하게 부는 것 같았다. 고개를 숙인 하나의 눈에 눈물이 그렁그렁 차올랐다. 서러운 마음에 차갑게 식은 커피 잔에 한 번 눈길을 주다가 하나는 도망치듯 그 자리를 빠져나왔다.

이번 달 초에 동준이 백화점 사장으로 인사발령이 났다.

나 비서는 새로운 업무에 따른 동준의 스케줄을 짜느라 여념이 없었다. 업무에 차질이 생기는 것을 용납하지 않는 동준의 성격을 아는지라 바짝 긴장을 하고 있었다. 그래도 요즘은 견딜 만은 했다. 결혼을 하고부터 동준이 부드러워진 건 사실이었다.

옛날엔 일하는 로봇이었다면 이젠 좀 인간적으로 변했다고나 할까……. 그래도 이렇게 결재 서류를 살피는 눈길은 꼼꼼하고 예리해 오타까지 지적해내었다. 마지막까지 신중하게 동준이 사인하는 모습을 본 후에야 나 비서의 입에서 자그마한 안도의 한숨이 새어 나왔다.

“내가 알아보라고 지시한 건 어떻게 되었지?”

"네, 수소문한 결과 몇몇 사람과 연락이 되었습니다."

"그래?"

"그리고 내일 저녁 장안금융투자 회장님과 약속이 잡혀 있습니다. 김 회장님도 함께 참석하는 자리라 꼭 시간을 비워놓으라 비서실로 직접 연락이 왔습니다. 아무래도 최예린 이사님도 합석하신다고 합니다."

동준은 서류를 옆으로 밀어내며 마땅치 않은 표정을 지으며 미간을 좁혔다.

"그렇게 경고했는데 말이야."

의자에 몸을 비스듬히 기대앉은 동준이 희미한 미소를 지었다.

"훗……. 아주 재미있게 돌아가는군."

나 비서는 동준의 날카로운 눈빛을 보며 움찔했다. 동준은 적과 아군이 확실했다. 오랫동안 함께 일하다 보니 그의 눈빛만 보아도 그 사실을 알 수 있었다. 물론 비즈니스로 상대해야 하기 때문에 되도록 적으로 돌리진 않도록 노력했다. 그렇지만 피치 못할 상황에 그의 적으로 돌려지는 순간 놀라운 집중력으로 그들의 약점을 공략했다. 사사건건 트집만 잡던 민 여사 라인의 주요 이사들 목이 줄줄이 달아난 후 다른 이사들은 알아서 그에게 기었다.

한눈에 핵심이 되는 맥을 참 잘 잡아내었다. 어떻게 상대를 쓰러뜨릴지 아는 것, 어쩜 그건 타고난 본능인지도 모른다. 공격할 타이밍을 기가 막히게 알아내었다. 그리고 한 번 물면 놓아주지 않고 숨통이 끊어질 때까지 집요하게 물고 늘어지는 것이 그의 특기였다.

"장안그룹 부회장 라인이랑 골프 약속 한번 잡아."

"네, 알겠습니다."

최예린. 그렇게 경고했는데도 참 말을 안 듣는다. 그녀의 미련은 거절당한 자존심의 영향이 더 컸는지도 모른다. 아무래도 아쉬움이 없이 자란 사람들은 그런 거절을 쉽게 용납할 수 없었을 것이다. 그렇지만 그런 선택이 주위 사람들에게 얼마나 치명적인 상처를 남기는지 그녀는 알지 못하고 있었다.

며칠 사이 동준은 백화점 업무에 적응하느라 거의 새벽에 들어왔다. 거의 일주일 동안 밤샘을 하다 보니 그녀에게 소홀할 수밖에 없었다. 그렇지만 하나는 그에게 힘든 내색을 조금도 하지 않았다. 말없이 그를 기다려주었다.

바쁜 일처리가 거의 정리되자 동준은 조금 일찍 퇴근했다. 집에 도착한 그는 정적이 흐르는 집 분위기가 이상하게 느껴졌다. 침대엔 그녀가 자고 있었다.

많이 피곤했나? 동준은 샤워를 하고 옷을 갈아입었다. 그런데 아무래도 석연치 않아 이불을 젖혔다. 그녀가 몸을 동그랗게 말아 숨죽이고 울고 있었다.

"하나야……."

놀란 동준은 하나를 바라보았다.

"동준 씨……."

눈두덩이가 잔뜩 붓고 빨갛게 충혈된 눈을 한 하나는 주눅이 든 강아지처럼 보였다. 하나는 울먹이듯 그의 이름을 부르며 와락 그의 품에 안겨왔다.

"우리 울보 아가씨, 무슨 일이 있었어?"

그의 목소리가 너무나 다정해서 하나는 후두둑 눈물이 흘러내렸다. 자신을 감싸오는 그의 커다란 손이 좋았다. 너무 다정해서,

너무 따뜻해서. 동준은 그녀의 등을 토닥토닥 다독이며 그녀를 한참 동안 꼭 껴안고 있었다. 많이 아팠던 마음을 그렇게 그에게 위로받고 싶었는지 모른다. 묵묵히 하나를 안고 있던 동준은 작은 들썩임조차 잦아들 때까지 그녀의 어깨를 어루만졌다.

울음이 멎자 그녀를 조심스럽게 침대에 눕혔다. 그리고 동준과 하나는 함께 모로 누워 얼굴을 마주 보았다.

"이제 괜찮아?"

"네."

하나는 그를 보며 애써 웃었다. 그걸 보는 동준은 마음이 좋지 못했다.

"무슨 일이야?"

"아빠를…… 아빠를…… 만나러 갔어요."

"근데…… 만났어?"

"아뇨……."

하나는 고개를 도리도리 내저었다. 그를 보면 금세 눈물이 차오르는 것 같아 애써 참으며 먼 곳에 시선을 두다가 문득 입을 열었다.

"그 부인을 만났어요. 저를 바라보는 눈빛이 꼭 징그러운 벌레를 보는 것 같았어요."

그제야 알 것 같았다. 그녀가 왜 이렇게 울고 있는지…….

동준은 고개를 들어 가까이 다가와 그녀에게 부드럽게 입맞춤을 했다.

"이렇게 예쁘고 사랑스럽고 귀여운 벌레도 있어?"

그의 재미없는 농담에 가슴이 간지러웠다.

"훗……."

눈물 섞인 웃음이 그녀의 입에서 터져 나왔다.

"울다가 웃으면 큰일 나는데."

동준이 웃음 섞인 노곤한 목소리로 말했다.

"그러곤……."

"처음 만난 여자에게서 엄마가 몹쓸 년이란 소릴 들었어요."

눈물이 그득한 그녀의 눈망울이 슬퍼 보였다.

"근데 말이죠. 화를 낼 수가 없었어요. 유부남이란 걸 모르고 사귄 엄마의 잘못인지…… 아님 그 사이에 태어난 저의 잘못인지……. 아무리 생각해도 잘못한 사람이 없는 것 같은데, 그 여자 앞에서 당당할 수 없었어요. 그게 너무 슬퍼요."

하나의 목소리가 떨려왔다. 그리고 커다란 눈에서 눈물이 볼을 따라 주르륵 흘렀다. 그는 말없이 엄지손가락으로 볼을 지그시 눌러 그녀의 눈물을 닦아주었다. 그의 따뜻한 손길에 하나의 시린 가슴이 녹아들었다. 동준은 말없이 눈빛으로 하나를 달랬다. 누군가를 위로하고 싶다면 그 사람의 이야기를 들어주는 것만으로 충분할지도 모른다. 잘잘못을 따지기보다 그 사람과 함께 울어준다는 것. 그녀의 진심을 알고 곁에 있어 주는 그의 존재만으로 하나는 마음이 따뜻해졌다.

그를 바라보았다. 그의 눈이 슬퍼 보였다. 그 후에 들리는 그의 목소리에 습기가 젖어 있었다.

"5살이었지. 아마도……."

그렇지만 그의 눈빛은 차분했다.

"엄마를 기다렸어. 꼭 돌아온다고 생각했어. 날 많이 사랑하니까……."

희미한 미소를 짓던 그가 자신의 이야기를 처음으로 직접 들려주었다. 하나는 착 가라앉은 그의 말소리를 들으며 가슴이 아려왔다.

"그런데 싸늘한 주검이 되어 내 앞에 나타났어. 그 옆엔 바람난 정부 시체와 함께…… 지금도 생생해. 5살 때 그 기억이. 그리고 새엄마가 들어왔어. 정말 잘 보이고 싶었어. 사랑받고 싶었으니까. 하지만 민 여사에게 불륜녀의 자식이란 말을 들었을 때…… 어린 나이인데도 치가 떨리도록 싫더군. 경멸하듯 바라보는 눈빛. 꼭 내가 잘못해서 어머니가 불륜녀가 된 것 같았어."

그는 심장이 아프게 뒤틀리는 기억인지 숨이 약간 거칠어졌다.

말없이 그의 이야기를 듣고 있던 하나의 눈이 촉촉해졌다.

"아……. 말도 안 돼. 그렇지 않아요."

"……그런데 난 수십 년을 그렇게 날 괴롭히며 살았어. 내 몸에 그런 피가 흐른다는 자체가 몸서리치도록 싫었어."

그는 괴로운 듯 낮은 신음을 내뱉으며 말했다.

"사랑이 부족하면 마음이 불구자로 변해버려. 굶주린 사람이 영양실조에 걸리는 것처럼 말야……. 사랑받지 못한 사실을 숨기려 난 더 냉정하게 변하려 했어. 사랑받지 못했다는 사실을 들키지 않으려고, 더 날카롭고 차갑게……."

고통스럽게 꺼낸 그의 고백에 하나의 마음이 서걱거렸다.

"신혼여행 갔을 때 네 아버지 이야기를 들으며 난 치료받은 기분이었어. 나…… 그때…… 아픈 상처를 덧나게 하면서 심하게 긁고 있었거든. 피가 나도록 말이지……."

아픈 그의 눈이 슬퍼 보였다.

"네가 사랑을 믿는 게 이기는 거란 소릴 듣자마자 구원을 얻은 것 같았어. 그리고…… 더 이상 날 미워하지 말자고 생각했어."

그가 하나와 시선을 맞추고 다정하게 웃고 있다. 하나는 그를 말없이 꼭 끌어안아주었다. 많이 아팠을 그에게 많이 힘들었을 그에게, 그의 가슴에 하나는 입술을 동그랗게 모아 호~ 하며 불어준다.

"많이 아팠죠? 더 빨리 낫게…… 이제 호~ 해주니까 아프지 마요."

그의 낮은 웃음이 터져 나왔다. 그리고 세상에서 가장 다정한 목소리로 그녀를 불렀다.

"하나야……."

"네."

"하나야……."

"네."

"내가 부르면 이렇게 바로 대답할 수 있는 곳에 있어줘야 해?"

맑고 깊은 그녀의 눈동자가 동준의 눈에 붙박여 있다.

"네. 이렇게 항상 옆에 있을게요."

미소 짓는 하나의 얼굴 위로 따뜻한 눈물이 흘렀다. 하나의 눈물을 닦아주며 동준도 웃고 있었다. 동준은 그녀의 뒷목에 그의 커다란 손을 감아 자신에게로 당겼다. 그리고 그녀의 이마에, 눈에, 뺨에, 차례로 그의 입술을 지그시 누른다.

"너의 잘못이 아닌 거야. 그리고 나의 잘못도 아닌 거고."

맑은 눈동자로 그를 쳐다보며 그녀가 애틋하게 웃고 있었다.

"그러니까 더 이상 힘들어하지 마."

듣기 좋은 나지막한 목소리로 속삭이며 그의 입술이 천천히 다가왔다. 그리고 달큰하고 따뜻한 입맞춤이 길게 이어졌다. 말캉한 그녀의 입술을 맛보던 동준이 세차게 빨아들였다. 누가 먼저랄 것도 없이 서로를 부둥켜안았다. 두 사람 몸은 하나로 따뜻하게 엉키고 녹아들었다.

봄이 온 듯하다. 따뜻한 봄 햇살이 병원 창문을 살랑이며 들어와 하얀 시트 위에 머문다. 변덕스럽고 심술궂은 봄 날씨 때문에 살짝 열려진 창문 사이로 서늘한 바람이 귓가를 스친다.

하나가 창문을 닫기 위해 일어나려 하자 야윈 영애의 손이 하나의 팔을 잡았다.

"바람이 좋아. 그냥 둬."

"응, 엄마."

하나는 침대 옆 의자에 앉아 시트를 가슴까지 덮어주고 엄마의 손을 꼭 잡고 영애의 품에 그녀의 얼굴을 묻었다.

"엄마 냄새 좋다."

"아직도 우리 하나 아기네……."

하나는 따뜻한 엄마의 말에 눈물이 핑 돌았다.

먹으면 토하고 먹으면 토하고, 쓰지 않는 근육으로 인해 비참할 정도로 영애는 야위어갔다. 엄마에게 위로가 되고 싶었다. 아버지의 정도 어머니의 정도 어느 것도 느껴보지 못하고 흔한 가족사진도 없던 엄마. 하나와 같은 나이 때 남편 없이 아기를 낳았으니 얼마나 두려웠을까? 그리고 모든 것을 하나 때문에 희생했던 그녀이기에 마음이 아려왔다. 매일 거듭되는 통증으로 인해 엄마의 의식이 자주 흐려졌다. 하나는 어렴풋이 느낄 수 있었다. 엄마와 헤어질 시간이 가까워져오고 있다는 사실을…….

"오늘은 기분이 참 좋다."

평온한 표정을 한 영애는 하나가 꼭 쥐고 있는 손에 힘을 주었다. 그리고 애틋한 눈으로 하나를 바라보며 속삭인다.

"하나야!"

"응."

"내가…… 다 가져갈게……."

"응?"

하나는 파리한 엄마를 보며 얼굴이 굳어졌다.

"힘드니까 말하지 마. 엄마……. 알았지?"

"……아픈 것도 괴로운 것도 슬픈 것도, ……엄마가 다 가져갈게."

영애는 규칙적이지 않게 깊은 숨을 쉬며 힘들게 한마디 한마디를 내뱉었다. 하나는 엄마가 자기를 놓아두고 갈까 봐 무서웠다.

"가지 마……. 엄마……."

하나의 얼굴은 말 그대로 눈물범벅이 되었다.

"그러니까…… 그러니까 우리 이쁜 딸……. 하나는 행복해야 해……."

점점 무거워지는 눈꺼풀을 힘겹게 들던 영애는 하나의 목소리를 들으며 천천히 눈을 감았다.

"응, 엄마……. 나…… 지금 행복해……. 많이 행복해……. 그러니까 나 두고 가지 마."

하나의 목소리가 크게 흔들렸다. 영애의 호흡이 길어졌다. 하나는 잡고 있던 그녀의 손에서 힘이 빠져나가는 느낌이 들었다. 심전도의 모니터 화면에 파동이 없다. 호흡도 심장의 움직임도 사라졌다. 급히 달려온 의사가 그녀의 동공에 빛을 비추고 고개를 좌우로 힘없이 흔들며 병실을 빠져나갔다.

텅 빈 병실 안에서 하나는 손으로 얼굴을 가리고 울었다. 엄마가 너무 불쌍해서, 엄마를 보내기 싫어서 서럽게 한참을 울었다. 이제는 소리 내어 불러도 다정하게 대답하는 엄마의 목소리는 없다. 그것이 당연하다는 것을 알면서도 하나는 영애의 얼굴을 어루만지며 무슨 미련인지 계속해서 엄마를 애타게 불렀다.

"엄마……. 엄마아……."

금방이라도, '하나야, 엄마 여기 있어' 하고…… 환한 미소를 지으며 꼭 대답할 것만 같아서…….

장안 투자금융 최 회장과 만나러 가는 도중 동준은 비보를 들었다. 그리고 나 비서에게 약속을 취소하라는 말을 남기고 급히 병원을 향했다.

장례식장으로 급하게 뛰어와 숨을 몰아쉬는 동준을 빨갛게 충혈된 하나의 눈이 응시한다. 눈물을 참고 혼자 모든 것을 처리하던 하나는 동준을 보자 금방 참아왔던 눈물이 터졌다.

그만 보면 자신도 모르게 울보가 돼버린다. 그게 바보 같아서 터져 나오려는 눈물을 애써 삼키려 했지만 삼켜지지가 않고 끅끅거리며 소리가 입안에서 맴돌았다.

"그렇게 참지 마……. 울어, 실컷……."

동준이 온몸을 떨며 흐느끼는 그녀를 끌어당겨 폭 안아주었다. 그의 다정한 목소리가 그녀의 귓가에 번지고 그의 큰 손이 하나의 머리를 부드럽게 쓰다듬었다. 넓고 따뜻한 그의 품에 안겨 하나는 아기처럼 펑펑 울고 말았다. 엄마를 잃은 상실감이 너무 커서 장례를 치르는 동안 하나는 멍하니 영정사진만 바라보았다. 그리고 흐르는 눈물을 손등으로 훔쳤다. 많은 사람들이 오고 가며 따뜻한 위로를 건넸지만 기억이 나지 않았다. 넘쳐흐르는 눈물 때문에 제정신이 아니었다.

그녀의 옆에서 동준은 묵묵히 상주 노릇을 해주었다. 삼 일 동안 조문 온 사람들을 챙기고 발인과 장지까지, 그가 아니었다면 하나는 아무것도 할 수 없었을 것이다.

조문객을 다 받고 3일장을 치른 두 사람만 남았다. 하나는 엄마의 영정사진을 끊임없이 쓰다듬었다. 사진 속 영애는 웃고 있었다. 한쪽 구석에서 슬픔으로 가득 차 가녀린 어깨를 움츠리고 고개를 떨어뜨리고 있는 그녀를 보는 동준의 마음이 욱신대고 아파왔다.

동준은 살며시 다가가 그녀의 어깨를 감싸주었다. 하나는 그의 커다랗고 따뜻한 품으로 파고들었다. 동준의 손이 그녀를 위로하듯 진심을 다해 등을 쓰다듬어주자 하나는 뒤늦게 서러워서 눈물이 볼을 타고 흘렀다.

그렇게 한참 동안 두 사람은 말없이 부둥켜안고 있었다.

"이렇게 항상 옆에 있을게."

그의 올곧고 따뜻한 눈빛을 하나는 고개를 들어 올려다보았다. 그가 그녀의 손을 꼭 잡았다. 참 따뜻했다. 그가 있어서 마냥 슬프지 않았다.

9. 야한 남자

동준은 장례를 잘 치르고 미뤄왔던 중국 출장을 준비했다.

중국 기존 마트를 열 군데 둘러보고 새롭게 오픈한 동남아 지역 나라를 체크하고 오는 스케줄이어서 2주일이나 한국에 돌아올 수 없었다. 엄마를 잃은 하나가 걱정이 되었지만 백화점 사장이 된 지금 미룰 수만은 없는 일이었다.

하나는 동준이 떠나는 날 아침에 넥타이를 매주고 있다. 빠른 손놀림으로 넥타이 매듭을 짓는 동안 동준은 잠시도 눈을 떼지 않고 오롯이 그녀만 바라보고 있다.

"왜 그렇게 빤히 보세요?"

"예뻐서."

그의 말 한마디에 하나의 얼굴이 홍조를 띠고 혀를 쏙 내밀었다.

"저 걱정 말고 일 잘 보고 오세요."

"이제 좀 괜찮아?"

"네, 저 잘 지낼게요. 동준 씨 없는 동안 대학원도 등록하려고요. 그럼 시험 준비도 해야 하니까 많이 바쁠 거예요."

"잘 생각했어."

애정 어린 눈길로 동준이 하나를 보며 뺨을 그녀에게 내밀며 말했다.

"뽀뽀해줘."

하나는 부끄러운 듯 웃다가 발꿈치를 들어서 동준의 볼에 꾹 입술을 눌렀다.

"됐죠?"

"약하다."

동준은 싱긋 웃으며 고개를 돌려 하나의 입술을 빨아들였다.

하나도 며칠 동안 그를 보지 못할 생각을 하니 벌써부터 헤어지기 싫었다. 그의 목에 팔을 감고 매달리다시피 하며 숨도 못 쉴 정도로 진한 키스를 나누었다.

서로가 자석이라도 된 것처럼 몸이 밀착되어갔다.

"가기 싫다."

긴 키스가 끝나고 가쁜 숨을 몰아쉬던 동준은 사랑스러워 죽겠다는 눈빛으로 하나를 보며 아쉬움이 묻어나는 목소리로 말했다. 고개를 들어 그의 일렁이는 눈빛을 보던 하나는 입술을 깨물며 고개를 살래살래 저었다.

"안 돼요. 지금 출발하지 않으면 비행기 놓친단 말이에요."

"비행기 시간 늦출까?"

"안…… 돼요."

커다란 눈을 동그랗게 뜨고 하나가 놀라서 더듬거리며 말했다.

동준의 한쪽 눈썹이 휘어지며 짓궂은 얼굴로 되물었다.

"뭐? 된다고?"

그가 정성스럽게 매었던 넥타이를 거칠게 풀고 그녀의 손목을 잡아당겨 침실로 향했다.

"악!"

속절없이 침실에 끌려간 하나는 결국 1시간이 지나서 풀려났다. 동준은 배탈이 났다는 핑계로 비행기 시간을 늦출 수밖에 없었다.

그가 없는 2주 동안 하나는 대학원도 알아보고 도서관에 가서 공부도 하였다. 하루 스케줄을 다 끝내고 동준은 밤마다 그녀에게 전화를 했다. 그리고 아침에 또 전화를 걸어왔다. 눈뜨는 아침부터 눈 감는 밤까지 안부를 묻는 그의 달콤한 목소리를 들을 수 있었다. 그렇지만 눈으로 그를 볼 수 없고 가까이서 그를 만질 수도 없다는 사실이 이렇게 괴로운 줄 처음 알았다.

시간이 얼마나 더디게 가는지 하루가 꼭 천년 같았다. 하나는 잡생각이 몰려와 공부도 되지 않았다. 시간을 때우려고 정원에 나가 잡초도 뽑고 볕이 잘 드는 장소에 봄꽃들도 심었다. 그가 오면 좋아하려나 싶어 무릎 밑까지 오는 장화를 신고 정원사 아저씨 조언에 따라 여러 가지 꽃들을 심으며 시간을 보냈다.

지중해 바람꽃 아네모네, 노란 팬지, 봄의 전령 프리뮬라, 쥬리안, 다알리아 등……. 봄에 나오는 꽃들을 화분으로 사와 옮겨 심었다. 그늘에 앉아 빨갛고 노란색의 꽃들을 보다 보니 꽃 한 송이 한 송이에 동준의 얼굴이 어린다.

"휴……."

그녀의 한숨이 깊어졌다. 그리움이 절정에 이른 것은 그가 떠난 지 열흘 뒤쯤 되던 때였다. 거리를 걷다가 키가 큰 남자를 보면 꼭 동준 같아 뒤를 돌아보고 포마드머리를 한 사람만 보아도 가슴이 두근거렸다.

어느 날은 길을 가다 문득 하늘을 올려다보니 예고 없이 빗방울이 쏟아져 사람들이 허둥지둥 뛰어 비를 피했다. 비에 점점 젖어가는 옷들을 내버려두었다. 얼굴에 흘러내리는 빗방울들을 따라 하나의 눈물이 흘러내렸다. 그를 보고 싶은 그리움이 비에 젖어가는 옷처럼 무섭게 그녀의 마음에 번져갔다.

보고 싶다. 그가 너무 보고 싶다.

그날 밤 비에 흠뻑 맞아 콧물이 났다. 목도 아파오고 온몸이 뻐근한 것이 몸살인가 보다. 하나는 감기약을 먹고 일찍 잠자리에 들 준비를 했다. 그런데 몸이 아프니 동준이 보고 싶은 마음이 더 간절해졌다. 침대에 누운 채 천장을 보다가 눈물이 흘렀다. 한 번 터진 서러움을 가눌 길이 없었다. 티슈로 눈물을 닦다가 전화벨 소리에 얼른 눈물을 닦았다. 회사 일로 출장 간 동준에게 피해가 갈까 봐 자신의 마음을 들키지 않으려 애를 써야만 했다. 감정을 추스르고 하나가 겨우 입을 달싹였다.

"여보세요?"

그녀의 목소리에 어린 묘한 떨림을 동준은 알아차렸다.

-무슨 일 있어? 목소리가 이상해.

"아뇨……. 감기 걸려서 그런가 봐요."

하나는 평소처럼 이야기하려고 밝게 웃으며 말했다.

한편 서로 안부를 묻고 전화를 끊은 동준은 무언가 생각하는 듯 한참을 있다가 나 비서에게 전화를 걸었다.

"나 비서, 아무래도 내일 일정으로 여기 일은 마무리 짓도록 하지?"

-네? 그렇다면 동남아 일정은 어떻게 하시구요?

"그건 몇 달 후 유럽 갈 때 들렀다 가는 것으로 일정 잡아."

-네, 알겠습니다.

전화기 너머 들린 하나의 미묘한 떨림에 동준의 마음이 조급해졌다. 눈에 보이지 않으니 더 미칠 것 같았다. 다음번에는 꼭 하나를 데리고 옆에다 두어야 할 것 같았다.

하나 걱정을 하지 않으려고 중국에 있을 동안 빡빡한 일정을 쉼없이 소화했다. 조금이라도 시간적 여유가 생기면 하나가 보고 싶고 불안한 마음에 당장 비행기를 타고 그녀 곁으로 가고 싶은 맘을 억누르느라 힘이 들었다.

다음 날 점심쯤 인천공항에 도착한 그는 하나에게 달려가고 싶었지만 회사에서의 일들을 마무리 짓느라 저녁쯤에나 그녀의 얼굴을 볼 수 있을 것 같았다. 공항에 도착해 차를 타고 가면서 하나에게 전화를 걸었다.

-여보세요.

그녀의 목소리가 어제보다 한결 듣기 좋았다.

"하나야, 오늘 저녁쯤 집에 갈 거야."

-정말요? 지금은 어디에요?

그녀의 들뜬 목소리가 그의 마음을 간지럽힌다.

"한국 왔어. 지금 본사 들어가니까 일 마무리 짓고 9시쯤 집에 도착할 것 같아."

-기다릴게요.

"보고 싶다. 하나야."

-저도요.

전화를 끊고 하나는 그가 보고 싶어서 견딜 수가 없었다. 심장이 타들어갈 것만 같았다. 화장대 앞에서 최대한 예쁘게 화장을 하고 하늘하늘한 분홍색 원피스를 차려 입었다.

차를 운전해서 그의 회사 근처에 도착했다. 그가 퇴근할 때까지 본사가 한눈에 보이는 카페에서 커피를 마셨다. 일하는 데 방해를 하지 않으려고 8시까지만 참기로 했다. 그녀는 초조한지 휴대폰을 보다가 시계를 보다가 입술을 깨물며 안절부절이다. 시간이 가까워오자 그가 좋아하는 초밥을 샀다. 너무 바빠서 저녁을 먹지 못했을 수도 있으니까. 안 먹었으면 같이 먹어야지. 하나는 도시락을 챙기며 일분일초라도 빨리 그를 보고 싶은 마음에 가슴이 콩닥콩닥 입술이 실룩실룩 제멋대로다.

총총총 본사 건물로 뛰어 들어가 엘리베이터를 타고 사장실 버튼을 눌렀다. 바뀌어가는 층수 번호를 확인하며 그를 볼 수 있는 시간이 가까워오고 있다는 사실에 하나는 떨리는 마음을 다스렸다. 만지고 싶고 보고 싶고 안고 싶은 내 신랑을 조금만 지나면 볼 수 있는데, 그렇게 빠르게 올라가던 엘리베이터가 오늘따라 거북이처럼 너무 느리게 가니 초조함에 하나는 혀로 입술을 축였다.

땡 하고 사장실에 도착했다는 소리가 나기도 전에 무엇이 급한지 하나는 성큼 엘리베이터 문을 향해 발걸음을 떼었다. 마침 서류를 결재받기 위해 사장실로 들어가던 나 비서를 볼 수 있었다.

"나 비서님, 안녕하세요?"

나 비서는 하나를 보고는 놀라움에 눈이 동그랗게 커졌다.

"사모님이 이 시간에…… 무슨 급한 일 있으신가요?"

하나는 수줍게 웃으며 고개를 살래살래 흔들었다.

"아뇨, 사장님 뵙고 싶어서요."

나 비서는 금방 발그레해지며 해사하게 웃는 하나를 보며 저도 모르게 미소가 지어졌다. 그녀는 목소리조차 나긋하고 청명해 듣는 사람조차 기분이 좋아졌다. 하늘하늘 분홍원피스 위에 찰랑거리는 머리카락이 아무렇게나 흐트러져 있는데 눈이 부시다.

귀국하자마자 사장님은 일정을 하루 안에 끝내느라 끼니도 거른 채 서류에 묻혀 꼼짝도 안 했다. 그 이유를 하나를 보자마자 알 만도 하다고 나 비서는 생각했다. 평창동에 있을 때 없던 일도 만들어서 회사에 붙어 있던 동준이 결혼하고 나서 확인하지 못한 서류를 들고 집으로 들어가는 일이 잦아졌다. 신혼인 데다가 저렇게 사랑스럽고 예쁜 아내가 기다리는데 자신이라도 빨리 들어가고 싶을 게 뻔했다. 나 비서는 사랑스러운 커플을 생각하며 저도 모르게 얼굴에 미소가 번졌다.

"저…… 실례가 안 되면 그 서류 제가 들고 들어가도 될까요?"

"아, 그러면 그렇게 하십시오."

떨리는 마음을 누르고 하나는 똑똑 노크를 하고 사장실에 들어갔다. 마호가니 책상 앞에 그가 앉아 있었다. 고개도 들지 않고 일에 몰두하고 있는 그가 섹시했다. 두근두근, 콩닥콩닥, 가슴이 뛴다. 그에게 가까이 가는 다리가 후들후들 떨린다.

아……. 이 남자, 일하는 모습조차 섹시하고 멋지다.

진짜 못 말리는 정하나다. 눈에 콩깍지가 씌어서 동준에게 단단히 미쳤나 보다. 그런 생각을 하며 하나는 혼자 좋아서 바보같이 해죽거렸다. 그의 책상 앞에 가까이 가서 하나는 조심스럽게 서류를 내밀었다.

"나 비서가 판교 쪽 백화점 오픈 날짜 전에 미리 돌아봐야 하니까 스케줄 잡아봐."

아직까지 나 비서가 온 줄 아나 보다.

"왜 대답이 없어?"

서류에 사인을 멈추고 펜으로 책상을 톡톡 치다가 갑자기 이상하다고 생각했는지 그가 긴 속눈썹을 치켜뜨며 고개를 들었다. 바로 앞에 하나가 싱긋 웃고 있었다. 그의 눈이 하나를 보자 놀라움에 점점 커지더니 입술 끝이 올라가며 환하게 웃었다.

"하나…… 너……."

"너무 보고 싶어서 제가 왔어요."

하나의 솔직한 고백에 동준의 가슴이 찌릿해왔다. 분홍색 원피스를 입고 정성스럽게 화장한 그녀는 너무 고혹적이었다. 참아도 너무 참았다. 그녀를 안고 싶어서 한국에 오자마자 쉬지도 않고 일들을 마무리 짓느라 애가 탔다. 그런데 떡하니 상큼한 미소를 지으며 자신의 바로 눈앞에 그녀가 있다니……

동준은 의자에서 벌떡 일어나 책상 앞에 있는 하나 곁으로 왔다. 그리고 책상에 걸터앉아 하나를 자신 품으로 당겨 꼭 안았다. 그의 따뜻한 품이, 그의 체취가 너무 그리웠었는지 하나는 눈물이 핑 돌았다.

"울보 아가씨 땜에 할 수 없이 일찍 왔잖아."

그의 나지막하고 부드러운 음성이 귀를 감싸왔다.

"저 안 울어요."

하나는 울보라는 소리가 싫어서 눈물을 들킬까 봐 눈을 깜빡거리며 고개를 숙였다. 그런 그녀가 귀여워 물끄러미 쳐다보던 동준이 피식 웃으며 그녀 얼굴에 흘러내린 머리카락을 귀 뒤로 부드럽게 넘겨주었다. 그리고 그녀의 턱을 살짝 들어 올리고 눈이 마주치게 했다. 그가 입술 끝을 늘려 웃고 있었다.

"누가 이렇게 예쁘게 하고 오랬어?"

부드럽고 나지막하게 들려오는 그의 목소리에 하나가 고운 눈을 들었다.

"지금 유혹하는 거지?"

다시 들려오는 그의 말에 하나의 얼굴이 발그레 변했다.

그리고 그의 다정한 입맞춤에 하나가 눈을 꼭 감았다.

사무실인데…… 누가 들어오면 어떡하지? 온갖 걱정이 앞섰지만 하나는 자신도 기다렸다는 듯이 적극적으로 그의 입술을 탐했다. 점점 더 입술이 겹쳐오고 호흡이 빨라졌다. 입술이 벌어지며 혀가 엉켜들었다. 너무 오랫동안 참았나 보다. 꾹꾹 눌러왔던 감정들이 봇물 터지듯 쏟아져 나왔다. 그의 넓은 어깨가 가녀린 그녀를 감싸 안고 허리를 끌어당기며 부드럽게 등을 쓸어내렸다. 현란하고 격한 그의 혀 놀림에 하나는 머리가 하얗게 되었다. 그들의 시간은 멈췄고 같이 있는 공간은 뜨거움으로 달아올랐다.

한참을 그렇게 격렬한 키스가 계속될 때 노크 소리가 들렸다. 노크 소리에 지금 그들이 있는 장소가 사무실이라는 현실로 돌아올 수 있었다. 하나는 너무 놀라고 당황해서 동준에게서 한 발짝 뒤로 물러났다.

동준은 지금 이 상황이 너무 못마땅해서 거칠게 머리카락을 뒤로 넘겼다. 하나는 아무 일도 없었다는 듯 서둘러 소파로 향해 가지고 온 도시락을 꺼내놓고 있었다. 나 비서가 문 앞에서 깍듯하게 고개를 숙였다.

"결재 마친 서류 가지러 왔습니다."

나 비서는 동준의 얼굴을 본 순간 무언가 잘못한 느낌이 싸하게 들었다. 변명이라도 해야 할 것 같았다.

"기다려도 키폰이 없으셔서……."

동준은 싸늘하고 매서운 눈초리를 하고 못마땅한 목소리로 말했다.
"이 서류 가지고 오늘은 퇴근해."
그리고 그는 쩔쩔매는 나 비서를 향해 강조라도 하듯 힘을 주며 눈을 부릅뜨고 단호하게 명령했다.
"비서실…… 전부."
"네?"
사장의 날카로운 눈빛에 나 비서는 땀이 삐질삐질 흘러내렸다. 코에 걸쳐 있는 안경이 내려와 손가락으로 치켜 올리고 서류를 잽싸게 가지고 빠른 걸음으로 사장실을 빠져나갔다. 하나는 소파에 다소곳이 앉아서 꼼지락거리며 초밥을 펼쳐놓았지만 동준의 노골적인 명령에 얼굴이 시뻘게졌다.
다음에 나 비서 얼굴을 어떻게 보지? 도둑이 제 발 저리듯 하나의 머릿속은 온갖 걱정거리로 꽉 찼다. 분명 퇴근하면서 속닥거릴 비서실 직원들을 떠올리며 하나는 부끄러워 고개를 들 수가 없었다. 소파에 앉아 코를 박고 있는 하나를 보며 동준은 부끄럽지도 않은지 뻔뻔하게 그녀를 불렀다.
"하나야, 뭐 해? 이리 오지 않고……."
"지금 안 돼요. 너무 민망해요. 아직 퇴근 안 했을 수도 있잖아요?"
누가 듣기라도 하듯 그녀는 쉿 하며 손가락으로 입을 가리며 눈을 커다랗게 떴다.
이리 오라고 하는 말이 뭐가 어때서. 자신이 뭘 어쨌다고…… 이 여자, 은근 기다렸나 보네……. 동준은 그녀의 야하고 앙큼한 생각에 웃음이 났다. 금방 얼굴이 빨개져선 당황하는 귀여운 모습이 보고 싶었다.

"무슨 소리야? 도시락 가지고 오라고……. 나 저녁도 안 먹어서 너무 배고파."

동준은 느긋하게 책상에 턱을 괴고 개구지게 웃으며 말했다. 그녀가 눈을 동그랗게 뜨고 속눈썹을 깜박거리며 당황해 어쩔 줄 모른다. 그러곤 도시락을 허겁지겁 챙기는 도중에 그만 나무젓가락을 땅에 떨어뜨리고 말았다.

"아! 망했다."

그가 빨리 오라고 손짓을 하며 그녀를 재촉해 불렀다.

"그러게 쓸데없이 야한 생각 하고 그래?"

"아, 아니에요. 저……."

입에 열 개라도 할 말이 없다. 분명 야한 생각을 했으니까……. 왜 당황해서 말까지 더듬었을까. 나도 태연한 척할 걸…… 부끄러우면 얼굴부터 붉어져버려 속마음을 그에게 고스란히 들켜버리는 자신이 원망스럽다. 뾰로통해진 하나는 총총거리며 걸어가 초밥을 그의 책상 앞으로 내밀었다.

"드세요. 전 소파에서 먹을게요."

"같이 먹어야지. 여기 앉아."

그는 자신의 무릎을 손바닥으로 가볍게 토닥토닥 치면서 말했다. 마치 어린아이를 무릎에 앉히려 하는 것 같았다. 그녀는 자신이 꼭 아기 취급당하는 듯해서 또 빨게진 얼굴로 그를 흘겨보았다.

"여기 무릎에 앉아서 초밥 먹여줘. 빨리! 이거 다 끝내야 해."

투정 어린 그의 목소리에 하나는 머뭇거리며 시선을 어디다 둘지 몰라 천장을 한 번 보다가 그와 다시 눈이 마주쳤다. 하나는 입술을 질끈 깨물다가 새침한 얼굴을 하며 못 이기는 척, 그에게 다가가 살포시 무릎에 앉았다.

그가 한 손으로 그녀의 허리를 감싸자 하나는 몸이 움찔거리고 자신도 모르게 가슴이 콩닥거렸다. 또 자신의 속마음을 들키지 않으려고 괜히 그에게 책임을 전가하며 화살을 돌렸다.

"어떡해요. 젓가락 떨어뜨렸단 말이에요. 야하다고 놀려서……."

그녀가 입을 삐죽거리며 말하자 동준은 쿡쿡하며 웃는다.

"손으로 먹여주면 되겠다. 응?"

자기보다 큰 사람이 아이가 엄마에게 떼쓰듯 고집을 부린다.

"아휴……. 물티슈 없어요?"

하나는 한숨을 폭 쉬다가 어깨를 축 늘어뜨리며 포기라도 한 듯 그의 말을 따르기로 했다. 그가 서랍에 있는 물티슈를 꺼내주자 하나는 꼼꼼하게 손을 닦았다.

동준은 밀린 서류를 훑어보다가 한쪽으로 밀어 넣고 그녀를 한 번 보다가 입을 아 하고 벌렸다. 하나는 엄지와 검지를 사용해서 초밥을 조심스럽게 집어 그의 입으로 쏙 넣어주었다.

"음…… 진짜 맛있네. 하나가 먹여줘서 그런가?"

말도 안 되는 유치한 말인데 하나는 마냥 기분이 좋아 속눈썹을 내리깔고 배시시 웃는다. 그가 검토한 서류를 한쪽으로 밀어 넣을 때를 맞추어 그의 입안에 초밥을 넣어주었다.

그리고 그녀도 앙증맞은 자신의 입속으로 쏙 넣었다. 오물오물 냠냠 꿀꺽 하며 입술을 꼼지락거리는 하나를 동준이 쳐다보고 있었다.

따가운 시선에 무언가 이상해 하나가 고개를 들다 눈이 마주쳤다. 그가 답답한지 넥타이를 흔들어 빼고 목에 꽉 끼인 와이셔츠 단추를 두 개 풀었다. 하나는 그의 행동을 보며 오물오물 삼키던 초밥이 목에 딱 걸린 것 같아 가슴을 팡팡 치며 급하게 물을 마셨다. 그녀가 하는 행동에 그의 시선이 고정된 채 집요하게 따라 움직인다. 비스듬히 얼굴을 기울인 채 책상에 턱을 괴고 그녀를 바라보는 그의 눈빛이 야릇하고 끈적거렸다.

하나는 커다랗게 눈을 깜빡이다가 민망해서 고개를 팍 숙이고 우물쭈물하며 초밥을 집어서 그에게 가져갔다. 그가 다가온 그녀의 손목을 꽉 잡았다. 너무 놀란 하나는 초밥을 떨어뜨리고 말았다.

"이제 그만 먹을래."

그의 목소리가 나른했다. 허리를 감싸던 손에 힘이 들어가며 그녀의 가느다란 허리가 휘도록 자신 앞으로 끌어당겼다. 그의 무릎에 앉힌 채 넓은 가슴으로 그녀의 몸이 그에게 밀착되고 한쪽 손목은 그의 손아귀에 쥐어져 온몸이 꼼짝도 못하고 움직일 수 없었다. 그의 뜨거운 숨결이 그녀의 뺨에 흩어졌다.

"동준 씨……."

하나는 떨리는 입술을 달싹거리며 그를 불렀다. 그의 미간이 좁혀지며 한쪽 눈썹이 올라갔다. 못마땅한 일이 있을 때 나오는 그의 표정이다.

"호칭부터 바꿔야겠어."

"네?"

"언제까지 그렇게 불러야겠어? 결혼한 지가 언제인데."

그녀가 붙잡힌 손을 그의 입으로 가져와 그녀의 손바닥에 지그시 입술을 눌렀다.

"이제 여보 해봐."

그의 나른한 목소리가, 그의 행동이, 그의 눈빛이 너무 야해서 하나는 눈을 동그랗게 뜨고 어깨를 움찔거렸다.

"……."

하나는 꿀 먹은 벙어리처럼 아무 말도 못하고 그저 그와 눈이 마주쳤다가 부끄러움에 시선을 그에게서 돌렸다. 그리고 그에게 빠져나가려고 상체를 뒤로 빼려 하자 허리를 감은 팔에 힘이 더 들어갔다.

"동준 씨……."

"여보!"

그가 부드럽지만 강요하듯 말했다. 말하지 않으면 여기서 더한 일도 벌일 태세다. 마지못해 하나는 겨우 들릴 듯 말 듯 그에게 속삭이듯 말했다.

"여…… 보."

그는 그녀의 호칭에 만족한 듯 빙긋 웃었다.

"이제…… 놔줘요. 여기 사무실이에요……."

하나가 다급한 듯 애원하듯 그를 바라보며 말했다.

"싫은데……."

그가 더 노골적인 시선으로 그녀를 바라보며 느긋하게 그녀의 손가락 하나를 덥썩 입에 물어 빨아들였다.

아……. 넘 야해……. 하나의 얼굴이 붉어지며 그를 밀어내기 위한 가벼운 실랑이가 벌어졌다. 그럴수록 그의 손아귀 힘이 옥죄어 왔다.

"그, 그만해요."

호흡이 빨라진 하나가 몸을 움츠리며 입술 끝을 살짝 물어 애원하듯 그를 바라보았다. 동준은 자신의 욕망을 드러내는 데 거리낌이 없었다. 반대로 하나는 어떻게 보면 조그만 다른 자극을 줘도

몸을 움츠리며 부끄러워서 얼굴이 달아올랐다.

아무것도 모르는 그녀에게 하나하나 알려주면 부끄러워하면서도 곧잘 따라하는 그녀를 보는 것만으로 동준은 기쁘면서도 매일 그녀를 안고 싶어 애가 달았다. 하나를 가르치면 열을 깨닫는 제자를 얻은 기쁨이랄까.

그의 마음에 불은 이제 더 이상 끄지 못할 정도로 타오르고 있었다. 모든 것을 다 태우고 나서 재가 되어야 사그라질 판이다.

"시작도 안 했어."

아이들 장난같이 그녀의 손가락 하나하나를 달콤한 사탕을 빨듯이 혀를 굴리며 애무하자 하나는 몸을 비틀며 그를 쳐다보지 못하고 눈을 내리깔았다. 그의 입속으로 사라졌다 다시 나타나는 그녀의 손가락 마디마디를 바라보자 하나는 야릇한 느낌이 들었다. 그가 반쯤 감긴 속눈썹을 천천히 치켜뜨고 노골적으로 훑고 있었다.

"동준 씨……. 여기 사무실이에요."

"그러게. 사무실이지."

동준이 나른하게 그녀를 쳐다보다 한쪽 입꼬리를 비스듬히 올리며 그녀의 가는 허리를 붙들고 그녀의 다리를 벌려 그의 무릎에 앉혀 마주 보게 만들었다.

"아…… 악."

그녀의 비명소리와 함께 어찌나 힘이 센지 속절없이 하나의 몸이 뜨면서 반항 한 번 못해보고 그와 얼굴이 맞닿았다. 그러곤 책상 위에 있던 도시락을 한 손으로 쓸어 바닥에 떨어뜨렸다. 후드득 쏟아지는 소리에 하나는 눈이 동그랗게 커졌다. 버둥거리며 벗어나려는 하나의 등을 한 손으로 받쳐 책상에 눕히고 그는 서두르지 않고 그녀의 몸을 위에서 덮쳐눌렀다.

차가운 유리가 등에 닿자 하나는 온몸에 소름이 오소소 돋았다. 고개를 숙이고 하나를 쳐다보는 그의 눈빛은 먹잇감을 자신의 발 아래 가두고 즐거워하는 짐승의 눈빛과 닮아 있었다. 이것을 어떻게 요리해 먹을까 하는 짓궂은 그의 얼굴을 보자 하나가 입술을 깨물며 곱게 흘겨보고 있었다. 이대로 있다간 사무실에서 어떤 일을 할지 불 보듯 뻔했다. 어떻게 하든 그를 집으로 무사히 데려가야만 했다. 마음을 다잡고 유혹하듯 그를 불렀다. 그것이 그녀의 예상과 너무 반대 방향으로 흘러갈지도 모르면서…….

"여, 여보야."

"……."

그녀의 도발적인 호칭에 동준은 잠시 동안 할 말을 잃었다. 항상 중요한 순간마다 그녀는 그를 놀라게 하는 구석이 있었다. 예상치 못한 그녀의 행동은 동준의 마음속에 파문을 일으키며 지루하지 않고 즐겁게 했다. 지금은 무슨 일로 애교 가득한 목소리로 커다란 눈을 깜박거리며 그의 마음을 살랑살랑 흔들까 호기심이 가득한 얼굴로 그녀를 바라보았다.

"집에 가서 해요."

"뭘?"

"……그거요."

너무 진지한 얼굴로 말하는 그녀를 보며 동준이 키득키득 웃었다.

"웃지 말아요. 여긴 사무실이란 말이에요."

하나는 장난처럼 웃는 그를 보며 속이 상해 뾰로통한 얼굴을 하며 말했다.

"난 키스만 하려 했는데…… 더한 것을 기대했나 보지?"

유들유들한 그의 농담에 하나는 얼굴이 홍당무가 되었다.

"그럼 기대에 부응해야지."

그가 고개를 숙여 그녀의 귓불을 깨물자 하나는 자신도 모르게 야릇한 비명을 질렀다.

"아……. 하……. 동준 씨……."

"여보."

"여보……."

하나는 바싹 얼어붙어 울음을 터트릴 것 같은 표정을 지으며 그를 쳐다보고 있었다. 그런 그녀의 뺨을 부드럽게 만지면서 지그시 바라보던 그가 달콤한 목소리로 유혹한다.

"하나야……. 이제 하나는 내 건데 어디서 하든 뭔 상관이야? 응?"

"그래도 사무실이라 직원들도 있고……. 일하는 곳이고……. 어쨌든 안 돼요."

"직원은 다 퇴근하고, 일도 다 끝냈고……."

그 말을 마치고 동준은 하나의 입술을 부드럽게 빨아들이며 나른한 목소리로 속삭인다.

"우린 부부 사인데 왜 안 돼?"

"그건……."

하나는 무어라 말해야 할지 머릿속이 새하얗게 변해 곧장 떠오르는 이유를 댈 수 없었다.

"봐, 너도 딱히 할 말이 없지?"

무슨 이렇게 말이 안 되는 억지가 있을까 반박하려고 입을 달싹거리는 순간에 그녀의 입술이 그에게 점령당했다. 그는 커다란 손으로 그녀의 원피스 단추를 하나씩 천천히 풀었다. 풀어진 옷 사이로 그의 손이 미끄러지듯 들어가 그녀의 맨등을 부드럽게 스치며 브래지어 후크를 풀었다. 재빨리 앞으로 다시 넘어온 커다란 손이 그녀의 가슴을 그러쥐었다. 하지 말라고 하나는 소리치고 싶었지만 그의 입술에 막혀 아무 말도 할 수 없었다. 그저 맞물린 입술 사이로 가느다란 숨소리만 들렸다.

옷 안으로 들어와 며칠을 굶주린 짐승처럼 그녀의 온몸을 지분거리는 그의 손길은 다급하고 거칠었다. 온몸을 휩쓸고 지나가는 그의 손짓에 하나의 입술에서 참았던 신음이 터져 나왔다. 입술을 뗀 그가 그녀를 지그시 바라보았다. 그녀는 흐릿한 시야에 뺨이 발그레 물든 채 앙증맞은 입술을 조금씩 달싹이고 있었다.

눈이 마주쳤다. 집요하게 바라보는 그의 진득한 눈빛에 숨이 막힐 것만 같았다. 하나는 너무 부끄러운 나머지 고개를 돌렸다. 풀어헤쳐진 단추 사이로 벌거벗은 어깨와 가슴이 드러난 것이 창피해 하나는 다급하게 두 손으로 가렸다. 모든 것이 부끄러워 맥을 끊으려 한 그녀의 행동은 오히려 동준의 욕망을 자극했다.

동준이 하나의 두 손을 머리 위로 올려 한 손으로 그러쥐고 책상에 지그시 눌렀다. 자유로운 한 손은 그녀가 황급하게 여민 옷을 풀어헤쳤다.

"동준 씨……."

하나는 모든 것이 부끄러워 다급하게 그를 불렀다. 흠칫, 그녀의 입술이 파르르 떨고 있었다. 그녀의 훤히 드러난 어깨와 볼록한 가슴에 동준의 눈빛은 까맣게 타들어갔다. 그러나 서두르지 않았다. 그러면서도 집요하게 그녀의 호칭을 지적하며 나지막하게 일러주듯 타박한다.

"다시 불러."

무의식 상태에서 나오는 그녀의 호칭을 오답을 체크하듯 몇 번을 확인시켰다. 그녀가 망설이며 고개를 절레절레 흔들었다. 벌어진 옷 사이를 그의 기다란 손가락이 천천히 타원을 그리며 그녀를 애태웠다.

"다시. 하나야."

"아, 여…… 보."

그의 손이 가슴골을 나른하게 훑으며 아래로 아래로 내려갔다.

하나는 숨소리가 거칠어졌다. 아직도 두 손이 잡힌 채 가쁜 숨만 내쉬었다. 그러나 그는 그만둘 생각이 없었다. 다시 집요하게 확인했다.

"다시."

"여보."

동준이 더 이상 참지 못하고 입술을 삼켰다. 그녀의 달콤함을 놓치지 않고 모두 맛보려는 듯 거칠게 빨아들였다. 달뜬 신음 소리가 사무실에 부유하는 공기를 따라 번져갔다. 뜨거운 그의 입술은 그녀의 신음을 삼키며 그녀 안에 있는 모든 것을 블랙홀처럼 빨아당겼다. 거칠게 온몸을 빨아대는 그의 입술 감촉 때문에 그녀의 신경이 끊어져버릴 것만 같았다. 하얗게 흐려지는 의식에 신음 반 흐느낌 반으로 그를 애타게 불렀다.

"아……. 제발……."

어느새 자유로워진 두 팔로 그를 껴안았다. 하나는 그의 온몸을 받아들이며 자신이 밝히는 여자라는 사실을 인정하지 않을 수 없었다. 그의 자극 하나하나에 그녀는 화답이라도 하듯 그의 어깨를 두 손으로 움켜잡고 달뜬 신음을 내뱉으며 있는 힘을 다해 끌어당졌다. 하나는 그가 주는 쾌락에 정신없이 취해서 아득히 멀어져가는 시야에 아무것도 보이지 않았다.

미쳤나 보다. 정하나. 생각지도 못한 장소에서 그를 안는 것이 싫지 않는 걸 보면 제대로 그에게 미쳐 있나 보다.

"하아……. 하아."

할딱거리며 토해내는 숨소리, 까맣게 타들어가는 흐릿한 그녀의 눈동자를 보며 동준은 이성을 잃을 것만 같았다.

그녀가 좋다. 그녀가 너무 좋다. 살랑살랑 유혹하듯 차려입고 발그레 상기된 얼굴로 사무실로 찾아온 사랑스런 그녀. 사무실에선 안 된다며 당황하고 놀라며 흔들리던 커다란 눈동자도 귀엽다. 책상 위에 누워 수줍게 쳐다보며 열락에 들떠 할딱이며 신음하던 모습이 그저 예쁘다. 짓궂은 손놀림으로 그녀의 온몸 구석구석을 깨물고 핥고 빨아들이자 낮은 비명을 질렀다.

하나야. 정말…… 네가 미치도록 좋다.

하나는 엉망이 되어버린 책상 아래를 보며 한숨을 쉬었다. 쪼그리고 앉아서 일일이 집어서 치우고 있었다.

"청소하는 사람 있는데 그만둬."

"사람들이 뭐라고 해요."

"뭐라고?"

동준은 셔츠 단추를 잠그며 빙긋 웃으며 그녀에게로 다가갔다. 그녀의 얼굴이 창백했다. 사무실에서 몇 번을 자세를 바꾸며 그녀를 품었다. 그녀의 손목을 끌어 일으켜 세우자 휘청거렸다.

하나는 조금 원망 어린 눈빛으로 그를 올려다보다가 부끄러움에 눈썹을 내리깔고 말이 없다. 그가 부드럽게 그녀의 머리를 쓰다듬다 뺨을 두 손으로 소중한 듯 보듬어 올렸다.

"출장 갔다가 우리 여보가 보고 싶어 미치는 줄 알았어."

그의 말에 하나의 마음이 금방 봄볕이다. 눈을 들어 그를 올곧게 바라보며 반짝이는 눈으로 진지하게 화답했다.

"저도요."

그러곤 동준의 커다란 손에 깍지를 꽉 끼며 귀여운 입술로 종알거렸다.

"너무 보고 싶은데…… 이렇게 만질 수 없어서 속이 상했어요. 시간이 너무 늦게 가서 동준 씨, 아, 아니 아니……."

그녀가 고개를 도리도리 흔들며 호칭이 잘못된 걸 알고 입술을 앙다물며 콧잔등을 찡긋거렸다. 그 모습이 어찌나 귀여운지 깨물어주고 싶은 마음을 동준은 억지로 참았다.

"여보야 생각하면서 만든 것도 있어요. 얼른 집에 가서 보여줄게요."

정원 한쪽에 그를 생각하면서 만든 꽃밭이 생각났다. 온갖 봄꽃이 알록달록 흐드러지게 피어 있는 정원. 지금이라도 당장 보여주고 싶은지 하나는 눈을 커다랗게 뜨며 반짝거리고 있었다. 그녀를 바라보는 그의 눈가에 언뜻 웃음이 어렸다. 마음이 급한지 하나가 발을 동동거리며 들뜬 얼굴을 하다가 깍지 낀 손을 풀며 말했다.

"이거 빨리 다 치우고요."

치마를 나풀거리며 다시 쪼그려 앉으려는 하나의 팔을 끌고 소파 근처로 향했다.

"나중에 내가 치울게. 우리 여보 힘들게 하면 안 되지."

피, 자기가 엄청 힘들게 하고선. 지금까지 괴롭히고 선심 쓰듯 말하는 그를 보자 하나는 입술을 삐죽거렸다. 동준이 털썩 소파에 앉은 후 그녀의 손을 잡아 끌어당겨 무릎 사이에 앉히고 두 팔로 꽉 껴안았다. 그리고 그녀의 어깨에 얼굴을 묻었다.

"이렇게 안고 싶어서 죽는 줄 알았어."

그의 진심이 느껴지는 고백에 하나의 마음이 따스해진다. 그리고 등 뒤에 느껴지는 그의 심장소리가 좋았다. 다시 잔잔하던 심장이 콩닥거리고 숨을 쉴 수가 없었다. 주인 품에 폭 안긴 얌전한 강아지처럼 하나는 숨죽이고 그의 품에 폭 안겨 있었다.

한참을 마치 두 사람이 하나였던 것처럼 그렇게 조금의 틈도 없이 밀착되어 서로를 의지하고 있었다. 하나는 지금이 너무 좋았다. 그냥 그와 있는 것만으로 좋았다. 달리 표현할 말이 세상에 없는 것 같았다. 조금 전 격렬한 사랑을 나눈 탓에 하나의 몸도 마음도 나른함에 젖어 그에게 몸을 기대었다.

꼼지락거리는 움직임이 그를 자극했는지 동준은 그녀의 하얀 목덜미를 혀로 핥다가 살짝 깨물었다. 목에 느껴지는 축축하고 따끔한 감촉에 하나는 흠칫 놀라며 쭈뼛거리며 몸을 그에게서 떨어지려 하자 놓치지 않으려고 그의 손아귀 힘이 들어갔다.

"아, 아파요."

그녀의 다리를 모아들어 그의 무릎에 앉히고 눈을 마주쳤다.

"눈에 보이는 곳에 흔적 생기면 창피하단 말이에요."

하나는 손으로 그가 깨문 목 주위를 감싸며 눈을 흘기며 말했다.

"일부러 내는 거야."

그는 싱글거리며 놀라는 하나의 모습을 바라보며 능글맞게 대꾸한다.

"뭐예요. 사디스트예요?"

"아니, 내 거라고 표시하는 거야. 정기적으로 꼭 해 놓아야 하거든."

그의 말이 하나는 어이가 없어, 하아…… 하고 한숨을 쉬었다.
그녀의 몸은 지금 성한 곳이 없었다. 그가 깨물거나 심하게 빨아서 생긴 붉은 자국이 하나의 온몸 여기저기 생기고 말았다.
"자꾸 깨물면 저도 복수할 거예요."
하나는 눈을 치켜뜨고 입술을 질끈 깨문다.
"나야 대환영이지. 여기, 여기 나…… 당신 거라고 표시 내줘."
그가 목 부분의 셔츠 깃을 손으로 쥐고 펼쳐 보이며 자신은 상관없다는 듯 목을 그녀 얼굴 쪽으로 내민다. 하나는 얼굴이 붉으락푸르락 분해서 한참을 노려보다 그에게 덤벼들며 목덜미를 깨물었다.
"헉."
하나가 진짜로 그의 목을 깨물 줄은 모르고 방심하다 제대로 당하고 말았다. 그녀의 허리를 잡아 소파에 눕히고 저항하며 발버둥치는 다리를 그의 다리로 겹쳐 눌렀다. 당돌하게 달려든 그녀의 반항이 그를 들뜨게 만들어놓았다. 그녀는 자신이 무슨 짓을 한지도 모르고 해맑게 웃고 있었다.
"무슨 짓을 한 거야?"
"복수요."
그리고 까르르 웃는다. 그와 눈이 마주치고 찌푸린 얼굴을 보며 하나는 입을 다물고 말았다.
"사무실에서 또 하고 싶어?"
그가 위험한 눈길로 경고하듯 말했다. 하나는 도리도리 고개를 젓고 커다란 눈을 굴리며 얌전하게 입을 다물고 있었다. 섣불리 건드렸다간 도리어 그를 자극할지도 몰라 몸을 사렸다.
"사무실 안은 싫어요."

"왜?"

"일하는 곳이잖아요."

"그럼…… 엘리베이터?"

"안 돼요. cctv 있잖아요. 그리고 공공장소는 안 돼요."

"그럼 은밀한 차 뒷좌석에선 괜찮겠다. 그치?"

"블랙박스 있단 말이에요."

그의 능글맞은 농담이 진짜인 줄 알고 하나는 고개를 세차게 흔들며 점점 더 발그레 얼굴이 변하며 당황해서 말했다.

"웃지 마요. 뭐가 그렇게 우스워요?"

"몰라. 너만 보면 이렇게 웃음이 나는 걸 어떡해."

하나는 눈살을 잔뜩 찌푸리며 투덜거렸지만 동준은 그저 웃고만 있었다. 그런 그녀가 너무 귀여워 그만 입술을 부드럽게 삼켰다. 놀라서 그녀가 버둥거리자 동준이 속삭이듯 말했다.

"네가 싫다면 안 할게."

그리고 그는 머릿속으로 생각했다. 이런 것을 하나가 자연스럽게 받아들이도록 열심히 가르쳐야겠다고 음흉한 마음을 다잡았다.

하나는 동준의 커다란 손을 잡아끌며 앞장서서 정원을 가로질러 가고 있었다. 돌계단을 올라가 정원 구석에 볕이 잘 드는 곳에 아담한 꽃밭이 만들어져 있었다.

"여보야 생각하면서 만들었어요. 어때요?"

설렘이 함박 밴 목소리로 말하는 하나의 해사한 얼굴이 동준의 시야를 가득 채웠다. 정원에 켜 놓은 오렌지 불빛에 젖어 주위가 모두 오렌지빛으로 반짝이고 있었다. 동준은 말없이 꽃들을 바라보았다. 정성스럽게 가꾼 꽃들이 심겨진 풍경 속에서 동준은 자연스레 하나의 흔적을 찾았다.

하나가 어설픈 삽질을 하며 땅을 고르고 조그만 손으로 조심스럽게 꽃들을 옮겨 심으며 보드라운 흙들을 토닥였을 모습을 상상했다. 동준은 불빛 아래 빛나는 정원이 예전과 같지 않다는 생각이 들었다. 그리고 흐드러지게 많이 피어 있던 봄꽃도 예전과 달라 보였다.

특별했다. 사랑과 시간과 정성을 들인 소중한 것은 남들 눈에는 하찮은 것일지라도 그것을 정성스럽게 가꾼 사람에겐 특별한 존재로 다가온다는 것. 그 정성으로 오로지 그만을 생각하며 만든 꽃밭 앞에서 누군가에게 사랑받고 있다는 포근한 느낌.

동준의 마음이 따뜻해져왔다.

"참…… 예쁘다."

동준은 고개를 돌려 하나를 보며 깍지 낀 손에 힘을 지그시 더 주며 웃었다.

"하나 너처럼."

"아……."

하나의 입에서 조그만 탄성이 나오며 얼굴이 발그레해지며 좋아라 웃는다. 자박자박 발걸음을 함께 옮기다 하나가 손으로 담장을 가리키며 말했다.

"5월엔 장미가 필 거예요. 저기 꽃밭 뒤로 담장에 장미 덩굴도 만들었어요."

저녁바람이 부드럽다. 뺨에 흩어지는 바람을 맞으며 희미한 오렌지 조명이 비치는 어둑해진 정원을 천천히 걸었다. 바람 끝에 정원에 핀 꽃향기가 실려왔다. 나란히 걷는 두 사람 뒤에 길게 드리워진 그림자가 다정하다. 한 발자국 앞서간 그녀가 뒤돌아보며 봄꽃처럼 화사하게 웃는다. 뒤돌아선 하나의 머리카락이 바람에 부드럽게 흩날렸다. 바람결에 따라 들려오는 그녀의 목소리가 청아했다.

"제가 어린왕자를 너무 좋아해요. 한 번 이야기했었죠? 엄마랑 부산에 갔을 때 감천마을 어린왕자 보러 꼭 가려고 그랬는데……."

엄마 생각이 떠올랐는지 하나의 표정이 씁쓸했다. 동준은 그런 그녀를 보며 깍지 낀 손가락에 힘을 주어 조금 세게 죄여본다. 이젠 혼자가 아니라고…… 그렇게 말해주고 싶었다. 마주 잡은 손가락 사이에 온기가 온몸에 번졌다.

"같이 가자. 이번에 유럽 쪽 출장만 갔다 와서 부산에 한 번 가자."

그녀 곁에 자신이 있다고 무언으로 말하는 마음을 알았는지 하나의 입술이 부드럽게 휘었다.

"와……. 좋아라."

그리고 하나가 동준의 손을 흔들면서 환하게 웃으며 화답했다.

"어린왕자에서 여우가 그런 말 했잖아요. 네가 오후 네 시에 온다면 나는 세 시부터 행복해질 거야."

하나는 눈을 동그랗게 뜨고 커다란 진리를 발견한 마냥 또박거리며 말했다.

"그 말이 진짜더라구요. 동준 씨가 온다니까 전 너무 좋아서 약속 시간까지 기다리지 못하고 막 달려갔다니까요. 그 시간 동안, 그 짧은 시간 동안…… 전 참 행복했어요. 제가 동준 씨에게 길들여졌나 봐요."

조근조근 말하는 그녀의 이야기를 말없이 들으며 동준이 손을 뻗어 하나의 뺨을 쓰다듬으며 말했다.

"여우가 또 말했지? 길들인 것엔 책임이 있다고……."

"아…… 아는구나."

"그치만 누군가에게 길들여진다는 것은 눈물을 흘릴 일이 생긴다는 것인지도 모른다. 그런 구절도 있었고. ……난 어떨 땐 너무 행복해서 불안할 때가 있어."

그의 눈동자가 흔들리고 있었다.

"……."

아픈 그에게 뭐라고 말해야 할지 몰라 당황스러웠다. 그러곤 하나는 다시 고개를 돌려 그를 보며 담담히 대답했다.

"근데 말이죠. 불행하지 않으려고 멀찌감치 떨어져 그것만 피하는 건 아닌 것 같아요. 만약 눈물 흘릴 일이 제게 온다면 불행과 더불어 사는 법을 알아야 하지 않을까요? 아마도 모든 것엔 이유가 있을 거라고 생각해요. 어린왕자가 다시 그렇게 공들인 장미를 찾아갔잖아요. 그렇게 떨어져 있지 않았다면 얼마나 소중한지 서로가 잘 몰랐을지도 몰라요"

"그런 말 하지 마. 난 너랑 떨어지는 건 딱 싫어."

투정 섞인 그의 말소리에 하나가 어린아이처럼 웃었다.

"저 어디 안 가요."

"어차피…… 어디로든 내가 안 보낼 거야."

"나중에 딴소리하지 말아요. 쪼글쪼글 주름 잡혀서 싫다고 밀어내도 그땐 이 말로 협박할 거예요."

하나가 눈썹을 살짝 치켜 올리고 샐쭉하게 대꾸했다.

"책임질게."

그가 그녀의 얼굴을 두 손으로 감싸고 곧게 눈동자를 바라보았다.

"내가 널 길들였으니까……."

빨려 들어갈 듯한 그의 검은 눈동자 속에 하나가 들어 있었다. 압박하듯 옭아매며 그녀를 바라보는 그의 짙은 시선에 하나는 미동조차 할 수 없었다.

"사랑해……. 하나야……."

그가 천천히 고개를 숙였다. 그리고 그녀의 붉은 입술을 음미하듯 천천히 눌러왔다. 부드러운 저녁바람이 살랑거리자 나뭇잎들이 바람에 나부끼는 사그락사그락 소리가 잔잔히 공기 중으로 흩어졌다.

백화점 사장 아내로서 그녀가 참가해야 할 공식적인 자리들이 불편하긴 했지만 그 전보단 조금 자연스러워졌다. 동준의 유럽 출장 전 사교모임이 있어 부부 동반으로 참여할 예정이라 드레스와 그의 출장 때 필요한 물품을 구하러 백화점 VVIP 전용라운지에 들어갔다. 직원이 예약해놓은 물건을 챙겨 쇼핑백을 들고 나오는 순간 어딘가 낯익은 여성의 모습이 눈에 띄었다.

퍼프슬리브의 실크 블라우스와 큰 키를 더욱 빛내는 흰색 롱팬츠를 입은 그녀가 하나를 보더니 곧장 허리를 곧게 펴고 우아하게 걸어오고 있었다. 점점 가까워오는 그녀를 홀린 듯 쳐다보던 하나는 그녀가 예전 성혁의 갤러리에서 본 최예린이라는 사실을 깨닫곤 얼굴이 굳어졌다. 긴 웨이브머리에 세련된 화장으로 도도한 모습의 그녀가 하나를 보며 방긋 웃었다.

"저 기억하시죠? 동준이 친구 최예린이요."

"아, 안녕하세요."

하나는 어색하게 웃으며 건조하게 대답했다. 그다지 반갑지도 않았다. 그때 전화를 하며 남의 남편을 하루만 빌려도 되냐며 뻔뻔하게 묻던 그녀를 어떻게 대해야 할지 난감했다. 그러니 아주 자연스럽게 미소까지 지으며 말하는 모습이 가식적으로 다가왔다.

"이곳에서 또 보네요. 반가워요. 쇼핑하러 오셨나 봐요?"

"네."

하나는 얼굴이 딱딱하게 굳었지만 마음의 동요를 보이지 않으려 담담하게 대답했다.

"안 그래도 하나 씨 만나면 이야기하고 싶었는데 잠시 얘기하다 가세요. 엄마랑 같이 왔는데 잠깐 시간이 어긋나서 같이 시간 보낼 사람이 필요한데, 거절하지 마세요."

하나의 팔을 끌어 가까운 소파에 주저앉게 했다. 예린은 직원에게 커피 두 잔을 주문했다. 잠시 후 가져온 커피를 스푼으로 천천히 저으며 예린이 하나를 향해 자연스럽게 물었다.

"이번에 사교파티 참여하시죠?"

"네."

"저희는 워낙 어릴 때부터 친구들이어서 허물이 없어요. 동준이도 오래된 친구라 집안 사정도 속속히 알고 어릴 때부터 추억도 공유하는 그런 사이들이죠. 하나 씬 이런 파티가 조금 불편할 수도 있겠네요?"

그녀의 말 뉘앙스가 하나 자신이 꼭 이방인이라는 듯이 말하는 것 같았다. 기름과 물은 영원히 섞일 수 없다는 듯 비틀어진 그녀의 입꼬리에 조소가 한 스푼 담겨 있었다.

"조금은요. 그렇지만 조금씩 알아가는 거죠. 처음부터 잘 아는 사람은 없으니까요. 늦게 만났다고 해서 그것이 장해가 되진 않는다고 생각해요. 정말 친한 친구가 되는 건 순서가 없지 않을까요?"

차분히 바라보며 말하는 하나의 올곧은 눈동자가 무척 거슬렸다.

뭐지, 이 여자. 이런 자신감은 어디에서 나오는 건지……. 그때 전화 받을 때의 목소리와 완전 딴판이다. 자신이 먹잇감을 잘못 선택했나 하는 불안감이 밀려왔다. 무엇 하나 자신과 비교해도 나을 것 없는 여자에게 뭔지 몰라도 밀리는 느낌이 들었다.

"흠…… 그래서 동준 씨랑 결혼까지 했나 봐요. 그렇게 빨리 사람 마음을 사로잡는 비결 배우고 싶네요."

"진심으로 다가가면 되지 않을까요? 마음과 마음이 통하는 것 외에 다른 건 없는 것 같은데요."

그럼…… 자신은 마음으로 다가가지 않았다는 건가? 웃기는군. 이 여자. 예린은 점점 화가 치밀어 올랐다.

"굉장히 추상적이군요? 전 뭐 밤기술이 대단하다든가……. 실질적인 걸 배우고 싶었거든요. 천하의 태영그룹 사장 김동준을 사로잡은 비결?"

잘난 것도 없으면서 남편 하나 잘 만나 고개를 쳐드는 눈앞의 여자를 예린은 짓밟아 버리고 싶었다.

앞에 놓인 커피 잔을 들어 한 모금 마시면서 비웃듯 말했다.

"솔직히 정하나 씨 딱히 내세울 건 없잖아요?"

"내세울 것 없는 사람을 선택한 저희 남편에게 물어봐야겠군요. 그렇게 내세울 것 많은 분을 두고 왜 저 같은 사람을 선택했는지 말이죠?"

하나는 무례한 그녀의 말을 더 이상 듣고 싶지 않았다. 상대하지 않으려 자리를 박차고 일어나려는 순간 너무 놀라서 그만 주저앉고 말았다. 다가오는 중년 여자의 얼굴, 바로 아버지를 만나러

나갔을 때 만난 아버지 부인이라는 그 여자였다.

"다 골랐니?"

고개를 돌린 중년의 여자는 하나를 보자 놀란 얼굴로 바라보고 있었다.

"어떻게 여길……."

"안녕하세요? 다시 뵙네요."

"아는 사이예요?"

이상한 분위기를 느낀 예린이 두 사람을 번갈아 보며 의심스런 눈초리로 물었다. 그러곤 예린이 하나에게 소개했다.

"저희 엄마예요."

박 여사의 얼굴이 일그러졌다. 자신의 딸에게 숨겨왔던 사실을 알리러 온 걸까? 딸을 위해 지금까지 남편의 외도도 참아왔다. 쇼윈도 부부라도 딸을 위해 완벽하게 포장하며 지금까지 살아온 박 여사였다. 가슴이 벌렁거리고 손발이 후들후들 떨려왔다.

"반갑습니다. 태영백화점 김동준 사장 부인 정하나입니다."

김동준의 부인. 정영애 딸……. 이 여자가……. 어떻게 이런 인연이 있을 수 있을까? 한 남자를 사이에 두고 대를 이어 다투는 사이라니……. 무슨 운명의 장난인가? 박 여사는 사태를 파악하고 곧바로 가면을 쓴 얼굴을 하며 자신의 감정을 감추었다.

"아……. 그렇군요."

박 여사는 다시 고압적인 태도로 돌아갔다.

두 모녀는 참 닮아 있었다. 상대방을 묘하게 내리깔아보며 우위에 서고자 했다. 하나는 당혹스런 마음을 감추고 정신을 바짝 차렸다. 모든 것을 정리하고 싶었다. 자신이 하고 싶은 말만 하고 나오자고……. 그것만이 최선인 것 같았다. 정신 줄을 놓으면 그 자리에 주저앉아 통곡하고 싶은 마음뿐이었다. 하지만 그래선 안 된다.

"그때의 따끔한 가르침 감사합니다. 저에게 하신 그 귀한 가르침, 따님분에게도 꼭 해주셨으면 합니다. 따님께서 저희 김동준 씨에게 워낙 관심이 많으신 것 같아서요. 제가 그 아내 되는 사람이라 신경이 많이 쓰이는군요."

하나는 박 여사를 보고 정중하게 고개를 숙여 인사했다. 그리고 예린을 쳐다보며 차분하게 또박또박 말을 이었다.

"친구 사이 허물없이 잘 지낼 수 있다고 생각합니다. 그렇지만 누가 보아도 선을 넘는 지나친 말과 행동은 삼가해주세요. 특히 아내 입장에서요. 예린 씨."

그러곤 뒤도 돌아보지 않고 하나는 그 자리를 빠져나왔다.

"참 기가 막혀서…… 진짜 뭐라는 거야? 엄마, 저 여자 알아?"

"너 이게 무슨 말이니?"

"뭐?"

"너 아직도 김동준에게 미련 못 버리는 거야?"

"엄마가 그렇게 말리지만 않았어도 나 동준 씨랑 벌써 결혼했을 거고 지금쯤 태영그룹 사모님 소리 듣고 있을 텐데…… 저딴 계집애한테 그 자리 빼앗기지도 않았어."

"결혼한 남자야. 너 남의 남편 가로채겠다는 거니?"

"안 돼? 왜? 왜 안 되냐고."

박 여사는 기가 막힌다는 얼굴로 자신의 딸을 쳐다보았다.

"그건 안 돼. 난 허락 못한다."

박 여사는 노여운 얼굴로 그녀의 딸을 바라보며 단호하게 말했다.

"이게 다 모두 엄마 탓이야. 난 동준이 내 거로 만들 거야."

예린은 이성을 잃은 듯 열기에 가득 차 박 여사를 노려보며 고함을 질렀다. 박 여사는 예린에게 정확히 걸어와 그녀의 뺨을 때렸다. 짝 소리가 허공을 갈랐다.

"엄마……."

예린은 놀라서 자신의 붉어진 뺨을 부여잡고 숨만 몰아쉬고 있었다. 그리고 붉어진 눈동자로 박 여사를 원망스럽게 바라보며 분노한 음성으로 격하게 말했다.

"싫어. 이젠 나도 내가 선택할 권리 있어."

그녀의 뺨을 타고 눈물이 흘렀다.

"난…… 엄마, 내가 가지고 싶어 한 것 못 가지면 죽을 것 같단 말야. 엄마도 내 성격 알잖아."

"너 한번 돌아간 남자의 마음은 영원히 못 잡아. 남편 껍데기만 잡고 사는 건 나 하나로 족하다. 넌 그러지 말아라. 너 좋다고 하는 사람 만나. 응?"

애가 달았다. 언제나 순종적으로 자신의 말을 따라주던 딸이 고집을 부린다. 박 여사는 자신의 처지가 처량했다. 딸까지 자신처럼 사랑 없는 결혼생활을 하길 바라지 않았다.

처음엔 돌아선 남편 마음을 돌이킬 수 있다고 자신했었다. 그렇지만 공허하게 항상 자신이 아닌 딴 곳을 바라보는 남편의 눈을 바라보며 결심했다. 이혼만은 절대로 하지 않겠다고. 평생 내 옆에서 불행한 너의 얼굴을 보며 그것으로 위안을 삼겠다고 입술을 깨물며 지금까지 참으며 결혼생활을 유지했었다.

"상관하지 마. 엄마. 이번에도 간섭하면 나 엄마 안 볼 거니까."

자신의 팔을 붙잡는 박 여사를 뿌리치고 예린은 뛰쳐나갔다. 그녀의 마음속엔 그저 분노로 가득 찼다.

거지같은 기지배. 정하나……. 가만 두지 않을 거야.

예린은 휴대폰을 꺼내 전화를 걸었다.

"어, 문 기자. 나 예린이. 나 좀 도와줘야겠어. 응…… 기사 하나 흘려줘."

하나는 집에 돌아오자 지금까지 긴장이 모두 풀려버려 그만 주저앉고 말았다. 온몸에 기운이 다 빠져나가버린 기분이었다.

예린이 박 여사의 딸이라면 자신과는 배다른 자매 지간이었다. 참 우습다. 이런 인연이 또 있을까? 자신의 혼란스러운 마음을 어떻게 정리해야 할지…….

냉장고를 열어 차가운 물을 꺼내 한 모금 마시고 거실로 향했다. 아무도 없는 적막한 집안이 쓸쓸해 보였다. 하나는 소파에 앉아서 쓴웃음을 지었다. 다리를 올려 무릎에 고개를 파묻고 울어버렸다.

한참을 울고 나니 가슴이 좀 후련했다. 엄마가 왜 사랑하는 사람을 버리고 도망쳤는지 조금은 알 수 있을 것 같았다. 어쩜 그것은 사랑을 포장한 이기심이란 생각이 들었다. 사랑하다는 이유만으로 모든 것을 아름답게 포장할 순 없다. 엄마라면 충분히 그랬을 것이다.

하나는 지금 이 순간 엄마라면 어떻게 했을까 생각해보았다. 모든 원인은 한 남자의 이기적인 사랑에서 시작된 것이다. 그로 인해 모든 것이 비틀어졌다. 얼마나 많은 사람이 그것으로 인해 고통 받는지 당사자는 알까? 그것이 사랑일까? 쓸쓸하게 죽어간 엄마, 아버지를 모르고 자란 자신, 가정을 지키기 위해 독을 품은 박 여사…… 자신의 가정을 지키기 위해 매몰차게 말하는 박 여사를 이해했다. 오늘 자신도 남편을 흔드는 예린에게 그보다 더한 말도 할 수 있을 것 같았다.

한때 그리워했던 아버지란 존재…… 그렇지만 이제 아빠라는 존재는 지워버리고 싶었다. 엄마가 자신의 인생에서 남편이란 존재를 포기했듯이 그녀도 머릿속에 아빠라는 단어를 생각하지 않기로 결심했다. 보지도 않을 것이고 보고 싶지도 않았다. 더 이상 누구도 상처받지 않기를 기도했다. 더 이상 그들과 엮이고 싶지도 않았다. 그러곤 결론을 내렸다. 자신에게 아빤 더 이상 없다고…….

호텔에서 이루어진 파티는 화려했다. 유명한 정재계 자녀들이 모이는 모임이었다. 요즘 잘나가는 유명 연예인뿐 아니라 젊은 정치가와 CEO들도 참석한 자리여서 자신들만의 인맥을 쌓기에 여념이 없었다. 그들은 이런 자리에 초대받았다는 사실만으로 얼굴에 우월감이 엿보였다.

지나가는 사람들을 배려해 하나는 한쪽 구석에 자리 잡았다. 나비넥타이를 맨 직원이 서빙하는 음료를 한 잔 들어 목을 축였다. 원래 이런 자리를 좋아하진 않았지만 그를 위해 꼭 참여할 수밖에 없었다.

그는 여기서도 빛났다. 넓은 어깨와 큰 키, 수려한 외모 때문에 시선들이 자연스럽게 그를 향했다. 그에게 눈도장을 한 번이라도 더 찍기 위해 사람들이 그의 주위에 몰려들었다.

처음엔 동준 옆에 서 있었지만 사업상의 이야기가 길게 이어지자 그녀가 끼어 있으면 방해가 될까 봐 살짝 물러났다. 하나는 친한 사람이 없어서 조용히 사람구경을 하는 것이 좋았다. 가끔씩 동준은 고개를 돌려 그녀가 어디에 있는지 확인했다. 그럴 때마다 하나는 그를 향해 싱긋 미소를 지었다. 그도 그녀를 향해 기분 좋은 미소를 보냈다. 하나는 그럴 때마다 마음이 설렜다.

파티에 참석한 잘생긴 외국인이 그녀 곁을 지나가다 그만 어깨를 부딪쳤다. 그가 들고 있던 샴페인이 그녀의 손등에 쏟아졌다.

"죄송합니다."

그는 한국말이 제법 유창해 보였다.

"아…… 아니 괜찮아요."

어쩔 줄 모르며 미안한 얼굴을 하고 그녀를 바라보는 외국인에게 하나는 싱긋 웃으며 말했다. 그러곤 곧바로 화장실에 가서 손등에 남아있던 알코올을 씻었다. 커다란 야자수 나무에 가려진 곳을 지나려는데 몇몇 여자들이 모여 수다 떠는 목소리가 들렸다.

"그 키 큰 사람이 그 태영그룹 큰 아들이야?"

"연예인을 오징어로 만드는 기럭지와 외모지 않니?"

"태영그룹 요즘 잘나가잖아. 큰아들이 백화점 사장 되고 면세점도 따내고 그 전에 맡았던 db패션도 유럽 백화점에서 론칭하고 점점 입소문 나면서 대박 쳤다는데 진짜 능력자인가 봐."

"그럼 뭐해? 성격이 너무 차갑더라. 말 좀 붙이고 싶어 옆에 서성이며 있었는데 눈길 한 번 안 주고 찬바람이 쌩하던데……."

"그 남자랑 결혼한 여자 있지?"

"현대판 신데렐라. 회사 여직원이었다며."

"그래……. 예전 약혼자 최예린이 나타나면서 조만간 낙동강 오리알 신세 되겠다는 말이 쫙 돌던데……."

"흥…… 상대가 안 되잖아? 최예린이 누구야. 지금도 예린이 옆에 남자들 꼬인 것 봐라. 학창시절부터 퀸카더니 아직도 여전하잖아. 오늘도 남자들 사이에 둘러싸여 있던데……."

“하기야 그 여자 얼굴 하나 믿고 오래 버티기엔 너무 거물을 물었어. 그치?”

그와 어울리지 않는 평범한 여자에 대한 무시가 노골적으로 담겨 있었다. 그렇지만 하나는 여러 번 파티를 거치면서 끊임없이 회자되는 그런 말들을 이제는 무시하기로 했다. 그래도 매번 들을 때마다 기분이 좋은 것은 아니었다.

입술을 질끈 깨물고 가슴을 쭉 펴고 숨을 몰아쉬었다.

오늘 하루도 잘 버텨야 할 텐데…… 벌써부터 지치면 큰일이다. 하나는 고개도 들지 않고 스치듯 그 자리를 피해 가느라 바로 옆에서 벽에 등을 기대어 하나를 바라보는 동준을 보지 못했다.

“정말 시끄러운 여자들이군.”

그는 혼잣말로 흘리듯 말하며 미간을 찌푸렸다. 벽에 기댄 채 물끄러미 지나가는 그녀를 바라보던 동준은 가느다란 한숨이 나왔다. 이런 파티를 즐거워하지 않는 하나가 신경이 쓰여 어느 순간 보이지 않는 그녀를 찾아 이곳까지 오게 되었다. 화장실을 나온 그녀를 보며 동준이 반갑게 다가가려 할 때 하나의 얼굴이 어둡게 변하는 모습을 보며 발걸음이 멈췄다.

여자들의 소곤거리는 대화가 들렸다. 가슴을 펴고 크게 심호흡을 하는 그녀의 모습. 연이어 그녀는 입술을 꾹 다물며 붉은 입술에 쓸쓸한 미소가 번졌다. 그녀를 비웃는 사람들이 당연하다는 듯 아무렇지 않게, 늘 그랬다는 듯 무시하며 지나가는 모습이 동준의 눈에 들어오자 갑자기 가슴이 욱신거렸다.

동준은 삐딱하게 벽에 기대었던 몸을 바로 세우고 지나가는 그녀를 뚫어지게 쳐다보았다. 그가 그녀를 붙잡으려 할 때 뒤에서 그를 부르는 목소리가 들렸다.

"김 사장님, 한참 찾았습니다."

오랜만에 이탈리아에서 돌아온 대성그룹 막내아들이었다.

"오랜만입니다. 그동안 잘 지내셨지요?"

아쉬움을 뒤로하고 동준은 악수를 청하는 대성그룹 막내아들을 따라 다시 호텔 안으로 들어갔다.

반짝이는 샹들리에 아래 뷔페식으로 차려진 음식들과 격식을 갖춰 차려입은 남녀들이 한 손에 칵테일 글라스를 까딱이며 대화를 나누고 있었다. 바닥보다 조금 높은 단위에 오케스트라 단원들이 아름다운 선율을 만들어냈다. 오케스트라 옆에 화려하게 차려입은 여자들 사이에 예린은 단연 돋보였다. 끊임없는 남자들의 노골적인 시선에 익숙한지 예린은 자연스럽게 그들에게 웃음을 지어주며 동준에게 가까이 가려고 기회를 엿보고 있었다.

그때 파티에 참석한 예린의 이종사촌인 한 대리가 다가왔다.

"언니, 언니가 준 찌라시 벌써 여기 여자들 사이에 쫙 퍼졌어. 결혼할 때부터 이런 사달이 날 줄 진작 알았다니까."

예린은 한 대리를 흘끗 쳐다보며 매섭게 노려보았다.

"너 그 입 조심해. 아주 방송을 하지 그러니?"

"응?"

한 대리는 멍한 얼굴로 예린을 쳐다보았다.

"그럼 하나 씨는 뭐가 되겠어? 안 그래도 이런 생활 적응하려면 힘들 텐데 그런 소문까지……. 혼자 한 말을 그렇게 전하고 다니면 어떡하니? 너한텐 이제 말도 못 꺼내겠다."

한 대리는 이건 무슨 경우인지 생각하느라 눈알을 열심히 굴렸다. 남자들 사이로 멀어져 가는 예린을 보며 한 대리는 자신이 무엇을 잘못했는지 몰라 손에 쥐고 있는 칵테일을 한잔 들이켰다.

예린은 자신이 계획한 대로 되어가니 기분이 좋았다. 한 대리의 귀에만 들어가면 반나절이 안 되어 모르는 사람이 없을 정도로 입이 가벼운 그녀였다. 별로 힘들이지 않고 일들이 수월하게 진행되고 있었다. 이제 마지막 정하나를 흔들 한 방이 남아 있어야 하는데, 그것을 찾기가 쉽지 않았다. 백방으로 그녀에 대한 정보를 수집하는 예린이었지만 딱히 결정적인 약점이 보이지 않아 속에서 짜증이 치밀어 올랐다. 자신과는 눈도 마주치려 하지 않으면서 정하나의 동선만 따르는 그의 시선을 보니 가슴이 찢어지는 것 같았다.

'그래, 천천히 하면 되는 거야.'

예린은 서두르지 않기로 했다.

하나는 뷔페식으로 차려진 곳에서 접시를 들어 간단하게 먹을 수 있는 음식을 담았다.

"이것도 드셔보실래요?"

하나는 말을 거는 사람을 향해 고개를 들었다. 아까 부딪쳤던 잘생긴 외국인이었다. 그는 입가에 기분 좋은 미소를 지으며 서 있었다.

"이탈리아 음식이에요. 부르스케타라고 해요."

"네……."

하나는 갑자기 말을 거는 그에게 당황해하며 머뭇거리면서 마주 미소 지었다. 그리고 그가 민망해하지 않도록 토마토 토핑이 있는 부르스케타를 집어 들어 접시에 올려놓았다.

"아까 괜찮아요?"

그는 미안한 표정을 지으며 걱정스러운 말투로 물었다. 한국말이 제법 자연스러웠다.

"네. 걱정하지 마세요."

그녀가 싱긋 웃어 보이며 그 자리를 뜨려고 하자 남자가 그녀의 팔을 잡았다. 하나는 놀란 눈으로 그를 보았다.

"잠깐 이야기 나누어도 되나요?"

당황스러움이 묻어나는 놀란 토끼 눈으로 말문이 막혀 물끄러미 서 있는 하나에게 잘생긴 외국인이 칵테일을 권했다. 마침 목이 말랐던 하나가 칵테일을 마시려 하자 누군가 그녀의 손에서 칵테일을 빼앗아버렸다. 하나가 뒤를 돌아보자 코끝에 익숙한 향기가 스쳤다. 동준이 서 있었다.

"동준 씨."

하나는 키 큰 동준을 고개를 들어 올려보았다. 날렵한 턱선과 도도하게 높은 콧날이 보였다.

언제 왔지? 동준을 보자 저도 모르게 입술이 휘어 웃음 지었다. 해맑게 그를 바라보며 웃는 그녀의 허리를 휘감아 동준은 자기 쪽으로 끌어당겼다. 그리고 그녀에게서 빼앗은 칵테일을 천천히 마시며 그녀를 뚫어지게 쳐다보았다. 그의 날카로운 눈매를 보며 하나는 자신이 무엇을 잘못했나 눈을 깜박거렸다.

외국인도 키가 컸지만 동준의 신체조건이 압도적으로 우월했다. 떡 벌어진 어깨와 큰 기럭지 때문에 그의 존재만으로도 호텔 연회장이 꽉 들어찬 느낌이었다. 그가 먼저 외국인에게 손을 내밀어 악수를 청했다.

"안녕하십니까? 태영백화점 사장 김동준입니다."

그리고 부드러운 미소를 지으며 하나를 바라보며 말했다.

"여기는 제 와이프 정하나입니다."

"아…… 결혼하셨군요."

아쉬워하며 하나를 바라보는 그의 얼굴을 보자 동준의 한쪽 눈썹이 날카롭게 추켜 올라갔다.

"그런 저희는 이만 실례하겠습니다."

그에게 대답하는 말투는 더없이 친절했지만 눈매는 서늘할 만큼 차갑게 보였다. 동준은 하나를 끌다시피 하며 그 자리에서 떴다. 하나가 가는 모습이 아쉬운 듯 외국인은 그 자리를 떠나지 않고 바라보았다.

"어디로 가요?"

그녀의 어깨를 두른 손아귀에 힘이 들어갔다.

"어디든……."

뭐 저런 대답이 있지? 하나는 고개를 들어 동준의 얼굴을 쳐다보았다. 눈빛이 여전히 매섭고 뭔가 화가 난 얼굴이었다. 그녀가 그의 손에 들고 있는 칵테일을 보며 말했다.

"목말라요. 칵테일 줄래요?"

"물 마셔."

"치…… 자기는 다 마시면서……."

찬바람이 쌩 부는 그의 대답에 하나는 입술을 삐죽거렸다. 연회장 안에는 음악이 바뀌면서 끈적한 분위기로 바뀌고 있었다. 분위기가 무르익자 지금까지 눈빛으로 서로를 교환하던 남녀가 짝을 지어 댄스파티가 시작되었다. 동준은 새치름하게 있는 하나를 보며 트레이에 자신이 들고 있던 칵테일을 올려놓고 다른 잔을 들었다. 그러곤 그녀를 마주 보며 짧은 한숨을 쉬었다.

"다른 남자가 주는 술 먹지 마."

그녀를 바라보는 눈동자가 질투로 까맣게 타고 있다는 사실을 하나는 그제야 깨달았다. 그러곤 칵테일 잔을 만지작거리던 손을 바라보는 하나를 보며 나른하게 속삭였다.

"내가 주는 것만 마셔."

칵테일을 한 모금 마시던 동준이 옆 난간에 잔을 내려놓았다. 곧이어 그녀의 조그만 머리 뒤로 커다란 손이 훅 들어와 감싸 쥐어왔다. 그녀의 부드러운 입술이 그의 입술에 거칠게 빨려 들어갔다. 그녀의 입술 사이로 들어온 알싸한 칵테일 맛이 목구멍을 타고 흘러내렸다.

많은 사람 앞에서 스스럼없이 키스하는 동준에게 하나는 소스라치게 놀라 눈이 휘둥그레지고 몸이 움츠러들었다. 어쩔 줄 몰라 당황하며 하나가 몸을 빼려 하자 동준은 놓치지 않겠다는 듯 숨 막히게 껴안았다. 그의 뜨거운 숨결이 뺨에 흩어지고 입술이 빈틈없이 밀착되어 사정없이 그녀의 입술이 그의 입안으로 빨려 들어갔다. 코가 부딪히고 거칠게 밀고 들어오는 그의 혀가 그녀의 벌어진 입속을 헤집어 놓았다. 숨이 제대로 쉬어지지 않는 깊은 입맞춤. 사람들의 시선이 그들에게 향하고 있다는 사실을 온몸으로 느낄 수 있었다.

얼굴이 발갛게 상기된 채 큰 눈을 뜨며 그를 바라보는 하나의 표정에 모양 좋은 그의 입술에서 그만 피식 웃음이 흘러나왔다. 하나는 혼란스러운 눈으로 그를 응시했다.

"사람들 많은 곳에서 뭐 하는 거예요?"

"목마르다고 보챌 땐 언제고?"

하아, 이 사람. 어이가 없는 하나도 그의 말에 그만 웃음이 새어나왔다.

"……말을 못하겠어."

동준이 싱긋 웃더니 아무렇지도 않게 그녀의 손을 잡았다. 갑자기 그는 그녀의 손을 끌며 춤추는 사람들 사이를 헤집고 들어갔다. 몰려드는 시선에도 그는 아랑곳하지 않는 것 같았다.

하나의 눈동자가 커졌다.

"우리 춤추자."

"저 잘 못 춰요."

"나만 따라오면 돼."

짓궂은 웃음을 지으며 자신만만해하는 그의 모습이 개구쟁이 같다. 그가 이끄는 대로 하나는 스텝을 밟으며 자연스럽게 춤추는 사람들 사이에 섞였다. 그녀의 어깨를 포근하게 감싸는 팔에 의지하며 단단한 가슴에 얼굴을 폭 파묻었다.

아…… 그의 향기가 난다. 참 좋다. 많은 사람 앞에서 그녀를 사랑한다고 시위라도 하는 것처럼……. 공공연하게 그의 사랑을 드러내며 이 여자 없이 살 수 없다는 듯이……. 그가 온몸으로 그녀를 사랑한다고 갈구하고 있었다.

"당신 알아?"

"네? 뭘요?"

나직하고 부드러운 그의 음성에 하나는 고개를 들어 그를 물끄러미 응시하며 물었다.

"참 무지하게 손이 많이 가는 사람인 거……."

그는 조금 씁쓸하게 웃었다.

"……무슨 말인지 하나도 모르겠어요."

그녀를 껴안은 그의 팔에 힘이 더 들어갔다.

"그런 게 있어. 공식적인 자리에서 너무 사랑하는 티를 안 냈나 봐."

가볍게 남의 말을 전하는 여자들 사이에서, 함부로 덤벼드는 남자들 틈에서 그녀를 지키고 싶었다. 그의 여자로, 그의 아내로, 아무도 무시하지 않도록 그녀를 지킬 것이다.

세심하게 어루만지는 그의 손길이 부드럽다. 그녀를 바라보는 그의 열띤 감정 너머 애틋하고 애달픈 마음이 고스란히 그녀의 가슴에 박혀왔다. 그런 그의 눈빛에 담긴 마음이 왠지 전달된 듯 하나의 가슴이 꽉 죄여오고 짠해온다.

고개 숙인 동준의 이마가 하나의 이마에 마주 닿았다. 숨을 죽이며 그를 바라보는 하나의 이마에 머리에 키스해왔다. 부드럽고 천천히 다가오는 그의 따뜻한 입맞춤. 아름답고 고요하게 흐르는 음악에 취해 그녀의 입술이 스르르 열렸다. 조도 낮은 아련한 불빛 아래에 하나는 그와 둘만 있는 듯 착각이 들었다. 꼭 꿈길을 걷듯 그의 손을 잡고 그가 이끄는 대로 몸을 맡겼다.

이대로 행복해도 되겠죠? 시간이 조금만 천천히 가길…….

한편 동준과 하나의 모습을 물끄러미 지켜보던 예린의 손에 쥔 칵테일 잔에 힘이 들어갔다. 한 대리가 호들갑스럽게 그녀 곁으로 다가왔다.

“언니, 그 찌라시 뭐야?”

“…….”

예린은 예쁘장한 눈썹을 올리며 고개를 돌려 한 대리를 마뜩잖게 바라보았다. 자신의 기분에 취해 그녀의 마음을 알 리 없는 한 대리는 투덜거리며 말했다.

“완전 짜가잖아. 저 사장님 눈에서 꿀물이 떨어지는데 무슨 사이가 안 좋다고…….”

한 대리는 부러운 듯 춤추는 두 사람을 바라보며 말했다.

"칫……. 진짜 이런 말 하기 싫은데……. 저 두 사람 너무 부럽다. 그치?"

"……."

예린은 그들의 모습을 보며 피가 날 정도로 입술을 질끈 깨물었다.

파티가 끝났다. 동준은 하나와 근처 공원을 걷고 있었다. 시간 날 때마다 그와 산책하는 장소이다. 파티복으로 입은 그녀의 플레어스커트가 바람에 나풀거렸다. 산 쪽으로 길게 뻗은 난간 위로 하나가 폴짝 뛰어 올라갔다. 난간은 오르막길에 올라갈수록 높아졌다. 불쑥 그녀의 키가 그보다 더 커졌다.

"내려와, 위험해."

그가 그녀와 맞잡은 손이 위로 딸려 올라갔다. 그의 손아귀에 힘을 들어가고 얼굴 미간을 약간 찌푸리며 말했다.

"아까 왜 화났어요?"

"내가?"

그녀를 올려다보며 동준이 어깨를 으쓱하곤 멋쩍게 웃으며 말했다. 하나는 난간 위에 쪼그리고 앉아 무릎에 두 팔을 얹고 뺨을 기댔다. 거리엔 인적이 없어 주위가 고요하고 하늘은 깊은 바다처럼 짙푸른 색이다. 바람이 지나간다. 그녀의 머리칼이 헝클어지고 그를 바라보는 그녀의 눈이 반짝인다.

"질투했어요?"

"그런 걸 내가 왜 해? 나보다 잘난 사람이 어디 있다고?"

동준이 그녀 앞으로 상체를 기울이며 그녀의 얼굴에 자신의 얼굴을 바짝 대고 입매를 비틀어 씩 웃으며 장난스럽게 받아쳤다.

"피…… 그런데 그렇게 보란 듯 뽀뽀해요?"
"왜, 내 거라고 표도 못 내?"
"하아……."
그녀의 입에서 조그만 탄식이 나오며 얼굴엔 말도 안 된다는 표정이 지나간다.
"질투 맞네."
그녀의 말에 그의 눈썹이 슬쩍 올라가며 툭 내뱉듯 심통을 부리며 그가 말했다.
"뭐? 그래, 질투다. 너 팔 잡는 그 녀석 한 대 칠 뻔했다. 됐어?"
그의 솔직한 고백에 하나가 쿡쿡거리며 웃었다. 그러곤 해맑은 눈으로 그를 사랑스럽게 바라보며 입가에 미소가 가득한 채 말했다.
"넘 좋다."
"좋다고?"
"네. 여보야가 질투하니까 괜히 웃음이 나고 기분이 좋아져요."
그가 장난치듯 하나의 이마에 딱밤을 주며 입술을 비죽거렸다.
"얄미워 죽겠네…… 남은 속이 까맣게 타는 것도 모르고……."
하나가 아픈지 이마를 비비며 콧잔등을 찡긋거렸다.
"그렇게 좋아?"
퉁명스럽게 말하는 그가 귀여워서 꾹 참던 웃음을 터뜨리며 그녀가 고개를 끄덕였다. 한번 터져 나오는 웃음은 멈출 줄 몰랐다. 까르르 웃는 그녀의 웃음소리가 밤공기를 타고 그의 귓가에 들려왔다. 덩달아 그도 기분 좋은 미소를 지었다. 그러곤 그녀는 높은 난간 위에서 안아달라고 두 팔을 활짝 벌렸다. 그가 웃으며 손을 내밀자 무너져 내리듯 그의 품으로 하나가 내려왔다. 엄마의 가슴으로 아기가 안기듯 하나가 그의 품으로 파고들었다.

그녀의 이마 위에서 동준이 싱긋 웃고 있었다. 그녀는 머리를 들어 그를 올려다보며 속삭였다.

"이젠 그러지 마요."

그가 고개를 갸웃하자 눈도 깜빡이지 않고 진지해진 그녀의 말간 눈이 들어왔다.

"질투요."

그녀는 속상해하는 그가 신경이 쓰였는지 애틋한 눈으로 그를 바라보며 말했다.

"제 이름만 봐도 알잖아요. 정, 하나. 바로 정이 하나라는 거잖아요. 그러니까 여보야만 아는 해바라기라니까요. 그게 운명이죠."

그렇게 말하곤 하나의 얼굴이 붉게 달아올랐다. 그의 입꼬리가 살짝 올라갔다. 너무 진지한 그녀가 사랑스러웠다.

"하여튼…… 아무렇게나 갖다 붙이기는……."

그가 피식 웃으며 핀잔주듯 말했다.

하나는 눈을 동그랗게 뜨고 어이가 없다는 듯 입이 벌어졌다.

"진짜라구요. 제가 여보야를 얼마나 생각하는지 5월이 되면 알 걸요. 여보야 없을 때 생각하면서 울타리에 심은 장미가 잘 자라라고 비료도 주고 벌레도 잡고……."

가슴이 뻐근할 정도로 그녀의 고백이 좋다. 더 이상 듣다간 저릿한 심장이 남아나지 않을 것 같았다. 동준은 그녀의 말을 듣지 않고 하나의 손을 꽉 잡아끌어 성큼성큼 앞으로 걸어갔다.

"난 그런 것보다 확실한 걸 원한다니까……."

"뭐요?"

그녀는 정말 궁금한지 눈을 동그랗게 뜨고 고개를 갸웃하며 물었다.

"저기 주차장 으슥하고 어둠침침한 게, 우리 사랑 확인하기 딱 좋은 장소야."

하나는 흠칫 놀라서 당황한 얼굴로 입술을 달싹였다.

"……늑대."

"맞아. 그러니까 앞좌석 말고 뒷좌석으로 가자."

"아……. 싫어요……."

귀엽게 툴툴거리는 하나를 보며 동준은 슬며시 미소를 지었다.

빨갛게 달아오른 그녀의 뺨이 사랑스럽다. 밤공기를 가르는 그들의 투닥거리는 가벼운 실랑이가 한참 계속되었다.

10. 그의 곁에만 있게 해주세요

동준의 사무실에 그의 회계사와 변호사가 들렀다. 한참을 이야기하던 회계사와 변호사는 심각한 얼굴로 사장실 문을 나왔다. 마호가니 책상 위에 지금까지 회의한 널브러진 서류들이 흩어져 있었다. 동준은 회전의자를 돌려 창밖을 보고 있었다.

그는 긴 다리를 꼬고 의자에 몸을 깊숙이 묻고 있었다. 두통이 나는지 관자놀이를 손가락으로 지그시 누르며 눈을 감고 있었다.

생각할 것이 많았다. 위험할 수도 있다. 그렇지만 더 이상 미루지 않을 것이라는 결심엔 변화가 없다.

나 비서가 쫓아 들어와 굳은 표정을 짓고 있었다.

"서류들을 정리해 보고 올리겠습니다."

나 비서의 목소리에 동준은 눈을 천천히 뜨고 고개를 들어 그를 바라보았다.

"……조금만 더 천천히 하시면 안 되겠습니까? 아직 경영권 승계 문제도 매듭이 안 된 상황에 이 사진들이 눈에 좋게 비칠 리가 없을 것……."

"이 문제로 더 이상 말하지 마. 어차피 어머니가 나에게 증여한 것들이야. 외할아버지 재산에 대해 아버지도 관여하시지 않는 부분이고."

나 비서는 굳은 표정을 지으며 동준이 준 서류를 받아 나갔다.

김 회장과 어머니의 정략결혼으로 인해 태영그룹은 명실상부 대기업의 궤도에 들어섰다. 외할아버지의 선택으로 마음에 없는 결혼을 한 두 사람은 그를 낳을 때까진 겉으로 보기엔 아무 문제가 없었다. 그러나 사랑이 없이 시작한 결혼생활은 오래가지 못했다. 김 회장은 그룹을 키우기에 혈안이 되어 있어서 부인의 사랑 타령에 맞춰줄 수가 없었고 무남독녀 외동딸로 사랑만 받아온 그의 어머니는 그런 외로움을 견디지 못했다.

마침 미국에서 유학을 마치고 돌아온 그녀의 첫사랑과 깊은 관계를 맺게 되고 밀회가 거듭되었다. 김 회장은 그의 부인에게서 이상한 낌새를 느꼈다. 불륜현장을 포착하기 위해 직접 그녀를 미행했다. 그러나 그녀의 자동차는 미행하는 차를 따돌리다 그만 급커브 길에서 마주 오던 덤프트럭과 충돌하며 생명을 잃고 말았다.

딸을 잃은 외할아버지는 돌아가시기 전 그에게 모든 재산을 증여했다. 지금 동준은 어머니가 가지고 있던 태영장학재단과 지주회사격인 비상장주식 태영랜드 5%를 하나에게 양도하려고 하고 있었다. 천문학적인 세금이 나오는 문제가 있었지만, 경영권 승계에선 아슬아슬하게 방어할 수 있다는 결론이 나온 상태였다.

동준은 어느 누가 되더라도 하나를 무시하지 못하게 만들 작정이다. 최예린이 자꾸 걸리적거리며 하나를 들쑤시고 다니는 정도는 그의 눈에도 보였다. 그렇다면 그녀보다 더한 재력을 갖추게 해 함부로 입을 놀리지 못하도록 미연에 방지할 것이다. 그래도 가만있지 않는다면 최후의 방법을 쓸 수밖에 없다. 그녀의 어머니 박 여사가 자신에게 썼던 방식을 그대로 돌려줄 것이다. 거기까지는 가지 않기를 동준도 바라는 바이다.

서류를 만지작거리던 동준이 창밖을 응시했다. 날씨가 꾸물꾸물 흐렸다. 비가 오려는지 먹구름이 몰려오고 있었다.

"휴……."

하나의 얼굴을 한동안 볼 수 없다는 사실에 자꾸 한숨이 나온다. 모든 일을 마무리하고 유럽 출장을 가야 하는데 미루었던 동남아 일정 때문에 시일이 촉박해져 서둘러 떠나야 했다. 이번 여행은 이상하게 미루고 싶은 마음이 들었다. 그녀와 함께 있고 싶은 마음도 컸지만, 그가 떠나 있는 동안 그녀를 지킬 수 없다는 사실에 불안한 마음이 엄습했다. 그가 설핏 쓴웃음을 지었다.

정말 중증인가 보다. 정하나 바이러스. 이렇게 지독할 줄이야……. 얼른 집에 가서 그녀를 보아야 치료될 것 같다. 쪼르르 달려와 폭 안기는 그녀의 입술에 뽀뽀라도 해야겠다는 생각이 들었다.

"많이 바빠요?"

서재에서 모니터를 훑는 시선과 분주하게 서류를 넘기는 그의 손놀림을 지켜보며 졸린 눈을 비비던 하나가 나른한 목소리로 물었다. 하나는 서재 한쪽 소파에 누워 폭신한 베개를 끌어안고 무거운 눈꺼풀을 억지로 뜨며 그를 물끄러미 응시하고 있었다.

"조금…… 졸리면 침대 가서 먼저 자."

그런 그녀를 바라보며 동준이 피식 웃으며 말했다.

"싫어요. 내일 출장 가면 2주나 못 보는데…… 그냥 이렇게 바라보고 있을래요."

하나가 팔꿈치 아래 베개를 끼고 엎드린 자세로 턱을 괴고 있었다. 그러다 그녀는 졸린 눈을 뜨고 왔다 갔다 소파 앞에 머물다 모니터를 보는 그의 의자 뒤로 가 그의 어깨에 얼굴을 묻었다. 그가 서둘러 파일을 덮어버렸다. 그러곤 회전의자를 돌려 벌떡 일어나 그녀의 시야를 가렸다.

"내가 보면 안 돼요?"

"일급비밀이야."

"뭐요? 회사기밀?"

동준의 손이 가볍게 그녀의 머리를 쓰다듬었다.

"아니 출장 갔다 오면 알려줄게. 당신 줄 선물이거든……."

"아…… 기대된다."

하나가 천진한 웃음을 지으며 기대에 찬 눈으로 그를 바라보았다.

"이리로 와."

그녀의 팔을 끌어 그의 품에 꼭 안았다.

"더 안 끝내요? 저 소파에 있을게요."

"좀 쉬다가……."

그가 하나의 손을 잡고 걸어가 그녀를 소파에 앉힌 뒤 옆에 앉았다. 그러곤 눈을 마주치며 다정하게 말했다.

"파티 때 말이야……."

"왜요?"

"누구든 함부로 말하면 이제 참지 마."

그녀가 그를 보며 빙긋 웃으며 말했다.
"……전 괜찮아요."
동준이 하나의 손을 힘을 주어 그러쥐었다.
"내가 안 괜찮아. 나 때문에 당신한테 고통이 온다면 더더욱……."
"저는요……. 당신을 사랑해서 생기는 고통쯤은 전 다 견딜 수 있어요. 이것보다 더 지독하게 내 맘 아파도 상관없어요. 그러니까……."
"싫어. 그렇게 두지 않을 거야……."
그가 그녀의 와락 부둥켜안았다.
너무 힘을 주어 껴안아 그녀는 숨쉬기조차 힘이 들 정도였다.
"하아……."
"당신이 참는 거 싫어."
동준이 뜨거운 한숨과 함께 약간 화가 난 목소리로 말했다.
"내가 너무 아파……."
그의 아픈 눈동자를 바라본 순간 하나는 속에서 울컥하며 목이 메어왔다.
"이제 아무도 무시하지 않게 내가 지켜줄 거야."
그가 그녀의 뺨을 쓰다듬으며 다정스럽지만 단호하게 말했다. 하나는 자신이 그에게 너무나 소중한 존재인 것처럼 느껴져 가슴이 먹먹해졌다. 너무 행복해서 불안한 느낌…….
요즘 하나는 마음속이 계속 그렇다.
하나는 자신의 생채기 난 마음을 어루만지며 쓰다듬는 그를 말끄러미 바라보았다. 그러곤 그만 마음속 깊은 곳 꼭꼭 숨겨놓았던 솔직한 마음이 한 방울 눈물로 또르르 그녀의 뺨을 타고 흘러내렸다. 손등으로 눈물을 닦는 하나의 입술 위로 그의 입술이 겹쳐왔다. 따뜻하고 부드럽게 달래듯 다가오는 그의 입맞춤. 그에게 말없이 안긴 그녀를 동준은 가만가만 아기를 달래듯 토닥거렸다. 그의 따뜻한 손길에 속으로만 삼켰던 아픔이 터져 나오자 눈물이 차올랐다. 흐느끼는 그녀의 울음이 멈출 때까지 그가 가만히 안아주었다. 한참 후 하나는 그의 품에서 엉뚱한 농담을 하고 있었다.

"태권브이처럼 지켜줘야 해요……."

속눈썹마다 방울방울 눈물이 맺힌 채 그를 올려다보는 하나의 얼굴에 천진한 미소가 번졌다.

"그래. 그렇게 해줄게."

그렇게 해서라도 분위기를 환기시키고 싶어 하는 그녀를 보며 동준이 피식 웃었다.

"태영그룹 투자 건 말이다. 그건 다시 생각해보는 게 좋겠다."

저녁 식사시간 굳은 표정을 지으며 최경훈은 딸 예린에게 말했다. 국을 떠먹던 예린은 숟가락을 놓고 놀란 표정을 지으며 아버지를 바라보았다.

"그건 안 돼요. 벌써 김 회장님과도 이미……."

이를 지켜보는 박 여사의 안색이 초조하게 변하며 그들을 이야기를 조용히 듣고 있었다.

"물론 투자하지 않는다는 소린 아니다. 시기를 늦추자는 것뿐이야. 김동준 그 사람, 속을 알 수가 없어. 무슨 꿍꿍이가 있는 건지……. 거 참……."

최경훈은 난감한 표정을 지으며 말했다.

"무슨 말씀이세요?"

"친한 지인으로부터 그쪽 회계법인 사람에게 흘러들어 온 정보인데 태영백화점 김동준 사장이 그의 부인 앞으로 태영랜드 지분 5%를 넘기려 하고 있다더구나."

"네?"

예린의 낯빛이 창백하게 변했다.

"아주 정신이 나간 건지……. 아니면 다른 계략이 숨어 있는 건지……. 원 참."

그렇게 말하곤 최경훈이 미간을 찌푸리며 물컵에 든 물을 마시자 목울대가 꿈틀거렸다. 예린은 아버지의 이야기에 하도 어이가 없어서 자신도 모르게 실소가 터져 나왔다. 그가 미친 것이 분명하다는 생각만 들었다. 정하나, 그 여자가 뭔데 이렇게 말도 안 되는 상황을 만드는지……. 무엇이 그렇게 차갑고 냉철했던 그를 변화시켜 하찮은 그녀에게 천문학적인 돈을 쏟아붓게 하는지……. 성공을 위해 지금까지 경주마처럼 내달렸던 그의 모습과 정말 어울리지 않는 액션이다.

예린은 머리가 아팠다. 그 소리를 듣자 입맛이 뚝 떨어졌다.

"저 먼저 일어날게요."

"왜 더 안 먹고……."

박 여사는 예린을 걱정스럽게 쳐다보며 말했다.

"입맛이 없어."

"너도 조급해하지 마라. 태영백화점, 원래 현금 확보가 제일 많은 기업이라 금융 쪽 손 벌리지 않아도 아쉬운 것 없는 회사다. 네가 그렇게 서두른다고 해결될 문제가 아닌 것 같다. 돌아가는 모든 상황을 예의주시하고 천천히 일 진행해."

최경훈은 딸을 응시하며 목소리를 차분하게 낮추어 말했다.

"그럴게요. 아버지."

예린은 의자에서 일어나 이 층 자기 방으로 올라갔다. 묵묵히 밥을 먹던 박 여사가 고개를 들었지만, 속에선 울화가 치밀어 올랐다. 하필 태영백화점이라니. 얽히고설킨 실타래는 풀릴 기미가 보이지 않는 것만 같았다.

"그 많고 많은 회사 중 하필이면 태영백화점이랑 손잡으려 그래요?"

박 여사는 신경질적인 목소리로 남편을 노려보았다. 최경훈은 사업상 일에 대해 한 번도 관심이 없던 그녀의 참견이 낯설어 물끄러미 바라보았다. 박 여사는 그런 시선에 잠시 당황하며 눈동자가 흔들렸지만 이내 평정심을 되찾으며 말했다.

"김동준……. 예린이랑 좋지 않은 인연이라……. 하는 말이에요."

"그건 당신이 만든 작품이지 않은가."

"그럼 그런 집안에 보내야겠어요? 우리 예린인 화목하고 사랑 많이 받은 그런 집안에 보내려고 하는 엄마 욕심……. 그걸 왜 몰라요?"

"어느 집안이나 문제없는 집은 없어."

그는 계속 밥을 먹으며 대수롭지 않은 듯 무뚝뚝하게 대꾸했다.

"그렇겠죠. 어느 집에 간들 당신과 나 사이보단 낫겠죠."

박 여사는 비웃듯 조소 가득한 말투로 말했다.

"그만하지……. 또 시작인가?"

그가 짜증을 간신히 참아내며 대꾸했다. 그런 그의 행동에 박 여사의 화가 폭발했다.

“왜 그만둬야 해? 지금까지 참고 산 내가 죄인인가? 안 그래? 한 여자에게 미쳐서 가정을 버리려고 한 당신…….”

박 여사는 날카로운 시선으로 최경훈을 차갑게 응시하며 쏘아붙였다.

“아직 내 맘속에 남아 있는 분노, 배신감……. 나 죽을 때까지 당신 용서 못 해.”

“휴……. 그만하자고…….”

최경훈은 화를 참으며 숨을 들이쉬고는 자리에서 일어나 거실로 나가버렸다. 박 여사는 혼자 남자 분노를 주체하지 못하고 숟가락을 집어 던졌다. 그리고 괴로운지 머리를 두 손으로 감싸고 흐느끼며 울었다.

정영애로 모자라 그 여자의 딸년까지 나타나 일상을 뒤흔들고 있다. 모든 것이 자기 뜻대로 돌아가는 것이 하나도 없다는 생각이 들자 미쳐버릴 것만 같았다.

캠퍼스의 봄 풍경이 예쁘다. 벚꽃이 흐드러지게 핀 거리마다 지나가는 학생들을 보면서 하나의 얼굴에 미소가 지어졌다. 대학 시절 하나는 이렇게 여유로운 마음을 가지고 캠퍼스를 만끽하며 거닐어보지 못했다. 강의를 마치면 아르바이트를 가느라 허둥지둥 뛰어가기 바빴던 것이다. 한쪽에 피어 있는 하얀색과 진분홍 매화 두 그루를 보자 하나의 마음이 애잔했다.

잎보다 먼저 피는 매화꽃. 뭐가 그리 급해서 꽃부터 피웠을까. 영양분을 주는 잎도 없이 피는 꽃. 살기 위한 처절한 몸부림 같아 보인다. 안쓰러운 마음에 살며시 부드러운 손길로 꽃잎을 만져보았다. 모든 것에는 순서가 있는데, 남들과 다른 길을 간다는 것이 얼마나 위험하고 아프고 힘이 드는 일인지……. 꼭 자신처럼 느껴졌다.

하나는 주머니에서 시간을 확인하러 휴대폰을 꺼내 들었다. 문자가 하나 와 있었다. 성혁에게서 온 문자였다.

[하나 씨. 제 절친 이탈리아 친구와 하나 씨 작품 이야기를 하다가 꼭 보여준다는 약속을 했네요. 엄청 탐이 나나 봐요. 오늘 한국을 떠나는 친구라 급해서 전화를 몇 번 했는데 받지 않아서……. 할 수 없이 제가 와서 윤 집사에게 말하고 가져가요. 그럼 이따 뵐게요.]

대학원 강의를 듣느라 문자를 확인하지 못했나 보다. 성혁이 몇 번이나 포트폴리오 보여달라고 부탁을 했었는데 깜박 잊고 있었다. 밀라노에 있던 친구와 함께 패션쇼를 열고 싶다며 성혁이 지나가는 말로 언뜻 한 적이 있는 것 같았다.

친절도 하셔라……. 하나는 팔에서 흘러내린 가방을 다시 야무지게 메다가 무엇이 떠올랐는지 그만 얼굴이 하얗게 질렸다.

안 돼! 하나는 소스라치게 놀라며 캠퍼스를 가로질러 뛰었다. 할딱거리며 가쁜 숨을 쉬는 것도 아랑곳하지 않았다. 도로로 달려간 하나는 급하게 손을 흔들어 택시를 탔다. 하나는 택시 안에서도 입이 바짝바짝 마르고 손이 달달 떨렸다.

"아저씨, 빨리 가주세요."

택시 기사는 백미러로 그녀를 보더니 속도를 더 내어 달렸다.

잔돈도 받지 않고 뛰어와 갤러리 문을 열었다. 갤러리 문에 달린 풍경 소리가 귓가에 울렸다. 의자에 앉아서 고개를 돌리는 성혁과 눈이 마주쳤다. 커다란 그녀의 눈동자가 사정없이 흔들리고 있었다.

"포트폴리오 보셨어요?"

다급하게 물어오는 그녀의 질문에 성혁이 놀란 눈을 하며 대답했다.

"아뇨. 아직."

"아…… 다행이다."

하나는 탁자에 놓여 있는 포트폴리오가 보물인 양 빼앗기지 않으려는 사람처럼 두 팔로 가슴에 포개어 소중하게 꼭 껴안았다. 그러곤 다리에 힘이 풀렸는지 의자에 털썩 주저앉았다. 성혁이 걱정스럽게 그녀를 바라보았다.

"뭐야? 땀 좀 봐."

"도련님, 저 물 좀 주실래요?"

"그래요. 잠깐 기다려요."

성혁이 안의 주방으로 사라지자 하나는 조심스럽게 포트폴리오 파일을 펼쳤다. 여유롭게 파일을 하나하나 펼치던 하나의 손이 조금씩 떨려왔다. 몇 번을 다시 파일을 넘겨보던 하나의 얼굴엔 핏기가 사라지고 가슴이 철렁 내려앉았다. 물을 가지고 온 성혁은 안색이 흙빛이 되어 있는 하나를 걱정스럽게 쳐다보았다.

"어디 아프세요?"

하나가 그를 불안한 눈빛으로 쳐다보며 조심스럽게 물었다.

"여기…… 계약서 같은 거 보지 못했나요?"

"계약서요? ……중요한 거예요?"

성혁은 그런 건 보지도 못했다는 표정을 지으며 이상하다는 듯 고개를 갸우뚱거리며 그녀에게 물컵을 주려 손을 내밀었다.

"아……. 아니에요."

물컵을 받아든 하나의 손이 떨려왔다.

동준과 함께 작성한 결혼계약서가 사라졌다. 중요한 자료라 가장 아끼는 포트폴리오 파일 뒤에 넣어두었는데. 이제는 필요도 없는 종이지만 그때만큼은 소중히 간직하려는 마음에 보물처럼 다루었었다.

어디로 간 거지? 초조한 마음에 하나의 눈빛이 흔들렸다.

아무 일도 아닐 거야……. 성혁 씨가 그걸 보았다면 저런 표정일 리 없어. 아마도 포트폴리오 안에 없었을 것이다. 가물가물한 기억을 생각해내야 하는데……. 나도 모르게 책상 서랍에 놓았을지도……. 하지만 그런 기억이 없다. 책꽂이에 둔 것도 같고……. 그래, 분명 어딘가에 잘 둔다고 뒀을 것이다. 아님 동준 씨가 치웠을 수도 있으니까……. 그는 계약서 쓰길 끔찍이도 싫어했으니까……. 아마 그럴 거야.

하나는 그렇게 자신을 다독이며 새파랗게 질린 입술에 물을 축였다.

예린은 웃음이 났다. 빙그르르 돌아가는 회전의자에 앉아 있는 그녀는 기분이 날아갈 듯 좋았다. 책상 위에 놓여 있는 용지를 들어 올린 후 내용을 다시 확인하고는 사무실이 떠나갈 듯 큰소리로 웃어 젖혔다.

"하하하……."

너무 웃어 눈물이 날 정도였다.

"그럼 그렇지……. 그런 여자랑 진짜 결혼을 할 리 없지."

책상에 턱을 괴고 한쪽 눈썹을 치켜뜬 그녀는 곰곰이 생각에 잠겼다.

요걸 어떻게 이용해 먹지? 아주 멋지고 폼 나게 한 방에 날려버리고 싶은데 말이지……. 건방지게 자신이 동준의 아내라며 잘난 척하던 그 여자 앞에 던져 버리고 싶었다. 그러면 안 되지……. 그녀의 입꼬리가 살짝 올라갔다. 이런 행운을 그냥 그렇게 하찮은 감정싸움으로 마무리할 순 없으니까…….

그녀는 낮에 성혁의 갤러리에 들렀다. 직원만 있고 성혁이 잠시 외출한 사이 탁자 위에 놓여 있는 파일이 눈에 들어왔다. 파일 앞 표지에 꼴도 보기 싫은 정하나 이름이 적혀 있었다. 호기심에 파일을 열어보았다. 마지막 장에 놓여 있는 계약서를 보고 자신의 눈을 의심했었다.

<결혼 계약서>

정하나의 사인과 김동준 사인이 그녀의 눈에 들어왔다. 놀라움에 그녀 자신의 심장이 뛰는 소리가 귀에 들려올 정도였다. 직원 몰래 계약서를 꺼내 도망치듯 갤러리를 빠져나온 것이다.

계약서를 바라보는 그녀의 얼굴에 사악한 미소가 번졌다. 곧 휴대폰을 꺼내 들고 번호를 눌렀다. 신호음이 몇 번 울리더니 상대방의 전화 받는 소리가 들렸다.

"여보세요? 저 최예린이에요. 찾아뵙고 말씀드릴 게 있어서요……. 네, 아주 중요한 애기입니다."

그녀의 눈이 반짝이며 싸늘한 웃음을 지었다.

창문 밖을 보니 비가 추적추적 내리고 있었다. 그렇게 활짝 피었던 목련꽃이 정원 뜰 안에 흉하게 색이 변해 떨어져 있었다. 봄볕을 받아 아름다웠던 꽃망울을 터뜨려 화사하게 피어 있었을 때가 무색할 정도였다. 마음이 씁쓸했다.

그가 없어서 더 마음이 그런가……. 하나는 시계와 창밖을 번갈아 보면서 그의 전화를 기다리고 있었다.

이 시간쯤 그가 전화를 걸어올 텐데…….

벌써 그가 유럽에 간 지 일주일이 지났다. 일주일만 견디면 그를 볼 수 있다는 생각에 하나의 입가에 슬며시 미소가 지어졌다.

그녀는 휴대폰이 울리자 급하게 통화버튼을 누르고 반가운 목소리로 말했다.

"동준 씨, 당신 전화 엄청 기다리고……."

하나는 휴대폰 건너편에 들려오는 목소리에 그만 당황스러워 말을 잇지 못했다.

-나다.

"어머니, 안녕하셨어요?"

-아버님이 지금 당장 평창동으로 오라고 하신다.

"네? 무슨 일이라도……."

그녀의 걱정이 묻어나는 목소리에 관심도 없다는 듯이 중간에 그녀의 말을 잘라먹으며 민 여사가 얼음장처럼 냉랭하게 말했다.

-그건 직접 와서 들어야 할 상황인 것 같다.

"네. 지금 준비하고 가겠습니다."

전화를 끊고 하나는 서늘하고 싸한 기분이 들었다. 민 여사의 목소리가 너무 차갑고 어딘가 다른 때랑 다르게 들렸다.

그냥 기분 탓이겠지? 하나는 대수롭지 않게 여기며 외출 준비를 하러 드레스룸으로 갈 때 다시 휴대폰이 울렸다. 다시 실수하지 않기 위해 액정에 나타난 번호를 확인했다. 동준이었다.

"동준 씨…… 저 길게 못 받아요."

-그래? 나보다 중요한 게 있었어? 섭섭해지려 하네.

"내일 길게 통화해요. 아버님이 찾으세요."

-무슨 일로?

"가봐야지 알 것 같아요. 저 은근히 인기 많은 여자라니까요."

-그럼 안 되는데……. 불안해서 태권브이 출동시켜야겠는데.

"보호예요, 아니면 감시예요?

-둘 다.

그녀의 청아한 웃음소리가 수화기를 타고 동준에게 들리자 미소가 절로 나왔다.

"제가 어디 있는 줄 알고요."

-널 보호하기 위해서라면 난 지옥까지라도 간다.

"와, 멋진 말이네요. 설레는데요."

-영화 대부에 나오는 대사야. 내가 좀 멋있긴 하지만…… 너무 반하진 말고.

하나는 드레스룸 옷걸이에 걸려 있는 재킷을 걸치면서도 연신 웃음이 떠나질 않았다.

"어쩌죠. 벌써 반해버려서 당장 보고 싶은데."

-지금이라도 갈까?

"농담 말아요."

-농담 아닌데……. 당장 달려가서 우리 여보 안고 싶다.

하나는 부끄러워 얼굴이 발그레하게 변했다. 그러곤 입술을 휴대폰에 가까이 가져가 쪽 소리와 함께 입을 맞추고 사랑스러운 목소리로 자그마하게 속삭였다.

"저도요. 여보야를 많이 사랑해요."

동준이 나직한 웃음을 터뜨렸다.

하나는 평창동 집에 도착해 거실로 향했다. 온 집안이 쥐죽은 듯 조용했다. 안 집사는 그녀를 멸시하듯 쳐다보며 김 회장 집무실로 안내했다. 김 회장은 소파에 어두운 표정으로 앉아 있었다. 하나는 평소와 판이하게 다른 집안 분위기를 느끼며 불안감이 엄습했다. 그녀는 긴장감에 어색하게 김 회장을 바라보고 정중하게 인사를 드렸다.

"앉아라."

"네 아버님."

안경 너머로 그녀를 물끄러미 바라보던 김 회장이 얼굴을 잔뜩 찌푸리며 엄한 어조로 취조하듯 물었다.

"네 정체는 뭐냐?"

하나는 그 질문이 무슨 뜻인지 몰라 긴장감에 몸이 얼어붙어 움직일 수 없었다. 그녀는 입을 꾹 다물고 그저 커다란 눈동자로 시아버지를 바라만 보고 있었다.

무거운 침묵이 흘렀다. 김 회장은 불안한 눈동자로 자신을 바라보는 하나 앞에 종이 한 장을 내밀었다. 고개를 숙여 종이를 확인한 하나의 입술이 파르르 떨렸다.

바로 자신이 잃어버린 결혼계약서였다. 순식간에 방 안 공기가 너무 차가워 하나는 심장이 얼어붙은 것만 같았다. 겁먹은 하나의 눈동자는 초점을 잃고 흔들렸다. 불길한 예감이 그대로 자신의 눈앞에 펼쳐지자 그녀의 목소리가 떨려왔다.

"아버님……."

김 회장의 얼굴이 묘하게 일그러졌다.

"너랑 조용히 이 문제에 관해서 얘기하고 싶어서 불렀다."

"……네."

하나는 엄숙한 그의 목소리에 거부할 수 없는 기운을 느끼고 죄인처럼 두 손을 가지런히 무릎에 얹고 꾹 말아 쥐었다. 두려움과 긴장감에 그녀의 손에 힘이 들어갔지만 하나의 몸은 불쌍할 정도로 바들바들 떨고 있었다.

"이게 사실이냐?"

"아버님……."

"사실이냐 아니냐 그것만 말해라."

"사실입니다."

하나는 아픈 울음을 터뜨리며 고개를 떨구었다. 김 회장이 연거푸 흘리는 탄식이 하나의 가슴을 후볐다.

"아버님……. 죄송합니다……. 용서해주세요……."

하나의 두 얼굴에 눈물이 주르르 흘렀다.

두려웠다. 이제 겨우 행복이 찾아왔는데……. 그의 사랑을 확인했는데……. 이제는 그이가 세상 전부인데……. 그를 잃으면…… 이제는 아무것도 자신에게 남아있지 않는데…….

두려움이 폐부 속 깊이 밀려들어왔다. 뭐라도 해야 할 것 같았다. 하지만 어떻게, 무엇을 해야 할지 아무 생각도 나지 않았다. 하나는 겁에 질려 하얗게 변한 채 볼에서는 눈물이 연신 뚝뚝 떨어졌다. 하나는 소파 아래 철퍼덕 무릎을 꿇고 덜덜 떨리는 목소리로 김 회장을 보며 애원하듯 말했다.

"처음에는 계약관계로 시작됐지만……. 지금은 저…… 동준 씨 많이 아끼고 사랑하고 있습니다. 그러니까 아버님……."

그런 그녀의 애끓는 마음이 그대로 전달되어왔다. 그렇지만 김 회장은 약해지려는 마음을 애써 외면하며 딱 잘라 말했다.

"난 말이다. 이 결혼, 처음부터 내키지 않았다. 그렇지만 집에서 마음잡지 못하고 떠도는 그 녀석을 생각해 자기가 좋다는 사람과 결혼하라고 겨우 허락한 상태였다. 그런데……. 처음부터 불순한 의도로 시작된 이 결혼이 행복할 리 없다."

하나는 상처받은 얼굴로 고개를 숙였고 입술이 떨리고 눈물이 왈칵 솟구쳤다. 빌고 또 빌었다. 만약 빌어서 용서된다면, 그래서 그의 곁에만 있을 수 있다면……. 자신은 어떻게 되어도 상관없었다. 창피해도 좋았다. 자존심 같은 건 남아 있지 않았다.

엄마……. 제발……. 저에게 용기를 주세요. 그이와 사랑하게 해주세요. 불쌍하게 여겨주세요. 그의 곁에 있게 해주세요.

하나는 빌고 빌었다.

"벌써 그 녀석이 태영랜드 지분 5%를 너에게 넘기려 하더구나. 네가 어떻게 했기에 동준이가 그런 선택을 했는지 모르지만 지금 상황이 무척 좋지 않다. 그런 어리석은 행동이 그 녀석 경영권 방어에 막대한 피해가 갈 것이란 건 불을 보듯 뻔하다. 지금까지 앞만 보고 달리던 아들이 승리를 코앞에 둔 마지막 결승선에 와서…… 여자 하나 때문에……."

"아버님, 그런 일 없도록 할게요. 염치없지만 이번 한 번만 용서해주세요……. 동준 씨 옆에만 있게 해주세요. 제가 평생 노력할게요……. 그 사람 옆에만 있게 해주세요……."

김 회장은 화가 나는지 숨을 크게 쉬며 하나를 서슬 퍼런 눈으로 노려보았다.

"동준이가 힘들게 쌓아놓았던 태영의 이미지가 하루아침에 흔적도 없이 사라질지도 모른다. 우리 아들을 망치려고 작정했니?"

김 회장은 눈빛만큼 서늘한 어조로 말을 이어갔다.

"신문사에 들어갈 뻔한 이 계약서와 소문이 우리 측근에 의해 미리 들어왔기에 망정이지……. 다른 견제 세력에게 공격하기 좋은 건수가 될 뻔했다.”

하나는 순간 얼어붙었다. 그녀가 그를 망치려 한다는 김 회장의 말이 비수처럼 날카롭게 심장에 박혔다.

“아…….”

“떠나라. 이 결혼은 무효다. 만약 지금 떠나준다면 내가 흡족한 보상을 해주마. 10억 넣었다. 외국으로 떠나든 어쩌든, 다시는 내 아들 눈앞에 나타나지 마라.”

김 회장은 양복 주머니 안에서 하얀 봉투를 꺼내 그녀 앞에 던지듯 내려놓았다.

“휴대폰은 여기다 두고 가라.”

하나의 가슴이 시큰거렸다. 동준 씨가 보고 싶었다. 보고 싶어서 견딜 수가 없었다.

“마지막으로…… 동준 씨 얼굴 한 번만 볼 수 있게 해 주세요. 그냥……. 멀리서라도…….”

하나의 간절한 애원에 김 회장은 차가운 어조로 단호하게 일갈했다.

“네가 조금이라도 동준이에게 맘이 있었다면……. 그만 흔들고 미련 없이 떠나거라.”

“아버님…….”

하나는 숨이 쉬어지지 않았다.

그래, 그녀는 그에게 도움을 주지 못하는 그런 사람이었다. 떠나야 했다. 그를 조금이라도 사랑한다면……. 욕심내선 안 된다.

눈물이 자꾸자꾸 흘렀다. 심장이 너무 아파 마구 비틀어대는 것만 같았다. 가슴이 뜨겁고 아리고 쓰라려 깊은 심해로 꺼져 들어가는 기분이었다. 이제 정말 작별인사를 해야만 할 시간인가 보다.

후드득 눈물이 그녀의 손등으로 떨어졌다.

하나는 평창동 집 정원의 돌계단을 힘없이 비틀거리며 내려왔다. 청바지에 흰 티셔츠를 입은 성혁이 계단을 올라오다 하나를 발견하고 싱긋 웃다가 순식간에 미소가 쏙 들어가버렸다.

그녀의 젖은 눈을 보고 느낌이 좋지 않았다.

"하나 씨……. 어디 가요?"

"도련님."

그녀는 슬픈 눈으로 희미하게 웃었다. 그 모습에 성혁은 가슴이 먹먹해졌다.

"울었어요? 왜, 저희 엄마가 또 뭐랬어요?"

하나는 가만히 고개를 저었다.

"도련님……. 항상…… 고마웠어요. 따뜻한 마음 꼭 간직할게요."

하나는 토끼같이 빨갛게 변한 눈으로 그를 바라보며 떨리는 손끝으로 흰 봉투를 그의 손에 쥐여주었다.

"그리고…… 이거 아버님 전해드려야 하는데 깜박 잊었어요……. 꼭 전해주세요."

그리고 도망치듯 대문을 향해 빠른 걸음으로 사라졌다.

성혁은 무슨 일이 있었는지 알아보려고 현관에 급하게 들어섰다. 예전과 다르게 냉랭한 집안 분위기에 불안한 마음이 들었다. 거실에 앉아 있는 민 여사를 보자 성혁이 다급하게 물었다.

"민 여사, 무슨 일이야?"

"순진한 고양이 부뚜막에 올라간다더니 딱 너희 형수 보고 한 말이다."

민 여사는 커피를 한 모금 마시며 희미하게 입을 삐죽였다.
"그게 무슨 말이야?"
"원 참……. 형수도 아니지……."
"알 수 있게 말해."
성혁은 초조했다. 저도 모르게 짜증 나는 목소리로 물었다.
"너희 형이랑 계약 결혼을 한 거 있지? 그렇게 완벽한 녀석도 여자 꼬임에 잘도 넘어갔나 보더구나. 뒷구멍으론 태영그룹 재산에 눈독을 들이고 빼돌리고 있었지 뭐니?"
"뭐? 누가 그래?"
"이제 다 끝났다. 아버지가 내쳤으니 끝난 거지. 너에겐 하늘이 주신 기회가 분명해."
성혁은 민 여사의 말을 끝까지 듣지 않고 미친 듯이 뛰어나갔다. 바이크를 타고 골목길을 돌았다. 내리막길을 한참 내려가는 데 그녀가 힘없이 터덜터덜 걸어가고 있었다. 연신 손등으로 눈물을 닦고 있었다.
끼이익. 성혁의 바이크가 그녀의 앞을 가로막았다. 헬멧을 벗어 던진 성혁의 말투가 날카로웠다.
"하나 씨, 이렇게 가면 어떡해요?"
화가 난 듯 깊은숨을 들이쉬며 그가 차갑게 물었다.
"계약 결혼, 그게 뭐예요?"
"성혁 씨……."
하나는 눈물을 감추려 입술을 질끈 깨물었다. 하나는 아무 말도 할 수 없었다. 그저 죄책감과 미안함이 몰려들었다.
"뭘 잘못해서 피해요?"
그의 눈은 누구를 향한 분노인지 매서워 보였다.

"왜 피해자가 가해자가 된 채 떠나냐고요?"

약간 격양된 목소리로 하나를 못마땅하게 바라보았다. 하나는 그런 그를 바라보며 애써 웃음을 지으며 말했다.

"그런 건 중요하지 않아요. 어쨌든 제 잘못인 걸요……. 제가 지금 떠나는 게 모두를 위해 좋은 일이니까……. 그렇지만 걱정되는 건……."

그녀는 자신으로 인해 힘들어 할 동준만 보였다.

"동준 씨가 지금 힘들다는 거……."

아픔이 관통하는 것만 같았다. 이름만 불렀는데도 그가 그리웠다. 어쩌면 다시는 못 부를 이름이니까……. 마음이 짠하고 고통스러워 말끝을 흘리고 말았다. 하나는 다시금 있는 힘을 모아 고개를 들고 성혁을 바라보며 간절하게 부탁했다.

"그러니까 도련님이 제발 동준 씨에게 힘이 돼주세요. 그러면 저…… 이제 미련 없어요."

하나는 애원하는 눈빛으로 서 있었다. 성혁은 그런 그녀의 모습이 보기 싫었다. 형을 향하는 애잔한 하나의 마음이, 자신을 향해 선을 긋듯 말하는 도련님이라는 호칭이 미칠 듯 싫었다. 모든 것이 엉망진창이 된 이 상황에 미련하게 형의 편을 드는 그녀에게 화가 나 자신도 모르게 소리를 질렀다.

"그만!"

그의 아픈 눈빛에 하나는 입을 꾹 다물고 말았다.

"도련님, 도련님 하지 마요."

"……."

그녀는 아무 말도 하지 않고 성혁의 눈을 말끄러미 바라보았다.

"분명…… 형이 꼬드겼을 텐데……."

분노를 삼키듯 그가 숨을 들이켜며 말을 이었다.

"형……. 그 새끼가 먼저 이런 엿 같은 결혼 제안했어요?"

진작 결혼을 말렸어야 했다. 자신의 마음 또한 그녀에게 전달했어야 했다. 그랬다면 지금 많이 달라졌을 텐데……. 성혁은 뒤늦게 이렇게 물어보는 자기 자신이 너무 한심했다.

"그…… 그런 거 아니에요……."

"뭐가 아니에요? 이상했어요. 갑작스러운 결혼……."

성혁이 이맛살을 좁히며 가느다랗게 후회스러운 한숨을 섞어 내뱉었다.

"그래서 알아봤어요……. 하나 씨 어머니 병원비, 집세…… 다 형이 내줬더군요. 저…… 모른 척했어요. 아니 알고 싶지 않았어요"

그는 이제 자신의 마음이 제어가 되지 않았다.

"마음이 아파서……."

성혁은 생각했다. 모든 것을 내보일 것이다. 이후에 어떤 결과가 이어질지 생각하지 않기로 했다. 마음이 이끄는 대로 모든 것을 쏟아놓기로 했다.

"성혁 씨……."

이상한 기류에 하나의 온몸이 오들오들 떨려왔다. 두려움에 심장이 고장 난 것처럼 쿵쾅거리고 하얗게 얼굴이 변했다.

"저한테 먼저 오지 그랬어요."

어딘지 모르게 열감이 묻어나는 성혁의 부름에 그녀는 온몸이 딱딱하게 굳어지는 것 같았다.

"……."

그녀의 어깨를 잡은 성혁이 본인 앞으로 그녀를 잡아당겼다.

성혁이 화가 난 듯 중얼거렸다.

"그러면 그렇게 사람 상대로 비겁하게 같잖은 제안 같은 것 안 했을 텐데……. 왜 그렇게 미련하게 당해요……."

그는 자신이 알던 성혁이 아니었다. 미열로 상기된 성혁의 눈길이 뜨거웠다. 있을 수 없는 일이다. 왜 모든 어려움은 한꺼번에 몰아치는지, 하나는 모든 것이 혼란스러웠다. 하나는 침착해져야 했고 자신의 마음을 가감 없이 전해야 했다.

하나는 말없이 그를 응시하다 한참 뒤 차가운 어조로 말했다.

"……저 ……당한 거 아니에요."

하나의 맑은 눈동자엔 거짓이 없었다. 그것이 성혁을 아프게 했다.

"저…… 처음부터 동준 씨 좋아했어요."

그녀의 어깨를 잡은 성혁의 손아귀 힘이 점점 강해졌다.

"그래서…… 허락한 거예요."

담담한 어조로 이야기하는 하나의 진심 어린 고백의 말에 성혁은 괴로운 듯 입술을 깨물었다.

"처음부터 그랬어요. 동준 씨만 보였어요. 동준 씨가 아니었으면 그런 무모한 제안 받아들이지 않았을 거예요. 제 마음은……. 그러니까……."

그녀가 다 말하기 전에 성혁이 부둥켜안았다.

"그만."

듣기 싫었다.

"그만 말해요. 하나 씨……. 이제 그런 자기 멋대로인 사람 편들지 말아요."

그녀의 진심을 듣고 싶지 않았다.

"저랑 같이 외국으로 떠나요."

하나는 일순간 뒷머리를 강타한 것처럼 정신이 멍해졌다. 정신을 차린 하나가 두 손으로 성혁을 힘껏 밀어냈다. 놀란 눈으로 하나가 그를 쳐다보았다. 그녀의 입술이 파르르 떨며 그의 이름을 불렀다.

"성혁 씨……."

"오래 전부터 하나 씨 좋아했어요. 나 이제 놓지 않을 거예요. 이젠……. 맘속으로만 하는 사랑 하지 않을래요."

간절함이 담긴 그의 목소리에 물기가 느껴졌다.

"저에게…… 왜 그러세요……. 그러면 전 더 머물 수가 없잖아요……."

하나는 슬픈 눈으로 성혁을 바라보았다.

희망이 없었다. 모든 것이 아프다. 어디서부터 어긋났는지 모른다. 심장이 찢어질 듯 온몸이 산산이 부서질 듯 모든 순간이 지독히도 아프다.

하나가 뒷걸음을 치며 그에게서 멀어졌다. 그녀를 잡으려고 손을 뻗는 그를 뿌리치고 미친 듯이 내달렸다. 숨이 턱 밑까지 차올랐다. 심장이 터질 듯 쿵쾅거렸다. 한참을 가다 다른 집 담벼락에 몸을 숨겼다. 뒤따라오던 성혁의 숨소리가 들렸다. 숨을 죽이고 그가 지나가기만을 기다렸다. 발자국 소리가 멀어지자 하나는 무너지듯이 털썩 주저앉았다. 쪼그려 앉은 그녀는 무릎에 얼굴을 묻었다. 두 눈에 눈물이 뚝뚝 떨어졌다. 볼을 따라 물줄기가 끊임없이 흘러내렸다. 눈언저리가 너무 뜨거웠다. 심장이 타들어 갈 듯 뜨거웠다. 피가 금방이라도 솟구칠 듯 온몸을 휘젓는 느낌이 들었다.

동준이 보고 싶었다. 미치도록 그가 보고 싶었다. 그의 따뜻한 목소리가 금방이라도 귓가에 들리는 것 같았다. 하지만 그를 사랑한다면, 그를 망치고 싶지 않다면…… 떠나야 했다. 그 방법 외엔 없는 것 같았다.

"끄윽, 끄으그……"

입 밖으로 새어 나오려는 흐느낌을 삼키며 하나는 어두운 골목길에서 한참을 숨죽여서 울었다.

동준은 회의 시작 전 하나의 휴대폰으로 전화를 걸었다. 유럽에서의 모든 일이 순조롭게 흘러갔다. 그는 기분이 좋았다. 이 모든 소식을 그녀에게 전하고 싶었다. 하지만 그녀의 휴대폰이 계속 꺼져 있다는 응답 메시지만 들렸다.

"무슨 일이지?"

애써 불안한 마음을 다독이며 회의실로 올라가려고 엘리베이터를 타기 위해 버튼을 눌렀다. 문이 열리고 엘리베이터 안으로 타려던 동준이 잠시 걸음을 멈췄다. 닫히려는 엘리베이터 문을 동준이 두 손으로 잡자 덜컹 소리를 내며 다시 열렸다. 동준이 주머니에 있는 휴대폰으로 한남동 집에 전화를 걸었다.

윤 집사의 목소리가 들렸다. 그리고 연이어 들려오는 윤 집사의 흐느끼는 소리에 동준은 이성을 잃을 것만 같았다.

-사모님이…… 사모님이…… 떠나셨습니다.

이후에 들리는 윤 집사의 목소리가 하나도 들리지 않았다.

힘이 빠진 손이 아래로 축 늘어졌다. 귀에서 윙윙거리며 소리가 울렸다. 바닥이 빙글빙글 돌아가고 다리가 휘청거리며 주저앉을 것만 같았다. 그가 나 비서를 향해 토해내듯 고함을 질렀다.

"나 비서! ……서울로 간다."

이렇게 이성을 잃은 듯 소리 지르는 동준을 처음 보았다. 뒤에 있던 나 비서는 놀란 눈으로 그를 바라보았다.

"네? 지금 회의가 시작……."

그는 쓰러질 듯한 몸을 지탱하려 벽을 한 손으로 짚고 서늘한 음성으로 명령했다.

"지금 당장…… 비행기 대기시켜."

11. 자비는 없다

동준은 평창동 거실을 걸어가고 있었다. 안 집사는 싸늘한 동준의 표정을 살피며 허둥거리고 있었다.

"회장님께 오셨다는 것 말씀드리겠습니다."

동준은 들리지도 않았다. 성큼성큼 복도를 지나 집무실 문을 거침없이 밀고 들어갔다. 안 집사가 말릴 사이도 없었다. 평창동 집무실에 김 회장은 등을 돌리고 창밖으로 시선을 둔 채 회전의자에 앉아 있었다.

"그 사람에게 무슨 말씀을 하셨습니까?"

의자를 돌린 김 회장은 묵묵히 동준을 바라보았다.

말썽 한 번 부리지 않는 녀석이었다. 지금까지 곁눈 한번 주지 않고 제 갈 길을 잘 가고 있던 아들이다. 그런데 지금……. 동준의 눈을 바라보다 김 회장의 머릿속에 불안감이 한순간 스쳤다. 김 회장은 아닐 것이라고 지그시 한 손으로 책상을 눌렀다. 눈을 가늘게 뜨고 자신을 바라보는 동준의 눈초리가 꽤 날카로웠다.

한참 동안 시선이 공중에서 부딪쳤다. 뒤따라오던 안 집사는 심상치 않은 분위기를 감지하고 조용히 집무실 문을 닫고 사라졌다. 무거운 침묵을 묵직한 김 회장의 목소리가 깼다.

"거기 소파에 앉아라."

김 회장은 오랫동안 훈련된 노련한 경영인의 면모를 드러내며 감정이 섞이지 않은 차분한 목소리로 말했다.

"불장난은 이제 여기서 멈춰라."

그리고 그의 앞으로 결혼계약서를 내밀었다. 그 밑에 깔렸던 종이 한 장도 모습을 드러냈다. 이혼서류가 보였다. 하나의 도장이 찍힌…….

"그래도 양심은 있더구나. 그 아이. 내가 주는 돈도 받지 않았더구나. 너를 쥐고 흔들 정도의…… 보통 영악하지 않은 아이라 말귀도 제법 잘 알아듣는 것 같더구나."

동준은 고개를 들어 김 회장을 서늘한 눈으로 쳐다보았다. 화가 치밀어 오르기 시작했다. 이 자리에 와서 김 회장에게 죄인처럼 있었을 하나의 모습이 떠올랐다. 발발 떨며 얼굴 한번 제대로 들지 못했을 그녀가……. 애처롭게 날카로운 힐난을 고스란히 듣고 상처투성이로 있었을 하나……. 이 결혼으로 그녀가 차라리 한 몫 단단히 챙겼더라면……. 그러면 이렇게까지 끔찍하게 가슴이 아파지진 않았을 것이다. 그런데 미련한 이 여자는 빈 몸뚱이만 가지고 나가버렸다.

"이번 한 번은 없던 일로 치마. 누구나 실수는 하게 마련이다. 그런 모자란 여자랑 결혼할 때부터 잘못된 거였다. 이제 모든 것이 제자리로 돌아왔으니 마음을 추스르고 다시 시작해라."

노회하고 냉혹한 승부사인 김 회장이 기회를 놓칠 리가 없다. 모든 일을 없던 일로 마무리할 생각이다. 이렇게 자신을 속여 결혼한 것이 차라리 잘된 일이라고 김 회장은 생각했다. 태영에 도움이 되지 않는 며느리라면 없는 것만 못했다. 이혼서류에 도장을 찍어 뒤탈이 없도록 마무리를 지어야만 했다.

"그 사람이 시작한 일 아닌 거 뻔히 아시지 않습니까?"

"아직도 정신을 못 차린 거냐?

노기 어린 김 회장의 목소리가 방 안에 울렸다. 서슬 퍼런 목소리가 주위의 공기를 얼음장처럼 차갑게 만들었다.

"넌 지금 유럽에 있어야 할 사람이다. 그깟 여자 하나 때문에 인생 망치려는 게냐?"

동준은 희미하게 웃으며 단호한 목소리로 모든 것을 제지시켰다.

"그만하시죠."

그러곤 결혼계약서와 이혼서류를 갈기갈기 찢어 흩뿌렸다.

"이런…… 마녀사냥."

김 회장은 당황하며 눈을 치켜떴다.

"아버지도 제가 먼저 이런 제안 했을 거라는 거 뻔히 아시지 않습니까?

동준의 입매가 비틀렸다.

"이렇게 한 사람에게 죄를 뒤집어씌워서 모든 문제를 쉽고 깔끔하게 처리하는 것이 가장 편하게 가는 법이죠."

동준이 차게 웃었다.

"어머니처럼요."

김 회장의 눈빛이 흔들렸다.

"그렇다면 없는 사실이라도 꾸몄다는 말이냐?"

분노로 김 회장의 꽉 쥔 주먹이 떨려왔다.

"외로워하며 눈물 짓던 여자를……. 조금은 따뜻하게 감싸주셨다면 그렇게 어긋나진 않았겠지요."

동준은 무표정한 얼굴로 차분하게 말했다.

"외할아버지 재산을 미리 어머니 앞으로 주시지 않으셔서 화가 나셨습니까?"

덤덤하게 얼음처럼 차가운 목소리.

"아버지는 어머니와 결혼한 것이 아니라 어머니의 재산이 더 눈에 들어오셨겠지요."

김 회장의 얼굴이 일순 핏기 없이 창백하게 변했다.

"어렸을 때는 아버지 눈에 잘 보이기 위해 무던히도 애를 썼지요. 조금 크고 나선 그것이 소용이 없다는 것을 알게 되었습니다. 아버지는 다른 무엇보다 태영그룹이 우선이었으니까. 조금이라도 손해가 된다 싶으면 가차 없이 버려진다는 것을 뒤늦게 알게 되었습니다."

동준의 시선이 김 회장을 향했다. 흔들림 없이.

"그다음부턴 쉽더군요. 아버지 맘에 드는 일은……. 저도 아버지의 승부사 기질을 닮아 제 것을 건드리는 것이 아주 싫더군요. 건드리는 자는 수단과 방법을 가리지 않고 다시는 일어나지 못하도록 짓이겨버리는 성격도……."

그는 김 회장의 불안한 눈빛을 마주하며 말했다.

"그런데…… 그렇게 내달리다 주위를 돌아보니 아무도 없더군요."

동준이 씁쓸하게 웃자 김 회장의 언성이 높아졌다.

"약한 소리 하지 마라. 너도 너희 엄마처럼 사랑에 목숨이라도 바치려는 어리석은 놈은 아니길 바란다."

초조한 눈빛의 노인은 숨을 크게 한번 내쉬었다.

"그건 어릴 때 치기에 불과하다. 지나고 나면 아무것도 아니다."

"그 여자가…… 처음이었습니다. 모든 것을 잃어버리더라도 잡고 싶은 사람."

"못난 놈. 그래서 여자에게 태영랜드 지분을 넘기려고 했더냐?"

"……."

아무도 모르게 추진하려 했던 계획이 빠져나갔다. 왜 이렇게 아버지의 심기가 불편했는지 이제야 동준은 이해가 되었다. 그의 결혼계약도 문제가 되지 않았다. 사랑하는 그녀에게 태영그룹의 지분을 넘기려 한 것이 치명적인 이유였다.

자신이 없는 사이 누군가 개입하고 일을 망쳐놓았다.

동준은 서늘한 미소를 지었다.

"우습군요."

동준의 표정이 묘했다.

"저에게 불륜녀의 피가 흐른다는 사실이 얼마나 부끄러웠는지……. 할 수만 있다면 미치도록 지우고 싶었지요……. 그렇지만 오늘처럼 제 자신에게 어머니의 피가 흐른다는 사실이 고마울 때가 없습니다."

동준이 비릿하고 자조적인 어조로 말했다.

"저는 어머니의 아들이 맞는가 봅니다."

냉정한 얼굴로 김 회장을 바라보았다.

"사랑에 목숨을 걸어볼까 합니다."

동준의 진심이 담긴 단호한 목소리로 말했다.

"그럼."

"앉아라."

동준이 말을 끝맺고 일어서자 노기 띤 김 회장이 버럭 소리를 질렀다.

"제대로 된 가정을 이룰 겁니다. 그래서 제 아내는 제가 고릅니다. 어머니 때처럼 마녀사냥으로 몰고 가지 마십시오. 그때는 제가 어려서 보호해드리지 못했지만 지금 상황은 다르다는 것 아버지도 아실 겁니다."

"고얀 녀석. 내가 가만히 두고 볼 것 같으냐."

낮은 목소리로 서늘하게 동준이 말했다.

"무언가 하시기엔 너무 늦으셨습니다."

평창동 집을 나온 동준은 자동차 뒷좌석에서 차창을 내렸다. 지나가는 풍경에 시선을 두었지만 지금 그의 머릿속은 어지러웠다. 바깥은 따뜻한 봄날이라 활짝 핀 꽃들이 거리마다 꽃눈이 되어 흩날리고 있었다. 그렇지만 그의 마음엔 소름 끼치도록 시린 바람이 뻥 뚫린 심장을 관통하듯이 지나간다. 목구멍까지 치밀고 올라오는 덩어리를 가라앉히기 위해 그는 깊은숨을 들이마셨다.

너는 어디에 있는 거니?

너 혼자 울게 해서, 너 혼자 있게 해서…… 미안해…….

"하나야……."

눈가가 쓰라려왔다. 이렇게 이름을 부르면 금방이라도 달려올 것 같은데……. 달려가 발그레 상기된 얼굴로 설렘 가득한 너의 환한 미소를 볼 수 없다는 게 미칠 것 같다. 손을 뻗으면 잡힐 것 같은데……. 너는…… 어디에도 없다. 새까맣고 커다란 눈동자를 반짝이며 사랑한다고 말하던 그녀가.

평창동 집을 나선 하나는 한남동 집에도 들르지 않았다는데 어디로 사라졌는지 그녀는 흔적도 보이지 않았다.

차창으로 쏟아져 비치는 햇빛이 싫었다. 너무 시리도록 빛나서…… 동준은 손등으로 얼굴을 가렸다. 손가락 사이로 스며드는 햇살에 이슬 같은 무언가가 반짝이고 있었다.

동준이 운전석을 향해 무심하게 말했다.

"사무실로 가지."

처리할 문제가 남았다. 어디서부터 이런 사달이 났는지 확인해야만 했다. 사무실로 온 동준은 개인 회계사를 불렀다. 이쪽 계통에서 꽤 유능한 사람이라 고용했다. 말끔하게 차려입은 회계사는 조심스레 노크하고 들어왔다. 동준은 마호가니 책상 앞에 걸터앉아 그를 기다리며 개인 서류를 훑어보고 있었다.

그가 들어오자 눈을 치켜뜬 모습이 고압적이라 일순간 주변 공기가 싸늘해졌다. 뭔가 불안감을 느낀 회계사는 마른침을 꿀꺽 삼켰다. 앉으라는 말도 없다. 한참을 물끄러미 응시하던 동준이 차갑게 말문을 열었다.

"스펙이 좋더군. 일 처리도 깔끔하고……. 흠. 능력이 제법 괜찮은 친구군."

서류를 한두 장 넘기던 동준이 긴장해서 서 있는 회계사를 바라보았다. 팔짱을 낀 채 무심한 표정으로 말하는 동준의 모습에 한기가 느껴졌다.

"세상엔 능력 있는 사람들이 참 많아. 그렇지?"

"네?"

"당신은 그런 사람 중 한 명이고……."

동준이 싸늘하게 웃으며 말을 이었다.

"세법을 이용해서 세금을 적게 내는 방법에 참 밝군. 있지도 않은 자선단체를 이용해 돈세탁도 제법 했군그래?"

동준의 차가운 음성에 회계사는 안경을 고쳐 쓰고 깊게 숨을 들이켰다.

"난 말이야. 자잘한 잘못들……. 그런 건 다 용납할 수 있어. 내 밑에서 일하는 사람은."

그는 책상을 짚던 한쪽 검지로 마호가니 책상의 모서리를 천천히 훑고 지나갔다. 마치 분노를 가라앉히듯…….

뭔가 잘못되었다고 회계사는 느꼈다. 겁에 질린 회계사의 시선이 그의 손끝을 따라 움직였다. 눈썹을 치켜들어 올리고 동준이 싸늘하게 웃어 보인다.

"그렇지만 용서가 안 되는 게 딱 하나 있어."

자신을 바라보는 동준의 싸한 눈빛에 회계사는 심장이 오그라들게 하는 살기와 공포를 느꼈다.

"……입이 싼 건 용서가 안 돼."

무조건 딱 잡아떼어야만 살 수 있을 것 같았다.

"그런 일 없습니다."

"이 일을 알고 있는 사람은 나, 안 변호사, 그리고 당신……. 그런데 세상이 참 좁아?"

동준이 입가에 조소를 머금었다.

"벌써 우리 아버지 귀에까지 그 소리가 들어갔어."

안 변호사는 그의 어머니 때부터 변호를 맡아오던 진중한 사람이었다. 의심할 여지가 없는 믿을 만한 사람이었다. 동준은 세 사람 중 말이 새어 나갔다면 이 사람밖에 없어 뒷조사를 시켰다.

“장안 투자 그룹에서 CFO 제안을 받았더군. 당신처럼 정보를 흘리는 사람이 곳곳에 있다는 사실을 간과한 건가?”

“그건…….”

회계사는 당황한 얼굴로 말을 더듬거렸다.

“다만…… 저희 개인적인 술자리에서 의미 없이…….”

“그렇지. 그런 무심코 던진 돌에 개구리가 맞아 죽지.”

동준의 입매가 심하게 비틀렸다.

장안 투자……. 확실하군. 최예린이 개입했다.

그렇게 수없이 경고하며 말했건만……. 태영그룹에 손해를 끼치는 것이라면 어떤 것도 용납 못 하는 자신의 아버지를 약점으로 파고들었다. 결혼계약서를 핑계로. 동준의 눈빛이 사납게 돌변했다. 그렇지만 목소리는 더욱 차분하게 가라앉았다.

“의미 없이 입을 놀려선 안 되지? 보안이 생명인 이런 곳에서 특히…….”

회계사 얼굴이 어두워졌다. 입술이 파랗게 변하고 눈으로 떨림을 확인할 정도였다.

“잘못했습니다.”

“……나가봐.”

나가려는 그를 다시 불러세운 동준은 무표정하게 말했다.

“그리고 오늘부로 자리 비우도록 해.”

일순간 회계사의 얼굴이 어그러졌다.

“후임자가 지금 오기로 했으니까.”

집으로 돌아온 동준은 피곤한 몸을 이끌고 욕실로 갔다. 속에선 분노가 치밀어 올랐다. 적은 항상 가까이에 있다는 사실을 잊지 말았어야 했다. 더 철저했어야 했다. 동준은 샤워기의 물을 틀어 쏟아지는 물줄기에 온몸을 맡겼다. 물 때문에 달라붙은 머리카락을 두 손으로 거칠게 쓸어 올렸다. 고개를 젖히고 따갑게 얼굴로 내리꽂히는 물줄기를 고스란히 받아낸다.

최예린……. 자신이 없는 사이 이렇게 마음대로 휘저어 수습할 수 없을 정도로 만들어버렸다. 미리 처리하지 못한 자신을 탓했다. 심장이 미친 듯이 뛰었다.

"지독한 년."

마른 수건으로 머리를 닦으며 무심히 거울을 보았다. 거울에 비친 자신의 모습이 미치도록 싫었다. 자신의 여자를 지키지 못했다는 죄책감이 가슴속 깊이 파고들어 숨이 제대로 쉬어지지 않았다. 노여움을 더는 감출 수가 없었다. 박살을 내고 싶었다.

거울을 주먹으로 힘껏 내리쳤다. 유리 조각들이 갈라지고 깨진 거울 조각들 사이 비친 동준의 얼굴이 일그러져 보였다. 소름 끼치도록 날이 선 날카로운 눈빛으로 깨진 거울을 노려보던 동준의 손에 피가 흐르고 있었다. 고통도 느끼지 못했다. 정작 동준의 가슴은 불에 타는 것처럼 지독히도 아파왔다. 두 눈을 부릅뜨고 거울에 비친 그의 눈빛이 잔인하도록 차가웠다.

내가 그렇게 호락호락했나 보지? 손끝 하나 건드리지 말라고 그렇게 경고했건만……. 돌려주지. 최예린. 하나가 겪은 고통보다 몇 천 배로……. 이 한국에서 발도 붙이지 못할 정도로……. 아니……. 이 세상에 살고 싶지 않을 정도로 네 숨통을 서서히 끊어주마. 이젠 자비는 없다.

"철저하게 밟아주지."

차갑게 번뜩이는 눈으로 매섭게 노려보던 동준의 입매가 사납게 비틀렸다.

예린은 의자에 앉아서 흐뭇한 미소를 지었다.

"이럴 줄 알았어. 김동준. 좀 급했나 보네."

동준이 비서를 통해 오늘 개인적인 만남을 요구했기 때문이다. 저녁식사 자리에 예린을 초대한 것이다. 예상보다 빠르게 연락이 왔다. 아마도 자신의 도움이 절실했기 때문이었겠지.

김 회장의 눈 밖에 난다는 것은 그만큼 동준에게도 손해였다. 자신의 아버지가 장안 투자 대표로 동준의 든든한 백그라운드가 돼준다면 김 회장의 노여움 정도는 쉽게 사그라질 것이다.

"이제야 제정신을 차린 거야. 처음부터 그랬으면 좋았잖아."

책상 위를 손가락으로 톡톡 치던 예린이 혀를 차며 의자 등받이에 고개를 뒤로 젖혔다. 그러곤 손을 위로 쭉 뻗어 기지개를 켰다. 자신이 짜놓은 판대로 잘 돌아가고 있었다. 거추장스럽고 목에 박힌 가시를 자기 손 하나 까닥하지 않고 처리했다는 만족감에 예린의 얼굴에 웃음이 떠나지 않았다.

잠깐 마음이 흔들렸을 수도 있을 것이다. 남녀 간의 관계가 매일 같이 있다 보면 정도 들고 그 사람 없이는 못 살 것 같더라도 시간이 지나면 애잔한 감정도 희미해지기 마련이다. 눈에서 멀어지면 당연히 마음도 멀어지기 때문이다. 그리고 자기가 알던 동준은 그런 사랑에 집착하던 사람이 아니었으니까…….

서재를 나와서 드레스룸으로 향했다. 행거에 걸린 옷들 중 마음에 드는 옷을 꺼낸 후 차례대로 거울 앞에서 대보았다. 그중에서 제일 산뜻한 노란색 원피스를 골랐다. 정성스럽게 화장도 하고 아프리모 향수를 살짝 뿌렸다. 오늘 제대로 유혹할 작정이다. 머리카락을 묶었다 풀었다 반복하다 풀기로 했다.

그녀의 엄마에게 이 사실을 알리려고 이 층에서 내려왔다.

박 여사는 거실 소파에서 차를 마시고 있었다.

"어디 가려는 거야?"

"엄마, 저녁 약속이야."

"누구랑?"

"동준 씨."

순간 박 여사의 얼굴이 어두워졌다.

"뭐? 그 사람은 안 된다고 내가 그랬잖아. 너 왜 이렇게 말을 안 들어."

"엄마는 왜 동준 씨 이야기만 나오면 쌍심지를 켜고 반대야."

"하고 많은 남자 중에 결혼한 유부남에게 맘을 주니? 난 정말 이해가 안 된다."

"정하나 그 여자 쫓겨났어."

"정말이야?"

"그렇다니까, 김 회장님이 직접 쫓아내셨어."

예린은 환한 미소를 지으며 신이 난 듯 말했다.

"동준 씨랑 그 여자 너무 차이가 나잖아. 김 회장님이 좋아할 리가 없지 안 그래?"

"그래도 김동준 그 사람은 안 돼."

단호한 박 여사의 대답에 예린은 슬슬 짜증이 나기 시작했다.

"엄마! 인제 그만 좀 해. 오늘은 사업파트너로서 만남이니까 그런 줄 알아."

예린은 동준 이야기만 나오면 예민하게 반응하는 박 여사의 반대가 마음에 들지 않았지만, 동준을 만나려는 발걸음은 가볍기만 했다.

고급레스토랑 VIP룸에 마련된 식사는 근사했다. 예린은 그렇게도 바랐던 그와 이렇게 마주 앉아 있다는 자체마저도 황홀했다.

이제부터 시작인 거다. 모든 상황이 그녀에게 유리했다.

"동준 씨, 이렇게 식사하는 거 오랜만이다."

"그렇지?"

동준의 부드러운 미소에 예린은 가슴이 두근거렸다. 5년 전 연애하던 시절로 되돌아간 느낌이었다.

"이야기 들었어. 이젠 그 여자랑 정리된 거지?"

동준은 냅킨으로 입술에 묻은 소스를 닦아내며 무심한 듯 물잔을 들어 물을 마셨다. 슈트가 참 잘 어울리는 남자. 넓은 어깨에 잘 빠진 몸매, 매력적인 얼굴까지……. 그가 움직이는 손짓 몸짓 하나하나마저 눈이 절로 간다. 예린은 놓치기 아까운 남자를 자기 것으로 만들고 싶다는 욕망이 마음속에 들끓어 올랐다.

"너…… 그 여자랑 정말 안 어울렸어. 그 여잔…… 네 배경이 좋았던 거야."

예린을 물끄러미 바라보던 동준이 담담하게 물었다.

"정말 그렇다고 생각해?"

"당연한 거 아니야? 너처럼 이성적인 사람을 꼬드겨 태영그룹 5%를 빼돌……."

예린은 아차 싶었다. 이런 이야기를 아는 사람은 몇 명 안 되기 때문이었다.

"아버지께 들었어. 네가 이야기해줘서 바로잡을 수 있었다고……."

예린은 그의 차분한 말을 듣자 겨우 안심이 되었다. 예전 김동준으로 돌아왔다는 생각에 예린의 얼굴엔 화색이 돌았다.

"그랬어. 나도 우리 아버지께 그 이야기 듣고 깜짝 놀랐어. 네가 제정신이 아니라는 생각만 들었어. 그런데 이렇게 옛날 김동준으로 돌아왔다니……. 다행이다."

와인을 마시며 바라보는 동준의 표정엔 변화가 없었다. 소름 끼치는 서늘함이 언뜻 스쳤지만, 예린은 잘못 본 거라 단정했다.

"인제 와서 말하지만, 그 정하나란 여자 몸 파는 여자와 다른 게 없잖아. 어떻게 그런 계약 결혼을 덜컥하는 것 하며……. 결혼생활을 하다 보니 욕심이 났나 보지? 태영그룹 안주인이 가당키나 해. 창녀처럼 남자 하나 홀려서 신분을 수직 상승하려고……. 세상이 만만해 보였나 봐?"

그러곤 치가 떨린다는 듯 고개를 세게 흔들었다.

"그런 여자 진짜 더러워."

"훗……. 크크크, 하하."

동준의 웃는 모습을 보며 예린도 따라 웃었다.

"큭…… 크크."

그러곤 동준은 차가운 눈빛으로 그녀를 바라보며 장난스럽게 대답했다.

"정말 재밌다."

예린은 고기를 썰어 입으로 가져가느라 그의 안색을 살필 틈이 없었다.

"그래?"

예린은 그와 농담을 나누며 이렇게 편안하게 되자 용기가 샘솟았다.

"나…… 식사하고 평창동 아버님 뵙고 인사드리러 갈래."

"네가 왜?"

사늘한 그의 대답에 예린은 다시 멋쩍게 말을 흐렸다.

"왜긴……. 예전처럼……. 자주 찾아뵈려고……."

동준은 테이블 위에 팔을 올려놓고 깍지를 끼고 몸을 기울여 그녀를 바라보며 말했다.

"그러기 전에 너희 어머니 한 번쯤 뵈었으면 하는데 말이야."

"그건 좀……. 나는 엄마가 왜 그렇게 동준 씨를 싫어하는지 모르겠어."

"내가 잘 아는데……. 알려줄까?"

동준은 깊이 감추고만 있던 분노를 서서히 드러내며 비릿하고 쓰디쓴 어조로 말했다. 그의 차가운 말투에 소름이 끼쳤다.

"동준 씨가 그걸 어떻게 알아?"

당황스런 눈빛으로 그를 올려다보았다.

"너랑 약혼하고 한참 있다가 갑자기 우리 둘 결혼, 너희 어머니 반대가 심하셨지?"

"그래……. 그랬지."

"너희 집에 갔을 때 민 여사가 너희 어머니를 찾아왔다고 말씀하시더군."

동준이 냉소했다.

"어머……. 그런 일이 있었어?"

예린은 처음 들었다. 무슨 일이 있었던 게 확실하다. 자신의 엄마가 지금까지 동준과의 결혼을 반대하는 이유가.

"그리고 나보고 이 결혼 파혼하자고 그러시더군."

"……."

그땐 예린도 싫었다. 불륜녀의 자식이며 아버지의 눈 밖에 나서 태영그룹의 경영권에서 멀어졌다는 소문 때문이었다. 앞날을 보장받지 못하는 불운한 그를 선택하는 것이 두려웠다.

"싫다고 말씀드렸더니 봉투를 하나 던지시더군."

"그러곤 이렇게 말씀하셨어. 이래도 결혼하겠느냐고."

"……봉투 안에 뭐가 들었는데?"

예린은 목소리가 떨려왔다.

"우리 어머니 불륜 사진. 딴 남자랑 뒹구는 모습들……."

예린은 그의 고저 없는 냉소적인 대답을 듣고 경악하며 소리를 질렀다. 그리고 연이어 동준이 테이블 위에 여러 장의 사진을 던졌다. 그것을 내려다보던 예린의 얼굴이 파랗게 질리고 사시나무 떨듯 파르르 떨었다.

예린은 영국에 유학 간 시절 줄리앙이라는 프랑스 남자를 사귄 적이 있었다. 그는 자유분방한 성격인 데다가 어디로 튈지 모르는 성격을 가진 독특한 남자친구였다. 그 당시 부모를 떠나 자유의 몸이 된 예린은 줄리앙과 함께 사귀면서 밤새 환각 파티에 빠져서 동준과 헤어진 괴로움을 잊었다. 그리고 추억을 남긴다는 의미로 그와 밤을 지샌 후 여러 포즈로 찍은 사진과 동영상을 남겼다. 휴가 땐 지중해 연안의 나체주의 캠프에 가서 성적 해방감을 느끼며 마음 가는 대로 놀기도 했다. 이내 그것도 싫증이 난 예린은 영국에서 돌아와서도 여러 애인을 갈아치웠다. 끈질기게 연락해 오던 그를 떼어내느라 한참을 고생한 적이 있었다.

벌써 1년 전의 일이었다. 그런데 지금 탁자 위에 줄리앙과 자신이 찍은 거의 알몸의 사진들이 펼쳐져 있었다.

"이건……."

"사귀려면 제대로 된 남자를 사귀지 그랬어?"
그는 무표정한 얼굴로 예린을 바라보며 건조하게 말했다.
"그게…… 무슨 말이야?"
"돈에 한참 굶주린 녀석이더군."
예린의 얼굴이 하얗게 질렸다.
"너만 바쁘게 뒷조사를 하라는 법은 없잖아? 오래 걸리지 않았어. 이 사람 외에 꽤 많은 남자랑 사귀었더군."
"사람을 자유롭게 사귄 게 왜 문제가 되는 거야. 이렇게 사진을 보여주는 의도가 뭐야?"
"그렇지. 과거의 네가 어떻게 살았는지 난 관심이 없어. 요즘 언론에서 장안 투자에 관한 관심이 뜨겁다는 것뿐."
"무슨…… 말을 하는 거야?"
예린은 그가 그런 말을 왜 하는지 머릿속이 복잡해졌다.
"정권이 바뀌면 항상 큰 혜택을 받은 곳에 시선이 집중되기 마련이지? 그런데 조금만 눈에 띄는 이슈가 터지면 모든 언론이 파리떼처럼 달려들더군. 냄새 참 잘 맡지……."
그는 얼음처럼 차가운 음성으로 그녀를 노려보며 말했다.
"썩은 냄새."
예린의 눈썹이 꿈틀거렸다.
"난 그저 말해주려 했을 뿐이야."
그는 의자에 등을 기대고 나른하게 예린을 쳐다보았다.
"내가 경고했잖아. 이런 반격쯤은 예상하고 있었겠지?"
비릿한 미소를 짓고 있는 동준은 냉혹하기 이를 데 없었다.
"그 남자가 문 기자에게 사진뿐 아니라 동영상까지 주면서 접촉하고 있더군. 조만간 모든 언론에서 알게 될 거야. 난 그런 더러운 곳에 손 담그기 싫어서 문 기자만 소개해줬을 뿐이야."

"미친……."

예린의 얼굴은 분노로 일그러졌다.

"너 문 기자랑 친하잖아. 애써보든가……."

예린의 휴대폰이 울렸다. 액정에 문 기자 전화번호가 떴다. 떨리는 손으로 예린이 통화버튼을 누르는 모습을 본 동준은 천천히 일어나 그 자리를 빠져나왔다.

"문 기자, 뭐…… 어떻게 나한테 이럴 수 있어? 무슨 수를 써서라도……."

악에 받쳐 소리를 지르는 예린의 목소리가 방 안에 크게 울렸다.

"뭐? 벌써 SNS에 퍼졌다고……. 막아, 어떻게 하든……."

복도를 나온 동준이 천천히 걸어 나오고 있었다. 레스토랑에서 나온 예린이 뛰어나와 그의 팔목을 붙잡았다.

"김동준. 너 어떻게 나한테 이럴 수 있어?"

순간 동준의 얼굴이 사납게 일그러지며 그녀의 손을 뿌리쳤다.

"정하나……. 건드리지 말랬잖아."

그는 노골적으로 예린을 노려보며 차게 말했다.

"내가 없는 사이 일을 저지르면 네 뜻대로 모든 것이 흘러갈 거라 생각했어?"

그의 음성이 한층 더 차가워졌다.

"이제 시작이야. 너부터 시작해서 박 여사가 나에게 했던 그대로 돌려줄게. 언론에 퍼진 네 가십 기사들……. 그것부터 해서 장안 투자그룹에 연루된 비리들이 속속히 드러날 거야."

예린은 이제부터 언론에 오르내릴 자신의 기사를 떠올리자 상상만 해도 끔찍했다.

"버텨봐. 하루하루……. 지옥이 여기보단 더 나을지도 모르겠군."
동준의 비릿한 웃음을 바라보며 예린은 숨이 쉬어지지 않았다. 고개를 돌리는 동준을 향해 예린은 다급하게 말했다.
"네가 좋아서 그랬어."
그랬다. 예린은 지금까지 가지고 싶은 것은 어떤 방법으로든 자신의 손에 넣었었다.
"네가 미치도록 좋아서, 널 죽도록 갖고 싶어서……."
그녀의 눈에 눈물이 흘러내렸다.
"네가 정하나를 그렇게 미치도록 갖고 싶어 했듯이 나도……. 그렇게 네가 내 사람이길 바랐어."
자신이 사랑하는 남자가 딴 여자를 바라보는 것이 예린은 용납이 되지 않았다.
"……난 안 되는 이유가 뭐야?"
어떤 수단과 방법으로든 내가 사랑하는 남자가 자신을 바라보길 바랐다. 예린은 울음 섞인 낮은 목소리로 차갑게 말했다.
"정하나가 뭐가 그렇게 대단해?"
예린이 바락 소리를 질렀다.
"입 닥쳐!"
동준의 눈동자가 새까맣게 변하며 분노를 삼키고 있었다.
"네 더러운 입에 하나 이름 올리지 마."
동준이 잇새로 내뱉는 목소리로 말했다.
냉랭하고 차가운 공기가 휘몰아치는 것 같았다.
"그녀는…… 너나 나 같은 사람과 비교조차 할 수 없는……. 순수한 사람이니까……. 처음으로 아무 조건 없이, 그렇게 사랑한 사람이니까……."

동준이 하나를 말할 때 아픈 눈을 하는 게 보였다.

지금까지 예린 자신이 알던 동준이 아니었다. 처음부터 이길 수 없었다. 이것은 승리가 이미 예정된 일방적인 게임이다. 예린의 숨이 막혀왔다. 차고 어두운 동준의 목소리가 들려왔다.

"꺼져. 내 눈에 다시 나타나지 마."

예린은 자신을 파멸시킨 그가 미치도록 미웠다. 정하나를 선택한 그를 용서할 수 없었다. 그에게 상처를 주고 싶었다.

마지막까지, 예린은 필사적으로 동준을 마주 보았다.

예린은 그를 노려보며 저주를 퍼붓듯 다 토해냈다.

"내가 널 못 가진다면……. 너도 혼자서 견뎌……. 너도……. 너도……."

동준은 그런 예린을 차갑게 바라보다 고개를 돌려 그곳을 빠져나갔다. 복도 안에 그녀가 악다구니를 부리며 발악하는 목소리가 울렸다.

SNS에 퍼진 예린의 사진을 바라보던 박 여사는 몸을 부들부들 떨었다.

"이런 망나니 같은 남자를 왜 사귄 거야?"

박 여사의 언성이 높아졌다.

"엄마! 동준 씨, 어머니 불륜 사진으로 협박했어?"

고개를 들어 박 여사를 보는 예린의 눈이 날카로웠다.

"그건…… 옛날 일이야."

박 여사의 눈동자가 흔들렸다.

"맞구나……."

씁쓸하게 예린이 웃었다.

"그런다고 너를 이렇게 만든 거야? 나쁜놈. 내가 그랬지? 김동준, 그놈은 안 된다고."

자신의 딸을 이렇게까지 망칠 줄은 몰랐다. 온몸이 부들부들 떨려왔다.

"그만……. 엄마만 아니었으면, 그랬다면 이렇게까지 엉망이 되진 않았을 거야."

앙칼지게 소리치는 딸을 보며 박 여사는 헛웃음이 났다.

"악! 싫어. 엄마 때문이야."

"나 때문이라니? 이거 아니더라도 넌 동준이랑 엮여선 안 돼."

"왜? 또 왜냐고."

"정하나……. 그 여자……. 네 이복동생이라고!"

박 여사의 말에 예린은 너무 놀라 멍하게 바라보았다.

그때 SNS에서 떠돌던 소문을 듣고 일찍 퇴근한 최경훈이 거실에서 들어오고 있었다. 최경훈을 보지 못하고 소리 지르던 박 여사를 향해 그가 얼음 같은 어조로 물었다.

"당신……. 그게…… 무슨 말이야?"

박 여사는 최경훈을 보자 숨이 막힌 채 바라보기만 했다.

최경훈은 다급하게 박 여사에게 가까이 걸어와 긴장된 목소리로 물었다.

"이복동생이라니……. 그게 무슨 말이오."

박 여사의 얼굴이 일그러졌다. 지금까지 자신이 지키고자 했던 성들이 무너져내린 이 마당에 참고 참았던 분노가 폭발했다.

"정영애 그 여자 딸……. 아니지, 당신이 바람피워 생긴 딸년이 정하나야."

박 여사는 노여움으로 입술이 부들부들 떨렸다.

"알고 싶지? 정영애. 당신이 그토록 찾아 헤매던 여자……. 그리고 이미 죽었어."

그녀의 음성이 버럭버럭 올라갔다.

"당신이 씻으러 간 사이 정하나의 문자가 왔더군. 그래서 내가 만나러 나갔어. 죽기 전에 당신을 만나게 해주고 싶다는 걸 내가 단번에 거절했어."

최경훈의 가슴이 미친 듯이 뛰기 시작했다.

"뭐라고?"

그의 목소리가 떨려왔다. 그렇게 찾아왔던 영애가 이제 세상에 없다는 소리에 머리가 하얗게 변했다. 박 여사는 그런 그의 모습을 보자 입술을 비틀며 헛웃음을 쳤다. 그러곤 잡아먹을 듯 눈을 부라리며 이성을 잃고 울부짖었다.

"왜? 맘이 아파? 그건 맘이 아픈 게 아니야! 내가 살아온 세월에 비하면……. 내가 어떻게 살았는지 알아? 그년에게 맘 다 주고 지금까지 당신 빈껍데기만 붙들고 산 나는……. 나는…… 뭐냐고?"

예린은 지금까지 아버지 앞에서 큰소리 한번 내지 않았던 엄마의 모습이 너무나 처절해 보였다. 평생 남편의 사랑을 느껴보지 못한 엄마의 모습이 보였다.

초등학교 때, 예린은 선뜻 잠에서 깨면 눈물을 흘리던 엄마를 본 적이 있었다. 왜 우냐고 물으면 박 여사는 항상 이렇게 말했다.

'너는 꼭 네가 좋아하는 사람보다 너를 더 좋아해주는 남자를 만나서 결혼하렴. 엄마는 널 위해서라면 견뎌낼 거야. 네가 행복할 수만 있다면 말이야.'

예린은 입술을 깨물며 울음을 삼키고 천천히 박 여사에게 다가가 뒤에서 그녀를 꼭 안아주었다. 이제 예린 자신에게 남은 것은 아무것도 없었다. 그렇지만 엄마가 있다면 다시 시작할 수 있을 것 같았다.

"엄마……. 내가 있잖아. 이제…… 엄마 말 따를게……. 영국으로 가자. 그곳에서 다시 시작하자……. 엄마……. 그러니까 울지 마……."

박 여사는 산산히 조각나 부서지는 심장이 아팠다. 박 여사와 예린은 서로 부둥켜안고 울었다.

그 모습을 지켜보던 최경훈은 쓰러질 것 같은 몸을 지탱하느라 벽에 기대고 있었다. 자신의 잘못으로 몇 사람의 인생이 망쳤다. 한 여자는 일평생 미혼모라는 주홍글씨를 안고 쓸쓸하게 생을 마감했다. 그리고 그 딸은 사생아로 다른 사람의 손가락질을 받았고 그 사람 중 한 명이 자신이기도 했다. 온전한 가정을 꿈꾸며 참고 산 여자에게 씻을 수 없는 상처를 남겼다.

평생 맘을 내주지 않고 외롭게 내버려 둔 아내의 분노 또한 모두 자신 때문에 벌어진 것이다. 그들의 삶들이 뒤죽박죽 엉망이 되어버렸다.

동준은 요즘 잠을 깊이 잘 수가 없었다. 집에 들어가면 하나와 함께했던 모든 흔적이 고스란히 그의 머릿속에서 생생한 기억들로 다가왔다. 그래서 힘이 들었다.

그녀의 미소가……. 그녀의 향기가……. 금방이라도 문을 열고 뛰어와 그에게 안길 것만 같았다. 잠깐 잠든 사이 들려오는 그녀의 목소리가 반가워 미친 듯이 뛰어가 문을 열면 그곳엔 캄캄한 어둠뿐. 동준 홀로 남아 차갑고 깊은 늪으로 빨려 들어가는 꿈을 꾸었다. 영원히 끝나지 않는 깊고 깊은 수렁 속에서 허우적거리는 자신을 발견한다. 매일 잠을 청할 수 없어서 독한 위스키를 한 잔 먹어야 겨우 눈을 붙일 수 있었다.

모든 불행은 한꺼번에 몰려오는 것 같았다. 동준은 일주일 후에 있을 임시주주총회를 위해 오늘도 사무실에 나와 있었다. 아들을 괘씸하게 여긴 김 회장이 임시 주주총회를 열어 동준에게 있는 경영권을 빼앗기 위해 이사회를 소집한 것이다.

동준은 외할아버지 증여와 어머니 주식을 고스란히 가지고 있기 때문에 회사의 경영권을 지배할 만한 주식을 갖고 있었다. 그렇지만 2선으로 물러나 있던 김 회장은 동준의 독단적인 행동으로 인해 무척 화가 나 있었다. 김 회장 자신이 가진 주식과 민 여사와 성혁의 주식과 공격적인 장안투자의 주식매입으로 태영을 장악할 수 있었기 때문이었다.

그렇지만 동준도 만만치 않았다. 지금까지 회사의 실적과 그의 능력으로 상당수의 주주들로부터 신뢰를 얻고 있었기 때문이다. 그러나 개인적인 감정이 드러난 동준의 이번 행동은 치명적인 약점이 될 수 있었다.

잘 정리된 서류들 사이에서 필요한 서류들을 뽑았다. 제대로 준비하지 않으면 경영권이 넘어가는 상황이므로 철저하고 치밀하게 준비하는 것이 상책이었다. 그렇지만 동준은 요즘은 하나 생각으로 머리와 마음이 따로 놀고 있었다.

그때 사무실 문이 열리며 나 비서가 들어왔다.

"사장님, 장안투자 최경훈 회장님이 찾아오셨습니다."

최경훈 회장이? 동준의 눈이 가늘어졌다.

"들어오시라고 해."

최경훈은 사무실로 천천히 들어왔다.

"오랜만입니다."

"잠시 시간을 내주겠나?"

"그러지요. 여기 앉으십시오."

동준은 소파로 그를 안내하며 마주 보고 앉았다. 최경훈 회장은 요 며칠 사이 무척 야위어 보였다.

"모든 것이 늦었다는 건 알지만……. 우리 예린이의 어리석은 행동을 용서해주게."

"그 이야기라면 더는 말씀드릴 게 없습니다."

동준은 무표정하게 최경훈을 바라보며 건조하게 대답했다.

"이 모든 것이 못난 나로 인해 벌어진 일들이었네."

경훈의 고뇌에 찬 표정을 보며 동준은 아무 말도 할 수 없었다.

"정하나 그 아이……. 그…… 아이가 내 딸인 것을 어제 알게 되었네. 그 아이 엄마…… 정영애와 나는 젊은 시절 사랑하는 사이였네. 모두가 다 나의 욕심으로 벌어진 일들이네."

동준은 소스라치게 놀랐다. 어떻게 이런 일들이 일어날 수 있는지……. 냉정해지려 했지만, 충격으로 머릿속은 온통 엉망이었고 혼란스러웠다.

"이젠 모든 것에 미련이 없네. 우리 가족은 영국으로 이민 가려 하네. 한국을 떠나주는 것이 하나와 자네를 위해 내가 할 수 있는 최선이란 생각이 들더군."

물기 어린 노쇠한 그의 목소리는 떨리고 있었다.

"내가 마지막으로 줄 수 있는 건…… 지금까지 태영에 투자한 주식 대부분을 하나 앞으로 돌려놓기로 했네. 자네가 하나 곁에 있어서 너무나 고맙네. 난 내가 사랑했던 사람도 지켜주지 못했네. 영애 마음씨를 닮았다면…… 아마 하나도 모두에게 피해를 줄 수 없어서 몰래 떠났을 걸세…… 불쌍한 것……."

동준은 묵묵히 그가 말하는 모습을 지켜보았다.

바보 같은 하나는 그랬을 것이다. 동준도 안다. 그래서 마음이 더 아팠다. 미련한 그 여자는…… 그렇게 떠나버렸다.

"나중에라도 만난다면 대신해서 미안하다고 전해주게. 용서는 바랄 수도 없지만……. 이 못난 아비가 잘못했다고……."

경훈은 더는 말을 이을 수 없었다. 주름진 두 눈에 참회의 눈물이 흘러내렸다. 그렇지만 이미 모든 것은 뒤틀려져버렸다. 엉켜진 실타래는 처음으로 되돌아갈 수 없게 되어버렸다.

SNS에 퍼진 예린의 동영상은 특종을 노린 문 기자에 의해 노출되고 말았다.

"문 기자, 어떻게 이럴 수 있어? 내가 가만있을 것 같아?"

휴대폰을 손에 쥔 예린의 손이 부들부들 떨렸다.

더 이상 손을 쓸 수 없을 정도로 동영상은 이슈가 되어 사람들 입에 오르내리게 되었다.

예린은 미칠 것만 같았다. 잠을 한순간도 잘 수 없을 정도로 야위어갔다. 지나가는 사람들 모두 자신을 쳐다보는 것 같아서 한 발자국도 밖을 나갈 수 없었다. 전 남친을 상대로 소송을 내고 수습하려고 했지만 이미 모든 동영상이 퍼지고 말았다.

박 여사와 예린은 야반도주하듯 한국을 몰래 떠날 수밖에 없었다. 그들은 이 모든 것이 자신의 잘못 때문이라고는 털끝만큼도 생각하지 않았다. 모든 것이 억울하기만 했다.

박 여사는 자신의 남편인 최경훈을 끝까지 용서하지 않을 것이다. 예린은 자신의 것을 빼앗겼던 패배감에 평생을 사로잡혀 있을 것이다. 최경훈은 사랑하는 사람을 자신 때문에 망친 죄책감과 사랑하지 않는 아내에 대한 의무를 억지로 지키고 살아가야만 할 것이다. 어쩜 죽을 때까지 서로가 다른 사람을 원망하고 살 것이다. 가족이지만 서로를 사랑하지 못하는 그들은 어떤 환경에 처해 있던 그런 삶이 지옥이라는 것을 평생 깨닫지 못할 것이다.

12. 너 없인 살 수 없어

성혁은 하나에게 자신의 마음을 내보였지만 하나의 하얗게 질린 표정을 보며 곧 후회했었다. 그녀를 붙잡고 싶은 마음이 너무 커서 힘들어하는 그녀가 보이지 않았었다. 그렇지만 순진한 그녀에게 말도 안 되는 제안을 한 형을 용서할 수가 없었다.

남의 약점을 이용한 비열한 인간. 그런 형을 편드는 하나의 행동에 정신줄을 놓아버릴 정도로 화가 났었다. 지금까지 곁에서 보아온 형은 어떤 사람을 진심으로 사랑해본 적이 없는 그런 차갑고 냉정한 사람이었다.

하나가 없어진 후 성혁은 한국에 머물 수가 없었다. 하나에 대한 마음과 형에 대한 원망으로 그렇게 있다가는 정신이 온전하지 않아 무슨 일을 저질러버릴 것 같아 훌쩍 이탈리아로 떠나 있다 돌아왔다.

그는 비행기에서 내리자마자 여기 한남동으로 택시를 타고 왔다. 오늘은 따져 물을 것이다. 용납할 수 없는 형의 행동에 상처받을 사람을 대신해 가만두고 싶지 않았다.

성혁은 현관 앞에 기대서서 동준을 기다리고 있었다. 차에서 내린 동준이 비척비척 현관을 향해 걸어오고 있었다. 정원을 향해 걸어오는 그의 모습을 성혁이 응시하고 있었다. 술에 취한 형의 모습은 처음 보았다.

"네가 어쩐 일이야?"

"형한테…… 볼일이 있어서."

"들어가자. 비가……."

고개를 돌려 뒤를 돌아보자 하나가 만든 조그만 정원이 보였다. 은은한 불빛 아래 수줍은 듯 피어있는 검붉은 장미들……. 참 탐스럽게도 피어 있었다.

맑고 청아한 하나의 목소리가 금방이라도 들리는 것 같았다.

'5월에는 장미가 필 거예요…….'

환하게 웃던 그녀의 모습이 아련하게 다가온다.

'제가 여보야를 얼마나 생각하는지 5월이 되면 알걸요. 여보야 없을 때 생각하면서 울타리에 심은 장미가 잘 자라라고 비료도 주고 벌레도 잡고…….'

이렇게 장미가 활짝 피었는데……. 너는 어디에 있니? 너는…… 잘 지내고 있는 거니? 내 생각은 하고 있니? 난 너 없인 이렇게 살 수가 없는데……. 넌……. 동준은 진탕 술을 마셨다. 복수도 무엇도 아무 소용이 없었다. 모든 것이 무의미했다. 하나가 없다면…….

그 순간 성혁의 주먹이 동준의 턱을 강하게 쳤다. 퍽 하는 소리와 함께 비틀거리며 동준은 바닥에 꼬꾸라졌다.

"이 새끼, 일어나! 너한테 사랑이 그렇게 우습니?"

그리고 다시 동준의 멱살을 잡아 일으키더니 한쪽 벽으로 밀어 붙였다. 동준이 힘을 쓰지 않아 벽에 세게 부딪쳤다. 성혁이 하는 대로 가만히 있었다.

"미친 새끼! 그렇게 순진한 여자 농락하니까 좋았어."

동준이 픽 웃음을 터뜨렸다.

사랑을 우습게 여긴 죄……. 그래서 이렇게 벌을 받는 걸까? 그렇다면 죄 없는 순진한 하나는…… 나만 받아야 할 죗값인데, 나 때문에 괴로웠을 하나는…….

처음 만날 때부터 그랬다. 오해하고 상처 주고 함부로 대했다. 자신 때문에 아파했을 그녀를 이제 조금이라도 행복하게 해주고 싶었는데 자신이 저지른 잘못으로 또 그녀는 모진 소리를 듣고 이 곳에서 쫓겨났다. 심장이 갈기갈기 찢기는 것만 같았다.

동준은 미친 듯 허탈하게 웃었다. 성혁은 그의 웃음을 보자 눈이 뒤집혔다. 성혁은 다시 동준의 턱을 쳤다.

"죽어- 이 새끼……. 죽어버려."

사정없이 휘두르던 성혁 주먹에 동준은 바닥에 꼬꾸라져 주저앉았다. 동준의 입술이 터져 붉은 피가 흘러내렸다. 다시 멱살을 잡아 동준의 얼굴에 가까이 얼굴을 들이밀던 성혁은 그만 놀라고 말았다.

동준의 공허한 눈에, 그리고 굵고 뜨거운 눈물방울이 동준의 뺨을 타고 흘러내리고 있었다. 공중에 부서지는 동준의 목소리가 아프고 아프게 들렸다.

"성혁아……."

동준의 말이 떨림으로 공기 중으로 흩어지고 있었다.

"나…… 죽여줄래……."
성혁은 동준의 얼굴을 그저 멍하게 바라보았다.
이런 모습은 처음 본다. 형의 모습이 낯설어 보였다. 언제나 자신감 넘치던, 어떤 순간에도 냉정함을 잃지 않던 형이…….
그의 몸이 부들부들 떨리는 것을 보았다. 동준은 양손으로 얼굴을 가리더니 흐느끼기 시작했다. 손가락 사이로 눈물이 주르륵 흘러내리고 있었다.
성혁은 멈칫 몸을 움직일 수 없었다. 그리고 알 수 있었다.
형이 정말 그녀를 끔찍하게 사랑하고 있다는 사실을……. 자신보다 더 간절히 그녀를 원했다는 것을…….
성혁의 눈에도 눈물이 흘렀다.
부슬부슬 내리던 비가 점점 세차게 쏟아지고 있었다. 쏴아아……. 시린 빗줄기가 사정없이 그들의 얼굴을 때렸다.

1년 뒤.
"공장 가서 우리가 주문한 디자인 확인할 거지?"
소미가 하나를 보며 확인차 물어보았다. 하나는 그저 고개만 주억거리며 모니터로 주문 사항을 꼼꼼히 챙기고 있었다.
대학 시절 하나와 절친이었던 소미는 졸업과 동시에 부모님이 계신 미국으로 건너갔다가 무역업을 하는 신랑을 만나 이곳 부산에 정착하게 되었다. 서울에서 직장을 다니던 하나가 연락을 해 온 것도 그때쯤이었다. 쇼핑몰 사업을 시작하고 자신을 도와줄 일손이 절실했던 소미는 그저 하나의 연락이 반갑기만 했다.
대학 시절에도 디자인에서 탁월했던 하나가 대기업에 인턴으로 취직했다는 소리까지만 건너건너 들었지 그 이후로 어떻게 지내

왔는지 알 수 없었다. 그러나 정작 하나의 모습을 보니 물을 수도 없었다. 1년 전 자신을 만나러 온 하나는 대학 시절 알던 그녀와 너무나 달라 보였다.

가방 하나 달랑 들고 나타난 하나의 얼굴은 안쓰러울 정도로 핏기가 없이 창백해 보였다. 카페 안에 힘없이 앉아 있는 그녀는 꼭 심장이 멈춘 사람처럼 느껴졌다.

'소미야. 나…… 일할 자리 있을까?'

그것이 인연이 되어 소미가 경영하는 쇼핑몰에 디자인을 담당하고 궂은일도 마다치 않았다. 몇 달 지나지 않아 하나가 디자인한 옷이 소위 대박을 쳤다. 편하면서도 멋스러운 디자인과 꼼꼼하게 원단을 골라서 싸면서도 고급스러운 옷을 만들어내었다.

사무실 안에서 쪽잠까지 자면서 일에 매달리던 하나에게 소미는 작은 전셋집을 마련해주었다. 조그만 정원이 딸려 있는 변두리 지역 허름한 벽돌집이 마음에 꼭 든다며 하나가 처음으로 환하게 웃었다. 감천마을과 가까운 곳이었다.

매일 반복되는 일상들이었지만 하나는 다시 안정을 찾아가는 느낌이었다. 그렇지만 대학시절 밝고 환하던 그녀와 달리 하나는 부쩍 말이 없었다. 시간이 날 때면 창밖으로 먼 곳을 멍하게 쳐다볼 때가 많았다. 하나에게는 무언가 말하지 못할 사연이 있는 것 같았다. 그래서 소미는 아무것도 묻지 않았다.

그렇게 1년, 워낙 미인이라 하나를 눈독 들이던 남자도 많았지만 그녀는 다른 남자에게 눈길 한번 준 적 없이 일만 했다. 오늘도 저렇게 일 속에 파묻혀 단조로운 생활을 하는 하나가 소미는 답답해 보였다.

"나 공장 들렀다가 바로 퇴근한다."

하나는 공장을 들렀다가 감천마을 골목길을 걸었다. 오르막을 한참 오르다 어린 왕자와 여우 동상이 있는 장소에 도착했다. 슬픈 마음이 들 때면 노을을 쳐다보길 좋아했다던 어린 왕자처럼 하나는 이 장소가 마음에 들었다.

노을을 바라보다 별들이 반짝이는 모습을 보면서 어린 왕자도 소행성 B612에 두고 온 장미를 그리워했겠지. 왠지 그럴 때면 마음이 아릿해왔다. 별에서 기다리는 장미의 슬픔이 하나에게 전달되는 것만 같았다.

오늘따라 동준이 지독히 보고 싶었다. 동준과 행복하게 보냈던 순간순간이 떠올랐다. 매일 아침 출근하면 인터넷을 통해 태영그룹 CEO에 대한 기사로 그의 얼굴을 볼 수 있었다. 그것만으로 만족했다. 이제는 너무 먼 곳의 사람인 것이다. 잠깐 꿈을 꾼 것이다. 자신에게 감당치 못할 사람이니까……. 이제는 예전의 자신을 잊었을지도 모른다.

그래도 가끔은……. 기억해줄까…….

하나는 슬픈 눈으로 어린 왕자 동상을 바라보았다. 그가 자신을 기억해 주지 않아도, 그래도 후회는 하지 않는다. 그를 진심으로 사랑하고 행복했던 순간이었으니까…….

동준은 정신없이 차를 몰고 부산으로 향하고 있었다. 가슴이 두근거려 운전이 잘 되지 않았다. 속력을 최대한 올려 어스름한 새벽 도로를 달렸다. 차도 거의 없고, 도로는 뻥 뚫려 있었다. 동준은 다시 속도를 높였다. 동이 터오고 있었다. 짙은 보랏빛 하늘이 진하고 붉은빛으로 물들어 가고 있었다.

조금씩 주위가 밝아 오고 있었다. 어젯밤, 성혁이 인터넷에서 본

주소와 전화번호를 가지고 사무실로 찾아왔었다. 하나의 주소와 전화번호였다.

성혁은 지금 db 패션의 본부장으로 와 있었다. 1년 전 주주총회 직전, 성혁은 자신이 가지고 있던 모든 주식을 동준에게 넘겼다. 민 여사는 펄쩍펄쩍 뛰면서 성혁에게 포악을 떨었지만 어쩜 모든 것이 제 자리를 찾아갔다고 그는 생각했다. 그렇게 최대주주로 동준의 입지가 탄탄해졌고 김 회장은 2선에 물러났다.

그 이후 태영그룹은 눈부신 성장을 이루어냈다. 성혁은 모든 지분을 동준에게 넘긴 자신의 덕이니 평생 저를 책임지라며 농담조로 말했다. 형의 그 자리를 지켜달라는 것이 마지막 형수님 부탁이었다는 말과 함께.

동준은 그때부터 한순간도 흐트러지지 않았다. 조금이라도 시간적 여유가 생기지 않도록 로봇처럼 쉬지 않고 일하며 자신을 혹사시켰다. 그녀를 잊기 위해 몸부림치는 것만 같았다. 어쩜 그녀를 위해 일하는 건지도 몰랐다.

성혁은 db 패션에 본부장 자리에 앉아 요즘 핫한 아이템을 구하러 인터넷으로 서핑하다가 새로운 디자인이 눈에 와 박혔다.

성혁이 쇼핑몰에서 발견한 디자인은 예전에 하나의 포트폴리오에서 보았던 디자인과 똑같았다.

숨이 멎을 것만 같았다. 당장에 자신이 그곳으로 달려가고 싶었지만, 성혁은 순간 희미한 웃음을 지었다.

"멍청한 놈……. 주인이 따로 있는데……."

성혁은 주소가 적힌 쪽지를 들고 동준의 사무실로 향했다.

노크를 하고 문을 열었다.

성혁은 모니터를 보며 일에 열중하고 있는 그에게 다가가 똑똑 책상을 두드렸다.

"회사 그만두고 싶다는 그런 소리는 꺼내지도 마."

모니터에 여전히 눈길을 주며 동준이 건조하게 말했다.

"풋……. 하하하……. 독심술이라도 배웠어?"

"밀라노와 블로냐, 피렌체 매장 돌 수 있도록 출장 잡아줄게. 콧바람이라도 쐬고 와."

"근데 번지수가 틀렸어. 난 이거 줄려고 온 건데……. 협박조로 나오는 형에게 줄까, 말까?"

성혁은 손에 쪽지를 흔들며 싱긋 웃었다. 미적거리며 주기 싫다는 듯 농을 치는 성혁의 손에 있던 종이를 동준이 휙 빼앗았다.

쪽지를 확인한 동준의 눈빛이 반짝였다.

"뒷마무리 부탁한다."

"이러기야?"

소리 지르는 성혁을 뒤로하고 동준은 양복 재킷을 걸치고 서둘러 사무실을 빠져나왔다. 주소와 전화번호를 확인한 동준은 지금 차를 몰고 부산을 향하고 있다.

제발 이번에는 하나의 주소가 맞기를 간절히 바랐다.

이런 일들이 1년 동안 무수히 많았다. 사람을 시켜 국내뿐 아니라 해외에까지 하나의 소식을 알아보았지만 모든 것이 헛수고로 돌아갔다. 그렇지만 매번 동준은 처음인 것처럼 이렇게 그녀가 있다는 소식이 들리면 쏜살같이 쫓아갔다.

쇼핑몰은 너무 늦은 시간이라 전화를 받지 않았다. 급한 마음에 동준은 아침 일찍이라도 직접 가서 확인하고 싶었다.

그녀를 만날 수만 있다면…….

동준은 빌고 빌었다.

그녀이기를……. 그녀가 보고 싶어서 하루에도 수십 번 그녀의 이름을 부른다. 멈추지 않을 것이다. 아니 멈출 수가 없었다. 매일 밤 불덩이를 안고 자듯 잠을 이룰 수가 없었다. 몇 번씩 잠에서 깨어나 허공 중에 손을 뻗었다. 신기루처럼 사라져버리는 하나의 하얗고 뽀얀 얼굴……. 까르르 웃으며 그의 품 속으로 파고들던 모습, 부끄러워 발그레한 뺨으로 까치발을 들고 그의 입술에 키스하던 너. 부드럽고 촉촉했던 감촉도…….

네가 너무 보고 싶다. 하나야, 금방 갈게…….

그는 다시 액셀을 힘차게 밟고 최대한 속력을 내었다. 대형세단이 굉음과 함께 광속으로 질주하며 새벽 공기를 가르고 있었다.

태영그룹 오너가 이렇게 코딱지만 한 쇼핑몰에 무슨 일로 행차를 하셨을까? 정하나를 다급하게 찾고 있다는 그의 말이 믿기지 않았다. 의심스러운 눈초리로 앞에 서 있는 남자를 바라보다가 자세히 그를 살펴보았다. 그러다 자신도 모르게 소미는 입이 벌어지다 다물어버렸다.

이 남자는 누구? 나는 어디? 완전 기가 빨리는 기분이었다. 슈트빨이 장난이 아닌 데다 지적이고 단정한 외모에 매력적인 입술을 굳게 다물고 있는 남자가 까만 눈동자에 열기를 담고 자신을 쳐다보는 모습에 소미는 넋을 잃고 있었다. 하나가 사랑했던 사람이 이런 사람이었다면 어떤 남자를 소개해줬더라도 하나의 눈에 차지 않았겠다는 생각이 스쳤다. 하나에게 연락을 했지만, 신호만 끊임없이 가고 전화를 받지 않았다.

"오늘은 공장 갔다가 바로 집으로 들어간다고 했거든요."
"집 주소를 가르쳐주실래요?"
그의 중저음의 목소리에 신뢰감이 뚝뚝 묻어났다. 소미는 잠시 망설였다.
"그건 좀……. 정확하게 어떤 사인지도 몰라서요."
헛기침하며 소미는 조심스럽게 대답했다.
"여기 쇼핑몰, 백화점 입점 약속드리면 되겠습니까?"
"네?"
소미는 그의 제안에 눈이 점점 커졌다. 이게 웬 복이 넝쿨째 굴러오는 소린가? 머릿속으로 새로운 사업 구성안이 태평양 바다만큼 넓게 펼쳐졌다. 초조한 듯 손가락으로 책상을 쉴 새 없이 두드리다 포스트잇에 금세 주소를 쓰고 있는 자신을 발견했다. 하나에게도 좋은 일이라고 자신에게 끊임없이 설득하며 최대한 빠르게 주소를 휘갈겨 썼다.
"더 원하시는 건 없나요? 제가 도울 수 있으면 뭐든지 말씀하세요."
소미는 싱긋 웃으며 자신이 속물이라는 것을 인정했다.

하나는 의자에서 천천히 일어나 창문을 바라보았다. 오늘따라 햇살이 눈부셨다. 5월이 오면 조금 더 쓸쓸해지는 것 같았다. 가족 모임이 많아서 그럴지도 모른다. 한국 땅엔 이제 그녀의 가족이란 아무도 없다는 사실에 하나의 마음이 쓰라렸다.
"혼자서 이렇게 많이 들고 갈 수 있겠어요?"
"그럼요. 저 보기보다 힘세잖아요."
공장 사장님은 안쓰러운 듯 두 손에 가득 옷이 든 쇼핑백을 드는 하나를 쳐다보았다.

"디자인한 샘플들 고쳐주시면 저희가 그대로 만들어드릴게요. 너무 깐깐하게 하시니까 저희가 힘들긴 해요."

"그래도 이렇게 해야지 많이 팔리죠. 사장님이나 저희 모두 사는 길이니까 잘 부탁드릴게요."

"암요. 그래야죠."

디자인과 다르게 나온 샘플 옷들을 체크하고 다시 내일 다시 공장에 들러야 했다.

처음 공장 사장님과 이런 사소한 일들로 많이 다투었다. 그렇지만 까다롭더라도 하나가 하라는 대로 만들면 주문량이 다른 곳보다 몇 배나 더 들어오기 때문에 이제는 사장님도 신경을 쓸 수밖에 없었다. 매번 찾아와 세밀하게 지적해주면서도 얌전하고 큰소리 한 번 내는 법 없는 참한 아가씨가 일을 참 똑 부러지게 잘한다는 생각을 하곤 했다.

하나는 사장님이 준 쇼핑백을 들고 차 트렁크에 실었다. 오늘 집에 가서 밤을 새워야 할지도 모른다. 회사보다 집에서 고민하면 아이디어가 더 나올 것 같아 소미에게 공장에 갔다가 바로 집으로 간다고 말했다. 몇 시인지 확인하려고 차에 오르자마자 휴대폰을 확인해 보았다. 배터리가 다 되어서 휴대폰이 꺼져 있었다.

"어쩐지 너무 조용했어. 별일 없겠지……."

하나는 휴대폰을 가방에 넣고 핸들을 돌려 공장을 빠져나갔다.

하나는 차에서 내렸다. 좁은 골목길에 어울리지 않는 대형세단이 반대쪽 길에 세워져 있었다.

'뭐야, 누가 저런 곳에 고급 차를 주차하고…….'

가난한 동네에 저런 차가 세워져 있으면 운전대를 잡는 손이 덜덜 떨린 텐데……. 제대로 민폐다. 뭐, 저 고급 세단을 피해 멀찍이 주차해야겠다는 생각만 들었다.

잠시 차에 머물던 시선이 금방 집 울타리 쪽으로 옮겨갔다. 하얀색으로 칠해진 울타리 위로 붉은 장미꽃들이 고개를 쳐들고 있었다.

예뻐라. 장미향이 바람을 타고 하나의 코끝에 닿았다. 하나는 숨을 들이마시며 희미한 미소를 지었다.

5월만 되면 그 사람 생각이 더 간절하다.

출장 간 그 사람이 그리워서 그때도 장미를 심었었는데…….

매번 그가 보고 싶을 때마다 자신의 정원에도 정성스럽게 물을 주었다. 비료도 주고 해충 때문에 병이 들까 봐 벌레가 생기기 전 미리미리 약도 쳐주었다. 생각이 많아질 때 육체적으로 고단한 것이 조금은 도움이 되는 것 같았다.

한남동에도 장미가 예쁘게 피었을까…….

고개를 흔들었다. 또, 또……. 바보. 멍청이. 살려면……. 내가 숨을 쉬려면……. 잊어야 해.

차 뒤 트렁크에서 새로 만든 샘플 옷들이 든 쇼핑백을 내렸다.

하나는 요즘 들어 몸이 계속 좋지 않았다. 집에 가서 샤워부터 하고 감기약을 먹어야겠다고 생각했다. 오뉴월엔 개도 감기는 안 걸린다는데……. 많이 약해졌나 보다. 몸도 마음도…….

이런저런 생각을 하며 양손에 가득 쇼핑백을 들었다. 타박타박 고개를 푹 숙이고 발끝만 보면서 걸었다. 저녁엔 냉장고에 있던 감자를 넣어서 된장국을 끓여야겠다고 생각했다. 파도 송송 썰어 넣고, 매콤하게 청양고추도 넣을까. 그러고 보니 그에게 처음으로 끓여주었던 음식도 된장국이었는데.

맛있다고 했던가……. 그가 했던 첫마디가…….

……아휴, 정하나. 미쳤나 봐. 매일 이렇게 못 잊어서 어떡하지……. 머릿속에 떠오르는 모든 생각이 그와 있었던 추억들로 연관을 짓고 있었다. 멈출 줄 모르고 꼬리에 꼬리를 물고 머릿속을 헤집어 놓고 있었다.

가만히 눈을 감았다. 모두 잊어버려야만 해. 바람이 불어와 살짝 하나의 머리카락을 헝클어놓고 갔다. 가슴이 아릿하고 아픔이 스친다. 눈을 뜨고 다시 걷다가 쿵 하고 누군가 부딪쳤다.

"어머, 죄송합니다. 앞을 제대로 못……."

익숙한 스킨 향기가 났다. 하나는 숨을 들이켜다 순식간에 몸이 굳어졌다. 하나가 서서히 고개를 들어 올려다보았다. 햇빛이 너무 빛나서 눈이 부셨다. 처음 부딪힌 낯선 남자의 턱을 입술을 날렵한 콧대를……. 차례차례 올려다보았다. 뒤이어 눈동자……. 또렷한 검은 눈동자가 하나를 뚫어질 듯 응시하고 있었다.

숨이 멈추었다. 시간도 멈춘 것 같았다. 주위는 고요했고 하나는 장미 꽃향기에 취한 듯 정신이 아찔했다. 동준이…… 그녀를 내려다보고 있었다. 아픈 눈으로 그녀가 원망스럽다는 듯…….

들고 있던 쇼핑백이 바닥으로 떨어졌다. 하나의 기다란 속눈썹이 파르르 떨리고 있었다.

"너…… 정하나……."

나직한 그의 목소리를 듣자마자 하나의 눈가에 눈물이 그렁그렁 맺혔다. 눈물이 주체할 수 없이 뺨을 타고 흐르고 있었다. 시야가 너무 흐릿해 그를 볼 수가 없었다.

그러면 안 되는데……. 울보라 그럴 텐데……. 그것보다 너무 보고 싶었던 그가 잘 보이지 않아서, 괜히 꿈일까 무서워서, 그가 사라질까 봐…… 두려워서. 손등으로 연신 눈물을 닦아내고 있었다.

수백 번 그에게 전화하고 싶었다. 이기적으로 굴어볼까? 나만 생각할까? 우겨서라도 그의 옆에만 머무를 수 있다면…… 수천 번 수백 번 자신을 합리화하며 괜찮다고 유혹했었다. 그렇지만 아무리 생각해봐도 그녀는 그에게 방해만 되는 인물이었다.

지금까지 있는 힘을 향해 달려온 그에게…… 태영그룹의 오너로 성장하고자 몸부림치던 그의 발목을 잡을 수 없어서 떠났다. 그를 놓아줘야 한다고……. 어차피 조금만 지나면 자신은 그의 기억에서 흔적도 없이 사라질 거라고……. 혼자 아프면 된다고……. 그렇게 그를 자유롭게 놓아주는 것이 사랑이라고 생각했다.

매일 밤 이불 속에서 그가 너무 보고 싶어서 훌쩍이며 눈이 아프도록 울었었다. 단 하루도 빼먹지 않고 그의 이름을 조용하게 불러보았다. 갑작스럽게 다가온 이별에 심장이 산산이 부서져버린 것만 같았는데……. 슬픈 눈으로 자신을 쳐다보는 그를 보자 불현듯 그도 자신과 같은 마음이었다는 것이 느껴졌다. 하나는 견딜 수 없을 정도로 맘이 따끔거렸다.

그도 많이 아팠구나…….

하나의 눈에서 눈물이 줄줄 흘러내렸다. 동준은 그런 하나의 모습이 안쓰러운지 더는 참지 못하고 성큼 다가왔다. 그러곤 커다란 그의 손으로 부드럽게 하나의 얼굴을 감싸 쥐었다.

눈을 깜빡이면 그녀가 사라지기라도 할 듯 힘주어 바라보며 입술 사이로 한숨처럼 그녀의 이름을 흘려보냈다.

"……하나야."

얼마나 불러보고 싶은 이름이었는지. 미치도록 보고 싶은 그리운 얼굴이었는지. 어느새 그는 붉게 충혈된 눈으로 하나를 바라보았다. 그녀가 가늘게 어깨를 떨고 있었다. 그녀의 맑은 눈동자 아래 눈물이 폭포처럼 흐르고 있었다.

동준은 천천히 손을 뻗어 하나의 뺨에 흐르는 눈물을 엄지로 부드럽게 지그시 눌러 쓸었다. 그녀는 숨도 쉬지 못하고 가만히 젖은 얼굴로 그를 바라보았다. 물기에 젖은 그녀의 뺨을 만지는 그의 손이 떨리고 있었다. 그녀의 머리카락을 조심스럽게 쓰다듬었다. 소중한 보물처럼 만지듯 가만가만히.

그렇게 오랫동안 만나지 못하고 그리워만 한 시간이 가슴 아파 그의 눈동자가 아프게 흔들렸다.

"어떻게 내게 그럴 수 있어……. 그렇게 떠나버리면 난…… 나는……."

그는 목이 메어 말을 잇지 못하고 눈빛이 흔들리고 있었다.

"널 떠나보낸 후 나…… 살아도 산 것 같지 않았는데……. 잠을 이룰 수 없을 정도로 네가 그리웠어."

그의 젖은 목소리에 하나는 마음속에 울컥한 것이 올라오는 것 같았다. 그의 마음을 알 것 같았다. 하나도 그랬다. 심장을 잃어버린 인형처럼 그렇게 생명이 없었다.

"네가 돌아올 거라 믿었어. 연락이라도 할 거라고 조바심을 내며 하루하루 그렇게 기다렸어."

"전…… 그렇게밖에 할 수 없었어요……. 당신 곁에 머무르면…… 방해만 되고……."

자신의 욕심 때문에 그를 망가뜨릴 수 없었다.

"당신이 그토록 바라는 것들이 나 때문에…… 사라지게 할 순 없었어요."

그래서 아프지만 스스로 이별을 선택할 수밖에 없었다.

"너 없이는 어떤 것도 원하지 않았어. 널 사랑한 다음엔…… 너 하나만으로 난 매일 행복했어."

그의 고백에 가슴에 묵직한 아픔이 다가왔다. 하나는 심장이 터질 듯 두근거려왔다. 온몸이 떨려와 주먹을 꼭 쥐어 가슴에 대었다.

"시간이 지날수록 너무 무서웠어. 넌 아마도 날 잊었다고…… 나 혼자만의 사랑이라고…… 널 많이 괴롭혀서 나에게서 멀리 떠나버렸다고…… 내가 미운 거라고…… 날 벌주는 거라고."

동준 혼자만의 맹목적인 사랑. 파괴적이고 아픔만 주었던 그의 사랑이 하나를 힘들게 했다는 생각이 들 때마다 미칠 것만 같았다. 하나는 그를 바라보며 고개를 흔들었다.

"그렇지 않아요……. 동준 씨…… 그렇지 않아요……. 매일매일, 아니 하루에도 수천 번 연락하고 싶었어요. 동준 씨가 너무 보고 싶어서…… 밤마다 이름을 불렀어요."

당신은 아나요? 내 가난한 마음을.

"전…… 동준 씨가 저 같은 사람…… 잊었다고 생각했어요."

그녀의 목소리가 아픔으로 떨려왔다.

"제가 뭐라고…… 연락할 수 있겠어요? 아무것도 아닌 저인데……."

초라하고 보잘 것 없어서…… 시간이 지나면 당신에게 잊힐 거라 생각했어요.

"내세울 것 없는……."

내가 아픈 건 괜찮다고……. 다른 사람에게 조롱거리가 된다고 해도, 그들이 깔보고 내가 비웃음거리가 된다고 해도……. 그렇지만…… 그렇지만 참을 수 없는 건…… 내 존재가 당신을 힘들게 한다면…… 당신을 아프게 한다면, 그런 이유라면…… 날 용서할 수 없을 거라고…….

"당신한테 방해만 되는……."

하나는 다음 말을 할 수 없었다.

그리운 향기가 났다. 따뜻하고 부드러운 감촉. 스치듯 지나가는 그의 입술이…… 가만히 내려와 그녀의 입술을 삼키듯 빨아들였다. 바람을 타고 온 장미향이 온몸으로 번지는 것 같았다.

"너 없인 살 수 없어."

애틋하게 하나를 바라보는 동준이 파르르 떨리는 그녀의 입술에 가볍게 입맞춤하며 낮은 목소리로 속삭였다.

"네가 아니면 안 돼…… 난."

그의 커다란 손이 그녀의 등을 받치고 다시 고개를 숙여 조심스럽게 키스해왔다. 입술로 그녀의 뺨에 흐르는 눈물을 닦아내었다.

"그러니까 돌아와. 제발…… 내가 숨 쉴 수 있게……."

"동준 씨……."

그가 부드럽지만 깊게 그녀의 입안으로 파고 들어왔다. 그녀의 몸을 감싼 그의 손에 힘이 들어갔다. 그녀의 숨결이 그에게 스며들었다. 그의 차가웠던 심장에 따뜻한 온기가 돌아오는 것 같았다. 지독하게 달콤한 그의 입맞춤. 헤어졌던 영혼이 하나가 되듯. 가슴 속 깊게 스며드는 서로의 체온을 나누기라도 하듯. 그들은 다시 헤어지지 않겠다고 결심을 하며 꼭 껴안았다.

그들의 입맞춤이 점점 깊어갔다.

하나가 머무르는 집 소파에 앉았다. 아담한 빨간 벽돌집. 낡고 오래된 집이지만 정성스럽게 가꾼 흔적들이 여기 저기 보였다.

이런 곳에 살았구나. 동준은 그녀가 있는 것만으로도 이 집이 포근하게만 느껴졌다. 머물고 싶은 곳. 사랑하는 사람이 있는 곳. 따뜻한 마음이 느껴지는 곳. 거실에 난 커다란 창문 너머 바람이 불어오고 있었다. 그 바람에 장미향이 번져왔다. 그 향이 코끝을 간질이고 흩어진다. 하나가 가꾸어놓은 정원엔 장미가 탐스럽게 피어 있었다.

하나가 시원한 자몽주스를 가지고 탁자에 놓고 그의 옆에 가만히 앉았다. 탄탄한 그의 어깨에 하나는 머리를 기대었다.

다시 따스한 바람이 불어왔다. 평온한 시간……. 둘이기에 행복한 순간……. 헤어져보았기에 얼마나 소중한 사람인지, 보듬어 줄 수 있어서 옆에 있는 것만으로도 위로가 되었다.

"여기 올 때 무척 두려웠거든."

동준의 시선이 정원에 있는 붉은 장미에 오랫동안 머문 채 깊은 목소리로 고백하듯 뱉어내었다.

"왜요?"

그의 넓은 어깨에 기댄 얼굴을 하나가 들어 올리고 놀라움에 눈을 동그랗게 뜨고 바라보았다.

"당신이 날 보고 싫어하면 어떡하지…… 그런 생각."

그 시간을 기억해내는 것조차 힘이 드는지 그가 미간을 찡그리며 중얼거렸다.

"아……."

예전의 동준과 너무 달랐다. 처음 만났을 때는 심장까지 차가워 자신마저 얼려버릴 것 같았는데…… 이제는 하나와 똑같은 마음을 고백하는 그가 사랑스러웠다.

"그런데 말야……. 여기 도착하자마자 맘이 놓였어."
"왜요?"
"여기 장미꽃 보면서……."
그가 고개를 돌려 그녀와 마주 보며 따뜻한 미소를 지으며 웃고 있었다.
"당신이 5월이 오면 안다고 했잖아. 장미가 피면 얼마나…… 당신이 나를 좋아하는지."
하나가 고개를 끄덕였다.
"그래서 지금 많이 행복해. 나를 기다려주는 사람이 있다는 게."
눈물이 났다. 그를 생각하는 애틋한 감정이 가슴속 깊은 곳에서 쏟아져 나왔다…….
하나는 가만히 손을 뻗어 동준의 뺨을 어루만졌다. 눈이 마주쳤다. 동준이 뺨을 어루만지는 하나의 손을 잡아 그러쥐었다. 그리고 가만히 그녀를 바라보았다. 그의 손가락이 부드럽게 그녀의 머리카락을 스쳤다. 그의 입술이 그녀의 머리에 내려앉았다.
"매일…… 이렇게 당신을 안는 꿈을 꾸었어……."
그녀의 뺨을 가만히 두 손으로 잡아 그를 바라보게 했다.
그러곤 조심스럽게 그녀의 입술에 그의 입술이 부딪혀왔다.
"꿈에서 깨지 않기를…… 얼마나 간절히 빌었는지 몰라……."
그의 입술이 그녀의 아랫입술을 삼키고 빨아들였다. 하나는 그의 목을 껴안고 스르르 입술을 열었다. 미칠 듯 그리웠던 감각들이 하나하나 깨어났다.
"사랑해요."
살이 맞닿은 곳에 열기가 피어올랐다. 뜨거웠다. 데일 듯.
"사랑해……. 이제 내가 더 많이 사랑해."

동준이 그녀의 등을 안아 소파에 눕혔다. 그리고 그의 입술로 그녀의 하얀 목덜미를 깊게 빨아들였다. 겹쳐진 몸에서 심장이 뛰는 소리가 들렸다. 목덜미에서 머무르던 그의 입술이 다시 그녀의 붉은 입술을 찾았다. 부드럽게 그녀의 아랫입술을 빨아들이다 다시 핥았다. 그러곤 그의 혀가 조심스럽게 그녀의 이 사이로 밀고 들어와 헤집어 놓았다. 하나는 온몸이 나른해져가고 정신이 몽롱해졌다. 그의 뜨거운 손이 그녀의 등줄기와 머리카락을 천천히 어루만지고 있었다.

달뜬 숨소리……. 잠시 고개를 든 동준의 눈빛이 열망으로 까맣게 타고 있었다. 부끄러움에 눈을 살포시 뜬 하나의 뺨이 붉게 물들었다. 시선이 얽혔다. 가만가만 바라보는 동준의 눈빛을 하나는 견디지 못하고 아래로 시선을 떨어뜨렸다.

동준은 그런 하나의 모습이 사랑스러워 지그시 바라보았다.

"하나야……."

동준은 그녀의 뺨을 천천히 쓰다듬으며 나직이 속삭였다.

"네가 나에게 얼마나 소중한 사람인지, 이제 알겠어?"

하나는 부끄러움에 입술을 지그시 깨물고 고개를 끄덕였다. 동준은 그녀의 솔직한 대답에 피식 웃음이 났다. 소파에서 몸을 일으킨 동준이 그녀를 번쩍 안아들었다. 놀란 그녀가 잠시 버둥거렸다.

"더 이상 못 참겠다. 하나야……."

방에 도착한 동준은 문을 닫자마자 급하게 그녀의 입술을 찾았다. 좀 전의 부드러웠던 손길을 없어지고 다급하고 약간 거칠었다. 덮치듯 다가온 그의 입술이 집어삼키듯 입을 맞추었다. 블라우스 단추를 푸는 그의 손길이 조급했다. 단추가 잘 풀리지 않자 그의 입술에 욕설이 튀어 나왔다. 하나는 심장이 터져버릴 것만 같았다.

다시 짙은 키스가 이어졌다. 키스를 하며 그가 셔츠를 벗어버렸다. 그녀는 집요하게 밀고 들어오는 그의 뜨거운 손길에 어떻게 해야 할지 몰라 힘을 주고 매달렸다. 등줄기를 쓰다듬던 그의 손길이 블라우스 안으로 들어와 여린 하나의 살결을 매만지고 있었다. 하나의 입술에서 참지 못하고 낮은 탄식이 흘러나왔다.

"하아……."

그녀의 입에서 터져 나온 신음을 그의 입술이 삼키고 짙은 키스가 이어졌다. 얼굴이 한껏 뒤로 젖혀지고 벌어진 입술 사이로 그의 혀가 밀고 들어왔다. 이제까지 참았던 욕망을 터트리기라도 하듯 집요하게 그녀의 입안으로 들어와 여린 살갗을 때론 거칠게 때론 부드럽게 건드리며 지나갔다.

하나는 숨이 제대로 쉬어지지 않았다. 연이은 그의 거친 자극에 머릿속은 몽롱해져 정신을 차릴 수 없었다. 별이 쏟아지는 것만 같았다. 달뜬 호흡 사이로 그의 속삭임이 들렸다.

"사랑해, 하나야……. 사랑해……."

하나도 그에게 사랑한다고 답해주고 싶었지만 열락에 정신이 아득해져 말이 나오지 않았다. 단추가 반쯤 풀어진 블라우스가 그의 손에 의해 내려갔다. 하얀 어깨가 드러나고 그곳을 그의 입술이 아프도록 깨물었다.

"아……. 아파……."

감았던 눈을 뜬 하나가 아파서 얼굴을 찡그리며 원망스럽게 바라보았다. 동준은 희미한 미소를 지으며 그녀를 침대에 눕혔다.

"나빠요……."

하나가 커다란 눈동자를 반짝이며 그를 올려다보며 입술을 삐죽이 내밀었다. 그가 엄지손가락으로 그녀의 입술을 지그시 쓸며 나른하게 말했다.

"연락 안 한 거 미워서 그랬어."

부끄러운 하나는 발그레한 얼굴을 하고 몸을 움츠렸다. 동준은 그런 하나가 너무 사랑스러워서 깨물어 주고 싶었다.

"예뻐서 이번 한 번만 용서해주는 거야."

집요하게 자극하는 그의 손길 때문에 하나는 속눈썹을 파르르 떨었다. 심장이 쿵쾅거리고 눈을 제대로 맞출 수 없었다. 그는 몸을 일으켜 천천히 윗옷을 벗었다. 그의 탄탄한 상반신이 드러났다. 하나는 긴장감에 마른침을 삼켰다. 바짝바짝 마른 입술을 살짝 깨물고 눈을 감아버렸다.

그가 다시 다가오는 느낌. 그녀의 블라우스가 아래로 전부 내려갔다. 부드러운 침대 시트가 맨살에 닿는 느낌이 생경했다. 그리고 촉촉한 감촉이 그녀의 온몸을 휩쓸고 지나갔다. 하나의 입술에 연이은 탄성이 새어 나왔다. 하나가 어설프게 그의 어깨를 더듬고 두 손으로 그의 팔을 꽉 쥐었다.

"하나야……. 눈 떠……."

아득한 정신을 차리고 하나는 조심조심 눈을 뜨고 동준을 바라보았다. 그의 벌거벗은 가슴이 눈앞에 다가왔다. 고개를 들자 눈이 마주쳤다. 동준은 눈빛은 그녀의 온몸을 나른하게 훑고 있었다. 그의 눈이 닿는 곳마다 하나는 온몸에 열꽃이 피어나는 것 같았다.

"……그만 봐요."

하나가 애원조로 말했다. 열망으로 짙어진 그의 눈동자에 옅은 웃음기가 서렸다. 눈길을 피하는 그녀의 턱을 잡아 그를 보게 했다.

"많이 보고 싶었어."

뜨거운 숨결이 그녀의 이마에 닿았다. 불처럼 뜨거운 동준의 입술이 뺨으로 미끄러져 내려갔다. 하나는 불에 데인 것처럼 온몸이 뜨거웠다. 뺨에 머물던 그의 입술이 아주 느린 속도로 그녀의 입술로 내려갔다. 두 사람의 입술은 서로의 숨결과 심장소리를 들으며 지그시 맞닿았다. 동준은 애태우듯 그녀의 입술을 뭉개고 비비며 짓이겼다.

"하아……."

그녀의 나지막한 탄성이 흘러나왔다. 그리고 살며시 그녀의 도톰한 입술에 눈두덩이에 키스하며 짓궂게 묻기 시작했다.

"이렇게 1년 넘게 건강한 남자를 홀아비로 만들면 어떻게 될 것 같아?"

도발적으로 물어오는 그의 질문에 하나는 아무 말도 못하고 있었다. 당황스런 눈빛으로 눈동자가 욕망에 까맣게 변해버린 그를 응시했다.

"대답해봐."

그의 긴 손가락이 그녀의 흩어진 머리카락을 쓸어 올리다 동그란 이마를 지나 콧대를 쓸면서 내려오다 입술을 지그시 눌렀다. 그녀가 커다란 눈망울로 그를 쳐다보다 도리질을 쳤다.

"……몰라요."

간신히 옅은 숨을 쉬며 하나가 떨리는 목소리로 입을 열었다. 참을 수 없는 지경에 이르자 하나가 시트를 온 힘을 다해 움켜쥐었다.

"오늘 가르쳐줄게."

동준의 야릇한 대답에 하나는 그만 두 눈을 꼭 감아버렸다.

"아……."

낮은 신음이 붉은 그녀의 입술에서 흘러나왔다. 아릿하고 뜨거운 감각이 허리 아래로 느껴졌다. 가슴골을 혀로 훑으며 그의 입술이 다시 아래로 내려갔다. 부끄러운 하나가 몸을 일으키려 하자 그가 지그시 몸으로 누르며 그녀를 올라타고 키스해왔다.

격렬한 키스가 이어졌다. 하나도 뜨겁게 그를 맞이했다. 소담한 가슴을 어루만지던 그의 손이 어느새 그녀의 팬티 안으로 거침없이 들어갔다.

"앗……."

그녀의 짧은 비명이 순식간에 그의 입속으로 빨려 들어갔다. 그의 노골적인 손놀림에 하나의 이성이 마비되었다. 다리를 모으며 그를 거부하려 하자 그의 무릎이 두 다리 사이를 갈라놓았다.

"아."

그가 손으로 다시 헤집고 들어오자 하나는 흐릿한 시선으로 그를 바라보며 달뜬 신음을 흘렸다.

"제발…… 그…… 만요."

그녀의 흐릿한 시선에 그가 나른하게 웃고 있었다. 동준이 현란한 손놀림을 계속하며 그녀의 가슴을 혀로 적시기 시작했다. 그는 죽을 것 같았다. 그녀의 작은 터치에도 동준의 온몸이 활활 타올랐다. 그녀를 가지고 싶어 그의 몸뚱이가 안달이 났다. 벌어진 그녀의 입술 사이로 들려오는 야릇한 신음도 그의 귀를 괴롭혔다. 가쁜 숨을 쉴 때마다 오르내리는 가슴도 야하도록 선정적이었다.

"아……. 제발……."

그녀의 몸이 활처럼 휘었다. 그래도 소용없다는 듯 동준의 뜨거운 입술이 그녀의 온몸 구석구석을 빨아들였다. 하나도 손을 뻗어 그의 자잘한 근육을 자잘하게 애무하자 그의 눈썹이 꿈틀거렸다.

살과 살이 섞이고 다리가 얽혀들었다. 이성을 잃은 그가 으르렁거리며 그녀에게 짐승처럼 달려들었다.

"아……!"

하나는 비명이 절로 터져 나왔다. 그렇지만 그는 멈출 줄 몰랐다. 때론 부드럽게 때론 강하게…… 느릿하게 그녀를 파고들었다. 그가 움직이는 대로 하나도 맞추며 함께했다. 온몸에 전율이 관통하며 발끝이 아릿했다. 하나는 환희에 찬 신음을 흘리며 그를 온전히 받아들였다. 욕망으로 들뜬 감각들이 지칠 줄도 모르고 그날 밤이 새도록 폭발했다.

새근새근 고른 숨소리가 들린다. 하나가 그의 가슴에 얼굴을 묻고 곤히 잠들어 있었다. 동준은 그런 하나의 얼굴을 가만히 들여다보았다. 반듯한 이마에 머리카락이 흘러내리고 있었다. 손가락을 뻗어 조심스럽게 머리카락을 쓸어 귀 뒤로 넘겨주었다. 그녀의 얼굴을 더 꼼꼼히 오랫동안 바라보고 싶었다.

사랑스럽다. 새하얀 피부에 도톰한 그녀의 붉은 입술에 그의 눈길이 머물렀다. 한참을 바라보던 그가 가는 한숨을 쉬었다. 이렇게 쳐다보기만 해도 다시 욕정이 밀려왔다.

어젯밤, 그녀에게 지나치다 싶을 정도로 심하게 달려들었다. 이렇게 곤하게 잠든 그녀를 깨워 다시 하면 정말 짐승이겠지……. 아쉬운 듯 그의 한숨이 짙어진다. 들끓는 그의 마음도 모르고 하나는 몸을 뒤척이다 그의 품으로 파고들었다.

어쩌자는 거니? 하나야…….

누운 채 뒷머리를 받쳐 팔베개를 해주던 팔을 두르고 조금이라도 힘을 주면 부러질 것만 같은 그녀의 허리를 꼭 감싸 안았다.

하나의 앙증맞은 입술에 옅은 신음이 나왔다. 온몸이 아픈지 콧잔등도 살짝 찡그렸다. 그러곤 남의 속도 모르고 금세 잠속으로 빠져들었는지 다시 새근거린다. 목덜미에 닿는 그녀의 숨결이 너무 뜨거웠다. 동준은 이대로 있으면 무슨 일이 벌어질지도 몰라 가만히 팔베개했던 팔을 살며시 빼내고 몸을 일으켰다.

아무래도 이 동네를 수십 번은 뛰어야겠다는 생각이 들었다. 아무것도 모르고 죽은 듯 잠들어 있는 그녀가 원망스럽기까지 했다. 흐트러진 옷가지를 챙겨 방문을 열고 그녀가 깨지 않도록 조심스럽게 빠져나왔다. 일단 뜨거워진 몸을 가라앉히고 전화로 처리해야 할 일만 하고 돌아와야겠다고 생각했다.

눈을 뜨자 하나는 창문을 뚫고 쏟아지는 햇살을 피하려 손등으로 눈을 감쌌다. 사방은 조용하고 시계 초심만 규칙적으로 움직이는 소리가 들렸다. 정말 오랜만에 단잠을 잔 것 같았다. 주위가 너무 죽은 듯 고요하기만 했다.

꿈을 꾸었나……. 덜컥 겁이 났다. 재빨리 몸을 일으켜 고개를 이리저리 돌려 그를 찾아보았다. 어디에도 그의 흔적이 없다. 밤이 깊도록 이어졌던 달콤했던 속삭임도. 뜨거운 열망으로 가득 찬 짙어진 눈동자도. 땀에 젖어 그녀를 으스러지게 안던 탄탄한 팔뚝도. 쾌락에 젖어 신음하던 달뜬 숨소리도. 모두 사라졌다.

그녀는 다급하게 옷을 입고 거실로 뛰어나왔다. 아무도 없었다. 눈가에 열기가 몰려 눈물이 핑 돌았다. 빠른 걸음으로 화장실도 부엌도 살피다 다시 그를 찾기 위해 마당을 맨발로 뛰어다녔다. 하지만 그는 어디에도 없었다.

거실에 놓여 있는 조그만 소파 옆으로 힘이 다 빠져 쪼그려 앉아 무릎에 얼굴을 묻어버렸다. 다시 그가 없이 살아가야 한다는 생각이 들자 마음이 허물어지듯 무너지는 것만 같았다. 그럴 수 없을 것 같았다. 눈물을 참으려다 입술 사이로 끅끅거리며 신음이 터져 나왔다. 심장이 깊은 늪으로 꺼져버릴 것만 같았다.

띠리리. 그때 현관문이 열리는 소리가 들렸다.

하나는 벌떡 일어나 현관 쪽으로 쪼르르 달려갔다. 땀에 흠뻑 젖은 그가 집안으로 들어오고 있었다. 동준은 이마에 땀이 송골송골 맺혀 있고 짧은 반바지 트레이닝 복이 땀에 흥건히 젖어 있었다. 땀방울이 뭉쳐져 날렵한 동준의 턱을 타고 뚝뚝 떨어지고 있었다. 아무 생각 없이 고개를 들고 천천히 속눈썹을 치켜들다가 하나의 젖은 얼굴을 본 동준의 눈이 점점 커졌다.

"무슨 일이야?"

말이 끝나기도 전에 하나는 무너지듯 그에게 몸을 맡기며 바짝 안겨왔다. 그를 놓치지 않으려는 듯 감싸 안은 그녀의 두 팔에 힘이 들어갔다.

"어디로 갔었어요?"

얼마나 울었는지 그녀의 목소리도 물기로 젖어 있었다.

"난…… 꿈을 꾼 줄 알았어요. 찾아도 당신이 없어서……."

울먹이는 그녀는 땀범벅이 된 그의 티셔츠에 얼굴을 박고 말을 잇지 못했다. 그제야 이유를 알고 동준은 짓궂게 놀리듯 아기를 대하는 어조로 말했다.

"그래서 이렇게 울었어?"

동준이 그녀를 떼어내고 뒤로 한 발짝 물러나 허리를 숙여 눈높이를 맞추어 그녀를 물끄러미 바라보았다. 그는 피식 웃음이 났다. 얼마나 서러웠는지 하나는 울음이 멈추지 않았다. 커다란 눈망울에 눈물이 뚝뚝 떨어졌다.

"바보."

그가 그녀의 손목을 잡고 거실 소파로 끌고 갔다. 그에게 끌려가면서도 속상한 하나는 동준에게 툴툴거리며 물었다.

"왜 깨우지 않았어요?"

그녀의 목소리는 울먹이며 떨리고 있었다. 그는 소파에 그녀를 앉히고 천천히 걸어가 텔레비전 옆에 놓여 있는 각티슈를 가지고 왔다. 그녀 옆에 앉아서 티슈를 뽑아 그녀의 눈물 콧물을 정성스럽게 닦아주었다.

"흥……. 코 풀어."

하나는 고분고분 말 잘 듣는 아이처럼 흥 코를 풀었다. 꼼꼼하게 휴지로 닦아주던 동준이 빙긋 미소를 지으며 달래듯 속삭였다.

"걱정했어?"

하나는 원망스럽게 그를 쳐다보며 세차게 고개를 끄덕였다.

"말이라도 하고 갔으면 걱정 안 하잖아요."

뾰로통해져 툴툴거리며 말하는 하나가 귀여워 그가 낮게 웃었다. 그녀는 웃는 그가 미워 눈을 흘겼다. 동준은 무릎에 얌전히 놓인 그녀의 자그마한 손을 살며시 그러쥐고 그녀를 가만히 쳐다보았다. 눈이 마주치자 진지해진 그가 하나를 잡은 손에 힘을 주며 다짐을 받아내듯 간곡하게 말했다.

"이렇게 갑자기 사라지면 기분이 어때? 금방 내가 나타나도 없는 동안 불안하고 걱정되고 두렵고 보고 싶고……. 사랑하는 사람이 없는 그 시간이 지옥 같잖아. 그런데 1년 동안 전화도 없고 기약 없는 기다림이 언제 끝날지도 모르는……."

그가 낮은 한숨을 쉬었다.

"그러니까 하나 넌…… 아주 나빴어."

하나는 그의 아픈 눈을 바라보자 마음이 아려왔다.

"그렇지?"

"네……. 아주 나빴어요. 정말 하나가 많이 나빴어요."

하나는 자꾸만 흐르는 눈물을 닦으며 입술을 달싹거리며 힘겹게 말했다. 동준의 까만 눈동자가 그녀를 한동안 말없이 바라보다 살짝 입을 맞췄다.

"그러니까 이제 남의 말 듣지 마. 혼자만 생각하고 결정짓고 다른 사람 마음 아무렇게나 단정 지으면 안 돼."

하나는 가슴이 저미고 눈가에 고여 있던 눈물이 저절로 주르륵 흘러내렸다. 하나 맘대로 행동했던 것이 긴 이별로 이어졌고 서로가 맘 아픈 채 그렇게 시간을 허비했었다.

"어려운 일이 생기면 제일 먼저 나에게 말해주고 서로 의논하면서 함께 이겨내야지……."

그가 엄지손가락으로 그녀의 눈물을 닦아내었다. 그리고 부드럽게 두 손으로 그녀의 뺨을 감싸 쥐어 그를 보게 했다.

"이렇게 혼자 멀리 도망가거나……. 그러면 안 되는 거야."

"네……. 이제 안 그럴 거예요."

말 잘 듣는 아이처럼 그를 말끄러미 보던 하나가 나직하게 대답했다. 그녀의 머리를 아무렇게나 헝클어뜨리고 뽀얀 볼을 꼬집었다.

"착하다. 우리 하나."

그의 장난스러운 행동에 하나가 조그맣게 웃었다. 그를 안다가 땀에 젖어버린 그녀의 티셔츠 안에 볼록한 가슴이 선명하게 보였다. 급하게 옷을 입느라 속옷도 입지 않았는지 그녀의 몸매가 적나라하게 드러났다.

격한 운동으로 겨우 가라앉은 그의 욕망이 고개를 쳐들었다. 동준은 그만 헛기침을 하며 그녀를 번쩍 안고 일어났다.

"안 되겠다. 이렇게 땀에 다 젖었는데……. 울어서 얼굴도 엉망이고……. 목욕하러 가자."

"네?"

놀란 얼굴로 쳐다보는 하나를 바라보는 그의 눈빛이 뜨겁다.

"하나는 가만히 있어……. 그럼 내가 다 씻겨줄게."

"안 돼요."

도리질하며 그의 품에서 벗어나려 하자 동준은 더욱 힘을 주어 그녀를 꼭 끌어안고 욕실로 성큼성큼 걸어 들어갔다.

"괜찮아……. 하나야……. 부끄러워하지 말고, 응?"

얼굴이 빨개진 하나가 그의 목을 껴안고 가만히 매달린 채 얼굴을 그의 어깨에 폭 묻었다.

욕실에 들어간 동준은 더러워진 하나의 발을 먼저 씻겨주었다. 그를 찾느라 정신없이 뛰어나와 맨발로 정원을 돌아다니느라 흙투성이가 되어 있었다. 물비누를 손바닥에 짜고 거품을 잔뜩 내었다. 그리고 그녀를 욕조에 걸터앉게 하고 그는 쪼그리고 앉아 그녀의 발에 비누 거품을 문질렀다. 하나는 발을 만지는 부드러운 손길에 그만 웅얼거리며 어깨를 움츠렸다.

"발가락이 간지러워요."

그녀가 얕은 웃음소리를 내며 수줍게 콧잔등을 찡그렸다. 고개를 들어 그녀를 바라보는 그의 얼굴에 희미한 미소가 번졌다.

"금방 다 씻겨줄게. 간지러워도 조금만 참아."

욕조에 물을 받으려고 틀어 놓았던 샤워기를 가지러 갔다. 바닥이 비누 거품이 잔뜩 있어 동준은 그만 발이 미끄러지고 물이 틀어진 샤워기를 놓치고 말았다. 욕조 바닥에 떨어진 샤워기는 혼자서 춤추듯 통통 튀어 오르며 사방팔방 물을 뿜어대었다. 욕조에 앉아 있던 하나에게 물줄기가 인정사정없이 쏟아졌다.

"아……."

하나의 온몸이 물에 흠뻑 젖었고 얼굴을 때리는 물줄기를 막느라 손을 허우적거렸다. 하나는 뿌려지는 물을 막느라 두 손으로 얼굴을 감쌌다. 벌떡 일어난 하나의 머리카락은 물에 젖어 뚝뚝 물방울이 떨어지고 있었다. 동준은 샤워기를 다시 욕조에 넣고 하나를 바라보았다.

"하나야, 괜찮아?"

뺨을 희미하게 붉히며 하나가 고개를 끄덕거렸다. 그러나 물을 많이 먹었는지 조그맣게 캑캑거리며 숨을 할딱거리고 있었다. 하얀 티셔츠가 물기에 젖어 살갗에 찰싹 달라붙어 그녀의 봉긋한 가슴이 그대로 드러났다. 갑작스럽게 동준의 눈이 열망에 가늘어졌다. 하나는 그런 그의 맘도 모른 채 두 손으로 얼굴에 달라붙은 머리카락을 뒤로 쓸어내렸다. 두 팔로 조금 가려졌던 가슴이 노골적으로 드러났다.

야했다. 심장이 격렬하게 펌프질을 하여 피가 아랫도리로 몰리는 것만 같았다. 그녀의 이런 색정적인 모습에 처음 그녀를 보았을 때 오해했었던 것은 당연하다는 생각이 들었다. 그녀가 감았던 눈을 떠 기다란 속눈썹을 천천히 들어 올리며 싱긋 웃으며 말했다.

"큰일 날 뻔했어……."

그리고 그녀의 말은 끝나지도 못하고 동준의 입속으로 사라져 버렸다. 그녀의 가느다란 허리가 휘도록 그의 몸에 끌려갔다. 그의 입술에서 뿜어 나오는 열띤 숨소리가 그녀의 귀를 간지럽혔다.

"넌…… 날 왜 이렇게 미치게 만드니……?"

겹쳐진 몸 사이에 그의 심장박동 소리가 들렸다. 짙은 그의 눈동자가 그녀를 응시하며 거칠게 얇은 옷들을 벗겨내고 있었다.

거칠게 밀고 들어오는 그에게 밀려 훤히 드러난 등이 욕실 벽에 닿았다.

"동준 씨……."

그를 살짝 밀어내는 그녀의 두 손을 커다란 그의 한 손에 그러쥐어 그녀의 머리 위로 올려 벽에 힘을 주어 눌렀다. 하나가 부끄러움에 얼굴이 돌리자 그의 손에 턱이 쥐어지고 입안으로 혀가 밀려들어왔다. 절박하게 그녀를 쓰다듬는 그의 손길이 뜨거웠다. 참지 못하고 애타는 신음이 입술 사이로 새 나왔다. 다시 입술이 겹쳐지고 짙은 키스가 이어졌다.

두 사람은 열망에 몸을 맡기고 부서지듯 격렬한 몸놀림이 폭풍처럼 휘몰아쳤다.

두 사람이 욕조에 앉아 서로 마주 보았다. 하나가 거품이 가득한 수면 위를 후하고 불자 둥둥 떠오른 거품이 동준의 코끝에 닿았다. 매운 기운에 동준이 눈을 찡그렸다. 하나는 그 모습을 보다가 까르르 웃었다.

예쁜 눈동자로 쳐다보며 환하게 웃는 그녀의 모습을 그가 짓궂게 바라보며 두 손에 거품을 묻혀 그녀의 뺨에 잔뜩 발랐다. 하나는 매운 기운에 얼굴을 물로 씻다가 그의 얼굴에 물을 뿌렸다. 두 사람은 좁은 욕조 안에서 엉켜 어린아이처럼 키득대며 실없이 장난을 쳤다. 그러다 그를 만났다는 기쁨에 하나는 출근 시간을 까먹고 있었다는 생각이 번쩍 들었다.

"지금 몇 시예요? 나 늦었어……. 어떡해……."

울상을 지으며 일어나려는 하나의 팔을 잡고 동준은 자신 앞으로 그녀를 바짝 당겼다.

"어디 가려고?"

하나는 그의 무릎 위에 풀썩 그대로 주저앉았다. 민망해진 하나가 얼굴을 붉히다 눈을 동그랗게 뜨고 종알거렸다.

"어제 공장에서 가져온 옷 디자인도 하나도 못 고쳤는데……. 지각까지 하게 생겼어요."

"내가 다 씻겨줄 때까지 아무 데도 안 보내줄 거야."

동준은 희미하게 웃으며 능청스럽게 대답했다. 하나는 그런 그를 흘기며 쳐다보다 눈썹을 가볍게 찡긋했다. 그 표정에서 걱정스러운 기색이 묻어나자 동준은 하나가 안타까워 그녀를 꼭 껴안았다. 그녀의 가슴에 그는 얼굴을 묻고 비볐다. 하나는 망설이다 휴 한숨을 쉬더니 그의 머리카락을 만지며 속삭였다.

"뭐……. 하루쯤 회사 안 간다고 망하진 않겠죠?"

그녀가 의외의 대답을 하자 그가 고개를 들어 빤히 쳐다보다 쿡쿡 웃으며 말했다.

"회사엔 내가 말했어. 오늘은 나랑만 있어야 해. 누구한테도 양보 안 할 거야."

심술궂게 말하는 그가 귀여워 그녀는 해사한 웃음을 지으며 다가와 그의 아랫입술을 빨아들였다. 동준은 마음 깊은 곳이 못 견디게 간질거렸다. 처음 신혼여행을 갔을 때 그녀를 안고 싶은 욕망에 이끌려 거칠게 욕조 안으로 밀어 넣었던 기억이 떠올랐다. 커다란 눈동자로 눈물을 주르륵 흘리며 원망하며 바라보던 그녀가 생각이 났다. 사랑 없이 욕망에 이끌려 이기심으로 똘똘 뭉쳐 그녀를 몹시 아프게 했었다. 이제는 그런 일은 없을 것이다.

그녀가 그의 어깨에 얼굴을 묻고 가만히 있었다. 따뜻한 그의 체온이 좋았다. 부드럽게 쓰다듬던 그의 손길에 마음이 뭉클해져 왔다. 사랑받는 느낌…….

"하나야 머리 감겨줄게."

그가 하나를 돌려 앉히고 머리카락 한 올 한 올 세심하게 샴푸를 묻히며 나직하게 속삭였다.

"하나야, 난 말이야……. 너를 처음 본 순간부터 다 좋았어. 머리부터 발끝까지 모두 다……."

마사지하듯 그녀의 머리를 매만지며 말하는 고백에 하나는 마음이 아렸다.

"꽃뱀이라 오해했을 때도……. 회사에서 널 봤을 때도……. 오해가 풀렸을 때도……. 널 정말 놓치기 싫었어. 내 마음은 항상 너에게 끌렸어."

"……저도요. 동준을 처음 엘리베이터에서 볼 때부터 심장이 멈추는 것 같았어요."

동준은 그녀의 말을 듣고 가만히 웃었다.

"그때부터 쭉 좋았나 봐요."

그는 기분이 좋아 마음이 풍선처럼 부풀어 올랐다.

샤워기를 틀어 그녀의 머리를 최대한 젖혀 거품을 씻겨 내었다. 머리에 물기도 꼭 짜주었다. 그러곤 동준이 다시 물비누를 짜고 있었다. 하나는 놀라서 눈을 커다랗게 뜨고 물끄러미 바라보았다.

"왜 또 짜요?"

"왜긴, 몸도 구석구석 씻겨줄게."

하나는 붉어진 얼굴로 속눈썹을 깔고 아래만 내려다보며 말했다.

"아……. 싫어요. 그건 제가 할래요."

동준은 가만히 그녀를 바라보다 유들유들하게 말을 이었다.

"그래, 할 수 없지? 네가 원한다면."

그러곤 그녀의 조그만 손을 잡아당겨 손바닥을 펴고 물비누를 잔뜩 짜주었다. 조그마한 두 손을 강제로 비벼서 거품을 잔뜩 내게 하곤 힘을 주어 그녀의 손을 거침없이 자신의 가슴에 문질렀다. 하나는 놀라서 몸을 움츠리며 팔을 뒤로 빼었다.

동준은 눈썹을 휘며 장난스럽지만 단호하게 말했다.

"말 무르기 없어."

"아……. 이건 순 억지야."

하나가 아랫입술을 삐죽이 내밀었다.

"억지건 뭐건……. 빨리……."

재촉하며 가슴을 내미는 능청스러운 그를 바라보며 하나는 낮게 웃으며 부드러운 거품을 그의 단단한 근육에 바르며 씻겨주었다. 그녀의 붉어진 뺨에 살짝 입맞춤을 했다. 하나가 배시시 또 웃었다. 동준은 그녀를 바싹 끌어안았다. 그녀가 고개를 들어 곱게 흘겨보았다.

"뭐예요?"

"내가 씻겨주려는데 반대하니까 이렇게라도 하려고."

도망가려는 그녀를 끌어당겨 온몸을 비볐다. 하나가 그만 울상이 되었다.

"그…… 만요."

짓궂은 그가 얄미웠다. 이상한 장난을 치며 개구쟁이처럼 그녀를 자꾸 놀렸다. 파랗게 그녀가 질렸다. 경악하며 하나는 더듬거리며 말했다.

"그냥…… 그냥 씻겨줘요."

그의 입꼬리가 올라갔다.

"진작에 그러지."

그가 커다란 손에 물비누를 묻혀 그녀의 온몸 구석구석 발라주었다. 그의 야릇한 손길에 하나는 그만 얼굴이 붉게 물들었다. 눈을 내리깔고 얌전한 강아지처럼 꼼짝도 안 하고 있었다.

동준은 그런 그녀를 보며 웃음이 나서 참느라 혼이 났다. 발가락을 꼬물거리며 수줍게 눈을 내리깔고 있었다. 가는 신음을 참느라 하나가 입술을 지그시 깨물었다. 천연덕스럽게 동준은 느릿한 손길로 그녀의 온몸을 부드럽게 비볐다.

하얀 거품이 몽글몽글 생겼다. 볼록한 가슴에 거품을 일으키자 하나가 그를 다시 흘겨보았다. 그가 피식 웃으며 샤워기 물을 틀었다. 붉고 도톰한 입술에 동준의 눈길이 머물렀다. 탐하고 탐해도 자꾸 맛보고 싶었다.

고개를 숙인 동준이 그녀의 앵두 같은 입술을 삼켰다. 그의 가슴을 밀어내는 그녀의 손목을 잡아 등 뒤로 모아 한 손으로 그러쥐었다. 그리고 그녀의 입술을 마음껏 탐닉했다.

그의 욕구가 물밀듯이 몰려왔다. 차가운 바닥에 그녀를 앉히고 다시 그녀를 품을 수밖에 없었다. 거친 샤워기의 물줄기가 서로 뒤엉킨 그들에게 내리꽂혔다. 하얀 거품이 물줄기에 밀려 바닥으로 흘러내려왔다. 두 사람의 달뜬 신음소리와 함께 거품들이 회오리치며 욕실바닥의 배수구로 빠져나갔다. 오랫동안 샤워기의 물줄기 소리가 요란하게 욕실에 울려 퍼졌다.

동준은 소파에 앉아 있는 하나의 머리를 드라이기로 말려주었다. 따뜻한 바람이 윙 소리와 함께 하나의 귓가를 간지럽혔다.

“뜨거우면 말해.”

하나는 고개를 도리도리 저으며 빙긋 웃었다. 그는 하나의 머리카락 사이에 손가락을 집어넣고 들어 올리며 속까지 꼼꼼하게 말려주었다. 동준은 그녀의 어깨를 잡아 마주 보도록 하고 빗으로 조심스럽게 빗기 시작했다. 하나는 순한 양처럼 목을 쭉 빼어 고개를 최대한 들어 올려다보며 얌전히 앉아있었다.

눈빛이 마주쳤다. 맑고 커다란 그녀의 눈동자를 바라보는 그의 깊은 눈동자 끝이 기분 좋게 휘었다.

“우리 하나 예쁘네.”

달콤하고 나직한 그의 목소리에 하나의 기분이 말랑말랑해졌다. 연이어 그녀의 앙증맞은 입술에 그가 가볍게 쪽하고 짧은 입맞춤을 했다. 입술 위 잠깐 닿았다 떨어지는 부드럽고 촉촉한 감촉. 하나는 잠시 눈을 감았다. 스르르 눈을 뜨자마자 그의 목에 손톱자국이 나 있는 것이 눈에 들어왔다. 그녀가 손을 뻗어 그의 상처를 조심스럽게 더듬었다.

“아프지 않아요? 손톱이 너무 길었나 봐.”

하나가 손을 펴고 자신의 손톱을 살피고 있었다.

“너무 흥분한 건 아니고?”

깍지를 낀 손을 느릿하게 뒷머리에 갖다 대고 소파에 비스듬히 앉아 곧게 내려다보며 그가 낯뜨거운 말을 아무렇지도 않게 한다.

그의 시선과 마주쳤다.

못 말려. 하나는 새침한 눈동자를 하고 입을 삐죽거리며 말했다.

“야돌이. 하루 사이 머리카락이 쑥쑥 자란 거봐. 흥……. 그렇게 매일 야한 생각만 하니까 그렇죠.”

"응. 나 그런 생각만 하는 거 맞는데…… 우리 하나만 보면 자꾸 떠오르는 걸 어떡하냐고. 그건 본능이야."

갑작스럽게 그의 얼굴이 코앞까지 들이밀고 들어왔다. 달콤한 숨결이 그녀의 뺨을 스쳤다. 하나는 움찔 몸을 뒤로 젖혔다. 동준은 손가락을 천천히 뻗어 그녀의 입술을 조물락거리며 씨익 짓궂게 웃었다. 하나는 방어자세로 소파 위로 다리를 모아 올려 무릎을 세우고 팔로 꼭 감싸고 턱을 괴었다. 긴 속눈썹을 치켜뜨고 커다란 눈동자를 깜빡거리며 그녀가 웅얼거렸다.

"이제 안 할 거예요."

짧은 반바지를 입은 그녀의 미끈하게 빠진 하얀 다리가 눈앞에 어른거렸다. 끈질기게 응시하는 그의 뜨거운 시선에 무안한 하나의 얼굴이 붉어지며 발가락을 꼼지락거렸다.

"봐봐……. 네가 이렇게 자꾸 유혹하잖아."

기다란 두 팔로 그녀를 강하게 끌어당기자 하나는 속절없이 그의 품으로 쏙 들어왔다.

"꼭 한 번만 더 해주세요. 내 귀엔 그런 말 같아."

억지를 쓰는 그에게 하나는 괜한 심술을 부리며 고개를 돌리다 그의 날렵한 코와 부딪쳤다.

"말도 안 돼."

빠짝 다가온 그의 얼굴이 하나를 덮치며 그녀의 입술에 쪽 소리가 나게 입을 맞췄다.

"하나 넌 그냥 그 자체로 나에게 유혹이야."

동준은 말이 안 되는 논리를 펴면서 그녀가 예뻐 죽겠다는 표정을 지으며 내려다보았다. 그가 만족할 줄 모르고 입술을 들이밀었다. 입술이 포개지고 숨을 못 쉴 정도로 진한 키스가 이어졌다.

"하아……. 하아."

겨우 풀려난 하나는 숨을 할딱이며 얼굴을 붉히며 그를 밀어내었다. 이대로 있다간 또 늑대처럼 변해 덮칠지도 몰랐다.

하나는 눈을 동그랗게 뜨고 화제를 재빨리 돌리며 말했다.

"나 배고파요."

그는 아쉬운 표정을 지으며 가는 한숨을 쉬었다. 그녀가 버거워하는 것이 고스란히 보였다.

"배고파? 뭐 먹고 싶어?"

"떡볶이……. 되게 되게 매운 떡볶이."

하나가 부엌으로 쪼르르 달려가 냉장고를 뒤척이다 문을 닫았다.

"냉장고에 떡볶이 재료 다 있는데……."

"그럼 내가 해줄게."

"할 줄 알아요?"

거실에 앉아 있는 그를 쳐다보며 하나가 큰 소리로 물었다.

"내가 못하는 게 어디 있어."

자신만만하게 소파에서 일어난 그가 주방으로 가 냉장고 문을 열어 떡볶이 재료를 꺼냈다. 하나는 조그만 2인용 식탁에 앉아서 턱을 괴고 그가 요리하는 모습을 지켜보았다. 제법 능숙하게 떡볶이 재료를 넣고 양념을 거침없이 집어넣었다. 하나가 불안한 눈으로 자리에서 일어나는 것을 동준이 저지하며 거실로 몰아넣었다.

"윽……."

하나는 자신도 모르게 입에서 비명이 터져 나오려는 것을 목구멍으로 꿀꺽 삼켰다. 이런 오묘한 떡볶이는 태어나서 처음 먹었다.

어떻게 이렇게 엉망으로 만들 수 있는지 레시피를 따로 적고 싶을 지경이다.

매운데 짜고 덜 단 것이 양념 하나하나가 따로 노는 느낌. 눈치만 보고 눈알을 데구루루 굴리며 하나가 포크로 어묵을 집었다.

"맛있어?"

하나는 마지못해 고개를 끄덕거렸다.

"뭐야? 그런 미덥지근한 태도."

그가 자신 있게 포크를 꾹 찍어 떡볶이를 한입 베어 물었다.

"욱……. 이게 무슨 맛이야."

캑캑거리며 먹던 떡볶이를 바로 뱉어내러 싱크대로 뛰어갔다.

"완전 쓰레기잖아."

그의 말에 하나는 웃음이 터져 나왔다. 그는 그녀가 먹으려고 하자 부리나케 프라이팬을 빼앗아서 그대로 싱크대에 쏟아버렸다.

"아깝다……."

"이건 요리도 아니야."

"배고파요. 배고파요."

하나가 울상을 지으며 포크를 오물오물 물고 있었다.

"딴 거 먹을까?"

"뭐요?"

"말랑말랑하고 달콤한 거."

"젤리?"

"아니 우리 하나."

또, 또 저런다. 하나가 곱게 흘기며 눈을 샐쭉하니 떴다. 체력이 지치지도 않나 봐. 하나는 약 오른 고양이처럼 손톱을 세우고 그에게 날을 세웠다.

"저 손톱 무지 길어요."

"어구, 무서워라."

하나의 두 손을 가볍게 제압한 동준이 그녀를 끌고 소파에 앉혔다.

"우선 손톱을 깎고 발톱도 깎고……."

하나에게 물어보고 화장대 서랍에서 손톱깎이를 가져온 동준이 거실 바닥에 철퍼덕 앉아서 소파에 앉아 얌전히 손을 내민 하나의 손톱을 조심스럽게 깎았다. 그녀의 손톱을 너무 바짝 깎다가 그만 피가 났다. 하나는 너무 아파 인상을 찡그렸다.

"뭐야……. 잘하는 게 하나도 없어. 속았어."

눈물도 찔끔 났다.

"벌 줄 거예요."

그녀가 괜히 시비를 걸었다. 동준은 머리를 긁적이며 멋쩍게 미안한 눈으로 바라보았다. 하나는 속으로 웃음이 났지만, 꾹 참았다. 그러곤 화장대로 쏜살같이 뛰어갔다. 몰래 가져온 물건을 뒤에다 감추고 쪼르르 그의 앞으로 달려왔다. 그의 손을 잡고 약지 손가락을 쭉 빼 잡고는 해사하게 웃으며 말했다.

"네일아트 하기."

어이가 없다는 듯이 그가 멍하니 하나를 바라만 보았다.

두 사람은 거실에 마주 보고 엎드린 채 쭉 뻗어 누워 있었다. 열린 거실 창문에 붉은 장미가 화사하게 피어 그들을 흐뭇하게 바라보는 것 같았다.

"약지 손가락이 심장과 통한대요. 그래서 결혼반지도 이 손가락에 낀다잖아요."

낭랑한 그녀의 목소리가 듣기 좋았다. 그의 약지에 살굿빛 색을 예쁘게 칠하고 숫자 스티커를 조심스럽게 떼어내 그의 약자 손가락에 꾹 눌렀다. 동준은 물끄러미 그녀가 하는 행동을 턱을 받치고 바라보았다. 그의 약지엔 숫자 1이라는 스티커가 선명하게 보였다.

"동준 씨가 이제 하나 거라는 거예요. 들여다볼 때마다 심장에 다 매일매일 말해야 해요."

"숫자 일이 하나."

쿡 하고 그가 웃었다. 하나도 그를 따라 쿡쿡 웃기 시작했다.

"매일매일 말할게."

약지를 흔들며 그녀에게 빙긋 웃으며 말했다.

"이리 와."

하나가 그가 거실에 누워있는 곳에 가서 그의 가슴에 등을 대고 강아지처럼 폭 안겨 온다. 나른한 오후다. 장미향이 온 집에 가득했다. 포근하게 감싸오는 그녀 머리카락에서 나는 상큼한 비누 향과 섞여 코끝을 간질인다.

하나는 생각했다. 예전부터 꿈꿔왔던 집. 사랑하는 사람과 평범한 가정을 꾸미는 것. 함께 요리하고, 사랑하고, 아끼고, 따뜻한 눈길로 바라보고, 달콤한 사랑을 속닥거린다……. 지칠 때, 터덜터덜 걸어온 당신이 현관문을 열고 들어올 때 쪼르르 달려와 위로의 말을 건넨다. 난 언제나 당신 편이라고……. 속삭인다.

자꾸 눈이 감긴다. 왜 자꾸 졸리지? 나른한 하품이 나온다.

그녀의 하얀 뒷목에 닿는 그의 숨결이 팔랑팔랑 그녀의 하얀 솜털을 가른다. 빈틈없이 껴안은 그들 위로 따뜻한 오후 햇살이 비춘다. 하나는 생각했다. 행복하다고. 아주 많이…….

동준은 창밖을 내다보았다. 하나를 만난 지 이주일이 지났다.

급한 일을 마무리하고 다시 부산으로 내려왔다. 활짝 열린 창문을 통해 정원을 내려다보았다. 부엌으로 간 동준이 커피를 내리고 시계를 보았다.

보통 이렇게 늦잠을 자지 않는데 요즘 하나는 눈에 띄게 잠이 많아진 것 같았다. 얼굴도 영 까칠해져 보기에 좋지 않았다. 마침 눈을 비비며 하나가 방에서 나왔다.

"잠꾸러기 아가씨. 빨리 와서 아침 먹어."

벽시계를 흘끗 보던 하나는 발을 동동 굴렀다.

"어. 왜 안 깨웠어요. 회사 늦겠다."

"이 아가씨 정신없네. 오늘 쉬는 날이잖아."

휴대폰을 확인한 하나가 겨우 안도의 한숨을 쉬며 말했다.

"감기 걸렸나 봐요. 몸이 나른해요."

그러나 순간 하나의 머릿속에 다른 생각이 스쳐 지나갔다. 하나는 달력으로 달려갔다. 그리고 차분히 날짜를 세었다. 동준과 잠자리를 할 때 피임을 꼭 했었다. 그런데 부산에 내려와서는 그를 만났을 때부터 그럴 수가 없었다. 그와의 만남이 갑작스럽기도 했고 그렇게 여유를 부릴 만큼 서로가 정신적으로 여유가 없었다. 너무 사랑했고, 급했다. 밤낮없이 서로를 갈구했었다.

그사이 동준은 커피를 따라 그녀에게 권했다.

"오늘 새로 내린 원두 향이 너무 좋아. 한 잔 마셔."

하나가 고개를 저었다.

"동준 씨. 나…… 몸이 이상해요."

커피향이 코끝을 스쳐오자 하나는 헛구역질을 하기 시작했다. 동준은 그녀의 등을 토닥거려주다가 흠칫 모든 동작을 멈추었다. 그녀의 눈을 쳐다보던 동준은 갑자기 가슴이 두근거렸다.

설마……. 동준은 조심스럽게 그녀를 소파에 앉혔다.

약국으로 뛰어가 임신 진단 키트를 샀다. 그녀를 화장실로 보낸 후 긴장이 되어 앉아 있을 수가 없었다. 거실을 서성이며 초조하게 그녀가 나오기를 기다렸다. 화장실에서 나온 그녀의 표정을 알 수가 없었다.

"어떻게 됐어?"

조심스럽게 그녀의 대답을 기다렸다. 그녀가 입을 떼는 것이 천년처럼 길게 느껴졌다.

"두 줄이에요."

"그럼……?"

"우리 아기가 왔어요."

쭈뼛쭈뼛 나온 그녀가 임신테스기를 내밀며 떨리는 목소리로 말했다. 동준은 멍하게 그녀를 한참 동안 바라보았다. 하나는 그런 그의 모습을 보고 갑자기 불안해졌다.

"싫…… 싫어요?"

눈이 마주쳤다. 그가 세게 고개를 가로저었다. 동준은 그녀에게 와락 달려들어 입을 맞추었다. 온 얼굴에 마구잡이로 입맞춤을 했다. 하나는 숨이 막혔다. 감정이 격해져 동준은 그녀의 목덜미에 얼굴을 묻었다.

"하나야. 너무 좋다. 내 생애 최고의 날인 것 같아."

그가 흥분하는 모습을 보며 그녀가 갸웃 고개를 비스듬히 하며 미소를 지었다.

"저두요. 저두 기뻐요."

하나는 선명한 두 줄을 보고는 감정이 벅차올랐었다. 동준이 같은 마음을 가진 것을 보자 하나는 가슴이 뭉클했다. 이제는 예쁜 가정을 이룰 수 있을 것 같았다. 그녀가 꿈꾸었던 온전한 가정 말이다. 그녀에게도 그에게도 허락되어지지 않았던 가정을, 이제 꾸릴 수 있다는 생각에 하나의 눈에 눈물이 맺혔다.

동준은 엄지손가락으로 그녀의 뺨에 흐르는 눈물을 닦아주었다. 말하지 않아도 알 수 있었다. 서로가 떨어져 지낸 동안 얼마나 그리웠고 소중한 존재인지를 뼈저리게 느꼈었다. 이렇게 그녀가 곁에 있는 것만으로도 행복한데 동준은 뜻밖에 최고의 선물을 받아 울컥했다.

"좋은 남편이 될게. 좋은 아빠가 될게."

지그시 그녀를 내려다보며 속삭였다.

"좋은 아내가 될게요. 좋은 엄마가 될게요."

하나는 그를 올려다보며 환하게 웃으며 말했다.

"당신 닮은 아들이었으면 좋겠어요."

동준이 고개를 저었다.

"무슨 고생 하려고. 난 당신 닮은 딸이었으면 좋겠는데."

서로가 마주 보며 따뜻한 입맞춤을 나누었다. 동준이 커다란 손으로 그녀의 배를 감쌌다. 아이에게 엄마아빠가 얼마나 사랑하는지. 그리고 네가 얼마나 축복받은 아이인지 말해주고 싶었다.

13. 다시 한 번 결혼할까요?

하나와 동준은 감천마을 골목길을 걷고 있었다. 함께 꼭 오자고 약속했던 어린 왕자와 여우 동상을 보기 위해서였다. 해질녘쯤 붉게 변하는 노을 속에 쓸쓸했던 왕자의 모습이 아닌…… 자신의 별로 돌아가 사랑했던 장미와 함께 있을지도 모르는 그들처럼……. 하나에겐 수많은 기억과 추억이 머문 장소이다.

처음 부산에 와서 엄마랑 함께 오고 싶었던 곳. 두 사람이 서로가 사랑하고 있다는 것을 확인하며 같이 오자고 약속했던 곳. 헤어진 후 그가 그리울 때마다 힘겨운 마음으로 올라와 위로받던 곳.

한 번도 사랑하는 사람과 가지 못했던 그곳에 지금 하나는 그와 손가락이 아플 정도로 꽉 깍지를 끼고 그곳을 향하고 있었다. 달콤하고 설 다.

"하나야. 서울에 올라가자."

"아버님이 허락하실까요?"

"너에게 말하지 않은 것이 있어."
"어떤 말요?"
"네 아버지……. 최경훈 회장님."
하나는 무겁게 입을 다물고 말았다.
그도 알고 있었구나…….
"최 회장님이 영국 가기 전 아버님을 찾아뵈셨어. 그리고 하나 너를 위해 태영그룹에 막대한 자금을 투자하셨어. 네 이름으로."
동준은 하나의 아픈 마음이 느껴졌지만 담담하게 말을 이었다.
"아버님은 태영그룹에 이익이 된다면 반대하시지 않는 분이셔. 그런 내 아버지 마음을 돌리기엔 참 쉬운 방법이긴 하더군."
하나는 고개를 숙이며 말이 없었다. 한참 후 무겁게 겨우 입을 떼었다.
"전 말이죠……. 가난한 아버지라도 자식을 진심으로 사랑하는 사람이었으면 좋겠어요."
"너에게 미안하다고 말씀하시더라. 넌 어떨지 몰라도 최 회장님은 사랑을 서툴게 표현한 거라고 생각해. 난 솔직히 조금 고마웠어. 속물적인 우리 아버지 마음, 돌려주셔서……. 원래 마음이 있는 곳에 물질도 머문다고 생각해. 내가 널 사랑한다고 느꼈을 때 너에게 모든 것을 준다고 해도 아깝지 않더라. 최 회장님도 마찬가지 아닐까?"
어쩜 하나의 아픈 상처에 딱지가 생기고 아픔이 무뎌지면 아버지를 만나러 갈 수 있을지도 모른다. 눈물을 머금은 하나의 눈동자에 웃음이 번졌다.
"난 참 쉬운 여자인가 봐요. 동준 씨 그런 말들에 바보처럼 맘이 흔들려버리는 것 보면요."

"알아. 넌 쉬운 여자야."

눈을 동그랗게 뜨고 하나가 억울한 듯 그를 올려다보았다. 넙죽 저렇게 긍정할 줄은 몰랐다.

"나같이 나쁜 놈도 사랑해준……."

동준은 그윽한 눈으로 아래를 내려다보며 고개를 숙여 삐죽 내민 그녀의 입술에 살짝 입을 맞췄다.

"그렇지만 난 그런 널 얻기 위해 내 모든 것을 걸었어. 넌 나에게 그렇게 소중한 사람이야."

아……. 뒷말을 안 들었으면 화낼 뻔했다.

하나는 그저 좋아서 헤벌쭉 웃으며 말했다.

"그런 말 가르쳐주는 학원도 있어요?"

"가르쳐주면 내가 못 써먹잖아."

그가 거만하게 고개를 들다가 다시 느끼하게 그녀를 내려다보았다.

주위의 골목마다 정감 있는 그림들이 펼쳐졌다. 따뜻하고 밝은 색깔들은 보는 사람들에게 어릴 적 향수를 불러일으킨다.

알록달록 예쁜 지붕 색깔과 미로처럼 구불구불한 골목길…….

골목길마다 저마다의 사연이 있다는 듯 다른 그림들과 색깔들이 나타나 지루한 줄 모르겠다. 어쩜 우리 인생에도 저마다의 사연을 가지고 새로운 골목길이 나올지도 모른다. 막다른 골목에 절망할 수도 있을 것이다. 길을 잘못 들어 매번 놀랄지도 모른다. 낯설고 때론 힘겨운 계단이 끝도 없이 눈앞에 나타날지도 모른다. 그렇지만 이제는 괜찮다. 그런 날이 와도 눈을 돌려 옆을 보면 사랑하는 사람과 함께 있다는 것에 감사하리라 생각했다.

왕자와 여우가 있는 동상에 도착할 때쯤 노을이 지고 있었다.

붉게 변한 하늘을 배경으로 왕자와 동준과 여우와 하나가 나란히 앉아 사진을 찍었다.

동준과 하나는 해사하게 웃으며 마주 보았다.

푸른빛이 감도는 밤이었다. 오늘이 무슨 날인지 불꽃놀이가 한창이었다. 펑펑 터지는 불꽃에 사라지는 작은 빛들이 밤하늘을 아름답게 수놓았다. 순식간에 사라지는 불꽃들을 바라보았다. 그리고 조용히 바닷가를 거닐었다.

나란히 걷던 하나가 몸을 기울여 그의 어깨에 머리를 기대었다. 밤에는 제법 바람이 불어왔다. 하나의 머리카락이 헝클어지고 뺨에 바람이 스쳤다. 두 사람은 신발을 벗어 손에 쥐고 모래사장에 발을 디디며 걸었다. 발가락 사이로 모래가 삐죽거리며 튀어나왔다. 서걱거리는 감촉이 여린 살갗에 닿아 간질거린다. 불꽃놀이를 구경하느라 사람들이 몰려들었다.

하나와 동준은 사람들을 피해 한적한 바닷가로 걸어갔다. 쏴아아……. 파도 소리가 들렸다. 둘은 한적한 곳에 앉아 검은 밤하늘과 맞닿은 검푸른 빛이 일렁거리는 바다를 바라보면서 나란히 앉아 있었다.

바람에 흐트러진 머리카락, 맑은 눈망울, 눈부신 미소를 짓는…… 뽀얀 피부를 가진 어여쁜 나의 사랑. 조심스럽게 다가가 손을 뻗어 그녀의 뺨을 쓰다듬었다. 하나는 긴 속눈썹을 들어 초롱초롱한 눈으로 그를 쳐다보았다.

"하나야."

"왜요?"

"있잖아……."

말없이 하나를 응시하던 동준은 주머니에서 조그만 상자를 꺼냈다.

"출장 끝나고 줄려고 했는데……. 너무 시간이 많이 지났네."

하나는 떨리는 손으로 상자를 열었다. 밤하늘에 반짝이던 별이 내려온 듯한 보석이 박힌 예쁜 반지였다. 동준은 조심스럽게 반지를 꺼내고 그녀의 가녀린 손가락에 끼워주었다.

"나랑…… 다시 한 번 결혼해줄래?"

그녀가 놀란 눈을 하며 말없이 쳐다보았다.

"끝이 정해진 그런 사랑 말고 절대 헤어지지 않는 진짜 결혼 말이야."

차분하고 진지한 그의 목소리가 잔잔한 파도 소리를 뚫고 그녀의 귀에 울렸다. 하나의 눈에 눈물이 그렁그렁 맺혔다.

그녀의 머릿속에 수많은 기억이 스쳐 지나갔다.

처음 그와 입맞춤했을 때……. 신혼여행 때 오해하던 그를 향해 울부짖었을 때도……. 사랑 고백하며 같이 잠들었던 날들도……. 장난치며 함께 즐겁게 웃던 날들도……. 그와 헤어져 그리워하며 눈물짓던 수많은 날도……. 순간순간 느꼈던 감정들이 그녀의 가슴에 머물렀다.

"살다 보면…… 어쩌면 지금보다 더 힘든 일들이 올지도 몰라. 그렇지만 난 최선을 다할 거야. 좋은 남편, 자상한 아빠가 되어보고 싶어. 당신이 원하는 행복한 가정을 만들고 싶어."

아빠라는 부재를 알고부터 꿈꾸어왔던 행복한 가정. 사랑하는 사람과 수고롭게 일구고 같이 애쓰며 만들고 싶었던…….

그녀의 대답을 바라는 간절한 그의 마음이 고스란히 담긴 눈길이 애틋했다.

"네, 그럴게요. 동준 씨랑 저…… 결혼할래요."

하나는 멈출 줄 모르고 흐르는 눈물을 훔치고 울먹이며 말했다.

"고비가 생길지도 몰라. 우리 모두 처음이니까……. 하지만 사랑하는 당신이 있으니까 난…… 잘 참고 견딜 수 있어."

아이를 낳고, 남편이 되고, 아내로, 아빠로…… 또 엄마로 자신의 위치를 만들어가는 것이 우린 모두 처음이다. 그렇지만 서로 사랑하고 믿는다면 함께 이루어낼 수 있을 것으로 생각했다.

그녀가 연신 눈물을 훔치고 웃었다.

"저도요……. 전 사랑을 믿을래요."

"사랑해, 하나야……."

"사랑해요."

따뜻하고 포근한 달빛 아래 달콤한 입맞춤이 서서히 깊어져 갔다.

내일 한남동 집에 도착하면 결혼 준비로 서둘러야 할지 모른다. 오늘 밤만큼은 느긋하게 하루를 보내고 싶었다. 하나의 집으로 가는 길, 콘으로 된 아이스크림을 먹으며 두 사람이 다정하게 골목길을 걸어가고 있었다.

"이 레몬맛 아이스크림 너무 달콤하고 상큼한 맛이에요."

"그래?"

동준이 그녀의 앙증맞은 입술을 뭉개고 그의 혀로 밀고 들어와 그녀의 입속에 있던 아이스크림을 빨아들였다. 하나는 숨이 막혔다. 주변에 사람이 있나 어두운 골목길을 둘러보며 도끼눈을 뜨며 목소리를 돋웠다.

"뭐야. 그때도 초콜릿 빼앗아 먹고선……. 습관이야. 완전."

하나는 피하고 삐죽하며 입술을 샐쭉거렸다.

"네가 자꾸 키스해달라고 보채잖아. 요렇게 예쁘게 입술을 오물거리면서."

동준이 씨익 웃었다.

"하……. 뭐예요. 자기 멋대로 해석하고선."

하나는 밉지 않게 눈을 흘기며 귀엽게 투덜거렸다.

"그래서 싫어?"

"뭐…… 그건 아니고……."

귀엽게 눈을 내리깐 하나의 얼굴이 붉게 달아오르며 웅얼거렸다. 그런 모습이 깨물어주고 싶은 만큼 귀여워 동준의 마음이 간질간질했다.

"봐. 너도 좋았잖아."

그의 짓궂은 표정에 하나는 눈 둘 곳이 없어 혀로 아이스크림을 말없이 핥았다. 그 모습이 동준의 마음에 불을 붙였다.

"근데…… 네 아이스크림이 훨씬 맛있다."

"싫어……. 안 줄 거야."

하나는 도망가다 동준에게 잡혀 입술을 다시 먹혀버렸다. 가로등이 희미한 어두운 골목길에 아웅다웅 실랑이가 벌어졌다.

"우리 결혼하기 전에 혼수품도 있고."

그가 다정스럽게 그녀를 감싸 안으며 말했다.

"예쁘고 사랑스럽게 생긴 하나 똑 닮은 공주님 낳았으면 좋겠다. 그치?"

"안 돼요. 당신 닮은 왕자님이라니까요."

"그래? 그럼 우리 연달아 낳게 매일 연습하자."

하나는 능글맞게 바라보는 동준을 노려보며 팔뚝을 아프지 않게 때렸다.

“나 또 하고 싶어. 네가 너무 예뻐서……. 지금 못 참겠어. 하나야. 응?

그는 양보는 없다는 듯한 표정을 지으며 자꾸 어린아이처럼 보챘다.

“임신 초기 때 얼마나 조심해야 하는지 알아요?”

“살살 하면 된다고 그러더라.”

“당신이 언제 살살 한 적이 있어야지.”

입술을 삐죽거리며 하나가 도망갔다.

“하나야!”

애타게 부르는 동준을 외면한 채 달리는 하나를 쫓아가 허리를 번쩍 들어 올렸다. 간지러움이 온몸에 번지자 하나가 까르르 웃음을 터트렸다. 그녀의 웃음소리가 달콤한 그의 입맞춤에 사라져버렸다. 동준이 또다시 속삭인다.

“사랑해.”

고운 그녀의 입술에서 살랑살랑 흘러나오는 행복한 웃음소리가 그의 귓가에 들렸다.

외 전

1. 부전자전

재하는 데구르르 굴러가는 공을 잡으러 아장아장 걸어갔다.

요즘은 말짓이나 성장 속도가 장난이 아니다. 한순간이라도 한눈을 팔다간 무슨 일이 벌어질지 몰랐다. 아빠를 닮아서 또래들보다 운동신경이 발달했는지 높은 곳도 겁 없이 순식간에 올라가버렸다. 그러니 하나는 매일 이렇게 재하가 노는 모습을 지켜보고 있었다.

Rrrrr.

주머니에서 꺼낸 휴대폰 액정에 시아버지 번호가 보인다.

"예, 아버님."

-그래. 우리 재하 잘 있지?

"네. 재하 노는 모습 보여드릴까요?"

-그 녀석 재롱떠는 모습이 내 눈에 삼삼하게 계속 맴돌아서 이렇게 널 자꾸 귀찮게 하는구나.

"아니에요. 언제든지 보고 싶을 때 전화하세요."

하나는 그만 웃음이 났다. 김 회장은 재하가 태어난 뒤부터 부쩍 전화가 잦았다. 영상통화로 돌린 하나는 재하를 불렀다.

"재하야, 할아버지. 할아버지 전화 받아요."

"할삐. 할삐."

재하는 할아버지란 말에 고개를 쳐들고 하나 곁으로 아장아장 걸어왔다. 하나가 휴대폰을 가까이 가져가자 재하는 커다란 눈동자를 굴리며 쳐다보았다. 휴대폰 안에 할아버지를 발견한 재하가 손을 뻗으며 까르륵 웃었다.

"할삐…… 할삐."

-우리 재하 잘 있었어?

화면 속에 할아버지를 보며 재하는 가까이 다가갔다.

"할삐 조아."

재하의 말에 김 회장 얼굴에 웃음꽃이 피었다. 말년에 손자 재롱을 보며 김 회장의 마음도 점점 온화해져가는 것 같았다.

-할아버지가 까까 사놓고 있을게.

"까까. 까까."

재하는 포동한 손을 쫙 펴며 얼굴이 휴대폰 화면으로 들어갈 기세다. 하나가 고사리 같은 재하의 손을 잡아 떼어낸 후 말했다.

"할아버지 뽀뽀."

동글동글 귀여운 재하의 얼굴이 가까이 다가가더니 쪽 하고 뽀뽀를 한다.

-아구, 우리 똥강아지, 그래. 할아비도 뽀뽀. 쪽.

폰 안에 커다란 입술이 가득 찼다.

"아버님. 요번 주 주말에 재하랑 같이 찾아뵐게요."

-그럴래? 동준이 그 녀석에겐 말을 못하겠다. 어찌나 찬바람이 쌩 부는지.

"그이에겐 제가 잘 이야기할게요."

-그래주겠니? 딴 사람 말은 안 들어도 네 말엔 껌뻑하는 녀석이니…… 참.

"죄송해요."

-네가 죄송할 게 뭐 있니? 내가 너한테 몹쓸 짓 한 것 때문에 그 녀석이 그러는 것을. 내가 너한테 참 미안하구나.

"그런 말씀 하지 마세요. 다 지난 일인 걸요."

-그렇게 말해주니 고맙구나.

하나는 시아버지의 힘없는 목소리에 가슴 한쪽이 아릿해졌다.

이젠 연세가 드시면서 대쪽 같은 면모도 조금씩 수그러져가고 쓸쓸해 보일 때가 많았다.

"어머님도 잘 계시죠?"

-성혁이 때문에 파리로 갔다. 그 녀석이 워낙 자유로운 영혼이지 않니? 파리 여자를 사귄다는 말에 외국 여자는 죽어도 안 된다며 어제 바로 비행기를 타고 갔어.

시어머니 민 여사는 성혁 때문에 종종 골머리를 앓고 있었다.

성혁은 선보라 할 때마다 유럽으로 줄행랑을 친 후에 외국에서 살겠다며 으름장을 놓아 민 여사를 괴롭히고 있었다. 그런 말들을 전해들을 때마다 하나는 참한 아가씨를 꼭 소개해줘야겠다고 생각했다. 이제 도련님도 한국에 정착해서 예쁜 가정을 이룰 나이가 한참 지났다.

하나는 재하 이야기로 화제를 돌려 시아버지와 한참을 통화했다. 전화를 끊고 재하에게 눈을 돌렸다. 통통한 손가락으로 정원에 있는 흙을 만지작거리며 얼굴에 비벼 까맣다.

"지지. 재하야."

하나가 재하에게 다가가려는데 누군가 손목을 잡아끌었다.

뒤를 돌아보니 동준이 서 있었다.

"놀게 둬."

"어머. 언제 왔어요?"

"누구랑 통화하는데 서방님이 와도 몰라."

하나의 따뜻하고 환한 미소를 지으며 동준을 바라보았다.

"아버님이요."

"또 전화 왔어? 그 노인네는 하루가 멀다 하고, 쯧……."

무뚝뚝하게 말하는 동준이었지만 김 회장이 매일 전화하는 것이 내심 기분이 나빠 보이진 않았다. 동준은 하나의 어깨에 손을 얹고 자신 쪽으로 끌어당겨 안았다. 남편의 단단한 가슴에 얼굴을 묻고 있던 하나가 고개를 들고 곱게 눈을 흘겼다.

"아버님께 무슨 말버릇이에요. 아이 듣겠어요."

"들으라지."

하나가 동준의 어깨를 가볍게 툭 때렸다. 씨익 동준이 웃는다.

뾰족 솟은 눈초리로 하나가 야무지게 말했다.

"요번 주에 평창동으로 간다고 했어요."

"난 안 가."

"어머. 그럼 재하를 어떻게 혼자 감당해요."

가만가만 하나의 뒤통수를 부드럽게 쓰다듬던 동준이 미간을 찌푸리며 말했다.

"그런가……. 가서 또 묵언 수행하고 있어야 해?"

"누가 그러랬나?"

하나가 삐죽 입을 내밀자 동준은 기습적으로 말캉한 입술을 삼켰다. 아버지께 그렇게 모질게 당해놓고도 따스하게 감싸 안은 하나의 마음씨에 동준은 또 뭉클해진다.

하나가 주위를 살피며 흠칫 놀랐다. 그의 가슴팍을 손으로 밀어내며 작은 실랑이를 벌였다. 갑자기 고함소리가 정원에 쩌렁쩌렁 울렸다. 그때 재하가 무슨 돌격대장처럼 무섭게 아빠를 향해 뒤뚱거리며 뛰어왔다.

"엄마 내 꺼야. 내 꺼야……."

재하가 흙투성이로 더러워진 손으로 동준의 다리를 잡고 버둥거리고 있었다. 하나와 동준이 놀란 눈으로 아래를 내려다보니 말똥한 눈으로 아빠를 쳐다보며 미간을 찌푸리고 있었다.

하나는 그만 웃음이 삐져나왔다. 어떻게 인상을 쓰는 것도 아빠랑 그렇게 닮았는지, 누가 보아도 동준이 아들이라고 하겠다.

"하나야. 너 웃음이 나와?"

"인상 쓰는 것도 당신이랑 똑같아요. 귀엽잖아요."

하나는 재하를 번쩍 안아 들고 빙그그르 돌았다. 까르르 재하의 웃음소리가 정원에 퍼졌다.

"조심해, 여보."

비틀거리는 그녀의 허리를 두 팔로 감싸며 잡아주었다. 재하는 바짝 붙어 있는 아빠를 손바닥으로 밀어내며 하나의 품으로 파고들었다.

"엄마 내 꺼야."

동준은 기가 찼다. 말을 배우기 시작하면서부터 다른 말은 혀

짧은 소리로 말하더니 '엄마 내 꺼야' 하는 발음은 그냥 아주 어른 발음이다. 이런 소유욕은 대체 어디서부터 생겨났는지.

동준이 재하를 째려보았다.

"지금 뭐 하는 거예요?"

하나가 그런 동준을 보며 나무라듯 쳐다보았다.

"뭐야? 내가 첫 번째야, 재하가 첫 번째야?"

아니 이 남자가. 아이를 두고 질투를 하다니, 하나는 기가 막혀 재하를 꼭 끌어안고 집으로 들어갔다. 하나를 쫓아오던 동준이 다그치듯 물었다.

"말하라니까."

"말할 가치도 없어요."

"왜? 나 지금 삐졌어."

"어머. 이 사람이."

하나가 흘겨보았다. 거기다 재하까지 새치름한 표정으로 엄마를 만지지도 말라는 듯 아빠 손등을 치고 있었다. 하나는 재하의 그런 모습도 귀여운지 눈에 꿀이 뚝뚝 떨어진다.

"우리 재하 아빠랑 목욕해야겠다."

하나는 옷이 더러워지는 것도 상관없는 모양이다. 아이는 엄마에게 바짝 안긴 채 세상을 다 가진 표정으로 그녀의 가슴에 흙투성이가 된 뺨을 비비고 있었다.

동준은 그 모습에 가슴이 따뜻해졌다.

엄마의 사랑을 듬뿍 받은 재하의 어리광이 싫지 않다.

동준은 재하의 젖은 머리를 말려주었다.

목욕할 때는 아빠에게 딱 달라붙어 방실방실 웃으면서 엄마만 나타나면 불독처럼 돌변한다. 쭉 찢어진 눈매가 할아버지를 닮은 것도 같고 자신을 빼다 박은 것 같기도 하다. 소유욕 하면 할아버지인데 어쩜 성격까지 이렇게 판박이일까? 어쨌든 피는 못 속인다고, 옛날 어른들이 하시는 말씀이 그른 것이 없다.

재하에게 잠옷을 입히려고 팔을 끼우려 하자 미꾸라지처럼 빠져나가 쏜살같이 도망갔다.

"재하야."

다급하게 부르는 소리도 쌩깐다. 요 녀석, 아주 잡히기만 해봐라. 오늘은 볼기짝을 사정없이 두들겨주어야겠다고 단단히 벼르고 성큼성큼 쫓아갔다.

어느새 거실에 있는 엄마 치마폭에 숨어든 재하가 아빠의 눈을 피하며 빼꼼히 고개를 내민다. 아주 지원군을 제대로 만났는지 의기양양하다.

"여보, 재하 저 녀석 혼내줘. 아주 옷도 안 입고 도망만 간다니까."

도끼눈을 뜬 동준이 하나에게 잘못을 고자질하듯 큰소리다. 치맛자락을 붙드는 재하의 눈높이를 맞추려고 쪼그려 앉은 하나가 따스하게 말했다.

"재하야. 오늘 엄마랑 자려면 빨리 잠옷 입어야지 잘 수 있어."

그 말에 재하의 눈빛이 반짝반짝거렸다.

하나는 베이비로션을 듬뿍 짜서 얼른 온몸에 발라주었다. 젖어 있는 까만 머리, 긴 속눈썹, 조그맣고 앙증맞은 코. 말캉말캉한 살결까지, 깨물어줄 만큼 사랑스럽다. 빨간 뺨을 부드럽게 쓰다듬었다.

"아빠랑 빨리 옷 입어요."

재하가 고개를 끄덕였다. 젖은 머리를 수건으로 털며 다가오던 동준이 우뚝 멈춰 서더니 불만 가득한 목소리가 튀어나왔다.

"뭐? 오늘도 같이 잔다고."

뜨악한 표정으로 동준의 얼굴이 사정없이 일그러졌다.

지금 삼 일째, 하나를 안지도 못했다. 하나를 안기만 하면 달려들어 둘 사이를 떼어놓고는 떼를 쓰다가 안 되면 앙 울음을 터트리는 저 방해꾼. 심지어 침대 가운데 자리를 턱 차지하며 엄마는 만지지도 못하게 감시하는 얄미운 왕자님, 밤톨만 한 저 녀석 때문에.

"아직 3살인데 그럼 혼자 재워요?"

하나가 동준을 째려보자 그가 움찔했다. 나이를 거꾸로 먹는지 나날이 유치해져가는 남편 때문에 당황스럽다가도 자꾸 웃음이 나왔다. 하나가 벗어놓은 옷가지들을 세탁기로 가져갔다. 엄마의 말이 떨어지기 무섭게 재하는 쪼르르 달려가 잠옷을 질질 끌고 나왔다. 그러곤 아빠를 한참 올려다보며 재촉한다.

"아빠……. 아빠~ 앙."

어리광에 애교가 듬뿍 묻은 코맹맹이 소리를 내며 말간 웃음이 얼굴에 가득하다. 통통한 손가락으로 앙팡지게 동준의 바지를 움켜쥐고 빨리 입히라고 바둥거린다.

……졌다. 휴……. 한숨을 쉰 동준이 모든 것을 포기했다는 듯 재하의 잠옷을 입혔다. 어쩔 수 없다. 오늘은 최선을 다해서, 아니 아주 죽을힘을 다해 요 방해꾼을 빨리 재우는 것밖에는 다른 뾰족한 수가 없다. 오늘은 절대 양보는 없다.

옷을 다 입히고, 동준이 아이의 고사리 같은 손을 꼭 잡고 눈을 맞춘다.

"훨씬 훨씬 오래전부터 엄마는 내 꺼였거든."

"엄마 내 끄야."

눈을 부라리며 아빠를 바라보는 모습이 제법 살벌하다. 누구에게도 뺏기지 않겠다는 결연한 의지가 있는 표정이다.

피식 웃음이 났다. 사내 녀석이라면 그래야지.

"재하는 엄마가 그렇게 좋아?"

"응. 엄마 조아."

"그럼 낮에만 양보할게. 밤에는 안 돼."

재하는 양보라는 말을 처음 들었는지 고개를 갸우뚱거렸다.

조심스럽게 아빠의 눈치를 본다.

"낮에는 엄마 재하 꺼야."

엄마가 재하 꺼라는 아빠의 말에 재하는 빙긋 웃었다. 선심 쓰듯 아들에게 하나를 양보하고는 화해를 청하듯 동준이 두 팔을 벌렸다. 잠시 망설이던 재하는 냉큼 아빠 품에 안겼다. 달큰한 베이비 로션 냄새에 동준의 입가에 절로 미소가 지어졌다.

저녁을 먹고 난 후 재하는 졸음이 몰려오는지 눈을 손으로 비볐다. 동준은 이때다 싶어서 얼른 재하를 안아 들었다. 싫지 않은지 아빠 품에 파고들면서 고개를 어깨에 기대었다.

"안아서 재우면 버릇 들어서 안 돼요."

설거지를 하던 하나가 고개를 돌려 말했다.

빨리 재워야 하는데 어쩌라고. 동준이 들은 척도 하지 않고 안방으로 쌩하니 가버렸다. 하나가 어깨를 으쓱하며 나머지 뒷정리를 했다. 샤워를 하고 드레스룸에서 머리를 말린 후 안방에 들어가 보니 침대에 재하와 동준이 잠들어 있었다.

"어쩜 자는 모습이 이렇게 닮았을까?"

부드러운 미소를 지은 하나는 재하의 옆에 가만히 모로 누웠다. 아이랑 노느라 많이 피곤했는지 하나의 눈꺼풀도 사르르 감겼다. 침대에 나란히 누운 세 사람의 새근거리는 숨소리가 방 안 가득 채워졌다.

부드럽고 말캉한 감촉에 하나는 무거운 눈꺼풀을 겨우 들어 올렸다.
"하나야. 자?"
"여보."
얕은 잠에서 깨어난 하나가 눈을 번쩍 떴다.
"재하 깨요."
두리번거리며 재하를 찾았지만 안방에 없었다.
"재하 방에 데려다놨어."
"어머. 깨서 엄마 없으면 운단 말이에요."
커다란 눈에 걱정이 가득하다.
"깊게 잠들어서 괜찮아."
동준은 태연하게 대꾸하며 그녀의 잠옷 단추를 하나씩 풀었다. 다물린 입술 사이를 비집고 혀끝으로 그녀의 입안을 헤집고 들어왔다.
"재하가 깨서 올지도 몰라요."
"문 잠갔어. 그리고 밤에는 양보 안 한다고 경고했어."
"어머?"
"나도 사랑해주라."
눈을 곱게 흘기며 하나가 부드럽게 그의 머리카락을 쓰다듬었다.
"질투쟁이."
동준이 그런 하나를 지그시 보다가 쪽 입술을 갖다 대었다
"하나야."
꿀 떨어지는 달콤한 목소리로 그녀를 불렀다.
"네?"

"우리 하나 닮은 예쁜 공주님 더 만들자."

잠옷 안으로 커다랗고 따뜻한 그의 손이 들어와 그녀의 말랑한 젖가슴을 조물락거렸다. 간지러움에 하나가 몸을 뒤척거리며 웃음을 터트렸다.

"장난치지 마요."

"나 진지해."

웃음 섞인 그녀의 외침에 동준의 얼굴에도 웃음이 번졌다. 흐트러진 머리카락도, 발갛게 달아오는 붉은 뺨도 너무 사랑스럽다.

예쁜 우리 하나. 당신은 내 마음을 알까? 너를 만나기전, 차라리 태어나지 않았다면 좋지 않았을까 매일 밤 잠들 때마다 그런 생각을 하곤 했지. 그랬어. 그땐 많이 지쳐서 정말 쉴 곳이 필요했지. 딱 하루만이라도 편안하게 잘 수 있는 그런 지극히 평범한 일상을 꿈꾸고 있었는지 몰라. 당신과의 사랑을 확인한 이후엔 내가 지켜야 하고 머무를 곳을 허락해준 것에 매일매일 감사해.

그녀가 너무 소중해서, 너무 애틋해서 동준의 가슴이 저려왔다.

그래서 있는 힘껏 그녀를 껴안아주었다. 천천히 고개를 숙인 동준이 하나의 고운 입술에 입을 맞추었다. 한참이 지난 후 앙증맞은 그녀의 입술에 웃음이 사라지고 달뜬 신음소리가 흘러나왔다.

"사랑한다. 하나야."

2. 많이 행복합니다

찬바람이 불었지만 카페 안에는 햇빛이 따스하게 비치고 있었다. 오늘은 하나의 생일이었다. 차가운 겨울에 태어난 하나는 자신의 생일이 따스했던 봄이었다면 얼마나 좋았을까 생각하곤 했다.

매섭고 황량한 바람이 불 때면 마음이 외롭고 쓸쓸해졌다.

두 아이의 엄마가 되고 나서 하나는 생일 때마다 엄마가 그리워졌다. 참 고왔던 엄마의 젊은 시절이 떠올라 마음이 더 아려왔다. 어린 시절엔 생일 때도 특별한 일 없이 혼자 지내다가 캄캄한 밤이 되면 무서워 이불 속으로 파고들었다. 폭신한 이불을 뒤집어쓰고 얼굴만 쏙 내밀고 누워서 엄마를 기다리다면서 잠이 들곤 했다. 바쁜 엄마는 밤늦게까지 일하다 들어와서 푸르른 빛이 비추는 새벽에 다시 일터에 서둘러 나가셨다.

일찍 일어나 후루룩 찬밥을 물에 말아 먹던 엄마의 모습이 떠올라 가슴 한구석이 찌릿해져왔다. 부스럭 소리에 엄마가 너무 보고 싶어 무거운 눈꺼풀을 비비며 '엄마' 하고 불렀었는데…….

그럴 때마다 엄마의 따뜻한 가슴에 포근하게 안아주셨다.

엄마가 보고 싶었다. 엄마도 아빠가 많이 보고 싶으셨겠지?

창가에 앉아 있던 하나의 손에 식은땀이 맺혔다. 긴장했나 보다. 처음으로 아버지를 만나는 설렘에 하나의 얼굴은 복잡한 표정을 감출 수 없었다.

딸랑. 카페의 출입문이 열리며 나이 지긋한 노신사 한 분이 걸어 들어왔다. 하나는 직감적으로 그분이 최경훈, 자신의 아버지임을 알 수 있었다. 천천히 자신 쪽으로 걸어오는 모습을 보며 하나가 자리에서 일어났다.

"정하나. 맞습니까?"

중후한 목소리에 하나는 고개를 끄덕이며 대답했다.

"네."

잠시 서 있던 남자는 묵묵히 하나를 바라보았다. 주름진 노신사의 눈가가 촉촉하게 젖어들었다.

"엄마랑 많이 닮았구나."

하나는 서리가 내린 아버지의 머리카락을 보자 가슴이 아릿해져왔다.

잠시 후 따뜻한 커피가 탁자에 놓였다. 김이 모락모락 나는 머그잔을 하나가 두 손으로 감쌌다. 두 사람은 그렇게 한참을 말없이 앉아 있었다. 먼저 침묵을 깬 것은 경훈이었다.

"내가 너에겐 입이 열이라도 할 말이 없구나. 이렇게 얼굴을 보여주어서 고맙다. 하나야."

"꼭 뵙고 싶었습니다. 그리고…… 많이 그리웠습니다."

하나는 자신도 모르게 먼저 튀어나온 말을 곱씹어보았다.

아……. 나는 아버지란 이름이 무척 그리웠었구나. 태어났을 때부터 없었던 아버지. 꼭 이렇게 한 번쯤 불러보고 싶었다.

"너랑 영애에겐 난 참 면목이 없는 사람이구나."

"……."

고개를 들어 눈을 마주했다.

"아버지."

따뜻한 하나의 눈빛에 노신사의 눈물이 볼을 따라 흘렀다. 아버지라고 불릴 자격이 없는 사람에게 앞에 있는 딸이 한없이 자상한 목소리로 그의 마음을 아프게 했다.

"다…… 지나간 일인 걸요."

하나는 따스하게 웃었다.

"속상한 일도 많았지? 아버지 노릇을 하지 못해서 너에게 상처를 준 것만 같아서 말이다."

"사실 어릴 때는 아버지가 있는 평범한 아이들이 무척 부러웠어요. 학교 행사나 어린이날엔 특히 아버지가 있었으면 좋겠다. 그랬어요. 가족 그림을 그릴 때도 엄마와 저만 그렸거든요. 그럴 때마다 아이들이 많이 놀렸어요. 아버지가 없다고…….”

하나가 살포시 내리뜬 속눈썹을 올려 아버지를 바라보았다. 경훈은 그런 하나의 말에 마음이 시려와 쓸쓸한 표정을 지었다.

“그런데 더 아픈 것은 아버지 마음속에 엄마와 제가 잊혀진 것은 아닐까 하는 두려움이었어요.”

잠시 숨을 고른 후, 평온한 얼굴로 경훈을 바라보았다.

“이렇게 절 찾아주셔서 감사해요. 제가 아버지에게 아무것도 아닌 존재가 아니라서 다행이다. 그랬어요.”

“아무리 악한 사람이라도……. 아버지는 아버지란다. 자식을 대하는 아버지의 마음은 누구나 같다고 생각한다. 아마도 좋은 것으로 주고 싶었을 게다. 형편이 되지 못해서……. 가진 것이 없어서 자식에게 그런 사랑을 전하지 못한 것뿐일 게다…….”

“아, 아버지.”

하나의 눈에 눈물이 차츰차츰 차오르기 시작했다. 눈물이 뺨을 타고 흐르자 손등으로 재빠르게 훔쳤다. 경훈이 살며시 하나의 손을 꼭 잡아주었다.

“아버지 가족들은 평안하세요?”

잠시 침묵을 하던 경훈은 고개를 흔들었다.

“마음이 피폐해진 불쌍한 사람이란다. 내가 그렇게 만든 장본인이지. 용서를 하지 못해서 자기 자신을 더 병들게 만들고 있단다. 두 사람 모두 일주일에 한 번 정신과 치료를 받고 있단다.”

다정한 미소를 짓던 경훈이 하나의 손을 어루만지며 말했다.

“넌 사랑하면서 살아라. 난 지금까지 그런 가정을 만들지 못했단다. 그것이 인생을 살면서 제일 후회가 되는구나.”

지그시 하나를 바라보며 경훈은 온화한 미소를 지었다.
"그런데 널 보니 걱정 안 해도 되겠다. 하나야."
사랑을 많이 받는 사람의 얼굴은 감추려 해도 티가 났다.
환한 하나의 얼굴엔 그늘 없이 평온해 보였다.
"많이 행복해 보이는구나."
잠시 수줍은 듯 머뭇거리던 하나가 청량한 목소리로 대답하며 옅은 미소를 머금었다.
"네, 아버지. 저 지금 많이 행복합니다."

학교에서 돌아온 재하가 현관문을 열자 고소한 냄새가 집안 가득 퍼져 있었다. 매일 학교에서 돌아올 때쯤 엄마는 재하가 제일 좋아하는 간식을 만들곤 했다. 재하의 얼굴에 미소가 번지더니 신발을 아무렇게나 벗어 던졌다.
"엄마. 재하 왔어요."
가방을 내려놓는 것도 잊은 채 재하는 부엌으로 정신없이 달음박질쳐 갔다.
"엄마. 오늘 간식이 뭐예요?"
주방에 도착한 재하의 눈이 커다랗게 변했다.
"아빠……?"
뜻밖에도 싱크대에 서 있는 사람은 엄마가 아니라 아빠였다.
가끔 특별한 날에 아빠가 엄마를 대신해서 요리를 하곤 했다. 바쁜 와중에도 동준은 짬을 내어 가족과 함께하는 시간을 내려고 애를 썼다.
"재하 왔구나."
동준은 씩씩하게 걸어 들어오는 재하를 흐뭇하게 바라보았다.

언제 이렇게 컸지? 요즘 재하는 제법 남자 티가 나기 시작했다. 곱슬거리는 앞머리 사이로 호기심에 가득 찬 두 눈을 반짝이며 물었다.

"오늘이 무슨 날이죠?"

"아빠가 실망인데. 얼마나 중요한 날인데……. 쯧."

재하는 갸우뚱 고개를 기울이다가 벽에 걸려 있는 달력을 바라보았다. 운동을 좋아하는 재하는 매일 친구들과 축구를 하느라 까맣게 그을린 얼굴을 쳐들었다. 달력에 빨간펜으로 자신이 동그라미를 쳐놓고선 까맣게 잊어버리다니.

"아빠. 엄마 생일이에요?"

놀란 재하가 아빠를 보면서 얼굴을 찡그리며 다급하게 말했다.

재하는 발을 동동 구르며 음식을 하느라 정신없는 동준을 채근하듯 물었다.

"케이크도 사셨어요?"

"아직."

휴 하고 재하가 숨을 내뱉었다.

"다행이다. 그럼 케이크는 제가 살게요."

"케이크 살 돈은 있어?"

"그럼요. 엄마 생일 선물 주려고 용돈 조금씩 모아놓았는걸요."

이마에 송골송골 맺힌 땀을 닦으며 씨익 재하가 웃었다.

동준은 그런 아들이 기특한지 머리카락을 흩트렸다.

"좋아. 이렇게 추운데도 땀을 많이 흘렸구나. 재하야, 먼저 씻을래?"

"네."

씩씩하게 대답을 한 재하가 식탁에 놓여 있는 동그랑땡을 냉큼 입으로 넣고는 자리를 떴다. 잠시 후 은은한 샴푸향을 풍기며 재하가 걸어왔다. 젖은 머리카락 사이로 보이는 까만 눈망울이 유난히 반짝거렸다.

"아빠. 엄마 오실 시간 다 된 것 아니에요?"

재하가 벽시계를 보며 못마땅한 듯 고개를 쳐들었다.

아니 요 녀석이 벌써부터 잔소리다. 미역국이 싱거워 소금을 더 넣고 국자로 휙 젓던 동준도 시간을 확인하고는 마음이 급해졌다.

"그것보다 새봄이 유치원 차량 도착할 시간인데……. 재하 네가 데려와주겠니?"

"아, 맞다. 새봄이."

재하는 현관문을 얼른 뛰어갔다.

새봄인 오빠인 자신이 데리러 가야 제일 좋아했다. 유치원에서도 또래 여자아이들 사이에 잘생긴 오빠가 있다는 이유 하나만으로 새봄이도 덩달아 특별대우를 받고 있다. 집으로 돌아오는 길, 주머니에 액체괴물, 사탕에 과자까지 여자아이들이 앞다투어 주는 뇌물로 그득할 때면 새봄은 어깨가 으쓱하곤 했다. 아빠가 기사를 딸려 차를 보낸다고 해도 새봄인 싫다고 우기고 집에 올 때는 꼭 유치원 차를 이용했다. 그러곤 유치원에서 돌아올 때면 꼭 오빠가 기다려달라고 떼를 썼다.

재하는 그런 동생이 귀찮다고 은근히 밀어냈다. 그러면 새봄인 더 바짝 다가와 오빠 셔츠를 통통한 손으로 꼭 움켜쥐고선 버둥거렸다. 커다란 눈에 눈물이 그렁그렁이다. 손가락으로 톡 치면 금방 울음을 터뜨릴 준비를 하듯 입술을 삐죽거린다. 그런 동생의 모습에 마음에 약해진 재하는 마지못해 들어주는 척 매일 손가락을 걸어 약속을 했다.

재하가 집 앞에서 새봄을 기다리면 미영이 수진, 은희 또래친구들이 우르르 창문에 옹기종기 모여 재하를 훔쳐보곤 했다. 뒤로 살짝 돌아서 넋이 나간 친구들 모습을 확인하고선 새봄이는 싱긋 웃으며 재하 오빠 손을 꼭 잡고 집으로 쫄래쫄래 따라 들어가는 것이다. 그럴 때면 새봄의 마음은 풍선처럼 부풀어 올랐다.

멋진 오빠가 있어서 기분이 최고다. 살랑살랑 엉덩이를 흔들며 새봄이 재하를 보고 방긋 웃었다. 재하는 그런 새봄이가 귀여운지 뺨을 살짝 꼬집고 흔들었다. 그러면 응답이라도 하듯 새봄의 까만 눈과 마주쳤다. 재하도 기분이 썩 나쁘지 않았다.

그것이 일상이었다. 마음이 급해진 재하는 정원을 가로질러 계단을 뛰어 내려갔다. 다행히 유치원 차량은 도착하지 않았다. 한참 후에 노란 버스가 도착했다. 그런데 매일 오빠를 보면 해맑게 웃던 새봄이 오늘은 왠지 달랐다. 버스에서 내린 새봄은 고개를 팍 숙인 채 오빠를 봐도 시무룩 대답이 없다.

"새봄이 오늘 왜 저러지?"

뒤따라 내린 꼬마가 재하 옆으로 오더니 당돌하게 말했다. 건방지게 생긴 요 녀석은 겁도 없이 재하를 뚫어지게 쳐다보고 있었다.

"저 때문에 그래요."

시건방지기 짝이 없는 녀석이 주머니에 손을 찌른 채 삐딱하게 서 있었다.

"뭐?"

긴 머리의 유치원 선생님의 얼굴엔 미소가 가득한 채 말했다.

"오늘 생일 파티 때 우진이가 새봄이에게 뽀뽀했거든."

"뭐? 이 자식이."

재하가 그 녀석을 째려보며 주먹을 불끈 쥐었다. 손등으로 입술을 비비던 새봄이 와락 울음을 터뜨리며 오빠의 가슴에 폭 안긴다. 새봄이 눈에서 닭똥 같은 눈물이 뚝뚝 떨어진다.

"이제 새봄인 제 거예요. 새봄이가 저 색시 됐어요."

그렇게 흘리듯 말하며 건방진 꼬마 녀석이 줄행랑를 쳤다.

재하에게서 멀찍이 떨어진 후 뒤를 돌아서서 소리쳤다.

우진이…… 돼먹지 않는 녀석이.

"새봄이. 아무에게도 안 뺏길 거예요."

미친놈의 새끼. 다음번에 만나면 가만 안 둘 거다. 우리 귀염둥이 새봄이를 울려. 양갈래 머리를 한 새봄이 재하를 올려다보며 울먹이며 말했다.

"오빠. 나 이제 우진이 색시야?"

"안 돼. 누구 맘대로. 오빠랑 아빠 허락 없인 아무도 우리 새봄이 못 데려가. 저런 허접한 놈한테는 안 줄 거야."

"진짜?"

"그럼."

재하가 아무에게도 새봄이를 주지 않겠다는 듯 두 눈을 부릅떴다.

"오빠랑 손잡자."

커다란 오빠 손을 새봄이 꽉 잡았다. 새봄은 든든한 지원군이 생겼는지 금방 기운이 솟구쳤다. 재하가 유치원 선생님은 보면서 당차게 말했다.

"우리 새봄이 곁에 저 녀석 얼씬도 못하게 해주세요."

"알겠어요. 새봄이 오빠."

유치원 선생님은 이런 심각한 상황 중에 생글생글 웃으며 말한다.

뭐야? 지금 웃음이 나오나. 미치겠다. 요즘은 지켜야 할 사람이 너무 많아진 것 같았다. 엄마도 그렇고. 새봄이도 그렇고. 아무래도 밥을 더 먹어서 빨리 키도 덩치도 아빠만큼 커져야 할 것 같았다. 어쨌든 그건 나중 일이고……. 재하는 싱긋 웃는 선생님이 못

미더워 눈썹이 휘어졌다.

지금 당장, 그 건방진 녀석에게서 귀여운 우리 새봄이를 지키기 위해서라도 앞으로 자신이 꼭 새봄이를 마중 나와야겠다고 다짐했다. 집에 도착한 새봄은 아빠가 보이자 막 달려갔다.

"아빠. 아빠."

"우리 공주님 왔어요?"

아빠에게 새봄이는 얼굴 여기저기에 마구잡이 뽀뽀를 당했다. 새봄은 간지러움에 까르르 웃음이 넘어갔다. 아빠의 까슬한 수염을 만지던 새봄이 심각한 얼굴로 물었다.

"아빠. 나 아빠 색시지?"

"응. 아빠 색시는 엄마잖아. 그건 양보 못하겠는데."

아빠 팔에 대롱대롱 매달린 새봄이 눈을 말똥말똥한 채 쳐다본다.

"엄마니까 조아."

조금 실망한 얼굴이었지만 이내 새봄이 쿨하게 허락했다. 동준이 그런 새봄이가 귀여워 뺨을 비볐다.

"아파."

동준의 금세 자란 수염 때문에 아빠 얼굴을 밀어내었다. 더 장난스럽게 얼굴을 비비자 새봄이 아빠 뺨에 애교스럽게 뽀뽀를 했다.

"못 당하겠다. 우리 새봄이한테는."

새봄이가 방긋 웃었다. 통통하고 발그레한 뺨을 와작와작 삼켜버릴 만큼 귀여웠다. 동준의 눈가에 주름이 잡혔다.

그때 인터폰에 차량이 도착했다는 소리가 들렸다.

"엄마 집 근처에 도착했어. 재하야, 서두르자."

동준의 말에 재하는 서둘러 케이크를 가지러 식탁으로 달려갔다.

"초는 아빠가 켜주세요."

아빠에게 초랑 케익을 전해주고서 재하는 얼른 집안의 불들을 껐다. 식구들은 숨죽이고 엄마를 기다리고 있었다.

띠리리. 현관 도어벨 소리가 들리고, 문이 열렸다. 센서 불이 커졌지만 거실은 조용했고 캄캄했다.

"어머. 아무도 없나?"

하나는 손을 더듬거리며 현관 근처의 불을 켜려고 스위치를 더듬거렸다. 신발을 벗고 중문을 연 하나의 눈이 휘둥그레졌다. 초가 꽂힌 케이크를 든 재하가 하나 앞으로 천천히 걸어 나왔다.

"엄마."

"어머."

하나는 너무 놀라 멍하니 바라볼 수밖에 없었다.

재하와 새봄이 동준이 함께 생일 축하 노래를 불렀다. 하나의 눈에 그만 눈물이 맺혔다.

"엄마, 소원 빌고 촛불 끄세요."

"알았어."

후 하고 촛불이 하나둘 꺼졌다. 모두 꺼지자 환하게 불빛이 쏟아져 들어왔다.

"엄마. 아빠가 저녁도 만들었어요."

"정말이에요?"

하나는 동준을 보며 환하게 웃었다. 동준이 미소를 지으며 두 팔을 벌렸다. 그리고 하나는 포근하고 따뜻한 동준에 품에 안기어 다정스럽게 말했다.

"고마워요. 여보."

재하가 엄마 손을 이끌고 주방으로 향했다.

"엄마, 빨리 와요."

새봄이도 엄마의 손을 놓칠세라 꽉 붙잡았다. 그런 새봄을 하나가 웃으며 내려다보았다. 두 꼬마에게 양손을 붙잡힌 하나는 인질처럼 주방으로 끌려갔다.

"와아."

하나는 식탁에 차려진 음식들을 보며 감탄을 했다.

"당신이 다 차린 거예요?"

"재하도 도왔어. 케이크도 사오고."

동준이 어깨를 으쓱하며 재하를 바라보았다.

"고마워 재하야. 엄마 맛있게 먹을게."

"엄마. 생일 선물로 새봄이는 뽀뽀할게요."

"그럴래?"

"네."

새봄이가 의자에서 내려와 까치발을 들고 입술을 쭉 내밀었다. 하나가 쪽 하고 새봄이 입에 뽀뽀를 했다.

"새봄이, 아빠도 뽀뽀해야지."

쪼르르 달려간 새봄이 아빠에게 뽀뽀를 했다. 그러곤 식탁에 앉아 두 손을 조물락거리며 망설이던 새봄이 엄마를 쳐다보며 간절하게 말했다.

"엄마. 저 아빠 색시 하면 안 돼요?"

"뭐?"

"아빠가 아빠 색시는 엄마뿐이래요."

시무룩하게 새봄이 말했다. 하나는 그냥 색시 하라고 하지, 하는 눈빛으로 동준을 곱게 흘겨보았다.

동준이 고개를 갸웃하며 능청스럽게 웃었다.

"새봄이도 크면 아빠처럼 멋진 사람 만날 거예요."

새봄이 제법 야무지게 케이크를 한 입 듬뿍 떠서 먹으며 말했다.

"난 엄마처럼 예쁜 사람 만날 거예요."

재하가 불쑥 끼어들었다. 동준과 하나가 서로 마주 보며 웃었다.

열려진 창문으로 하얀 눈송이가 소리 없이 내리고 있었다.

"여보. 눈이 와요."

흩날리는 하얀 눈송이가 꼭 꽃송이처럼 보였다.

하나는 생각했다. 이제 겨울이 생일이어도 외롭고 쓸쓸하지 않았다. 참 행복하다고……. 그리고 앞으로 더 행복할거라는 것을 확신할 수 있었다. 혼자가 아니라서. 사랑하는 사람들이 함께라서.

오해로 그를 만났지만, 그런 우연이라도 그를 만나게 되어 다행이라고. 그리고 어쩌면 그것은 우연이 아니라 필연이었는지도 모른다. 만나야 할 사람은 꼭 만나게 되어 있어 있으니까…….

두 사람은 서로를 더 많이 알게 될수록 사랑은 깊어갔다.

헤어져 있었던 아픈 시간을 알기에 이 행복이 얼마나 소중한 것임을 두 사람 모두 알고 있었다.

어린 시절 두 사람 모두 온전한 가정을 이루지 못한 아픔이 있기에 소소하게 맞이하는 기쁨이 더 아름답게 느껴졌다.

하나는 지그시 자신을 바라보는 동준을 향해 해사하게 웃었다.

봄볕보다 더 따뜻한 미소를 나누며 두 사람은 사랑한다는 말을 대신했다. 까르르 웃는 아이들의 웃음이 집안 가득히 울려 퍼졌다.

-마침-

작가 후기

이 작품을 마무리 짓는 중에 저의 사랑하는 어머니를 하늘로 떠나보냈습니다. 시간이 지날수록 처음엔 아무렇지도 않았던 감정이 죄스러움과 그리움으로 인해 마음 한 구석이 시려왔습니다.

길을 걷다가도 문득 가슴이 울컥해오곤 했습니다. TV를 보다 엄마라는 단어만 나오면 주책없이 눈물이 자꾸 나왔습니다.

생전에 막내딸의 작품이 종이책으로 나온 것을 투박한 손에 쥐여드릴 수만 있었다면 얼마나 좋을까요. 고단함에 굵게 주름진 얼굴에 환하게 웃음을 선물하고 싶었었는데…….

마음이 아파옵니다.

참 인간은 어리석습니다. 옆에 계실 때 잘해드리지 못하고 이렇게 뒤늦은 후회를 하니 말입니다. 어떻게 보면 지금 전 엄마의 사랑이 그리운지 모르겠습니다.

무조건적인 사랑, 자신보다 더 자식에 대한 애틋함을 이젠 느낄 수 없기 때문이겠지요. 사랑이란 단어는 참 아름답고, 눈물 나고, 따뜻하고, 포근합니다.

이 글은 사랑에 관한 이야기입니다.

이 책을 처음 쓸 때 '사랑이란 무엇일까?'라는 질문으로부터 시작되었습니다. 그래서 사랑을 믿지 않는 동준을 주인공으로 만들었습니다. 차갑고 메마른 동준이 따뜻한 하나를 만나 진실한 사랑에 대해 깨달게 되는 이야기입니다.

하지만 과거의 자신의 어리석은 모든 행동 때문에 하나를 고통 속에 몰아넣습니다. 자신이 당한 것보다 더한 아픔을 동준은 느끼게 됩니다. 처음으로 맛보는 심한 괴로움에 동준은 처절하게 자신을 돌아봅니다. 사랑하게 되면 자신보다 상대방을 더 생각하게 됩니다. 사랑이란 자신의 유익을 구하지 않게 되지요.

그런 깨달음을 독자분들과 함께 느끼고 싶었습니다.

깜냥이 안 되는 저에게 종이책을 낼 수 있도록 기회를 주신 와이엠북스 감사드립니다. 무던하게 애써주신 박지은 편집장님 너무 고생 많으셨습니다.

저에게 끊임없는 자극과 조언을 해준 우리 스터디(정미, 은호, 애영, 영선, 윤실) 친구들 애정합니다.

마지막으로 글 쓴다고 잘 돌보지 못한 나의 사랑하는 남편과 아이들, 잘 참아주어서 미안하고 고맙습니다.

앞으로 글 솜씨를 열심히 갈고 닦아 더 좋은 글로 만나 뵐게요.

감사합니다.

-리틀빈 드림